Das kupferne Zeichen

Katia Fox

Das kupferne Zeichen

Historischer Roman

Weltbild

Besuchen Sie uns im Internet:
www.weltbild.de

Genehmigte Lizenzausgabe für Verlagsgruppe Weltbild GmbH,
Steinerne Furt, 86167 Augsburg

Dieses Werk wurde vermittelt durch die Literarische
Agentur Schlück GmbH, 30827 Garbsen.
Umschlaggestaltung: Zeichenpool, München
Umschlagmotiv: Getty Images, München / Shutterstock
Gesamtherstellung: CPI Moravia Books s.r.o., Pohorelice
Printed in the EU

ISBN 978-3-8289-8923-8

2012 2011 2010 2009
Die letzte Jahreszahl gibt die aktuelle Lizenzausgabe an.

Für meine Kinder
Frédéric, Lisanne und Céline

I. Buch

AUFBRUCH

Orford im Juli 1161

Herrgott, Ellenweore, wenn du doch nur ein Junge wärst!« Osmond sah sie trotz des Fluchs stolz an und wischte mit der Hand über den Amboss, um den Zunder zu entfernen. »Ist doch wirklich ein Jammer. Da habe ich einen Sohn, der sich aus der Werkstatt stiehlt, sobald ich ihm den Rücken zukehre, und meine Kleine hier hat das Schmieden im Blut.« Er klopfte ihr zufrieden auf die Schulter. Osmond lobte sie nicht oft.

Ellen fühlte, wie ihr das Blut in den Kopf schoss und eine wohlige Wärme verbreitete. »Aedith!«, stöhnte sie leise, als die schwere Holztür der Werkstatt aufgerissen wurde und ihre Schwester auf der Schwelle stand.

Wie üblich weigerte sich Aedith, die Schmiede zu betreten, aus Furcht, ihr feines Kleid schmutzig zu machen. Kenny, Osmonds Jüngster, zerrte verbissen an ihrem Arm. Je stärker er sich wehrte, desto fester krallte sie ihre Finger um sein dünnes Handgelenk. Blitzschnell packte sie ihn am Ohr und zog heftig daran. Kenny streckte sich, so weit es ging, und zappelte nicht mehr.

»Mutter hat gesagt, ich soll ihn dir bringen«, sagte Aedith verächtlich und stieß ihren kleinen Bruder in die Werkstatt hinein. Sie deutete mit dem Kinn in Richtung ihrer älteren Schwester. »Ellen soll Wasser holen und Holz sammeln gehen.« Aedith blieb in der Tür stehen und wippte ungeduldig mit dem Fuß. »Na los, komm schon! Oder glaubst du etwa, ich habe den ganzen Tag Zeit?«, zischte sie Ellen an.

Osmond hatte sichtlich Mühe, ruhig zu bleiben. Der Zuschläger, der ihm bei größeren Arbeiten half, war schon seit einer Woche krank, deshalb brauchte er Ellen für den nächsten Schritt. Kenny war noch zu jung und keine große Hilfe. Ellen wusste genau, dass sich Osmond trotzdem nicht gegen die Anweisungen seiner Frau auflehnen würde. Das hatte er noch nie getan. Schweren Herzens legte sie die Zange aus der Hand, nahm betont langsam die geliebte Schürze ab und bückte sich, um sie ihrem kleinen Bruder umzubinden. Das Leder reichte ihm bis über die Knöchel, und die Bänder waren so lang, dass Ellen sie zweimal um seinen mageren Bauch schlingen musste.

Osmond beobachtete sie schweigend. Erst als sie zu ihm hochsah, nickte er ihr ungehalten zu.

»Ist noch was?«, fragte ihre Schwester schnippisch.

Ellen schüttelte den Kopf und folgte ihr zum Haus. Sie schob den schweren Eisenriegel hoch und stieß die Tür auf.

»Habe ich dir nicht schon tausendmal gesagt, du sollst dich in der Werkstatt nicht immer vordrängen?«, keifte Leofrun.

»Doch, Mutter, aber …«

»Widersprich mir nicht ständig, du vorlautes Ding«, unterbrach ihre Mutter sie schroff. »Kenny soll Osmond in der Schmiede helfen, das weißt du genau. Du bist die Älteste und hast dich um das Haus zu kümmern, ob dir das passt oder nicht. Na los, mach dich an die Arbeit!«

Die schallende Ohrfeige traf Ellen ohne Vorwarnung. Hoch erhobenen Hauptes wandte sie sich ab. Ihre Wange glühte, aber um nichts in der Welt hätte sie dem Verlangen nachgegeben, mit der Hand darüberzustreichen. Diesen Triumph gönnte sie weder ihrer Mutter noch Aedith. Die Schmerzen der Schläge auszuhalten, daran hatte sie sich schon früh gewöhnt. Genau das war ihre Stärke: der Mutter die Stirn zu bieten, indem sie weder heulte noch klein beigab. Aber das bittere Gefühl und die Wut ließen sich nicht so leicht hinunterschlucken. Nur weil sie ein Mädchen war, sollte sie sich um all diese langweiligen Dinge kümmern? Jeder Dummkopf kann Wasser holen, Holz sammeln, das Haus sauber halten und Wäsche waschen, sogar Aedith, dachte sie herablassend. Sie kniete sich vor die Feuerstelle und fegte die Asche zusammen. Wenn sie die Augen schloss, roch es fast wie in der Schmiede.

Aber nicht sie, sondern Kenny würde einmal Schmied werden. Dabei hatte sie, solange sie denken konnte, die meiste Zeit bei Osmond in der Werkstatt verbracht. Dort fühlte sie sich geborgen und sicher, vielleicht weil Leofrun niemals auch nur einen Fuß hineinsetzte. Kaum den Windeln entwachsen, hatte Ellen zu Osmonds Füßen die Holzkohle der Größe nach sortiert, mit fünf oder sechs zum ersten Mal die Esse ausgefegt. Den Blasebalg bedienen und beim Zuschlagen die Zange mit dem Eisen halten durfte sie schon seit drei Wintern. Und im Frühling des vergangenen Jahres hatte sie zum ersten Mal selbst einen Hammer benutzt und die Kraft gespürt, die von dem Metall ausging. Schlug man auf ein heißes Eisen, klang es dumpf, weil es die Muskelkraft gierig in sich aufnahm, um sich zu verformen. Auf dem kalten Amboss jedoch war der Ton hell, und der Hammer federte wie von selbst zurück. Drei, vier Schläge auf das Eisen, einer auf den Amboss, das sparte Kraft und klang wie Musik. Ellen atmete tief durch. Es war einfach nicht gerecht! Mit Leofrun zu streiten hatte keinen Sinn. Sie hasste Ellen als einziges ihrer Kinder und ließ keine Gelegenheit aus, es sie spüren zu lassen. Ellen nahm die beiden neuen Ledereimer, goss einen Rest Wasser in den Kessel neben der Feuerstelle und machte, dass sie nach draußen kam. Im Gemüsebeet neben dem Haus kauerte ihre jüngste Schwester Mildred und sammelte geduldig die gefräßigen Raupen vom Kohl.

»Heb mir ein paar für Aediths Bett auf!«, raunte Ellen ihr grinsend zu.

Mildred schaute erstaunt auf und lächelte verschämt. Sie war das stillste und duldsamste von Leofruns Kindern. Ellen wanderte lustlos den steinigen Weg hinunter bis zu dem breiten

Bach, der sich hinter der Schmiede durch die Wiesen schlängelte. Um die Eimer leichter füllen zu können, zog sie die Schuhe aus und watete mit geschürztem Kittel bis zu den Knien in das kühle, glitzernde Wasser. Auf einmal tauchte ein prustendes Etwas vor ihr auf und spie sie an.

»Hab keine Zeit, muss Wasser holen«, fuhr sie ihren Freund Simon unwirsch an, noch bevor er etwas sagen konnte.

»Ach, komm doch erst einmal baden. Es ist so heiß heute!«

Ellen hatte ihren Eimer gefüllt und war sofort wieder an Land gestakst. »Keine Lust«, log sie missmutig und setzte sich auf einen kantigen grauen Fels. In Wirklichkeit beneidete sie Simon. Außer der Arbeit in der Schmiede gab es kaum etwas, das sie mehr liebte, als mit ihm schwimmen zu gehen. Trotzdem hatte sie dieses Jahr eine Ausrede nach der anderen gebraucht. Als Simon den Kopf wieder unter Wasser hatte, verschränkte Ellen ihre Arme über der Brust. Im letzten Sommer hatte sie noch ohne Hemd ins Wasser gehen können, aber seit ein paar Monaten war das anders. Verschämt befühlte sie die kleinen Hügel, die unter ihrem Kittel zu sprießen begonnen hatten. Sie waren hart und ein wenig empfindlich. »Ist dumm, ein Mädchen zu sein«, brummte sie. Es wäre viel besser gewesen, wenn sie als Junge auf die Welt gekommen wäre, genau das hatte Osmond auch gesagt!

Simon watete an Land. »Weißt du, worauf ich jetzt Lust hätte?«

Ellen schüttelte den Kopf. »Nein, aber da du ein wandelnder Magen bist, vermute ich mal, dass es etwas mit Essen zu tun hat.«

Simon nickte heftig und leckte sich grinsend die Lippen. »Brombeeren!«

»Und mein Wasser?« Ellen zeigte auf die beiden Eimer. »Holz sammeln muss ich auch noch.«

»Machen wir später.«

»Wenn ich zu lange brauche, schlägt mich Mutter wieder! Ich weiß nicht, ob ich mich heute noch mal zurückhalten kann.«

»Zu zweit sind wir schnell fertig. Sie wird gar nicht merken, dass wir uns erst ein bisschen vergnügt haben.« Die Wassertropfen auf seinen Schultern glitzerten in der Sonne. Er schüttelte sich wie ein Hund, sodass es spritzte, und streifte sein schmutziges graues Hemd wieder über. »An der alten Kate beim Wald wachsen die besten, dick, schwarz und soo süß!« Er verdrehte genüsslich die Augen. »Komm, lass uns gehen!«

»Spinnst du?« Ellen tippte sich mit dem Zeigefinger an die Stirn. »Die alte Jakoba ist eine Hexe, in ihrer Kate hausen Kobolde!« Ellen fühlte, wie sich die Haare auf ihren Armen und am Rücken aufstellten.

»Ach, das ist doch Unsinn. Kobolde leben im Wald, nicht in Hütten.« Simon winkte großspurig ab. »Außerdem war ich schon mal drin. Kobolde oder so was waren da nicht, ehrlich.« Er legte den Kopf schief und sah Ellen aus den Augenwinkeln an. »Sag mal, seit wann bist du denn ein Angsthase?«

»Bin ich ja gar nicht!«, entrüstete sich Ellen. Diesen Vorwurf konnte sie unmöglich auf sich sitzen lassen, also folgte sie Simon über die Weide, die den Fluss vom Waldrand trennte. Den größten Teil des verdorrten Grases hatten die Schafe schon kahl gefressen. Nur auf dem Hügel, der die Weide an der Westseite begrenzte, hatten sich die Tiere noch nicht über die trockenen Halme hergemacht. Hier ging den beiden Kindern das Gras bis fast zur Brust. Überall wucherten stachelige Disteln, die ihnen die Beine aufkratzten, und Brennnesseln, die rote, pieksende Flecken hinterließen. Ellen wäre am liebsten umgekehrt, aber dann hätte Simon wieder behauptet, sie sei feige. Oben auf dem Hügel angekommen, blinzelte sie in die Sonne und suchte den Waldrand ab. Hinter ein paar Birken lugte die windschiefe Kate hervor. Auf der linken Seite, nur einen Steinwurf davon entfernt, graste ein stämmiges Pferd mit rotbraun glänzendem Fell friedlich im Halbschatten. Ellen duckte sich.

Instinktiv tat Simon es ihr gleich. »Was ist denn los?«, wisperte er verwundert.

»Was macht der hier?« Ellen deutete auf das Pferd. »Der Fuchs gehört Sir Miles!«

Kurz nach seiner Ernennung zum Lordkanzler hatte Thomas Becket von König Henry II. die Einkünfte der Grafschaft Eye, zu der auch Orford gehörte, zugesprochen bekommen. Sir Miles gehörte zu Beckets Haushalt und führte sich auf, als gehöre Orford ihm. Jeder wusste, wie skrupellos er sich die eigenen Taschen füllte, und fürchtete seine Wutausbrüche. Nur ihre Mutter und Aedith schwärmten für ihn, fanden ihn elegant und stattlich. Sie kicherten wie Gänse, wenn er in die Schmiede kam, und das, obwohl er Osmond behandelte wie den letzten Dreck.

»Ach, der«, sagte Simon geringschätzig und stand wieder auf.

Simon wird erst Ruhe geben, wenn er sich den Bauch vollgeschlagen hat, dachte Ellen hilflos und folgte ihm. Sie sah sich beklommen um. Es war niemand zu sehen, alles war ruhig und friedlich – trotzdem schien der Wald Augen zu haben. Die Sonne glühte, Hummeln und Bienen nutzten den schönen Tag, um Nektar zu sammeln, und brachten mit ihrem geschäftigen Treiben die Luft zum Sirren. Ellen wollte sich gerade zu Simon gesellen, als sie aus den Augenwinkeln eine Gestalt wahrnahm, die von der anderen Seite des Waldes auf die Hütte zuhuschte. Ellens Herzschlag setzte kurz aus. Ob sich hier doch Kobolde herumtrieben? Sie kniff die Augen zusammen. Vorsichtig sah sie noch einmal hin. Die Gestalt war zu groß für einen Kobold. Erleichtert atmete Ellen auf. Es war nur eine Frau in einem einfachen blauen Leinenkleid. Ellen konnte nicht erkennen, wer sie war, weil ein braunes Tuch ihren Kopf verhüllte. Nach einem gehetzten Blick in die Richtung, aus der sie gekommen war, schlüpfte die Frau in die Kate. Ellen ging zögerlich zu Simon hinüber. Sie wusste nicht, was sie mehr beunruhigte: die Kobolde, die womöglich im Unterholz saßen und sie beobachteten, oder die Anwesenheit von Sir Miles und der fremden Frau. Immer wieder sah sie zur Kate hinüber. Doch nichts rührte sich.

»Mm, schmecken die herrlich!«, rief Simon schmatzend. »Probier mal!« Er streckte ihr eine Brombeere entgegen. Sein breites Grinsen entblößte eine Reihe blauschwarz verfärbter Zähne. Brombeersaft rann aus seinem Mund am Kinn herab.

»Ich komme gleich wieder!« Ellen konnte ihre Neugier nicht mehr zügeln und ließ Simon einfach stehen.

Gleichgültig aß er die Beere selbst, drehte sich wieder um und machte sich weiter über die süßen Früchte her.

Ellen schlich zur Hütte. Weit oben in einem schartigen Brett entdeckte sie einen Spalt. Mit zitternden Knien stellte sie sich auf die Zehenspitzen. Um hindurchspähen zu können, drehte sie ihren Kopf und presste ein Auge an das modrig riechende Holz. Sir Miles und die Frau konnte sie nicht ausmachen. Ellen horchte, aber sie hörte nur ihr eigenes Herz pochen. Dann nahm sie ein Rascheln wahr, wie von einer Maus, die durch Stroh huschte. Und wieder Stille. Ob sich überhaupt noch jemand in der Hütte aufhielt? Ihre Fußknöchel schmerzten vor Anstrengung, so sehr musste sie sich strecken. Enttäuscht wandte sie sich ab, als sie plötzlich ein lautes Rumpeln hörte. Erschrocken streckte sie sich erneut und spähte durch den Spalt. Es dauerte einen Moment, bis sie sich wieder an das Halbdunkel gewöhnt hatte. Dann sah sie, dass sich etwas im Raum bewegte. Es kam näher! Mit einem Mal sah sie den behaarten Rücken von Sir Miles. Wie ein räudiges Tier, dachte sie angewidert, ohne sich über seinen nackten Oberkörper zu wundern. Sie konnte seinen Schweiß durch die Ritzen riechen, so dicht stand er jetzt an der Bretterwand. Ihr Herz klopfte bis zum Hals.

»Zieh dich aus!«, hörte sie ihn mit rauer Stimme sagen.

Ellen atmete kaum noch. Dann bemerkte sie auch die Frau, die mit geschmeidigen Schritten auf ihn zuging. Ellen rutschte ein wenig nach unten, aber ihr Gesicht konnte sie trotzdem nicht sehen. Mit langsamen, eleganten Bewegungen zog sich die geheimnisvolle Fremde aus. Ihr Kleid und das Leinenhemd ließ sie achtlos zu Boden gleiten. Sir Miles griff gierig nach ihren fast durchsichtig wirkenden Brüsten und begann, sie zu kneten. Für einen kurzen Moment schloss Ellen die Augen. Alles um sie herum drehte sich. Als sie die Augen wieder öffnete, war Sir Miles bereits in die Knie gegangen. Er nahm die rosafarbenen Brustspitzen in den Mund und saugte wie ein Kind daran, bis sich der Brustkorb der Frau immer schneller hob und senkte. Plötzlich stand er auf und schob sie mit einer heftigen Bewegung gegen die Wand. Die ganze Hütte erzitterte.

Ellens Fußknöchel schmerzten jetzt unerträglich, und ihre Knie wollten sie kaum noch halten. Trotzdem rührte sie sich nicht. Sie musste sehen, was weiter geschehen würde. Natürlich wusste sie, dass sich Mann und Frau vereinigten. Wie Kühe, Ziegen oder Hunde taten sie es, um Kinder zu machen. Ellen hatte ihre Mutter belauscht, als sie Aedith erklärt hatte, dass dies zu den ehelichen Pflichten gehöre, der sich die Frau wohl oder übel zu fügen habe. Und sie hatte auch schon beobachtet, dass sich Osmond ebenfalls manchmal auf ihre Mutter legte. Es dauerte nie lange und verbreitete einen leichten Fischgeruch. Während Osmond sich leise keuchend auf ihr bewegte, lag Leofrun steif wie ein Stock unter ihm, ohne auch nur einen einzigen Laut von sich zu geben.

Die geheimnisvolle Frau war ganz anders. Sie fuhr begehrlich mit den Fingern durch die dichten Haare auf Sir Miles' Brust und zog an ihnen, um ihn zu necken. Dann begann sie, seinen Rücken mit ausholenden Bewegungen zu streicheln, als wolle sie keinen Zoll seiner Haut auslassen. Sie umfasste sein Hinterteil mit beiden Händen und rieb ihren Schoß an seinem Bein. Dabei atmete sie immer schneller und lauter.

Ellen spürte ein dumpfes Pochen im Bauch. Das merkwürdige, fremde Gefühl aus Abscheu und Wonne machte ihr Angst, und einen Moment spielte sie mit dem Gedanken, zu Simon zurückzugehen. Bis jetzt war sie sicher gewesen, die körperliche Vereinigung sei eine Tortur für alle Frauen und könne nur den Männern gefallen. Ob sie sich getäuscht hatte? Wie gebannt blieb sie stehen und starrte weiter durch den Spalt. Sir Miles schob seine derbe Hand zwischen die weißen, beinahe bläulich schimmernden Schenkel der Frau und rieb ihr Geschlecht, bis sie leise stöhnte. Er löste sich von ihr, legte sich auf den Strohhaufen und winkte sie zu sich. Beherzt setzte sich die Fremde auf sein steifes Glied.

Ellens Atem wurde schneller.

Auf und ab wie auf dem Rücken eines Pferdes bewegte sich die Frau auf seiner Mitte. Plötzlich stöhnte sie auf, schien vor Wonne zu schaudern und warf ihren Kopf zurück. Ellen sah einen Schwall weizenblonder Haare, der über ihren schmalen, knochigen Rücken fiel, und dann war auch ihr Gesicht zu sehen. Es war verzerrt vor Lust, aber Ellen erkannte es sofort. Wie ein Blitz durchzuckte es ihren ganzen Körper: Leofrun! Ein Hitzeschauer und ein bis dahin unbekanntes Gefühl der Übelkeit überkamen sie. Tränen schossen ihr in die Augen.

»Huuuure!«, heulte sie auf und wandte sich verzweifelt schluchzend von dem Spalt ab.

Simon drehte sich erschrocken um und rannte zu ihr. »Bist du von allen guten Geistern verlassen? Was geht es dich an, mit wem er es hier treibt?« Es schien ihn nicht zu wundern, dass Sir Miles die Hütte für ein Stelldichein nutzte. »Ist dir überhaupt klar, in welche Gefahr du uns bringst?«, fauchte er sie an und begann, sie fortzuziehen.

Ellen war leichenblass.

»Jetzt stell dich doch nicht so an, Männer und Frauen machen eben so was«, versuchte Simon, sie zu beruhigen.

Ellen schlug mit der Faust gegen seine Schulter und schubste ihn wütend weg. »Aber die Frau da drinnen ist meine Mutter!«

Simons Gesicht lief vor Scham dunkelrot an. »Ich, ähm … das wusste ich nicht.«

Plötzlich wurde die Tür der Kate aufgerissen.

»Nichts wie weg hier, wenn er uns erwischt, dann gnade uns Gott!«, rief Simon, packte Ellen am Arm und riss sie mit sich fort.

Sir Miles stand halb nackt neben der Kate und hob drohend

die Faust. »Wartet nur, ich kriege euch. Und dir, kleines Luder, steche ich die neugierigen Augen aus und schneide die vorlaute Zunge aus dem Mund!«, schrie er ihr nach.

Ellen rannte, so schnell sie konnte.

Simon drehte sich ein paar Mal um. »Er folgt uns nicht, noch nicht«, japste er und lief weiter.

Sie rannten, ohne anzuhalten, bis sie die Lohgerberei erreichten. Die Gerber brauchten für ihre Arbeit sehr viel Wasser, und so hatte sich Simons Familie schon vor Generationen an den Ufern des Ore niedergelassen. Simon wohnte mit seinen Eltern, der Großmutter und vier jüngeren Brüdern in einem strohgedeckten Häuschen aus Holz und Lehm. Der Dunst der Lohe hing schwer in der Luft und biss in den Augen. Ellen ließ sich vollkommen außer Atem auf einen Baumstumpf weit weg von den Lohgruben fallen und scharrte nervös mit dem Fuß in der lockeren Erde.

»Kobolde! Dass ich nicht lache, sie hat uns nur von der Kate fernhalten wollen!« Ellens Augen blitzten böse.

»Also, wenn ich meine Mutter so erwischt hätte … dann, dann hätte ich …« Simon beendete seinen Satz nicht. »So ein Miststück!«, sagte er stattdessen verächtlich und spuckte auf den Boden.

»Es war widerlich«, murmelte Ellen und sah gebannt auf einen Trupp Ameisen, der sich mit einer toten Biene abmühte. »Der Herr wird sie dafür bestrafen, alle beide«, knurrte sie trotzig.

»Auf jeden Fall kannst du jetzt nicht einfach nach Hause gehen, als wäre nichts geschehen. Wegen der kleinsten Kleinigkeit schlägt sie dich grün und blau. Wer weiß, was sie jetzt mit dir anstellt?« Die Falte auf seiner Stirn verriet, dass Simon sich Sorgen um Ellen machte.

»Aber was soll ich denn dann tun?«

Der Gerberjunge zuckte mit den Schultern. »Warum musstest du auch so neugierig sein, hättest lieber mit mir Brombeeren essen sollen«, sagte er vorwurfsvoll und warf eine Hand voll Erde nach den Ameisen, die inzwischen bei ihm angelangt waren.

Die fleißigen Tiere ließen sich durch den Staubregen nicht stören und zerrten ihre Beute weiter.

»*Ich* wollte *nicht* zur Hütte! Du mit deiner ständigen Gier nach Essbarem musstest doch unbedingt dorthin«, brauste Ellen auf.

»Ich hab Angst«, wisperte Simon schuldbewusst.

»Ich auch.« Ellen rieb mit dem Zeigefinger über ihre Schläfe. Der Kummer ließ ihre grasgrünen Augen dunkel wie Moos aussehen, und ihr Haar leuchtete wie Feuer im Sonnenschein.

In der Ferne war der Ruf eines Eichelhähers zu hören. Der Wind säuselte sanft in den Bäumen, und der mächtige Ore plätscherte friedlich. In der Nähe der Lohgruben schwammen schmutzig weiße Blasen auf der Wasseroberfläche, sammelten sich an den flacheren Stellen und rasten mit einem Mal davon. Der Fluss wurde an der Gerberei etwas schmaler, trotzdem war er noch breit genug, um zwei Handelsschiffe aneinander vorbeisegeln zu lassen.

»Was mache ich jetzt nur?« Ellen beugte sich nach vorn, um einen flachen Stein aufzuheben, und warf ihn mit einer weit ausholenden Bewegung in den Fluss. Mit einem leisen »Plitsch« hüpfte er einmal über das Wasser und versank dann mit einem dumpfen »Plupp«. Simon konnte das wesentlich besser. Bei ihm hüpften die Steine wie Heuschrecken.

»Hier kannst du jedenfalls nicht bleiben! Geh zu Aelfgiva. Sie weiß bestimmt Rat.« Simon wischte sich mit dem Hemdsärmel über die laufende Nase.

»Siimoon!«, hörten sie seine Mutter rufen. »Simon, komm und hilf deinem Vater die Häute ausspülen.« Ihre freundliche, warme Stimme passte nicht zu ihrer hageren Figur. Wie ein Sack hing das schmuddelige, grobe Kleid aus sandfarbenem Leinen an der Gerbersfrau herunter. Ihr Gesicht war fahl. Ellen ekelte sich vor ihren knorrigen Händen und den von der Gerberbrühe stark verhornten, gelb verfärbten Fingernägeln. Am schlimmsten aber war der Geruch nach Urin und Eichenrinde, der sie umgab.

»Huch, du bist ja ganz nass, Junge.« Liebevoll strich die Gerbersfrau ihrem Ältesten über die Haare.

Ellen konnte Simons Mutter nicht ansehen. Sie war so anders als Leofrun, sie liebte ihre Kinder und hätte sich vermutlich für jedes von ihnen vierteilen lassen. Trotzdem würde ihr ein Bad ab und an guttun, dachte Ellen. Leofrun wusch sich täglich und gab hinter jedes Ohr einen Tropfen Lavendelöl, so wie es die Frauen und Töchter der reichen Kaufleute aus Ipswich taten. Aber innerlich stinkt sie schlimmer als die Gerberin, sagte sich Ellen wütend. Ihre Sünde wird sie niemals abwaschen können.

»Komm jetzt, Simon, und hilf deinem Vater, ihr könnt euch ja morgen wieder sehen.«

Ellen fixierte den Boden, bis ihre Augen brannten. Wer weiß, was morgen ist, dachte sie mutlos.

»Mach's gut«, raunte Simon ihr zu und hauchte ihr blitzschnell einen Kuss auf die Wange, dann erhob er sich folgsam und lief seiner Mutter mit hängenden Schultern nach. Einmal drehte er sich noch um und winkte traurig.

Ellen hörte ein Knacken im Unterholz und sah sich erschrocken um. Doch niemand war zu sehen. Simon hatte Recht, Sir Miles und Leofrun durften sie nicht finden, sie musste zu Aelfgiva gehen. Wenn jemand Rat wusste, dann sie. Auf einmal hatte Ellen es eilig. Sie lief so schnell durch den Wald, dass ihre Füße kaum den Boden berührten und die spitzen Steine nicht wie sonst durch die dünnen Ledersohlen ihrer Schuhe drückten. Selbst die zartgelben Blumen, die sie so liebte und die an vielen Stellen den Boden bedeckten, nahm sie kaum wahr. Sie würde keine Gnade von Leofrun zu erwarten haben. Aelfgiva musste ihr helfen! Ellen brauchte nicht lange, bis sie die kleine Lichtung erreichte, auf der die Hütte der Hebamme stand. Atemlos blieb sie stehen.

Auf den Sonnenstrahlen, die durch das grüne Blätterdach fielen, tanzten feine Staubkörnchen, die wie Gold schimmerten.

Aelfgiva stand gebückt vor den Ringelblumen und erntete die orangegelben Blüten, um Salben und Tinkturen daraus zu bereiten. Ihre schlohweißen Haare, die sie stets im Nacken zu einem Knoten gedreht trug, leuchteten wie Schnee im Kräuterbeet. Aelfgiva presste die flache Hand gegen ihr Kreuz und richtete sich mühsam auf, als Ellen auf sie zueilte. »Ellenweore!«, rief sie erfreut. Ihr Gesicht legte sich in kleine Falten, wenn sie lachte, und ihre gutmütigen, klugen Augen glänzten.

Ellen blieb wie gelähmt vor ihr stehen. Tränen schnürten ihr die Kehle zu.

»Aber Kindchen, was ist denn los? Du siehst ja aus, als seist du dem Leibhaftigen begegnet!« Aelfgiva breitete die Arme aus und umschlang das weinende Mädchen mitleidig. »Lass uns reingehen. Ich habe noch einen Rest Kohlsuppe, die mache ich uns warm, und dann redest du dir deinen Kummer in Ruhe von der Seele.« Aelfgiva nahm ihren Korb und zog Ellen an der Hand hinter sich her.

»Sie hat sich mit Sir Miles, diesem ekelhaften Angeber, im Stroh gesuhlt!« Aus Ellens Stimme klangen Hass und Verzweiflung. »Ich habe es selbst gesehen!« Sie verzog das Gesicht zu einer angewiderten Grimasse und berichtete, zuerst noch schluchzend, dann immer wütender, was geschehen war.

Nachdem sie geendet hatte, stand Aelfgiva auf, ging zur Feuerstelle und scharrte nervös in der Asche. Dann setzte sie sich wieder, nestelte an ihrem Ausschnitt herum und kniff sich in den faltigen Hals. »Deine Mutter muss ungefähr so alt gewesen sein wie du jetzt. Oh Herr, verzeih mir, ich weiß, ich habe ihr versprochen, dass ich es niemandem erzähle.« Aelfgiva richtete ihren Blick gen Himmel und bekreuzigte sich.

Ellen sah sie neugierig an.

»Sie war mit einem sehr wohlhabenden Seifenhändler verlobt, aber dann hat sie einen jungen Normannen kennen gelernt und sich verliebt.« Aelfgiva holte tief Luft, als fiele ihr das Sprechen schwer. »Deine arme Mutter hat nichts über die Folgen der Liebe gewusst und schon bald ein Kind unter ihrem Herzen getragen. Dein Großvater hat getobt, als er davon erfuhr. Der junge Normanne war von hoher Geburt, was eine Hochzeit mit ihm ausschloss, aber auch die Verlobung mit dem Seifenhändler musste gelöst werden. Der erboste Bräutigam drohte sogar, Leofrun an den Pranger zu bringen, wenn sie nicht aus der Stadt verschwände.« Aelfgiva nahm Ellens Hände und sah sie eindringlich an. »Die Strafen für Frauen, die ein Kind bekommen, ohne verheiratet zu sein, sind sehr hart. Man rasiert ihnen den Kopf und peitscht sie aus. Manche überleben Schmerz und Schmach nicht und sterben noch am Pranger. Aber auch diejenigen, die überleben, können kein ehrenwertes Leben mehr führen, und so nehmen viele von ihnen später die schwerste aller Sünden auf sich und machen ihrem kümmerlichen Dasein selbst ein Ende. Dein Großvater musste sein Ansehen und das Leben seines einzigen Kindes retten, also hat er sie gegen ihren Willen mit Osmond verheiratet und aus Ipswich fortgeschickt, bevor die Schande zu sehen war.« Aelfgivas bekümmertes Gesicht bekam einen weichen Zug, als sie weitersprach. »Osmond hatte sich auf der Stelle in deine schöne Mutter verliebt.«

»Dann hat sie doch Glück gehabt, dass er sie überhaupt genommen hat. Ohne ihn wäre sie womöglich schon tot!«

»Sie hat ihre Unwissenheit bitter bezahlen müssen und statt eines reichen Kaufmanns und eines Lebens in Wohlstand nur einen einfachen Handwerker bekommen. Sie hasst dieses schmutzige, ärmliche Leben, das sie jetzt führen muss. Deshalb ist sie voller Zorn«, versuchte die Alte zu erklären.

»Und was ist aus dem Kind geworden?«, fragte Ellen neugierig.

Aelfgiva strich ihr über die wilden Locken. »Ach, Liebchen, du bist das! Was glaubst du wohl, warum sie dich so behandelt? Für sie bist *du* allein schuld an ihrem Unglück.«

Ellen sah Aelfgiva an, wie vom Donner gerührt. »Aber dann bin ich ja gar nicht seine … und Osmond nicht mein …«, stammelte sie und wagte kaum, den Gedanken zu Ende zu führen. Nein, das durfte einfach nicht wahr sein! »Osmond ist mein Vater. Er hat mich aufgezogen, und das mit dem Schmieden, das hab ich von ihm!« Ellen stampfte wütend mit dem Fuß auf.

»Auch wenn er nicht dein Vater ist, warst du vom ersten Moment an sein Ein und Alles.« Nachdenklich sah sie Ellen an. »Dein Kopf war so winzig in seiner kräftigen Hand.« Aelfgiva lächelte. Dann gab sie sich einen Ruck. »Auf jeden Fall kannst du nicht mehr nach Hause. Sir Miles wird sicher schon seine Männer nach dir ausgeschickt haben. Du musst schnellstens fort.«

»Ich will aber nicht weg!«

Aelfgiva nahm sie in den Arm und wiegte sie wie ein kleines Kind. »Dass ich dich auch noch verlieren muss«, murmelte sie kopfschüttelnd und stand auf. Zielstrebig machte sie sich an zwei aufeinandergestapelten Truhen zu schaffen, die in der hintersten Ecke des Wohnraumes standen, und begann, geschäftig in der oberen zu wühlen. Aber erst in der unteren wurde sie fündig. »Ah, da ist es ja!« Aelfgiva hielt ein sorgfältig verschnürtes Bündel hoch. Sie legte es auf den Tisch, öffnete den Knoten und faltete es auseinander. Hemd und Bruche aus Leinen waren ein bisschen vergilbt. Der Kittel aus dunkelbrauner Wolle und das Paar erdfarbener Beinlinge sahen fast neu aus. »Er hat die Sachen kaum getragen. Ich hatte sie gerade erst für ihn gemacht, als er …« Aelfgiva brach ab.

»Sind die von Adam?«

Aelfgiva nickte. »Ich wusste, sie würden noch einmal von Nutzen sein. Er war gerade dreizehn damals.« Aelfgiva drehte sich schnell wieder um.

Ellen vermutete, dass sie versuchte, ihre Tränen zu verbergen. In dem Jahr vor Ellens Geburt hatten hohes Fieber und schwere Durchfälle die Bevölkerung von Orford heimgesucht. Beinahe jede Familie hatte Opfer zu beklagen gehabt, und sogar Aelfgiva hatte trotz ihres Kräuterwissens ihren Mann und ihr einziges Kind verloren.

»Weißt du was? Ich habe eine Idee …« Aelfgiva holte eine Schere hervor. »Hast du nicht oft gesagt, Jungen haben es besser?«

Ellen nickte zaghaft.

»Na also, dann wirst du jetzt einer!«

Der Gedanke hatte durchaus seinen Reiz, aber … Ellen sah die alte Frau ungläubig an. »Wie soll das denn gehen?«

»Na ja, einen richtigen Jungen können wir natürlich nicht aus dir machen, aber wenn wir deine Haare kürzen und du Adams Sachen anziehst, werden dich alle für einen halten.«

Das klang einleuchtend.

Aelfgiva schnitt Ellens langen Zopf ab und kürzte die Haare bis fast auf Ohrenhöhe. »Und wegen der Farbe …«, murmelte sie, überlegte kurz und holte dann eine scharf riechende, dunkle Flüssigkeit hervor. Sie stellte sie aus Walnussschalen her und verwendete sie zum Färben von Stoff. Die Tinktur machte das Haar dunkelbraun, brannte aber auf der Kopfhaut und hinterließ Flecken auf Ellens Kinderkittel, die wie Blut aussahen.

»Jetzt zieh dich um, mir ist nicht wohl bei dem Gedanken, dass du noch nicht fort bist«, drängte Aelfgiva.

Ellen fand es merkwürdig, Adams Kleidung anzuziehen, es war, als würde sie in eine fremde Haut schlüpfen. Die Sachen waren allesamt ein wenig zu groß, was den Vorteil hatte, dass sie ihr noch eine ganze Weile passen würden.

Aelfgiva klaubte Ellens Kittel auf.. Dann lächelte sie. »Ich glaube, mir ist gerade etwas Gutes eingefallen! Heute Abend lege ich deine Sachen in der Nähe der Sümpfe aus. Ich zerreiße sie und verteile Blut von einem Vogel oder einem kleinen Marder darauf, mal sehen, was ich fangen kann. Wenn Sir Miles' Männer die Kleider finden, werden sie denken, dass du von Sumpfgeistern gefressen wurdest, und aufhören, nach dir zu suchen.«

Ellen schauderte bei dem Gedanken an die Geschichten, die man sich von den Ungeheuern erzählte, und wurde blass.

Aelfgiva strich ihr beruhigend über die Wange. »Hab keine Angst, es wird alles gut.« Die Alte musterte Ellen genau, ging zur Feuerstelle, nahm ein bisschen Asche vom Rand und verteilte einen Hauch von Schmutz über Ellens Stirn und Wangen. »So ist es besser. Noch ein bisschen Staub von draußen auf die Haare, und niemand wird dich erkennen, da geh ich jede Wette ein. Lass dich aber trotzdem nicht in der Nähe der Schmiede sehen.« Sie nahm Ellen bei den Schultern, drehte sie hin und her und nickte zufrieden.

»Glaubst du wirklich, er wird mir jemanden nachschicken?«

»Der Lordkanzler ist ein Mann der Kirche und würde sicher nicht dulden, dass einer seiner Männer verheirateten Frauen nachstellt. Sir Miles wird alles versuchen, damit sein Herr nichts davon erfährt.« Aelfgiva sah auf und unterstrich ihre Erklärung mit einer Bewegung ihres Daumens, den sie mit dem Nagel scharf an ihrer Kehle vorbeiführte. »Du darfst dich auf keinen Fall irgendjemandem zu erkennen geben, hörst du?« Aelfgiva hatte ein paar nützliche Dinge zusammengesucht und in ihr bestes Tuch gebunden. Sie drückte es Ellen in die Hand und schob sie zur Tür hinaus. »Und jetzt gehst du besser, bei mir bist du nicht sicher.«

Ellen lief durch den Wald Richtung Landstraße, so wie Aelfgiva es ihr geraten hatte, und war schon bald weiter weg von Orford als jemals zuvor. Die Sonne begann unterzugehen und tauchte den Wald in weiches, rotgelbes Licht. Ellen verrichtete ihre Notdurft hinter einem großen Busch, wusch sich Hände, Gesicht und Nacken in einem kleinen Bach, immer darauf bedacht, nur helles Wasser zu schöpfen. Dunkles Wasser, auf dem Schatten lagen – so hatte Aelfgiva ihr eingeschärft –, konnte von Dämonen besessen und gefährlich sein. Sie öffnete das Bündel, das die Alte ihr mitgegeben hatte. Die Gute hatte wirklich an alles gedacht und ein Stück selbst gemachten Ziegenkäse, ein bisschen

Speck, drei Zwiebeln, einen Apfel und einen halben Laib Brot in ihr Wolltuch geschnürt. Ellen schloss die Augen und roch an dem weichen Stoff. Er duftete nach Rauch und Kräutern, so wie Aelfgiva. Ellen schluckte. Wann sie Aelfgiva wohl wiedersehen würde? Langsam und bedächtig aß sie ihr kostbares Nachtmahl. Wenn sie sehr sparsam war, hatte sie zu essen für zwei Tage. Was dann kam, lag in Gottes Hand. Bisher allerdings hatte der ihre Gebete nicht ein einziges Mal erhört. Auch seine Heiligen hatten sich nicht als sehr zuverlässig erwiesen. Als Leofrun und Aedith nach Ipswich zu ihrem Großvater gereist waren, hatte sie zum heiligen Christophorus, dem Schutzheiligen der Reisenden, gebetet und ihn angefleht, er solle seine schützende Hand doch lieber über bessere Menschen halten als über diese beiden. Aber es hatte nicht geholfen, sie waren unversehrt zurückgekehrt. Ob er jetzt auch über sie wachte? Ellen kniete sich hin und betete, aber sie fand keinen Trost darin. Die erste Nacht allein im Freien stand ihr bevor. Sie würde sich eine geschützte Stelle suchen müssen. Mit der Sonne verschwanden auch die Schmetterlinge und Bienen. Nur die Mücken blieben, wurden sogar zahlreicher und aufdringlicher. Die Bäume schienen mit zunehmender Dunkelheit zu wachsen und sahen düster und unheimlich aus. Am Himmel türmten sich dicke Wolken auf. Ellen sah sich besorgt um und entdeckte ganz in der Nähe einen vorspringenden Felsblock. Dort würde sie sich gut verstecken können. Diebe, Räuber und Geächtete, aber auch Kobolde und Elfen trieben ihr Unwesen in den Wäldern und beraubten oder töteten Reisende im Schlaf. Außerdem musste man mit Bären und Wildschweinen rechnen. Ellen fühlte sich klein und hilflos. Weinend rollte sie sich unter dem Felsvorsprung zusammen, legte ihr Bündel unter den Kopf und horchte. Jedes Geräusch, das aus der Dunkelheit des Waldes zu ihr drang, ängstigte sie. Die Luft war schwer und schwül, ein Wärmegewitter braute sich zusammen. Ein greller Blitz zuckte durch die dunkle Nacht und ließ sie für einen Augenblick taghell aufleuchten. Danach folgte ein krachender Donnerschlag. Als der Regen einsetzte, wurde es etwas kühler. Der Waldboden begann, nach Kräutern und feuchter Erde zu duften. Ellen drückte sich an die tröstende Felswand, kniff die Augen zu und lauschte dem prasselnden Regen, bis sie einschlief.

Mitten in der Nacht vernahm sie plötzlich Stimmen. Sie öffnete die Augen. Es war stockfinster. Zuerst war es nur ein leises Flüstern, dann klang es wie ein Kichern. Ellen traute sich kaum zu atmen und blieb reglos liegen.

»Sie ist nichts wert. Töte sie! Sie allein ist schuld an meinem Unglück«, hörte sie eine Stimme wispern, die wie Leofruns klang.

»Außerdem ist sie hässlich und dumm«, sagte eine zweite Stimme.

Ellen war starr vor Angst.

»Wir sollten sie in Stücke schneiden und den Tieren zum Fraß vorwerfen. Niemand wird sie vermissen.«

»Zieh sie raus!«, sagte die erste Stimme.

Ellen schlug verzweifelt um sich. Ihr Handgelenk hieb an den Fels. Der Schmerz ließ sie hochfahren. Um sie herum war es dunkel und ruhig. Nur der Ruf eines Käuzchens war zu hören. »Ist da jemand?«, rief sie mit zittriger Stimme. »Mutter? Aedith?« Sie bekam keine Antwort. Es dauerte eine Weile, bis sich Ellen beruhigte und begriff, dass es nur ein böser Traum gewesen war.

Am Vormittag des nächsten Tages begegnete sie auf ihrem Weg einer Gruppe freundlich aussehender Menschen. Ihr Anführer, ein kräftiger Mann mit wirrem blondem Bart, war mit zwei jungen Männern, seiner Frau und seinen drei Kindern unterwegs. Ellen bat höflich, sich ihnen für ein Stück des Weges anschließen zu dürfen, und die dicke Frau nickte gnädig. In ihrem runden Gesicht standen trotz der Morgenkühle bereits erste Schweißperlen.

Ellen begriff erst nach mehreren eindeutigen Hinweisen und einigen Meilen gemeinsamen Weges, dass sie ein Kind erwartete, und errötete bis an die Haarwurzeln vor Scham über ihre Begriffsstutzigkeit.

Die Männer schüttelten sich darüber vor Lachen.

»Mach dir nichts draus, Junge. Hast eben noch keine Erfahrung mit den Frauen. Aber das wird noch, und wenn eine schon *so* rund ist, kommt sowieso jede Vorsicht zu spät«, feixte ihr Mann augenzwinkernd und schlug Ellen mit einem schallenden Lachen auf die Schulter.

Er hatte »Junge« gesagt! Ellen hatte völlig vergessen, dass sie verkleidet war!

Die Männer erklärten, sie seien Zimmerleute und auf dem Weg nach Framlingham, wo der Lord eine neue Burg aus Stein erbauen ließ.

»Ob sie da einen Schmiedehelfer brauchen können?«

»Sicher, warum nicht. Hast du denn Ahnung davon?« Der Zimmermann sah Ellen neugierig an.

»Mein Vater … ähm, ja, ich habe schon in einer Schmiede gearbeitet.«

»Wie heißt du?«, fragte der Zimmermann.

»Ellen«, antwortete sie, ohne nachzudenken, und erschrak im nächsten Moment zu Tode. Sie hatte schon wieder vergessen, dass sie jetzt ein Junge war! Wie angewurzelt blieb sie stehen und glaubte, auf der Stelle im Boden versinken zu müssen. Sie hatte sich nicht einmal Gedanken über einen passenden Namen gemacht!

Die Zimmermannsfrau ging dicht hinter ihr und prallte gegen sie. »Mensch Junge, pass doch auf, kannst doch nicht einfach so stehen bleiben!«, schimpfte sie ärgerlich.

Der Zimmermann drehte sich um, kam lachend auf Ellen zu und streckte seine Hand aus. »Freut mich, dich kennen zu lernen, Alan. Das sind meine jüngeren Brüder, Oswin und Albert. Ich bin Curt, und der kugelrunde Rohrspatz, der dich gerade beschimpft, ist meine liebste Frau Bertha.« Er lachte schallend.

Bertha murmelte eine unverständliche Verwünschung, rang sich dann aber ein Lächeln ab.

Ellen fiel ein Stein vom Herzen. Der Zimmermann hatte »Alan« verstanden!

»Was denkst du, Berthaschatz, sollen wir den Bengel mitnehmen?«

Bertha musterte Ellen mit einem durchdringenden Blick. »Ich weiß nicht recht. Vielleicht ist er ja ein Verbrecher, ein Dieb oder sogar ein Mörder?«

Mit angstgeweiteten Augen schüttelte Ellen den Kopf.

»Lass ihn in Ruhe, Berthaschatz. Der Junge kann keiner Fliege etwas zuleide tun, glaub mir, ich sehe das. Wenn du willst, kannst du mit uns nach Framlingham gehen, Alan. Ich werde den Baumeister nach Arbeit für uns fragen, vielleicht ist ja auch was für dich dabei.«

»Ich danke Euch, Meister Curt«, antwortete Ellen höflich. »Meisterin!« Sie nickte Bertha zu, in der Hoffnung, sie dadurch milde zu stimmen, und dankte dem Herrn in einem stillen Gebet, dass sie keine weitere Nacht mehr allein verbringen musste.

In Framlingham wimmelte es von Menschen. Steinhauer und Gerüstbauer, Hilfskräfte, Frauen, Kinder, Federvieh und Borstentiere liefen zwischen den Bauhütten und Fuhrwerken umher. Ellen staunte über den ohrenbetäubenden Lärm, den das Behauen der Steine und die anderen Arbeiten machten.

Während Curt zum Baumeister ging, setzten sich die anderen auf eine Wiese und ruhten sich ein wenig aus.

»Gute Zimmerleute wie uns nehmen sie gerne!«, rief Curt schon von weitem, als er zurückkam. »Meine Brüder bekommen vier Penny am Tag, ich sechs, außerdem gibt es eine warme Mahlzeit am Mittag. Der Baumeister ist übrigens ein Freund von Albert aus Colchester; als er hörte, dass wir für ihn gearbeitet haben, hat er mir einen Stall an der Ostseite der Baustelle zugewiesen, den wir uns herrichten können. Gearbeitet wird wie überall, von Sonnenaufgang bis Sonnenuntergang, außer an Feiertagen und am heiligen Sonntag. Wenn wir den Baumeister zufrieden stellen, haben wir mindestens Arbeit für drei Jahre, vielleicht länger.«

Bertha strahlte. »Drei Jahre? Du bist der beste Ehemann, den eine Frau sich wünschen kann. Komm her, und lass dich küssen!« Freudestrahlend strich sie über ihren gewölbten Bauch.

»Na, dann mal her mit dem Kuss!« Lachend zog Curt seine Frau heran und ließ sich einen langen Kuss auf die Lippen drücken.

Ellen dachte an das, was sie in der Kate beobachtet hatte, und wurde rot.

Curts Brüder bemerkten ihre Beschämung und stießen sich grinsend an.

»Ach ja, Alan!« Curt rieb sich über den blonden Bart, als wolle er Berthas Kuss fortwischen. »Ich habe auch den Schmied gesprochen, du sollst gleich zu ihm kommen, er will sehen, ob du was taugst.«

»Oh, danke, Curt!« Ellen war froh, nicht länger untätig herumsitzen zu müssen, sprang auf und stürmte los.

»Du findest ihn gleich hinter dem Tor, rechts an der Burgmauer!«, rief er ihr nach.

Ellens Mut sank, als sie den Schmied, einen mürrisch aussehenden Mann mit Händen wie Fassdeckel, gefunden hatte. Sie war sicher, dass er beim Anblick ihres schmächtigen Körpers anfangen würde zu lachen, und hätte am liebsten auf der Stelle kehrtgemacht, aber er hatte sie schon bemerkt und winkte sie heran.

»Du bist der Junge, von dem der Zimmermann erzählt hat, nicht wahr?« Seine schmutzig blonden Haare standen struppig vom Kopf ab, und als er sich das Kinn kratzte, bemerkte Ellen, dass die Kuppe seines linken Mittelfingers fehlte.

»Hast du schon einmal in einer Schmiede gearbeitet?«

»Ja, Meister.« Ellen wagte nicht, sich genauer zu äußern.

»Als Zuschläger?«

»Nein, Meister, hab nur gehalten. Bin noch nicht stark genug für den Vorschlaghammer.« Ellen war sicher, dass sie mit ihrer Ehrlichkeit jede Chance auf eine Arbeit bei ihm zunichte gemacht hatte, aber der Schmied nickte nur.

Er nahm einen Eisenstab und legte ihn in die Esse. »Ist klar, bist nicht sehr kräftig, sehe ich schon. Aber mit ein bisschen Übung wird sich das ändern, wächst ja sicher noch. Wie alt bist du?«

»Zwölf, glaube ich«, antwortete Ellen kleinlaut.

»Gutes Alter zum Lernen«, sagte der Schmied. »Ich will sehen, was du schon kannst. Wenn das Eisen die richtige Wärme hat, holst du es heraus und schmiedest eine Vierkantspitze aus.« Er deutete in Richtung Esse. »Ich heiße übrigens Llewyn, sie nennen mich auch den Iren.« Er wischte sich den Schweißtropfen, der ihm von der Schläfe über die Wange hinablief, mit dem Ärmel ab.

»Ich heiße Alan.« Und nach kurzem Schweigen fragte sie neugierig: »Ich dachte, Iren seien rothaarig wie ich?«

Llewyn grinste breit, und Ellen fand, dass er ganz nett aussah, wenn er nicht so brummig dreinblickte.

»Ich bin es nicht gewöhnt, im Hellen zu arbeiten«, murmelte Ellen entschuldigend, als die Feuerfunken anzeigten, dass das Eisen zu heiß geworden war. Sie nahm den Stab aus der Esse und legte ihn auf dem Amboss ab. Osmond hatte schier wahnsinnig werden können, wenn sich ihre Spitze zur einen oder anderen Seite verbog, deshalb hatte sie so lange geübt, bis sie es richtig konnte. Um eine ordentliche Vierkantspitze auszuschmieden, musste man den Stab zwischen den Schlägen jeweils eine Vierteldrehung vor und dann wieder zurückbewegen, und dabei kam es vor allem auf Gleichmäßigkeit an. Als das Eisen abgekühlt war, schob sie es zurück in die Esse.

»Das hast du schon öfter gemacht«, stellte der Schmied zufrieden fest. »Ich erwarte harte Arbeit von dir. Du hast mehr zu tun, als Werkzeug zu putzen und den Blasebalg zu bedienen.

Du wirst lernen, ordentlich zuzupacken, aber dafür zahle ich dir auch eineinhalb Penny pro Tag. Um eine Schlafstelle musst du dich allerdings selbst kümmern.«

Ellen schlug überglücklich ein und einigte sich später mit Bertha, dass sie für ein bisschen Hilfe und einen halben Penny am Tag einen Platz im Stall und ein Abendessen erhielt. Wie leicht es doch war, als Junge zurechtzukommen! Ellen dachte voller Wehmut an Osmond. Er wäre sicher stolz auf sie gewesen!

Während der ersten Wochen hatte Ellen die schlimmsten Muskelschmerzen ihres Lebens. Manchmal taten ihre Schultern so weh, dass sie kaum den Hammer heben konnte. Verbissen versuchte sie, sich nichts anmerken zu lassen, und hielt tapfer durch. Llewyn schien sie für einen schwächlichen Knaben zu halten, der nur hart genug arbeiten musste, um mehr Kraft zu bekommen, und schonte sie nicht. In den ersten Monaten waren Ellens Hände übersät mit Blasen, die durch die Reibung am Holzstiel immer wieder aufplatzten und zu bluten anfingen. Manchmal schossen ihr vor Schmerz die Tränen in die Augen, aber Llewyn tat, als bemerke er es nicht. Todmüde wankte sie abends aus der Schmiede, mit einem tiefen Gefühl von Mutlosigkeit und Verzweiflung und der ständigen Angst, den nächsten Tag nicht zu überstehen. Oft war ihr so schlecht vor Erschöpfung, dass sie nicht einen Bissen hinunterbrachte, auf ihren Strohsack kroch und weinend in einen schwarzen, traumlosen Schlaf sank.

Als der Oktober kam und mit heftigem Wind die bunten Blätter von den Bäumen fegte, brachte Bertha einen Sohn zur Welt. Ellen fand ihn viel zu mager und hässlich. Aber Bertha und Curt waren selig, noch einen zweiten Jungen bekommen zu haben. »Söhne sind der Reichtum des einfachen Mannes«, sagte Curt gern. Ellen gab ihm Recht und beneidete das Kind um seine glückliche Geburt. Sie selbst war und blieb ein Mädchen.

Ihre Stimme würde niemals tiefer werden, und ihr würde nie ein Barthaar im Gesicht sprießen, also achtete sie besonders darauf, keinen Argwohn durch mädchenhaftes Benehmen zu erregen. Sie nutzte jeden Augenblick, den sie mit den Zimmerleuten verbrachte, um sich die Gesten und Ausdrücke der Männer zu Eigen zu machen. Und bis zu jenem Sonntag im November, als der Schwindel beinahe aufgeflogen wäre, machte es ihr manchmal sogar Spaß, die anderen an der Nase herumzuführen.

Thomas, der Sohn des Baumeisters, und seine Freunde hatten im Herbstlaub dicke braune Spinnen gefunden, die sie als Beweis für ihre Tapferkeit auf ihren Armen und sogar über ihre Gesichter laufen ließen. Sie genossen es, wenn die Mädchen, fasziniert von ihrem Mut, immer wieder zu ihnen hinsahen, nur um sich umgehend mit spitzen Schreien wieder abzuwenden, weil sie die haarigen Tiere so widerlich fanden.

»Hier hast du auch eine«, sagte Thomas gönnerhaft und setzte Ellen eines von den achtbeinigen Ungeheuern auf die Hand.

Angeekelt schleuderte sie die Spinne fort. Als die Jungen sich vor Lachen bogen und bereits begannen, sich lustig zu machen, wurde Ellen klar, dass sie sich schnell etwas einfallen lassen musste. Sie zog die Nase hoch und spuckte den Schleim so geräuschvoll und gezielt wie möglich aus. Sie hatte das lange geübt und war inzwischen treffsicher genug, um ihn platschend auf der Spinne landen zu lassen. »Getroffen!« Mit strahlender Siegermiene stieß sie die rechte Faust in die Luft und ließ sich gebührend für ihre Zielgenauigkeit bewundern. »Verdammte Missgeburt!«, setzte sie noch verachtend hinzu, weil Flüche zum Männergebaren dazugehörten. Nachdem sie gerade noch einmal glimpflich davongekommen war, achtete sie nun sorgfältig darauf, sich wie ein Junge zu benehmen: Sie fluchte häufig, aß mit offenem Mund und rülpste beim Biertrinken besonders laut. Sie lief breitbeinig herum und fasste sich häufig in den Schritt, so wie Männer es eben taten. Nur wenn die Jungen pinkeln gingen und dabei Wettkämpfe veranstalteten, zog sie sich zurück, obwohl sie allzu gern mitgemacht hätte. Warum hatte der Herr sie nicht als Junge auf die Welt kommen lassen?

Nach dem sehr nassen, stürmischen Herbst setzte schon früh ein eisiger Winter ein, der die Bauarbeiten größtenteils zum Erliegen brachte. Die Schmiede jedoch arbeiteten nach wie vor im Freien weiter, weil die Baukosten schon jetzt die anfänglichen Berechnungen um ein Vielfaches überschritten hatten und die versprochenen Werkstätten aus Stein deshalb nicht gebaut worden waren. Um nicht zu erfrieren, hatten sie die Seiten ihres Unterstandes, so gut es ging, mit Holzplanken verschlossen, aber es zog noch immer durch die offene Vorderseite. Damit das Holz durch den Funkenflug nicht Feuer fing, besprengte Ellen die Wände täglich mit Wasser, das bei der Kälte zu schönen Blumenmustern gefror und ihre Hände rot und rissig machte. Während der Arbeit zitterte sie vor Kälte, und selbst Llewyn, dem das Wetter weniger auszumachen schien, stampfte unaufhörlich mit den Füßen auf. Die Esse wärmte nur Bauch und Gesicht desjenigen, der genau vor ihr stand. Die Füße aber blieben kalt und wurden bald so taub, dass man seine Zehen kaum noch spürte. Blieb man nicht ständig in Bewegung, lief man Gefahr, dass einem die Zehen erfroren. Nur wenn die Kälte allzu beißend wurde, hörten sie auf zu schmieden, löschten das Feuer und gingen in den »Roten Bock«, das einzige Wirtshaus in Framlingham, das trinkbares Bier und ordentliches Essen zu vernünftigen Preisen anbot. Während sie sich dort manchmal den ganzen Nachmittag schweigend gegenübersaßen, dachte Ellen immer häufiger an zu Hause. Osmond, Mildred und Kenny und natürlich Simon und Aelfgiva fehlten ihr von Tag zu Tag mehr. Sogar ihre Wut auf Leofrun hatte sich ein wenig gelegt, und beinahe hätte sich Ellen sogar nach Aedith gesehnt. Mit Llewyn über ihr Heimweh zu reden hätte wenig Sinn gehabt. Er hatte weder Frau noch Kinder und war ohnehin kein Freund vieler Worte. Nur bei der Arbeit sprach er mit ihr, und da tat er ihrer

Meinung nach viel zu viel des Guten. Mit seinen immer wiederkehrenden Erklärungen aller Arbeitsgänge konnte er sie schier zur Verzweiflung treiben. Ellen konnte sich einen Arbeitsgang nach nur einem einzigen Mal Zusehen merken und ihn zu einem späteren Zeitpunkt selbstständig wiederholen. Dabei war es unwichtig, wie viele Schritte dazugehörten und wie kompliziert jeder einzelne war. Alles hatte einen Sinn, und der leuchtete ihr ganz selbstverständlich ein. Was sie brauchte, waren keine Erklärungen, sondern Übung und eigene Erfahrungen!

Als sich im Frühjahr die ersten Maiglöckchen der Sonne entgegenstreckten, jeder alle Hände voll zu tun hatte und die Tage wieder freundlicher wurden, fehlte auf einmal mehr als ein halber Shilling in Ellens Tontopf. Sie sparte eisern und erfreute sich fast jeden Tag an der wachsenden Anzahl von Münzen. Doch jetzt klopfte ihr Herz wild. Vielleicht hatte sie sich verzählt? Sie begann noch einmal von vorn, aber es blieb dabei, siebeneinhalb Penny fehlten. Das Geld konnte nur jemand aus der Familie des Zimmermanns gestohlen haben. Bertha achtete darauf, dass der Stall nie unbeaufsichtigt blieb, damit sich kein Dieb hereinschleichen konnte. Mit Tränen in den Augen ließ Ellen die restlichen Münzen zurück in den Topf gleiten und versteckte ihn enttäuscht unter dem strohgefüllten Sack ihrer Bettstatt.

Ein paar Tage vergingen, ohne dass etwas geschah, und Ellen war schon fast so weit, die Sache auf sich beruhen zu lassen, als sie jemanden sah, der sich an ihrem Schlaflager zu schaffen machte. Es war Curts älteste Tochter Jane.

Ellen stürzte sich auf sie. »Elende Diebin!«

Das Mädchen begann zu schreien wie am Spieß, und Bertha, die vor der Tür Gemüse putzte, kam sofort herbeigelaufen.

»Alan war es, der euch bestohlen hat, ich habe es doch gleich gesagt!«, rief Jane schrill, Ellens Tontopf in der Hand. »Sieh nur, wie viele Münzen er hat. So viel will er gespart haben?« Janes Stimme überschlug sich beinahe. »Ihr habt ihn aufgenommen wie einen Sohn, und er dankt es euch, indem er euch bestiehlt!« Jane sah Ellen mit funkelnden Augen an und nahm mehrere Pennys aus dem Topf. Flink kletterte sie die Leiter zur Stube hinunter und streckte ihrer Mutter die Münzen entgegen. »Hier Mutter, dein Geld!«

»Das wird Folgen haben für dich, Jungchen!«, schimpfte Bertha drohend und ließ das Geld unter ihrer Schürze verschwinden. »Curt wird heute Abend entscheiden, was mit dir passieren soll. Wenn es nach mir geht, kommt die Sache vor den Richter; wie man hört, soll Lord Bigod etwas gegen Diebe haben und sie hart bestrafen lassen.« Bertha wandte sich wutschnaubend ab und ging wieder an ihre Arbeit. Jane grinste triumphierend und eilte ihrer Mutter nach.

Ellen stand da, wie vom Donner gerührt. Jane musste nicht nur sie, sondern sogar ihre eigenen Eltern bestohlen haben! »So ein Miststück!«, zischte sie und trat wütend gegen einen Strohballen, dann brach ihr der Schweiß aus, und Tränen liefen über ihr Gesicht. Wenn man sie in den Kerker warf, war es nur eine Frage der Zeit, bis herauskam, dass sie kein Junge war – und was dann mit ihr geschehen würde, wagte sie sich nicht auszumalen. Ellen fasste einen Entschluss und lief, so schnell sie konnte, zur Schmiede.

»Ich gehe weg aus Framlingham«, sagte sie atemlos zu Llewyn, als sie vor ihm stand.

»Ich verstehe, dass es dich weitertreibt, kannst ohnehin nicht mehr viel von mir lernen.« Llewyn war sichtlich enttäuscht.

Ellen sah ihn erschrocken an, sie hatte ihn nicht verletzen wollen! »Es hat nichts mit dir oder dem Schmieden zu tun. Ich …« Sie brach ab und sah auf ihre Fußspitzen.

»Lass gut sein, du musst nichts erklären. Du bist ein freier Mann. Weißt du schon, wohin du gehen willst?«, fragte Llewyn, ohne sie anzusehen.

»Ipswich, denke ich.« Eigentlich hatte sie keine Ahnung, wo sie hinsollte, aber das wollte sie nicht sagen.

»Ipswich.« Llewyn nickte zufrieden. »Das ist gut. Was willst du dort tun?«

»Schmieden, was sonst? Ich kann nichts anderes.«

»Dafür kannst du das umso besser. Ich kenne nur einen Menschen, der so ein untrügliches Gefühl für das Eisen hat wie du. Von ihm könntest du noch eine Menge lernen. Frag in Ipswich nach Meister Donovan. Er ist der beste Schwertschmied East Anglias, bei ihm bist du wieder ein vollkommener Anfänger!« Llewyn stand einen Moment völlig regungslos da und schien nachzudenken. »Er war ein Freund meines Vaters. Sag ihm, dass ich dich mit den besten Empfehlungen zu ihm schicke. – Ich war nicht gut genug«, murmelte er, »aber du bist es.« Dann sagte er lauter: »Lass dich nicht abweisen, hörst du! Donovan ist ein alter Griesgram, aber du musst alles daransetzen, dass er dich nimmt. Versprich es mir!«

»Ja, Meister«, sagte Ellen mit belegter Stimme.

Zum Abschied drückte Llewyn ihr seinen Hammer in die Hand. »Ich habe ihn von meinem Meister bekommen, halt ihn in Ehren«, sagte er knapp, räusperte sich und klopfte Ellen aufmunternd auf die Schulter. »Mach's gut, Junge!«

»Danke, Llewyn«, murmelte Ellen mit erstickter Stimme, mehr brachte sie nicht heraus. Dann schlich sie sich in den Stall, holte ihr Geld und ihre Sachen und verließ Framlingham wie ein Dieb.

Ipswich, Anfang Mai 1162

Ellen betrat Ipswich durch das nördliche Stadttor. Einen Moment lang blieb sie unschlüssig stehen. Ausgerechnet an diesem Morgen begann sich die strahlende Frühlingssonne der letzten Tage hinter dicken Wolken zu verstecken. Ein Regentropfen fiel auf Ellens Nasenspitze. Besorgt sah sie zum Himmel. Nur ein winziger Flecken Blau war dort noch zu sehen. Wahrscheinlich würde sie schon bald nass werden. Im Gegensatz zu ihr schienen die meisten Reisenden, die ebenfalls durch das Nordtor gekommen waren, genau zu wissen, wohin sie gehen mussten. Ohne sich umzusehen, hasteten sie voran. Ellen schlenderte langsam südwärts. Niemand erwartete sie. Ihr blieb also alle Zeit der Welt, um die Stadt in Ruhe zu erkunden. An der ersten Kreuzung machte sie Halt und sah sich um. In südlicher Richtung waren Schiffsmasten auszumachen. Dort musste also der Hafen liegen. Rechts und links wand sich je eine dicht mit Häusern gesäumte Straße. Ellen rieb mit dem Zeigefinger über ihre Schläfe und schaute abwechselnd in beide Richtungen, ohne sich für einen Weg entscheiden zu können. Unschlüssig setzte sie sich auf ein Mäuerchen, ließ die Beine baumeln und trank den letzten Schluck Wasser aus ihrem Schlauch. Ich muss ihn wieder auffüllen, dachte sie, als sie hinter sich das aufgeregte Gegacker junger Mägde vernahm. Neugierig drehte sich Ellen um.

Die Mädchen standen nicht weit entfernt von ihr und redeten aufgeregt durcheinander. Sie kicherten laut und benahmen sich auffallend genug, um die Blicke aller Vorbeihastenden auf sich zu ziehen. Eine dralle junge Magd fuhr sich Aufmerksamkeit heischend durch die langen dunklen Haare. Sie lachte aufgekratzt. Es war ihr anzusehen, wie sehr sie die offenkundige Bewunderung der Männer und den Neid ihrer Freundinnen genoss, die nun ebenfalls lauter und schriller lachten, damit auch sie in Augenschein genommen wurden.

»Jetzt kommt schon, worauf wartet ihr? Lasst uns endlich gehen!«, drängte ein mageres Mädchen mit roten Händen ungeduldig, packte eine ihrer Freundinnen am Arm und zog sie in Richtung Markt.

»Kannst es kaum abwarten, auf den Jahrmarkt zu kommen, was?« Die Dunkelhaarige riss den Mund hämisch auf und zwinkerte einer der anderen zu. »Sie hat ein Auge auf den Zahnreißer geworfen!«, erklärte sie und stieß ihre Nachbarin mit dem Ellenbogen an.

Die Magere errötete und blickte beschämt zu Boden.

Es war Markt in Ipswich! Deshalb war sie auf der Landstraße auch den Musikanten begegnet! Ellens Herz hüpfte vor Freude. Aedith hatte ihr früher einmal davon erzählt und vor Begeisterung kaum noch Luft bekommen, als sie berichtete, was es dort alles zu sehen gab. Ein Jahrmarkt war etwas Besonderes, nur bedeutende Städte konnten ihn sich leisten, da er ausschließlich mit Genehmigung des Königs veranstaltet werden durfte und sich der Herrscher die Vergabe dieses Privilegs teuer bezahlen ließ. Viele Händler kamen von weit her, um Gewürze, kostbare Stoffe und außergewöhnliche Gerätschaften anzubieten. Aber Jahrmärkte, die weithin im Voraus bekannt gegeben wurden, zogen auch Prediger, Gaukler, Possenreißer und Musikanten an, die das Volk unterhielten und so ihr Auskommen fanden.

Als sich die Mägde kichernd in Bewegung setzten, rutschte Ellen aufgeregt von der Mauer und folgte ihnen. Die Straßen wurden immer voller, je weiter sie gingen. Erst jetzt bemerkte Ellen, dass die Menschen von überall her in die gleiche Richtung zu drängen schienen. Die Gassen wurden enger, und die Häuser standen sich immer dichter gegenüber. Die Wolken hatten inzwischen auch das letzte bisschen Blau des Himmels verschluckt, sodass er jetzt grau in grau mit den Dächern verschwamm. Obwohl es kaum Mittag war, konnte man meinen, es dämmere bereits. Ellen war noch nicht weit gekommen, als mit einem Mal dicke Tropfen niederprasselten und den staubigen Boden in der Mitte der Gasse in wenigen Augenblicken in zähen Morast verwandelten. Wie alle anderen drängte sich Ellen dichter an die Häuser, um wenigstens noch eine Weile trockenen Fußes voranzukommen. Aber genauso schnell, wie der Regen gekommen war, verschwand er auch wieder. Die Erde saugte das Nass gierig auf, und nach kurzer Zeit erinnerten nur noch ein paar Wasserlachen an den kurzen Wolkenbruch. Sogar einige Sonnenstrahlen fielen jetzt wieder in die schmale Gasse. Auch die Schweine, die während des Regens davongelaufen waren, drängten sich nun wieder durch die Menschenmenge und durchpflügten den feuchten Boden grunzend nach Essbarem. Ellens Schuhe waren noch einigermaßen trocken, und damit das so blieb, achtete sie darauf, nicht in die Pfützen geschubst zu werden, während sie sich mit der Menge vorwärts schob.

Auf den Treppenstufen der Kirche am Cornhill, dem Getreidemarkt, fiel Ellen ein Bettler auf. Seine Kleider sahen aus, als hätten sie schon bessere Tage erlebt, auch wenn sie jetzt schmutzig und zerrissen waren. Zusammengesunken saß er da, ohne sich zu bewegen. Sein rechtes Bein war eine einzige von Maden zerfressene Wunde, die sicher furchtbar schmerzte. Wohl aus Scham über sein jämmerliches Dasein hielt er sein Gesicht bedeckt, und Ellen fragte sich, was er getan haben mochte, dass Gott ihn so hart bestrafte. Gänzlich unberührt von diesem Anblick, gewöhnt an Armut und Schmutz, spielten nur wenige Schritte weiter ein paar Kinder mit Stöcken und Steinen im Dreck. Drei größere Mädchen, vermutlich die älteren Schwestern, die auf die Kleinen aufpassen sollten, standen flüsternd in einer Ecke. Sie waren so sehr in ihr Getuschel vertieft, dass sie nicht einmal die freche Ratte bemerkten, die sich einem der Kinder näherte und versuchte, es zu beißen. Zwei vielleicht zehnjährige Jungen, die ein Stück weiter standen, begannen zu streiten und sich zu schubsen. Ellen staunte, weil sie einer wie der andere aussahen. Sie hatte schon von Zwillingen gehört, aber noch nie welche gesehen. Einen Moment blieb sie an die Hausmauer gedrängt stehen und fragte sich, wie es wohl sein mochte, eine Schwester zu haben, die einem aufs Haar glich. Der Gedanke hatte etwas überaus Tröstliches, obwohl offensichtlich auch Zwillinge nicht immer einer Meinung waren. Die beiden Jungen stritten nun heftiger und fingen schließlich an, sich zu prügeln. Die Menge schob Ellen weiter Richtung Markt, und sie verlor die Kinder aus den Augen. Je näher sie dem Marktplatz kam, desto voller wurden die Gassen. Immer wieder blieb Ellen stehen. Auf der anderen Gassenseite, nur ein Stück weiter vorn, fiel ihr ein Mann auf. Ellen konnte den Blick nicht von ihm abwenden, und plötzlich sah sie, wie er einem gut gekleideten Reisenden unbemerkt den Geldbeutel vom Gürtel schnitt. Ellen schnappte nach Luft. Noch ehe der Bestohlene begriff, was geschehen war, machte sich der Dieb aus dem Staub. Er lief direkt auf Ellen zu. Als er sich dicht an ihr vorbeizwängte, sah sie, dass es kein Mann, sondern ein Junge war, kaum älter als sie selbst und nur wenig größer. Seine schmutzigen, dünnen Haare klebten auf seiner pickeligen Stirn, und sein kalter Blick glitt an ihr herab. Ellen lief ein Schauer über den Rücken. Sie war empört über seine Tat, aber als er sich dicht an ihr vorbeidrängte, empfand sie vor allem Abscheu und Angst, er könne ihr ebenfalls den Geldbeutel stehlen. Hastig fuhr sie mit der Hand über ihren Bauch. Doch ihre Furcht war unbegründet. Der Geldbeutel hing genau da, wo er hingehörte, unter ihrem Hemd. Als Ellen sich umsah, konnte sie den Jungen nirgendwo mehr entdecken.

»Frische Fischpasteten!«, rief ein Mädchen mit großen Augen, unter denen tiefe Schatten lagen. Ihre Stimme trug erstaunlich weit für ihren zarten, fast mageren Körper, den ihr fadenscheiniges dunkelgraues Leinenkleid nur mühsam bedeckte. Der Duft von Dill und Nelke, mit denen die Pasteten gewürzt waren, wehte zu Ellen herüber. Mühsam kämpfte sie sich zu dem Mädchen durch.

»Wie viel?«, fragte sie und deutete auf eine der köstlich aussehenden Backwaren in dem Korb an ihrem Arm.

»Drei Farthing.«

Ein Farthing war ein viertel Penny. Drei Farthing für eine einzige Pastete waren ein stolzer Preis. Ellen beschloss trotzdem, sich eine von den herrlich duftenden Pasteten zu gönnen. Sie hatte noch nichts gegessen und war hungrig wie ein Wolf. Mit knurrendem Magen konnte sie unmöglich bei einem Schmied vorsprechen. Sie angelte ihren Beutel unter dem Hemd hervor und fischte die nötigen Münzen heraus. Das Mädchen senkte schamhaft den Blick, als Ellen auffordernd nickte. Dann sah es auf, lächelte und errötete. Zwei tiefe Grübchen bohrten sich in seine Wangen. Das Mädchen wählte eine besonders große golden gebackene Pastete aus und reichte sie Ellen mit einem anmutigen Augenaufschlag.

»Sieht wirklich gut aus!« Ellen bedankte sich höflich.

Das Mädchen errötete erneut bis zu den Haarwurzeln.

Ellen schmunzelte, weil sie offensichtlich für einen recht ansehnlichen Jungen gehalten wurde. »Mm.« Genüsslich rollte sie mit den Augen. »Schmeckt köstlich!« Sie leckte sich genießerisch die Lippen, und das Mädchen lächelte zufrieden.

»Ich kaufe den Fisch gleich morgens bei Sonnenaufgang und mache die Pasteten jeden Tag frisch.« Das Mädchen strahlte Ellen an.

»Weißt du vielleicht, wo ich Donovan, den Schmied, finden kann?«, fragte Ellen noch immer kauend.

Das Mädchen schüttelte bedauernd den Kopf.

Ellen zuckte mit den Schultern. »Macht nichts, ich find ihn schon.« Sie wollte sich gerade abwenden, als eine kleine Gruppe bewaffneter Männer auf die Pastetenverkäuferin zukam.

»He, du, Kleine, wie viel willst du für den Korb mit den Pasteten haben?«, rief einer von ihnen mit lauter Stimme.

Das Mädchen zuckte zusammen und wagte kaum, in die Richtung zu sehen, aus der es die Frage vernommen hatte.

Ein hünenhafter älterer Ritter mit einer tiefen Narbe auf der linken Wange kam auf sie zu. Er trug ein abgesteepptes, fast neu aussehendes Lederwams und Sporen an den Stiefeln, die bei jedem Schritt schepperten. An seinem Akzent glaubte Ellen zu erkennen, dass er Normanne war. Seine Begleiter warteten ein Stück abseits. Sie äugten zu den Straßendirnen hinüber, die an der nächsten Ecke standen und ihnen einladend zuwinkten.

Die Pastetenverkäuferin sah Hilfe suchend zu Ellen und dann in ihren Korb.

Vermutlich versuchte sie zu zählen, wie viele Pasteten sie noch hatte, um auszurechnen, was der Ritter ihr wohl zahlen müsse. Es schien eine Ewigkeit zu dauern, und Ellen befürchtete, der Normanne könne ungeduldig werden. Also stieß sie das Mädchen an. »Mach schon!«, zischte sie mit zusammengebissenen Zähnen. Sie musste doch wissen, wie schnell so ein Ritter gefährlich werden konnte, wenn er wütend wurde.

Als der Ritter merkte, in welchem Dilemma sich die Pastetenverkäuferin befand, streckte er ihr ein hübsches Silberstück entgegen. »Ich denke, hiermit dürftest du mehr als gut bedient sein.«

Ellen kniff die Augen zusammen und musterte die Münze, als diese vor ihren Augen den Besitzer wechselte. Ein Kopf war daraufgeprägt. Ellen kannte ihren Wert nicht, aber es schien ihr eine großzügige Bezahlung zu sein, also stieß sie das Mädchen erneut an. »Gib ihm den Korb, los doch!«

Der Ritter grinste breit. »Das ist das erste Mal, dass ich dafür bezahle, von einem hübschen Mädchen einen Korb zu bekommen«, sagte er amüsiert und lachte. »Also, bitte sei so freundlich, und verkürze meine Qualen«, bat er mit gespielter Leidensmiene. Dann lachte er dröhnend.

So hastig, als brenne plötzlich der Henkel, streckte die Pastetenverkäuferin ihm den Korb entgegen. »Ich hoffe, sie schmecken Euch, Mylord.« Ihre Stimme zitterte ängstlich.

»Nun, das hoffe ich auch, denn wenn sie nicht frisch und gut sind, hole ich mir mein Geld zurück und reiße dir den Kopf ab«, drohte er mit einem Mal und sah ihr dabei streng ganz tief in die Augen. Das Lachen war aus seinem Gesicht verschwunden.

Das Mädchen riss erschrocken die Augen auf, und Ellen sah die nackte Angst darin.

»Ich habe selbst gerade eine gegessen. Sie sind noch warm, ganz frisch, und hervorragend gewürzt sind sie obendrein, das versichere ich Euch, Mylord«, meldete sich Ellen zu Wort und war selbst erstaunt über ihr forsches Auftreten.

»Nun, junger Mann, dann hoffe ich, dass deine Zunge nicht nur vorlaut, sondern auch verwöhnt ist.«

Der Ritter zog die Augenbrauen spöttisch hoch, lachte erneut schallend und schlug Ellen freundschaftlich und mit solcher Wucht auf den Rücken, dass ihr kurz die Luft wegblieb. Kopfschüttelnd und immer noch laut lachend ging er zurück zu seinen Begleitern. Er reichte ihnen den Korb und sagte etwas in einer fremden Sprache. Die Männer sahen zu ihnen herüber und grölten vor Lachen.

Als sie endlich abzogen, atmete Ellen erleichtert auf.

Die Pastetenverkäuferin war wie erstarrt. »Ich muss mir einen neuen Korb kaufen«, stammelte sie leise. »Wie soll ich sonst morgen Pasteten verkaufen?« Sie sah gar nicht glücklich aus, obwohl man das nach einem so guten Verkauf hätte erwarten können. »So ein Korb ist nicht billig. Hoffentlich bleibt mir genug Geld übrig. Wenn es meiner Mutter zu wenig ist, lässt sie ihre siebenschwänzige Katze auf meinem Rücken tanzen.«

Ellen sah die Tränen in den großen Augen des Mädchens und hatte Mitleid mit ihm, obwohl sie nicht wusste, was eine siebenschwänzige Katze war. Auf alle Fälle hörte es sich furchtbar an, fand sie. Ob es schlimmer sein konnte, als mit Leofruns Lederriemen geschlagen zu werden? »Seine Münze ist bestimmt viel mehr wert als der Korb und die Pasteten«, versuchte sie dem Mädchen Mut zu machen. »Deine Mutter wird sicher zufrieden mit dir sein.«

»Es war mutig von dir, zu sagen, dass die Pasteten gut sind.« Das Mädchen sah Ellen in die Augen. »Und sehr nett.« Dann hob sie stolz den Kopf. »Wenn du morgen wieder hier bist, bekommst du eine Pastete umsonst, als Dankeschön.« Die Pastetenverkäuferin lächelte und verabschiedete sich mit einem Kuss, den sie blitzschnell auf Ellens Wange hauchte, bevor sie eilig verschwand.

Diesmal war es Ellen, die errötete. Langsam schlenderte sie weiter, bis sie den Marktplatz erreichte, wo sie einen Jongleur und Possenreißer beobachtete, der mit seinen Scherzen die schamhaften Mädchen zum Glühen und die übrige Menge zu schadenfrohem Lachen brachte.

Immer wieder verbeugte er sich grinsend und bedankte sich für den Applaus der Zuschauer und die hingeworfenen Kupfermünzen.

Nicht weit von ihm entfernt stand ein Feuerspucker und Schwertschlucker. Ein feister Mann mit haariger, nackter Brust und kahlem Schädel, der sich unter den erstaunten Ausrufen der Schaulustigen einen langen Dolch durch den Mund bis tief in den Rachen schob. Ellens Blick wanderte fasziniert zu den Darbietungen der Gaukler, als ein markerschütternder Schrei ihre Aufmerksamkeit auf eine Menschenansammlung lenkte.

Ellen bahnte sich den Weg hinüber. Der Zahnreißer, von dem die Mädchen gesprochen hatten, und ein Bader teilten sich das große Holzpodest in der äußersten Ecke des Marktplatzes.

Wie man an der silbrig verwitterten Farbe des Podests erkennen konnte, stand es das ganze Jahr über an dieser Stelle. Wahrscheinlich wurden dort oben auch Gerichtstage abgehalten, Ehebrecherinnen ausgepeitscht, Betrüger an den Pranger gestellt oder Dieben die Hände abgeschlagen. Vielleicht fanden sogar

Hinrichtungen auf dem mit dunklen Flecken übersäten Podest statt. Jetzt aber standen zwei große Lehnstühle für die Kranken dort oben.

Der Zahnreißer hatte auf einem Tischchen Maulsperren und Zangen in verschiedenen Größen bereitgelegt, außerdem Kräuter und Tinkturen für eine schnellere Wundheilung. Ellen dachte an die Magd mit den roten Händen und fragte sich, ob sie sich tatsächlich in den griesgrämig aussehenden Alten verguckt hatte, der gerade die Instrumente zurechtlegte. Erst als ein hübscher junger Mann in einem braunroten Gewand das Podest betrat, begriff Ellen, dass der Alte nur der Handlanger des Zahnreißers war.

Auf der anderen Seite der Zuschauermenge, dicht an der Treppe, sah sie die Magd stehen. Ganz versunken war sie in den Anblick des jungen Mannes, und Ellen hoffte, der Magd würde etwas anderes einfallen, als sich einen Zahn ziehen zu lassen, um seine Aufmerksamkeit auf sich zu lenken.

Die Ausstattung des Baders benötigte einen größeren Tisch als die des Zahnreißers. Auf der einen Seite der Tischplatte hatte er Kräuter, Arzneien und Leinentücher für Pflaster und Verbände zurechtgelegt, auf der anderen Sägen für Amputationen, Pinzetten, Skalpelle und Nadeln in verschiedenen Größen. Ein Kohlebecken mit einem Brandeisen stand auch bereit. Damit sie nicht vor Angst oder Schmerz aufspringen und fortlaufen konnten, wurden die Kranken sowohl beim Bader als auch beim Zahnreißer mit breiten Lederriemen am Stuhl festgebunden.

Selbst den Mutigsten perlte der Schweiß von der Stirn, wenn ihnen ein Zahn gezogen oder eine Wunde genäht werden musste. Überall um das Podest herum drängten sich Kranke, in deren Gesichtern die Angst vor den Schmerzen ebenso stand wie die Hoffnung auf Heilung.

Auch Schaulustige belagerten die Tribüne in der Hoffnung, vielleicht das Abtrennen einer Gliedmaße oder etwas anderes Grauenerregendes beobachten zu können. Die Menge überwachte jeden Handgriff der beiden Männer, kommentierte ihre

Gesten mit Abscheu und Erstaunen und die Schreie der Gequälten mit Schmährufen. Für viele schien das Spektakel eine willkommene Abwechslung zu sein.

Ellen brachte es nicht fertig, länger zuzusehen. Der widerliche Geruch von Eiter und Fäulnis, Blut und verbranntem Fleisch war zu viel für ihren Magen. Nur mit Mühe und eisernem Willen konnte sie verhindern, dass sie ihre Pastete wieder hervorwürgte.

Auf der anderen Seite des Platzes waren die Verkaufsstände dicht aneinandergedrängt, auf ihren Dächern aus buntem Tuch oder Leder hatte sich Regenwasser gesammelt. Mit Stöcken drückten die Händler von unten dagegen, damit es ablaufen konnte. Bauern, Mönche und unzählige Kaufleute hatten ihre Waren in die Stadt gebracht. Was immer man brauchen konnte, war auf diesem Markt zu finden: Töpfe aus Eisen oder Kupfer in allen Größen und Formen, jede Art von Tongefäßen und Korbwaren, Spielsachen und Hausrat, Leder und alles, was man daraus anfertigen konnte, Stoffe und Bänder, Zierrat und allerlei Nützliches aus Horn, Knochen, Holz oder Metall.

In einer Ecke boten zwei Mönche in zerschlissenen Kutten Bier feil, das sie aus großen, bauchigen Fässern schöpften. Obwohl die beiden so ärmlich aussahen, musste ihr Gebräu besonders gut sein, denn an ihrem Wagen hatte sich eine lange Schlange von Kaufwilligen gebildet, die jeder einen oder mehrere große Krüge mitgebracht hatten.

Ein Stück weiter konnte man lebendes Federvieh, Eier, Mehl, Kräuter, Pökelfleisch, Räucherspeck, Obst, Gemüse und andere Küchenzutaten kaufen.

Am außergewöhnlichsten und ständig von Gaffern umlagert waren aber die Stände mit den exotischen Früchten und Gewürzen wie Datteln, Granatäpfel, Pfeffer, Ingwer, Sternanis, Zimt und Senf. Ellen sog den betörenden Duft genießerisch ein. Wenn sie die Augen schloss, kam sie sich vor wie in einer anderen Welt.

Die Händler riefen laut durcheinander und priesen ihre Waren an. Allein um die Tandstände drängten sich Frauen und Mädchen jeden Alters, schoben und schubsten, nur um all die hübschen Dinge ansehen und vielleicht auch befühlen zu können. Obwohl es Ellen in den vergangenen Monaten in Fleisch und Blut übergegangen war, sich wie ein Junge zu benehmen, stand sie jetzt wie alle Mädchen mit offenem Mund und großen Augen vor den bunten Haarbändern und dem anderen hübschen Zierrat. Die schönen, klaren Farben, die fremden Gerüche des Marktes und die Vielfalt der angebotenen Waren berauschten sie wie ein Krug Starkbier.

»Geh weiter, Junge, du versperrst den Ladys ja die Sicht!«, rief ein blasser Händler ihr barsch zu.

Lächelnd pries er im nächsten Moment wieder seine Kordeln, Borten und Bänder an, um Ellen dann mit einem ungnädigen Blick endgültig zu vertreiben – und mit einem Schlag war das wunderbare, glückstrunkene Gefühl fort. Was ist dir wichtiger, dumme Gans, zu schmieden oder bunte Bänder in den Haaren zu haben, schalt sich Ellen und war darüber verärgert, dass sie sich so sehr in den Bann der hübschen, nutzlosen Dinge hatte ziehen lassen. Sie kehrte den Tandständen entschlossen den Rücken. Ich sollte endlich zusehen, dass ich diesen Schmied finde, von dem Llewyn gesprochen hat, statt Maulaffen feilzuhalten, dachte sie und tastete nach ihrem Geldbeutel. Solange sie keine Arbeit hatte, waren ihre Ersparnisse alles, was sie besaß.

Plötzlich brach ihr der kalte Schweiß aus. Sie suchte nun unter dem Hemd nach dem Beutel. Nichts. Ellen griff nach der Lederschnur um ihren Hals. Die Schnur war noch da, aber der Beutel mit dem Geld war verschwunden – abgeschnitten. Ellens Herz begann zu rasen, und in ihrem Kopf rauschte es. Fieberhaft überlegte sie, wie und wann der Diebstahl passiert sein konnte. Ob sie nach dem Kauf der Fischpastete vergessen hatte, den Beutel wieder unter ihr Hemd gleiten zu lassen? Hilflos sah sie sich um. Wer konnte ihn gestohlen haben? Etwa die nette

Pastetenverkäuferin? Es schien ihr, als ob sich ein riesiges Loch vor ihr auftun und sie verschlingen würde. Tränen schossen ihr in die Augen.

Da entdeckte sie ganz in der Nähe den Beutelschneider, den sie schon zuvor beobachtet hatte. Er bahnte sich seinen Weg durch die Menge und entfernte sich immer mehr von ihr.

Er war es, der sie bestohlen hatte! Verzweifelt versuchte sie, sich ebenfalls durch die Menschenmassen zu drängen, aber der Abstand zu dem Jungen wurde größer statt kleiner. Irgendwann verlor sie ihn aus den Augen. Er musste in eine der schmalen Gassen abgebogen sein.

Voller Verzweiflung lehnte sich Ellen an eine Hauswand. Mit Tränen in den Augen starrte sie ins Leere, unfähig, darüber nachzudenken, was sie jetzt tun sollte. Ihr war nichts geblieben außer den Kleidern an ihrem Leib. Ellen merkte, wie ihr die Tränen über die Wangen liefen. Sie hatte so hart für das Geld gearbeitet, was sollte sie jetzt nur tun? Verzweifelt wischte sie die Tränen fort und sah sich hilflos um.

Ein hochgewachsener älterer Mann lenkte ihre Aufmerksamkeit auf sich. Sein Anblick überraschte sie so sehr, dass sie ihren Kummer für einen Moment vergaß und ihn ungläubig anstarrte. Seine vornehmen, bodenlangen Kleider waren aus edlem dunkelblauen Tuch und mit feinstem braunem Fell verbrämt. Seine prächtige Kleidung, das schimmernde graue Haar und der Stock mit Silberknauf, auf den er sich beim Laufen stützte, verliehen ihm eine wunderbare Eleganz. Aber es waren seine stechend blauen Augen und der verkniffene Zug um seinen Mund, die sie so fesselten, weil sie Ellen an ihre Mutter erinnerten. Sie ging ihm unwillkürlich nach, bis er vor einem großen Haus stehen blieb, einen schweren Eisenschlüssel von seinem Gürtel nahm und sich anschickte, die aufwändig geschnitzte Eichentür aufzuschließen. Aber noch bevor er den Schlüssel in das Schloss stecken konnte, öffnete sich die Tür wie von Geisterhand.

Im Eingang erschien ein junges Mädchen.

Ellen ging noch ein wenig näher an die beiden heran, um sie besser sehen zu können.

Das himmelblaue Kleid des Mädchens war aus wertvoll glänzendem Stoff und am Ausschnitt mit Silberfäden und Perlen bestickt. Das Gewand sah kostbar aus und war zugleich von eleganter Schlichtheit. Ellen hatte noch nie etwas Schöneres gesehen! Als sie jedoch in das Gesicht der engelsgleichen Gestalt sah, japste sie nach Luft. Das war Aedith! Sie war gewachsen, seit Ellen sie das letzte Mal gesehen hatte.

Der alte Mann, der Leofrun so ähnlich sah, musste also ihr Großvater sein!

Ein dicker Kloß schien plötzlich in Ellens Hals zu sitzen, und Heimweh legte sich wie ein eisernes Band um ihr Herz. Einen Augenblick gab sie sich der Vorstellung hin, zu den beiden zu gehen und sie in die Arme zu schließen. Ellens Neugier auf den Großvater war brennend, und die Wut auf ihre Schwester schien mit einem Mal verflogen.

Aedith musste nach Ipswich gekommen sein, um den Seidenhändler zu heiraten, mit dem Leofrun sie vor über einem Jahr verlobt hatte. Ob Mildred und Kenny auch hier waren?

Als Aedith die Tür hinter dem Großvater schloss, streifte ihr hochmütiger Blick Ellen nur kurz. Ganz offensichtlich hielt sie ihre Schwester für einen einfachen Gassenjungen, der es nicht wert war, beachtet zu werden.

Sie hat sich nicht verändert, dachte Ellen bitter und enttäuscht, dass Aedith sie nicht erkannt hatte.

Niedergeschlagen ging sie weiter. Plötzlich entdeckte sie den jungen Dieb, er schien sich bereits ein neues Opfer ausgewählt zu haben. Die Wut über sein unverschämtes Treiben und die Hoffnung, ihm ihren Geldbeutel wieder abnehmen zu können, gaben ihr neuen Mut. Schließlich war sie jetzt ein Junge und wusste, wie man mit solchen Kerlen umgehen musste!

Vorsichtig schlich sie sich von hinten an ihn heran. Sie nahm den Rest der Lederschnur zwischen beide Hände und spannte sie. Der Junge war zwar ein wenig größer, dafür aber schmächtiger als sie. Ellen näherte sich ihm vorsichtig, schlang ihm das Lederband von hinten um den Hals und zog ihn mit einem heftigen Ruck in eine Seitengasse. Der Junge taumelte rückwärts und fasste an seinen Hals, um das Einschneiden der Schnur zu mildern.

»Wo ist die Börse, die bis vor kurzem noch an diesem Band hing?«, zischte Ellen und zog den wehrlosen Jungen weiter in die enge, dunkle Gasse hinein.

Der Junge schnappte vergeblich nach Luft. »Ich hab sie nicht mehr«, röchelte er.

»Dann gehen wir sie holen. Jetzt sofort!«, fauchte Ellen ihn an. Sie ließ ihm ein wenig mehr Luft zum Atmen, war aber darauf gefasst, ihn wieder stärker würgen zu müssen, um ihn in Schach zu halten.

»Das geht nicht.«

»Und warum nicht?«

»Er würde mich totschlagen und dich auch.«

»Wer?«

»Der einäugige Gilbert.«

»Und wer ist das nun wieder?«, brummte Ellen ungehalten.

»Er hat ein Hurenhaus drüben in der Tart Lane. Wenn ich nicht genug Beute von meinen Streifzügen mitbringe, prügelt er mich windelweich.«

Ellen spuckte angewidert aus. »Ist das vielleicht ein Grund, ehrlichen Leuten ihr sauer verdientes Geld zu stehlen?«, schnaubte sie verständnislos. »Geh doch weg von ihm, und such dir eine anständige Arbeit, du bist noch jung.« Ellen versetzte ihm einen ärgerlichen Fauststoß in die Lenden.

»Ich kann nicht. Er hat meine kleine Schwester. Solange ich genügend stehle, verschont er sie. Wenn ich fortlaufe oder irgendwann nicht mehr genug Geld anbringe, lässt er seine Kunden an sie ran.«

Einen Moment lang tat Ellen der Junge leid, und sie überlegte, was sie tun sollte. Da spürte sie, dass sich der Junge ein wenig entspannte. Vermutlich log er ohnehin.

»Ich kann dir deine Börse nicht zurückgeben, aber ich könnte jemand anderen für dich bestehlen, wenn du willst.« Seine Stimme ging hoffnungsvoll nach oben, und Ellen ahnte, dass sich seine Miene aufhellte.

Stirnrunzelnd dachte sie über seinen Vorschlag nach. Er würde sowieso weiter stehlen, also warum sollte er ihr nicht den Schaden ersetzen? Ellen fiel die Frau ein, die er beobachtet hatte. Sie hatte einen kleinen Jungen an der Hand gehabt und benötigte das Geld sicher, um Essen und das Notwendigste für ihre Familie zu kaufen. Sollte sie seine Schulden bezahlen? Und wenn nicht sie, wer sollte dann das Opfer sein? Brauchte nicht jeder sein Geld?

»Bitte, lass mich los, mein Hals brennt«, flehte der Junge.

»Geh mir aus den Augen, los, verschwinde!«, fuhr Ellen ihn angewidert an und stieß ihn grob von sich.

Der Junge fiel auf die Knie, rappelte sich wieder auf und rannte davon.

Ellen raufte sich die Haare. Sie besaß keinen Penny mehr und musste dringend Arbeit finden, sonst war sie verloren. Hoffnungsvoll griff sie nach dem Hammer an ihrem Gürtel. Sie musste zu Meister Donovan gehen, so wie sie es Llewyn versprochen hatte, das war ihre letzte Rettung! Ellen sah sich um, offensichtlich war sie in der Tuchhändlergasse gelandet. Sie entschloss sich, an einem der Verkaufsstände nach dem Weg zu den Schmieden zu fragen.

Eine ältere Frau, die gerade ein großes Stück Leinen gekauft hatte, lächelte sie freundlich an. »Ich zeige dir den Weg, wenn du mich ein Stück begleiten willst«, schlug sie vor und packte das Bündel ganz oben auf ihren vollen Korb.

Höflich erbot sich Ellen, ihr die Einkäufe zu tragen, und die Frau nahm dankbar an.

»Na, dann komm mal mit, ich bin übrigens Glenna, mein Mann Donovan ist auch Schmied.«

»Oh!«, entfuhr es Ellen über den unverhofften Zufall, dann strahlte sie.

»Du hast schon von ihm gehört?« Glennas Frage klang mehr wie eine Feststellung.

»Ja, das habe ich.« Ellen nickte und folgte ihr. Fieberhaft überlegte sie, was sie jetzt tun sollte. Wenn sie zuerst der Frau des Meisters erzählte, was sie wollte, könnte er glauben, sie wolle ihn hintergehen, und es ihr übel nehmen. Andererseits wäre es unhöflich, ihr nichts zu sagen. Als Frau des Meisters war sie schließlich für alle, die im Haus lebten, also auch für die Lehrlinge und Gehilfen, zuständig. Ellen wägte das Für und Wider ab, kam aber zu keinem Ergebnis.

»Für einen Gesellen bist du zu jung, aber ich sehe einen Hammer an deinem Gürtel, der schon lange in Gebrauch ist«, bemerkte die Frau.

Ellen beschloss, die günstige Gelegenheit zu nutzen, um sich vorsichtig ihrem Anliegen zu nähern. »Ihr habt Recht, ich bin noch kein Geselle«, antwortete sie deshalb freundlich. »Ich bin nicht einmal ein richtiger Lehrling gewesen. Ich war nur Schmiedehelfer. Den Hammer habe ich von meinem Meister geschenkt bekommen. Er heißt Llewyn, in Framlingham haben sie ihn auch den Iren genannt. Ich glaube, Euer Mann kennt ihn.«

»Llewyn!«, rief die Frau aus und strahlte über das ganze Gesicht. »Kann man wohl sagen, dass er ihn kennt. Er hat ihn großgezogen!«, sagte sie lachend.

Ellen sah Glenna verwundert an und zog die Augenbrauen hoch. »Mir hat er nur gesagt, sein Vater habe Meister Donovan gut gekannt.«

»Llewyns Vater war Donovans bester und vermutlich einziger Freund. Ein irischer Dickschädel! Nur so einer konnte es wohl mit Don aufnehmen.« Glenna nickte nachdrücklich und strich sich eine graue Haarsträhne aus dem Gesicht. »Llewyns Mutter war eine zarte Waliserin, sie hat seine Geburt nicht überlebt. Als ein paar Jahre später auch noch sein Vater starb, war der Junge auf einmal ganz allein auf der Welt. Da haben wir den kleinen Kerl bei uns aufgenommen. Er war höchstens vier damals. Donovan und ich hatten gerade erst geheiratet.« Sie blieb stehen und legte die Hand auf Ellens Arm. »Wie geht es meinem Llewyn?«

Ellen sah ihn in Gedanken vor sich. Der Abschied von ihm war ihr schwerer gefallen, als sie zunächst gedacht hatte. Seine ruhige, ausgeglichene Art hatte ihr Sicherheit und Geborgenheit gegeben. »Es geht ihm gut, sehr gut«, sagte sie beruhigend. Ellen mochte die Frau auf Anhieb, vielleicht weil sie so strahlte, während sie von Llewyn sprach.

»Ist er verheiratet? Hat er Kinder?«

»Nein.« Ellen schüttelte den Kopf.

Glenna sah ein wenig enttäuscht aus.

»Wie viele Kinder habt Ihr?«, fragte Ellen sie deshalb.

»Wir haben keine eigenen Kinder, diese Gnade hat der Herr uns verwehrt. Dafür hat er uns Llewyn auf den Weg geschickt.« Diesmal klang die Frau traurig.

Das hatte Ellen nicht gewollt. Sie sah beschämt zu Boden.

»Wenn Llewyn dir diesen Hammer gegeben hat, muss er große Stücke auf dich halten.« Glenna blieb erneut stehen. »Darf ich?« Sie griff nach dem Werkzeug und betrachtete es kurz. »Dacht ich mir's doch. Er hat den Hammer von Donovan bekommen, nachdem er ausgelernt hatte. Siehst du die Markierung dort am Hammerkopf? Das ist Donovans Zeichen, da bin ich mir ganz sicher.«

Gerührt begriff Ellen erst jetzt, wie sehr Llewyn an diesem Hammer gehangen haben musste. Sie erinnerte sich an den wehmütigen Ausdruck in seinen Augen, als er von Donovan gesprochen hatte, und fragte sich, warum er nicht auch Schwertschmied geworden war. Sie konnte sich beim besten Willen nicht vorstellen, dass er tatsächlich nicht gut genug gewesen sein sollte. Trotz ihrer Neugier beschloss sie, Glenna nicht danach zu fragen. Sollte sie bei Donovan Arbeit bekommen, würde sie es schon noch erfahren.

»So, da wären wir. Das ist unser Haus, und dort ist die Schmiede«, sagte Glenna und deutete auf die Werkstatt, die nur ein paar Schritte entfernt lag.

Im Hof lag eine Katze in der Sonne, ein paar Hühner pickten zufrieden im Sand, und auf einem Wiesenstück neben dem Haus war eine Ziege angepflockt. Eine Schmiede aus Stein war nichts Ungewöhnliches, ein steinernes Wohnhaus aber, so staunte Ellen, galt als Zeichen von Reichtum. Donovan musste in der Tat ein bedeutender Schwertschmied sein, um sich das leisten zu können.

Ellen war in einem einfacheren Haus aus Eichenbalken, Lehm und Stroh aufgewachsen. Die meisten Häuser in Orford wurden so gebaut. Nur die Kirche und Orford Manor, das Gutshaus, waren aus Stein gewesen.

Glenna öffnete die Tür. »Komm erst einmal rein, bestimmt hast du Durst! Und Hunger vielleicht auch? Hock dich an den Tisch, den Korb kannst du da auf den Stuhl stellen.« Sie winkte Ellen herein und setzte ihr einen Krug mit Most und ein geräuchertes Hühnerbein mit einer Scheibe Brot vor.

»Geräuchertes Hühnchen?«, staunte Ellen, die auf Anhieb wieder Appetit hatte. »Schmeckt sehr gut!«, lobte sie kauend und verspeiste das Hühnerbein genüsslich. »Bei uns in Orford gibt es geräucherten Käse … ist auch gut«, plapperte sie drauflos und ärgerte sich sofort, weil sie so unvorsichtig gewesen war, den Ort ihrer Herkunft zu nennen. Glücklicherweise war Glenna gerade in Gedanken gewesen und hatte nicht zugehört. Ihrem Gesichtsausdruck nach hatte sie wohl an Llewyn gedacht.

»Entschuldige bitte, was hast du gesagt?«, fragte sie.

»Wirklich gut, auch der Most«, sagte Ellen schnell und ermahnte sich, in Zukunft vorsichtiger zu sein.

»Ich vermute, du willst Donovan nach Arbeit fragen?«

Ellen glaubte, eine Spur Mitleid in ihrem Blick zu sehen.

»Ich habe es Llewyn versprechen müssen.« Ellen bemühte sich, es nicht wie eine Entschuldigung klingen zu lassen.

»Dann solltest du jetzt zu ihm rübergehen. Es wird nicht leicht werden, das sage ich dir gleich. Er ist ein starrköpfiger Mann, der sich in den Kopf gesetzt hat, keinen Lehrling mehr zu nehmen.« Glenna klopfte Ellen auf die Schulter. »Trotzdem solltest du auf einer Probearbeit bestehen, egal wie sehr er flucht oder dich beschimpft!« Sie nickte aufmunternd. »Und jetzt ab mit dir ... Ach ja, wie heißt du eigentlich?«

»Alan.«

»Also, Alan, dann mal los und viel Glück!«

»Danke!«

»Und lass dich nicht von ihm abweisen, denk daran, was ich dir gesagt habe!«, rief Glenna ihr hinterher.

Als Ellen die Schmiede betrat, war es, als käme sie heim. Die Anordnung im Inneren des Steingebäudes erinnerte an Osmonds Werkstatt. Trotzdem nahm ihr das nicht die Angst. Donovan sah ganz anders aus, als sie ihn sich vorgestellt hatte. Sie hatte einen großen, kräftigen Mann wie Llewyn erwartet, aber Donovan war klein, fast zierlich wirkend. Man hätte ihn eher für einen Goldschmied halten können als für einen berühmten Schwertschmied.

»Tür zu!«, donnerte er mit einer überraschend tiefen Bassstimme.

Eilig schloss Ellen sie. Osmond hatte es auch nicht leiden können, wenn die Tür zu seiner Schmiede offen stand. Da Llewyn aber trotz der Versprechungen des Baumeisters auch im Frühjahr noch im Freien gearbeitet hatte, war Ellen es nicht mehr gewohnt, Werkstatttüren nach dem Eintreten zu schließen.

»Seid gegrüßt, Meister Donovan.« Ellen hoffte, dass er das Zittern in ihrer Stimme nicht bemerkte.

»Was willst du?«, fragte er unwirsch und betrachtete sie mit gerunzelter Stirn von oben bis unten.

Ellen hatte sich noch nie so schäbig gefühlt wie unter seinem herablassenden Blick. »Ich möchte für Euch arbeiten und von Euch lernen, Meister.«

»Und warum sollte ich mein Wissen an dich weitergeben? Kannst du so gut zahlen?«, fragte Donovan kalt, ohne sie eines weiteren Blickes zu würdigen.

Ellen sah ihn erschrocken an. Wie konnte ein Meister, der etwas auf sich hielt, nur solch eine Frage stellen? Ging es ihm womöglich nur ums Geld? Verkaufte er sein Wissen wie eine Ware an den Meistzahlenden statt an den Würdigsten?

»Nein, Meister, zahlen kann ich nicht«, sagte sie kleinlaut.

»Dacht ich mir's doch!«, schnaubte er.

»Aber ich kann arbeiten als Gegenleistung für Euer Wissen, gut arbeiten.« Ellen merkte, wie schnippisch sie geklungen hatte, und verwünschte ihren Mangel an Haltung. Ich klinge wie ein Marktweib, nicht wie ein angehender Schmied, ärgerte sie sich.

»Ich brauche keinen Schmiedehelfer, ich habe schon einen guten Zuschläger.«

»Ich kann mehr als zuschlagen, prüft mich!«

»Ich habe viel zu tun und keine Zeit zu verschwenden. Scher dich zum Teufel, du hochnäsiger Rotzbengel!«

Obwohl der Schmied sich verärgert und abweisend anhörte, glaubte Ellen eher so etwas wie Hoffnungslosigkeit in seinen Augen zu erkennen. Sie mochte Donovan auf den ersten Blick nicht, aber wenn Llewyn so große Stücke auf ihn hielt, musste das einen Grund haben. Ellen beschloss, auf Glenna zu hören und die wüsten Beschimpfungen einfach zu ignorieren. »Nun, wenn Ihr so viel zu tun habt, wäre es doch gut, ich ginge Euch zur Hand.« Das Zittern in ihrer Stimme war einer frostigen Kälte gewichen. Sie legte ihr schäbiges Bündel in eine Ecke und sah sich in der Werkstatt um.

Ordnung war in einer Schmiede selbstverständlich. Die Zangen mussten ebenso wie die Hämmer und Hilfswerkzeuge immer an der gleichen Stelle liegen, damit sie schnell zur Hand waren, wenn sie gebraucht wurden. Donovans Ordnung glich der von Llewyn bis auf wenige Unterschiede, es würde nicht schwer werden, sich hier zurechtzufinden.

»Für wen hältst du dich? Glaubst, du könntest einfach hier hereinmarschieren und über mich bestimmen!« Donovan schien sowohl verärgert als auch überrascht zu sein.

»Mein Name ist Alan, ich arbeite schon seit einiger Zeit in der Schmiede, und, mit Verlaub, bis vor wenigen Tagen habe ich noch nie von Donovan, dem Schmied, gehört.« Ellen war selbst erstaunt, wie hochmütig sie klingen konnte, aber sie fuhr unbeirrt fort. »Ich kenne Euch nicht, selbst wenn Ihr tatsächlich der beste Schwertschmied East Anglias seid. Wer immer auch das zu entscheiden hat. Ich bin zu Euch gekommen, weil ein Schmied, den ich sehr schätze, es mir geraten hat. Er glaubt, Ihr könntet mir mehr beibringen als er.«

»Und wer, bitte schön, soll das sein?« Donovan schien auf die Meinung anderer Schmiede nicht viel zu geben.

»Llewyn heißt mein Meister, ich glaube, Ihr kennt ihn recht gut.«

Als der Name Llewyn fiel, zogen sich Donovans Augen zu wütenden kleinen Schlitzen zusammen. Ellen befürchtete schon, er würde sich auf sie stürzen, aber er schnaubte nur verächtlich: »Llewyn hat es nicht geschafft!«

»Er glaubt, er sei nicht gut genug für Euch gewesen.«

»Aber er denkt, du bist es, ja?«, brauste Donovan auf.

»Ja, Meister«, sagte Ellen ruhig.

Donovan schwieg lange, und Ellen wartete. Sein Gesichtsausdruck verriet nicht, was er dachte.

»Wenn ich dich prüfen soll, komm morgen kurz vor Mittag wieder«, sagte er schließlich und drehte Ellen den Rücken zu.

»Ich werde da sein!«, erwiderte sie stolz, griff sich ihr Bündel und schloss grußlos die Tür hinter sich.

Als Glenna und Donovan allein beim Abendbrot saßen, brach die Frau des Schmiedes das gemeinsame Schweigen. »Du musst dem Jungen wenigstens die Chance geben zu zeigen, was er kann, sonst wirst du dich ewig fragen, ob Llewyn Recht hatte.«

»Llewyn war nicht gut genug«, antwortete Donovan barsch, »wie soll er beurteilen können, ob ...«

»Papperlapapp, nicht gut genug, dass ich nicht lache. Er war nicht stark genug, um es mit dir aufzunehmen, dir auch mal Kontra zu geben. Du weißt genau, er hätte es schaffen können! Aber du warst zu streng mit ihm, hast ihm nie gesagt, dass du an ihn glaubst, ihn nie gelobt. Ich weiß, wie sehr er dir fehlt. Weise ihn nicht schon wieder zurück. Dieser Junge ist sein Geschenk an dich, ein Zeichen, dass Llewyn dir verziehen hat.« Glenna wischte mit einer entschiedenen Geste ein paar Brotkrümel vom Tisch.

»Mir verziehen? Ich habe mir nichts zu Schulden kommen lassen, ich habe ihn immer behandelt wie einen Sohn. Was sollte er mir zu verzeihen haben?« Donovan war vom Tisch aufgesprungen.

»Auch ein Sohn wäre vor einem Vater wie dir irgendwann geflüchtet. Er sollte dir ebenbürtig sein, aber du hast ihm nicht genug Zeit gelassen, es zu werden. Du warst zu ungeduldig. Nur weil du selbst so leicht und schnell lernst und so viel behältst, kannst du das nicht von anderen erwarten. Du hast eine ganz besondere Begabung, und die hat eben nicht jeder. Er musste hart arbeiten für die Dinge, die dir einfach zugeflogen sind. Bitte, hör auf mich! Sieh dir den Jungen an. Auch um deinetwillen!«

»Was soll das bringen. Ich habe schon so lange keinen Lehrling mehr gefunden, der nicht nach kurzer Zeit heulend aufgegeben hat. Ich verlange zu viel von ihnen, mag sein. Aber ich kann nicht langsamer, ich kann nicht dauernd alles wiederholen. Es geht nicht.« Donovans Wut war der Verzweiflung gewichen. »Ich habe Llewyn verloren, weil ich nicht geduldig sein kann, warum sollte ein fremder Junge bei mir bleiben?«

»Was hast du zu verlieren? Wenn er nichts taugt, schickst du ihn fort.« Glenna sah ihn flehend an.

»Jeder Junge, den ich wieder wegschicke, ist wie ein verlorener Kampf. Ich will keine Niederlagen mehr.« Donovan war in sich zusammengesunken und stützte den Kopf in der Hand auf.

»Don, bitte denk daran, wie es mit Art war. Du hast ihn nicht nehmen wollen, weil er so riesig ist. ›Dumm und stark ist er‹, hast du gesagt und geglaubt, er könne nicht mit dir Schritt halten. Ihr habt euch trotzdem aneinander gewöhnt, kennt eure Schwächen und Stärken. Würdest du heute noch auf ihn verzichten wollen?«

»Nein, natürlich nicht«, brummte Donovan. »Aber er ist auch kein Lehrling!«, begehrte er im nächsten Moment auf.

»Bitte, Donovan, ich weiß, Alan ist der richtige Lehrling für dich. Ich fühle es!«

Der Schmied sagte eine Weile nichts. Dann lenkte er ein. »Ich habe ihm gesagt, er kann morgen kommen, wenn ich ihn prüfen soll. Wir werden ja sehen, ob er es wagt. Auf jeden Fall mache ich es ihm nicht leichter, nur weil Llewyn ihn schickt.«

Glenna gab sich mit dieser Antwort zufrieden. Sie war sicher, der Junge würde es schaffen. Donovan würde ihn besonders hart rannehmen, falls er ihn zum Lehrling nahm, gerade weil Llewyn ihn geschickt hatte. Aber wenn er gut war, würde Donovan es merken, und es würde ihn glücklich machen.

Ellen hatte die Schmiede verlassen, ohne noch einmal bei Glenna vorbeizusehen. Auch wenn sie gerne noch einmal mit ihr gesprochen hätte, sollte Donovan, falls er sie beobachtete, auf keinen Fall glauben, sie hätte es nötig, sich von irgendjemandem trösten zu lassen. Donovans Starrsinn und seine Voreingenommenheit empörten sie zutiefst. Selbst wenn er tatsächlich einer der besten Schwertschmiede Englands war, gab ihm das allein schon das Recht, andere so zu behandeln? Insgeheim wusste Ellen, dass Meister noch ganz andere Rechte hatten, Lehrlinge dagegen nur Pflichten. Ob sie allerdings überhaupt so weit käme, ein Lehrling zu werden, würde sich erst noch zeigen. Zuallererst musste sie die Prüfung bestehen. Bei dem Gedanken an den nächsten Morgen spürte Ellen ein Kribbeln im Bauch. Eine Mischung aus Hoffnung und Angst. Ellen versuchte, sich einzureden, dass sie gut genug war, um die Prüfung zu bestehen. Hätte Llewyn ihr sonst das Versprechen abgenommen, sich darum zu bemühen? Zur Sicherheit beschloss sie, in die Kirche zu gehen. Es konnte sicher nicht schaden, den Herrn um sein Wohlwollen zu bitten.

Ellen hatte in einer Ecke der Kirche von St. Clement übernachtet und machte sich am Morgen auf den Weg zu Donovan. Als sie in die Werkstatt kam, begrüßte der Schmied sie erstaunlich freundlich, und Ellen fragte sich, was seinen Sinneswandel wohl verursacht haben konnte.

Donovan hatte eine einfache Methode, um festzustellen, ob ein Junge etwas taugte oder nicht. Er holte Bruchstücke einer Eisenluppe hervor und zeigte sie Ellen. »Ich vermute, du hast bisher nur mit Eisen aus Barren oder Stangen gearbeitet?«

Ellen nickte.

»Das ist Renneisen, so wie es aus dem Rennofen kommt. Also ganz und gar ungeschmiedet. Wenn du dir die einzelnen Bruchstücke genau ansiehst, kannst du erkennen, dass sie an den Rändern unterschiedlich aussehen. An der Art der Bruchstelle kann ich sehen, wie ich das Eisen später verarbeiten muss und vor allem, wofür es sich eignet: für den zähen, weicheren Kern der Klinge oder für den härteren Klingenmantel. Du hast nichts weiter zu tun, als das Roheisen zu sortieren, in mantel- und kerngeeignetes Material. Ein körniger, glänzender Bruch deutet auf härteres Eisen hin, ein gleichmäßiger, feinkörniger Bruch auf weicheres. An den Farbunterschieden kannst du außerdem die Verunreinigungen erkennen.« Donovan drückte Ellen jeweils ein Stück in die Hand. Dann nickte er und zeigte auf den Haufen Renneisen, der vor ihnen lag. Donovan wirkte fast fröhlich. Vermutlich ließ er alle jungen Männer, die bei ihm in die Lehre gehen wollten, die gleiche Prüfung machen, und wahrscheinlich fielen die meisten dabei durch.

Die Schwarzschmiede, die nur einfaches Werkzeug, Beschläge und Gitter aus schwarzem Eisen fertigten, bekamen vorgeschmiedetes Rohmaterial, das sie gleich verarbeiten konnten, deshalb war Ellen Renneisen völlig neu. Aber sie hatte Donovans Erklärungen genau zugehört und jedes Wort behalten.

Ellen setzte sich im Schneidersitz auf den gestampften Lehmboden der Werkstatt und nahm die Stücke, die er ihr gezeigt hatte, noch einmal genau in Augenschein. Sie versuchte, die Eigenschaften, auf die es ankam, genau zu erfassen. Donovan tat, als beschäftige er sich mit etwas anderem, beobachtete sie aber heimlich. In aller Ruhe nahm Ellen die ersten beiden Luppenstücke in die Hand, wog und musterte sie ausführlich, drehte sie, roch an ihnen und befühlte sie. Nach einer ganzen Weile legte sie eines rechts, das andere links vor sich auf die Erde. Dann nahm sie das nächste Stück, sah es sich ebenso genau an, befühlte es, roch daran und legte es schließlich auf eine der beiden Seiten. Je öfter sie die Luppenstücke genau betrachtete, desto besser begriff sie, worum es ging. Sie war sicher, dass sogar Donovan sich genügend Zeit nahm, um solche Bruchstücke zu sortieren. Obwohl Ellen so gut wie nichts über die Herstellung von Schwertern wusste, ahnte sie, dass die Qualität einer solchen Waffe zu einem großen Teil vom Material abhing, aus dem sie gefertigt wurde, und beschloss, neben den beiden großen Häufchen noch zwei weitere zu machen. Als sie fertig war, stand sie auf und ging hinüber zu Donovan.

Sein Gesichtsausdruck war nicht zu deuten.

»Meister, ich bin fertig.«

Donovan begleitete sie zu den Häufchen.

»Hier ist das Klingen-, da das Kernmaterial, und daneben habe ich die Stücke gelegt, die ich jeweils für besonders unrein halte.«

Donovan sah sie skeptisch, aber neugierig an, dann wandte er sich den beiden größeren Haufen zu. Er musterte jedes Bruchstück einzeln, genauso wie es Ellen getan hatte, und nickte erst, nachdem er alle Stücke überprüft hatte.

Ellen bemerkte, wie erfreut er über ihre Arbeit war. Doch sobald er sie ansah, verfinsterte sich sein Blick wieder. Was hatte sich Llewyn nur dabei gedacht, sie zu ihm zu schicken? Ellen hielt Donovan für hochmütig und unhöflich. Trotzdem war in dem Moment, in dem er ihr die Aufgabe erklärt hatte, etwas Besonderes entstanden. Etwas, für das sie keine Worte fand, verband sie trotz aller Unterschiede. Sie schienen beide eine Aufgabe in ähnlicher Weise anzupacken. Donovans Erklärungen waren überaus knapp, sehr sachlich und präzise gewesen, weder Llewyn noch Osmond hatten je so mit ihr gesprochen.

»Ich werde darüber nachdenken, ob ich dich nehme. Komm am Nachmittag wieder her, dann habe ich meine Entscheidung getroffen«, sagte Donovan und sah sie schon wieder grimmig an.

Er kann mich einfach nicht leiden, der Griesgram, dachte sie. Aber ich mag ihn ebenso wenig. Als Ellen aus der Schmiede kam, begegnete sie Glenna, die auf einer Schnur im Hof Wäsche aufhängte.

»Alan, ich grüße dich!«, rief sie freudig und winkte Ellen herbei wie eine alte Freundin.

»Ich grüße Euch auch, Frau Meisterin«, entgegnete Ellen artig, aber die Enttäuschung in ihrer Stimme war nicht zu überhören.

»Und?«

»Ich habe getan, was er gesagt hat.«

»Hast du die Luppenstücke sortieren können?«

»Ja, ich habe es richtig gemacht, er hat sich jedes Stück einzeln angesehen und wieder dorthin zurückgelegt, wo ich es hingetan hatte.«

»Na, dann muss ich dir wohl gratulieren, aber warum siehst du so traurig aus?« Glenna nahm ein großes Leinentuch und hängte es über die Schnur.

»Der Meister hat sich noch nicht entschieden, ich soll später wiederkommen. Ich glaube, er kann mich nicht leiden.«

»Er ist ein verbitterter alter Sturkopf und braucht ein bisschen Zeit. Nicht du bist es, den er nicht leiden kann, sondern er selbst. Außerdem ist er immer noch böse auf Llewyn, aber das wird schon, glaub mir!« Aufmunternd lächelte Glenna Ellen an.

Während Donovan bei Ellen rebellisches Unbehagen hervorrief, gab Glenna ihr das Gefühl von Geborgenheit und mütterlicher Zuneigung.

»Ich komme also später wieder«, sagte Ellen lustlos und beschloss, noch einmal zum Markt zu gehen.

Als Ellen zu der Stelle kam, an der sie am Vortag die Pastetenverkäuferin getroffen hatte, war diese nicht da. Es war Mittag, und Ellens Magen knurrte. Sie sah sich aufmerksam in der Menge um; schließlich hatte sie noch eine Pastete gut. Gerade als sie enttäuscht weitergehen wollte, kam das Mädchen und winkte ihr freudig zu.

»Das Silberstück gestern war viel mehr wert als meine Pasteten und der Korb. Der Ritter hätte drei volle Körbe dafür bekommen müssen, und es wäre noch Wucher gewesen. Und dabei war mein Korb nicht einmal mehr ganz voll!« Sie suchte zwei schöne Pasteten heraus und reichte sie Ellen. »Hier, für dich!«

»Aber das sind ja zwei!«

»Ach, das ist schon in Ordnung«, winkte sie mit glühenden Pfirsichwangen ab.

»Danke, sind die besten Pasteten, die ich je gegessen habe!« Ellen biss gierig in die erste hinein. »Ich habe übrigens den Schmied gefunden, nach dem ich dich gestern gefragt habe. Ich erfahre aber erst später, ob er mich nimmt.«

»Oh, hoffentlich hast du Glück, dann könntest du mich öfter besuchen!« Die Pastetenverkäuferin zwinkerte Ellen verführerisch an.

Sie hält mich tatsächlich für einen Heiratskandidaten, dachte Ellen erschrocken, nickte ihr noch einmal kurz zu und drängte sich dann in die Menge, um noch ein wenig über den Markt zu schlendern.

Ihr Blick streifte einen stattlichen Mann, weit hinten im Gedränge. Ellens Herz machte einen Satz. Sir Miles! Vor Angst blieb sie wie angewurzelt stehen. Erst als sich der Mann ein wenig herumdrehte und sie sein Gesicht von vorn sehen konnte, erkannte sie, dass sie sich getäuscht hatte. Erleichtert atmete sie auf und bummelte weiter, bis sie das keifende Gezeter zweier Frauen hörte.

Es hatten sich bereits Schaulustige um die beiden geschart, und Ellen schloss sich ihnen an. Eine stämmige Händlerin mit schmutzig braunen Haaren hielt Stoffbänder und Borten aller Art feil, einfache aus Leinen ebenso wie edle aus glatter Seide oder Brokat, einfarbige und bunt gewebte, aufwändig bestickte, lange und kurze, dicke und dünne.

Die schrille Stimme der aufgebrachten Käuferin überschlug sich fast. »Ich habe Euch dreizehn Bänder bezahlt, jedes eine Elle lang, und jetzt verlangt ihr noch mehr Geld von mir, unverschämte Betrügerin!«

»Ihr habt mir das Geld für dreizehn einfache Bänder gegeben, aber fünf der Bänder, die ihr gewählt habt, sind aus Seide und bestickt, sie kosten mehr, genauso wie die vier bunt gewebten, die ihr genommen habt. Ihr schuldet mir also noch einen halben Shilling«.

»Holt doch den Marktaufseher!«, rief ihr die Händlerin vom Nachbarstand zu. »Diese wohlhabenden jungen Dinger sind entweder zu dumm oder versuchen, ehrliche Leute zu betrügen. Ihr solltet sie nicht damit durchkommen lassen.«

Die Kundin musste ahnen, dass sie im Unrecht war. Bei der

Aussicht, ihre Sache beim Marktaufseher vertreten zu müssen, murmelte sie einige Verwünschungen, holte die geforderte Summe hervor und bezahlte. Erst als sie sich umdrehte, erkannte Ellen, wer die Kundin war. Sie hatte Aedith nicht einmal an ihrer Stimme erkannt.

»Lasst mich durch!«, rief sie ungeduldig in die amüsierte Menge, die sie umringte.

Ellen wusste, dass Aedith nichts mehr hasste, als ausgelacht zu werden. Die Händlerinnen würden sich in Zukunft vor ihr in Acht nehmen müssen.

Als Aedith hoch erhobenen Hauptes an Ellen vorbeikam, ihr den Ellenbogen in die Rippen stieß und »Was starrst du mich so an, du blöder Bengel?« sagte, kochte unbändige Wut in Ellen hoch. Ohne darüber nachzudenken, stellte sie ihrer Schwester ein Bein – so wie sie es früher manchmal getan hatte. Aedith stolperte, und die Leute lachten noch mehr über sie. Ärgerlich und überrascht sah sie sich um. Für einen kurzen Moment blickte Ellen ihr in die Augen. Sie sah die Tränen darin, und mit einem Mal tat Aedith ihr leid.

»Ellenweore?«

Ellen erschrak. Aedith' Hand schoss nach vorn, aber noch bevor sie nach ihr greifen konnte, drehte sich Ellen hastig weg und verschwand in der Menge, als sei der Teufel hinter ihr her. Ihr Herz raste. Atemlos versteckte sie sich hinter einem Karren und beobachtete Aedith, die sich durch die Menschenmenge kämpfte, aus sicherer Entfernung.

Trotzig wie immer, aber mit nicht mehr ganz so stolz erhobenem Haupt, verschwand sie in der Tuchhändlergasse. Ein paar Mal noch hatte sie sich suchend umgesehen, Ellen aber nicht entdeckt.

Wütend hämmerte Ellen mit der Faust gegen ihre Stirn. Kann ich mich nicht einmal zurückhalten? Warum musste ich ihr ein Bein stellen? Hätte ich sie nicht einfach vorbeigehen lassen können? Selbst wenn Donovan sie nehmen würde, konnte sie jetzt noch das Risiko eingehen, irgendwann von Aedith entdeckt und dann verraten zu werden? Verzagt sank Ellen in sich zusammen. Würde sie immer wieder weglaufen müssen? Wie weit und wohin sollte sie gehen, so ganz ohne Geld? Eine Ewigkeit saß sie einfach nur mutlos da. Aedith ist meine Schwester, ich muss sie sicher nicht fürchten, versuchte sie, sich zu beruhigen, aber so recht glauben wollte sie es nicht.

Nachdem sie sich lange genug selbst bedauert hatte, erhob sie sich, straffte die Schultern und reckte das Kinn trotzig nach vorn. Zuerst einmal würde sie zu Donovan gehen, um seine Entscheidung zu erfahren. Vor Donovans Schmiede stand ein halbes Dutzend Pferde. Nur eines trug keinen Reiter. Auf diesen Mann schienen die anderen zu warten. Ellen beachtete sie nicht weiter und überlegte, ob sie wieder gehen sollte. Vielleicht war es gut, dass Donovan offensichtlich beschäftigt war, so konnte sie Glenna im Haus aufsuchen und ihr erklären, dass sie die Tochter eines Kaufmanns beleidigt hatte und deshalb besser aus Ipswich verschwand. Glenna würde das sicher verstehen, und Donovan würde es nur recht sein, wenn sie ihm nicht noch einmal über den Weg lief.

Gerade als sie am Haus anklopfen wollte, ging die Tür auf, und der normannische Fischpastetenfreund kam heraus.

Er packte Ellen bei den Schultern, weil er sie fast umgerannt hatte, und lachte. »Nanu, ist das nicht unser junger Vorkoster?«

»Mylord«, Ellen zog es vor, den Blick zu senken.

»Ihr habt mir gar nicht gesagt, dass ihr auch einen Lehrling habt, Meister Donovan!«, rief der Ritter ins Haus hinein, und Donovan erschien im Türrahmen.

»Er scheint ein mutiges Kerlchen zu sein, welch ein Glück! Für so eine Reise wäre Euch ein Angsthase keine Hilfe.«

»Aber, ich ...« Ellen wollte erklären, dass sie gar kein Lehrling war, doch der Normanne hörte ihr nicht zu, sondern redete auf Donovan ein.

»Wir schiffen uns am Tag nach dem Pfingstfest ein. Keine

Tiere. Nehmt Euer Werkzeug mit, nicht zu viel Gepäck. Alles, was Ihr sonst noch benötigt, bekommt Ihr in Tancarville. Kommt gleich morgens zum Hafen, damit wir nicht auf Euch warten müssen. Der Hafenmeister kennt unsere Schiffe und wird Euch den Weg weisen. Bis dahin solltet Ihr etwas Französisch lernen«, sagte er und lachte schallend.

Donovan knurrte etwas Unverständliches.

Vielleicht hätte Ellen jetzt etwas sagen sollen, um das Missverständnis aufzuklären, aber sie blieb stumm. Was war auch schon dabei? Der Normanne hatte sie doch nur für das gehalten, was sie unbedingt sein wollte! Wie sehr sie nämlich Donovans Lehrling sein wollte, hatte sie erst begriffen, als es bereits verloren schien. Was das wohl für eine Reise war, von der der Ritter gesprochen hatte?

Selbst als die Männer abgezogen waren, würdigte Donovan sie keines Blickes.

Ellen stand da wie angewurzelt und wusste nicht, was sie tun sollte. Da kam Glenna völlig verstört aus dem Haus gestürzt.

»Erklär es mir, Don, ich versteh's nicht! Warum zürnt der König dir und schickt dich fort?«

Donovan strich seiner Frau zärtlich über die Wange, »Der König zürnt mir doch gar nicht, Liebes, das ist ja das Verrückte. William von Tancarville ist ein enger Vertrauter des Königs. Dass er FitzHamlin zu mir schickt, damit ich in die Normandie komme, um für ihn zu schmieden, ist eine Ehre, wie sie nur einem wirklich bedeutenden Schmied zukommt!

»Du willst also tatsächlich gehen«, stellte Glenna fest.

»Wir werden gehen *müssen.* Es hieße meinen König zu beleidigen, wenn ich diese Einladung ausschlüge. Ich habe ein paar Bedingungen stellen können, mehr nicht.« Donovan hatte zunächst allein mit FitzHamlin gesprochen und Glenna erst später dazugerufen.

»Was sind das für Bedingungen?«, fragte sie argwöhnisch.

»Ich habe gesagt, dass wir natürlich wieder ein ordentliches

Haus brauchen und dass unser Heim hier verwaltet werden muss, bis wir wieder zurück sind. Und ich habe mir ausgebeten, nicht länger als zehn Jahre bleiben zu müssen.«

»Zehn Jahre?« Glennas Gesicht wurde aschfahl. »Wer weiß, ob wir überhaupt noch so lange leben!«, rief sie aus.

»Vielleicht werden es ja auch nur drei oder vier Jahre«, versuchte Donovan sie zu beruhigen, schien aber selbst nicht ganz überzeugt.

»Können wir wenigstens Art und den Jungen mitnehmen?«, fragte Glenna mit erstickter Stimme.

Ohne zu zögern, nickte Donovan.

Ellen wusste nicht recht, was sie davon halten sollte. Aber sie würde Ipswich ohnehin verlassen müssen, warum sollte sie also nicht in die Normandie aufbrechen? Ihr Herz hüpfte bei dem Gedanken an das Abenteuer einer solchen Reise. Andererseits hatte sie schon wieder nicht selbst über ihre Zukunft entscheiden können. Niemand hatte sie auch nur nach ihrer Meinung gefragt. Ellen sah, wie Donovan zur Schmiede ging, und wäre ihm am liebsten gefolgt.

Aber Glenna hielt sie sanft an der Schulter zurück. »Lass ihm ein wenig Zeit, morgen ist auch noch ein Tag!« Sie schob Ellen ins Haus. »Komm, ich zeige dir, wo du schlafen wirst.« Glenna seufzte leise. »Wird sicher 'ne schwere Zeit, aber du schaffst das schon!«

Ellen kam es so vor, als ob Glenna mehr sich selbst Mut zusprach als ihr, aber sie nickte.

Aus Angst, Aedith zu begegnen, wagte sie nicht, wieder zum Markt von Ipswich zu gehen, auch wenn sie der Pastetenverkäuferin nur allzu gern von dem Abenteuer erzählt hätte, das auf sie wartete. Trotzdem wurden die Tage bis zu ihrer Abreise die spannendsten, die Ellen je erlebt hatte. Am ersten Tag war sie schon vor Sonnenaufgang aufgestanden, hatte sich rasch angezogen und nicht einmal etwas gegessen, um rechtzeitig vor Donovan in der Werkstatt zu sein. Sie prägte sich ein, wo genau er jedes einzelne seiner Werkzeuge aufbewahrte, damit sie ihm schnell zureichen konnte, was er benötigte, und um jedes Stück nach getaner Arbeit wieder an seinen Platz räumen zu können. Sie füllte den Wassertrog auf und säuberte die Esse, wie sie es von jetzt ab jeden Morgen tun würde, und war nun bereit für die Arbeit mit dem Meister.

Donovan benahm sich vom ersten Morgen an, als sei sie schon immer sein Lehrling gewesen. Er gab ein paar knappe Anweisungen für den Tag und wandte sich dann seiner Arbeit zu, um die bereits angenommenen Aufträge noch vor der Abreise zu Ende zu bringen. Ihm zuzusehen war einmalig. An manchen Tagen war er so sehr in seine Arbeit vertieft, dass er vergaß, etwas zu essen. Jeder seiner Handgriffe war wohl überlegt, kein einziger Augenblick verschwendet.

Ellen glaubte, nun zu begreifen, warum Llewyn behauptet hatte, nicht gut genug für ihn gewesen zu sein. Llewyn war ein guter Schmied, aber für ihn war das Schmieden ein Beruf, für Donovan hingegen war es seine Berufung.

Er ließ sich nur selten zu einer Erklärung herab, trotzdem verstand Ellen jeden Arbeitsgang, sie fühlte, ahnte, erriet, was er wie und warum tat. Es störte sie nicht einmal, zur Untätigkeit verdammt zu sein und vorerst nur zusehen zu dürfen. Sie beobachtete konzentriert, wie Donovan arbeitete, und lernte an jedem einzelnen Tag mehr, als sie in Wochen woanders hätte lernen können. Abends schmerzten ihre Augen, und sie fiel ins Bett wie nach harter, körperlicher Arbeit, obwohl sie nicht einmal den Hammer geschwungen hatte. Donovan sprach kaum mit ihr, aber er sah sie jeden Tag ein wenig freundlicher an.

Am Morgen ihrer Abreise stand Ellen besonders früh auf, sie hatte vor Aufregung ohnehin kaum geschlafen. Glenna hatte ihr ein wenig Leibwäsche, zwei Leinenhemden und einen Kittel geschenkt, die wohl einmal Llewyn gehört hatten. Ellen packte sie zusammen mit den wenigen anderen Habseligkeiten, die sie besaß, in das Tuch von Aelfgiva. Es roch längst nicht mehr nach der Hebamme, trotzdem hatte Ellen jedes Mal Tränen in den Augen, wenn sie es zu einem Bündel schnürte.

Auch Glenna war vor Sonnenaufgang aufgestanden. Sie schlief schon seit Tagen schlecht und war entsprechend übel gelaunt. Es quälte sie die Frage, was sie in die Fremde mitnehmen und was in der Heimat bleiben sollte. Sie hätte am liebsten alles eingepackt, aber sie musste sich auf die Dinge beschränken, an denen sie besonders hing. Möbel und größeren Hausrat hatten sie zurückzulassen. Ständig entschied sie sich um, packte die beiden großen Truhen, die sie mitnehmen würden, aus und wieder ein. Kleidung, Leinentücher, Kerzenhalter, Decken, ein Teil des Hausrats und vor allem die Urkunde, die ein Reiter FitzHamlins ihnen noch wie vereinbart gebracht hatte, waren schließlich darin verstaut. Als es hell wurde, standen Donovan und Art auf. Sie frühstückten schweigend, bis Nachbarn und Freunde kamen, um sie mit guten Wünschen und Schulterklopfen zu verabschieden. Da Ellen kaum jemanden von ihnen kannte, zog sie sich für einen Augenblick hinter die Schmiede zurück, holte den kleinen, hölzernen Rosenkranz hervor, den ihr der Priester von St. Clement nach der letzten Sonntagsmesse geschenkt hatte, und kniete andächtig nieder. Sie befühlte die schmeichelnden Holzperlen, während sie ihre Gebete sprach. Die Menschen, die sie liebte und von denen sie nicht wusste, ob sie ihnen jemals wieder begegnen würde, schloss sie in ihre Fürbitte ein. Dann war sie für die Reise bereit.

»Und passt auf die Ziege auf, ihr dürft sie nicht schlachten, auch wenn sie keine Milch mehr gibt, hört ihr?«, sagte Glenna weinend zu den Nachbarn, die ihr Haus verwalten sollten. Sie war jetzt endgültig mit den Nerven am Ende.

»Nun lass doch, die Ziege ist nicht wichtig«, brummte Donovan noch grimmiger als üblich.

»Wir werden viele schöne Schwerter für junge, edle Ritter

schmieden!«, rief Art fröhlich und strahlte übers ganze Gesicht. Sein sonniges Gemüt war das einzig Verlässliche in diesen Tagen.

Donovan gab ihm einen ärgerlichen Schubs. »Jetzt komm endlich, Art, wir müssen los!« Glenna schluchzte, als sie sich auf den Weg machten. Sie sah sich immer wieder nach dem Haus um, bis es nach der Straßenbiegung nicht mehr zu sehen war.

Im Hafen bei den Docks war Ellen noch nie gewesen, umso aufgeregter war sie jetzt. Obwohl auch Orford eine recht bedeutende Hafenstadt war, hatte Ellen außer einem einfachen Fischerboot noch nie ein richtiges Schiff betreten. Neugierig blickte sie sich im Hafen um. Überall waren Fässer, Kisten, Ballen und Säcke gestapelt, und an einer ärmlichen Holzhütte, die aussah, als würde sie jeden Augenblick zusammenbrechen, standen hungrig aussehende Männer in abgetragener Kleidung. Es waren Tagelöhner, die hofften, beim Hafenmeister Arbeit zu bekommen. Es war eine elende Schufterei, die riesigen Kisten, Fässer und Ballen auf- und abzuladen, schlecht bezahlt und gefährlich dazu. Manchmal wurden Männer von herabfallender Ladung erschlagen oder ertranken, wenn sie ins Wasser fielen und nicht rechtzeitig gerettet werden konnten.

An den Kais standen Ochsenkarren, mit denen Waren hergebracht oder abtransportiert wurden. Die Fuhrleute lamentierten laut und verursachten beim Rangieren ein furchtbares Durcheinander.

Überall wimmelte es von Reisenden. In einer Ecke des Hafens hatten sich Pilger versammelt, die eifrig Ratschläge und Erfahrungen über die bequemsten und sichersten Wege austauschten. Wie Schmeißfliegen schwirrten die Händler um alle Reisewilligen herum, immer in der Hoffnung, ihnen mehr oder weniger nützliche Kleinigkeiten verkaufen zu können. Vor einem prächtigen, bunt bemalten Schiff standen einige hohe Kirchenmänner. Abgesandte des Papstes vielleicht, dachte Ellen beim Anblick ihrer kostbaren scharlachroten und purpurfarbenen Gewänder. Die Mönche und Priester um sie herum sahen in ihren einfachen

Wollkutten wie ärmliche Feldmäuse aus. Scholaren, Ärzte und junge Edelleute umringten die Kirchenvertreter neugierig.

Auch Kaufleute und Abenteurer, was manche in einer Person waren, schifften sich in Ipswich ein. Auf Mauervorsprüngen, Strohballen, Truhen oder Kisten lungerten Wartende herum. Keiner von ihnen wollte zu früh an Bord gehen, lieber blieben sie an Land, bis das Ablegen ihres Schiffes unmittelbar bevorstand, so mussten sie nicht mehr Zeit als unbedingt nötig auf den schwankenden Planken verbringen.

Als Donovan und die anderen nach langem Suchen in dem Durcheinander endlich den Hafenmeister gefunden hatten, schickte der nach Alkohol und fauligem Fisch stinkende Mann sie ohne jede Freundlichkeit zu einem beeindruckenden Zweimaster. Es war das größte Schiff im Hafen, stellte Ellen fest.

Über eine hölzerne Rampe brachten unzählige Dockarbeiter Proviant, Trinkwasser und Handelswaren in großen Fässern und Kisten ins Innere des Schiffes. Die Arbeiter luden sich riesige Ballen auf den Rücken, unter denen sie fast verschwanden.

Ein älterer normannischer Offizier gab genaue Anweisungen, was wo abzustellen war. Er schien jeden Winkel des Schiffes genauestens zu kennen. Auf sein Geheiß zurrten die Männer die Ladung mit großen Tauen fest, damit sie sich bei Wellengang nicht in gefährliche Geschosse verwandelte. Die Pferde der Ritter wurden ebenso verladen wie einige Schafe und Körbe mit Geflügel. Das Durcheinander auf Deck wurde immer unübersichtlicher, aber der Offizier hatte seine Augen überall und blieb gelassen. »Du da, bring die Lanzen nach unten! In der rechten hinteren Ecke ist noch Platz, stell sie aufrecht hin, und vertäue sie, Spitze nach oben, klar?«

Der Knappe nickte und sputete sich zu tun, was ihm aufgetragen worden war.

»Die Kisten mit den Kettenhemden und die mit den Schilden kommen dorthin, los, Beeilung!«

Ellen blickte sich um. In einer Ecke standen ein paar einfache

Leute, die, genau wie Donovan und seine Frau, weder Ritter noch Fußsoldaten waren und ebenfalls beobachteten, wie das Schiff beladen wurde.

»Ob das auch Handwerker sind, die nach Tancarville reisen?« Sie stieß Glenna an und deutete mit dem Kinn in Richtung der kleinen Gruppe.

»Oh ja«, antwortete Glenna und wandte sich an ihren Mann. »Sieh mal, da ist Edsel, der Goldschmied, mit seiner Frau und den beiden Kindern!«, raunte sie ihm zu. Freudig ging sie zu der kleinen Gruppe hinüber, Ellen hinter sich herziehend.

Die Normannen hatten verschiedenste Engländer zusammengeschart. Fletcher, der Pfeilmacher, und Ives, der Bogenmacher, standen dicht nebeneinander. Sie waren Brüder und noch nie getrennte Wege gegangen, wie Glenna Ellen zuflüsterte, während Edsel auf sie zusteuerte. An der Hand hielt er einen kleinen Jungen, der Ellen an Kenny erinnerte. Sie seufzte und lächelte wehmütig. Als der Kleine ihr die Zunge herausstreckte, schnappte sie empört nach Luft.

»Das da drüben sind die Websters, ein Tuchweberpaar aus Norwich, sie kommen auch mit«, erklärte Edsel. Über die beiden Prostituierten, die durch die gelben Schultertücher und ihre grell geschminkten Lippen und Wangen auffielen, sagte er nichts.

»Und wer ist das junge Mädchen dort?«, fragte ihn Glenna.

»Keine Ahnung. Ich glaube, sie backt Pasteten«, antwortete er herablassend und zuckte mit den Schultern.

Jetzt entdeckte auch Ellen das Mädchen. Erstaunt stürmte sie zu ihr. »Was machst du denn hier?«

»Der Ritter, na, du weißt schon. Er hat gesagt, meine Pasteten wären die besten, die er je gegessen hätte. Sein Herr soll ein großer Fischliebhaber sein. Er hat mir gutes Geld und eine feste Anstellung angeboten. Ich hätte nie zu träumen gewagt, einmal so weit weg von zu Hause zu gehen.«

»Und deine Mutter war einverstanden?«, fragte Ellen ungläubig.

»Sie weiß nichts davon, ich bin einfach gegangen, wie jeden Morgen. Wenn sie es merkt, bin ich längst auf See und frei! Und du? Du wolltest doch bei einem Schmied arbeiten, hat es nicht geklappt?«

»Doch, hat es, deswegen bin ich hier! Ist eine längere Geschichte!« Ellen grinste. Sie war froh, außer dem Schmied, Glenna und Art noch jemanden auf dem Schiff zu kennen.

»Ich heiße übrigens Rose.« Das Mädchen wischte die Hand an der Schürze ab und streckte sie Ellen entgegen.

»Alan«, antwortete diese kurz und bemühte sich um einen männlichen Händedruck, ohne die Hand des Mädchens allzu sehr zu quetschen.

Rose betrachtete sie mit unverhohlener Bewunderung und schenkte ihr einen verführerischen Augenaufschlag.

Ellen wurde mulmig zumute. Sie glaubt tatsächlich, ich werde ihr den Hof machen, wenn sie nur heftig genug mit den Wimpern klimpert, dachte sie verzweifelt.

Es dauerte, bis der Rumpf des Schiffes vollgeladen war und die Passagiere aufgefordert wurden, an Bord zu gehen. Dann aber drängte der Kapitän zur Eile. Zwischen der Ladung war kaum Platz, und jeder musste seine Kisten und Bündel so gut verstauen, wie es ging, und versuchen, sich in der Enge so gemütlich wie möglich einzurichten. Als das Schiff ablegte, saß Ellen mit dem Rücken gegen ein festgezurrtes Fass gelehnt, das nach Eiche und ein bisschen nach Wein duftete.

»Hoffentlich gibt es keine Ratten an Bord!«, zeterte Glenna und sah sich misstrauisch um, bevor sie sich setzte.

»Das würde mich wirklich sehr wundern, ein Schiff ohne Ratten gibt's, glaub ich, nicht. Und ein paar von den Viechern sind vielleicht auch ganz gut, schließlich heißt es, Ratten verließen ein sinkendes Schiff zuerst. Wenn sie sich in die Fluten stürzen, wissen wir wenigstens, dass wir in Seenot sind«, sagte Donovan und zog grinsend die Mundwinkel nach oben.

Glenna sah ihn entgeistert an. »Wenn du versucht hast, geistreich oder gar witzig zu sein, ist dir das gründlich misslungen!«, fauchte sie und drehte ihrem Mann den Rücken zu.

Donovan zuckte mit den Schultern und gesellte sich zu den anderen englischen Handwerkern, die an Deck standen und sich unterhielten.

Die Ritter an Bord hatten sich gleich nach dem Ablegen zum Würfeln niedergelassen.

Nur ein Mann in eleganter Kleidung mit leicht verfilzt aussehenden schulterlangen Haaren stand allein an der Reling. Von einer der Prostituierten erfuhren sie, dass er Walter Map hieß und ein Bediensteter des Königs war. Bei seiner letzten Reise war er in England erkrankt und hatte nicht mit zurück in die Normandie reisen können. Deshalb hatte sich FitzHamlin bereit erklärt, ihn in seine Obhut zu nehmen und nach seiner Genesung wieder zu seinem Herrn zu bringen.

Walter Map war in Paris erzogen worden, konnte lesen und schreiben, was er auch für den König tat, Latein und Grammatik. Aber er war nicht nur gelehrt, sondern auch freundlich, und zwar zu jedem. Er behandelte alle Frauen an Bord wie Damen und versuchte, mit kleinen Scherzen die angespannten Reisenden zum Lachen zu bringen. Als der Wellengang stärker wurde und ein heftiger Wind aufzog, hing er wie fast alle anderen zitternd und grün über der Reling, um seinen rebellierenden Magen zu entleeren. Ellen und Rose schienen außer den Seeleuten die Einzigen zu sein, denen es einigermaßen gut ging. Nur der Gestank nach Erbrochenem wurde ihnen immer unerträglicher. Als Ellen sich erhob, um nach Walter zu sehen, der schon seit einiger Zeit über der Reling hing, rutschte ihr Hemd im Rücken hoch. Rose bemerkte einen rotbraunen Fleck auf ihrer kurzen Hose und schnappte Ellen am Arm. »Warte mal, du musst dich verletzt haben. Sieh mal da, du hast Blut auf der Bruche.« Schon ein einfacher Hautritz durch einen rostigen Nagel konnte lebensgefährlich sein. Rose suchte die Planken ab, auf denen Ellen gesessen hatte. Aber sie konnte nichts entdecken. »Hier ist nichts, an dem du dich verletzt haben kannst. Vielleicht ist der Fleck schon älter.«

Ellen konnte sich nicht erklären, woher das Blut kommen sollte. Außer den unglaublichen Bauchkrämpfen, die sie seit einer Weile quälten und die sie für erste Anzeichen von Seekrankheit hielt, hatte sie keinen Schmerz empfunden. Sie zog sich in eine ruhige Ecke zurück, wo sie niemand beobachtete, zog die Bruche herunter und stellte fest, dass das Blut aus ihrem Geschlecht kam. Ellen bekam Angst. Sie erinnerte sich zwar dunkel daran, dass auch ihre Mutter geblutet hatte – »unrein« hatte sie es genannt –, aber warum sie blutete, wie lange es dauern würde und was sie tun sollte, wusste Ellen nicht. Sie war völlig hilflos. Was würde geschehen, wenn Glenna das sah? Sie würde es Donovan erzählen. Dann war die Reise zu Ende, bevor sie richtig begonnen hatte. Ellens Augen füllten sich mit Tränen. Vielleicht würde sie sogar dafür bestraft und eingesperrt werden, oder man würde sie in der Normandie einfach sich selbst überlassen. Hitzewellen lösten sich mit den Bauchkrämpfen ab.

Plötzlich stand Rose vor ihr. Sie sah auf Ellens immer noch unbedeckte Scham hinunter. Dort, wo die Männer bestückt waren, fehlte etwas. Nur ein paar spärliche Haare bedeckten ihr Geschlecht.

»Du bist ja gar kein Junge«, stellte sie fest. »Blutest du zum ersten Mal?«, fragte sie interessiert.

Ellen nickte nur stumm und konnte Rose vor Scham nicht in die Augen sehen.

»Ich werde zu Hazel gehen, Huren wissen mit so etwas Bescheid.«

»Bitte, du darfst mich nicht verraten!«, wisperte Ellen und sah sie jetzt flehend an.

»Mach ich nicht, du wirst deine Gründe haben, dich als Junge auszugeben. Ich behaupte einfach, ich würde bluten, mach dir keine Sorgen. Tut es weh?« Rose schien mehr über diese Blutungen zu wissen als Ellen.

»Mein Bauch.« Ellen blieb wartend in der Ecke hocken und zog die Bruche notdürftig hoch.

Als Rose wiederkam, hatte sie genug in Erfahrung bringen können, um Ellen zu beruhigen.

»Hazel hat mir ein paar Leinentücher gegeben und gezeigt, wie man sie festmacht. Die Frauen achten drauf, sich nicht auf ihre Röcke zu setzen, damit keine Flecken draufkommen, aber du trägst Bruche und Beinlinge, also musst du sehen, dass dein Kittel sie immer gut bedeckt, du dich aber nicht draufsetzt. Außerdem musst du die Tücher häufig genug wechseln und waschen, sonst riecht man es.« Rose legte Ellen die Tücher hin. »Und das hier ist Beifuß; leg ein paar von den Blättern unter die Zunge. Es soll gegen die Krämpfe helfen. Hast du noch eine Bruche?«

Ellen nickte. »In meinem Bündel.« Sie war unfähig, irgendetwas zu tun, und dankbar, weil sich Rose um alles kümmerte.

»Hier, zieh sie an, und gib mir die mit dem Fleck. Das Auswaschen werde ich übernehmen, auch das der Leinentücher. Dann fällt es nicht auf. Mach dir keine Sorgen, niemand wird etwas merken«, sagte Rose, nachdem sie das Bündel geholt und die Bruche herausgefischt hatte.

»Du hast was gut bei mir, danke«, flüsterte Ellen und legte ein gefaltetes Leinentuch zwischen ihre Beine. Damit es nicht verrutschte, verknotete Rose ein größeres Tuch um ihre Hüften, so wie Hazel es ihr gezeigt hatte. Ellen zog die frische Bruche drüber. Wenn Llewyn davon wüsste, dachte sie. Nur mit Mühe konnte sie ein hysterisches Kichern unterdrücken, das sie auf einmal überkam.

Rose ging in ihrer Rolle als Beschützerin und Hüterin von Ellens Geheimnis geradezu auf, und Ellen war mehr als dankbar für ihre Freundschaft.

»Geht es dir besser?«, erkundigte sich Hazel später bei Rose, die zunächst gar nicht wusste, was sie meinte.

»Mir? Es ging mir nie besser!«

»Mir hilft der Beifuß auch sehr gut, aber Tyra«, Hazel zeigte mit dem Kopf zu ihrer Freundin hinüber, »Tyra hilft er überhaupt nicht. Ist bei jedem anders.«

Erst jetzt fiel Rose ein, worum es ging. »Ich bin dir wirklich sehr dankbar. Die Krämpfe waren schrecklich, aber jetzt geht es mir wieder gut!«, log sie, ohne rot zu werden.

»Falls es wieder schlimmer wird, komm zu mir, ich habe noch genügend.«

»Ich danke dir«, flüsterte Rose.

»Ich geh jetzt wieder, ehe die Männer auf dumme Gedanken kommen«, sagte die Prostituierte verschwörerisch. »Immer wenn sie an Tyra und mir vorbeigehen, pfeifen sie, lecken sich auffordernd über die Lippen oder machen anzügliche Bemerkungen. Du bist ein anständiges Mädchen, dich sollen sie nicht so behandeln.«

»Warum machst du es dann?«, wollte Rose wissen.

»Hab nichts anderes gelernt.« Hazel zuckte gleichgültig mit den Schultern. »Meine Mutter und meine Großmutter sind schon Huren gewesen, ich bin im Bordell geboren, ich kenne nichts anderes, hatte nie eine Wahl.«

»Sind denn alle Männer so?«

»Fast«, sagte Hazel und sah hinüber zur Reling. »Die Einzigen, die uns nicht mit diesen gierigen Blicken ansehen, sind dieser Walter Map und der junge Alan. Die sind nett, finde ich. Ich glaube, der Junge mag dich!«

»Wir sind nur Freunde, sonst nichts, wirklich!«

»Ach was, gib nicht gleich auf, das wird schon noch!«, sagte Hazel, die glaubte, eine Spur Enttäuschung in Roses Stimme gehört zu haben, und tätschelte ihr grinsend die Schulter.

Am vierten Tag ihrer Überfahrt stand Ellen schon kurz nach Sonnenaufgang mit Walter an der Reling. Sie schätzte seinen feinen Humor und seine zurückhaltende Art.

»Hast du bemerkt, wie Rose dich ansieht?« Walter nahm

Ellen bei den Schultern und kam mit seinem Gesicht ganz nah an ihres heran.

»Was meinst du?« Ellen begriff nicht, was er andeuten wollte.

»Sie ist hinter dir her wie der Teufel hinter der armen Seele, mein lieber Alan. Jeden deiner Schritte überwacht sie eifersüchtig«, flüsterte er ihr ins Ohr. »Sie steht schon wieder da hinten und beobachtet dich.«

Ellen lachte. Rose war ihre einzige Freundin, die halbe Nacht hatten sie wieder einmal getuschelt. »Oh, Map, du hast eine blühende Fantasie!«

Walter zog die Augenbrauen hoch. »Wenn du meinen gut gemeinten Rat möchtest, nimm dich vor ihr in Acht, falls du nichts von ihr willst. Aus verschmähter Liebe entsteht der gefährlichste Hass! Glaub es mir, und vergiss meine Worte nicht.«

»Ist nicht so, wie du denkst. Wirklich. Uns verbindet nur Freundschaft«, antwortete Ellen, ihrer Sache sicher.

»Wie du meinst!« Walter starrte aufs Meer. Er schien ein wenig beleidigt zu sein. Aber dann zeigte er aufgeregt in die Ferne.

»Da! Dort drüben ist die Küste der Normandie, siehst du die Flussmündung? Da ergießt sich die Seine ins Meer, wir werden sie hinaufsegeln bis Tancarville«, erklärte er.

Ellen hielt die Hände schützend an die Stirn und sah nach Osten. Obwohl der Wind günstig stand, dauerte die Einfahrt in die Seinemündung länger, als Ellen erwartet hatte. Gespannt sah sie immer wieder zur Küste, der sie jetzt schon ganz nahe waren. Ein alter normannischer Seemann kam von der anderen Seite des Schiffes gerannt und hängte sich über die Reling.

»Ist der jetzt etwa auch seekrank?« Ellen zog die Augenbrauen ungläubig hoch und sah Walter fragend an. Er war der einzige Engländer, der auch Französisch konnte und deshalb über alles, was an Bord vorging, Bescheid wusste.

Map schüttelte den Kopf und lachte.

Gerade in diesem Augenblick drehte sich der unrasierte, vom Wetter gegerbte Seemann um, legte die Hände um seinen Mund

und rief dem Steuermann etwas zu, das sie nicht verstanden. Dann lief er zurück zur anderen Seite des Schiffes und lehnte sich dort ebenfalls über Bord.

»Was in Gottes Namen tut er da?«

»Die Seeleute sagen, in der Seine gäbe es mehr Untiefen als Austern in Honfleur.« Walter grinste. »Wenn er nur einen Augenblick nicht aufpasst, ist unsere Reise zu Ende, bevor wir in Tancarville angekommen sind.« Map konnte Ellens Gesichtsausdruck entnehmen, dass ihr diese Antwort noch nicht genügte. »Er beugt sich so weit über die Reling, um besser sehen zu können. Ein Mann wie er muss viele Jahre Erfahrung haben, damit das Schiff nicht auf Grund läuft. Siehst du den jungen Matrosen dort hinten?«

»Klar, hab ja Augen im Kopf«, sagte Ellen und wunderte sich, warum sie so gereizt klang.

»Der Alte hat vermutlich mal genauso angefangen und einem erfahrenen Seemann über die Schulter geschaut. In den Spelunken der Hafenstädte wird nicht nur gesoffen, die Seeleute tauschen auch Erfahrungen aus. So hat er von anderen Matrosen und auf früheren Reisen Wissen über die Untiefen gesammelt. Er erkennt sie an der Landschaft, der Art, wie die Felsen in die Seine ragen, auch die Farbe des Wassers zeigt ihm, wo Untiefen sein können. Deshalb beobachtet er alles ganz genau.«

»Sag mal, woher weißt du das eigentlich alles?«, fragte Ellen beeindruckt.

Map lächelte verschmitzt. »Ist nicht jeder so verschwiegen wie du. Außer dir erzählen mir fast alle, was sie bewegt.«

Ellen sagte nichts mehr und betrachtete nachdenklich das fremde Land rechts und links der Seine. Die Erde war dunkelbraun und fett, und in dem leuchtend grünen, saftigen Gras der Weiden standen unzählige bunte Frühlingsblumen. Dieser Anblick weckte in Ellen den heftigen Wunsch, endlich wieder festen Boden unter den Füßen zu spüren.

»Gott, wie ich diese Torkelei hasse!«, stöhnte sie.

Walter sah sie erstaunt an. »Jetzt sag nicht, so kurz vor Schluss wird dir nun auch noch schlecht, ist doch kaum noch Seegang!«

»Unsinn, ich bin in Ordnung. Ich habe nur Lust, endlich wieder vernünftig geradeaus laufen zu können«, erwiderte sie barsch.

Am Ufer standen wohl genährte, braunweiße Kühe und staunten das vorbeifahrende Schiff mit großen Augen an. »Da hinten, sieh doch mal, Schafe! Und Lämmer!«, rief Ellen überrascht aus und zeigte auf eine andere Weide.

»Also, Alan, ich beginne, mir ernsthaft Sorgen um deinen Geisteszustand zu machen. Halb England wird von Schafen kahl gefressen, warum um Gottes willen bist du beim Anblick dieser blökenden Vierbeiner nur so aus dem Häuschen?«

»Aber sie haben doch Schafe geladen«, sagte Ellen aufmüpfig. »Da habe ich eben gedacht, in der Normandie gäbe es keine.«

»Ah ja.« Walter nickte und grinste.

Ellen war verärgert, weil sie so wenig über die Normandie wusste.

»Die englischen Schafe geben die bessere Wolle und viel davon, mehr als andere Tiere, deshalb nehmen die Normannen unsere Schafe, um sie auf ihren Ländereien anzusiedeln. Aber irgendwie bleiben die Viecher in England trotzdem die besseren. Ich denke, das kommt von dem, was sie bei uns fressen.« Map versank für einen Moment in Gedanken. »Oder es liegt am englischen Wetter ...« Er hatte seine Überlegung noch nicht ganz beendet, da mischte sich der Tuchweber ein, der sich inzwischen zu ihnen gesellt hatte.

»Es liegt am Scheren, das die englischen Bauern besser beherrschen. Außerdem beten sie regelmäßig zu ihren Schutzheiligen, und ich will meinen, dass die Hilfe des Herrn nicht die schlechteste ist!«, erklärte Webster wichtigtuerisch.

Walter nickte nachdenklich, und Ellen war froh, dass er sie nicht mehr so spöttisch ansah. Sie blickte kurz in den grauen Nachmittagshimmel und betrachtete dann das flache, weite

Land, das vor ihr lag. Ausgedehnte Laub- und Nadelwälder wechselten sich mit Weiden und Feldern ab, und dazwischen standen Abertausende von blühenden Apfelbäumen. Der Frühlingswind entriss ihnen die welken, zartrosafarbenen Blütenblätter und trieb sie wie ein Meer von Schneeflocken vor sich her. Hier wird es sich gut leben lassen, dachte Ellen zuversichtlich.

»Da vorne, seht, da! Tancarville!«, rief jemand.

Ellen streckte sich neugierig.

In der Ferne thronte eine prächtige Burg auf einem schroffen Felsendreieck, das weit in die Seine hineinragte. Auf zwei Seiten umspülte das Wasser den Hügel, auf dem die Festung stand, und gab ihr so Schutz vor Angreifern. Die hellen, gleichmäßig behauenen Steine des Bergfrieds glänzten silbrig in der Abendsonne. Unzählige windschiefe Hütten drängten sich den Fels hinauf, als wollten sie die Burg im Sturm erobern, trotzdem ging etwas Friedvolles von diesem Anblick aus. Zwei große Handelsschiffe und viele Fischerboote dümpelten in einer kleinen Bucht unterhalb der Burg. Die Seine wurde an dieser Stelle an beiden Seiten von dichten Wäldern gesäumt. Sicher waren sie voll mit Wild und damit bevorzugtes Jagdgebiet des Herrn von Tancarville und seiner Männer.

Alle Reisenden waren inzwischen neugierig an Deck gekommen, um ihre neue Heimat zu bestaunen. Jeder von ihnen hatte seine eigenen Hoffnungen und Ängste mitgebracht. Hier und jetzt aber sahen sie nur die Schönheit von Tancarville und waren gebannt davon.

Im Westen tauchte die untergehende Sonne den Horizont in weiches Licht. Rosafarbene Wolken zogen wie angemalte Schafe durch den graublauen Himmel. Bald würde die Sonne am Horizont in einem Meer von Farben versinken. Nur im Norden sah der Himmel grauschwarz und bedrohlich aus, als ob sich ein Unwetter zusammenbraute.

Tancarville im Juni 1162

Während Donovan sich um den Bau der Schmiede kümmerte, streunte Ellen, sooft es ging, im unteren Burghof und im Dorf herum. Sie genoss die Freuden des Sommers und ihre Freiheit, die enden würde, sobald die Schmiede fertig war. Immer wenn auf Anweisung von FitzHamlin der Dorfpriester kam, um den englischen Handwerkern etwas Französisch beizubringen, machte sich Ellen aus dem Staub. Sie hasste es, sich auch bei dem Priester als Junge auszugeben. Schließlich war er ein Vertreter Gottes, und Gott konnte man nicht narren. Immerhin schien der hagere Geistliche mit den glanzlosen braunen Augen den Unterricht ohnehin nur als eine lästige Pflicht zu empfinden. Er machte kein Hehl daraus, dass es ihm ein Gräuel war, was die Fremden mit seiner schönen Sprache anstellten, wenn sie vergeblich versuchten, nuschelnd nachzusprechen, was er ihnen doch so elegant näselnd vorsagte.

Obwohl Donovan sie jedes Mal schalt, nutzte Ellen die Zeit lieber, den normannischen Handwerkern bei ihrer Arbeit zuzusehen. Auf diese Art schnappte sie ohnehin viel mehr auf, als sie bei dem Priester je hätte lernen können. Manchmal trieb sie sich auch am Brunnen herum, belauschte die Mägde und versuchte, ihr albernes Geschwätz zu verstehen.

Ihr Lieblingsplatz aber war ein großer Strohballen, von dem aus sie den Platz überblicken konnte, auf dem die Pagen und Knappen an den Waffen ausgebildet wurden. Sie konnte ewig dort sitzen, einen Halm im Mundwinkel und die Beine baumelnd. Wenn die jungen Männer in kleinen Grüppchen ganz in ihrer Nähe standen und über die Schwertübungen stritten, dann spitzte sie die Ohren und konzentrierte sich ganz auf die fremde Sprache. So lernte sie in kürzester Zeit mehr Französisch als alle anderen Neuankömmlinge zusammen. Auch die Aussprache beherrschte sie schon bald besser als ihre Landsleute, von denen vor allem Art mit seiner dicken Zunge große Schwierigkeiten hatte, die weich klingenden, fremden Worte verständlich zu artikulieren.

Rose dagegen, die in der Backstube arbeitete und keinen Unterricht bekam, verständigte sich ohne viele Worte mit Händen und Füßen und kam bestens zurecht. In der Mittagszeit holte Ellen sie oft ab. Dann setzten sie sich in eine Ecke des Burghofes, genossen die warme Sommersonne, plauderten, lachten und aßen. In der Backstube neckten sie Rose mit eindeutigen Gesten, weil sie glaubten, der junge Schmied mache ihr den Hof. Rose hatte schon bemerkt, dass die normannischen Knechte enttäuscht wegsahen, wenn Ellen dazukam. Sicher glaubten sie, als Engländer habe er bessere Chancen bei ihr. Rose amüsierte sich köstlich darüber. Mit diebischer Freude schürte sie die Gerüchte, indem sie Ellen zum Abschied manchmal einen Handkuss zuwarf. Rose fühlte sich in Tancarville ebenso schnell heimisch wie Ellen, was vielleicht daran lag, dass sie noch jung waren und nach vorn sahen statt zurück.

Doch auch Glenna, die zunächst so große Angst vor der Fremde gehabt hatte, blühte zusehends auf. Der Herr von Tancarville hatte ihnen ein schönes Haus bauen lassen und Handwerker und Material zur Verfügung gestellt, um es einzurichten. In der geräumigen Wohnstube, die mit einer großen Feuerstelle ausgestattet war, stand ein langer Eichentisch mit zwei Bänken und nicht weit davon in einer Ecke ein schweres Holzregal, in dem Kochtöpfe, Suppenschalen, irdene Krüge und Becher gestapelt waren. Glennas größter Stolz in ihrem neuen Heim aber waren zwei prächtige Sessel mit hohem Rücken und geschnitzten Armlehnen, wie sie sonst nur in herrschaftlichen Häusern üblich waren. Unter dem Dach gab es zwei kleine Schlafkammern, die über eine steile Holzstiege zu erreichen waren. In der einen schliefen der Schmied und seine Frau, die andere war für das Gesinde.

Donovan hatte alle Hände voll zu tun, den Bau der Schmiede zu überwachen. Mit zwei großen Essen – jede von ihnen gut zweimal größer als die, an der er in England gearbeitet hatte –, drei Ambossen und zwei mächtigen Steintrögen für das Härten von langen Klingen würde die neue Werkstatt genügend Platz für den Meister, zwei oder drei Gesellen und drei bis vier Helfer bieten. Der Herr von Tancarville hatte darauf bestanden, dass Donovans Schmiede geräumig genug wurde, um weitere Männer anlernen zu können. Obwohl sich Donovan nur schwer vorstellen konnte, mittelmäßig begabte Schmiede auszubilden, hatte er sich fügen müssen und schon bald zwei junge Männer ausgewählt.

Arnaud, der Ältere der beiden, hatte drei Jahre im Dorf bei einem einfachen Schwarzschmied gelernt und besaß damit wenigstens ein Grundwissen, auf dem Donovan aufbauen konnte. Arnaud würde zwar einiges vollkommen neu erlernen müssen, schien aber immerhin zu begreifen, welches Privileg es war, für Donovan arbeiten zu dürfen. Er bemühte sich ganz offensichtlich um des Meisters Gunst. Dass Donovan ihn die Prüfung mit den Luppenstücken nicht hatte machen lassen, erfüllte Ellen jedoch mit Unmut. Dabei war Arnaud ein schmucker Bursche mit haselnussbraunen Augen und geschwungenen Brauen. Nur war er sich seiner Wirkung auf das weibliche Geschlecht durchaus bewusst und tat dies auch allzu gern kund, was Ellen überhaupt nicht schätzte.

Vincent war ein bisschen jünger als Arnaud und sollte als Schmiedehelfer angelernt werden, um Art zu entlasten. Er war kräftig wie ein Ochse, hatte tief liegende Augen und eine viel zu breite Nase. Voller Bewunderung und mit beinahe kindlicher Hingabe lief er hinter Arnaud her wie ein Hund.

Arnaud verachtete ihn zwar, gestattete ihm aber gnädig, ihn zu verehren.

Ellen mied Arnaud außerhalb der Schmiede, weil sie ihm nicht traute. Immerhin hatte die Anwesenheit der beiden den Vorteil, dass sich Donovan mehr Zeit für Ellen nahm.

Je länger sie den Schmied und seine Arbeit kannte, desto mehr schätzte sie den Meister. Seine anfängliche Bärbeißigkeit hatte sie ihm längst verziehen. Es beeindruckte Ellen zutiefst, wie er das Eisen behandelte. Während die meisten Schmiede es mit großen, kräftigen Bewegungen in die gewünschte Form schlugen, sah es bei Donovan aus, als gebe er ihm leichte, beinahe zärtliche Klapse, so wie Mütter es voller Liebe bei ihren Kindern tun, um sie zum Lachen zu bringen. Ellen konnte sich nicht satt sehen an seiner Art zu arbeiten und war überzeugt, dass man nur mit diesem ganz besonderen, tiefen Verständnis für das Material das Eisen so perfekt formen konnte, wie er es tat.

Obwohl sie jeden Augenblick in der Schmiede liebte, freute sich Ellen besonders auf die Sonntage, wenn sie alle zusammen zur Kirche gingen und nach der heiligen Messe ein wenig mit den anderen angelsächsischen Handwerkern plauderten. Bei gutem Wetter ließen sie sich oftmals im Gras nieder, um gemeinsam zu essen. Ellen setzte sich dann zu Rose, und die beiden schwatzten und lachten. Dabei musste sich Ellen besonders in Acht nehmen, um nicht als Mädchen entlarvt zu werden.

Seit Orford waren aus ihren empfindlichen kleinen Knospen auf der Brust zwei fleischige Hügel geworden. Obwohl sie die Schultern nach vorn hängen ließ, hatte sie immer öfter das Gefühl, jedermann starre sie an. Als sie eines Sonntags allein in der Kammer saß, zog sie den Kittel nach hinten straff, sodass ihre Brüste hervortraten. »Irgendwie müssen die weg«, murmelte sie stirnrunzelnd.

Plötzlich hörte sie ein Poltern auf der Treppe, und Art stürzte in die Kammer. Hastig drehte sich Ellen um und tat, als richte sie ihre Bettstatt. Sie atmete erleichtert auf, als sich Art, ohne etwas bemerkt zu haben, auf sein Lager fallen ließ und schon beim nächsten Atemzug schlief. Wie immer, wenn er zu viel Cidre getrunken hatte, schnarchte er laut. Ellen legte sich ebenfalls hin, aber sie fand nur schwer in den Schlaf und wälzte sich unruhig hin und her.

Mitten in der Nacht schreckte sie hoch. Sie hatte von riesigen Brüsten geträumt, die sie wie Trophäen vor sich hertrug. Ellen sah sich um. Es war noch dunkel, nur das weiße Mondlicht fiel durch die Bretterritzen des kleinen Fensterladens. Ellen versicherte sich, dass Art noch schlief, und setzte sich auf. Sie zog ihr Hemd über den Kopf und tastete nach ihren Brüsten. Natürlich waren sie nicht so groß wie in ihrem Traum. Ellen zog die Schultern zurück, beinahe stolz fuhr sie über ihren Brustkorb. Dann sank sie erneut in sich zusammen, lange konnte sie ihre weiblichen Formen wohl nicht mehr verbergen. Was also sollte sie tun? Erst vor kurzem hatte sie ein größeres Stück Leinen günstig erstehen können. Sie hatte daraus Einlagen für die unreinen Tage fertigen wollen, aber noch nicht damit begonnen. Vielleicht konnte sie ein Stück des Stoffes als Bandage benutzen, um ihre Brüste einzuschnüren? Ellen zog das Tuchstück unter ihrer strohgefüllten Bettstatt hervor und wickelte es auf. Mit ihrem Messer schnitt sie einen gut vier Hand breiten Streifen ein und riss ihn der ganzen Länge nach ab. Bei dem ratschenden Geräusch schnarchte Art laut auf. Ellen erschrak und schimpfte sich eine Närrin, weil sie ihr Hemd nicht länger anbehalten hatte. Fröstelnd nahm sie den abgetrennten Leinenstreifen und wickelte ihn, so eng es ging, um ihren Brustkorb. Dann hob sie den rechten Arm, als hole sie zum Schlag aus, ließ ihn aber sogleich wieder sinken und schüttelte unglücklich den Kopf. So konnte sie unmöglich arbeiten. Sie lockerte das Leinen gerade so viel, dass sie genügend Luft zum Atmen hatte und den Arm heben konnte. So musste es gehen.

Am anderen Morgen wickelte sie ihre Brust erneut. Anfangs bewegte sie sich noch steif, doch im Laufe des Tages schien sie sich an die Enge gewöhnt zu haben. Am Nachmittag bemerkte sie jedoch, dass das Leinentuch heruntergerutscht war und auf ihren Hüften saß. Sie murmelte eine Entschuldigung und eilte aus der Werkstatt.

Immer wieder übte sie in den folgenden Tagen, das Tuch so um ihren Oberkörper zu schlingen, dass es nicht verrutschen konnte. Irgendwann gelang es ihr, und der Traum von den Riesenbrüsten kam nie wieder.

Arnaud grinste hämisch und lästerte, Alan sei schlimmer als ein Mädchen, mit seinem ständigen Gerenne zur Latrine, sodass sie schon fürchtete, er könne etwas ahnen.

Sie fluchte, spuckte noch häufiger aus und nutzte den für Männer so typischen Griff in den Schritt, um an den unreinen Tagen den Sitz des Leintuches in ihrer Bruche zu überprüfen. Trotzdem war sie in ständiger Angst, dass ihr Geheimnis aufflog.

Mit dem November kam die Zeit der dicken Nebel. An manchen Tagen hing das schwere, feuchte Nichts vom Morgengrauen bis zur Nacht über Tancarville, schwermütig und undurchdringlich. Manchmal schien sich der Nebel aufzulösen und weckte die Hoffnung auf einen lichteren, freundlicheren Tag, nur um bald schon als neuer Dunst aus der Seine aufzusteigen und mit seinen kalten, feuchten Fingern nach den Herzen der Menschen zu greifen. An anderen Tagen wiederum waren die Schwaden morgens schwer und träge wie Blei, erhoben sich aber bald und verloren sich noch vor dem Mittag in der Weite des Himmels wie ein Seidentuch, das ein sanfter Wind langsam in die Höhe trägt. An einem solchen Tag ging Ellen seit Wochen zum ersten Mal wieder zur Burg.

Dicht hinter dem geöffneten Tor stand ein Junge auf einem abgesägten Baumstamm. Der Stumpf war nicht einmal breit genug, um beide Füße vollends daraufzustellen. Der Junge war groß und kräftig, ein, vielleicht zwei Jahre älter als sie. Er stand aufrecht da, ohne sich zu rühren, den Blick starr geradeaus gerichtet. Auf den gefalteten Händen im Rücken trug er einen prall gefüllten, kleinen Sandsack. Ellen beachtete den Jungen nicht weiter. Vermutlich stand er schon seit Mitternacht so da und hatte es bald geschafft. Ellen wusste aus den Gesprächen der Knappen, dass dies nur eine von vielen Prüfungen war, die jeder Page bestehen musste, bevor er Schildknappe werden konnte. Mitten in der Nacht riss man den jeweiligen Jungen ohne Vorwarnung aus dem Schlaf und befahl ihm, sich auf den Baumstumpf zu stellen. Todmüde, gepeinigt von Kälte und Feuchtigkeit, das Gewicht des Sandsacks im Rücken, schafften es die meisten nur mit Müh und Not, wie gefordert, bis zum ersten Mittagsläuten. Manche gaben vorher auf und wurden mit Schimpf und Schande bedacht. Den anderen, die bis zum Mittag durchhielten, zitterten nicht nur die Arme vor Anstrengung, auch ihre tauben Beine drohten ihnen den Dienst zu versagen. Am schlimmsten aber war wohl der Druck auf ihrer schmerzend gefüllten Blase. Manche pinkelten sich ein und froren dann so erbärmlich, dass sie herabsteigen mussten. Andere weinten, bevor sie heruntersprangen und unter dem gehässigen Gelächter der Schaulustigen zum nächstliegenden Schuppen rannten, um sich dahinter zu erleichtern.

Als Ellen am Nachmittag erneut an dem Jungen vorbeiging, stand er noch immer aufrecht auf dem Holzstumpf. Ellen sah ihn erstaunt an. Seine braunen Haare hingen wirr über seine Stirn bis in die Augen, die so blau waren, als spiegele sich der Himmel in ihnen. Erst jetzt bemerkte sie, wie stolz er aussah. Sein Blick war klar, und seine Arme, die noch immer den Sandsack im Rücken trugen, zitterten kein bisschen. Ganz ruhig stand er da und blickte in die Ferne, ohne eine Miene zu verziehen.

Pagen und Knappen hatten sich um ihn geschart, um zu sehen, wann er endlich aufgeben würde.

»Guillaume ist ein verdammter Dickschädel, er hat sich in den Kopf gesetzt, bis Sonnenuntergang durchzuhalten«, sagte ein untersetzter, schwarzhaariger Knappe mit breiten Schultern nicht ohne Ehrfurcht. »Trotzdem habe ich drauf gewettet, dass er es nicht schafft. Schließlich haben wir schon November, und die Nacht war kalt. Aber wenn ich ihn so dastehen sehe …«, er rieb Zeigefinger und Daumen aneinander, »dann war's wohl nichts mit dem schnellen Reichtum.« Er seufzte grinsend.

»Pah, der ist doch sowieso nur ein Angeber!«, behauptete ein anderer Junge geringschätzig.

»Du sei ganz still, bist doch nur neidisch. Ich kann mich erinnern, dass du es nicht mal bis zum Mittagsläuten geschafft hast!«, erinnerte ihn der erste großspurig.

»Mann, der muss 'ne Blase so groß wie 'n Kuheuter haben«, sagte ein junger, rotbackiger Knappe, dessen Prüfung wohl noch nicht sehr lange her war, voller Bewunderung.

Die anderen nickten und lachten erleichtert, weil sie nicht dort oben stehen mussten.

Ellen dachte darüber nach, wozu eine solche Prüfung wohl gut war und was den jungen Pagen dazu bringen konnte, so lange durchzuhalten. Er hatte die Prüfung längst bestanden, und niemand hätte etwas sagen können, wenn er jetzt heruntergestiegen wäre. Was trieb ihn nur dazu, weiterzumachen?

»Wenn Guillaume sich was vorgenommen hat, dann macht er es, komme, was wolle. Wenn er gesagt hat, er bleibt bis Sonnenuntergang dort stehen, dann wird er das auch tun«, sagte einer der jüngeren Pagen zu den anderen. Er schien sich den um einige Jahre älteren Guillaume zu seinem persönlichen Helden erkoren zu haben.

Ellen schüttelte den Kopf. Zeit- und Kraftverschwendung, solche Heldentaten, dachte sie verständnislos und machte sich auf den Weg zu ihrer Verabredung.

Rose wartete bereits ungeduldig am vereinbarten Treffpunkt. »Da bist du ja endlich! Was hast du denn für Schatten unter den Augen, hast du wieder schlecht geträumt?«, fiel Rose mit der Tür ins Haus.

»Geträumt habe ich, ja, aber schlecht? Nein.«

Rose zog die Augenbrauen hoch und sah sie neugierig an. »Dann hast du von einem Liebhaber geträumt! Kein Wunder, dass du so unausgeschlafen aussiehst«, erklärte sie schelmisch.

»Liebhaber, so ein Unsinn, ich habe im Traum gearbeitet!«, gab Ellen barsch zurück.

»Oh, Entschuldigung!« Rose sah zur Seite, damit Ellen nicht merkte, dass sie mit den Augen rollte.

»Seit Tagen schon träume ich immer das Gleiche«, begann Ellen zu erzählen. »Manchmal möchte ich gar nicht mehr aufwachen, weil ich so glücklich bin. Im Traum bin ich ein berühmter Schmied! Sogar Donovan ist stolz auf mich, weil die Ritter von weit her kommen, um meine Schwerter zu kaufen. Und dann erklingen plötzlich Fanfaren! Es ist der König! Er kommt, damit ich ein Schwert für ihn mache. Und genau dann, wenn ich am glücklichsten bin, wache ich auf. Einen Moment lang bilde ich mir ein, alles wäre so, wie ich es geträumt habe. Aber dann begreife ich allmählich wieder, wer ich bin, stehe auf und wickle heimlich meine Brust.«

Rose wusste nicht, wie sie ihre Freundin trösten sollte. »Du kannst nicht ewig so tun, als seist du ein Mann, irgendwann musst du damit aufhören.« Mit einer fast mütterlichen Geste streichelte sie Ellen über die Wange. »Ich hab's! Das ist die Idee!«, rief sie, und ihre Miene hellte sich auf. »Als Frau kannst du keine Schmiede führen, richtig?«

»Wohl kaum.«

»Na, dann heiratest du einfach einen Schmied. Als Ehefrau kannst du bei ihm mitarbeiten!« Rose sah sie erwartungsvoll an, aber Ellen schüttelte den Kopf.

»Glaubst du nicht, dass ich schon selbst auf die Idee gekommen bin? Aber das ist nicht die Lösung. Ich will in meiner eigenen Werkstatt schmieden und allein bestimmen, nicht als Frau eines Schmieds nur Handlanger sein. Dazu bräuchte ich mich nicht bei Donovan abzuplagen. Was ein einfacher Helfer können muss, kann ich schon längst. Oder glaubst du, ein Mann würde seiner Frau gestatten, besser zu sein als er?«

Rose schüttelte den Kopf. »Ich denke nicht.«

»Siehst du, aber genau das will ich! Ich will besser sein als die anderen. Ich weiß, ich kann einmal ein großer Schmied werden. Ich fühle es!« Ellen klang entschlossen und ein bisschen trotzig.

»Ich mach es mir nicht so schwer wie du. Ich heirate mal einen Müller, und aus seinem Mehl backe ich die besten Kuchen und Pasteten.« Rose lachte, wackelte albern mit dem Kopf und zog Ellen fröhlich mit sich fort. »Na komm, wir gehen zum Übungsplatz, dann fühlst du dich gleich besser.«

»Seit wann interessierst du dich denn für Kampfübungen?« Ellen sah sie ungläubig an.

»Nicht für Kampfübungen, aber für Knappen!« Rose lachte und errötete ein wenig.

»Es wird bald dunkel. Dann hören sie auf, weil sie nicht mehr genug sehen. Und du auch nicht!«, scherzte Ellen, schon wieder besserer Laune.

Auf dem Weg zum Kampfplatz kamen sie am Burgtor vorbei.

»Er steht immer noch da«, murmelte Ellen nun doch bewundernd, als sie sah, in welch stolzer Haltung Guillaume nach wie vor auf dem Holzblock stand.

»Ist nicht mein Geschmack, zu grobschlächtig, ich mag mehr die vornehmen Jungen. So wie den da.« Rose deutete verschämt auf einen hübschen Kerl, der ungefähr in ihrem Alter war.

»Ich glaube, er heißt Thibault«, raunte ihr Ellen verschwörerisch zu.

»Den Namen werde ich mir merken«, sagte Rose schmunzelnd.

Tancarville im Sommer 1163

Es war zu kühl für die Jahreszeit, der Himmel war schon seit Tagen grau verhangen, und immer wieder nieselte es. Der trübe Juni, der einfach keine Sonne bringen wollte, schlug Ellen aufs Gemüt – und Rose hatte auch keine Zeit, sie musste arbeiten, weil Gäste auf der Burg erwartet wurden. Ellen langweilte sich, lustlos schlenderte sie zum Kampfplatz, aber da Sonntag war, übten die Knappen nicht. Als sie wieder umkehren und zurück zur Schmiede gehen wollte, hörte sie das Gespräch zweier Knappen, die an ihr vorbeigingen. Einer der Fechtmeister suche einen Bauernjungen, der mit einem langen Stock gegen sie antreten solle, meinte der eine. Die Knappen lachten und höhnten, sie wollten so einem Bauernbengel schon gehörig einheizen, aber Ellen hörte es nicht mehr, sie war sofort losgerannt. Seit einem Jahr schon arbeitete sie bei Donovan und wusste längst, dass er kein Unmensch war. Er musste einfach erlauben, dass sie es versuchte! Ellen hatte zwar noch nie mit einem Stab gekämpft, aber es ging ihr weder um den Stockkampf noch um den Penny, der bezahlt werden sollte. Alles, was sie wollte, war Zugang zum Übungsplatz, um die Schwertkampftechniken aus nächster Nähe sehen zu können. Im Geheimen hoffte sie, dass man ihr, wenn sie sich geschickt anstellte, erlauben würde, auch den Schwertkampf mit den Knappen zu erlernen. Dann würde sie später noch bessere Waffen fertigen können.

Ellen bestürmte Donovan und versicherte ihm, dass es völlig ungefährlich sei, gegen die Knappen anzutreten, weil die Jungen nur mit Holzschwertern übten. Der Schmied schien nicht begeistert von ihrem Vorhaben und gab ihr die Erlaubnis nur widerwillig. Gleich am nächsten Tag ging Ellen zum Kampfplatz.

Der Ausbilder von Sir Ansgars Knappen wurde Ours, also Bär, genannt. Ellen fragte sich, ob seine Eltern ihm den Namen gegeben hatten, weil sie wussten, wie stark er werden würde, oder ob Ours so stark geworden war, um seinem Namen gerecht zu werden. Auf die Idee, dass es nur ein Spitzname war, kam sie nicht. Ours war groß und kräftig wie alle Fechtmeister, aber er wirkte um einiges schwerfälliger. Vermutlich wurde er deshalb leicht unterschätzt. Ours war verschlagen, brutal und konnte entgegen aller Erwartungen erstaunlich schnell sein. Er hatte Freude daran, die jungen Knappen zu schinden, bis sie am Ende ihrer Kräfte waren, und weidete sich an ihrer Furcht vor ihm. Er war ein kaltblütiger, berechnender Soldat und ein erstaunlich guter Taktiker. Da die Jungen ihn fürchteten wie den Teufel, hörten sie ihm aufmerksam zu und setzten alles daran, ihn zufrieden zu stellen. Auf diese Weise machten sie schnell Fortschritte. Auch Ellen hatte Angst vor Ours, schließlich kämpfte sie zum ersten Mal mit den Pagen und hatte keinerlei Erfahrung mit dem Stock.

»Du stocherst mit dem Ding herum, als wolltest du Schweine zusammentreiben. Du musst deine Augen überall haben«, regte Ours sich auf, stürmte von der Seite auf Ellen zu und griff sie an. Sein Schwert war nicht aus Holz. Mit wenigen Hieben hackte er ihre Stange in kleine Stücke.

Die Jungen amüsierten sich köstlich, weil sie nicht mehr selbst das Ziel seiner Angriffe waren.

»Das ist hier doch kein Damenkränzchen, wir sind schließlich nicht zum Sticken hier!«, dröhnte Ours.

Ellen zuckte zusammen. Hatte sie sich verraten? Für einen Moment geriet sie in Panik.

Ours riss ihr den Rest der Stange so heftig aus der Hand, dass sie erzitterte. »Entweder du strengst dich an und träumst nicht herum, oder du lässt es ganz. Für einen Penny kann ich auch einen geschickteren Burschen finden.«

Ellen versuchte, so grimmig wie möglich dreinzuschauen. »Ja, Sire, ich werde mich anstrengen«, antwortete sie selbstbewusst.

Ours ließ die Jungen immer wieder einen nach dem anderen gegen Ellen antreten und überforderte sie damit. Wut und Schmerz trieben ihr Tränen in die Augen, als sie erneut zu Boden ging. Der letzte Gegner war der einzige, der ihr kameradschaftlich die Hand entgegenstreckte und sie hochzog. Es war Thibault, der Junge, der Rose so gut gefallen hatte. Die sandfarbenen Haare trug er nach normannischer Art über den Ohren abgeschnitten. Seine braunen Augen mit den goldenen Sprenkeln musterten sie freundlich. Er musste den verräterischen Glanz von Tränen in Ellens Augen bemerkt haben, denn er flüsterte: »Ours hat uns alle schon zum Verzweifeln gebracht, Kopf hoch! Gönn ihm nicht, dich heulen zu sehen.«

Ellen sah ihn dankbar an und nickte. Obwohl sie sich sehr um Beherrschung bemühte, musste sie blinzeln, und eine Träne rollte über ihre Wange. Sie wischte sie eilig mit dem Ärmel fort, damit es niemand sah.

Nachdem sie aufgestanden war, ließ Thibault ihre Hand los und starrte sie irritiert an. Dann drehte er sich um und ging.

Als Ellen am nächsten Tag wieder Prügel einsteckte, waren Thibaults Schmährufe nicht zu überhören.

»Warum lachst du noch lauter über mich als die anderen, ich dachte, wir könnten Freunde sein?«, raunte sie Thibault zu, als sie gegen ihn antreten sollte.

»Freunde?« Thibault spuckte das Wort aus wie eine faule Kirsche. »Wir können keine Freunde sein. Du gehörst nicht hierher, am besten du verschwindest.« Wie ein Besessener hieb er mit seinem Holzschwert auf Ellen ein, noch bevor sie genug Abstand voneinander hatten. Natürlich entsprach das nicht den Regeln, und Ours hätte seinen Zögling zur Ordnung rufen müssen, aber er tat es nicht. Thibault schlug mit einer solchen Wut zu, dass Ellen zurückweichen musste und den Halt verlor. Thibault stürzte sich auf sie. Ihre Gesichter waren dicht beieinander. Seine Augen waren weit aufgerissen und schienen beinahe vollkommen schwarz. Mit einem Satz sprang er auf und ließ sie im Staub liegen, ohne ihr weitere Beachtung zu schenken. Ellen erhob sich, funkelte Ours an, weil er Thibault nicht gemaßregelt hatte, und verließ wortlos den Platz.

* * *

Auch Thibault stapfte zornig davon, marschierte mit großen Schritten aus dem Tor hinaus und überquerte die angrenzende Heuwiese. Der Himmel war mit dicken grauen Wolken verhangen, die Luft heiß und schwer. Bestimmt würde es bald ein Gewitter geben. Thibault wurde zusehends langsamer, lief bald nur noch ziellos dahin und setzte sich schließlich auf einen umgekippten Baumstamm am Waldrand. Sein Herz schlug noch immer wild und hart in seiner Brust, schwankend zwischen Wut und Angst. Etwas an diesem Alan war unheimlich. Er war so … so erschreckend anziehend! Thibault konnte es nicht glauben. Das Blut in seinem Körper hatte gekocht, als er auf Alan gelegen und seinen süßen, nach Honig duftenden Atem gerochen hatte! »So etwas Dummes, ich bin doch nicht verliebt!«, rief er aus und erschrak beim rauen Klang seiner Stimme. Alan ist ein Junge, genau wie ich, versuchte er sich zu beruhigen. Männer aber begehren Frauen, so will es die Natur. Thibault spürte, wie ihm der Schweiß über die Schläfen lief. Natürlich hatte er schon einmal von solchen Verirrungen gehört, aber … Warum hatte der dumme Kerl nicht in England bleiben können?

Im Staub zu seinen Füßen entdeckte Thibault zwei schwarze Käfer mit gelben Streifen. Sie hatten ihre Hinterteile ineinander verkeilt, um sich zu paaren, und liefen gemeinsam im Kreis. Thibault beobachtete ihr Treiben eine Weile, bevor er auf sie trat und sie mitleidlos zerquetschte. »Widernatürlich, Herrgott noch mal, das ist widernatürlich!«, fluchte er vor sich hin und meinte damit nicht die beiden Käfer.

Unsinn, alles Unsinn, dachte er verstört. Schließlich wusste er genau, wie man mit Mädchen umging. Hatte er doch schon zwei Mägde beglückt! Sie hatten errötend gekichert, wenn er sie angelacht hatte, und ihm nachgesehen, wenn er an ihnen vorbeigegangen war. Die eine war ein wenig älter gewesen als er und leicht zu haben. Bei der anderen hatte er sich schon ein wenig anstrengen müssen und umso mehr das göttliche Gefühl von Macht genossen, als es ihm gelungen war, ihr die Jungfräulichkeit zu nehmen. Selbstverständlich hatte es ihm weniger bedeutet als ihr, aber das war ja nur natürlich, schließlich war er ein Mann! Und als solcher hatte er in diesen Dingen die Zügel in der Hand.

Warum also dieses Herzklopfen? Thibault überlegte, ob irgendein Mädchen schon einmal solche Gefühle in ihm geweckt hatte. Aber außer der körperlichen Befriedigung hatte er bisher nicht viel für ein Mädchen empfunden.

Widerwillig, aber fest entschlossen, sich zu prüfen, dachte er über jeden Pagen und jeden Knappen auf der Burg nach, um zu sehen, ob der Gedanke an einen von ihnen widernatürliche Gefühle bei ihm auslöste. Erleichtert stellte er fest, dass dem nicht so war. Dann aber dachte er an Alan, wie er so auf dem Boden gelegen hatte, die grünen, ach so grünen Augen glänzend vor Tränen. Und sofort begann sein Herz wieder zu klopfen wie toll. Der Mund wurde ihm trocken, und der Magen wollte bersten von den Flügelschlägen in seinem Bauch. »Ein weinender Junge!«, zischte er missbilligend. »Das wirst du mir büßen, Alan«, schwor er mit geballter Faust. »Ich werde dich so lange bekämpfen, dich erniedrigen und dich schikanieren, bis du fortgehst!«

Von diesem Tag an schlich sich Thibault fast jede Nacht aus der großen Schlafkammer, die er mit den anderen Knappen teilte, um sich mit einer frisch geschnittenen Weidenrute die widernatürlichen Gedanken auszutreiben. Manchmal begleitete ihn Alans unschuldiges Lächeln auf seinem Weg, dann schlug er noch heftiger und ausdauernder zu. Bei dem Gedanken an Alan wurde sein Glied steif, und bei jedem Rutenschlag auf seine Schultern zuckte es wohlig. Erst wenn das Blut aus seinem geschundenen Rücken lief, gab er Müdigkeit und Schmerz nach und legte sich schlafen. Das schlechte Gewissen wegen seiner lüsternen Gedanken peinigte ihn aber noch immer. Sein immerfort schmerzender Rücken wurde zur ständigen Ermahnung, schrecklich und erregend zugleich. Manchmal fürchtete Thibault, vor Sehnsucht nach Alan verrückt zu werden, und dafür hasste er ihn noch mehr.

* * *

Als Ellen am Abend nicht zum Essen erschien, ging Donovan nach draußen. Ellen stand im Hof und übte verbissen den Kampf mit dem Stock. Donovan trat näher.

»Was ist los, warum bist du so wütend, Alan?«

Sie schlug mit dem Stock hart auf den Boden. »Einer der Knappen ist besonders widerwärtig zu mir, dabei war er zunächst freundlich. Aber von einem Tag auf den anderen ist er zu meinem größten Feind geworden. Er hetzt die anderen gegen mich auf und kämpft so unfair.« Ellen musste sich beherrschen, um nicht loszuheulen.

»Der Stock ist die Waffe der einfachen Leute. Die Knappen messen sich mit dir, damit sie später als Ritter gegen deinesgleichen gewinnen können. Überlege dir gut, ob du das wirklich willst. Je besser du gegen sie kämpfst, desto mehr werden sie lernen. Sie sind angehende Barone und Ritter, du bist ein Schmied. Vergiss das nicht.«

Ellen erschauderte vor Glück. Donovan hatte sie als Schmied bezeichnet, nicht als Schmiedelehrling oder Schmiedejungen. Sie wusste, dass er ihre Arbeit schätzte, aber bisher hatte sie vergeblich auf ein anerkennendes Wort gehofft. Dieses eine, vermutlich unbedacht gesagte Wort aber war mehr wert als jedes andere Lob.

»Du wirst ihnen nie ebenbürtig sein, auch wenn sie unsere Arbeit brauchen, um ihre Siege erringen zu können. Wenn *wir* ihnen nicht die besten Schwerter machen, werden es andere tun. Jeder Mann ist austauschbar, jeder. Auch der Knappe, der dich so ärgert. Vergiss ihn einfach, und geh ihm aus dem Weg.« Donovan nahm ihr den Stock ab und legte ihn zur Seite. »Komm jetzt essen, du brauchst Kraft für morgen, wir haben viel Arbeit.«

Ellen gehorchte Donovan. Sie dachte über das nach, was er gesagt hatte, und folgte ihm nach dem Essen in die Schmiede.

»Ihr habt Recht, Meister, ich will mich nicht mehr erniedrigen lassen und werde mich nicht länger zu ihrem Werkzeug machen. Es war dumm von mir, zu glauben, so könnte ich den Schwertkampf erlernen.«

Um Thibault und seine Freunde tat es Ellen nicht leid. Der Einzige, den sie wirklich bewunderte, obwohl sie noch nie ein Wort mit ihm gesprochen hatte, war Guillaume. Er hatte den Baumstumpf bei seiner Prüfung im vergangenen Jahr tatsächlich erst bei Sonnenuntergang verlassen, was ihn bei den anderen Knappen nicht unbedingt beliebter gemacht hatte. Darüber hinaus neideten ihm die meisten, dass er ein ausgezeichneter Schwertkämpfer war, verbissen, konzentriert und immer fair.

Als Ellen zum Kampfplatz kam, um Sir Ansgar mitzuteilen, dass sie nicht gedachte weiterzukämpfen, stauchte Guillaume Thibault gerade zusammen, weil der sich einem anderen Jungen gegenüber unehrenhaft verhalten hatte. Ours ließ Guillaume gewähren, und da er älter war, musste Thibault, wenn auch zähneknirschend, klein beigeben.

Geschieht ihm recht, dachte Ellen schadenfroh und ging hinüber zu Ours.

»Ach nein, habt ihr gehört, der Schmied hat Angst vor uns und will nicht mehr kämpfen!«, lästerte Thibault kurz darauf mit funkelnden Augen, und die Knappen um ihn herum johlten vor Vergnügen.

Ellen würdigte sie keines Blickes und verließ hoch erhobenen

Hauptes den Platz. Täuschte sie sich, oder hatte Guillaume ihr kurz zugenickt?

* * *

Nur einen Tag später begegnete Thibault der hübschen Rose. In der Sonne schimmerten ihre langen schwarzen Haare wie Rabenfedern. Er hatte sie schon ein paar Mal in Begleitung von Alan gesehen, heute war sie allein. Sicher hatte sie frei, denn es war Sonntag, der Tag des Herrn. Wenn das nicht ein Wink des Schicksals war! Alan schien schon länger ein Auge auf sie geworfen zu haben. Vielleicht waren die beiden sogar ein Paar! Bei diesem Gedanken spürte Thibault einen eifersüchtigen Stich. Wäre es nicht eine wunderbare Rache, wenn er ihm das Mädchen ausspannte? Thibaults Jagdinstinkt war geweckt. Er grüßte die Engländerin höflich und lächelte sie freundlich an. Rose wurde rot, knickste schüchtern und lächelte ebenfalls. Thibault triumphierte. So wie sie ihn ansah, würde er leichtes Spiel mit ihr haben.

»Ich will ein wenig im Wald spazieren gehen, begleitest du mich?« Galant bot er ihr den Arm an, als sei sie eine junge Dame aus gutem Hause.

Rose errötete erneut und nickte. Sie legte die Hand auf seinen Unterarm und spazierte stolz neben ihm her. Ihre leuchtenden Augen tasteten neugierig sein Gesicht ab.

Thibault hatte ebenmäßige Züge, eine feine gerade Nase und war glatt rasiert.

Er genoss ihren bewundernden Blick und stellte zufrieden fest, dass sie verlegen wegsah, sobald er sie anschaute. Der Weg von der Burg hinab war steil und steinig. In ihren Holzschuhen hatte Rose nur wenig Halt und strauchelte. Thibault nahm sie bei der Taille und hielt sie fest im Arm. »So kannst du nicht ausrutschen!«, erklärte er und zog sie dicht an sich heran.

Auf einer Wiese setzten sie sich ins verdorrte Gras. Thibault beobachtete sie eine Weile aus den Augenwinkeln, während

Rose die letzten Wildblumen des Sommers pflückte. Ihre großen Rehaugen blickten ihn immer wieder fragend an.

Geschmack hat er, der miese kleine Engländer, dachte Thibault bitter, aber im Grunde seines Herzens war er dankbar, dass Rose kein hässliches Mädchen war. Die Rache an Alan würde bei diesem hinreißenden Geschöpf eine viel gelungenere sein. »Du bist wunderschön, weißt du das?«

Thibault nahm einen Grashalm und strich ihr damit über den Hals.

Rose kicherte und legte sich ins Gras.

»Ich kenne deinen Namen noch gar nicht!«

»Rose«, hauchte sie mit zittriger Stimme.

»Rose! Das passt wunderbar zu dir.« Thibault schaute ihr tief in die Augen, bevor er sich zu ihr hinunterbeugte und sie zart auf den Hals küsste, genau dorthin, wo man das Pochen ihres Herzens sehen konnte. Rose schloss die Augen und erschauderte, ihre Lider flatterten. Thibault strich mit dem Zeigefinger über ihre Stirn, folgte ihrer entzückenden Himmelfahrtsnase bis zum Mund, wo sein Finger ihre Lippen umspielte, bis sie sie leicht öffnete. Er ließ die Spitze seines Fingers ein wenig in ihren Mund gleiten und fuhr dann über Kinn und Hals behutsam hinab bis zu ihrer Brust. Rose atmete heftig, und Thibault war so erregt wie noch nie. All seine Lust konzentrierte sich auf dieses Mädchen. Sanft strich er über ihre festen Brüste, die sich deutlich unter ihrem Leinenkleid abzeichneten. Seine Hand wanderte abwärts zu ihrem Schoß. Rose stöhnte leise, als er sie dort berührte. Da sie ihn gewähren ließ, fuhr er mit der Hand bis zu ihren Knöcheln hinab, dann unter den Rock und sanft an ihren Beinen nach oben. Thibault streichelte so lange die Innenseiten ihrer Schenkel, bis er sicher war, sie würde auf nichts sehnlicher warten, als dass er weiterging. Zart und fordernd zugleich küsste er sie und fuhr mit seiner hungrigen Zunge in ihren Mund. Seine Hand glitt weiter aufwärts zu ihrem Geschlecht. Es fühlte sich feucht an, wunderbar feucht. Seine Lust wurde immer drängender. War das nicht Beweis genug, dass seine widernatürlichen Gedanken nur ein Irrtum waren? Als er sich auf sie legte, begehrte er nur Rose. Heftig, ein wenig verzweifelt und fast brutal drang er in sie ein.

Als sie erschöpft nebeneinanderlagen, sah Rose ihn ernst an. »Ich will dich, Thibault. Ich will dich noch oft.«

Ihre Offenheit überraschte ihn, aber sie schmeichelte ihm auch. Thibault war zufrieden mit sich, hatte er doch soeben bewiesen, aus welchem Holz er geschnitzt war. Rose war die beste Medizin gegen seine unkeuschen Gefühle für Alan.

»Wir werden uns noch oft wiedersehen, kleine Rose, ich verspreche es«, sagte er zärtlich.

Nachdem sie sich getrennt hatten, ging Thibault selbstbewusst und mit gestrafften Schultern zu seinen Kameraden und prahlte mit seiner Eroberung. Von nun an traf er sich regelmäßig mit der schönen Engländerin. Er brauchte sie wie ein Gegengift, um seinen Geist von Alan zu reinigen. Ihr Körper, der eine solche Leidenschaft in ihm weckte, gab ihm das beruhigende Gefühl, dass alles in Ordnung war. Seit er sie kannte, geißelte er sich nur noch selten. Nur wenn er Alan zufällig begegnete und dessen Augen bis in sein Innerstes zu blicken schienen, dann wurde er wieder schwach. War er mit Rose zusammen, fühlte er sich unbesiegbar. Manchmal glaubte er deshalb sogar, sie zu lieben. Auf jeden Fall begehrte er sie, auch wenn sie seine Seele nicht berührte. Das tat nur Alan. Thibault hasste dieses unwürdige Gefühl des Ausgeliefertseins, und er hasste Alan dafür. Jedes Mittel war ihm recht, um seine Stärke unter Beweis zu stellen. Der Wunsch nach Rache für die Qualen, die er litt, beherrschte sein Denken täglich mehr. In der Nacht plagten ihn oft Albträume, in denen Rose und Alan sich vereinigten. Er warf sich herum und verging fast vor Eifersucht. Rose mit einem anderen zu sehen hatte noch etwas Prickelndes, schließlich konnte er sie haben, wann immer er wollte. Aber Alan in anderen Armen als den eigenen zu sehen war die Hölle.

März 1164

Nur wenige Tage nachdem Ellen im vergangenen Jahr den Kampf mit dem Stock aufgegeben hatte, war Donovan von sich aus zu ihr gekommen und hatte ihr ein Schwert anvertraut. Es war unverkäuflich, weil die Klinge beim Härten geknistert hatte. Donovan hatte das Schwert trotzdem beendet. Nur der Gedanke an seinen Meister, der ihn ständig ermahnt hatte, demütig zu bleiben, hatte ihn doch noch davon abgehalten, es zu verkaufen. Das war sein Glück gewesen, weil es ihn seinen Ruf und vielleicht sogar den Hals hätte kosten können. Seitdem bewahrte Donovan das Schwert als Mahnung vor übertriebener Eitelkeit auf.

»Ich leihe es dir. Beobachte die Knappen, und merke dir jeden ihrer Schritte, dann gehst du heimlich in den Wald und übst. Auch wenn das Schwert für einen richtigen Zweikampf unbrauchbar ist, weil die Klinge bei größeren Belastungen springen könnte, ist es doch gut ausbalanciert und hat das richtige Gewicht«, ermunterte er Ellen. »Ich wünschte, ich hätte früher eine solche Gelegenheit gehabt.«

Eine kleine Lichtung, gut versteckt im Dickicht des Waldes, wurde ihr Übungsplatz. Die Bäume standen hier eng beieinander, sodass Ellen aus der Ferne nicht zu sehen und die Gefahr, entdeckt zu werden, gering war. Vor dem Winter hatte sie regelmäßig hier geübt, aber mit dem ersten Schnee, in dem ihre Spuren zu sehen gewesen wären, war es zu gefährlich geworden.

Seit dem Winter hatten die Knappen eine neue Angriffstaktik gelernt, die Ellen einfach nicht aus dem Kopf ging. Sie blinzelte in die Märzsonne und entschloss sich, endlich wieder mit dem Üben zu beginnen. Damit das Schwert nicht rostete, hatte sie es in regelmäßigen Abständen poliert und mit Öl eingerieben. Nun holte sie es aus der Truhe, in der Donovan es aufbewahrte, und eilte in den Wald.

Sie stellte sich auf, wie es die Knappen taten, verbeugte sich vor zwei nicht vorhandenen Gegnern und ging in Angriffsstellung. Sie war völlig in den Kampf vertieft, als im Unterholz etwas knackte. Erschreckt blickte sie sich um.

Guillaume trat langsam aus dem Schatten der Bäume.

Ellen brach genügend Regeln und Gesetze, um den Zorn eines Edelmannes auf sich zu ziehen, und befürchtete das Schlimmste. Erstarrt vor Schreck, brachte sie keinen Ton heraus.

»Alan.« Guillaume nickte kurz zum Gruß, stellte sich hinter sie und nahm ihren Schwertarm. »Das Handgelenk nicht so stark abwinkeln. Halt den Arm etwas höher, aber die Schulter bleibt unten. Jetzt mach die Attacke noch einmal.« Er ging einen Schritt zurück und wartete.

Ellens Magen zog sich zusammen. Wollte er sich erst noch einen Spaß erlauben, bevor er sie zur Burg schleifte, um sie bestrafen zu lassen? Ellen kämpfte gegen die Wut an, die in ihr hochkroch, und tat, was er gesagt hatte.

Ohne ein Wort über das Schwert oder die Regeln, gegen die sie verstieß, zu verlieren, überprüfte Guillaume ihren Stand und die Bewegungsabläufe. Jedes Mal, wenn er sich dicht neben sie stellte, um sie zu korrigieren, kribbelte es in ihrem Bauch.

»Du hast nicht lange auf dem Übungsplatz mitgekämpft«, stellte Guillaume fest.

»Ich hatte keine Lust und keine Zeit mehr.«

»Wundert mich nicht, mit Männern wie Thibault macht es auch keinen Spaß.«

»Er hasst mich, und ich weiß nicht einmal warum. Zuerst war er richtig nett, und dann …« Ellen biss sich auf die Zunge,

Guillaume war kein Freund. Sie sollte sich besser in Acht nehmen, wem sie etwas anvertraute.

»Er hat noch viel zu lernen, um einmal ein Ehrenmann wie sein Vater zu werden«, sagte Guillaume herablassend.

»Du kennst seinen Vater?«, fragte sie neugierig.

»Seinen Ruf kenne ich, und der ist viel besser, als Thibault es verdient hat.«

»Dass er seinen Sohn nicht bei sich behalten hat, weil er unmöglich ist, kann ich ja verstehen, aber du? Warum lernst du nicht bei deinem Vater? Was habt ihr nur alle angestellt, dass eure Familien euch fortschicken und in der Fremde lernen lassen?«

Guillaume verschluckte sich fast vor Lachen. »Was wir angestellt haben? Das ist das Witzigste, was ich je gehört habe. Tust du so dumm, oder hast du wirklich keine Ahnung?«

Ellen sah Guillaume wütend an. »Was ist dumm daran?«, brauste sie auf. »Ein Bauer lehrt seinen Sohn, wie man Felder bestellt und Vieh versorgt. Ein Schuster, Schneider, Schmied oder welcher Handwerker auch immer lehrt seinen Sohn, was er weiß, damit der später einmal seine Werkstatt übernehmen kann. Sollte dann nicht auch ein Ritter seinem Sohn beibringen, was Mut und Ehre sind?«

Guillaume lachte nicht mehr, sondern sah Ellen ernsthaft an. »Im Grunde hast du Recht, wenn ich ehrlich bin, habe ich nie darüber nachgedacht. Bei Pagen und Knappen ist das eben anders. Meine älteren Brüder sind lange vor mir von zu Hause fortgegangen. Und dann war ich an der Reihe.« Guillaume stockte.

Auch Ellen schwieg und wischte mit dem Fuß über den feuchten Waldboden.

»Ich bin auch Engländer, wie du. Wusstest du das?«, fragte Guillaume unvermittelt auf Englisch.

Ellen schüttelte wortlos den Kopf.

»Ich bin auf Marlborough Castle aufgewachsen. Mein Vater hat die Burg verloren, und schätzungsweise ein Jahr später wurde ich hierhergeschickt. Ich kann mich kaum noch an ihn erinnern, hab ihn zu selten gesehen. Nur die Gesichter meiner Mutter und meiner Amme sind wie eingebrannt in mein Gedächtnis. Warst du schon mal in Oxford? Das ist nicht weit von Marlborough.«

Nein, von Oxford hatte sie noch nie gehört, auch wenn es so ähnlich klang wie Orford.

»Woher kommst du?«, fragte Guillaume freundlich.

»East Anglia«, antwortete sie, bemüht, das Zittern in ihrer Stimme zu unterdrücken.

Guillaume nickte wissend. »Du hast Glück und bist mit deinem Vater hier.«

»Du meinst Donovan, den Schmied? Nein, er ist nicht mein Vater.«

Guillaume sah sie verdutzt an.

»Aber du hast mir doch gerade gesagt, dass ihr von euren Vätern lernt?«

»Bei mir ging das nicht«, antwortete Ellen knapp.

»Hast wohl was angestellt!« Er grinste und drohte im Spaß mit dem Zeigefinger.

Ellen ging nicht darauf ein.

Guillaume setzte sich auf einen großen Stein. »Meine Vorfahren sind Normannen, weißt du, aber ich bin Engländer, und das werde ich immer bleiben. Träumst du auch manchmal davon, wieder zurückzugehen?«, fragte er.

»Nein, wenn ich irgendwann zurückwill, dann gehe ich einfach. Im Moment gefällt es mir hier.« Ich sollte ihn William nennen, nicht Guillaume, dachte Ellen bei sich. Sie war ein wenig entspannter, weil er kein einziges Wort über ihr Schwert verloren hatte. »Ich muss nach Hause«, sagte sie, als sie entdeckte, dass die Sonne bereits am westlichen Horizont stand. Dabei vergaß sie, ihre Stimme zu verstellen. Glücklicherweise schien Guillaume es nicht bemerkt zu haben.

»Wenn du willst, können wir nächsten Sonntag wieder hier

üben. Wenn ich nicht mit den Soldaten fortmuss«, schlug er vor. Aus seinem Mund klang es, als sei es ganz selbstverständlich für einen Knappen, sich mit einem Schmiedejungen zu Kampfübungen zu verabreden.

Ellen nickte nur, aus Furcht, dass er ein weiteres Zittern in ihrer Stimme nicht mehr für das Kieksen eines Jungen im Stimmbruch halten würde.

»Ich nehme einen anderen Weg, ist besser, man sieht uns nicht zusammen«, sagte Guillaume.

Ellen hob die Hand zum Gruß und ging. Bloß nicht umsehen, sonst weiß er gleich, dass du ein Mädchen bist, dachte sie. Den ganzen Weg bis zur Schmiede drehte sie sich kein einziges Mal um.

Gleich am nächsten Tag erzählte sie Rose von der Begegnung mit Guillaume. »Ich habe noch nie solche Angst gehabt! Nicht auszudenken, wenn er mich verraten hätte ...« Ellen hatte alles so hastig erzählt, dass Rose gleich begriff, wie es um sie stand.

»Nicht alle haben so eine hohe Meinung von ihm wie du. Sie nennen ihn den Vielfraß. Und sie sagen, wenn er nicht frisst, dann schläft er.«

»Eifersüchtige Neider! Wenn du ihn jemals kämpfen gesehen hättest ...«, schwärmte Ellen.

»Dann hätte das auch nichts gebracht, weil ich gar nicht beurteilen kann, ob einer gut oder schlecht kämpft. Du solltest dir schleunigst ein paar neue Flüche und dumme Witze überlegen, sonst merkt er spätestens beim nächsten Mal, dass du ein Mädchen bist und dich in ihn verliebt hast!«

»Rose!« Ellen blickte sie entsetzt an. »Was redest du da?«

»Ich sehe, was ich sehe. Wenn deine Wangen genauso rosa werden, wenn er bei dir ist, wie jetzt, wo du von ihm sprichst ...« Rose schnalzte mit der Zunge.

»Oh, du Hexe!« Ellen stürzte sich mit gespielter Wut auf Rose und zog sie sanft an den Haaren.

»Schon gut, Kindchen, schon gut«, bremste Rose sie ein wenig von oben herab.

Ellen ärgerte sich darüber. Ihr war nicht verborgen geblieben, wie sehr sich ihre Freundin in der letzten Zeit verändert hatte. Sie vermutete schon seit einer Weile, dass sich Rose mit einem Mann traf, und es verletzte sie, dass sie ihr nichts darüber erzählte.

In der Woche bis zum Sonntag arbeitete Ellen unkonzentriert und machte Fehler, die ihr sonst nie unterliefen.

Donovan war außer sich. »Wenn dir das Schmieden nicht mehr zusagt, kannst du dich ja nach etwas Neuem umsehen!«, schnauzte er sie an, als ihr am Samstag schon wieder ein Missgeschick passierte.

»Immer muss alles nur nach Eurem Kopf gehen«, gab sie trotzig zurück. »Nie darf ich etwas ausprobieren, immer muss alles so gemacht werden, wie Ihr es schon immer gemacht habt.« Ellen wusste genau, wie töricht es war, ihm seine Halsstarrigkeit gerade jetzt vorzuwerfen. Ihr Missgeschick hatte nichts damit zu tun. Der Angriff auf ihn war dumm und vorlaut, und er traf Donovan viel tiefer, als sie ahnte.

»Raus hier, raus aus meiner Werkstatt!«, brüllte er.

Ellen ließ den Hammer achtlos auf dem Amboss liegen, stürzte aus der Schmiede und warf die Tür hinter sich zu. Sie stapfte ins Haus, nahm zwei Treppenstufen auf einmal nach oben und legte sich schlafen. Die Kammer war so klein, dass ihr Lager nicht weiter als ein paar Fuß von Arts Bettstatt entfernt lag. Dass Art schnarchte, hatte sie nie gestört, aber sein nächtliches Vergnügen widerte sie von Mal zu Mal mehr an. Am Anfang hatte sie gar nicht begriffen, was er da fast jede Nacht schnaufend trieb. Dann aber hatte sie beobachtet, dass er sein Glied rieb, bis er Erleichterung erfuhr. Seinen Samen fing er in einem schmuddeligen Lappen auf, den er nur selten wusch, was Ellen besonders ekelte. An diesem Tag aber war Art noch bei

Donovan in der Schmiede, und sie war endlich einmal allein in der Kammer. Sie hüllte sich in ihre Wolldecke und schlief mit einem letzten Gedanken an Guillaume ein.

Als sie am nächsten Morgen erwachte, war es bereits hell. Art war ausnahmsweise schon vor ihr aufgestanden, und weder Glenna noch Donovan waren im Haus. Ellen nahm sich ein Stück Brot und trank ein paar Schlucke Cidre. Das süße, leicht sprudelnde Getränk aus Äpfeln wurde in der Normandie überall und zu jeder Tageszeit gereicht. Bier gab es nur selten. Manchmal, zu Feiertagen, braute Glenna Ale, dann kamen die englischen Handwerker und tranken mit ihnen, bis es lustig wurde. Ellen war froh, dem Meister an diesem Morgen nicht unter die Augen zu kommen, und machte sich auf den Weg zur Kirche.

Sie stand ganz hinten in der Menge und konnte während der ganzen Messe an nichts anderes denken als an Guillaume. Ob er wirklich auf die Lichtung kommen würde? Warum verriet er sie nicht? Während sie über ihn nachdachte, fühlte sie ein Kribbeln in ihrem Körper, als ob durch ihre Adern Cidre statt Blut flösse. Plötzlich spürte Ellen einen starren Blick im Rücken und sah sich suchend um.

Glenna stand ein Stück weiter vorn auf der linken Seite und schaute sie unverwandt an. Ihre Augen schienen sie gleichzeitig zu tadeln und fragend anzusehen. Donovan musste ihr von Ellens unverschämter Antwort erzählt haben.

Natürlich war es ihr Missgeschick, ihr Fehler gewesen, trotzdem brachte Ellen es nicht fertig, den Blick zu senken. Auch wenn es der falsche Moment gewesen war, sich zu beschweren, glaubte sie sich doch im Recht. Ellen straffte ihre Schultern. Als sie den traurigen Ausdruck in Glennas Augen sah, wandte sie den Kopf ab. Wenn ich wirklich ein Mann wäre, dann … Ellen führte den Gedanken nicht zu Ende. Sie sah zurück zu Glenna, aber die war ins Gebet vertieft. Ellen ahnte, wie enttäuscht sie von ihr sein musste, und fühlte sich mit einem Mal klein und verletzlich. Donovan konnte sie einfach vor die Tür setzen und Guillaume sie jederzeit verraten. Thibault hasste sie, und Ours hätte sie mit Freuden den Hunden zum Fraß vorgeworfen. Selbst Rose schien in letzter Zeit nicht mehr so viel Wert auf ihre Gesellschaft zu legen. Ellen fragte sich, warum sie dem Sonntag so entgegengefiebert hatte. Warum war in den vergangenen Tagen das Schmieden, die für sie wichtigste Sache der Welt, mit einem Mal zweitrangig geworden? Vielleicht sollte sie besser gar nicht in den Wald gehen. Aber wenn Guillaume tatsächlich dort auf sie wartete, sähe es so aus, als ob sie feige sei. Ich werde hingehen, entschied Ellen, obwohl sie sicher war, dass er nicht kommen würde. Gleich nach der Kirche eilte sie davon. Sie achtete darauf, weder Donovan noch Glenna zu begegnen, holte das Schwert aus der Schmiede und lief in den Wald.

Als sie auf die Lichtung zukam, sah sie, dass Guillaume bereits wartete. Ihr Herz schlug heftig, und im Magen spürte sie ein Kribbeln.

»Hier, ich habe uns zwei Holzschwerter mitgebracht. In der Rüstkammer sind so viele. Da merkt keiner, wenn was fehlt, außerdem bringe ich sie ja wieder zurück. Jetzt können wir wenigstens gegeneinander antreten.«

Ellen sah Guillaume mit großen Augen an und nickte. Verstehe einer die Männer, dachte sie.

»Darf ich dein Schwert einmal halten?«, fragte er höflich, und Ellen streckte es ihm entgegen. Vorsichtig wickelte Guillaume es aus dem Tuch.

»Es hat das Härten nicht überstanden. Die Klinge ist zu spröde für einen richtigen Kampf«, erklärte Ellen.

Guillaume betrachtete es stirnrunzelnd. »Sieht doch ganz normal aus.«

»Um die Klinge zu härten, wird sie erwärmt und dann in Wasser abgeschreckt. Das ist ein schwieriger Arbeitsschritt. Manchmal wird eine Klinge dabei spröde und damit unbrauchbar.

Aber ohne Härten geht es nicht. Jedem noch so guten Schmied passiert so etwas dann und wann. Ich darf dieses Schwert nur zum Üben benutzen und kann damit niemals gegen jemanden kämpfen, das wäre viel zu gefährlich, verstehst du?«

»Hm, glaub schon.«

Bis zum Nachmittag übten sie begeistert mit den Holzschwertern gegeneinander. Ellens Angst vor Guillaume wich ehrlicher Hochachtung für sein Können und seine einfache Art, ihr das Wichtigste beizubringen.

»Warum machst du das überhaupt? Du wirst nie ein Schwert tragen dürfen«, sagte er atemlos, als sie eine Pause machten.

»Glaubst du, ein Schuster, der immer barfuß läuft, kann gute Schuhe herstellen?«

Ellens Antwort überraschte Guillaume. Er lachte laut auf.

»Da hast du sicher Recht. Und wenn man bedenkt, wie du jetzt schon mit dem Schwert umgehst, dann wirst du sicher einmal ein verdammt guter Schwertschmied.« Guillaume klopfte Ellen freundschaftlich auf die Schulter.

»Da könntest du richtig liegen. Ich hab's jedenfalls vor. Eines Tages werde ich ein Schwert für den König schmieden!« Ellen wunderte sich, wie selbstverständlich ihr die Worte über die Lippen gekommen waren. Doch nachdem sie es ausgesprochen hatte, wusste sie, dass genau das ihr Ziel war. Vermutlich träumte sie deshalb andauernd davon!

»Ich bin beeindruckt«, Guillaume verbeugte sich spöttisch. »Aber meine Ziele sind genauso hochgesteckt wie deine, schließlich will ich einmal Ritter im Haushalt des Königs werden. Ich bin zwar nur der vierte Sohn des Maréchals und habe damit weder Anspruch auf eine gehobene Position noch auf Land oder Geld, ja nicht einmal auf eine gute Partie, aber ich bin sicher, der Herr wird mir den rechten Weg weisen, und eines Tages werde ich bekommen, was ich mir erträume: Ruhm, Ehre – und die Gunst meines Königs!« Guillaumes Augen leuchteten. Plötzlich grinste er verschmitzt. »Aber jetzt essen wir erst einmal was, ich sterbe vor Hunger, und das wäre doch wirklich schade, weil dann aus meinem Plan nichts würde.«

Die beiden setzten sich an die Quelle, die sie im Wald entdeckt hatten, und machten sich hungrig über den von Guillaume mitgebrachten Proviant her.

Ellen hatte ihr patziges Auftreten gegenüber Donovan völlig vergessen und kam fröhlich nach Hause. Erst als Glenna ihr auf dem Hof begegnete und sie vorwurfsvoll ansah, fiel es ihr wieder ein. Beschämt senkte sie den Blick. Es war unverzeihlich gewesen, sich nicht spätestens nach der Kirche bei Donovan zu entschuldigen.

Ellen spürte, dass jemand sie anstarrte, und drehte sich um. »Ist was?«, schnaubte sie Arnaud an.

»Du scheinst Ärger mit dem Alten zu haben.« Ein triumphierendes Grinsen umspielte seinen Mund. »Heute möchte ich ausnahmsweise mal nicht in deiner Haut stecken!«

In seinem ersten Jahr in der Schmiede hatte Arnaud zuerst heimlich, dann immer offensichtlicher versucht, sie bei Donovan auszustechen. Erst als er sich einen mächtigen Rüffel vom Meister eingeholt hatte und dieser ihm mit einem Rauswurf gedroht hatte, war er ein wenig vorsichtiger geworden. Jetzt schien er wieder Oberwasser zu haben.

»Ach ja, ehe ich's vergesse, der Meister will dich in der Werkstatt sehen, sofort!«, richtete er ihr mit unverhohlenem Spott aus und zeigte mit dem Daumen über die Schulter.

Ellen ging dicht an Arnaud vorbei und rempelte ihn an, als er nicht aus dem Weg ging. Mit jedem Schritt, den sie sich der Schmiede näherte, verflog ihr Stolz, und sie betrat die Werkstatt mit hochgezogenen Schultern und gesenktem Kopf. »Ihr wollt mich sprechen?«, fragte sie kleinlaut.

Donovan stand mit dem Rücken zu ihr und drehte sich nicht um. »Ich hätte dich niemals als Lehrling nehmen dürfen«, sagte er bitter. »Ich habe von Anfang an gewusst, es würde nicht gut gehen. Schon am ersten Tag hast du mir gezeigt, dass du dich nicht unterordnen wirst. Du hast keinen Respekt. Glenna wollte ja nicht hören und meinte, ich solle dich unbedingt nehmen. Jetzt ist auch sie eines Besseren belehrt worden.«

Ellen schluckte. Wenn sie auch Glennas Zuneigung verloren hatte, stand es wirklich schlecht um sie. Schweigend starrte sie zu Boden und ließ Donovan weitersprechen.

Erst jetzt drehte er sich zu ihr um, wütend mit einem Tuch über eine Messerklinge reibend, die längst blank war. »Ständig meinst du, deinen Dickkopf durchsetzen zu müssen, und probierst Dinge aus, die nicht klappen können.«

»Aber …« Ellen wollte ihm widersprechen. Sein bitterböser Blick hielt sie davon ab.

»Du willst die Erfahrung eines Älteren nicht respektieren. Aber das ist die wichtigste Voraussetzung für einen Lehrling.«

»Ihr täuscht Euch!«, begehrte Ellen auf. Sie schätzte niemanden mehr als Donovan. Sie verehrte ihn für sein Wissen und sein Geschick, auch wenn sie ihrer Achtung nicht mit Worten Ausdruck verleihen konnte.

»Du widersprichst mir schon wieder!«, fuhr er sie an.

»Bitte verzeiht! So habe ich es nicht gemeint«, entschuldigte sie sich zerknirscht.

»Ich sollte dich einfach rauswerfen, hab dir ja nie mein Wort gegeben. Du weißt selbst, dass du dich nur durch ein Missverständnis bei mir einschleichen konntest.«

Ellen blickte ihn enttäuscht an, immerhin hatte sie doch die Prüfung bestanden! Donovan ging um den Amboss herum und sah ihr in die Augen.

Ellen fröstelte, so kalt war sein Blick.

»Du bist weder besonders kräftig noch überdurchschnittlich ausdauernd. Das Einzige, was du hast, ist deine Begabung«, herrschte er sie an. »Wie kein anderer, den ich kenne, verstehst du das Eisen. In deinem Alter hatte ich nicht die Hälfte deines Wissens und nicht ein Viertel deines Fingerspitzengefühls. Du hast das Zeug zu etwas Besonderem, und das, Alan, ist der einzige Grund, warum ich dich nicht rausschmeiße.« Donovan holte hörbar Luft, weil ihm das Atmen vor lauter Zorn schwerfiel. »Wenn du dich anstrengst, wird aus dir einmal der Beste werden. Fragt man dich dann, wer dein Meister war, wirst du sagen müssen, das war Donovan von Ipswich. Und ich werde nicht anders können, als stolz auf dich zu sein.« Donovan fixierte sie, ging einen Schritt auf sie zu und packte sie am Hemd. »Das ist deine letzte Chance, verstehst du? Vertue sie nicht.«

Ellen nickte erleichtert. »Ich weiß nicht, warum du in der vergangenen Woche so fahrig warst – Glenna glaubt ja, dass es an dem englischen Mädchen liegt, mit dem du dich triffst. Ich war auch einmal jung und weiß, was die Liebe mit uns Männern anstellen kann. Ich will dir also dieses eine Mal verzeihen, aber ein zweites Mal wird es nicht geben.«

Tancarville 1166

Zwei Jahre waren seit ihrem großen Streit vergangen, einen weiteren Zwischenfall hatte es nicht gegeben. Ellen arbeitete noch härter, und Donovan verlangte ihr noch mehr ab, aber durch die Aussprache war auch so etwas wie eine neue Vertrautheit entstanden.

Glenna meinte, dass es beinahe so sei, als habe Donovan wieder einen Sohn. Sie fand ihren Mann zufriedener, und das machte auch sie glücklich.

Donovan bezog Ellen nun immer in seine Pläne ein, wenn er ein neues Schwert zu fertigen hatte. Er sprach Ausführung und Materialverbrauch, Kosten und Fertigungsdauer mit ihr ab und überließ ihr immer häufiger wichtige Detailarbeiten. Sein Vertrauen nahm ihr das Gefühl, ihm etwas beweisen zu müssen, und gab ihr mehr Zutrauen in ihr eigenes Können.

Obwohl der Schmied sie oft länger arbeiten ließ als Arnaud und ihr die schwierigsten Aufgaben gab, deren Ausführung er mit Argusaugen überwachte, war Ellen überrascht, als er sie eines Tages aufforderte, ganz allein ein Schwert zu fertigen und schon bald damit zu beginnen.

Donovan wies ihr einen Haufen Luppenstücke zu und erklärte sich bereit, ihr zur Seite zu stehen, falls sie wider Erwarten seine Hilfe benötigte. Dabei klang er eine Spur mürrischer als sonst, obwohl er sie wohlwollend ansah. Er hatte Ellen gut für diese große Aufgabe vorbereitet.

Sie wusste, dass sie es schaffen konnte, trotzdem bekam sie Bauchschmerzen vor Aufregung.

»Warum Alan und nicht ich?«, fragte Arnaud empört. Er war älter und hatte zwei Jahre mehr Erfahrung im Schmieden als sie, aber Donovan befand, dass er noch Zeit brauchte, und vertröstete ihn auf später. Arnaud machte noch zu viele Fehler, um schon allein ein Schwert fertigen zu können. Er war zwar über die Maßen ehrgeizig und recht geschickt, aber er hatte nicht die gleiche Begabung wie Ellen.

»Dickschädeliger Normannenbengel«, knurrte Donovan auf Englisch, als er Arnauds beleidigtes Gesicht sah.

Ellen und Art grinsten, während Arnaud und Vincent nur dumm dreinblickten. Sie hatten sich von Anfang an geweigert, auch nur ein Wort Englisch zu lernen, obwohl Donovan es ihnen sehr ans Herz gelegt hatte.

»Was grinst du so?«, blaffte Arnaud Art an.

»Ja, genau!«, stimmte Vincent ihm wie immer eilfertig zu.

Ellen schluckte einen Kommentar hinunter. Arnaud war verschlagen und durchaus in der Lage, ihr zu schaden, wenn er eine Möglichkeit dazu bekäme, er war schon so eifersüchtig genug, da musste sie nicht auch noch Öl ins Feuer gießen.

Ein Schwert zu fertigen, ohne Donovans Hilfe in Anspruch nehmen zu müssen, war eine echte Herausforderung, und Ellen nahm sie nur allzu gern an. Sie kannte inzwischen eine Menge Schwertkampfübungen und wusste genau, worauf es bei einer guten Waffe ankam. Ein Schwert musste gut in der Hand liegen, es musste scharf und biegsam zugleich, ausgewogen und leicht zu führen sein. Den ganzen Tag dachte sie über das Schwert nach, das sie fertigen sollte, und fragte Donovan noch am selben Abend, für wen es gedacht sei. Es war nicht unwichtig, ob es für einen jüngeren Mann oder für einen erfahrenen Ritter sein sollte, ob er mit rechts oder mit der linken Hand kämpfte. Sie selbst konnte mit beiden Händen gleichermaßen gut arbeiten. Wenn die Rechte beim Schmieden ermüdete, wechselte sie und schlug eine Weile mit der Linken zu. So hatte sie schon oft länger an einem Stück arbeiten können, als die Kraft eines Armes es zuließ. Natürlich hatte sie die Linke auch beim Üben mit Guillaume ausprobiert und festgestellt, dass es Unterschiede in der Waffenführung gab, besonders, wenn der Gegner mit rechts kämpfte, denn dann befanden sich beide Schwerter auf der gleichen Seite.

»Ein Schwert, du sollst einfach ein Schwert schmieden, sonst gar nichts«, erwiderte Donovan nur barsch.

Ellen zog sich enttäuscht zurück. Für einen Unbekannten ein wirklich gutes Schwert zu fertigen war viel schwerer als für einen Kämpfer, den man kannte. Manche Ritter bevorzugten eine bestimmte Form für den Knauf, anderen war sie gleichgültig. Außerdem war die Länge der Schwertklinge idealerweise der Größe ihres Besitzers angepasst. Ellen arbeitete in Gedanken an den unterschiedlichsten Plänen, bis sie gar nicht mehr wusste, was sie eigentlich wollte. Ihre Ideen reichten für hundert Schwerter, deshalb war es umso schwieriger, sich für die Umsetzung einer einzigen Idee zu entscheiden. Sie ging zum Nachdenken in den Wald, in dem sie sonst mit Guillaume übte. Gut zwei Jahre war es jetzt her, dass sie ihm dort zum ersten Mal begegnet war und sich in ihn verliebt hatte. Rose war noch immer der einzige Mensch, der Ellens Geheimnis kannte und wusste, wie sehr sie litt. Guillaume hatte keine Ahnung. Für ihn war sie der Schmiedejunge Alan und sein Freund. Noch immer trafen sie sich sonntags zum Üben, wenn er sich in Tancarville aufhielt. Aber seit er Knappe war, musste Guillaume seinen Herrn oft wochenlang begleiten. Auch diesmal war er lange fort. Ellen konnte es kaum erwarten, ihn wiederzusehen, zu gern hätte sie ihm von dem Schwert erzählt und ihn um Rat gefragt! Guillaume war ganz anders als die Bauernjungen oder die Handwerker. Sicher lag es auch daran, dass er dazu erzogen wurde, ein Ritter zu sein. Aber das war es nicht allein. Guillaume war der dickköpfigste Mensch, den Ellen kannte. Niemand konnte ihn zu etwas zwingen oder ihn von seinen Plänen abhalten. Sein Herr hätte ihn sogar beinahe zu seinem Vater zurückgeschickt, weil er sich standhaft geweigert hatte, lesen und schreiben zu lernen. Aber Guillaume war nun einmal der Meinung, eine Feder würde seine Schwerthand verweichlichen. Manchmal musste Ellen über seine Sturheit lächeln, andererseits machte gerade diese ihn berechenbar.

Rose hatte kaum noch Zeit für Ellen, und die einsamen Sonntage ohne Guillaume und seine Geschichten aus dem Ritterleben, wie Ellen sie nannte, waren furchtbar eintönig. Guillaume hatte immer etwas zu erzählen. Sein hervorragendes Gedächtnis für Einzelheiten machte seine Geschichten so lebendig, dass Ellen oft den Eindruck hatte, dabei gewesen zu sein. Wie gebannt hing sie jedes Mal an seinen Lippen. Und im Lauf der Zeit waren ihr die Traditionen und Werte, die allen Pagen, Knappen und Rittern so überaus wichtig waren, etwas begreiflicher geworden, erschienen ihr weniger sinnlos und brutal als bisher. Aber je mehr sie sich mit dem Leben beschäftigte, das Guillaume führte, desto klarer wurde ihr, dass man in den Adel hineingeboren sein musste, um zu denken und zu fühlen wie ein Ritter. Ellen setzte sich ans Ufer des kleinen Baches, an dem sie sich immer ausruhten, und stellte sich vor, Guillaume säße neben ihr. Sie begann zu erzählen, erklärte ihm, wo ihre Unsicherheiten waren und warum sie sich nicht für diese oder jene Ausführung entscheiden konnte. Sie zeichnete Schwerter in den Sand, redete und redete und vergaß dabei völlig, dass sie allein war.

»Du machst dir viel zu viele Gedanken, mach doch einfach ein Schwert, so wie du es selbst gerne hättest!«, hätte Guillaume vermutlich irgendwann gesagt.

»Das ist es!«, rief sie und sprang auf. Natürlich! Sie musste sich einfach auf das besinnen, was ihr selbst am wichtigsten an einem Schwert war. Die Ausgewogenheit der Waffe musste stimmen! Dafür waren Größe und Gewicht des Knaufes im Verhältnis zur Länge der Klinge ausschlaggebend, weil so der Schwerpunkt des fertigen Schwertes festgelegt wurde. War dieser richtig gewählt, würde es gut in der Hand liegen und leicht zu führen sein. Außerdem musste das Schwert scharf sein, sehr scharf, und dafür war die Härte wichtig. Das Eisen durfte keine Einschlüsse haben und beim Härten nicht brüchig werden. Da es keinen Auftraggeber für das Schwert gab, war es in der Tat naheliegend, es für ihre eigene Größe herzustellen. Und da Ellen für eine Frau recht groß war, würde es genügend Ritter geben, die später als Käufer infrage kämen. Auf dem Heimweg überlegte sie sich alle weiteren Details und ließ das neue Schwert in ihrem Kopf entstehen.

Für die Qualität der Klinge war auch die Politur besonders wichtig. Donovan überließ seine Schwerter nur in Ausnahmefällen einem Schwertfeger. Obwohl die meisten von ihnen überaus gute Handwerker mit viel Erfahrung waren, behauptete er, sie seien zwar in der Lage, alte Schwerter ganz ordentlich aufzuarbeiten, meinte aber, nur der Schmied, der die Klinge gefertigt habe, könne diese auch perfekt polieren. Diesem Umstand hatte Ellen es zu verdanken, dass sie auch das Polieren beherrschte. Sie liebte es, weil man damit die Schönheit und Schärfe einer Klinge vollends herausarbeiten konnte. Es war der krönende Abschluss eines gut geschmiedeten Schwertes. Form und Größe der Parierstange spielten dagegen nur eine untergeordnete Rolle und waren mehr eine Frage des Geschmacks und der Ästhetik. Ellen beschloss, eine recht kurze, breite Parierstange zu fertigen. Außerdem gehörte zu einem Schwert natürlich auch eine Scheide, die der Klinge genau angepasst wurde. Diese Arbeit machte ein Gehängemacher, der erst beginnen konnte, wenn die Waffe fertig war. Das Gehilz, die Holzverschalung für den Griff, die mit Draht, Leder oder Kordel umwickelt wurde, fertigte ein Gefäßmacher an. Für die Verzierungen der Klinge und vielleicht auch des Knaufs würde sie die Ausführung ihrer Vorstellungen mit einem Gold- oder Silberschmied besprechen müssen. Ellen wusste, dass es ratsam war, mit allen Handwerkern, die an der Fertigung beteiligt waren, rechtzeitig zu besprechen, wann sie ihre Arbeit benötigte, um nicht in zeitliche Bedrängnis zu geraten. Donovan hatte ihr zwar vier Monate Zeit gegeben, aber sie konnte nicht den ganzen Tag an ihrem Schwert arbeiten, sondern musste auch in der Schmiede helfen.

Ellen fertigte das Schwert Schritt für Schritt so, wie der Meister es sie gelehrt hatte. Als sie die Schnittflächen anlegen musste, überlegte sie, ob sie Donovan um Rat fragen sollte, ließ aber davon ab.

Art nach seiner Meinung zu fragen wäre reine Zeitverschwendung gewesen. Er arbeitete zwar sorgfältig, war aber nicht in der Lage, eigene Ideen zu entwickeln oder Vorschläge zur Verbesserung eines Arbeitsganges zu machen.

Also besann sich Ellen auf ihr eigenes Können und schaffte es schließlich allein. Den Knauf ließ sie vergolden, nachdem sie mit Donovan die entstehenden Kosten abgesprochen hatte. In die fertige Klinge tauschierte der Goldschmied mit Silberdraht die Worte »IN NOMINE DOMINI« – Im Namen des Herrn –, mit je einem kleinen Kreuz davor und dahinter. Ellen konnte weder lesen noch schreiben, obwohl sie, anders als Guillaume, nichts dagegen gehabt hätte, es zu erlernen. Aber sie hatte die Gelegenheit dazu nicht bekommen. So musste sie sich bei der Auswahl des Spruches auf die Beratung durch den Goldschmied verlassen. Er konnte zwar auch nicht lesen, besaß aber eine Vorlage mit mehreren Sprüchen, die ein Gelehrter für ihn angefertigt hatte. Der Goldschmied hatte ihre Bedeutung nur noch auswendig lernen müssen und konnte sie nun seinen Kunden anbieten. Er wusste genau, welche Sprüche bei den Rittern gefragt waren. Als Gehilz und Wicklung sowie das Gehänge fertig waren, lag nach ziemlich genau vier Monaten endlich das vollendete Schwert in ihren Händen.

Ellen bebte innerlich vor Stolz, denn das Schwert war ihr gut gelungen. Mehr als einmal hatte sie es auf Biegsamkeit, Schärfe und Stabilität geprüft. Trotzdem war sie furchtbar aufgeregt.

»Schlechte Feuerführung, minderwertiges Eisen oder eine schlechte Schweißung sind nicht der schlimmste Feind eines

Schmiedes, sondern seine eigene Eitelkeit«, hatte Donovan ihr immer wieder einzuschärfen versucht.

Also bemühte sie sich um Demut und Geduld und wartete den ganzen Tag auf den richtigen Augenblick, um Donovan zu bitten, sich das Schwert anzusehen. Dabei kam ihr der Arbeitstag schier endlos vor, so gespannt war sie auf das Urteil ihres Meisters. Als es Abend wurde und Donovan Vincent und Arnaud nach Hause schickte, blieb sie noch in der Schmiede. »Meister!« Ellen verneigte sich ehrfürchtig vor Donovan und übergab ihm ihr Kleinod mit pochendem Herzen.

Donovan nahm das Schwert in beide Hände und prüfte sein Gewicht. Dann packte er es am Griff und wog es in einer Hand.

An seinem Gesichtsausdruck konnte Ellen weder Wohlwollen noch Unzufriedenheit ablesen. Nervös biss sie sich auf die Unterlippe.

Donovan zog das Schwert langsam aus der Scheide.

Ellen hielt gespannt den Atem an.

Der Schmied nahm den Griff dicht vor seine Augen, die Spitze des Schwertes zeigte auf seinen rechten Fuß. Eingehend prüfte er, ob die Klinge gerade war. Dann rüttelte er an Knauf und Gehilz, um zu sehen, ob sie fest saßen. Waren sie locker, taugte ein Schwert nichts. Mit dem Daumen fuhr er über die Vernietung am Knauf und nickte kaum merklich. Ellen hatte ordentlich gearbeitet, trotzdem wagte sie kaum zu atmen. Donovan nahm einen Lappen, um die Klinge nicht mit dem Fett seiner Hände zu verunreinigen, und bog sie zu einem Halbkreis. Ellen wusste, dass sie das Biegen unbeschadet überstehen würde, trotzdem war sie froh, als das Schwert wieder gerade war. Als Letztes nahm der Meister ein Stück Leinen, faltete es einmal um die Klinge und drückte die Schneide durch den Stoff. Ein glatter Schnitt durchtrennte das Leinen, nicht eine Faser franste dabei aus. Donovan wiederholte den Test mit der anderen Seite der Klinge, wiederum mit einem tadellosen Ergebnis.

Ellen atmete kaum hörbar auf. Sie hatte viel Zeit darauf verwendet, die Schnittkanten zu schärfen, weil es nun einmal nichts Grässlicheres gab als ein nur mittelmäßig scharfes Schwert. Trotzdem sank sie immer mehr in sich zusammen, jedes Zucken in Donovans Gesicht schien Unzufriedenheit zu bedeuten, und ein Räuspern legte sie sofort als Missbilligung aus. Wie hatte sie nur glauben können, Donovan könne je mit ihr zufrieden sein? Nur weil er in der letzten Zeit freundlicher gewesen war und ihr Begabung zugestanden hatte, hieß das noch lange nicht, dass er ihr Schwert für gut befinden würde. Sicher denkt er, der Knauf sei zu auffällig und eine Silbertauschierung dazu nicht passend, überlegte sie und zweifelte plötzlich, ob das Schwert überhaupt verkäuflich sein würde. Vergessen waren die Kommentare des Gehängemachers und des Goldschmieds, die sich durchaus lobend über das Schwert geäußert hatten. Ihre Meinungen waren im Vergleich zu Donovans Urteil bedeutungslos. Ellen spürte, dass ihr Schweiß auf der Stirn stand, obwohl es nicht besonders warm in der Schmiede war.

Als Donovan das Schwert zurück in die Scheide gleiten ließ, glaubte Ellen zu erkennen, dass er ein klein wenig nickte. Enttäuscht sah sie, wie er sich abwandte, das Schwert zur Seite legte und kommentarlos zu der großen Kiste ging, in der sie seltener verwendetes Werkzeug und ein paar Hilfsmittel aufbewahrten. Auf dieser Kiste stand eine längliche, einfache Truhe, die er nun mit beiden Händen packte. »Du hast es gut gemacht«, sagte er und hob die Kiste an. Dann drehte er sich um und ging auf sie zu. Als er vor Ellen stand, blickte er ihr in die Augen. »Das Schwert ist scharf und liegt gut in der Hand, die Klinge ist elastisch und die Form ausgewogen. Deine Arbeit ist gut, und ich bin stolz auf dich, aber …« Donovan hielt einen Moment lang inne.

Was kommt jetzt wieder, dachte Ellen ungehalten, konnte er sie nicht einmal vorbehaltlos loben?

»… aber ich habe auch nichts anderes von dir erwartet«, beendete Donovan den Satz, und ein Lächeln huschte über sein Gesicht. »Von heute an darfst du dich Geselle des Schmiedehandwerks nennen. Das Schwert war deine Prüfung.« Er überreichte ihr die Truhe.

Sie war so schwer, dass Ellen sie abstellen musste, um sie öffnen zu können. »Meister!«, hauchte sie nur erstaunt, als sie den Inhalt sah. Ellen nahm die neue Lederschürze ehrfürchtig heraus und hielt sie sich vor den Bauch. Sie hatte genau die richtige Größe. Das Leder stammte vom besten Gerber Tancarvilles, das erkannte sie an der kleinen Punzierung am Rand der Schürze. Außerdem lagen in der Truhe eine Mütze, die genauso aussah wie die des Meisters, zwei Zangen und ein Vorschlaghammer. Es war ihr erstes eigenes Werkzeug, wenn man von Llewyns Hammer einmal absah. Ellen hatte die Zangen und den Vorschlaghammer selbst geschmiedet, aber nicht gewusst, dass sie einmal für sie sein sollten.

»Da ist noch etwas drin«, sagte Donovan gewohnt brummig.

Erst jetzt entdeckte Ellen, dass unten in der Truhe etwas lag. Es war in ein Stück dunklen Wollstoff gewickelt, schwer und lang. Wie ein Werkzeug sah es aus, nur schmaler. Ellen blieb vor Verblüffung der Mund offen stehen, als sie entdeckte, was der Stoff verhüllte. »Eine Feile! Meister, Ihr seid nicht bei Sinnen!«, entfuhr es ihr.

Donovan quittierte ihre Überraschung nicht etwa mit einer Rüge, sondern lächelte sie an.

Eine Feile war ein außergewöhnlich teures Geschenk für einen Gesellen. Es hatte ihn sicher eine tüchtige Portion Überwindung gekostet, so viel Geld auszugeben. Umso mehr schien er sich nun zu freuen, dass sie das Geschenk zu schätzen wusste. Tapfer kämpfte Ellen mit den Tränen, und wenn Donovan dennoch das Schimmern in ihren Augen bemerkte, so ließ er sich nichts anmerken. Schließlich weinte ein Schmiedegeselle nicht, auch nicht vor Rührung.

»Du bist ein guter Junge, Alan, ich würde mich freuen, wenn du weiterhin bei mir bliebest.«

»Ich danke Euch, Meister, das werde ich sehr gerne tun«, sagte Ellen mit fester Stimme.

»Wir werden das Schwert zum Verkauf anbieten. Ich denke, du wirst einen guten Preis dafür bekommen. Dann zahlst du mir die Kosten für das Material zurück, und den Rest kannst du behalten.«

Donovan muss wirklich besonders guter Laune sein, wenn er einen solch großzügigen Vorschlag macht, dachte Ellen überrascht. Wie gern wäre sie jetzt sofort zu Guillaume gelaufen, um ihm von dem Schwert zu erzählen, aber er war noch immer nicht zurück. Immerhin wusste sie von Rose, dass der Herr von Tancarville und seine Ritter bald erwartet wurden.

Und tatsächlich kam Guillaume schon am nächsten Sonntag wieder zu ihrem Treffpunkt im Wald. Die Herbstsonne tauchte ihren Übungsplatz in ein warmes, freundliches Licht.

Ellen hätte bemerken müssen, dass Guillaume irgendwie verändert war, aber die Freude, ihn wiederzusehen, und ihr Verlangen, ihm das Schwert zu zeigen und ihm alles darüber zu erzählen, machten sie blind für alles andere. Guillaume hörte geduldig zu.

»Ein Schwert alleine zu fertigen, ich dachte, ich schaffe das nicht. Es gab so viele Dinge zu entscheiden, verstehst du?« Ohne eine Antwort abzuwarten, redete Ellen weiter. »Der schrecklichste Augenblick war der, als ich die Klinge zum Härten ins Wasser getaucht habe. Du kannst dir nicht vorstellen, was das für ein Gefühl ist. In diesem einen Moment fällt die Entscheidung, ob deine wochenlange Arbeit erfolgreich war oder ob alles umsonst gewesen ist. Ich dachte, ich vergehe vor Angst! Meine Ohren, ach, was sag ich, mein ganzer Kopf tat weh, so sehr habe ich gelauscht, um zu hören, ob es auch nur das kleinste bisschen knistert oder knackt. Aber da war nichts außer dem Zischen des Wassers. Du liebe Güte, ich war so erleichtert. Die Klinge ist scharf und elastisch, ganz so, wie sie sein soll«, berichtete Ellen aufgeregt.

»Meine Herren, Alan, was bist du für eine Schnattergans!«, unterbrach Guillaume sie ungnädig.

Ellen erschrak und sah ihn betreten an. Von Donovan einmal abgesehen, war Guillaume der Einzige, mit dem sie sich über Schwerter unterhalten konnte, und sie hatte doch so lange auf seine Rückkehr gewartet.

»Schon gut, Alan. Ich habe es nicht so gemeint, kann ich mal in die Schmiede kommen und es mir ansehen?« Guillaume hatte das Bündel nicht bemerkt, das neben Ellen im Gras lag.

»Ich habe es mitgebracht«, murmelte sie leise, strahlte dann und wickelte es vorsichtig aus.

»Bist du wahnsinnig?« Guillaume sah sich um.

»Ich wollte es dir eben zeigen!« Ellen zuckte mit den Schultern. Sie hatte schließlich auch das andere Schwert mit sich herumgetragen, obwohl es verboten war.

»Und wenn du damit erwischt wirst? Dieses Schwert hier ist doch sicher scharf!«

»Und wie!«, entfuhr es Ellen stolz.

Der Glanz in Guillaumes Augen, als er die Waffe sah, entschädigte sie für sein merkwürdiges Verhalten und die Wartezeit. Bewundernd sah er sich das Schwert an und pfiff anerkennend durch die Zähne. »Wenn ich genug Geld hätte, würde ich es dir auf der Stelle abkaufen.«

Ellen zuckte bedauernd mit den Schultern und packte es vorsichtig wieder ein. »Wenn du erst ein berühmter Ritter bist, werde ich ein großartiges Schwert für dich schmieden. Selbst der König wird dich darum beneiden«, tröstete sie ihn.

»Na, na, nun übertreib nicht schon wieder, du vorlauter Lausebengel!« Guillaume nahm sie lachend in den Schwitzkasten und zerzauste ihr mit der Linken die Haare.

Da sie noch immer das Schwert in der Hand hielt, konnte sie sich nicht wehren, ohne zu riskieren, Guillaume zu verletzen. Ellen versuchte, das wunderbare Flattern in ihrem Innern zu ignorieren. In diesem Moment träumte sie davon, in Guillaumes Armen zu liegen und ganz Frau zu sein.

Nachdem er sie losgelassen hatte, war sie fast so weit, ihm ihr

Geheimnis zu gestehen, doch im letzten Augenblick besann sie sich eines Besseren.

»Was das Schwert für den berühmten Ritter angeht, damit kannst du bald anfangen. Ein Ritter bin ich nämlich schon!«, erklärte Guillaume stolz und ließ das Gesagte wirken.

»Wie? Ich meine, du solltest doch erst nächstes Jahr …? Hast du nicht gesagt, erst sei dein älterer Bruder dran?«

»Die Wege des Herrn …« Guillaume hob lachend die Arme zum Himmel.

»Das musst du mir genau erzählen!« Mit einem Mal wurde Ellen bewusst, was sein Ritterschlag für sie bedeutete, und sie wurde ernst. »Verzeihung, das müsst Ihr mir genauer erzählen, Sire.«

»Schon gut, solange wir unter uns sind, ist Guillaume nach wie vor in Ordnung.« Er grinste und warf einen Stein in den Bach.

Er sieht gar nicht aus wie ein Ritter, dachte Ellen wehmütig. »Also los, nun erzähl schon!«, drängte sie dann.

Guillaume nickte und rutschte einige Male auf dem Baumstamm hin und her, bis er bequem saß. »Ich hoffe, du hast ein bisschen Zeit?«

Mein ganzes Leben, hätte Ellen beinahe geantwortet, aber sie nickte nur.

»Angefangen hat es damit, dass Guillaume Talvas, der Graf von Ponthieu, sich über König Heinrich geärgert hat. Der König soll ihm Ländereien nicht zugestanden haben, auf die Talvas glaubt, einen Anspruch zu haben. Also hat er sich mit den Grafen von Flandern und Boulogne verbündet. Sie haben Eu angegriffen und besetzt. Ein Bote hat meinem Herrn davon berichtet. Daraufhin hat er seine Truppen gerüstet, und wir sind schon am nächsten Tag nach Neufchâtel aufgebrochen, um die dortige Garnison zu verstärken. Die feindlichen Truppen sollten nicht durchbrechen und womöglich bis Rouen kommen können …«

»Und was hat das mit deinem Ritterschlag zu tun? Du hast

mir doch erzählt, es sei der wichtigste Augenblick im Leben eines Ritters und es gäbe danach ein Fest? Warum hast du mir nicht erzählt, dass du zum Ritter geschlagen wirst?« Ellen funkelte ihn an.

»Oh, Alan, sei doch nicht so stur!«

»Ich bin nicht stur, ich finde nur, du hättest mir erzählen können, dass Tancarville vorhatte, dich zum Ritter zu schlagen.«

»Aber das hatte er doch gar nicht! Und wenn du mich nicht endlich weitererzählen lässt, wirst du nie erfahren, wie es gewesen ist. Du bist wirklich der einzige Mensch, der noch dickköpfiger ist als ich«, brummte er.

»Es tut mir leid!« Ellen zog eine hilflose Grimasse.

Guillaume hob ein Stöckchen vom Boden auf und kritzelte etwas in die feuchte Erde. Die Punkte stellten Neufchâtel, Eu, Rouen und Tancarville dar, die Schlangenlinie war die Seine. Wie er erklärte, war Rouen die Hauptstadt der Normandie und galt als hervorragend befestigt, trotzdem war sie nicht uneinnehmbar. Die Grafen von Eu, Mandeville und Tancarville waren sich darüber einig, dass sie ein Vordringen des Feindes unbedingt verhindern mussten. Späher hatten ihnen genauestens vom Gegner berichtet, der in der Überzahl und bis auf die Zähne bewaffnet war. Guillaume, der wie die anderen Knappen dicht bei seinem Herrn stand, begriff, wie ernst die Lage war. Er fiel vor Tancarville auf die Knie und bat seinen Herrn eindringlich, ihn mitreiten zu lassen. Tancarville sah seinen Knappen stolz an, lehnte aber ab. Es sei die Aufgabe der Ritter, ihr Leben im Kampf für den König zu lassen, und nicht der Knappen, erwiderte er, und obwohl seine Stimme dunkel und streng klang, sah Guillaume das Lächeln in seinen Augen, also blieb er beharrlich auf den Knien. Wie auf ein geheimes Zeichen knieten nun auch die Knappen von Mandeville und Eu vor ihren Herren nieder. Guillaume holte tief Luft. Er fasste all seinen Mut zusammen und bat seinen Herrn mit fester Stimme, zum Ritter geschlagen zu werden, damit er für ihn und den König kämpfen könne. Mitgerissen von diesem ergreifenden Augenblick, baten nun auch die anderen Knappen ihre Herren um die Ritterweihe. Mandeville, Eu und Tancarville schauten sich einen Moment lang ratlos an. Mandeville war selbst nur ein paar Jahre älter als die Knappen und verstand wohl am besten, wie ihnen zumute war.

Doch noch bevor einer der Barone etwas sagte, kam ein Bote völlig atemlos hereingestürzt und berichtete, Eu und Aumâle seien verloren und der Feind sei nicht mehr weit.

Tancarville zog als Erster sein Schwert, hielt es aufrecht vor sein Gesicht, senkte es dann auf Guillaumes Schulter nieder und berührte sie kurz damit. Die anderen Barone taten es ihm gleich und gaben ihren Knappen die Schwertleite, bevor der Feind Neufchâtel erreichte. Tancarville ließ eiligst ein Schwert aus der Waffenkammer holen, gürtete es Guillaume um und umarmte ihn. »Tu mir nur einen Gefallen, und stirb heute nicht!«, raunte er ihm bewegt ins Ohr. Guillaume trafen diese Worte mitten ins Herz, aber noch bevor er etwas erwidern konnte, kam ein weiterer Bote. Der Feind war schneller vorangekommen als erwartet. Nichts war vorbereitet, keine Taktik besprochen, es waren nicht einmal alle Männer ausreichend bewaffnet! Eu war am Boden zerstört, als er hörte, dass seine Grafschaft brannte, und wusste nicht, was er tun sollte. Die Barone redeten aufgeregt durcheinander. Kopflos beschlossen ein paar Männer, dem Feind entgegenzureiten, um ihn noch vor den Toren der Stadt aufhalten zu können, und stürmten los, ohne sich mit den anderen abzusprechen. So schwächten sie die Garnison und brachten Neufchâtel in Gefahr. Mandeville nahm sich hastig ein paar Männer, um die Brücke am Westtor der Stadt zu sichern. Nur Tancarville behielt einen kühlen Kopf. Er rief seine Leute zusammen und konnte recht schnell eine vorzeigbare Truppe aufstellen. Wohl überlegt befahl er seinen Rittern, zur Brücke zu reiten, um Mandeville und seine Männer zu unterstützen. Guillaume war wie berauscht. Sein erster Kampf als Ritter stand ihm bevor! Er schwang sich voller Kampfeslust auf sein Pferd und zog auf dem Weg zur Brücke an seinem Herrn vorbei. Doch Tancarville rief ihn zurück und befahl ihm zu warten. Obwohl Guillaume es kaum abwarten konnte, ließ er wie befohlen ein paar ältere Ritter an sich vorüberreiten. Dann stürzte er sich ins Kampfgetümmel.

Die flämischen Soldaten hatten bereits die Siedlungen außerhalb der Stadtmauern überfallen. Sie kämpften hart und unbarmherzig. Schon nach kurzer Zeit brach Guillaumes Lanze, und ihm blieb nur sein Schwert. Zunächst gelang es den Männern um Tancarville, die Truppen ein wenig zurückzutreiben, aber dann preschten die Angreifer vor, und Graf Matthieu befahl seinen Männern, die Stadt zu erobern. Nun galt es, mit allen Mitteln Neufchâtel zu schützen. Sogar die Stadtbevölkerung kam ihnen zu Hilfe. Sie kämpften mit dem Mut der Verzweiflung, um zu verhindern, dass die flämischen Soldaten siegten und ihnen Hab und Gut nahmen. So gelang es ihnen mit vereinten Kräften, die Feinde erneut zurückzudrängen.

Ein paar flämische Fußsoldaten hefteten sich an Guillaumes Fersen. Er versuchte, sich hinter einem Schafspferch zu verschanzen, doch nun war ihm der Weg zu seinen Kampfgefährten abgeschnitten. Guillaume war auf sich allein gestellt, doch solange er auf seinem Pferd saß, war er seinen Gegnern überlegen, auch wenn sie in der Überzahl waren. Auf einmal jedoch schnappte sich einer von ihnen einen Eisenhaken, wie man ihn benutzte, um bei einem Brand das Stroh vom Dach zu holen, damit das Feuer nicht von einem Haus zum anderen sprang. Der Flame packte Guillaume mit dieser schrecklichen Waffe an der Schulter und versuchte, ihn vom Pferd zu ziehen.

Zum Beweis für seine Geschichte zog Guillaume sein Hemd hoch und zeigte Ellen die frisch vernarbte Wunde.

Sie verzog das Gesicht und sog die Luft hörbar ein. »Das muss schmerzhaft gewesen sein. Tut es noch sehr weh?«

Guillaume schüttelte den Kopf und bemühte sich, besonders tapfer auszusehen. Er hatte sich nicht vom Pferd ziehen lassen und sich sogar von dem Haken befreien können. Um ihn doch noch zu besiegen, hatten die Soldaten feige sein Pferd abgestochen, und wenn die Flamen nicht plötzlich den Rückzug befohlen hätten, wäre er wohl doch an diesem Tag gestorben. So aber hatte er zwar sein Pferd, aber nicht sein Leben verloren, was dennoch ein unersetzlicher Verlust war, wenn man bedachte, was ein Schlachtross kostete. Aber Guillaume begriff nicht sofort, was es für ihn bedeutete.

Am Abend feierten die Sieger ihren Triumph. Man lobte Guillaume für seine Tapferkeit und befand, dass er sich seine Sporen im Kampf redlich verdient habe. Guillaume sonnte sich in seinem Erfolg und war äußerst zufrieden mit sich, bis Mandeville begann, ihn zu necken.

Er forderte ein Geschenk von Guillaume, ein Kummet oder einen Schwanzgurt müsse er ihm doch geben können, meinte er lachend.

Das Schlachtross war Guillaumes einziger Besitz gewesen, nicht einmal Sattel und Zaumzeug hatten ihm, sondern seinem Herrn gehört. Verständnislos klärte er Mandeville darüber auf. Der aber tat ungläubig, und die anderen Ritter hielten sich die Bäuche vor Lachen. Mandeville verspottete Guillaume, weil der geglaubt hatte, einzig für die Ehre zu kämpfen. Er hatte nicht gewusst, dass er den besiegten Feinden Pferde, Waffen und Rüstungen hätte abnehmen müssen und sie sein Lohn gewesen wären. Wie töricht musste ein junger Ritter sein, um leer auszugehen und ärmer aus der Schlacht zu kommen, als er hineingegangen war, obwohl er zu den Siegern gehörte und der erfolgreichste junge Kämpfer gewesen war!

Ganz wie es Brauch war nach einem Ritterschlag, hatte sein Herr ihm zwar nach seiner Rückkehr ein paar Sporen und einen schönen, schweren Mantel geschenkt, aber ein eigenes Pferd besaß Guillaume nun nicht mehr.

»Du hättest dein Leben für ihn und den König gegeben, und zum Dank dafür bekommst du nicht einmal dein Pferd ersetzt?« Ellen sah ihn vollkommen entgeistert an.

»Das passiert mir kein zweites Mal, glaub mir, bei der nächsten Gelegenheit werde ich mich bedienen – und zwar reichlich. Ich habe nämlich vor, auch in Zukunft zu den Siegern zu gehören!«

Guillaumes Geschichte war so aufregend und spannend gewesen, dass Ellen für diesen Tag die Lust vergangen war, gegen ihn anzutreten. Sicher schmerzte ihn seine Wunde ohnehin noch sehr.

»Lassen wir den Kampf heute mal ausfallen«, schlug sie deshalb vor und legte sich ins Gras.

Guillaume streckte sich wortlos neben ihr aus und starrte wie sie in die Weite des blauen Spätsommerhimmels.

Er hatte sein Bestes gegeben, sein Leben aufs Spiel gesetzt für einen Kampf, von dem er sich nichts erhofft hatte außer der Anerkennung seines Herrn, und war doch so bitter enttäuscht worden. Manchmal war das Leben zu ungerecht, fand Ellen.

Wieder erwog sie für einen Augenblick, sich ihm anzuvertrauen. Vielleicht würde er sie jetzt besser verstehen können? Vor einem Jahr war sie schon einmal nahe dran gewesen, ihm ihr Geheimnis zu verraten. Sie hatte sich genau zurechtgelegt, was sie sagen wollte, es aber dann doch nicht fertiggebracht, und genauso war es auch jetzt.

Sie starrten schon eine ganze Weile schweigend in den Himmel, als sich Guillaume plötzlich aufrichtete. »Ich habe dich neulich schon wieder mit dieser englischen Küchenmagd gesehen, wie heißt sie noch gleich?« Guillaume machte eine beschreibende Geste über seiner Brust und zog die Augenbrauen hoch.

»Du meinst Rose«, antwortete Ellen mürrisch.

Viele Knechte und sogar ein paar Knappen machten Rose schöne Augen. Nach seinen eigenen Aussagen war Guillaume kein Kind von Traurigkeit, deshalb ließ seine Andeutung von Roses Formen sie rasend eifersüchtig werden, aber das durfte sie sich natürlich nicht anmerken lassen.

»Ja, die meine ich. Ganz hübsch die Kleine, hast du was mit ihr?«

Ellen hasste es, wenn Guillaume mit seinen Eroberungen prahlte, aber wenn er versuchte, ihr ein paar pikante Details aus ihrem gar nicht vorhandenen Liebesleben zu entlocken, fand sie das mindestens genauso furchtbar.

»Schon lange nicht mehr«, log sie und winkte verächtlich ab, um ihre Ruhe zu haben.

»Dann bist du also nicht der Vater.«

Guillaume schien zufrieden mit dieser Feststellung, aber Ellen verschluckte sich fast vor Schreck. »Wie bitte?«

»Sie ist in anderen Umständen. Unser lieber Freund Thibault prahlt damit, dass er ... Und ich dachte, du wärst vielleicht ... Kann einem echt leid tun, die Kleine, wenn er es war!« Guillaume schüttelte ungläubig den Kopf.

Ellen wusste nicht, was sie dazu sagen sollte. Wieso hatte Rose ihr nichts gesagt? Und dann noch ausgerechnet Thibault, wie konnte sie nur? »Geht das schon lange mit den beiden?«, fragte sie verärgert.

»Scheint so, genau weiß ich es natürlich nicht, hab ihnen ja nicht die Kerze gehalten«, sagte er und amüsierte sich köstlich über seinen Scherz.

»Es ist schon spät«, murmelte Ellen, obwohl die Sonne noch hoch am Himmel stand. »Ich muss gehen.«

»Geht dir wohl nahe, die Sache mit Rose. Wenn ich gewusst hätte, dass sie dir noch so viel bedeutet ...« Guillaume schien ernsthaftes Mitleid zu haben.

»Das tut sie nicht. Sie ist aus Ipswich, genau wie meine Familie, das ist das Einzige, das uns verbindet«, gab Ellen barsch zurück. »Und wie du weißt, kann ich Thibault nicht ausstehen. Rose hat es nicht verdient, mit dem Bastard dieses Widerlings gestraft zu sein. Ich frage mich, warum sie sich überhaupt mit ihm eingelassen hat.«

Guillaume zuckte mit den Schultern. »Ach, versuch doch einer die Frauen zu verstehen! Sie denken anders als wir Männer, wenn sie überhaupt denken. Es ist vergebene Liebesmüh.« Er verdrehte die Augen in gespielter Verzweiflung.

»Auf jeden Fall muss ich jetzt gehen.« Ellen stand auf, nahm das Bündel mit dem Schwert, grüßte Guillaume, ohne ihm in die Augen zu sehen, und eilte zur Landstraße.

Auf dem Weg durch den Wald grübelte sie über Rose und Thibault nach. So in Gedanken versunken, hörte sie den Hufschlag der näher kommenden Pferde zu spät, um sich noch unbemerkt verstecken zu können. Also blieb sie auf dem Weg und bemühte sich, nicht aufzufallen. Sie versuchte, das Bündel mit dem Schwert so selbstverständlich wie möglich bei sich zu tragen. Als die Reiter näher kamen, preschte einer voran, holte sie ein und rief ihr unfreundlich zu: »He, Junge! Führt dieser Weg nach Tancarville? Antworte!« Der junge Knappe, der sie angesprochen hatte, sah hochmütig von seinem Ross auf sie herab.

Ein stattlicher Ritter mit auffallend grünen Augen, der offensichtlich sein Herr war, holte ihn ein und tadelte ihn.

»Du hast keinen Grund, so unfreundlich zu sein, reihe dich hinten ein!«, fuhr er den Knappen an, der mit gesenktem Blick gehorchte. Ellen sah den Ritter interessiert an, und als sich ihre Blicke trafen, kam es ihr vor, als kenne sie ihn. Aber sie konnte sich nicht daran erinnern, ihm je begegnet zu sein.

»Wie heißt du, mein Junge?«

»Alan, Sire.«

»Das ist ein angelsächsischer Name, wie mir scheint.«

»Ja, Sire.«

»Kennst du den Weg zur Burg von Tancarville?«

»Ja, Sire. Ihr müsst nur auf dieser Straße bleiben, zu Pferd ist es nicht mehr weit, nach der nächsten großen Biegung kommt Ihr aus dem Wald heraus, dann könnt Ihr die Burg bereits sehen.«

»Ich danke dir.«

Der Ritter musterte Ellen von Kopf bis Fuß. Sein prächtiges Reitpferd tänzelte nervös.

»Was trägst du da bei dir?«, fragte er und deutete auf ihr langes Bündel.

Ellen fühlte, dass es keine bösartige Neugier war, trotzdem war sie auf der Hut.

»Mein Gesellenstück, Sire.« Ellen machte keine Anstalten, das Schwert auszuwickeln.

»Welches Handwerk übst du aus?«

Ellen verwünschte die Neugier des freundlichen Ritters und antwortete bescheiden. »Ich bin Schmied, Herr.« Sie hoffte, ihm würde diese Antwort genügen.

»Darf ich mal sehen?«

Ellen zögerte kurz, dann schüttelte sie den Kopf. »Nicht hier, bitte! Es ist besser, Ihr kommt zur Schmiede. Fragt nach Donovan, dem Schwertschmied, bitte!«, sagte sie flehentlich.

Überraschenderweise nickte der Ritter freundlich. »Ja, das werde ich tun, Alan, bis bald.« Er gab seinen Begleitern das Zeichen, ihm zu folgen, und sie zogen an Ellen vorbei.

Ellen atmete auf. Doch einer der Männer drehte sich mehrfach nach ihr um und wechselte angeregte Worte mit seinem Herrn. Obwohl sie den freundlichen Ritter auf Anhieb sympathisch gefunden hatte, war irgendetwas an ihm beunruhigend.

Schon am nächsten Tag sah sie den Fremden erneut. Er kam ohne Begleitung in die Schmiede. »Einen guten Morgen, Meister Donovan.« Der Ritter lächelte freundlich.

»Meiner Treu, Bérenger, verzeiht, Sire, Sir Bérenger!«

Der Ritter lachte. »Schön, Euch wiederzusehen, Donovan. Überall spricht man von Euren Schwertern, Tancarville ist mächtig stolz auf Euch!«

»Ich danke Euch, Sir Bérenger! Ihr wart noch ein Knappe, als wir uns das letzte Mal sahen, wie lange ist das her?«, fragte Donovan und schlug in die ausgestreckte Hand ein.

»Eine Ewigkeit! Bald zwanzig Jahre, ich erinnere mich noch

gut an Ipswich, war meine beste Zeit. Ich war ein freier Mann damals, wenn Ihr wisst, was ich meine.« Er zwinkerte Donovan zu, und der lachte. Dann wandte sich Sir Bérenger an Ellen: »Guten Morgen, Alan, ich komme, um mir dein Gesellenstück anzusehen.«

Donovan blickte erstaunt von Ellen zu Sir Bérenger und zurück. »Du kennst Sir Bérenger? Dann los, Alan, geh, und hol das Schwert. Es würde hervorragend zu ihm passen.«

Nachdem Bérenger de Tournai sich das Schwert genauestens angesehen hatte, nickte er anerkennend. »Ein sehr schönes Stück. Wäre vielleicht etwas für meinen Sohn. Seine Schwertleite ist erst in zwei, drei Jahren, aber ein Anreiz wäre es allemal. Vielleicht kennt Ihr ihn ja, er heißt Thibault.«

»Oh, mit den Knappen habe ich nichts zu tun, aber Alan kennt die meisten von ihnen.« Donovan sah Ellen fragend an.

Bei der Erwähnung von Thibaults Namen waren ihre Mundwinkel herabgefallen, und die Farbe war aus ihrem Gesicht gewichen. Auf keinen Fall würde Thibault dieses Schwert bekommen, dafür würde sie sorgen. Ellen überlegte fieberhaft, was sie tun konnte, um den Kauf zu verhindern, aber noch bevor ihr etwas einfiel, schlug Donovan dem Ritter vor, mit seinem Sohn vorbeizuschauen.

»Ihr habt Recht, Meister, ich werde in den nächsten Tagen mit Thibault herkommen, dann kann er es ausprobieren.«

»Eine weise Entscheidung, Sir Bérenger.« Donovan erspähte das Fuhrwerk des Eisenhändlers. »Wenn Ihr mich bitte entschuldigt, eine wichtige Lieferung.« Er verbeugte sich, und Sir Bérenger nickte.

Ellen blieb allein mit ihm in der Schmiede zurück. Wie konnte dieser freundliche Mann nur der Vater von diesem Teufel Thibault sein?

»Bist du auch aus Ipswich?«, erkundigte er sich interessiert. Ellen nickte gedankenverloren, obwohl es ja nicht stimmte, dann korrigierte sie sich. »Meine Mutter.«

Bérenger de Tournai nickte, als habe sie ihm nur bestätigt, was er schon längst wusste. Er strich sich über das glatt rasierte Kinn. »Ich glaube, ich kenne sie. Sie heißt Leofrun, nicht wahr?«

In Ellens Magengrube breitete sich ein Brennen aus, das sich rasch bis zum Kopf hocharbeitete. »Woher wisst Ihr das?«, fragte sie überrascht. Niemand hier kannte den Namen ihrer Mutter, nicht einmal Rose.

»Sie hatte wunderschönes Haar, lang und blond wie die Weizenfelder der Normandie, und ihre Augen waren so blau wie das Meer«, schwärmte der Ritter, ohne ihre Frage zu beantworten.

Ellen fand die Beschreibung von Leofrun viel zu blumig und sagte nichts dazu.

»Sie war das schönste Mädchen, das ich je gesehen habe. Wir waren verliebt und haben uns heimlich getroffen, aber eines Tages blieb sie fort, ich habe sie nie wiedergesehen. Dann hörte ich, dass man sie verheiratet hatte.«

Ellen war unfähig, seine Worte zu verstehen, sie konnte sich weder rühren noch etwas sagen.

»Als ich dich im Wald gesehen habe, war ich noch unsicher, aber Paul, mein ältester Freund, hat ebenfalls bemerkt, wie ähnlich du ihr siehst.«

»Meiner Mutter?« Ellens Stimme überschlug sich höhnisch.

»Nein, Alan, meiner Mutter!«

Ellen japste nach Luft, plötzlich schien es, als ob sich der Boden unter ihren Füßen im Kreis bewegen würde. Sie brachte nur ein heftiges Kopfschütteln zustande, dann floh sie aus der Schmiede und rannte fort, ohne zu wissen wohin. Aelfgivas Erklärung, dass sie der Bastard eines normannischen Ritters sei, hatte ihr zwar wehgetan, aber es war wie die Geschichte einer anderen gewesen. Niemals hätte sie sich vorstellen können, dass sie diesem normannischen Wüstling einmal begegnen würde. Wie groß konnten Zufälle sein? Wieso begegnete sie ihm hier? Warum musste sie ihn so nett finden, dass sie sich fast wünschte, sie sei sein Kind? Und warum musste er ausgerechnet auch der

Vater von Thibault sein? Ellen setzte sich auf einen Baumstamm und weinte. Was war, wenn er die Wahrheit herausbekam? Ellen glaubte, beinahe zu ersticken. Am besten gehe ich nie wieder in die Schmiede zurück, schoss es ihr durch den Kopf. Aber als sie den Gedanken reifen ließ, wurde sie wütend. Die Schmiede, Donovan und Glenna – das war doch alles, was sie hatte. Wer gab diesem Bérenger de Tournai das Recht, sie zu vertreiben? Sie wollte nicht schon wieder flüchten. Schließlich ist es nicht meine Schuld, dachte Ellen trotzig. Sie würde zurück zur Schmiede gehen, aber niemals würde sie zulassen, dass Thibault ihr Schwert bekam. Beherzten Schrittes kehrte Ellen um und lief Sir Bérenger erneut in die Arme.

»Falls Ihr denkt, dass ich Euer Sohn bin, so täuscht Ihr Euch, das kann ich Euch versichern«, sagte Ellen im Brustton der Überzeugung. Das Selbstbewusstsein, mit dem sie Sir Bérenger entgegentrat, ließ ihn nun doch zweifeln.

»Was macht dich so sicher, Alan?« Er sah sie traurig, fast enttäuscht an.

Ellen blieb ihm zunächst eine Antwort schuldig und schaute auf ihre Füße. »Viele Mädchen in East Anglia sind blond, und Leofrun ist ein geläufiger Name. Ihr täuscht Euch, Sire, glaubt mir, meine Mutter ist eine anständige Frau«, murmelte sie schließlich. Seit sie Guillaume kannte, verstand sie besser, was die Liebe mit einem anstellen konnte. Bérenger war noch immer ein gut aussehender Mann, er war sicher galant gewesen und hatte Leofrun nach allen Regeln der Kunst den Kopf verdreht. Nur dieses eine Mal hatte Ellen Verständnis für ihre Mutter. Hätte er als Mann nicht wissen müssen, in welche unmögliche Situation er sie bringen würde, oder war er genauso dumm wie sein Sohn? Ellen war noch immer furchtbar verärgert.

»Ich komme in ein paar Tagen wieder her«, sagte Bérenger ruhig und lächelte sie an.

»Kommt Ihr als Kunde, seid Ihr mir herzlich willkommen«, gab Ellen ihm kühl zu verstehen und nickte zum Gruß.

Als Bérenger de Tournai einige Tage später mit seinem Sohn erneut die Schmiede betrat, war Ellens Wut verflogen. Sir Bérenger war sicher kein schlechter Mensch, das fühlte sie. Und irgendwie tat es ja auch gut zu wissen, wer ihr Vater war.

Tournai begrüßte sie freundlich, während Thibault sie ignorierte.

Sein Vater hatte ihm also nichts gesagt. Ellen war erleichtert.

»Ich will ein Schwert von Meister Donovan, kein Gesellenstück von Alan, das taugt sowieso nichts«, maulte Thibault. Ellen atmete auf. Thibault würde ganz offensichtlich alles tun, um seinen Vater umzustimmen.

»Ich kann Euch gerne noch zwei andere Schwerter zeigen, die Meister Donovan erst kürzlich fertiggestellt hat, wenn Euch eines davon gefällt ...«, schlug sie eifrig vor.

Thibault sah sich die Schwerter an, ohne Ellen auch nur eines Blickes zu würdigen. »Das gefällt mir«, entschied er sich schnell.

Ellen wunderte sich nicht über seine Wahl. Das Schwert war eine Auftragsarbeit für einen jungen, hochnäsigen Baron gewesen. Kurz bevor er es hatte abholen können, war er an einer einfachen Verletzung, die sein Blut vergiftet hatte, gestorben. Ellen fand das Schwert zu wuchtig und viel zu auffällig, aber es passte haargenau zu Thibault.

»Willst du nicht doch einmal dieses hier probieren«, versuchte Bérenger erneut, seine Aufmerksamkeit auf Ellens Schwert zu lenken.

»Nein«, antwortete Thibault kalt, und sein Vater begriff, dass es keinen Sinn hatte zu versuchen, ihn umzustimmen.

»Nun, dann werde ich es nehmen, denn mir gefällt es ausnehmend gut«, sagte Bérenger de Tournai und sah Ellen fest in die Augen.

Sie erkannte, wie stolz er auf sie war, und plötzlich schämte sie sich. Verlegen senkte sie den Blick.

»Und ich, Vater?« Thibault klang gereizt.

»Ja, ja, du bekommst das andere, schon gut, mein Junge.«

Ellen war froh, dass die beiden offensichtlich kein sehr enges Verhältnis hatten.

»Über den Preis sprecht Ihr besser mit Meister Donovan; ich werde ihn gleich holen«, sagte sie und verschwand, ohne sich zu verabschieden.

»Ich mag Alan nicht, er hat keine Manieren«, sagte Thibault so laut zu seinem Vater, dass sie es noch hörte.

Als Vater und Sohn fort waren, grinste Donovan Ellen zufrieden an. »Verkauft der kleine Kerl hier so mir nichts, dir nichts mal eben zwei Schwerter!«

Ellen wusste, dass er diese Bezeichnung nicht abwertend meinte, es war mehr eine Art Kosename, und es kam schließlich auch selten genug vor, dass Donovan so ausgelassen war.

»Hat er einen guten Preis gezahlt?« Ellen war neugierig, wie viel ihr Schwert gebracht hatte.

»In dein Gesellenstück war Sir Bérenger ja richtiggehend vernarrt, hat mich ausgequetscht über dich, woher ich dich kenne und wie lange du schon bei mir bist und so weiter. Hab einen hohen Preis für dein Schwert gefordert, und er hat's bezahlt, ohne Murren. Bei dem Schwert für seinen Sohn hat er mich runtergehandelt. Ist ja auch ein hässliches Ding, deswegen kann ich trotzdem noch recht zufrieden sein. Unsympathischer Bursche übrigens, dieser Thibault.«

»Da habt Ihr ein wahres Wort gesprochen, Meister!«

»Dabei ist Sir Bérenger so nett, ein ganz anderer Mensch. Der Junge kommt bestimmt auf seine Mutter.« Donovan zog die Brauen zusammen.

Ellen wunderte sich über ihren Meister, der nur selten so geschwätzig war. Er musste mit dem Preis, den er für ihr Schwert ausgehandelt hatte, wirklich sehr zufrieden sein.

»Also bleibt mir etwas übrig?«

»Nach Abzug der Kosten bleiben dir zehn Solidi.«

Ellen bekam vor Staunen den Mund kaum wieder zu. Das war mehr Geld, als sie in all den Jahren hatte zusammensparen können!

Zwei Tage später kam Bérenger de Tournai noch einmal in die Schmiede. »Meister Donovan, ich würde Euch gerne Euren Gesellen entführen, könnt ihr ihn für eine Weile entbehren?«

Donovan sah Ellen neugierig an, aber sie zuckte nur gleichgültig mit den Schultern. »Wie Ihr wünscht, Sir Bérenger. Alan, begleite Sire de Tournai, wohin er will.«

Ellen wusste nicht, was sie davon halten sollte. Aber die Neugier, ihren Vater besser kennen zu lernen, gewann vorerst die Oberhand. Solange er nicht auf die Idee kam und Thibault von der Sache erzählte, war ihr alles recht. Stumm folgte sie ihm.

»Geht es deiner Mutter gut?«, fragte er, als sie allein waren, und mit einem Mal war es um Ellens Fassung geschehen.

»Wie könnte es ihr nicht gut gehen? Ihre Verlobung mit dem Seidenhändler wurde dank Euch gelöst, weil sie schwanger war. Die Frau eines einfachen Schmieds zu werden war genau das, was sie sich immer erträumt hat. Welche Frau will schon ein sorgloses Leben an der Seite eines reichen Kaufmannes oder eines Ritters führen? Meine Mutter wohl kaum, Ihr habt sie ja kennen gelernt und wisst, wie sehr sie das Bescheidene liebt.« Ellen war nicht bereit, ihm so leicht zu verzeihen.

»Ich verstehe, dass sie mich gehasst hat, nach alledem ...«, warf Sir Bérenger traurig ein.

»Euch gehasst?« Jetzt kam Ellen erst richtig in Fahrt. »Mich hat sie gehasst, nicht Euch. Ich hatte mit Eurer Tändelei nichts zu tun, und trotzdem hat sie mich zum Sündenbock gemacht. Aber den Hang zu was Höherem hat es ihr nicht verdorben. Zu einem Ritter aufs Lager ist sie wieder gekrochen, wie eine rollige Katze.«

»Wie kannst du so respektlos über deine Mutter reden?«, fuhr Sir Bérenger sie empört an.

»Ich habe die beiden zusammen gesehen, deshalb hat ihr Liebhaber gedroht, mich zu töten, und ich musste von zu Hause fort. Ich hasse sie, und ich hasse Euch.« Ellen sank weinend in sich zusammen. Bérenger nahm sie kurz in den Arm, dann packte er sie bei den Schultern.

»Der Sohn von Bérenger de Tournai weint nicht, reiß dich zusammen.«

»Ich bin nicht Euer Sohn!« Ellen sah ihn trotzig an.

»Doch, das bist du, ich sehe und ich fühle es doch.«

»Nichts seht Ihr, und fühlen tut Ihr auch nichts«, sagte Ellen verbittert. Nicht einmal ihr eigener Vater merkte, dass sie ein Mädchen war! Waren denn alle blind? Wollten denn alle nur sehen, was man sie glauben machte? Sie blickte ihm verächtlich ins Gesicht.

»Ich werde dich anerkennen, du wirst eine Ausbildung zum Ritter machen können wie dein Bruder Thibault.«

»Thibault!« Ellen klang so herablassend, dass er sie überrascht ansah.

»Der ist ein Angeber, falsch und ohne Ehrgefühl!«

Bérenger traf jedes Wort wie ein Stich, weil es klang, als sei auch er damit gemeint. »Ich weiß, er ist nicht einfach, aber … seine Mutter …«, hob er zu einer Erklärung an.

»Natürlich, jetzt ist er auf einmal der Sohn seiner Mutter, aber nein, Sir Bérenger, er ähnelt Euch! Wo war denn Euer Ehrgefühl, als Ihr meine Mutter geschwängert habt?«

Bérenger blickte betreten drein, und Ellen hatte beinahe ein wenig Mitleid mit ihm. Trotzdem setzte sie nach. »Er ist ganz Euer Sohn, hat er doch auch gerade ein angelsächsisches Mädchen in Schwierigkeiten gebracht!«

Bérenger sprang auf. »Das reicht! Ich will das nicht länger hören.« Damit marschierte er davon, ohne sich noch einmal umzudrehen.

»Fragt ihn doch, sie heißt Rose!«, rief Ellen hinter ihm her, obwohl sie nicht wusste, ob er sie noch hören konnte.

Erst als sie Rose gut zwei Wochen später begegnete, erfuhr sie, dass Sir Bérenger es sehr wohl verstanden haben musste.

»Thibault, der dumme Kerl, muss auch noch damit herumgeprahlt haben, dass er mich geschwängert hat, und sein Vater hat Wind davon bekommen. ›Sieh zu, dass du die Sache geregelt kriegst‹, hat er zu Thibault gesagt.« Rose dachte gar nicht mehr daran, dass sie Ellen nie etwas von ihrer Liebschaft mit dem jungen Knappen gesagt hatte, und Ellen verlor zunächst kein Wort darüber.

»Was hat er damit gemeint?«

Rose zuckte mit den Schultern. »Weiß ich nicht, aber Thibault sagt, ich soll es wegmachen lassen. Es gibt da eine Frau, die sich mit so etwas auskennt. Ist ja auch wahr, was soll das für ein Leben für mich sein, mit einem Bastard am Bein?«

»Könnte er dich nicht mit auf die Burg seines Vaters nehmen und dort für dich sorgen?« Ellen wusste, dass ihr Einwand kindisch war, aber sie war empört darüber, wie leicht Thibault und sein Vater sich die Sache machten.

Rose schüttelte den Kopf. »Du weißt, dass das Unsinn ist.«

»Und wenn du heiratest?«

»Irgendeinen Tagelöhner? Einen Witwer mit vielen Kindern, der mich nur nimmt, damit er mich schlagen kann und ich hart für ihn arbeite?« Rose seufzte. »Nein, das will ich nicht. Da gehe ich lieber zu der Kräuterfrau. Kannst du nicht mitkommen? Bitte, Ellen!« Die eben noch so selbstsichere Rose sah sie flehend an.

»Sicher, wenn du das willst.«

Rose nickte dankbar. »Allein habe ich nicht den Mut.«

»Warum hast du mir nie erzählt, dass ihr zwei …?« Ellens Stimme klang weich und kein bisschen vorwurfsvoll.

»Kannst du dir das nicht denken?« Rose lächelte schwach. »Du bist meine einzige Freundin, und Thibault und du, ihr hasst euch. Mit Sicherheit hättest du versucht, ihn mir auszureden, aber ich liebe ihn nun mal!«

»Ich bin froh, dass es jetzt keine Geheimnisse mehr zwischen uns gibt. Natürlich werde ich dir helfen und dich zur Kräuterfrau begleiten, am besten, wir gehen gleich morgen früh zu ihr.«

Rose und Ellen trafen sich kurz nach Sonnenaufgang vor dem Burgtor. Noch stand feuchter, undurchdringlicher Nebel über den Wiesen. Wie blind tappten die beiden voran, bis sich der Nebel lichtete, dann dauerte es nicht mehr lange, und sie hatten die Hütte der Kräuterfrau erreicht.

Rose war den ganzen Weg über zappelig, zupfte nervös an ihrem Umhang und zog ihn immer wieder enger um die Schultern.

Ellen legte den Arm um sie und drückte sie an sich. »Alles wird gut, du schaffst das«, sagte sie aufmunternd.

Als sie die Hütte erreichten, klopfte Ellen an die Tür. Die Kräuterfrau hörte sich Roses Begehr an, musterte Ellen ungnädig und fragte: »Warum heiratest du sie nicht?«

»Ich, ich bin nicht der Vater«, stammelte Ellen und errötete.

»Alan begleitet mich nur. Der Vater des Kindes ist ein Knappe aus Tancarville.« Rose bemühte sich um ein Lächeln.

Die Alte sah die beiden geringschätzig an. »Geht mich eh nichts an, ist eure Sache«, brummelte sie. »Wir machen es mit Petersilie, du musst ein paar Tage hierbleiben.«

Rose blickte Ellen hilflos an.

»Das geht schon in Ordnung, Rose, ich werde Bescheid sagen, dass du krank bist. Sie schätzen deine Arbeit und werden froh sein, wenn es dir wieder besser geht.«

»Fünf Tage wird es wohl dauern, wenn ich sie pflegen soll, das wird nicht billig.«

Rose holte ein paar Münzen hervor. Die Alte nahm das Geld.

»Das reicht nicht!«, fuhr sie Rose an und nannte ihren Preis. Rose erschrak sichtlich. »Der Vater des Kindes wird zahlen, er hat es mir versprochen«, murmelte sie.

»Ich versichere Euch, dass Ihr das Geld bekommt. Bitte, liebe Frau, kümmert Euch um sie und macht, dass alles gut geht«, bat Ellen eindringlich.

»Versprechen kann ich gar nichts, aber ich werde mein Bestes tun, junger Mann, vergesst Ihr nur nicht, mir morgen mein Geld zu bringen!«

Auf dem Weg zurück nach Tancarville dachte Ellen darüber nach, wie sie es anstellen sollte, das Geld von Thibault zu bekommen. Sie konnte eine Magd zu ihm schicken. Aber Mägde waren neugierig und redeten zu viel. Auch wenn es viele Frauen taten, war das Wegmachen eines ungeborenen Kindes von der Kirche strengstens verboten und wurde schwer bestraft. Also beschloss sie schweren Herzens, nach der Arbeit selbst zu Thibault zu gehen.

»Du?«, schnaubte Thibault verächtlich, als sie vor ihm stand.

»Rose schickt mich.«

Thibault musterte Ellen von oben herab, ohne etwas zu sagen.

»Sie lässt es wegmachen, so wie du es wolltest, ich soll ihr das Geld für die Kräuterfrau bringen.« Ellen bemühte sich, ruhig zu bleiben, obwohl sie vor Zorn bebte. Als Thibault die Höhe der Summe hörte, lachte er höhnisch.

»Und du glaubst tatsächlich, ich werde ausgerechnet dir so viel Geld anvertrauen?«

»Du kannst es auch gerne selbst zu der Kräuterfrau bringen, schließlich hast du ohnehin überall herumerzählt, es sei dein Kind«, herrschte Ellen ihn an, bereute es aber, noch bevor sie den Satz beendet hatte.

Thibault lief rot an vor Zorn. »Wer weiß, mit wem sie es noch getrieben hat! Du scharwenzelst doch auch ständig um sie herum. Vielleicht bist du ja der Vater! Keinen Penny zahl ich für das Flittchen!«

Ellen schnappte nach Luft. »Rose liebt dich!«, fuhr sie ihn an. »Weiß der Himmel, warum. Und ich, ich hab sie nicht angerührt!«

»So? Da habe ich aber ganz andere Sachen gehört!« Thibault ging einen Schritt auf Ellen zu. »Sieh zu, wie du sie aus dieser dummen Lage rausholst, aber nicht auf meine Kosten. Heirate sie doch!« Thibault zog die Augenbrauen herausfordernd hoch.

»Es ist nicht mein Kind, sondern deines. Wundert mich aber nicht, dass du die Verantwortung nicht übernehmen willst und sie auf einen anderen abzuwälzen versuchst. Darin sind die Männer in deiner Familie ja Meister. Dein Vater hat es genauso gemacht. Frag ihn mal danach!«

Ellen wandte sich ab und ging mit großen Schritten fort. Sie brauchte sich nicht einmal umzudrehen, um zu wissen, dass Thibault wie angewurzelt dastand und versuchte zu begreifen, was sie gemeint hatte. Als sie außer Sichtweite war, sank sie in sich zusammen. Wie hatte sie nur so etwas Dummes sagen können? Auch wenn Sir Bérenger bereits abgereist war, hätte sich Ellen ohrfeigen können für ihr vorlautes Mundwerk. Es war ja nur eine Frage der Zeit, bis Thibault seinen Vater wiedersehen würde. Ellen schob den Gedanken an Bérenger beiseite. Rose hatte der Kräuterfrau schon alle ihre Ersparnisse gegeben, und es fehlten noch immer fünfzehn Shilling. Ellen überlegte nicht lange und beschloss, den Rest von ihrem eigenen Geld zu bezahlen, obwohl sie das Ganze eigentlich nichts anging. Aber sie hatte nicht vergessen, wie Rose auf dem Schiff ihr Geheimnis erfahren und es bis zum heutigen Tag bewahrt hatte, ohne je etwas dafür zu erwarten.

Nach der Arbeit ging Ellen zu Donovan und bat ihn, ihr einen Teil von dem Schwerterlös zu geben, den er für sie aufbewahrte. Er war zwar über ihre Bitte verwundert, gab ihr das Geld aber, ohne sie zu fragen, wofür sie es benötigte. Ellen eilte umgehend zu der Kräuterfrau und bemerkte nicht, dass ihr Arnaud in großem Abstand folgte.

Die Kräuterfrau wartete schon ungeduldig vor ihrer Hütte. »Da bist du ja endlich! Hast du das Geld?«

»Der junge Edelmann weigert sich zu zahlen. Er beschuldigt die arme Rose, auch anderen Männern zu Willen gewesen zu sein. Dabei liebt sie ihn, das dumme Ding.« Ellen flüsterte, damit Rose sie nicht hören konnte. »Sagt ihr nicht, dass ich statt seiner bezahlt habe.«

Die Alte schüttelte den Kopf. »Bist wohl doch der Vater?«

»Nein, ganz sicher nicht. Ich habe noch nie …« Ellen senkte den Blick.

Die Frau schien ihr zu glauben und lächelte. »Na gut, dann komme ich dir mit dem Preis ein bisschen entgegen. Ich sehe ja, dass du nur ein einfacher Handwerksbursche bist. Es ist egal, wer der Vater ist. Wir machen es weg.«

Ellen zahlte die geforderte Summe, schaute kurz nach Rose und ging wieder. Auf dem Weg durch den Wald machte sie Halt und kniete sich zum Gebet nieder. Auf einmal hörte sie ein Knacken im Unterholz, ein Strauch bewegte sich, und Arnaud kam grinsend zum Vorschein.

»Ich hätte nicht gedacht, dass du so ein Einfaltspinsel bist.«

»Wie bitte?« Ellen sah ihn verdutzt an.

»Dass du deinen Spaß mit der kleinen Engländerin hattest, kann ich dir nicht verdenken. Wenn ich bei ihr hätte landen können, hätte ich sie auch nicht verschmäht. Aber bei mir wäre sie nicht schwanger geworden!«

»Ach ja?« Ellen sah keine Veranlassung, Arnaud über seinen Irrtum bezüglich der Vaterschaft aufzuklären.

»Natürlich nicht, ich weiß eben, wie ich meine Freude haben kann, ohne das Mädchen in Schwierigkeiten zu bringen.«

»Das ehrt dich«, sagte Ellen kurz angebunden.

»Ich sehe, du brennst darauf, meinen Rat zu hören, also will ich mal nicht so sein.« Gönnerhaft beugte er sich zu Ellen vor. »Ich nehme sie … hinten!« Arnaud grinste.

Ellen sah ihn fassungslos an. »Aber das ist widernatürlich!«, stieß sie hervor.

»Unsinn, die Pfaffen wollen nur alles verbieten, weil sie es selbst nicht dürfen.« Arnaud war sichtlich stolz auf sich und seine Vorkehrung.

»Mir ist egal, was du tust. Es geht mich ohnehin nichts an,

und Rose erwartet auch kein Kind von mir. Sie ist krank, weiter nichts.« Ellen stand auf und wollte gehen.

»Natürlich!«

Ellen wusste genau, dass er sich über sie lustig machte.

»Denk, was du willst!«, schnaubte sie ungehalten.

»Mach dir keine Sorgen, Alan, dein Geheimnis ist bei mir gut aufgehoben. Kein Wort wird beim Meister über meine Lippen kommen. Jetzt, wo du sein Geselle bist, hoffe ich schließlich, Donovan wird mir mehr Zeit widmen! Du könntest ja mal ein gutes Wort für mich bei ihm einlegen.« Arnaud sah sie betont unschuldig an. »Natürlich nur, wenn es dir nichts ausmacht.«

Ellen würdigte ihn keines Blickes und ging weiter. Arnaud glaubte tatsächlich, sie in die Enge treiben zu können, und verdammt noch mal, er hatte allen Grund dazu! Sie würde in Zukunft besser aufpassen müssen, wenn sie zur Hütte ging, um Rose zu besuchen.

Diese blieb, wie vorausgesagt, einige Tage bei der Kräuterfrau. Doch da es keine Komplikationen gab, durfte sie bald wieder nach Hause.

Thibault ging ihr aus dem Weg und ließ sich sogar verleugnen. Rose war verzweifelt und weinte sich bei Ellen aus.

»Vielleicht kann er im Moment nicht kommen; sicher besucht er dich bald«, versuchte Ellen, sie zu trösten, obwohl sie wusste, er würde es nicht tun.

Einen knappen Monat später kam Rose völlig außer Atem zu Ellen in die Schmiede gerannt.

»Ich muss dir was sagen, jetzt gleich, bitte, es ist furchtbar wichtig!«, keuchte sie.

Außer Arnaud war niemand sonst in der Schmiede. Donovan, Glenna, Art und Vincent waren im Dorf zu einer Hochzeit eingeladen. Ellen hatte nicht mitgehen wollen, weil ihr nicht nach Feiern zumute war, und Arnaud lag mit dem Vater der Braut im Streit, weil er das Mädchen vor ihrer Hochzeit verführt hatte. Er hatte sie aber nicht geschwängert, und so war Stillschweigen vereinbart worden. Arnaud hatte künftig einen großen Bogen um sie zu machen und selbstverständlich auch nicht bei der Hochzeit zu erscheinen.

»Schon gut, ihr Turteltäubchen. Ich lass euch allein, ich wollte sowieso ins Dorf gehen, um einen Krug Cidre zu trinken«, sagte er und grinste.

Ellen ärgerte sich, weil er die Situation ausnutzte. Donovan hatte ihm verboten, ins Dorf zu gehen, damit er die Hochzeitsfeier nicht störte, und Ellen hatte eigentlich darauf zu achten, dass er sich an diese Anweisung hielt. Sie überlegte, was sie tun sollte. Sagte sie jetzt nichts und er benahm sich im Dorf daneben, weil er über den Durst trank, würde Donovan ihr bitterböse sein. Rose trat unruhig von einem Bein aufs andere.

»Du weißt genau, was der Meister gesagt hat! Wenn du ins Dorf gehst, werde ich sagen, du hättest dich heimlich weggeschlichen.«

»Oh, ich bin sicher, der Meister wird Verständnis dafür haben, dass du mich nicht hast gehen sehen, weil du ein Schäferstündchen mit Rose hattest«, entgegnete Arnaud ruhig.

Er versuchte schon wieder, sie zu erpressen!

»Bitte, Ellen, es ist wichtig!«, jammerte Rose, die überhaupt nicht verstand, was zwischen Arnaud und Ellen vor sich ging.

»Geh, und tu, was du für richtig hältst«, schnaubte Ellen, »aber lass uns jetzt in Frieden!«

»Kannst es wohl kaum abwarten, was?«, höhnte Arnaud im Fortgehen, und dann drehte er sich noch mal um. »Ich könnte wetten, du hast nicht auf mich gehört und die Kleine schon wieder in Schwierigkeiten gebracht!« Er lachte schallend und trollte sich.

»Bah, was für ein Widerling, wie können die Mädchen nur auf einen wie den reinfallen! So, Rose, jetzt setz dich erst einmal, und atme tief durch, das beruhigt.« Ellen drückte ihre Freundin auf eine Truhe und zog sich einen kleinen Schemel heran.

Rose zitterte am ganzen Leib. »Ich wollte das nicht! Das musst du mir glauben. Ich würde nie etwas tun, das dir schaden könnte, aber er hat mich so wütend gemacht! Ich hab mich so hilflos gefühlt, und da ist es mir herausgerutscht. Wenn ich gewusst hätte, was dann passiert – nie hätte ich auch nur ein Wort davon gesagt.« Rose konnte vor lauter Weinen kaum sprechen.

Ellen runzelte die Stirn. »Nun mal der Reihe nach, ich habe kein Wort verstanden. Was hast du wem gesagt, und wieso könnte es mir schaden?«

»Thibault!«, schluchzte Rose auf.

Angst kroch plötzlich in Ellen hoch.

»Er war bei mir. Er hat behauptet, er sei nicht der Vater des Kindes gewesen, sondern du. Wie ein betrogener Ehemann hat er sich benommen. Ich habe ihn ausgelacht und ihm beteuert, dass ich immer nur ihm gehört habe.« Rose heulte auf. »Er war so gemein, er hat sogar behauptet, er habe die Kräuterfrau nicht bezahlt. ›Und wer war es dann?‹, habe ich ihn gefragt. ›Glaubst du, ich hätte so viel Geld?‹ Du kannst dir nicht vorstellen, wie er mich angestarrt hat. So habe ich ihn noch nie gesehen. ›Alan war's!‹, hat er gefaucht. ›Alan, der Vater deines Balgs, war es, weil er dich nicht heiraten wollte.‹« Rose lief vor lauter Heulerei die Nase. »Ich hab ihm gesagt, dass du nicht der Vater bist, immer wieder, aber er wollte es nicht glauben. Er hat mich eine Hure genannt und mich beschimpft, weil ich ihn ausgerechnet mit dir betrogen hätte. Da ist es mir rausgerutscht.«

»Was?«, drängte Ellen.

Rose starrte zu Boden. »Ich hab ihm gesagt, dass du mich gar nicht geschwängert haben kannst, weil du ein Mädchen bist. Er war doch immer der Einzige für mich, Ellen!«

»Rose, nein!« Ellens Augen waren vor Entsetzen weit aufgerissen. »Weißt du, was du getan hast?«

Rose nickte, aber Ellen vermutete, dass ihr die Tragweite ihres Verrats nicht bewusst war. Ellen schlug die Hände vors Gesicht. Ein Loch, das sie zu verschlingen drohte, schien sich vor ihr aufzutun. Alles, was sie bisher erreicht hatte, rückte auf einmal in weite Ferne. Thibault würde sein Wissen nicht lange für sich behalten und ihr das Leben in Tancarville unmöglich machen. Schlimmer noch, man würde sie bestrafen, sie vielleicht aufs Rad flechten oder ihr den Bauch aufschlitzen. Ellen erschauderte.

»Es tut mir so leid, Ellen, ehrlich! Ich weiß nicht, was ich mir erhofft habe. Vielleicht, dass er einfach nur erleichtert ist. Seine lächerliche Wut auf dich sollte endlich aufhören. Ich wollte ihn doch nur wiederhaben.« Rose rieb sich mit dem Ärmel über die Augen. »›Ein Mädchen?‹, hat er ganz langsam wiederholt. Seine Stimme war eiskalt und sein Gesicht richtig verzerrt. Da habe ich es mit der Angst zu tun bekommen und bin sofort zu dir gerannt. Ellen, was sollen wir jetzt tun?«

»Oh, *du* hast genug getan!« Ellen war selbst überrascht über die Härte ihres Tonfalls.

»Bitte, ich wollte dir nicht schaden, bestimmt nicht!«, flehte Rose und zögerte, bevor sie kleinlaut fragte: »Stimmt es, dass du die Kräuterfrau bezahlt hast?«

»Wie bitte? Das ist doch jetzt vollkommen egal, ich muss fort von hier, auf der Stelle.« Dann murmelte sie: »Ich werde mich nicht einmal von Donovan und Glenna verabschieden können.«

»Bitte geh nicht!« Rose krallte ihre Finger in Ellens Ärmel.

»Du hast mich doch ans Messer geliefert! Auf dem Schiff damals hast du zu mir gehalten und mir geholfen. Dafür war ich dir immer dankbar, deshalb habe ich auch die Kräuterfrau bezahlt, aber jetzt schulde ich dir nichts mehr. Wir waren Freundinnen; ich dachte, ich könnte mich auf dich verlassen!« Ellen sah sich gehetzt in der Werkstatt um und überlegte, was sie mitnehmen sollte.

»Aber warum kannst du denn nicht bleiben?« Rose wollte nicht wahrhaben, wie folgenschwer ihr Verrat war.

»Bist du wirklich so dumm?«, fuhr Ellen sie schroff an. »Mir bleibt doch gar nichts anderes übrig, als so schnell wie möglich von hier zu verschwinden. Du weißt selbst, wie abgrundtief Thibault mich hasst. Weiß der Himmel, warum! Jetzt hat er durch dein dummes Geschwätz endlich etwas gegen mich in der Hand, und das wird er ohne Zweifel ausnutzen. Wenn herauskommt, wer ich bin, komme ich für meinen Betrug in den Kerker oder an den Galgen, und Donovans Ruf wäre auch ruiniert. Das würden Glenna und er nicht überleben.« Während Ellen sprach, packte sie ihr Werkzeug, Mütze und Schürze zusammen. Dann stürzte sie hinüber ins Wohnhaus, um ihr Geld und die wenigen Habseligkeiten zu holen, die sie besaß.

Rose folgte ihr wie ein junger Hund. »Bitte, Ellen, sag, dass du mir verzeihst!«, bettelte sie.

»Du hast mein Leben zerstört, und ich soll dir verzeihen?«, schrie Ellen sie an. »Glaubst du nicht, das ist ein bisschen viel verlangt?« Sie vermied es, Rose anzusehen, aber sie konnte sie schluchzen hören. »Hör auf mit dem Gejammer, du denkst nur an dich und dein ruhiges Gewissen; was aus mir wird, ist dir völlig egal. Ich will das alles hier nicht aufgeben, ich bin glücklich hier. Aber ich muss gehen, weil du nicht nachdenkst, bevor du den Mund aufmachst.« Ellen schloss die Haustür und hastete noch einmal zur Werkstatt. Dort lief sie Arnaud über den Weg. An ihn hatte sie überhaupt nicht mehr gedacht, wieso war er nicht schon längst im Dorf? Er grinste, als wüsste er mehr als gut war. Ob er sie belauscht hatte? Wie viel von ihrem Gespräch konnte er mit angehört haben?

»Ich verlasse Tancarville. Donovan wird jetzt viel Zeit für dich haben, mach was draus!«, sagte sie barsch.

»Besten Dank, das werde ich tun!« Sein Lächeln machte Ellen noch wütender. »Wenn er fragt, ich habe keine Ahnung, was mit dir ist. Wer weiß, was du angestellt hast. Damit will ich lieber nichts zu tun haben, würde mir nur schaden, das verstehst du doch?« Arnaud ließ seine Raubtierstimme seidenweich klingen.

»Aber sicher doch, du Unschuldslamm!« Ellen zog die Tür

der Werkstatt hinter sich zu und schloss für einen Moment die Augen. Dann wandte sie sich zum Gehen.

»Es tut mir leid, bitte glaub mir doch«, heulte Rose und zog die Nase hoch.

Ellen blieb stehen. »Hör auf, mir nachzulaufen.«

»Kann ich denn gar nichts tun?« Rose sah sie flehend an.

»Geh morgen zu Donovan und sag ihm, ich musste schnell fort.« Ellen überlegte kurz. »Sag, ich hätte eine wichtige Nachricht von zu Hause bekommen, oder erfinde was. Er soll wissen, dass ich aus einem dringenden Grund fortmusste, damit er mich nicht suchen lässt. Und dann bete, dass Thibault es auf sich bewenden lässt, wenn ich fort bin.«

»Was immer du willst«, beteuerte Rose und rieb sich über die Augen. Ihr Gesicht war ganz verschmiert von Tränen.

Ellen ließ sie stehen und kehrte der Schmiede den Rücken, ohne sich noch einmal umzusehen. Wie betäubt schlug sie den Weg zur Landstraße ein, den sie sonntags zu ihren Treffen mit Guillaume genommen hatte. Guillaume hatte Tancarville schon vor Monaten verlassen. Sein Herr hatte ihm das verlorene Pferd tatsächlich nicht ersetzt und seinem Zögling dazu noch zu verstehen gegeben, dass er ihn nicht länger an seinem Hof behalten wollte. Nur für ein letztes Turnier hatte er ihn noch angeheuert, und Guillaume war durch den Gedanken, bald ganz auf sich allein gestellt zu sein, alles andere als zuversichtlich gestimmt.

»Du wirst sehen, schon bald werden sie meinen Schlachtruf überall kennen«, hatte er sich trotzdem mit aufmüpfig vorgeschobenem Kinn von Ellen verabschiedet.

Ellen seufzte, immerhin würde er nicht erfahren, dass sie ihn jahrelang belogen hatte. Mit Sicherheit wäre es Thibault eine Freude gewesen, ihm diese Neuigkeit sofort unter die Nase zu reiben. Bei dem Gedanken an Guillaume war Ellen das Herz noch schwerer geworden. Ob sie ihn jemals wiedersehen würde?

Die Bäume fingen bereits an, ihr bunt gefärbtes Laub abzuwerfen. Ellen beschleunigte ihren Schritt. Der Boden war völlig von welken Blättern bedeckt, die unter ihren Füßen raschelten. Die goldenen Sonnenstrahlen, die durch das dünn gewordene Blätterdach fielen, hatten nicht mehr die gleiche Kraft wie im Sommer und wärmten kaum noch. Wie kann ein so wunderbarer Tag nur in solch einem Unglück enden, dachte Ellen verzweifelt, warf einen Blick auf den wolkenlosen, strahlend blauen Himmel und sputete sich. Vielleicht schaffte sie es, den Wald wieder zu verlassen, bevor es dunkel wurde. Ich weiß nicht einmal, wohin ich gehen soll, dachte sie mutlos. Sollte sie nach England zurückkehren? Ellen hörte einen Reiter hinter sich. Ganz ihrer alten Gewohnheit folgend, verließ sie die Straße und wich ins Unterholz aus, aber es war zu spät, der Reiter hatte sie schon aus der Ferne gesichtet und seinem Pferd die Sporen gegeben. Als Ellen erkannte, wer sie verfolgte, war eine Flucht nicht mehr möglich. Der Reiter holte auf und preschte ihr bis ins Dickicht des Waldes nach. Die Hufe seines Pferdes zermalmten die Pilze und das Moos auf dem feuchten Boden. Als er sie eingeholt hatte, sprang er aus dem Sattel und baute sich vor ihr auf.

»Du bist die Braut Satans, gib es zu!«, fauchte er sie an. Für einen Moment kam sein Gesicht dem ihren ganz nah.

»Thibault, was soll das?« Ellen wich zurück.

»Du hast mich und alle anderen hinters Licht geführt, uns die ganzen Jahre glauben gemacht, du wärst ein Mann! Schade, dass Guillaume nicht mehr da ist. Ich hätte zu gerne sein dummes Gesicht gesehen!« Thibault hatte die Zügel seines Pferdes einfach fallen lassen, und der Hengst zupfte friedlich ein paar trockene Grashalme ab.

Ellen bemerkte, dass jede Faser von Thibaults Körper angespannt war, als er auf sie zuging. Sie wollte einer Konfrontation mit ihm aus dem Weg gehen und wich so lange zurück, bis sie mit dem Rücken an einer mächtigen Eiche stand.

»Ich habe mich nachts gegeißelt, bis mir das Blut in Strömen über den Rücken lief, weil ich Esel geglaubt habe, ich würde mich auf widernatürliche Art nach Alan, dem Schmiedejungen, verzehren. Jeder Blick deiner grünen Augen, jede deiner Berührungen hat mein Blut in Wallung gebracht. Ich habe immer wieder Buße getan, wenn ich dich begehrt habe, und das war oft, viel zu oft. Aber du bist gar kein Junge, also habe ich für etwas gebüßt, das gar keine Sünde war! Dafür wirst du heute bezahlen.« Thibaults Augen wirkten klein und schwarz.

Ellen unterdrückte ein furchtsames Lachen. Trotz ihrer für eine Frau außergewöhnlichen Stärke bekam sie es jetzt mit der Angst zu tun. Noch bevor sie begriff, was geschah, schlug er ihr mit der Faust mitten ins Gesicht.

»Ich werde den Mann aus dir herausprügeln, Tochter des Teufels«, zischte er mit wahnsinnigem Blick.

Ellen spürte, wie ihre Oberlippe nach dem Schlag anschwoll und warmes Blut ihr Kinn hinablief. Der zweite Hieb traf sie umgehend und genauso unerwartet. Die Haut an ihrer Augenbraue platzte auf, und das herabrinnende Blut trübte ihr die Sicht. Dann traf sie ein Schlag in die Magengrube, von dem ihr speiübel wurde. Ellen war zu überrascht von Thibaults hemmungslosem Wutausbruch, um sich zu wehren. Gegen einen ausgebildeten Knappen hatte sie ohnehin keine Chance. Wenn ich mich schlagen lasse, gibt er vielleicht bald auf, dachte sie und sackte zu Boden. Sie erinnerte sich an die Schläge mit dem Riemen, die sie von ihrer Mutter bekommen hatte. Anfangs hatten sie ihr furchtbar wehgetan, aber mit der Zeit hatte sie gelernt, ihren Geist vom Körper zu lösen. Manchmal war es ihr vorgekommen, als schwebe sie an der Decke und könne sich selbst auf dem Boden liegen sehen.

Thibault kniete über ihr und schüttelte sie.

Ellen wehrte sich nicht. Es war, als sei sie weit fort, sie begriff nicht einmal, was geschah, als er ihr Hemd hochschob und die Wicklung um ihren Brustkorb entdeckte.

Er lachte heiser auf. Ein Schnitt mit seinem Jagdmesser

reichte, um die Leinenbandage aufzutrennen. Genüsslich ließ er die Klinge um ihre kleinen Brüste und an ihrem Bauch herab bis zu ihrem Nabel gleiten. Dann warf er das Messer achtlos zur Seite und riss ihr die Bruche vom Leib.

»Ich hab dich vom ersten Tag an gewollt, du Hexe, jetzt gehörst du endlich mir!« Thibault keuchte vor wollüstigem Zorn. »Die Frau sei dem Manne untertan«, flüsterte er ihr ins Ohr und drückte ihre Knie auseinander.

Erst jetzt begriff Ellen, was er tun wollte; entsetzt fuhr sie ihn an: »Das kannst du nicht tun!« Wenn er wüsste, dass er mein Bruder ist, würde er das niemals wagen, dachte sie benommen. Ich muss es ihm sagen!

»Das werden wir ja sehen, du bist nicht meine erste Jungfrau«, gab er hämisch lachend zurück.

Er würde ihr sowieso nicht glauben und vermutlich nicht einmal zuhören. »Bitte, Thibault, nicht!«, flehte sie deshalb nur.

Thibault grinste teuflisch. »Jetzt winselst du, wie es sich für eine Hündin gehört, gut so, nur weiter, aber es wird dir nichts nützen.«

Ellen wehrte sich mit aller Kraft, doch Thibault war in seiner Besessenheit viel zu stark. Er drückte den linken Arm gegen ihre Gurgel und fasste mit seiner rechten Hand nach ihrem Schoß. Seine Finger gruben sich brutal in ihr Geschlecht. In Ellens Kopf begann ein Rauschen, das mit dem Druck auf ihre Kehle immer stärker wurde. Sie röchelte, und Thibault ließ ein wenig locker, damit sie wieder Luft bekam.

»Ich will nicht, dass du ohnmächtig wirst, du sollst alles mitbekommen!« Er grinste, dann drang er stöhnend in sie ein.

Ellen würgte, als der stechende Schmerz den Verlust ihrer Jungfräulichkeit bestätigte.

Thibault dagegen triumphierte. Keuchend bewegte er sich immer schneller in ihr.

Schmerz und Erniedrigung ließen Ellen verzweifelt nach einem Ausweg suchen. Sie tastete den Waldboden neben sich ab und bekam Thibaults Messer zu packen. Mit letzter Kraft stieß sie zu.

Thibault nahm den Angriff aus dem Augenwinkel wahr und reagierte schnell genug, um das Messer nicht in den Rücken gerammt zu bekommen. Es verletzte ihn am Oberarm. Die Wunde blutete stark, und der Schmerz machte Thibault noch rasender. Wie von Sinnen schlug er immer wieder auf Ellen ein. Dann stand er auf und trat nach ihr.

Ich werde sterben, dachte Ellen erstaunlich gleichgültig, bevor sie ohnmächtig wurde.

Als sie wieder zu sich kam, war es stockdunkel. Bin ich tot, fragte sie sich und versuchte, sich zu bewegen. In ihrem Kopf schien ein Vorschlaghammer auf einen Amboss zu schlagen. Ellen tastete nach ihren Augen, weil sie nichts sehen konnte. Ihr Gesicht fühlte sich stark geschwollen an und schmerzte. Als sie nach oben sah, entdeckte sie ein paar Lichtpunkte am Himmel. Es war Nacht, und nur ein paar Sterne leuchteten, das war der Grund! Ellen tastete sich ab. Ihr Hemd war noch immer bis zur Brust hinaufgeschoben, und ihr Unterleib brannte wie eine einzige große Wunde. Auf allen vieren suchte sie auf dem feuchten Waldboden nach der Bruche, die sie sich mühsam wieder umschlang. Sie zog das Hemd darüber und legte den Gürtel an. Sogar ihren Geldbeutel samt Inhalt fand sie nicht weit entfernt. Um ihren Nabel herum schmerzte alles. Er hat mir in den Bauch getreten, dieses verdammte Schwein, dachte sie, taumelte ein paar Schritte in die Dunkelheit und verlor erneut das Bewusstsein.

Als sie am Morgen zu sich kam, blickte sie in das Gesicht einer Frau, die dicht über sie gebeugt stand. Nach dem ersten Schrecken versuchte Ellen, sich zu bewegen, stöhnte aber gleich darauf vor Schmerz auf.

»Ruhig, es wird dir nichts mehr geschehen. Glaubst du, du kannst aufstehen, wenn ich dir helfe?«

Ellen nickte zaghaft und biss die Zähne zusammen, während sie sich aufrichtete.

»Dein Gesicht sieht nicht gut aus. Was für ein Unmensch tut so etwas?« Die Frau schüttelte missbilligend den Kopf, schien aber keine Antwort zu erwarten.

Sie nahm Ellens Arm und legte ihn über ihre Schulter. Um sie zu stützen, griff sie unter ihre Achsel und berührte dabei ihre Brust. Überrascht sah sie Ellen an. »Du bist ja eine Frau«, sagte sie erstaunt. »Hab dich glatt für einen Kerl gehalten. Da hast du wahrscheinlich noch mal Glück gehabt.«

Ellen begriff, dass sie nicht ahnte, was Thibault ihr angetan hatte. Dankbar, dass die Fremde ihr die Schande nicht ansah, bemühte sie sich, trotz der starken Schmerzen zu laufen.

»Jacques, Junge, komm, und hilf mir mal!«, rief die Frau, und ein ungefähr zwölfjähriger Knabe tappte unsicher herbei. »Wir setzen sie auf das Pony. Du kannst laufen, und wenn du zu müde bist, tausche ich mit dir.«

Jacques sah seine Mutter fragend an. »Guck nicht, geh ihr Bündel holen, es liegt gleich da, siehst du es?« Die Frau deutete auf den Platz, wo sie Ellen gefunden hatte.

Der Junge nickte und trottete hin. Als er das Bündel aufhob, machte er ein unwilliges Gesicht.

»Was ist denn?«, fragte die Frau. »Komm schon!«

»Das Bündel ist schwer, was ist da drin? Steine?« Der Junge erntete einen strengen Blick von seiner Mutter.

»Ich bin übrigens Claire, und das ist mein Sohn Jacques. Verrätst du uns deinen Namen?«

»Ellenweore«, antwortete sie mit rauer Stimme.

»Oh, wie die Königin, hast du gehört, Jacques?«, freute sich Claire.

Ellen brachte mühsam ein verzerrtes Lächeln zustande.

»So, jetzt haben wir genügend Höflichkeiten ausgetauscht.« Claire nahm ihren Wasserschlauch und hielt ihn Ellen an den Mund. »Du hast bestimmt Durst.«

Erst jetzt nahm Ellen das Brennen in ihrem Hals wahr und nickte dankbar. Sie trank ein paar Schlucke und hustete.

»Irgendwie müssen wir dich auf das Pony kriegen. Kannst du reiten?«

Ellen schüttelte den Kopf. »Nicht, dass ich wüsste.«

»Macht nichts, so wie du aussiehst, werden wir ohnehin nicht besonders schnell vorwärts kommen. Hauptsache, du hältst dich an dem Gaul fest und fällst nicht runter.« Claire lächelte aufmunternd.

Jacques war, wie so viele Jungen in seinem Alter, nicht besonders gesprächig und keine große Hilfe.

»Wo wollt Ihr hin?«, fragte Ellen, als sie eine Weile unterwegs waren und sie bereits erleichtert festgestellt hatte, dass sie nicht auf dem Weg zurück nach Tancarville waren.

»Wir sind aus Béthune, das liegt in Flandern.«

»Ist das weit?«, fragte Ellen vorsichtig nach.

»Eine gute Woche, vielleicht auch zwei«, antwortete Claire.

»Kann ich ein Stück mit Euch reisen?«

»Sicher, wenn du meinst, du schaffst das, kannst du auch mit uns nach Béthune kommen.«

»Das würde ich gerne.« Ellen nickte dankbar und war froh, dass sie so weit fortgingen.

2. Buch

WANDERSCHAFT

Kloster Sainte Agathe im November 1166

Die erste Nacht hatten sie, an ein Feuer gedrängt, im Wald verbracht, aber vor Kälte kaum schlafen können. Deshalb suchten sie am frühen Abend des nächsten Tages ein kleines Nonnenkloster auf, das vollkommen abgeschieden mitten im Wald lag. Eine Köhlerin, der sie zuvor begegnet waren, hatte ihnen geraten, dort nach einem Unterschlupf für die Nacht zu fragen. Die Sonne war schon fast untergegangen, und die Luft wurde erneut so ungemütlich feucht und kalt, dass ihr Atem in weißen Schwaden aufstieg.

»Steig ab, Ellenweore!«, befahl Claire, ließ sich vom Pferd gleiten und klopfte an die schwere Holztür.

Die Pförtnerin öffnete nur eine vergitterte Luke und begehrte zu wissen, was sie wollten.

»Wir frieren und bitten um eine Schlafstelle für die Nacht, liebe Schwester. Mein Name ist Claire, ich bin Handwerkerin und in Begleitung meines Sohnes Jacques. Auf unserem Weg zurück nach Hause, wir kommen aus Béthune, haben wir dieses bedauernswerte Mädchen gefunden. Sie wurde überfallen und übel zugerichtet, überzeugt Euch selbst.« Claire schob Ellen nach vorn.

»Sieht nicht aus wie ein Mädchen«, sagte die Pförtnerin mürrisch.

»Die Kleidung täuscht, ihre Sachen waren ganz zerrissen, ich hatte nur ein paar alte Kleidungsstücke von meinem Mann dabei, die ich ihr geben konnte. Hab versucht, die Sachen auf dem Markt zu verkaufen, aber keiner hat sie haben wollen«, erklärte sie, und Ellen fragte sich, warum Claire für sie log.

In Ellens Kopf drehte sich auf einmal alles, und sie sank in sich zusammen. Claire konnte sie gerade noch auffangen.

»Schwester Agnes ist unsere Krankenpflegerin, ich werde sie rufen, wartet«, brummte die Pförtnerin, schloss die Luke und schlurfte davon.

Es dauerte einen Moment, bis sich an der linken Seite der aus Steinen aufgeschichteten Klostermauer eine niedrige Tür knarrend öffnete, die bis dahin keiner der drei bemerkt hatte. Eine zierliche Schwester duckte sich, um hindurchzugehen, und kam dann aufrechten Ganges auf sie zu.

»Ich bin Schwester Agnes. Unsere Schwester Pförtnerin glaubt, ihr bräuchtet vielleicht meine Hilfe.«

Inzwischen sah der Wald um das Kloster aus wie eine schwarze Wand. Nur ein paar einzeln stehende Bäume waren im Zwielicht noch zu erkennen.

Schwester Agnes nickte Claire kurz zu, dann wandte sie sich besorgt an Ellen. Sie hob ihre Laterne hoch, um besser sehen zu können.

»Euer Gesicht sieht böse aus, habt Ihr auch am Körper Schmerzen?«

»Mein ganzer Leib tut weh«, klagte Ellen, die sich kaum noch auf den Beinen halten konnte.

»Ihr ist schwindlig, sie wäre gerade um ein Haar umgekippt«, erläuterte Claire.

Die Nonne tastete Ellen geschickt über dem Hemd ab. »Zwei Rippen könnten gebrochen sein, aber sicher bin ich nicht«, murmelte sie, nachdem sie jede einzeln befühlt hatte.

Ellen musste sich beherrschen, nicht zu lachen, weil es kitzelte.

Wie zufällig berührte die Nonne ihre Brust, sie hatte anscheinend den Auftrag zu prüfen, ob Ellen tatsächlich ein Mädchen war. »Vielleicht sollten wir reingehen, was meint ihr?« Schwester Agnes leuchtete von Ellen zu Claire und wandte sich dann an Jacques.

»Du siehst aus, als ob du noch wächst, bestimmt hast du Hunger?«

Jacques nickte heftig.

»Na, dann werde ich der Küchenschwester sagen lassen, dass sie dir eine ordentliche Portion zu essen geben soll.«

Jacques grinste überglücklich.

»Bedank dich, Junge«, zischte seine Mutter ihm zu.

Obwohl er genauso groß war wie Schwester Agnes, fuhr sie ihm über den Kopf wie einem kleinen Kind.

»Macht das Tor auf, Schwester Clementine, wir haben Gäste für die Nacht!«, rief sie laut.

Die Pförtnerin schob den schweren Eisenriegel zur Seite und öffnete bedächtig die Tür.

Ellen bemerkte, dass sie größer und kräftiger war als Schwester Agnes. Vermutlich hatte man sie deswegen für den Dienst an der Pforte bestimmt. Trotz ihrer Größe schien sie jedoch viel ängstlicher zu sein als ihre zarte Mitschwester.

»Ein Mädchen in Männerkleidern«, murmelte die Pförtnerin und schüttelte den Kopf, »so was!«

Ellen und Claire warfen sich einen kurzen Blick zu und folgten den beiden Nonnen dann einen schmalen Gang entlang. Die flackernden Lichter ihrer Laternen warfen unruhige Schatten an die Wände.

»Wir werden unsere Mutter Oberin von eurer Ankunft unterrichten. Sicher wird sie euch später empfangen. Ich schlage vor, Ihr kommt erst einmal mit mir«, wandte sich Schwester Agnes an Ellen, als sie zu einer Treppe kamen. »Und Ihr geht mit Schwester Clementine, sie wird Euch etwas zu essen geben und Euch zeigen, wo Ihr schlafen könnt«, sagte sie zu Claire und Jacques.

»Schwester Clementine, würdet Ihr bitte die Güte haben, die Küchenschwester um eine besonders große Portion für unseren jungen Gast zu bitten, ich habe es ihm versprochen.« Schwester Agnes blinzelte Jacques zu.

»Wie Ihr meint, liebe Schwester.« Die Pförtnerin senkte unterwürfig den Blick. »Seid Ihr sicher, dass Ihr allein klarkommt?«

Schwester Agnes nickte beruhigend und öffnete die Tür zum Krankenzimmer des Klosters.

In der Wand steckten zwei Fackeln, die genügend Licht spendeten, um sich zurechtzufinden. Die Kammer war sauber und duftete nach Kräutern. Ellens Blick fiel auf einen Tisch mit zwei Stühlen, auf dem eine Schüssel und ein Krug mit Wasser standen. An der Wand lehnte ein Eisenregal mit Tontöpfen verschiedener Größen, kleinen Körben und zwei großen Schubladen aus Weidengeflecht. Ellens rechtes Auge war stark geschwollen und pochte, trotzdem sah sie sich weiter um. Gleich links an der Wand standen zwei niedrige Holzbetten, die durch einen Vorhang getrennt werden konnten. Im hinteren Bett lag jemand. Schwester Agnes führte Ellen hin.

»Schwester Berthe, erschreckt nicht«, flüsterte sie, »wir haben heute Nacht Besuch.«

Es dauerte einen Moment, bis die Frau sich ächzend umdrehte. Ellen hatte noch nie ein so faltiges Gesicht gesehen. Die Alte schien schwach zu sein und konnte kaum sprechen, aber ihre Augen strahlten Güte und Lebenserfahrung aus. Sie nickte mühsam und streckte zitternd ihre Hand nach Ellen aus.

Zaghaft ergriff Ellen die knorrigen Finger und streichelte sie sanft, dann legte sie die Hand der Alten behutsam zurück auf das Laken, mit dem sie zugedeckt war.

Ihr Kopf war selbst jetzt mit dem Schleier bedeckt, und nicht ein einziges ihrer vermutlich weißen Haare lugte darunter hervor.

»Schwester Berthe ist die älteste Schwester in unserem Kloster. Sie kann schon lange nicht mehr aufstehen. Wir haben ihre Zelle gegen das Krankenbett getauscht, damit sie nicht so viel allein ist. Ich verbringe ja die meiste Zeit hier, während meiner Arbeit erzähle ich ihr dann von den Predigten und Gebeten unserer Mutter Oberin, von den Novizinnen und den Streichen der wenigen Schülerinnen, die wir unterrichten. Ich erkläre ihr auch die Wirkung der Heilkräuter und berichte von Erkenntnissen aus meinen Studien und was es sonst noch Neues gibt. Wir haben nur selten Besucher hier.« Schwester Agnes streichelte liebevoll über die Wange von Schwester Berthe, aber die war schon wieder eingeschlafen und schnarchte kaum hörbar. »Nun aber zu dir, was ist passiert?«

»Überfallen«, erklärte Ellen. Das Wort kam nur undeutlich über ihre geschwollenen Lippen. Um den Wunsch, nicht so viel sprechen zu müssen, zu unterstreichen, verzog sie das Gesicht ein wenig mehr, als es nötig gewesen wäre.

Schwester Agnes nickte nur und sah sich die Wunden in Ellens Gesicht genauer an. »Vielleicht ist die Nase gebrochen«, murmelte sie, befahl Ellen aber, zunächst vorsichtig das Hemd auszuziehen, damit sie noch einmal die Rippen abtasten konnte.

Im Liegen war Ellen entspannter, trotzdem kitzelte es, als die kühlen Finger der Nonne über ihre Knochen glitten. Ellens Bauch war rund um den Bauchnabel dunkelblau.

»Du hast ein paar heftige Tritte bekommen«, stellte Schwester Agnes mitfühlend fest. »Der Herr hat es gesehen und wird beim Jüngsten Gericht Sühne fordern«, fügte sie kopfschüttelnd hinzu und bekreuzigte sich.

Bei dem Gedanken, dass der Herr alles gesehen hatte, drehte Ellen beschämt den Kopf zur Seite.

»Hast du Blut erbrochen, seit du getreten wurdest?«, fragte Schwester Agnes besorgt.

Ellen schüttelte den Kopf.

»Tritte können böse Folgen haben. Manchmal sieht es gar nicht schlimm aus, und zwei Tage später ist der Verletzte auf einmal tot.« Schwester Agnes seufzte, sagte dann aber schnell: »Entschuldige, ich wollte dir keine Angst machen, manchmal sollte ich lieber meinen Mund halten.« Sie stand auf und ging zu dem eisernen Regal.

Ellen fragte sich, woher sie wusste, wie gefährlich Tritte waren, aber den Gedanken bis zum Ende zu führen war ihr unmöglich, so sehr dröhnte ihr Kopf.

Schwester Agnes' Ordnung war vorbildlich. Ohne lange suchen zu müssen, griff sie nach einem Körbchen und holte eine Hand voll getrockneter Blätter heraus.

»Huflattich«, erklärte sie. »Ein Aufguss davon hilft unserer lieben Schwester Berthe, besser zu atmen; sie trinkt täglich davon. Für dich mache ich auch einen Aufguss, aber du wirst ihn nicht trinken. Wir waschen deine Wunden damit aus, und dann mache ich dir Umschläge mit Johanniskrautöl.« Schwester Agnes zeigte auf ein kleines Tonfläschchen mit öligen Flecken. »Huflattich muss man trocken aufbewahren und schnell verbrauchen, er schimmelt leicht. Wir haben immer welchen in unserem Garten. Erst vor kurzem habe ich wieder Blätter getrocknet, weil Schwester Berthe so geröchelt hat.« Während sie weiterplauderte, nahm sie einen dreibeinigen Topf und stellte ihn in die kleine Feuerstelle. Sie warf ein paar Kräuter und ein wenig trockenes Holz in die Glut, sodass schnell ein Feuer loderte, das noch dazu wunderbar duftete.

Ellen konnte die Augen nicht mehr aufhalten und nickte ein. Als sie wieder erwachte, war der Aufguss bereits durchgeseiht und ein wenig abgekühlt.

Schwester Agnes hatte ein Leinentuch in der Hand und tupfte Ellens Wunden mit dem Aufguss ab. Vorsichtig, aber nicht zimperlich entfernte sie das getrocknete Blut.

Es brannte, aber Ellen biss die Zähne zusammen.

»Ich werde noch mal nach deiner Nase sehen. Vorsicht, jetzt wird es sicher ein bisschen wehtun«, warnte sie Ellen und tastete ihren Nasenrücken ab, dann schüttelte sie den Kopf. »Bestens, sie scheint nicht gebrochen zu sein.« Mit diesen Worten schloss die Nonne ihre Untersuchung ab und trug das Johanniskrautöl auf Gesicht, Rippen und Bauch auf.

Obwohl sie die zartesten Hände hatte, die man sich vorstellen konnte, tat jede Berührung entsetzlich weh.

»Du solltest dein Gesicht die nächsten Tage vor der Sonne schützen, du kriegst sonst hässliche Male von dem Johanniskrautöl. Aber du wirst sehen, es ist das Beste für die Wunden und hilft gut gegen die blauen Flecken.«

Ellen schaffte es gerade noch, müde zu nicken, bevor sie erneut einschlief. Diesmal erwachte sie erst am nächsten Morgen. Nachdem Ellen ein frisches Stück weiches Brot zum Frühstück bekommen hatte, das für gewöhnlich nur für die zahnlose Schwester Berthe gebacken wurde, behandelte Schwester Agnes noch einmal ihre Wunden.

»Die Schwellungen sind schon etwas zurückgegangen. Besonders über dem Auge ist es besser geworden.« Gerade als sie erneut das Johanniskrautöl mit sanften Bewegungen auftrug, kam Claire.

»Wie geht es dir, Ellenweore?« Claire nahm ihre Hand und drückte sie zart.

»Beffer«, sagte Ellen und grinste schief, weil sie immer noch so undeutlich sprach.

»Der Kiefer ist böse geprellt, aber nicht gebrochen; sie hat großes Glück gehabt«, erklärte Schwester Agnes.

»Glück?« Ellens Herz raste. Unter Glück stellte sie sich etwas anderes vor.

»Die Mutter Oberin hat nach Schwester Agnes' Bericht angeboten, dass wir noch ein paar Tage bleiben können, bis es dir ein wenig besser geht. Wir werden also nicht sofort wieder aufbrechen.«

»Müfft Ihr denn nicht nach Haufe?« Ellen konnte ihren Mund kaum bewegen.

»Natürlich müssen wir das, aber was sind schon ein paar Tage in einem ganzen Leben.« Claire zuckte mit den Schultern und lächelte sie aufmunternd an. Sie schien es ganz selbstverständlich zu finden, darauf zu warten, dass Ellen mit ihr gehen konnte. »Wenn wir weiterziehen, bitten wir Schwester Agnes, uns ein paar von ihren Arzneien für dich mitzugeben, was meinst du?«

Ellen sah fragend zu Schwester Agnes.

»In ein paar Tagen sind die schlimmsten Wunden schon ganz gut verheilt. Dann braucht sie nur noch eine Salbe, die ich ihr bereiten werde, und bald sieht sie schon wieder aus wie früher«, antwortete die Nonne lächelnd.

»Nicht beffer?« Ellen heuchelte Enttäuschung.

»Nun, das kann ich dir nicht versprechen«, antwortete Schwester Agnes lachend, »aber ich sehe, dass du deinen Frohsinn nicht verloren hast, das ist schön.«

»Dann bleiben wir noch ein wenig, ja?«, vergewisserte sich Claire, und Schwester Agnes nickte.

Ellen blickte von einer der beiden Frauen zur anderen. »Danke!«, sagte sie leise.

Ellen genoss den Frieden des Klosters, die Pflege von Schwester Agnes und das kräftigende Essen, das man ihr reichte. Fast den ganzen Tag verschlief sie, und abends kam Claire zu ihr ans Bett, erzählte von den Arbeiten, die sie für die Nonnen erledigt hatte, und wie wohl sich Jacques hier fühlte, weil er zwar ein bisschen Wasser schleppen und Holz sammeln musste, dafür aber die doppelte Menge zu essen bekam.

Ellen erholte sich von Tag zu Tag mehr und fühlte sich nach nicht einmal einer Woche kräftig genug, um weiterzuziehen. Gesicht und Bauch waren zwar noch immer lilablau, aber die aufgeplatzte Haut an Augenbrauen und Lippen war inzwischen recht ordentlich verheilt.

Kurz vor Sonnenaufgang des sechsten Tages war es so weit. Nach einem herzhaften Frühstück verabschiedeten sich die drei von Schwester Agnes und den anderen Nonnen und zogen weiter Richtung Béthune. Die Bäume waren von dickem Raureif weiß gefärbt. Äste, Blätter und sogar die Grashalme waren von einer eisigen Kristallschicht umhüllt. Als die Sonne am Horizont aufging, färbte sie den Reif zartrosa, und noch vor dem Mittag hatte sie ihn zum Schmelzen gebracht.

»Wenn wir nicht trödeln, können wir in einer guten Woche zu Hause sein«, munterte Claire ihren Sohn auf.

Es war ganz offensichtlich, dass er keine Lust hatte, bei dieser Kälte zu Fuß zu gehen, nur weil sie Ellen mitnahmen. Mürrisch brummelte er vor sich hin.

Ellen brachte es nicht fertig, Mitleid mit dem Jungen zu haben. Sie war nie zuvor auf einem Pony geritten – schließlich hatte der Mensch Beine zum Laufen. Sie ärgerte sich über sein zimperliches Verhalten, da hatte sie als Mädchen in seinem Alter mehr Ausdauer gehabt. Als Jacques nicht aufhörte herumzunörgeln, weil er nicht reiten durfte, hielt sie schließlich an, glitt mit zusammengebissenen Zähnen vom Pferd und streckte ihm die Zügel hin. »Ich sehe, du ärgerst dich, weil mir deine Mutter das Pony überlassen hat. Ich werde also laufen.« Ellen bemühte sich, gefasst und kühl zu klingen.

Jacques wurde blass.

Entweder er bricht jeden Moment in Tränen aus, oder er fängt gleich an zu toben, dachte Ellen überrascht.

Aber der Junge schüttelte nur heftig den Kopf und beschleunigte seinen Schritt, als sei der Teufel persönlich hinter ihm her.

Wie es schien, wollte er doch weiterlaufen. Ellen beschloss, wieder aufzusteigen. Glücklicherweise war das Pony stoisch genug und blieb geduldig stehen, während sie sich mühsam wieder auf seinen Rücken hievte.

Jacques verzog keine Miene mehr. Er bemühte sich, höflich zu Ellen zu sein, und war sogar zu seiner Mutter ein wenig freundlicher als sonst.

»Ich glaube, er mag dich«, sagte Claire am nächsten Tag nicht ohne Verwunderung. »Er ist nicht wie andere Jungen.«

Ellen war ganz ihrer Meinung, sie hielt ihn für kindisch und unerzogen. Wahrscheinlich verwöhnt sie ihn zu sehr, dachte sie missmutig.

»Er ist ein bisschen, na, wie soll ich sagen? Einfältig.« Claire lächelte geniert.

Ellen sah sie erstaunt an. Für zurückgeblieben hatte sie Jacques nicht gehalten, aber aus Claires Mund klang es, als wolle sie genau das sagen.

»Er braucht nur mehr Disziplin«, murmelte Ellen ein wenig beschämt.

»Mag sein, vielleicht bin ich nicht streng genug. Sein Vater, Gott hab ihn selig, ist vor zwei Jahren gestorben.« Claire bekreuzigte sich. »Es ist nicht immer leicht alleine mit dem Jungen.« Sie zuckte verlegen mit den Schultern. »Ich führe die Werkstatt meines Mannes seit seinem Tod, obwohl jeder im Dorf erwartet hatte, dass ein neuer Meister ins Haus käme. Als Seidenweberin oder Garnmacherin wäre es nicht ungewöhnlich gewesen, dass ich als Frau eine Werkstatt führe, aber als Gehängemacherin ist es etwas Besonderes«, erklärte sie.

Ellens Atem stockte vor Glück, als sie erfuhr, welches Handwerk Claire ausübte. »Bitte lasst mich Euch helfen und damit meine Schuld bei Euch begleichen. Ich lerne schnell und habe geschickte Hände, Ihr werdet bestimmt zufrieden sein!«, bettelte sie.

»Einverstanden!« Claire lächelte und erzählte den weiteren Weg über fröhlich eine Geschichte nach der anderen. Sie wusste von fast allen Bewohnern des Dorfes, in dem sie lebte, etwas zu berichten, und als sie endlich in Béthune ankamen, hatte Ellen das Gefühl, nicht ganz fremd zu sein.

Das Dorf bestand aus ungefähr drei Dutzend gedrungenen Hütten aus Holz und Lehm, deren Dächer mit Reet gedeckt waren. Zu jeder Hütte, die sich um den Dorfplatz und die Landstraße drängte, gehörten ein kleiner Gemüsegarten und ein fruchtbares Feld. In der Dorfmitte am Brunnen standen zwei alte Linden, dahinter eine Kirche aus Stein, die erst vor kurzem fertig geworden war.

Claire wurde aufs Herzlichste von den Nachbarn begrüßt und Ellen neugierig beäugt. Als Claire sich am nächsten Tag an die Arbeit machte, bestand sie darauf, dass sich Ellen noch ausruhte.

Am ersten Tag schlief Ellen noch viel, aber schon am nächsten langweilte sie sich und jammerte so lange, bis Claire sie schließlich in der Werkstatt duldete.

Die Gehängemacherin arbeitete an einem langen Tisch, auf dem sich Holzteile, Leinen, Leder und Fellstücke stapelten. In der Feuerstelle prasselte ein gemütliches Feuer, weil man Scheiden nicht mit klammen Fingern fertigen konnte und der Hasenleim warm gehalten werden musste. Ellen setzte sich hin und sah ihr zu. Sie kannte den ungefähren Aufbau solcher Scheiden bereits aus Tancarville. Sie mussten einzeln angefertigt und genau an die Klingenform des Schwerts angepasst werden. Die Innenseiten von zwei dünnen Holzschalen wurden dazu mit dem Fell von Kühen, Ziegen oder Rehen beklebt, wobei die Wuchsrichtung des Fells zur Spitze der Klinge zeigen musste. War die Scheide gut angepasst, verhinderte das Fell ein Herausrutschen der Waffe. Nachdem die beiden Holzteile mit dem Fell versehen waren, klebte Claire sie aufeinander und verband sie durch eine leimgetränkte Umwicklung aus Leinen, die sie später mit edlem Stoff oder Leder überzog. Zum Schutz der Spitze erhielt die Scheide zum Schluss noch einen Metallbeschlag, der Ortband genannt wurde. Die meisten Ortbänder waren aus Messing und wurden vom Klingenschmied selbst gefertigt, nur besondere Schwerter erhielten Ortbänder aus edlen Metallen wie Silber oder Gold. Mit schmalen Lederstreifen und einer speziellen Wickeltechnik wurde die Scheide dann an einem Gürtel, dem Gehänge, befestigt, sodass man das Schwert umschnallen konnte.

Gleich am darauf folgenden Tag setzte sich Ellen wie selbstverständlich mit an den Tisch und half Claire, ohne viel zu fragen. In der ersten Zeit sprach Ellen kaum. Sie arbeitete, aß dreimal am Tag mit Claire und Jacques und schlief abends in der Werkstatt.

»Heute ist Markt, wir müssen endlich Stoff besorgen und dir was Ordentliches zum Anziehen machen«, sagte Claire eines Tages, ging um Ellen herum und musterte sie von oben bis unten.

»Du kannst unmöglich so in die Kirche gehen, in Männerkleidung! Und diesen Sonntag *musst* du mit, da führt kein Weg dran vorbei. Du bist jetzt schon drei Wochen hier; wenn du nicht mitkommst, heißt es am Ende noch, du hättest etwas zu verbergen.« Claire sah sie aus den Augenwinkeln fragend an.

Ellen vermied es, den Blick zu erwidern. Ihre Wunden waren schon recht gut verheilt, nur in ihrem Gesicht waren noch ein paar grünlich gelbe Flecken zu sehen, die zuvor lila-schwarze Blutergüsse gewesen waren. Schmerzen hatte sie keine mehr, dafür quälte sie eine starke Übelkeit. Morgens und nachts war es am schlimmsten. Zuerst hatte sie an Schwester Agnes' Worte gedacht und geglaubt, doch noch an den Folgen von Thibaults Tritten sterben zu müssen. Aber der Tod war ausgeblieben. Die Übelkeit jedoch dauerte an. Um sie vor Claire zu verbergen, stand Ellen früher auf als die anderen und ging in den Garten, wenn sie diesen schrecklichen Brechreiz empfand. »Ich hole meinen Geldbeutel, dann gehen wir«, sagte sie zu Claire und lächelte mühsam, obwohl ihr schon wieder schlecht war.

Bei einem alten Händler fanden sie einen blauen Wollstoff, der ihren Zwecken genügte und nicht zu viel kostete. Ellen hatte jahrelang dieselben Kleidungsstücke getragen, war erst in sie hinein- und dann aus ihnen herausgewachsen. Sie hatte einen abgelegten Kittel von Donovan bekommen und ein neues Hemd, das Glenna für sie genäht hatte. Die Blutflecken vom Überfall waren längst herausgewaschen, und den kleinen Riss im Hemd hatte Claire geflickt. Ellen fand ihre Kleidungsstücke noch ausreichend tragbar, und bei dem Gedanken, sie gegen neue tauschen zu müssen, brach ihr der Schweiß aus. Diese Kleider hatten ihr Leben bestimmt, hatten ihr in den letzten Jahren Halt und Schutz gegeben – sie konnte sich nicht einfach so von ihnen trennen und zögerte den Kleidungswechsel hinaus. »Im Moment schwitze ich so viel«, gab sie vor. »Außerdem werde ich mir Leim auf den neuen Stoff kleckern, lasst mich erst sicherer werden bei der Arbeit«, versuchte sie, Claire zu überzeugen, und bat, den Stoff noch ein wenig aufzuheben. So hatte sie am folgenden Sonntag noch immer kein Kleid für die Kirche. Wie jeden Morgen stand Ellen vor den anderen auf, weil die Übelkeit sie aus dem Bett trieb. Sie torkelte nach draußen in den Garten, dessen Erde vom Regen der vergangenen Tage aufgeweicht war, rutschte beinahe auf dem Schlamm aus und erbrach sich schließlich hinter einem Busch. Gott straft mich für meine Sünden, alle werden es mir ansehen, ängstigte sie sich und überlegte verzweifelt, wie sie es wohl anstellen konnte, nicht in die Kirche gehen zu müssen. Das Kleid würde Claire diesmal sicher nicht als Entschuldigung durchgehen lassen. Aber um eine bessere Ausrede zu erfinden, blieb Ellen keine Zeit, Claire hatte sie bereits im Garten entdeckt und kam auf sie zu.

»Ich habe dich überall gesucht, was machst du denn hinter dem Busch?« Claire schüttelte verständnislos den Kopf. »Komm, wir müssen uns beeilen, die Messe fängt gleich an. Herrje, du läufst ja noch immer in dem alten Kittel herum! Wir müssen unbedingt nächste Woche dein Kleid machen, hier, nimm für heute wenigstens den Mantel«, schnatterte sie, ohne zu bemerken, wie blass Ellen aussah.

Widerstandslos ließ diese sich den Mantel umhängen. Wenn der Priester mit dem Finger auf mich zeigt und allen von meinen Sünden berichtet, werde ich tot umfallen. Der Boden wird sich auftun und die Hölle mich verschlingen, dachte sie düster, als sie schweigend neben Claire her zur Kirche lief.

Fast alle Dorfbewohner hatten sich schon im Inneren des steinernen Gotteshauses versammelt. Ellen musterte die Kirchgänger, von denen sie inzwischen mehr als die Hälfte kannte. Sie plauderten miteinander und nahmen keine Notiz von ihr. Vorn am Altar stand ein kostbar gekleideter Mann, der mit dem Priester ins Gespräch vertieft war.

»Wer ist denn der Ritter dort?«, flüsterte sie Claire zu und deutete mit dem Finger zaghaft in seine Richtung.

»Der Advokat von Béthune. Er hat diese Kirche gebaut, als

sein ältester Sohn geboren wurde. Und das dort hinten ist Adelise de St. Pol, seine Frau«, raunte Claire ihr zu. »Sie ist die wahre Herrin von Béthune.«

Ellen nickte; zu gern hätte sie die Dame von Béthune genauer betrachtet, aber es gehörte sich nicht, sie anzustarren, also ließ sie den Blick durch die gefüllte Kirche schweifen: Alte, bereits ins Gebet vertiefte Frauen, ungeduldige Kinder, die mit zappeligen Füßen auf dem Boden scharrten, schwatzende Männer und Frauen und ein junges Mädchen, das nach einem heimlichen Blick ihres Liebsten Ausschau zu halten schien, waren in dem Gotteshaus versammelt. Als der Priester die Messe begann, legte sich das Gemurmel der Anwesenden. Ellen hatte große Schwierigkeiten, sich auf seine Worte zu konzentrieren. Sie wartete geradezu darauf, dass als Strafe für ihre Vergehen jeden Augenblick ein Blitz auf die Kirche niedergehen oder sonst etwas Furchtbares geschehen würde. Beim letzten Paternoster, das sie alle gemeinsam beteten, dachte sie an Guillaume und wie sehr er ihr fehlte. Ellen erschrak, als das Gemurmel plötzlich verstummte. Der Gottesdienst war zu Ende, und es hatte keinen Zwischenfall gegeben. Als sie mit Claire aus der Kirche kam, lief ihnen ein kleines Mädchen vor die Füße.

Die kostbar gekleidete Dame eilte lachend hinter ihm her und fing es auf, bevor das Kind das Gleichgewicht verlor. »Wolltest du schon wieder fortlaufen, mein Engel«, rügte sie das Mädchen kopfschüttelnd. Ihre Stimme klang weich und melodisch. Sie nahm das Kind auf den Arm und lächelte Claire und Ellen freundlich an.

»Sie ist wirklich allerliebst, Madame«, sagte Claire und griff nach dem Händchen der Kleinen.

»Wie geht es dir, Claire?«, fragte Adelise de Béthune, dann blickte sie fragend zu Ellen.

»Oh, danke, Madame, es geht mir gut. Darf ich Euch meine neue Magd vorstellen, sie heißt Ellenweore und hilft mir in der Werkstatt.«

Ellen knickste artig, so wie Claire es mit ihr geübt hatte, und entschuldigte sich für die noch vorhandenen Blessuren im Gesicht, die sie mit einem Überfall durch Gesetzlose erklärte. Die Dame sah sie mitfühlend an und wollte ihr gerade über die Wange streicheln, als eine junge Frau aufschrie: »Seht nur da hinten!« Sie fuchtelte hilflos mit den Armen herum. »Ein Kind ist in den Fluss gefallen, warum hilft denn niemand?«

Adelise de Béthune drehte sich suchend um. »Wo ist Baudouin, hat ihn denn niemand gesehen?«, rief sie mit einem Mal panisch vor Angst. Die Kinderfrau schüttelte schuldbewusst den Kopf.

Geistesgegenwärtig stürzte Ellen los. Die Regenfälle hatten den Fluss mehr als üblich anschwellen lassen. Das reißende Wasser hatte Schlamm aufgewühlt und Äste mitgerissen. Ellen konnte das Kind nicht sehen. Angestrengt starrte sie auf die Wasseroberfläche, bis sie etwas entdeckte, dann sprang sie in den Fluss. Seit sie Orford verlassen hatte, war sie nicht mehr geschwommen, und für einen Moment verschlug ihr die Eiseskälte den Atem. Doch dann pflügte sie mit aller Kraft durch das Wasser, um das Kind so schnell wie möglich zu erreichen. An der Stelle, an der sie den kleinen Körper zum letzten Mal ausgemacht hatte, war nun nichts mehr zu sehen. Ellen tauchte in die Tiefe. Das Wasser war trüb und brannte in den Augen. Orientierungslos tastete sie um sich und wirbelte mit ihren Armen herum, in der Hoffnung, das Kind zu finden. Sie hatte kaum noch Luft und wollte schon wieder auftauchen, als sie plötzlich etwas in die Tiefe zog. Ellen strampelte mit den Beinen und schlug panisch um sich. Dann hatte sie auf einmal den Arm des Jungen in der Hand. Entschlossen packte sie ihn, stieß sich mit den Füßen vom Grund ab und zog das Kind mit nach oben. Der kleine Kerl hing leblos in ihrem Arm. Mit letzter Kraft und dem Mut der Verzweiflung kämpfte Ellen gegen die Strömung an, die sie fortzuziehen drohte. Ein paar Männer aus dem Dorf hatten Stangen geholt, die sie ihr entgegenstreckten. Ellen griff danach und rettete sich und den Jungen ans Ufer. Helfende Hände zerrten sie mit dem Kind die Böschung hinauf. Bleich und leblos lag der Knabe da. Keiner der Umstehenden sagte oder tat etwas. »Wach auf!«, rief Ellen entsetzt, rieb mit den Händen über seine schmale Brust und rüttelte ihn. »Bitte, Gott, lass ihn leben«, flehte sie kaum hörbar und drückte auf seine Brust. Plötzlich hustete der Junge und spuckte Wasser.

Die Dorfbewohner brachen in erleichterten Jubel aus, pfiffen und johlten.

Der ungefähr fünf- oder sechsjährige, kräftige Junge sah sich verwirrt um. Ellen strahlte ihn glücklich an.

»Bist du ein Engel?«, fragte der tropfnasse, blasse Knabe sie schüchtern.

Ellen schüttelte den Kopf, aber der Junge sah aus, als glaube er ihr nicht.

»Baudouin!«, rief Adelise de Béthune, die inzwischen ebenfalls herbeigestürzt war. Sie herzte das Kind und wandte sich erleichtert an Ellen. »Gelobt sei der Herr! Du hast meinem Sohn das Leben gerettet!«, sagte sie dankbar und drückte ihn noch einmal an ihre Brust.

Er schmiegte sich an seine Mutter und weinte.

Erst jetzt nahm Ellen wahr, von welch wunderbarer Schönheit die Dame war. Ihr zartes, ebenmäßiges Gesicht war von dichtem kastanienfarbenem Haar eingerahmt, und ein glückliches Leuchten ging von ihr aus.

»Ich werde dir auf ewig dankbar sein. Ich stehe tief in deiner Schuld … Wenn ich irgendwann einmal etwas für dich tun kann, dann komm zu mir, jederzeit!«

Ellen nickte, aber an solche Versprechen glaubte sie nicht. Die Edlen vergaßen nur zu gern, in wessen Schuld sie standen, das hatte Aelfgiva ihr oft genug gesagt.

»Wir sollten gehen, Madame! Es ist kalt, der Junge friert, und auch Ihr seid ganz nass«, meldete sich ein Ritter zu Wort.

»Gauthier, gebt – wie heißt du noch, mein Kind?«

»Ellenweore, Madame.«

»Gebt Ellenweore eine Decke, damit sie sich nicht den Tod holt, und wickelt Baudouin ebenfalls ein«, befahl sie und wandte sich zum Gehen.

»Ich werde für dich beten, damit nicht nur dein Körper, sondern auch deine Seele heilt«, sagte sie leise und ging.

Wie angewurzelt blieb Ellen stehen, zitternd zog sie die Decke, die ihr der Ritter gegeben hatte, enger um die Schultern. Konnte die Dame hellsehen?

»Wenn die Bauern Sorgen haben, gehen sie zu ihr und bitten sie um Hilfe«, sagte Claire, die auf einmal neben ihr stand. »Sie weiß immer Rat. Alle hier lieben sie. Jeder von uns würde sein Leben für sie geben. Du hast dem Dorf heute große Ehre gemacht!« Es war nicht zu überhören, wie stolz Claire auf Ellens Tat war.

»Mir ist kalt!« Ellen klapperte mit den Zähnen.

»Meine Güte, wie dumm von mir! Ab nach Hause mit dir, und dann legst du dich mit einem heißen Stein in mein Bett, sonst verkühlst du dich noch!« Claire zog Ellen durch die Menge der Dorfbewohner, die ihr anerkennend auf die Schultern klopften oder sie mit Handschlag beglückwünschten.

Den Rest des Tages verbrachte Ellen im Bett.

Claire spannte eine Schnur durch die Werkstatt, heizte die Feuerstelle ein und hängte Ellens Kleidung zum Trocknen auf.

Der Nachmittag im warmen Bett sorgte dafür, dass Ellen nicht einmal einen Schnupfen bekam. Nur die Übelkeit wurde von Tag zu Tag schlimmer, und irgendwann wurde Ellen klar: Sie musste schwanger sein.

»Verdammt seist du auf alle Ewigkeit, die Fruchtbarkeit soll aus deinen Lenden weichen. Nie wieder sollst du eine Frau schwängern, nie!« Ellen flüsterte den Fluch immer wieder leise vor sich hin und fasste heimlich einen Entschluss.

Die Petersilienstängel mussten nach zwei Tagen im Unterleib gegen neue ausgetauscht werden, mehr wusste sie nicht darüber. Als sie das Kraut pflückte, beschlich sie ein unwohles Gefühl. Es war Sünde, was sie zu tun gedachte! Es war verboten und schlecht von ihr, aber sie konnte das Kind nicht behalten! Thibault hatte ihr Gewalt angetan, und er war ihr Bruder, Geschwister durften keine Kinder haben, auch das war Sünde. Gott allein würde ihrer beider Richter sein. Ellen beschloss schweren Herzens zu tun, was sie für das einzig Richtige hielt, und erwachte in einer der darauf folgenden Nächte mit Bauchkrämpfen. Nicht einmal Thibaults Tritte hatten so sehr geschmerzt. Um Claire und den Jungen nicht zu wecken und ihre furchtbare Tat geheim zu halten, nahm Ellen ihr Bündel, schlich sich aus der Werkstatt und schleppte sich mühsam in den Eichenwald am Rande des Dorfes. Das fahle Mondlicht wies ihr den Weg durch die kalte, dunkle Nacht. Irgendwann ließ sie sich keuchend vor Schmerz nieder. Nur die Angst, entdeckt zu werden, hielt sie davon ab zu schreien, als sich ihr Unterleib immer heftiger verkrampfte. Ach, Rose, wie tapfer du doch warst, dachte sie. Der Gedanke an die einstige Freundin und ihr gemeinsames Schicksal half ihr, Ruhe zu bewahren. Ellen holte ein paar alte, aber saubere Leintücher aus ihrem Bündel und breitete sie zwischen ihren Beinen aus. Sie stöhnte vor Schmerz, als ihr Körper den blutigen Klumpen abstieß, und wagte kaum anzusehen, was sie in dem Leintuch auffing. Weinend und innige Gebete murmelnd, verscharrte sie das Tuch mit seinem grausigen Inhalt. Blut lief an ihren zitternden Schenkeln hinab.

»Ellenweore, bitte, wach auf! Was um Gottes willen ist passiert?« Claire rüttelte sie an den Schultern; ihrer Stimme war die Angst deutlich anzuhören.

Ellen wollte den Kopf bewegen, aber es gelang ihr nicht. Das Dröhnen in ihrem Schädel war unerträglich. Sie versuchte, die Augen zu öffnen.

»Wo kommt das ganze Blut auf deinem Hemd her? Heilige

Jungfrau Maria, bitte hilf ihr!«, betete Claire voller Angst. Ihre Stimme war weit weg und kaum noch hörbar.

Ob nun unbedingt Maria für mich eintreten wird, dachte Ellen, aber statt Angst durchströmte sie ein warmes Gefühl von Frieden. Sie fühlte sich leicht wie eine Feder, die durch laue Frühlingsluft schwebt. Es war, als triebe sie auf dieses wunderbare, helle Licht am Horizont zu. Das kann nur das Paradies sein, dachte Ellen glücklich. Der Herr hat mir verziehen, er schickt mich nicht in die Hölle! Dankbar begann sie zu weinen und spürte, wie die heißen Tränen über ihre kalten Wangen liefen.

»Ellen, bitte, Ellen, bleib bei mir«, hörte sie Claire jetzt wieder deutlicher rufen. Dann fühlte sie, wie ihr Hände und Arme gerieben wurden. Sie waren ganz taub vor Kälte.

»Ich bin im Himmel«, hauchte Ellen, ohne die Augen zu öffnen.

»Nein, du liegst halb tot im Wald, und wenn ich dich nicht auf der Stelle nach Hause bringe, dann wird es tatsächlich bald mit dir zu Ende gehen. Also reiß dich jetzt zusammen!«

Ellen hörte die Strenge in Claires Stimme und lächelte matt.

»Es tut nicht weh, jetzt nicht mehr«, flüsterte sie.

»Du hast Fieber«, stellte Claire fest, als sie ihre glühende Stirn berührte, »du musst sofort nach Hause. Kannst du laufen, wenn ich dich stütze?«

Ellen war noch immer benommen, versuchte aber, die Kontrolle über ihre schweren Glieder wiederzuerlangen. Mühsam richtete sie sich auf.

Claire legte den Arm um ihre Hüfte und nahm Ellens Hand über ihre Schulter. Immer wieder mussten sie anhalten.

»Ich kann nicht mehr, lasst mich einfach hier liegen und in Ruhe sterben«, murmelte Ellen, kurz bevor sie aus dem Wald heraus waren.

»Nichts da, den Rest schaffen wir auch noch. Ich werde dich nach Hause bringen und gesund pflegen, und dann wirst du mir alles erzählen: warum du überfallen wurdest, warum du immer noch Männerkleider trägst und wer der Vater des Kindes war. Ich habe dir vertraut, obwohl ich nichts über dich wusste, du wirst mir die Wahrheit erzählen, vergiss das nicht.«

»Ihr werdet sie nicht mögen, die Wahrheit«, seufzte Ellen matt.

»Das lass mich selbst entscheiden. Aber zuerst müssen wir das Fieber senken und dich wieder aufpäppeln.«

Die ersten Tage fühlte sich Ellen wie in Nebel eingehüllt. Sie war zu schwach, um zu essen, schluckte aber wehrlos, wenn Claire sie zum Trinken nötigte, und fiel anschließend wieder in einen unruhigen Schlaf, in dem sie von schrecklichen Albträumen gequält wurde. Ihr Gesicht wechselte die Farbe von wachsweiß zu glühend rot, das Fieber stieg und schüttelte sie mit Krämpfen. Am vierten Tag schreckte sie plötzlich hoch: Die grausam entstellte Fratze Thibaults hatte sie verfolgt! Ellen war noch schwach, aber nicht mehr so benommen wie zuvor. Claire war auf dem Boden neben ihr eingenickt und schlief fest. Es musste Nacht sein, denn es war dunkel und ruhig. Nur der Rest eines kleinen Talglichts flackerte auf dem Tisch und ließ Schatten über die Wände tanzen. Thibault war nur ein Trugbild aus einem schrecklichen Traum. Ellen ließ sich erleichtert zurück auf das weiche Daunenkissen sinken, auf dem sonst Claire schlief. Die Haare klebten schweißnass an ihrem Kopf. Als sie das Laken bis zum Kinn hochzog, bemerkte sie, dass sie darunter fast nackt war. Nur zwischen ihren Beinen fühlte sie ein zusammengefaltetes Stück Leinen. Mühsam versuchte sich Ellen zu erinnern, was geschehen war. Vor ihren Augen blitzten beängstigende Bilder auf. Als sie einen Sinn zu machen begannen, glaubte sie vor Scham im Boden zu versinken. Claire musste ihr das Leintuch umgebunden haben, damit das Blut nicht die Laken befleckte. Kraftlos nickte Ellen schließlich wieder ein. Diesmal war der Schlaf traumlos und stärkend, weil das Fieber sank.

Am nächsten Morgen erwachte sie vom zarten Duft in Milch

gekochten Hafers, der ihr in die Nase stieg. Sie wollte sich strecken, zuckte aber bei der kleinsten Bewegung stöhnend zusammen.

»Wie geht es dir?«, begrüßte Claire sie freundlich lächelnd.

»Habt Ihr mich aufs Rad geflochten, oder warum tut mir alles weh?« Ellen lächelte schwach.

»Du hast Krämpfe vom Fieber gehabt. Manchmal haben wir geglaubt, du schaffst es nicht. Kein Wunder, wenn dir alles wehtut.«

»*Wir?* Weiß denn Jacques, was passiert ist?«

»Nein, keine Sorge, er ist seit dem ersten Tag auf der Burg. Ich habe mir keinen anderen Rat gewusst und ihn die Dame von Béthune holen lassen. Sie hat ihn mitgenommen. Jacques glaubt, er soll einem ihrer Söhne das Schnitzen beibringen. Er kann wunderbare Sachen machen, weißt du? Alles, was er braucht, ist ein gutes Messer, einen Wetzstein zum Schärfen und ein Stück trockenes Holz. Sein Vater hat es ihm beigebracht.« Claire rieb sich über die Nase.

»Was um Gottes willen habt Ihr der Dame gesagt?«

»Nichts, das war nicht nötig. Sie hat auch nicht gefragt, nur geholfen. Sie würde nie fragen. Wenn es etwas geben sollte, das du ihr sagen willst, wird sie dich anhören, aber wenn es etwas Gesetzwidriges wäre, würde sie dich nicht schonen. Ich schätze, deshalb fragt sie nicht und will lieber nicht wissen, ob es Gottes Wille war oder deiner. Aber was mich betrifft, ich möchte alles hören, ohne Beschönigung und ohne Auslassungen. Und von Anfang an, wenn ich bitten darf.« Claire sagte es zwar mit einem Lächeln, aber bestimmt genug, um Ellen klar zu machen, wie ernst es ihr damit war. Sie füllte den heißen Haferbrei in eine Tonschale und fügte eine ordentliche Portion Honig dazu. »Den hat *sie* für dich gebracht, zur Stärkung.« Claire pustete in die Schale und streckte sie Ellen hin.

Langsam und genüsslich löffelte Ellen den Brei. »Ich habe noch nie etwas Besseres gegessen!«, schwärmte sie.

Claire lächelte zufrieden. »Hier, nimm! Sie hat gesagt, du sollst am Tag fünf Becher von ihrem Kräuteraufguss trinken. War nicht einfach, dir davon einzuflößen, solange du ohnmächtig warst.«

Nach den ersten Schlucken spürte Ellen den Druck in ihrer Blase und sah sich suchend um. Als sie den Nachttopf entdeckte, kroch sie vorsichtig unter ihren Laken hervor, entfernte die Leintücher zwischen ihren Beinen und zog ein Hemd über, das am Fußende für sie bereitlag. Dem Aussehen nach zu urteilen, hatte es einmal Claires Mann gehört. Ellen wankte zum Topf. Alles um sie herum drehte sich, sogar das Atmen fiel ihr schwer, als läge ihr ein schwerer Stein auf der Brust. Bedächtig hockte sie sich auf den Nachttopf. Der Druck auf ihrer Blase war so groß, dass es schmerzte, sich zu erleichtern. Nachdem sie fertig war, bedeckte sie den Topf mit dem Deckel, schob ihn beiseite und schlurfte zurück zu ihrem Lager. Ob Claire mich auf den Topf gesetzt hat, als ich bewusstlos war? Ellen konnte sich nicht daran erinnern. Sie schloss die Augen wieder.

»Ich glaube, du bist über den Berg. Du blutest nicht mehr, und das Fieber ist weg. Aber du musst dich noch ausruhen.«

Ellen hörte Claires Stimme wie aus weiter Ferne, dann schlief sie ein. Als sie am Nachmittag aufwachte, fühlte sie sich besser.

»Es wird alles gut, waren schwere Tage. Im Fieber hast du fantasiert, ich habe um deinen Verstand und dein Leben gefürchtet. Krämpfe haben dich geschüttelt, als hättest du den Teufel im Leib«, berichtete Claire ihr.

»Den Teufel im Leib«, wiederholte Ellen nachdenklich. »Ja, ich hatte ihn in meinem Leib, den Teufel, er heißt Thibault und ist mein Halbbruder.«

»Aber Ellen!«, rief Claire entsetzt aus. »Wie meinst du das?«

»Der Mann, der mich überfallen und mir Gewalt angetan hat, ist mein Halbbruder, und stellt Euch vor, er weiß es nicht einmal!«

Claire setzte sich zu ihr ans Bett und ließ sie erzählen.

Als Ellen ihre Geschichte beendet hatte, war es bereits dunkel geworden. Claire legte sich neben sie und streichelte sanft ihre Stirn, bis sie eingeschlafen war.

Am nächsten Tag erwachte Ellen erst gegen Mittag.

»Ein Bote deiner Gönnerin hat vorhin ein Huhn gebracht und mir ausgerichtet, ich solle eine Suppe davon kochen. Na, und das habe ich dann auch gleich getan!«, erklärte Claire fröhlich lachend.

»Mm, das duftet wunderbar!« Als Beweis für die Aufrichtigkeit ihrer Worte knurrte Ellens Magen laut.

»Ja, ja, wir werden dich schon wieder aufpäppeln.« Claire stellte zwei Schalen auf den Tisch. Vorsichtig füllte sie etwas von der dampfenden Brühe hinein, trennte für jede von ihnen ein Hühnerbein ab, gab Rüben und Zwiebeln dazu und schnitt zwei dicke Scheiben von einem großen Laib Brot ab. »Das Fleisch fällt vom Knochen, so zart ist es.« Claire leckte sich die Lippen. »Meinst du, du kannst aufstehen?«

»Ich denke, ja. Fühl mich schon viel besser.«

»Dann komm, setz dich zu mir an den Tisch, und iss, damit du schnell wieder zu Kräften kommst.«

Sie löffelten begierig die heiße Suppe und weichten Stücke von dem hartkantigen Brot darin auf.

»Schmeckt großartig«, lobte Ellen.

»Deine Sachen sind gewaschen, hab sie dir dort auf den Stuhl gelegt.«

Ellen sah in die Ecke, in der der Stuhl stand, und starrte die Kleider an. Sie kamen ihr fremd vor, wie aus einem früheren Leben.

»Könnt Ihr mir nicht lieber das Kleid machen?«, fragte sie schüchtern.

Claire nickte freudestrahlend. »Aber ja! Wenn du mir versprichst, nicht mehr Ihr, sondern du zu sagen, dann hole ich den Stoff, und wir können gleich nach dem Essen anfangen.« Sie sprang von ihrem Schemel auf und stürzte los.

»Wir? Aber ich kann doch gar nicht nähen!«, rief Ellen ihr ängstlich hinterher.

»Weiß ich ja, Liebchen, aber ich muss schließlich Maß nehmen, und zwischendurch musst du es immer mal wieder anprobieren, sonst sitzt das Kleid hinterher wie ein Sack.« Claire strich ihr aufmunternd über die Wange.

Bei diesen Worten fiel Ellen die Gerbersfrau ein. Ihr Leben in Orford und Simon waren so weit weg ... Ellen sehnte sich ein wenig zurück nach Hause und seufzte.

Nach dem Essen nahm Claire die lange Stoffbahn und maß Ellens Körperlänge bis zum Knöchel. Sie faltete den Stoff, schnitt das längere Stück ab, prüfte die Größe des kleineren und nickte zufrieden. Dann schnitt sie ein Loch und einem Schlitz in die Mitte des Stoffes.

»Zieh mal über, ob dein Kopf gut durchpasst.«

Nachdem Ellen den Stoff übergestreift hatte, zupfte Claire ihn zurecht. »Deine Schultern sind so breit! Gut, dass ich noch mal nachgeschaut habe, ich hätte mich glatt verschätzt, und dir wären später womöglich die Nähte geplatzt!« Claires unbeschwertes Lachen befreite sie beide und holte die Sonne wieder ins Haus. Claire legte den Stoff auf den Tisch und schnitt rechts und links einen Keil ab. »Hier ist die Schulter, ich muss noch ein Armloch ausschneiden«, erklärte sie. »Und an den Seiten setzen wir je einen Keil ein, damit das Kleid ein bisschen hübscher fällt.« Sie zeigte auf eine der Stoffbahnen und holte die abgeschnittenen Stoffreste dazu. Claire arbeitete schnell und sorgfältig, während Ellen sie geduldig beobachtete. Bevor sie die Seitennähte endgültig schloss, ließ sie Ellen das Kleid noch einmal anprobieren. »Daraus machen wir die Ärmel!« Claire deutete auf den Stoffrest, den sie ganz zu Anfang abgeschnitten hatte.

Ellen freute sich, weil das Kleid so schnell Form annahm.

Nachdem die Seitennähte geschlossen waren, zog Claire eine bunt gewebte Borte aus einem Korb. »Mein Mann hat sie mir geschenkt«, sagte sie und freute sich, wie gut die Farben zu dem Blau von Ellens Kleid passten. »Ich werde sie dir hier oben an den Ausschnitt nähen«, sagte sie versonnen.

»Aber er hat sie *dir* geschenkt.« Ellen sah Claire bestürzt an. »Warum nähst du sie nicht an ein neues Kleid für dich?«

»An meinem Hals kann ich die Borte doch gar nicht sehen, aber an deinem sehe ich sie jeden Tag! Ich bin sicher, sie wird dich hervorragend kleiden. Es ist dein erstes richtiges Kleid. Lass mir die Freude, bitte.« Claire zog die Brauen konzentriert zusammen und begann, die Borte aufzunähen.

»Du bist so gut zu mir, wie soll ich dir deine Freundschaft je vergelten?«

»Das hast du schon, Ellen, durch dein Vertrauen.« Claire lächelte mild und sah wunderschön aus.

Am späten Nachmittag kam Adelise de Béthune zu Besuch.

Das Kleid war fast fertig, und Ellen hatte es nach der letzten Anprobe einfach nicht mehr ausgezogen.

Claire hockte vor ihr und beendete den Längensaum.

»Meine Güte, was für eine Veränderung. Deine Wangen haben ja wieder richtig Farbe bekommen, Kindchen«, freute sich die Dame.

»Eure Hühnersuppe und das neue Kleid haben Wunder gewirkt!« Claire lachte.

»Danke für alles, Madame, ohne Euch und Claires Hilfe wäre ich verloren gewesen.« Ellen sah kurz zu Boden. »Ist Euer Sohn wohlauf?«, fragte sie scheu.

»Ja, mein Kind, es geht ihm gut, und es vergeht kein Tag, an dem er nicht nach dir fragt. Er nennt dich seinen Engel und lässt dir ausrichten, du mögest ihn unbedingt bald besuchen. Aber erst musst du zu Kräften kommen, schließlich möchten wir nicht an einem neuen Schwächeanfall schuld sein.« Die Dame von Béthune lächelte wissend und zwinkerte Ellen fast unmerklich zu.

* * *

Nachdem er sich an Ellen vergangen hatte, fühlte sich Thibault nur für kurze Zeit besser. Die erste Genugtuung, die er nach seiner Rache empfunden hatte, hinterließ schon bald einen schalen Nachgeschmack. Ellen hatte keinen Gefallen am Beischlaf mit ihm empfunden, das vergällte ihm den Triumph. Nie würde sie sich so nach ihm verzehren wie er nach ihr. Thibault war tagelang unausstehlich und ließ seine schlechte Laune an den jüngeren Knappen aus, bis er Rose zufällig begegnete. Seine blinde, von der Eifersucht geschürte Wut auf sie war längst verflogen. Er wusste jetzt, dass Rose nie zwischen ihm und Ellen gestanden hatte. Er vermisste sie, die Zärtlichkeiten, mit denen sie seinen hungernden Körper labte, die Hingabe, mit der sie ihm zu Füßen lag, und die Wollust, mit der sie das Liebesspiel mit ihm genoss. Thibault strich sich die Haare aus der Stirn und lächelte sie an.

Rose errötete.

Sie war ihm noch immer verfallen!

Schnell sah sie weg und verschwand im Gesindehaus.

Thibault straffte die Schultern. Er musste Rose wieder für sich gewinnen, dann würde er sich besser fühlen. Nicht, dass er sich Sorgen machte. Es würde ihm ein Leichtes sein, sie wieder in seinen Bann zu ziehen. Vielleicht besorgte er ihr einen würzigen Schinken, ein wenig Honiggebäck oder einen hübschen Bronzering. Er wusste genau, was die Mädchen gern hatten! Warum nur hatte er nicht versucht, Ellen für sich zu gewinnen, statt ihr Gewalt anzutun? Wütend schlug Thibault mit der flachen Hand gegen die Tür. Mit lautem Krachen flog sie auf.

»Was für eine Laus sitzt dir denn schon wieder im Pelz?«, fragte Adam d'Yquebœuf seufzend. »Ärger mit den Weibern?«

»Halt die Klappe, was verstehst du schon davon? Vor dir laufen sie fort, während sie von mir gar nicht genug bekommen können!«, fauchte Thibault ihn an.

»Schon gut!«, brummte Adam und zog sich auf sein Lager zurück. »Wenn du wieder bessere Laune hast, sag Bescheid.«

Thibault ließ sich ebenfalls auf sein Lager fallen. Er würde sich noch ein paar Tage Zeit lassen, bevor er wieder zu Rose ging. Mit Sicherheit wartete sie dann schon ungeduldig auf ihn! Er würde auf der Hut sein müssen, um nicht das Falsche zu sagen, wenn sie über Ellen sprachen. Sicher machte sie sich Sorgen, weil ihre Freundin seinetwegen geflohen war. Bei dem Gedanken an Ellen und ihre angstgeweiteten Augen kroch Erregung in ihm hoch.

Thibault schaffte es ohne Schwierigkeiten, Rose erneut zu verführen. Er gaukelte ihr Zerknirschtheit vor und erklärte diese mit seiner Eifersucht. Rose hing voller Zärtlichkeit an seinen Lippen, als er ihr glaubhaft machte, er habe befürchtet, sie an den Schmiedegesellen verloren zu haben. Er brachte es sogar fertig, ihr einzureden, er habe keinen Grund mehr zum Groll gegen Ellen, und heuchelte Bedauern über ihr Fortgehen. In Wirklichkeit war er hin- und hergerissen zwischen Erlösung, weil Ellen fort war, und Qual, weil er sich nach ihr sehnte. Nicht einmal die Liebkosungen von Rose halfen ihm mehr über seine Gier nach Ellen hinweg. Fast jede Nacht träumte er von der Mischung aus Angst und Hass in ihrem Blick, als sie sich ihrem Schicksal scheinbar ergab, nur um schließlich doch noch mit seinem Messer auf ihn einzustechen. Obwohl er wusste, dass er Ellen vermutlich niemals wiedersehen würde, konnte er nicht aufhören, an sie zu denken. Manchmal tändelte er mit anderen Mägden, um Rose zu quälen, aber ihre Eifersucht stillte sein Verlangen, sie leiden zu sehen, nie lange.

Béthune 1169

Mehr als zwei Jahre war Ellen nun schon in Beuvry, einem kleinen Dorf, das zu Béthune gehörte, und immer öfter dachte sie daran, weiterzuziehen, nur der Gedanke, Claire im Stich zu lassen, ließ sie zögern.

Das Osterfest war vorüber, und die Frühjahrssonne vertrieb die dunklen Erinnerungen an den kalten, kargen Winter, als Guiot nach Béthune zurückkam. Er war noch ein Knabe gewesen, als sein Vater ihn vor fast fünfzehn Jahren mit einem Fremden fortgeschickt hatte. Nicht nur die Alten, die sich noch an ihn erinnerten, tuschelten über seine Geschichte, auch die Jungen, die ihn gar nicht kannten, fragten sich, was ihn zurück ins Dorf geführt hatte.

Als Claire und Ellen zum Brunnen kamen, wurde auch hier von nichts anderem geredet.

»Habt ihr ihn schon gesehen?«, fragte Adele und schaute die anderen erwartungsvoll an. Sie war nicht einmal zwanzig und bereits verwitwet. Das Trauerjahr war seit einem Monat vorüber, und sie konnte wieder an eine eheliche Verbindung denken. Da war ein neuer Mann im Dorf willkommen.

Die Zwillinge Gwenn und Alma schüttelten die Köpfe. Sie taten es gleichzeitig, so wie sie immer alles gemeinsam machten.

Morgane hingegen errötete. »Er sieht gut aus!«, sagte sie schüchtern.

»Erzähl!«, riefen alle wie aus einem Mund.

»Er ist groß und kräftig. Ich habe ihn gestern gesehen, er baut sich eine Werkstatt neben der Hütte seines Vaters«, erzählte Morgane ein wenig selbstsicherer.

»Woher weißt du das? Vielleicht wird es nur ein Schuppen, oder hat *er* dir das erzählt? Sag schon, hast du mit ihm gesprochen?« Adele rollte die Augen nach oben und bekam rote Flecken am Hals, wie immer, wenn sie sich aufregte.

»Ja, erzähl schon!«, drängten auch Gwenn und Alma. Aber bevor Morgane noch etwas sagen konnte, mischte sich Claire ein.

»Er wird euch kein Glück bringen!«

Die jungen Frauen sahen sie überrascht an.

»Guiot war schon früher ein Taugenichts, das hat sich mit Sicherheit nicht geändert«, erklärte Claire abweisend. Von dem Tag vor vielen Jahren, an dem er sie hinter der Dorfscheune gegen die Wand gepresst und ihr mit dem Schwur ewiger Liebe einen Kuss auf den Mund gedrückt hatte, sagte sie nichts. Sie war ja auch erst elf gewesen, und es hatte keine Bedeutung für sie gehabt. Weshalb sollten die Frauen also denken, sie sei eine weitere Konkurrentin auf dem Heiratsmarkt? Guiot interessierte sie nicht im Mindesten, und den Kuss hatte er ihr schließlich aufgezwungen.

»Du kennst ihn?« Morgane sah Claire verzückt an.

»Ich kannte ihn, aber ich habe keinerlei Interesse, an diese Bekanntschaft anzuknüpfen. Er gehört euch, meine Lieben!« Claire wollte sich gerade abwenden, als Morgane sie am Ärmel festhielt.

»Mein Vater kann keine Mitgift zahlen; glaubst du, er würde mich trotzdem, vielleicht … Ich meine, falls ich ihm gefalle …«

»Ach, Morgane, schmeiß dich ihm bloß nicht gleich an den Hals, es gibt doch genügend Männer, die …« Claire konnte ihren Satz nicht beenden, weil ihr Adele ins Wort fiel.

»Falls es dir noch nicht aufgefallen ist, meine liebe Claire, in unserem Dorf kommen auf jeden noch unverheirateten Mann, die Witwer eingeschlossen, mindestens zwei junge Frauen im heiratsfähigen Alter. Und wenn du die Hungerleider abziehst, die sowieso keine Familie ernähren können, und die Alten, die schon so gut wie tot sind, dann ist die Auswahl nicht mehr groß.« Adele hatte sich in Rage geredet, und ihre Stimme überschlug sich dabei fast. Die roten Flecken bedeckten jetzt nicht mehr nur ihren Hals, sondern auch ihre Wangen und die Stirn. Vermutlich reichten sie bis in die weißblonden, etwas schütteren Haare hinein, und, wer weiß, wenn sich Adele nur genug aufregte, würden sie sich vielleicht sogar bis zu den Händen und Füßen ausbreiten.

»Wer hier bei uns keinen anständigen Mann findet, kann ja die Herrin bitten, sich darum zu kümmern. Zu Béthune gehören schließlich genügend Dörfer, und nicht überall wird es so an Männern mangeln wie in Beuvry. Es lässt sich bestimmt ein anständiger Mann für jede von euch finden«, versuchte Claire, die aufgeregten Gemüter zu beruhigen. Voller Mitgefühl streichelte sie Morgane über die pechschwarzen Haare. Sie war erst sechzehn und schon besessen von der Angst, als alte Jungfer sterben zu müssen.

»Aber ich finde ihn nett!«, begehrte Morgane auf.

Claire zuckte nur verständnislos mit den Schultern. Sie hatte sich Jacques' Vater damals nicht selbst aussuchen können. Die Ehe war von ihrem Vater und der alten Dame von Béthune, der Schwiegermutter der jetzigen Herrin, vereinbart worden. Man hatte den Gehängemacher dazu bewegen wollen, sich im Dorf niederzulassen, weil es in der Gegend keinen solchen Handwerker gegeben hatte, die Schmiede aber danach verlangten. Also hatte man ihm eine hübsche Braut und als Mitgift ein kleines Haus in Beuvry angeboten. Für Claires Vater war es ein gutes Geschäft gewesen, hatte er doch seine jüngste Tochter ohne Kosten mit einem ordentlichen Handwerker verheiraten können. Bei ihrem ersten Treffen hatte Claire ihrem Bräutigam nicht viel abgewinnen können. Trotzdem hatte er sich schließlich als guter Ehemann erwiesen. Er war ruhig, sogar ein wenig verschlossen gewesen, aber er hatte sie nicht geschlagen und ihr alles beigebracht, was sie heute wusste. Von Eheschließungen wegen irgendwelcher zweifelhafter Liebesgefühle hielt Claire gar nichts. Ein Mann musste Frau und Kinder gut behandeln und sie versorgen können, nur das zählte.

Morganes Neugier war noch immer nicht gestillt, und sie riss Claire aus ihren Gedanken. »Es heißt, sein Vater habe ihn vor Jahren verkauft. Ob das wahr ist?«, fragte sie, und die bloße Vorstellung ließ sie schaudern.

Claire zuckte ungerührt mit den Schultern. »Niemand weiß das. Ein Fremder ist damals ins Dorf gekommen. Der alte Jean, Guiots Vater, hat ihn mitgebracht. Noch am selben Tag ist er wieder gegangen und hat den Jungen mitgenommen. Jean hat nie ein Wort darüber verloren, wohin er ihn geschickt hat. Deshalb haben alle im Dorf geglaubt, er habe Guiot verkauft. Sie haben es dem Alten übel genommen und ihn von jenem Tag an gemieden, schließlich war er nicht so arm, dass er seinen einzigen Sohn zu Geld machen musste, auch wenn Jean nur ein einfacher Tagelöhner war«, erklärte Claire.

»So schlecht kann es Guiot gar nicht ergangen sein, sonst wäre er wohl kaum zu seinem Vater zurückgekehrt!« Morgane hatte sich offenbar entschieden, sich auf die Seite von Vater und Sohn zu stellen.

»Kann schon sein, aber ehrlich gesagt ist es mir egal, wo er war, Hauptsache, er macht uns hier keinen Ärger. Von mir aus kann er geradewegs dahin zurückkehren, wo er herkommt«, sagte Claire schroff. Guiots Rückkehr behagte ihr nicht. Der Gedanke an ihn löste ein bedrohliches Zittern in ihrem Inneren aus, und das gefiel ihr gar nicht.

Zu Claires Verdruss hatte Guiot, nachdem er das Strohdach der Hütte seines Vaters repariert hatte, tatsächlich eine Werkstatt gebaut und verkündete nun überall, er sei Gehängemacher. Er reiste herum und stellte sich bei den Schmieden vor, um sie als Kunden zu gewinnen.

»Und er hat die Frechheit, nicht einmal herzukommen und mir persönlich zu sagen, dass er sich hier als Gehängemacher niederlassen will, obwohl es schon eine Werkstatt gibt. Dabei wäre das doch das Mindeste«, ereiferte sich Claire, ohne zu bemerken, dass Guiot bereits hinter ihr in der Tür stand.

Ellens warnende Blicke hatte sie übersehen. Guiot setzte sein strahlendstes Lächeln auf, zog seine Kopfbedeckung ab und verneigte sich.

»Ihr habt völlig Recht, gute Frau. Ich hätte früher kommen müssen. Als ich hörte, Euer Mann sei schon vor einiger Zeit verstorben, habe ich geglaubt, es gäbe in Béthune nun keinen Gehängemacher mehr. Ich dachte, es sei ein Wink des Himmels, der mich endlich nach Hause zurückführen sollte«, erklärte er freundlich.

Claire fuhr erschrocken herum, das Blut schoss ihr in den Kopf.

»Ihr könnt Euch sicher vorstellen, wie furchtbar ich mich fühle, weil man mich hier gar nicht braucht«, sagte Guiot mit einem traurigen Hundeblick.

Claire nickte zufrieden. Recht geschah es ihm.

»Alle Schmiede, die ich besucht habe, betrachteten mich und meine Arbeiten argwöhnisch. Sie haben die Beweise meines Könnens, die ich ihnen mitgebracht hatte, nicht einmal genau begutachtet und mir gleich gesagt, sie bräuchten meine Arbeit nicht. Ich habe nicht verstanden, warum sie so ablehnend reagiert haben; meine Arbeit ist gut, da bin ich mir sicher.«

Claire entfuhr ein schnippisches »Pah!«.

Aber Guiot ließ sich nicht beirren. Seine dunklen Augen funkelten wie früher unter seinen wirren, lockigen Haaren hervor. Natürlich war er älter geworden, schließlich war er damals noch ein Junge gewesen, aber der Schalk und das Leuchten in seinen Augen waren geblieben.

»Der fünfte oder sechste erst hatte Erbarmen mit mir und hat mir erklärt, meine Arbeit sei nicht besser als die Eure. Man kenne mich nicht und sähe keinen Grund, eine Geschäftsbeziehung aufs Spiel zu setzen, die immer gut funktioniert habe. Bei meiner Ehre! Ich schwöre, ich wusste nicht, dass Ihr das Handwerk Eures Mannes weiterführt.« Er sah sie bittend an.

Aber sein Charme ließ Claire unberührt. Bei seiner Ehre, dachte sie geringschätzig, was konnte *die* schon wert sein. »Nun wisst Ihr es, also packt Eure Sachen, und zieht weiter. Es ist kein Platz hier für Euch«, erwiderte sie kratzbürstig.

»Mein Vater ist alt, ich muss mich um ihn kümmern. Seine Arbeit ernährt ihn längst nicht mehr, er ...«

»Ihr seid stark, verdingt euch als Knecht oder Tagelöhner!«, unterbrach Claire ihn kaltherzig.

»Aber ich liebe mein Handwerk«, antwortete Guiot bekümmert. Sein trauriger Blick blieb jedoch ohne Wirkung.

»Nun, das ist zwar sehr schön für Euch, aber was bitte hat das mit mir zu tun?« Obwohl ihn die Liebe zu seinem Handwerk ehrte, hatte Claire keine Lust, dieses Gespräch fortzusetzen. Seine Anwesenheit bereitete ihr zu großes Unbehagen.

»Vielleicht könnt Ihr mir Arbeit geben«, sagte er leise, und seine Miene hellte sich augenblicklich auf, als sei er eben erst auf diese Idee gekommen.

Ellen, die das Gespräch der beiden neugierig verfolgt hatte, schmunzelte über seine schelmische Art. Vermutlich war er bereits mit der Absicht zu Claire gekommen, nach Arbeit zu fragen.

»Wir kommen gut ohne Euch zurecht«, erwiderte Claire unterkühlt. Sie ärgerte sich, weil Guiot mit ihr gesprochen hatte, als sei sie ihm fremd. Wenn er sich tatsächlich nicht an mich erinnert, dann geschieht es ihm doppelt recht, dass er nicht mehr weiterweiß, dachte sie wütend.

»Wenn Ihr erlaubt, werde ich in ein paar Tagen noch einmal bei Euch vorbeischauen.« Er verbeugte sich.

»Tut, was Ihr nicht lassen könnt, aber Hoffnung macht Euch besser keine«, antwortete Claire und wandte sich ihrer Arbeit zu.

Den Rest des Tages war sie auffallend mürrisch, und Ellen beschloss, sie in Frieden zu lassen, bis sie sich beruhigt hatte. In den vergangenen Jahren hatte sie Claire gut genug kennen gelernt, um ahnen zu können, warum diese so abweisend war. Sie hatte Angst! Die Frage war nur, wovor?

»Scheint gar kein so übler Kerl zu sein, dieser Guiot«, sagte Ellen beim Abendessen so beiläufig wie möglich.

»Er war schon als Junge der Schwarm aller Mädchen. In seine großen braunen Augen waren sie verliebt. Kaum ist er zurück, fängt es schon wieder an. Solche Männer sind Gift. Er wird einer nach der anderen den Kopf verdrehen und sie alle unglücklich machen. Adele, Morgane und die anderen auch.«

So, so, seine braunen Augen, dachte Ellen amüsiert, hütete sich aber davor, sich die Erheiterung anmerken zu lassen.

Claire kaute lustlos auf ihrem Brot herum. »Aber das Schlimmste ist, dass er mir die Aufträge abspenstig machen will.«

»Aber er hat doch gesagt, er habe nicht gewusst ...«

»Unsinn«, unterbrach Claire sie unwirsch. »Das ist doch Unsinn. Ich bin sicher, er wusste genau Bescheid, er hat sich nur gesagt, eine Frau sei kein ernst zu nehmender Gegner. Männer wie er glauben, sich alles erlauben zu können.«

»Aber er will doch für dich arbeiten. Was spricht dagegen?«

»Oh, da gibt es eine ganze Menge Gründe«, sagte Claire eine Spur zu schnell.

Ellen sah sie an und wartete auf die Erklärung, aber Claire aß schweigend weiter. »Und was sind das für Gründe?«, hakte Ellen schließlich nach.

Claire schluckte ihren Bissen hinunter. »Nun, da ist zum Beispiel die Bezahlung. Die Schmiede haben meine Preise gedrückt, weil ich eine Frau bin. Ihm müssten sie mehr zahlen, einzig und allein deshalb bin ich für sie interessanter als er. *Noch,* verstehst du? Wenn ich ihn bezahlen muss, kann ich die niedrigeren Preise nicht halten.« Sie reckte das Kinn vor. »Außerdem will ich ihn hier einfach nicht haben, er ist gefährlich!« Claire schrie die letzten Worte fast.

Er scheint mir gefährlicher für dein Herz als für dein Geschäft zu sein, hätte Ellen beinahe geantwortet, ließ es aber.

»Ich habe sein Spiel längst durchschaut, ich bin ja nicht dumm. Er hat bei den Schmieden nichts erreicht, da hat er sich gedacht, er arbeitet ein Weilchen für mich. Und wenn sie ihn dann kennen, werden sie am Ende doch die Arbeit eines Mannes vorziehen. Und diese Rechnung würde vermutlich auch aufgehen.«

Ellen nickte bedächtig. Claires Argumente hatten in der Tat Hand und Fuß, und schließlich kannte sie Guiot auch besser.

»Dann solltest du ihn dir lieber nicht zum Feind machen.«

»Ich werde jedenfalls nicht vor ihm kuschen. Das Beste ist, er geht fort und versucht sein Glück woanders.«

Ellen hatte wenig Hoffnung, dass Guiot ihr diesen Gefallen tun würde. Vermutlich ging es Claire ebenso, und sie war deshalb so verärgert. Guiot hatte seine Ersparnisse in die Werkstatt gesteckt und war in Béthune zu Hause. An seiner Stelle hätte sich Ellen auch nicht so einfach entmutigen lassen.

»Wenn er allerdings nicht bereit ist, das Dorf zu verlassen, dann gibt es nur eine Lösung für dein Problem: Du musst ihn heiraten«, sagte sie scherzhaft.

Claire wurde blass.

»Niemals!«, erklärte sie und sah Ellen empört an.

Guiot kam schon nach einer Woche wieder zur Werkstatt.

»Morgane hat mich über früher ausgefragt. Ich weiß nicht, wieso ich nicht gleich darauf gekommen bin, als ich deinen Namen gehört habe. Du warst ein hübsches Mädchen, aber dass einmal eine so schöne, starke Frau aus dir werden würde …« Er schüttelte ungläubig den Kopf.

Ellen bemerkte die vertrauliche Anrede, die er sich erlaubte, und fragte sich, wie Claire wohl darauf reagieren würde.

Aber sie sagte gar nichts. Sie sah nicht einmal von ihrer Arbeit auf, ganz so, als wäre er überhaupt nicht da.

»Obwohl du ja schon immer ein kleiner Dickschädel warst«, sagte er und grinste. »Und eine Draufgängerin. Wenn ich dran denke, wie du mich damals hinter die Scheune gezerrt hast!«

Jetzt war es um Claires Fassung geschehen, und genau das hatte er vermutlich bezweckt. »Ich dich hinter die Scheune gezerrt? Du hast mir, ohne zu fragen, einen widerlichen, klebrigen Kuss aufgedrückt und mir ewige Liebe geschworen, als ob ich dich je darum gebeten hätte!«

»Und dann habe ich dich nicht einmal wiedererkannt, ich weiß, ich bin ein unmöglicher Mensch!«, gab er zerknirscht zu. »Dabei habe ich dich nie vergessen! So eine schöne Frau bist du geworden.« Guiot seufzte und grinste wieder.

Claire war noch immer außer sich.

»Es ist mir völlig egal, ob du mich wiedererkannt hast oder nicht. Genauso wie deine kindischen Liebesschwüre mir nichts bedeuten. Geh, und beschwatz Morgane mit deinem Gesäusel; sie ist noch jung genug, um auf so etwas hereinzufallen.« Claire drehte ihm wütend den Rücken zu.

»Morgane«, sagte er lang gestreckt. »Ganz hübsch, aber langweilig. Ich finde erfahrene Frauen interessanter«, Guiot zwinkerte Ellen zu, die schmunzelnd am Tisch saß.

Claire bemerkte es und bedachte Ellen mit einem strengen Blick, bevor sie sich wieder an Guiot wandte. »Raus jetzt, du unverschämter Kerl!«, wetterte sie.

Guiot zog den Kopf ein, nickte Ellen zum Abschied zu und ging.

Sie konnte nichts Hinterhältiges an ihm finden, aber Claires Wut steigerte sich noch.

»Warum verschwindet er nicht endlich, dieser Taugenichts«, schimpfte sie, nachdem er die Werkstatt verlassen hatte.

Guiot kam nun häufiger, um nach Arbeit zu fragen oder gut Wetter zu machen, und jedes Mal lagen Claires Nerven blank.

Als er wieder einmal die Werkstatt aufsuchte, war Claire unterwegs.

»Kann ich etwas für Euch tun?«, fragte Ellen höflich.

»Nun, Ihr könntet ein gutes Wort für mich einlegen.« Er legte den Kopf schief wie ein bettelnder Hund.

Ellen lachte. »Das würde wohl kaum etwas nützen. Außerdem wüsste ich nicht, warum ich das tun sollte.«

»Überzeugt Euch von meiner Arbeit!« Er streckte Ellen die beiden Scheiden hin, die er bei sich trug. Sie waren sauber gearbeitet, schön verziert und handwerklich einwandfrei. Claire würde seine Arbeit schätzen, wenn er ihr weniger gefallen würde, dachte Ellen.

Plötzlich stand Claire in der Tür. »Macht er sich jetzt an dich ran? Ich habe es ja gesagt, er macht allen schöne Augen.« Sie funkelte Guiot böse an.

»Gott, ist sie nicht wunderschön, wenn sie wütend ist?«, fragte Guiot an Ellen gewandt.

»Hier sind seine Arbeiten. Er wollte sie dir zeigen, um dich umzustimmen, aber du warst nicht da. Also habe ich sie mir angesehen.« Ellen blieb betont ruhig, als sie Claire die beiden Scheiden reichte.

Überraschenderweise sah Claire sich die Arbeiten an, vermutlich, weil es die beste Möglichkeit war, um Guiot nicht in die Augen sehen zu müssen. »Saubere Arbeit! Dagegen ist nichts zu sagen, aber ich habe dir ja erklärt, dass ich keine Hilfe brauche!« Guiots Blick wanderte auf den Haufen bereits zurechtgeschnittener Holzteile. Das sah nach genügend Arbeit aus. Claire folgte seinem Blick und errötete, weil sie dastand wie eine Lügnerin. »Ich kann dich nicht vernünftig bezahlen, auch wenn ich viele Aufträge habe«, erklärte sie verlegen.

Guiot nickte verständnisvoll. »Wie wäre es, wenn wir heiraten? Dann könnten wir zusammenarbeiten. Das wäre doch die Lösung unseres Problems, denkst du nicht?« Seine Stimme klang sachlich, aber seine Augen funkelten vor Leidenschaft.

Claire sah ihn fassungslos an. »Die Lösung *unseres* Problems? Ich habe kein Problem gehabt, bis du hergekommen bist. Ich habe immer gut für uns gesorgt und komme bestens zurecht. Warum sollte ich mich jetzt einem Mann wie dir unterwerfen?«

»Weil du mich liebst?« Guiot lächelte unschuldig.

»Raus jetzt, und lass dich nie wieder hier blicken, hörst du! Ich würde lieber einen stinkenden alten Kerl heiraten als ausgerechnet dich!«, schnaubte Claire.

Guiot senkte den Blick. Er sieht aus wie ein schwer verliebter Mann, dachte Ellen mitleidig.

Ohne etwas zu erwidern, verließ er die Werkstatt.

Die Frauen des Dorfes, die sich Hoffnungen gemacht hatten, ihn zum Mann zu bekommen, fragten sich, was nur geschehen sein konnte, dass der fröhliche Guiot mit einem Mal so verändert war. Er kam nicht mehr auf ein Schwätzchen an den Brunnen und saß abends nicht mehr mit seinem Vater vor der Hütte. Wenn er doch einmal irgendwo gesehen wurde, schien er freudlos und niedergeschlagen.

Zwei Wochen später sah Morgane ihn fortgehen. Sein Vater stand weinend am Zaun, als Guiot ihn verließ. Das ganze Dorf tuschelte darüber, warum er wohl nicht geblieben war.

Seit seinem Heiratsantrag war er nicht wieder in Claires Werkstatt gekommen. Zuerst schien es ihr nichts auszumachen, aber nach einer Weile kam es Ellen so vor, als schaue Claire öfter zur Tür als früher.

»Siehst du, ich habe es von Anfang an gesagt, solche Männer taugen nichts. Er kommt nach all den Jahren plötzlich hierher zurück, macht mir mal schnell einen Heiratsantrag und verschwindet wieder. Kannst du dir vorstellen, wie dumm ich dagestanden hätte, wenn ich ja gesagt hätte?«, ereiferte sie sich eines Tages.

»Ach, Claire, merkst du es denn immer noch nicht, er ist doch deinetwegen weggegangen! Du liebst ihn doch, warum wolltest du ihn nicht heiraten?«

Es war ganz offensichtlich eine Fügung des Schicksals gewesen, aber Claire hatte sich ihr verschlossen.

»Und was, glaubst du, hätte das geändert? Hast du nicht gesehen, wie ihn die anderen Frauen im Dorf angesehen haben? Junge, hübsche Dinger wie Morgane!«

»Aber er liebt doch dich.«

»Das sehe ich anders. Männer sind zu echter Liebe nicht fähig. Sie begehren vor allem, was sie nicht haben können. Er wollte mich, weil ich ihn abgewiesen habe, aber wenn wir erst verheiratet gewesen wären, dann hätte er die anderen Frauen gewollt und sie statt meiner begehrt! Eine Ehe, die aus Liebe geschlossen wird, hält nicht, das liegt in der Natur der Dinge. Sie macht nur unglücklich!«

Jetzt begriff Ellen: Claire hatte Angst vor der Liebe!

»Er ist weg, und das ist besser so, glaub mir!«, fügte Claire hinzu, und Ellen fragte sich, wen sie damit zu überzeugen versuchte.

Seit Guiot fort war, arbeitete Claire wie eine Besessene. Obwohl sie sich redlich bemühte, zufrieden zu wirken, gelang es ihr nur schlecht. Sie lachte nicht mehr, aß wenig und ohne Freude.

So konnte es unmöglich weitergehen! Claire war sturer als ein Maulesel! Es würde nicht leicht werden, ihre Meinung über die Liebe zu ändern. Obwohl es so schien, als sei alles zu spät, wollte Ellen Claire und Guiot helfen. Sie musste einen Weg für das Glück der beiden finden. Guiot würde Claire wieder fröhlich machen, und Ellen würde weiterziehen können, ohne ein schlechtes Gewissen zu haben.

»Verzeiht, wenn ich Euch störe, habt Ihr einen Moment Zeit für mich?«, fragte Ellen höflich, als ihr der alte Jean die Tür zu seiner Hütte öffnete.

»Komm rein, mein Kind«, antwortete er freundlich.

Der Wohnraum war erstaunlich sauber und gemütlich. Auf dem gestampften Lehmboden lagen Strohmatten, und das Holzbett in der Ecke war mit frischem Leinen bezogen. An einer Wand waren mehrere Haken für Kleidung angebracht. Drei davon waren unbenutzt. Vermutlich hatten Guiots Sachen hier gehangen.

»Setz dich.« Der alte Mann zeigte auf zwei Stühle an einem Tisch, der nahe der Feuerstelle stand. Er leckte sich die faltigen Lippen, holte zwei Becher und einen Krug mit abgestandenem Bier. Er goss ein und schob Ellen einen Becher hin, dann nahm er einen großen Schluck aus dem anderen und setzte sich.

»Ich komme wegen Guiot«, sagte Ellen und ärgerte sich sogleich über diesen Satz. Der Alte sollte doch nicht denken, sie selbst sei an seinem Sohn interessiert. »Und wegen Claire«, fügte sie deshalb schnell noch hinzu.

Der Alte starrte nur ins Leere. »Ich habe ihn alleine aufgezogen, seine Mutter ist schon früh gestorben. Der Junge war alles, was ich hatte, trotzdem habe ich ihn fortgeschickt, damit er ein Handwerk lernt und es einmal besser hat. Ich musste sparsam sein und viel arbeiten, um das Lehrgeld aufbringen zu können, aber das war es mir wert.« Die Augen des Alten waren mit Tränen angefüllt, die er verschämt fortzuwischen versuchte.

Ellen nahm seine runzlige, raue Hand und drückte sie mitfühlend.

»Als Claires Mann starb, bin ich bis Eu gereist und habe Guiot gebeten zurückzukommen, aber er wollte nicht. ›Weißt du, wie viele sich auf seine Witwe stürzen werden?‹, hat er mich gefragt. ›Es geht mir gut hier‹, sagte er, und dann stand er vor ein paar Wochen schließlich doch vor meiner Tür. Du glaubst nicht, welche Freude das für mich war.«

Ellen dachte an Osmond. Wie gern hätte sie ihn noch einmal wiedergesehen.

Der Alte nahm ein paar große Schlucke. Sein Adamsapfel hüpfte dabei auf und ab, dann fuhr er fort: »Sie war ihm von klein auf die Liebste gewesen. Und dann hat er sie nicht wiedererkannt. Du hättest sie mal als Kind sehen sollen. Claire war ein richtiger Besen, nicht besonders hübsch, dafür quirlig und ziemlich frech. Erst als junges Mädchen wurde sie eine richtige Schönheit. Die Ehe und das Kind haben ihr gut getan, sie vernünftig gemacht. Guiot hat sich schon am ersten Tag nach seiner Rückkehr in sie verliebt, und als ihm klar wurde, wer sie ist, stand sein Entschluss fest. ›Ich werde sie heiraten‹, hat er zu mir gesagt und dabei so glücklich ausgesehen. Ich hätte es ihm gegönnt, aber jedes Mal, wenn er bei ihr gewesen ist, kam er niedergeschlagen nach Hause. Er hat gehofft, sie würde es sich überlegen, aber sie hat ihn jedes Mal abgewiesen. Krank ist er geworden vor Liebe. Er sagt, er kann sie nur vergessen, wenn er sie nicht mehr sieht.« Der alte Mann klang bitter. »Er ist nicht schlechter als ihr erster Mann. Schon wegen der Arbeit wäre er der Richtige für sie gewesen.«

»Er *ist* der Richtige für sie«, sagte Ellen mit Nachdruck. »Und Claire weiß das auch, aber sie fürchtet sich.«

Der Alte blickte sie verständnislos an. »Was ist das wieder für ein Unsinn? Guiot könnte keiner Fliege etwas zu Leide tun!«

»Nein, nein, sie fürchtet keine Schläge!«, beruhigte Ellen ihn. »Sie fürchtet, seine Liebe zu verlieren, wenn sie ihm erst gehört.«

»Sie schickt ihn weg, weil sie Angst hat, ihn zu verlieren?« Der Alte blickte sie fassungslos an.

»Claire hält die Männer für untreu und glaubt, weniger zu leiden, wenn sie Guiot jetzt fortschickt, als wenn er sie eines Tages hinterginge.« Ellen atmete tief ein.

»Dass Frauen immer alles komplizierter machen müssen, als es ist«, wunderte sich der Alte und schüttelte missbilligend den Kopf.

»Da habt ihr wohl Recht. Aber genau deswegen bin ich hier. Jemand muss die beiden zu ihrem Glück zwingen. Ich bin Claire etwas schuldig und will ihr helfen. Sie gibt es nicht zu, aber sie ist furchtbar unglücklich, weil Guiot fort ist.«

»Geschieht ihr recht«, brummte der Alte.

»Sie liebt Guiot, und mit einer kleinen List werden wir sie auch dazu bringen, ihn zu heiraten.« Ellen lächelte vielsagend.

»Dazu ist es zu spät«, sagte der alte Jean hoffnungslos.

»Das glaube ich nicht. Es sei denn, Ihr wisst nicht, wohin Euer Sohn gegangen ist.«

»Er wollte zurück nach Eu.«

»Dann hoffen wir, dass er noch dort ist, ich habe nämlich eine Idee, wie wir doch noch alles zu einem guten Ende bringen können!« Ellen lächelte den Alten an und stand auf. »Gebt die Hoffnung nicht auf, mit ein bisschen Glück kommt Euer Sohn schon bald zurück! Aber …« Ellen legte den Zeigefinger auf den Mund und machte ein strenges Gesicht. »Zu niemandem ein Wort, sonst kann mein Plan nicht gelingen, vergesst das nicht.«

Der Alte nickte brav, aber ungläubig und brachte Ellen zur Tür.

Ich muss es schaffen, dachte sie und rieb sich die Hände. Sie hatte auch schon eine Idee, wie sie die beiden Liebenden doch noch vereinen konnte. Voller Elan eilte sie zur Burg.

»Was willst du?«, fragte die Torwache und stellte sich Ellen in den Weg. »Ich hab dich hier noch nie gesehen.«

»Ich bin aus Beuvry und möchte die Gemahlin des Advokaten sprechen.«

»Worum geht es?«, fragte die Torwache nun gedehnt und machte keinerlei Anstalten, Ellen durchzulassen.

»Das geht Euch gar nichts an. Die Herrin kennt mich, ich habe ihrem Sohn das Leben gerettet. Wenn Ihr mir nicht glaubt, geht hin und fragt sie, mein Name ist Ellenweore.« Ellen hatte sich wie früher als Schmiedejunge vor ihm aufgebaut. Ihr herrisches Auftreten verunsicherte den jungen Torwächter.

»Meinetwegen, geh. Melde dich am Wohnturm«, sagte er und gab sich Mühe, unbeeindruckt zu wirken, während er Ellen passieren ließ.

Der zweite Wachposten war freundlicher. Er zeigte auf eine große Wiese hinter dem Turm. »Madame ist dort hinten mit ihren Kindern, du kannst zu ihr gehen.«

Ellen sah sie aus der Ferne und konnte nicht anders, als die grazile Schönheit der Dame zu bewundern. Sie saß mit ihrem jüngsten Kind im Gras, neckte und liebkoste es. Zwei Ammen spielten Ringelreihen mit den älteren Kindern, kicherten und tanzten voller Übermut. Adelise de St. Pol hatte den Advokaten von Béthune schon sehr früh geheiratet und ihm mehrere Söhne und Töchter geschenkt, die sie voller Liebe großzog. Der älteste Sohn hatte das Elternhaus bereits verlassen.

»Wie geht es dir Ellen? Du siehst gut aus! Und Jacques und Claire, sind sie wohlauf?« Die Dame empfing sie, ihr jüngstes Kind auf dem Arm, sanftmütig duldend, dass es sie an den Haaren zog.

»Ich mache mir Sorgen um Claire, Madame, und möchte Euch um Hilfe bitten, auch wenn Ihr mir mit Eurem Großmut längst alles vergolten habt.«

»Was ist mit Claire, ist sie krank?« Adelise de Béthune sah besorgt aus.

»Ich fürchte, sie wird es bald sein, wenn wir nicht eine Lösung finden.«

»Komm, setz dich erst einmal.«

Doch noch bevor Ellen im Gras saß, hatte der kleine Baudouin sie entdeckt und kam auf sie zugerannt.

»Mein Engel, mein Engel!«, rief er lachend, und Ellen blieb nichts anderes übrig, als den kleinen Racker einzufangen. Als sie sich zu ihm hinunterbeugte, kuschelte er sich an sie und schlang seine Arme um ihren Hals.

»Du bist gewachsen!«, stellte Ellen fest.

»Wenn ich groß bin, werde ich ein Ritter sein!«, sagte er stolz und sah sie ernst an. »Dann kannst du von mir verlangen, was du willst!«

»Gib nur Acht, was du versprichst, sonst verlange ich womöglich noch, dass du mich heiratest, wenn ich eine alte Schachtel bin.« Ellen grinste ihn an.

»Das würdest du nicht tun!«, empörte er sich. »Oder?«, fragte er unsicher nach und erntete dafür das Gelächter seiner Mutter und der Kinderfrauen.

»Geh mit Hawise zur Küche, Baudouin. Lasst euch für uns alle Kuchen geben, und bringt Apfelmost mit, dann essen wir hier im Garten!«, befahl die Dame ihrem Sohn und nickte einer der Ammen zu.

»Au ja!«, rief er und rannte los.

»So, jetzt sind wir einen Moment ungestört. Erzähl, was ist mit Claire?«

Ellen berichtete von Anfang an, was geschehen war, und erklärte ihr Vorhaben. Die Dame von Béthune hatte zunächst besorgt ausgesehen, aber mit jedem Wort hellte sich ihre Miene mehr auf.

»Das ist eine wunderbare Idee, Ellen, sehr durchtrieben, aber großartig. Natürlich werde ich dir dabei helfen.«

Ellen wurde von Baudouin mit Kuchen und Most versorgt und hatte schließlich einen klebrigen Fleck auf ihrem Kleid, weil der Junge sich mit schmutzigem Mund an sie gekuschelt hatte, um sich zu verabschieden. Obwohl Ellen mit Kindern nichts anzufangen wusste, konnte sie sich dem Charme des jungen Baudouin nicht entziehen. Sie küsste ihn auf die rotstichigen braunen Haare und dachte für einen Moment an das Kind, das sie nicht bekommen hatte.

»Claire wird nicht gerade erfreut sein, dass ich so lange weg bin. Aber damit werde ich wohl leben müssen, schließlich ist es für eine gute Sache«, sagte sie zu Adelise de Béthune gewandt und grinste. Mit einem fast gekonnten Hofknicks verabschiedete sie sich und machte sich auf den Weg nach Hause.

Wie erwartet war Claire mürrisch wegen ihres langen Fortbleibens.

»Ich war bei Baudouin. Ich wollte nicht so lange bleiben, aber er und seine Mutter haben darauf bestanden, dass ich ihnen ein wenig Gesellschaft leiste, was sollte ich da tun?«, erklärte Ellen entschuldigend.

»Sieh nur, wie du aussiehst, das schöne Kleid!«, schimpfte Claire, die sich sonst nie über solche Kleinigkeiten aufregte.

»Baudouin, Apfelmost und Kuchen!«, sagte Ellen achselzuckend.

»Mach dich gleich an die Arbeit, es ist noch Zeit, bis es dunkel wird. Die Scheiden für Meister Georges sind noch nicht fertig. Er will sie Ende der Woche haben.«

»Ich werde so schnell sein wie der Wind!«, rief Ellen übermütig.

Claire, die sich früher über jeden Anflug von guter Laune bei Ellen gefreut hatte, sah sie missmutig an. »Was soll das Getue, fang endlich mit der Arbeit an!«

Ellen sagte nichts mehr und tat, was Claire verlangte. Dass sie dabei fröhlich vor sich hin summte, trug ihr zwar ein paar böse Blicke ein, störte sie aber nicht weiter.

Es vergingen zwei Wochen, ohne dass etwas geschah. Claire arbeitete viel und sprach wenig, und Ellen bemühte sich, ihr alles recht zu machen, obwohl das in letzter Zeit so gut wie unmöglich war.

Dann, eines frühen Morgens im September – die Luft war schon herbstlich kühl –, kamen Reiter ins Dorf und hielten vor der Werkstatt.

Claire und Ellen liefen hinaus.

Es war Adelise de Béthune in Begleitung einiger Männer. Ein junger Ritter stieg eilig von seinem Pferd, um ihr beim Absitzen zu helfen. Geduldig wartete sie, bis er sie herunterhob.

»Madame, welche Ehre! Was führt Euch zu mir?«, begrüßte Claire die Dame höflich und knickste.

Adelise de Béthune winkte einen ihrer Begleiter heran. Ein älterer Mann mit verkniffenem Mund und einer warzigen Nase stieg umständlich vom Pferd und kam herbei. Er verströmte einen üblen Geruch nach Schweiß und ranzigem Haar.

»Meine liebe Claire, das ist Basile, er ist Gehängemacher, so wie dein seliger Mann. Ich weiß, ich hätte mich längst darum kümmern müssen, dich wieder zu verheiraten. Die Last der Werkstatt auf deinen zarten Schultern ist viel zu groß, und du bist noch zu jung, um allein zu bleiben.«

Claire holte tief Luft, als wolle sie die Dame unterbrechen, brachte aber keinen Ton heraus, und Adelise de Béthune schwatzte munter weiter. »Mein Gatte möchte Basile in Beuvry ansiedeln und dich mit ihm verheiraten!« Die Herrin von Béthune strahlte Claire unschuldig an.

Claire blieb stumm.

Ellen ahnte, wie sie sich fühlen musste. Natürlich konnte sie sich weigern, ihn zu heiraten. Aber dann musste sie befürchten, dass der Advokat den Mann mit einer der anderen jungen Frauen verheiraten und die beiden in ihr Haus und ihre Werkstatt setzen würde.

Angewidert sah Claire zu ihm hinüber.

Adelise de Béthune lächelte. »Ich habe Basile erzählt, wie lange du die Werkstatt schon allein führst. Er ist sehr erfreut, weil du so gut arbeitest.«

»Solange wir keine Kinder haben, kannst du mir helfen«, sagte Basile gönnerhaft. »Und später bleibst du im Haus!« Sein Grinsen entblößte ein paar verfaulte Zähne.

Claire senkte den Blick.

Basile lehnte sich an den Türpfosten zur Werkstatt und musterte ihren Arbeitsplatz so ungeniert, als wäre er bereits hier zu Hause.

»Wie Ihr wünscht, Madame«, murmelte Claire ergeben und hielt den Blick weiter gesenkt, damit niemand die Tränen darin sah.

»Schön, Claire, dann wird also geheiratet, Sonntag in acht Tagen. Du weißt, wie sehr ich euch mag, darum habe ich beschlossen, dir und Ellen zu deiner Hochzeit ein neues Kleid zu schenken. Kommt morgen zu mir, damit wir Maß nehmen können. Auch Jacques soll etwas Ordentliches anzuziehen bekommen.« Adelise de Béthune lächelte freundlich und ließ sich beim Besteigen ihres Pferdes helfen.

»Kommt, Basile, reißt Euch los, es dauert nicht mehr lange, bis die Werkstatt Euch gehört!«, rief sie und wendete ihr Pferd.

»Er ist furchtbar!«, rief Ellen, als sie fort waren. »Wie konnte sie dir das nur antun?«

Claire bemühte sich, gleichgültig auszusehen. »Sie meint es doch nur gut mit mir, glaubst du, mein erster Mann war viel besser? Sicher hat auch dieser Basile seine guten Seiten.« Claires Stimme zitterte.

»Aber er ist alt, und seine Augen, sie sind so, ach, ich weiß nicht – so stechend«, erwiderte Ellen, obwohl sie wusste, welche Qualen sie damit bei Claire auslöste. Trotzdem musste es sein. Wenn ihr Plan gelingen sollte, gab es keinen anderen Weg.

»Es ist das gute Recht des Advokaten, mir einen Mann auszusuchen. Das Haus gehört mir ebenso wenig wie die Werkstatt. Entweder ich heirate Basile, oder ich muss Beuvry verlassen. Jacques und ich sind hier zu Hause, also werde ich ihn heiraten, auch wenn mir bei dem Gedanken, seine Bälger großzuziehen und bis ans Lebensende das Bett mit ihm zu teilen, schlecht wird. Vielleicht ist Gott mir gnädig, und ich sterbe im Kindbett!«, stieß sie hervor.

Ellen war schon versucht, alles zu verraten, als Claire sich fasste.

»Ach was, mein erster Mann war auch keine Schönheit, trotzdem habe ich einen Weg gefunden, mit ihm zurechtzukommen!«, sagte sie entschlossen.

Trotzdem sah Claire von Tag zu Tag elender aus, und am Abend vor der Hochzeit schließlich weinte sie hemmungslos.

Ellen nahm sie tröstend in den Arm.

»Ich habe alles falsch gemacht«, klagte Claire unglücklich. »Ich war so dumm! Sicher, ich habe es nicht anders verdient, aber ich weiß nicht, ob ich es schaffe, diesen Kerl zu heiraten.«

Ellen bemühte sich, entsetzt auszusehen, damit Claire ihr nicht auf die Schliche kam. Ihre Freundin so unglücklich zu sehen tat ihr in der Seele weh. Es fehlte nicht viel, und Ellen hätte die Ärmste aus ihrem Kummer erlöst. Aber sie hatte sich vorgenommen durchzuhalten, auch wenn es nicht leicht war. Claires Augen waren ganz rot geweint.

»Vielleicht wären sie mit Guiot gar nicht einverstanden gewesen. Wenn er das gewollt hätte, hätte der Herr von Béthune ja schon mit ihm eine Hochzeit planen können. Vielleicht wenn Guiot nicht so schnell wieder verschwunden wäre ...« Claire schluchzte laut auf.

»Aber Liebes, du hast es doch selbst gesagt, eine arrangierte Ehe ist das Beste, was einer Frau passieren kann!« Ellen schämte sich ein bisschen für ihre Grausamkeit.

»Ja, ich weiß, dass ich so etwas Dummes gesagt habe, und jetzt muss ich dafür bezahlen.« Claire richtete sich auf und wischte ihre Tränen energisch fort. »Ich werde diesen Basile morgen heiraten, stolz und aufrecht. Aber mit der Arbeit am Herd und den vielen Kindern soll er sich nur nicht allzu viel Hoffnung machen«, sagte sie aufmüpfig.

Ellen nickte gequält. Vielleicht hatte sie sich in Claire doch getäuscht, und sie war tatsächlich so stark, wie sie immer vorgab. Ob sie sich doch noch mit dieser Hochzeit abfinden würde?

An ihrem Hochzeitstag stand Claire genauso früh auf wie an einem gewöhnlichen Arbeitstag. Ellen sah, dass sie in die Werkstatt ging und sich wehmütig umsah. Alles war aufgeräumt, die angefangenen Aufträge beendet. Kein Fädchen lag herum, kein Werkzeug, das nicht ordentlich weggeräumt war. Obwohl sie bereits ihr Hochzeitskleid trug, fegte Claire noch einmal durch. Jetzt sah es aus, als sei schon lange nicht mehr in der Werkstatt gearbeitet worden. Claire straffte sich und ging hinaus. Ellen sah ihr nach. Sie würde all ihre Kraft aufbringen müssen, um den Weg zur Kirche zu schaffen. Mit versteinertem Gesicht ging sie kurz darauf ihrem Schicksal entgegen. Sie sah nicht aus wie eine Braut, sondern wie eine Verurteilte auf dem Weg zur Hinrichtung. Adelise de Béthune und ihre Begleiter warteten bereits vor der Kirche. Scheinbar gleichgültig schritt Claire hoch erhobenen Hauptes auf die Kirche zu, aber als sie dem widerwärtigen Blick ihres Zukünftigen begegnete, verlor sie die Fassung. »Ich kann nicht«, flüsterte sie mit zitternder Stimme.

Ellen tat so, als habe sie nichts gehört, und schon kam Adelise de Béthune lächelnd auf die beiden zu. Sie reichte der Braut beide Hände und begrüßte sie freundlich.

»Bald bist du wieder unter der Haube, mein Kind.«

Claire schüttelte den Kopf und zog die Herrin mit sich fort.

»Bitte, Madame, Ihr müsst mich aus meiner Verpflichtung entlassen. Ich liebe einen anderen Mann. Ich kann Basile nicht …«

»Aber Kindchen, was sind das denn für Albernheiten, die ich da höre. Du liebst einen anderen? Das ist doch nun wirklich kein Grund, Basile nicht zu heiraten. Eine Ehe auf Liebe zu bauen ist Unsinn, glaub mir, ich weiß, wovon ich spreche.«

»Das habe ich ja auch immer geglaubt, bis Guiot wieder zurückgekehrt ist. Er wollte mich heiraten, und ich dummes Ding habe nein gesagt.« Claire war am Ende ihrer Kräfte.

»Na, dann ist doch alles in Ordnung, und wir können jetzt endlich deine Hochzeit feiern«, sagte Adelise de Béthune und sah Claire ungewöhnlich streng an. »Komm jetzt!«

Claire gab auf und folgte ihr. Den Blick starr auf ihre Füße gerichtet, damit sie nicht einfach davonlaufen konnten, bemerkte sie nicht, dass Guiot inzwischen Basiles Platz eingenommen hatte. Tränen füllten ihre Augen.

Dann begann der Priester seine Ansprache über die Ehe, ihre Pflichten und den Willen Gottes.

Claire schien ihn kaum zu hören.

»Willst du, Claire, Witwe des Gehängemachers Jacques und Mutter seines Sohnes Jacques, den hier anwesenden Guiot, seines Zeichens ebenfalls Gehängemacher, zum Ehemann nehmen, ihn lieben und ehren …«

Claire sah hoch wie ein aufgescheuchtes Reh. Hatte er Guiot gesagt? Ungläubig blickte sie zur Seite, wo sie Basile vermutete.

Guiot lächelte verlegen.

»… ihm treu sein bis ans Lebensende, ihm Kinder gebären und sie zu gottesfürchtigen Menschen erziehen, wie es die Mutter Kirche verlangt, und all dies aus freien Stücken, dann antworte mit Ja.« Der Priester sah Claire fragend an.

»Das war nicht meine Idee!«, raunte Guiot ihr entschuldigend zu, als sie dem Priester die Antwort schuldig blieb.

Der Priester wiederholte seine Frage geduldig.

Diesmal beeilte sie sich, laut und deutlich mit Ja zu antworten, trotzdem zitterte ihre Stimme.

Nachdem auch Guiot zugestimmt und der Priester ihnen seinen Segen gegeben hatte, fiel alle Angst von ihr ab.

»Wer von euch steckt dahinter?«, fragte Claire in die Runde und funkelte Guiot und die beiden Frauen an.

Guiot hob nur die Hände und schaute auf die Dame von Béthune.

»Oh nein, meine Idee war das nicht! Ich bin nur ein Werkzeug gewesen«, sagte sie lachend und deutete auf Ellen. »Nur sie war in der Lage, so etwas auszuhecken!«

»Ellen!« Claire war viel zu glücklich, um entrüstet zu sein.

»Ich konnte einfach nicht mit ansehen, wie du dein Glück zum Teufel jagst. Ist meine Art, dir für alles zu danken. Ich denke schon eine ganze Weile daran weiterzuziehen und wollte dich nicht mit der ganzen Arbeit allein lassen. Na ja, und weil du Dickkopf ihn nicht beschäftigen wolltest, dachte ich, es wäre eben doch die beste Lösung, wenn du Guiot heiratest. Ist doch in deinem Sinne, oder?«

»Danke«, sagte Claire mit erstickter Stimme.

Ellen holte einen Kranz aus kleinen weißen Blumen hinter ihrem Rücken hervor, löste den strengen Knoten in Claires Nacken, sodass ihre schönen dunkelblonden Haare in weichen Wellen über ihren Rücken fielen. Dann setzte sie ihr den Blütenkranz auf. »Du bist eine wunderschöne Braut, Claire, und Guiot ist ein Glückspilz!«

»Nun, Claire hat auch Glück, das wird sie schon noch merken!«, sagte Guiot scherzend und zog seine Braut an sich, um ihr nun nach so langer Zeit endlich den lang ersehnten zweiten Kuss zu geben.

»Besser als der erste?«, raunte er ihr zu.

Claire wurde rot und nickte.

Das ganze Dorf hatte sich an der Kirche versammelt und klatschte nun Beifall. Ein paar Männer pfiffen laut auf Daumen und Zeigefinger, und der Müller nahm seine kleine Flöte, um eine lustige Weise zu spielen. Dazu sangen die Frauen ein Spottlied auf die Ehe – ganz so wie es im Dorf schon immer Brauch war. Sogar Morgane, Adele und die anderen jungen Frauen schienen Claire ihr Glück zu gönnen. Vielleicht dachten sie, wenn einer von ihnen so etwas wunderbar Unerwartetes passieren konnte, dann hatte jede von ihnen das Recht, auf den Richtigen zu hoffen.

Mit zitternden Beinen löste sich der alte Jean aus der Menge, umarmte seinen heimgekehrten Sohn und weinte leise vor Glück.

Anfang März 1170

»Wir haben nicht mehr viel Leim«, bemerkte Claire so beiläufig wie möglich.

Ellen zog die Stirn ein wenig kraus, aber Claire schien es nicht zu bemerken. Seit ihrer Hochzeit war sie manchmal durcheinander. Ob sie tatsächlich vergessen hatte, dass Ellen am nächsten Tag für immer fortgehen würde?

»Ist auch nicht mehr viel Leinen da.« Ellens Stimme klang tönern.

Claire nickte, ohne sie anzusehen. »Ich bringe morgen welches mit«, antwortete sie, stürzte plötzlich, eine Entschuldigung murmelnd, aus der Werkstatt und riss Jacques dabei fast um.

»Mama weint andauernd, und du bist schuld.« Jacques sah Ellen vorwurfsvoll an.

»Ich?«, fragte Ellen empört.

»Sie ist traurig, weil du weggehen willst ... und ich auch«, sagte er und umarmte sie ungelenk. Mit zunehmendem Alter war seine Einfältigkeit auffälliger geworden.

»Ich bin auch traurig, Jacques, aber es wird Zeit für mich zu gehen.« Ellen wischte sich verstohlen eine Träne aus dem Augenwinkel.

»Ich hab's gesehen, du heulst!«, triumphierte er.

Ellen lachte, und diesmal rollte wirklich eine Träne über ihre Wange.

»Du musst nicht weinen, du kannst doch hierbleiben«, sagte Jacques zärtlich und drückte sich noch einmal fest an sie.

»Nein, ich muss gehen, glaub mir«, sagte Ellen mit zitternder Stimme.

»Aber du kommst bald wieder, ja? Und dann heirate ich dich!«, sagte er und strahlte.

Ellen musste an den kleinen Baudouin denken und lachte.

»Unsinn, Jacques! Du heiratest mal ein hübsches, junges Mädchen, nicht so eine Alte wie mich.«

»Du bist gar nicht alt!«, empörte sich Jacques und sah sie beleidigt an. »Dann warte ich halt, bis ich auch alt bin«, gab er zurück und zog ab.

Am letzten Tag so zu tun, als sei ein gewöhnlicher Arbeitstag, fiel allen schwer. Als es Abend wurde, wandte sich Claire endlich an Ellen.

»Ich bin sicher, Gott hat dich zu uns geschickt. Du hast so viel für mich getan!« Sie drückte Ellens Hand.

»Oh nein, Claire, du hast mir geholfen! Ohne dich hätte ich nie den richtigen Weg gefunden. Durch dich habe ich gelernt, an mich zu glauben und mir etwas zuzutrauen, auch wenn ich statt Bruche und Hemd ein Kleid trage. Ich werde immer in deiner Schuld stehen!« Ellen überwand ihre Scheu und nahm Claire zum ersten Mal von sich aus in den Arm.

»Nichts da, du schuldest mir gar nichts.« Claire fasste sie bei den Schultern und sah ihr in die Augen. »Ich verdanke dir mein ganzes Glück.«

»Dem stimme ich zu!«, mischte sich Guiot ein, der nur den letzten Teil ihres Gesprächs verstanden hatte. Er streckte ihnen grinsend einen Krug entgegen. »Wein!«, sagte er stolz. »Habe ich besorgt, damit du uns in guter Erinnerung behältst!« Seine Mundwinkel reichten bis zu den Ohren.

Ellen entspannte sich ein wenig. »So, so, und du glaubst, wenn ich morgen mit einem dicken Kopf aufwache, werde ich gerne an diesen Abend zurückdenken?«, neckte sie ihn gerührt.

»Setzt euch, ihr zwei Hübschen, esst und trinkt mit mir.« Guiot lachte und goss den roten Wein in die tönernen Becher auf dem Tisch. Auch Jacques bekam zur Feier des Tages einen Schluck. Guiot hob seinen Becher, um mit ihnen anzustoßen.

»Auf dich, Ellenweore!«, sagte er herzlich.

»Auf eure gemeinsame Zukunft und das Kind!«, sagte Ellen und nickte Claire zu.

Sie errötete, und Guiot nahm sie stolz in den Arm. »Auf deine ehrgeizigen Pläne, Ellen! Möge dir alles im Leben gelingen, und mögest auch du die Liebe finden!«, posaunte Guiot und stieß mit Ellen an.

Claire schluchzte auf, stellte ihren Becher so hastig auf den Tisch, dass der Wein herausschwappte, und rannte hinaus.

»Lass sie nur.« Guiot hielt Ellen zurück, als sie ihr nachgehen wollte, und bedeutete ihr, sich wieder zu setzen. »Sie fängt sich gleich. Wenn du jetzt zu ihr gehst, werdet ihr beide heulen, und es wird nur schwerer.«

Ellen nickte. Guiot hatte Recht, es dauerte auch nicht lange, bis Claire zurückkam. Ihre Augen waren noch rot, aber sie setzte sich zu ihnen an den Tisch und bemühte sich um ein Lächeln.

Zur Feier des Tages aßen sie gebratenes Huhn mit Schwarzwurzeln und kräftigem Brot, dazu tranken sie ausgiebig Wein und schwelgten den Rest des Abends in Erinnerungen. Als sie schließlich aufgedreht kichernd zu Bett gingen, war der Weinschlauch bis auf den letzten Tropfen geleert.

Am nächsten Morgen stand Ellen genauso früh auf wie immer. Ihr Kopf dröhnte und ertrug weder Licht noch laute Geräusche oder heftige Bewegungen. Wer zu viel trank, musste den Kopfschmerz danach ertragen, bis er vorbei war. Ellen wusch sich wie gewohnt und zog sich an. Aber jeder Handgriff fiel ihr schwer, ihre Arme schienen aus Blei zu sein. Trotz der rasenden Kopfschmerzen schnürte sie das Bündel mit ihren Habseligkeiten. Das wunderschöne grüne Kleid der Dame von Béthune, das Ellens grasgrüne Augen noch mehr zum Leuchten brachte, faltete sie ordentlich zusammen. Wie immer hatte sie einen Stapel Leinentücher, eine kleine Fackel, einen Feuerstein, Zunder und einen Feuerschläger sowie etwas Proviant zusammengepackt. Ellen nahm das Tuch von Aelfgiva, das sie wie ihren Augapfel hütete, schmiegte ihr Gesicht daran und dachte voller Sehnsucht an die alte Kräuterfrau. Auch die anderen Stücke, an denen Erinnerungen hingen, packte sie ein: den Kamm, den Claire ihr geschenkt hatte, die kleine Christophorusfigur, die Jacques für sie geschnitzt hatte, die Stoffbänder für ihre Haare, die sie trotz Claires Drängen nie trug, und den glitzernden Stein aus Tancarville. Rose hatte ihn gleich bei ihrer Ankunft gefunden und ihn Ellen als Zeichen ihrer Freundschaft geschenkt. Obwohl Rose sie verraten hatte, trug Ellen ihn noch immer bei sich. Eine Träne rollte über ihre Wange. Ellen wischte sie schnell mit dem Ärmel fort und legte den Gürtel um, an dem das Messer von Osmond, der Wasserschlauch und eine Börse baumelten. Den Hauptteil ihres Geldes bewahrte sie unter ihrer Kleidung auf. In der Börse am Gürtel klimperten gerade genug Münzen für die kommenden Tage. Falls sie überfallen wurde, würden die Diebe hoffentlich annehmen, sie trage ihr gesamtes Geld am Gürtel.

In Tancarville hatte sie die leuchtend roten Haare immer in Ohrhöhe abgeschnitten, seitdem waren sie gewachsen und reichten ihr nun bis gut über die Schultern. Sie waren fest und lockig, fast kraus und genauso widerspenstig wie sie selbst. Bei der Arbeit fielen sie ihr ins Gesicht, also band sie sie mit einem einfachen Strick zu einem kurzen Zopf zusammen. Ein Lockenkranz kringelte sich um ihre hohe Stirn. Die wenigen Pünktchen, die sie als Kind auf der Nase gehabt hatte, waren zu richtigen Sommersprosseninseln geworden, die ihren hellen Teint frecher und ihr flächiges Gesicht zarter aussehen ließen. Unter den flaumigen roten Augenbrauen blitzten ihre grünen Augen hervor wie Smaragde in einer Kupferfassung.

Ellen seufzte. Obwohl sie seit Monaten an nichts anderes dachte als daran, weiterzuziehen, fiel es ihr schwer zu gehen.

»Du kannst es dir immer noch überlegen!«, sagte Claire, als sie sich verabschiedete.

Ellen schüttelte tapfer den Kopf. »Ich muss jetzt meinen eigenen Weg gehen!«

Fast drei Jahre war sie in Béthune geblieben. Claire und Guiot hatten sie nach der Hochzeit überredet, noch den Winter bei ihnen zu verbringen. Jetzt war es endgültig an der Zeit, sie zu verlassen.

»Sicher.« Claire nickte.

Ellen umarmte Guiot. »Pass gut auf sie auf, hörst du?«

»Du kannst dich auf mich verlassen, ich werde für sie sorgen«, antwortete Guiot ernst.

Ellen schluckte.

»Gott, das klingt, als wäre sie meine Mutter und nicht meine Freundin.« Claire seufzte.

»Sieh mal, Guiot, da kommt dein Vater!«, freute sich Ellen, als sie Jean in der Ferne ausmachte. Sie mochte den alten Mann, weil er sie an Osmond erinnerte.

»Ich wäre stolz gewesen, eine Tochter wie dich zu haben«, flüsterte er ihr ins Ohr, als er sie wenig später umarmte, und Ellen verlor den letzten Rest Fassung. Jean tätschelte ihr tröstend die Schulter.

»Seht mal, dort kommen Pferde, ich glaube, es ist Adelise de Béthune!«, rief Claire eine Spur zu laut und winkte.

Ellen blinzelte eine Träne weg und erkannte, dass Claire Recht hatte.

Die Dame von Béthune stieg ab, nahm Ellen in den Arm und sah ihr dann fest in die Augen. »Gib auf dich Acht, Ellen! – Gauthier, das Pony!«, wandte sie sich an ihren Begleiter.

Ritter Gauthier übergab Ellen die Zügel eines hübschen kleinen Pferdes. »Reiten ist bequemer, schneller und vor allem sicherer! Es hört auf den Namen Nestor, ist lammfromm und auch für eine ungeübte Reiterin geeignet«, sagte er lächelnd.

»Es gehört dir!«, bestätigte Adelise de Béthune und zwinkerte

Ellen verschwörerisch zu. Wir Frauen müssen zusammenhalten, schienen ihre klugen Augen zu sagen.

»Danke, Madame. Vielen Dank!«

»Ach ja, beinahe hätte ich es vergessen. Dies hier hat mir mein Sohn mitgegeben, er wird dich nie vergessen, lässt er dir ausrichten, und damit es dir genauso geht, sollst du sie gut aufheben!« Adelise de Béthune holte ein Seidentuch hervor und faltete es auseinander. In dem Tuch lag eine dunkelbraune Haarlocke mit einem Rotstich. Ein kleines Bändchen hielt sie zusammen.

Ellen lächelte gerührt über das Kinderhaar.

»Gute Reise, Ellen!« Adelise de Béthune saß auf, grüßte alle mit einem grazilen Kopfnicken und ritt davon.

Claire umarmte Ellen ein letztes Mal und wollte sie gar nicht mehr loslassen.

»Komm jederzeit zu uns zurück, du wirst hier immer offene Arme finden!«, sagte sie ergriffen, und Guiot nickte zustimmend.

»Danke – für alles«, murmelte Ellen schweren Herzens.

»Na, dann werden wir mal sehen, wie wir dich da raufkriegen!«, zog Guiot sie auf.

Ellen ließ sich von ihm aufs Pferd helfen, obwohl sie es auch allein geschafft hätte. Nestor blieb ruhig stehen. Erst als Ellen mit der Zunge schnalzte und die Fersen in seine Flanken drückte, trottete er gemächlichen Schrittes los. Vermutlich würde sie auf seinem Rücken kaum schneller vorankommen als zu Fuß, aber er würde sie wärmen und ihr Gesellschaft leisten. Mit einem Mal war sie froh, nicht allein unterwegs zu sein. War Einsamkeit nicht die schlimmste Qual, gleich nach Siechtum und Hunger?

Jacques lief noch eine Weile neben ihr her, bis das Dorf hinter ihnen lag.

Dann lies Ellen die Zügel locker. Immer geradeaus, dort irgendwo lag ihre Zukunft.

April 1170

In jedem Dorf, durch das Ellen gekommen war, hatte sie nach Arbeit gefragt, aber die Leute hatten die fremde Frau, die behauptete, schmieden zu können, nur kopfschüttelnd fortgeschickt. Einen Monat war sie nun schon unterwegs, und ihre Ersparnisse waren fast aufgebraucht. Der März war kälter als üblich gewesen, es war sogar noch einmal Schnee gefallen, und der April hatte auch nicht besser begonnen. Unermüdlich erkundigte sich Ellen nach Arbeit, und immer öfter rieten ihr die Leute, es in Beauvais zu versuchen. Da sie ohnehin kein anderes Ziel hatte, beschloss sie, diesem Rat zu folgen. Sie brauchte zwei Tage, um die Stadt zu erreichen.

Die festungsartige Stadtmauer ließ die Größe und Bedeutung Beauvais' schon von weitem erahnen. Die vielen Straßen und Gassen mit ihren großen und kleinen Häusern wanden sich rund um den imposanten bischöflichen Palast. Ellen sah sich neugierig um und begriff schnell, dass die Menschen hier ihren Reichtum dem Tuchhandel verdankten. Überall verarbeiteten Spinnerinnen, Weber und Färber verschiedenste Sorten Wolle zu edlen Tuchen. Sogar die feine englische Schafswolle führten sie eigens dafür aus London ein. Die Stadt atmete Wohlstand und Geschäftssinn.

Als Erstes wollte sich Ellen im Bischofspalast nach einem Schwertschmied erkundigen. Vielleicht hatte sie dort endlich Glück! Aber die Torwachen wiesen sie nur schroff ab und lachten sie sogar noch aus, als sie ihr Anliegen erläuterte. Hungrig, müde und vollkommen durchgefroren fragte Ellen eine Garnmacherin nach dem Weg zu den Schmieden der Stadt.

Kein Lächeln kam über die Lippen der Frau, mit zusammengekniffenem Mund sah sie Ellen an und wies ihr mit einer knappen Erklärung den Weg. Obwohl es den Bürgern der Stadt gut zu gehen schien, machten sie keinen besonders glücklichen Eindruck.

Mit schwindender Hoffnung kam sie zur ersten Werkstatt, klopfte an und trat ein. Die Schmiede war klein und unordentlich, aber Ellen konnte nicht wählerisch sein. Zu oft hatte man sie in den letzten Wochen weggeschickt, sie musste endlich Arbeit und eine Bleibe finden! Mutlos haspelte sie ihr Sprüchlein herunter. »Ich grüße Euch Meister und bitt Euch, hört mich an. Ich suche eine Arbeit als Schmiedehelfer oder Zusch…« Weiter kam Ellen nicht.

»Dich schickt der Himmel!«, rief der Schmied erfreut, packte die verdutzte Ellen am Arm und zog sie mit sich hinüber ins Haus.

»Sieh mal, Marie, deine Gebete wurden erhört!« Der Schmied schob Ellen in die Stube.

Seine Frau war so rund wie ein Fass. Es war nicht zu übersehen, dass sie bald ein Kind bekommen würde. Marie wischte ihre Hand an ihrer schmuddeligen Schürze ab und reichte sie Ellen. Auf dem Boden spielte ein ungefähr zweijähriger Junge mit einem vielleicht drei oder vier Jahre alten Mädchen.

»Du könntest in der Schmiede schlafen und würdest das Gleiche zu essen kriegen wie wir alle. Zahlen kann ich nicht viel, aber wenn du dir nebenbei noch was anderes suchen willst, wär's mir recht. Schlafen und essen könntest du trotzdem hier«, schlug der Schmied ihr hastig vor.

Obwohl die Bedingungen alles andere als verlockend waren, beschloss Ellen, erst einmal zu bleiben. Sie konnte sich später immer noch nach etwas Besserem umsehen. »Ich bin einverstanden, aber«, sie blickte unwillig auf die Kinder und den dicken Bauch seiner Frau, »ich will nicht im Haus, sondern nur in der Schmiede arbeiten. Ich kann alles schmieden und bin ein guter Zuschläger.«

Der Schmied sah sie verblüfft an und überlegte einen Moment. »Dann sind wir uns einig!«, entgegnete er und streckte ihr die Hand hin.

Er musste in ziemlichen Schwierigkeiten stecken, wenn er sie ohne weitere Nachfragen einstellte.

»Ich bin übrigens Michel.«

»Ellenweore!« Sie schlug ein und besiegelte damit den Vertrag.

»Setz dich mit uns an den Tisch und iss!«, forderte Marie sie freundlich auf und verteilte die Suppe, die für die Familie gedacht war, auf eine Holzschale mehr.

Die Portion war spärlich und die Suppe ein wenig dünn, aber sie schmeckte. Hoffentlich kochte Marie in Zukunft mehr! Wenn Ellen erst wieder mit dem Schmieden begann, würde ihr Hunger wieder anwachsen. Wehmütig dachte sie an die Zeit bei Donovan und Glenna zurück. Reichlich zu essen und ein richtiges Zuhause hatten sie ihr gegeben. Wie es ihnen wohl gehen mochte? Nicht wirklich satt, frierend und alles andere als glücklich schlief Ellen an diesem Abend ein. Sie hatte sich mehr von Beauvais erhofft, als Handlanger in einer drittklassigen Schmiede zu werden.

In der ersten Nacht träumte sie von Osmond. Sie hatte den Geruch von warmer Ziegenmilch noch immer in der Nase, als sie im Morgengrauen in der noch fremden Werkstatt erwachte. Schweren Herzens machte sie sich an die Arbeit. Seit ihrer Flucht aus Tancarville war sie in keiner Schmiede mehr gewesen, aber ihr Handwerk hatte sie nicht verlernt. Schon am Mittag ihres ersten Arbeitstages kam es ihr vor, als habe sie nie mit dem Schmieden aufgehört. Sie hatte zwar weniger Kraft und Ausdauer als früher, aber die anstrengende Arbeit verschaffte ihr große Befriedigung. Trotzdem musste sie die lange Schmiedepause in den folgenden Tagen mit schlimmstem Muskelkater bezahlen. Auch ihre Hände waren die harte Arbeit nicht mehr gewöhnt, und sie hatte erneut die schmerzhafte Zeit der Blasen und Schwielen zu überstehen.

»Ich bewundere dich«, sagte Marie eines Abends, als sie Ellens geschundene Hände erblickte. »Genau wegen dieser schrecklichen Blasen habe ich die Arbeit bei Michel in der Schmiede immer gehasst.«

»Ja, ja, deshalb bekommt sie jetzt ein Kind nach dem anderen und behauptet, der Hammer sei zu schwer für eine Frau in ihren Umständen«, mischte sich Michel lästernd ein.

»Natürlich, da sieht man es wieder, du hast gar keine Ahnung. Das Kinderkriegen hat der Herr uns Frauen wahrlich schwer genug gemacht. Das Leben mit dem dicken Bauch ist alles andere als leicht, und vom Gebären wollen wir gar nicht erst reden. Das würde ich nur allzu gern dir überlassen und dafür sogar die Schwielen an den Händen in Kauf nehmen«, erwiderte Marie beleidigt. Sie schien wirklich wütend auf ihren Mann zu sein. Aber schon einen Moment später küssten sich die beiden wie ein jung verliebtes Paar, und alles war wieder in Ordnung.

Michel war Schmied geworden, weil auch sein Vater Schmied gewesen war und dessen Vater vor ihm. Er arbeitete ohne Leidenschaft und Ehrgeiz, trotzdem war er gut genug, um feste Kunden zu haben, die durchaus mit ihm zufrieden waren. Er hätte seine Familie bestens versorgen können und sich einen Zuschläger und einen Gesellen nehmen können, wenn er nicht jeden freien Augenblick im Wirtshaus beim Spiel mit den Würfeln verbracht und dort den größten Teil seines Geldes gelassen hätte.

Marie fügte sich in ihr Schicksal, weil sie kein besseres Leben kannte. Michel schlug sie nicht, solange sie den Mund hielt, und das reichte ihr.

Juli 1170

Ellen wischte sich mit der Hand über die Stirn. Schwül war der Sommer dieses Jahr! Unter dem Dach der Schmiede staute sich die warme Luft und machte das Atmen schwer. Seit gut drei Monaten arbeitete sie schon für Michel, und immer häufiger verschwand er schon nach dem Mittag, um sich im Wirtshaus dem Würfeln zu widmen. Die Gesellen der anderen Schmiede verspotteten ihn, weil er seine Werkstatt einer Frau überließ. Sie beargwöhnten Ellen und waren eifersüchtig darauf bedacht, dass diese ihren Meistern nicht zu nahe kam.

Ellen fragte sich, ob sie überhaupt in Beauvais bleiben sollte. Der Juli war ein guter Monat zum Reisen, vielleicht war es besser, das Bündel zu schnüren und den Amboss gegen den Wanderstab einzutauschen. Als Ellen noch darüber nachdachte, kam ein großer, schlanker Mann von vielleicht dreißig Jahren in die Werkstatt. Ellen hatte ihn noch nie zuvor gesehen. Seine Augen waren von einem warmen Braun, genau wie seine gewellten, vollen Haare.

»Ist Michel nicht da?«, fragte er mit leicht gerunzelter Stirn.

»Tut mir leid. Im Moment müsst Ihr mit mir vorlieb nehmen. Was kann ich für Euch tun?«

Der Falte nach zu urteilen, die sich jetzt noch tiefer in seine Stirn eingrub, war er gar nicht glücklich, statt des Meisters eine wildfremde Frau anzutreffen. Trotz seiner Unentschlossenheit fand Ellen ihn sympathisch.

»Bitte sagt mir, warum Ihr gekommen seid. Ihr könnt gewiss

sein, ich werde Euch ebenso gut weiterhelfen wie der Meister selbst. Sonst würde er mich kaum ständig allein in seiner Werkstatt arbeiten lassen.« Ellen ging auf ihn zu.

»Ich brauche ein paar Werkzeuge. Ich bin Jocelyn, Faber Aurifex.«

Ein Goldschmied! Ellen nickte erfreut und sah sich das zerbrochene Werkzeug, das er ihr reichte, genau an.

»Den Gravierstichel kann man nicht reparieren, den muss ich neu machen. Was braucht Ihr noch?«

»Einen kleinen Hammer«, antwortete er, überrascht von Ellens Sachverstand.

»Welches Gewicht? Und die Hammerbahn? Welche Größe benötigt Ihr? Ballig oder plan?«, fragte Ellen routiniert.

Der Goldschmied machte seine Angaben, und Ellen nickte. »In fünf Tagen sind die beiden Sachen fertig, früher geht es leider nicht.«

»Gut«, sagte er, ohne Anstalten zu machen, wieder zu gehen.

Ellen lächelte ihn an, und Jocelyn räusperte sich.

Plötzlich flog die Tür zur Werkstatt auf, und Michel kam herein. Er roch nach Bier und sah missmutig aus. Vermutlich hatte er wieder einmal sein ganzes Geld verspielt. »Was macht Ihr denn hier, Jocelyn, wollt Ihr mir meine Ellen streitig machen?«, fuhr er den Goldschmied an.

Jocelyn musterte Michel, als sei er nicht mehr ganz bei Trost. »Ich habe Werkzeug in Auftrag gegeben«, sagte er kühl.

Michels Miene hellte sich auf. »Oh! Ja, wenn das so ist, Meister Jocelyn. Ellen wird es für Euch anfertigen, sie liebt diese Arbeit!« Michel lachte heiser.

»Nun, ich wollte Meister Jocelyn gerade fragen, ob er mich an zwei Tagen in der Woche zur Aushilfe nehmen kann. Ihr wisst doch, Michel, dass wir das von Anfang an vereinbart haben.«

Jocelyn sah Ellen überrascht an und runzelte die Stirn.

Michel kreischte auf und lachte hysterisch. »Ja, Jocelyn, seht

Euch nur ihre Hände an. Die sind genau das Richtige für solch ein feines Handwerk, wie Ihr es ausübt.« Er riss Ellens schmutzige Rechte hoch und hielt sie Jocelyn unter die Nase.

Offensichtlich ärgerte der sich nun auch über das widerwärtige Verhalten des betrunkenen Michel. Wohlwollend ergriff er Ellens Hand und betrachtete sie. Von den Blutblasen in ihren Handflächen war nichts mehr zu sehen, und ein wenig zarter als die eines gewöhnlichen Schmieds waren sie doch.

»Zugegeben, ein bisschen viel Hornhaut, aber …« Er sah Ellen so eindringlich an, dass sie das Atmen vergaß. »Sobald du das Werkzeug fertig hast, bring es mir. Wenn ich damit zufrieden bin, werde ich dich prüfen.« Jocelyn ließ ihre Hand behutsam sinken.

Obwohl er sie längst losgelassen hatte, kam es Ellen vor, als spüre sie seine warmen, weichen Finger noch immer. »In fünf Tagen also«, sagte sie leise.

Jocelyn nickte zufrieden. »In fünf Tagen!« Er grüßte kühl in Michels Richtung und ging.

»Vergiss nicht, du musst erst noch die Bestellung des Bäckers fertig machen«, knurrte Michel.

»Ich weiß, das schaffe ich schon, keine Sorge.«

Ellen machte sich sofort an die Arbeit für den Bäcker, um danach so schnell wie möglich mit dem Werkzeug für den Goldschmied beginnen zu können. Sie wollte besonders gute Arbeit für ihn leisten. Der Stichel würde spitz, scharf und vor allem hart sein müssen. Endlich konnte sie mehr von ihrem Wissen einsetzen als bei einfachen Werkzeugen! Ellen genoss das Schmieden für den Faber und machte sich ein paar Tage später an das Härten von Stichel und Hammerbahn. Sie füllte einen kleinen Trog, den sie in der Werkstatt gefunden hatte, zur Hälfte mit Quellwasser aus dem Wald und fügte ein wenig von dem Urin aus ihrem Nachttopf hinzu. Auf den Boden des Troges legte sie einen Stein, den sie von Donovan hatte. Der Schwertschmied hatte auf seine Zauberwirkung ebenso geschworen wie auf den uralten magischen Spruch, den er Ellen beigebracht hatte und den sie bei jedem Härten konzentriert vor sich hin murmelte.

Als Michel ihre Mischung argwöhnisch beäugte, daran roch und ihr dabei ans Hinterteil fasste, zischte Ellen ihm ins Ohr: »Am liebsten härte ich mit Zwergenblut, das ja bekanntlich sehr kalt ist, aber ich verwende es nur für außergewöhnliche Schwerter, weil es schwer zu bekommen ist.«

Michel sträubten sich die Haare im Nacken, und Ellen weidete sich an seiner Angst. Mit ein wenig Glück würde er von nun an nicht mehr versuchen, sich an ihr zu vergreifen.

Als Hammer und Stichel für den Goldschmied fertig waren und Ellen sie ihm bringen wollte, fragte sie Michel nach dem Weg. Er beschrieb ihn ohne Murren. Die Sache mit dem Zwergenblut hatte ihm wohl zu denken gegeben.

Jocelyn sah überrascht aus, als Ellen in seine Werkstatt kam.

»Es braucht wohl noch?« Seine etwas unwirsche Frage klang eher wie eine Feststellung.

»Was braucht wohl noch?« Ellen begriff nicht.

»Das Werkzeug, natürlich.« Jocelyn zog die Augenbrauen ungnädig zusammen. Es war der Nachmittag des fünften Tages, und er glaubte, sie käme, um Aufschub von ihm zu erbitten. Michel bekam seine Arbeit nie in der vereinbarten Zeit fertig, also erwartete Jocelyn von Ellen nichts anderes.

»Ich habe gesagt, fünf Tage«, antwortete sie bestimmt.

»Dann bleibt dir Zeit bis heute Abend, was stehst du noch hier herum?«, gab Jocelyn ungehalten zurück. Er hatte keine Lust, schon wieder Zugeständnisse zu machen.

Ellen lachte, weil sie erst jetzt begriff, was er meinte.

»Warum lachst du?«, fragte er noch ein wenig gereizter, dann sah er, wie sie die beiden Werkzeuge auspackte und ihm entgegenstreckte.

Jocelyn betrachtete die Werkzeuge eingehend.

»Bitte prüft mich, ich lerne schnell und bin geschickt!«, bat Ellen, während er den neuen Stichel ausprobierte.

»Sehr gut, wirklich. Ich muss sagen, das ist die beste Arbeit, die ich seit langem gesehen habe«, murmelte er beeindruckt und sah sie nun viel freundlicher an. »Michel ist kein schlechter Schmied, aber wenn du diese Werkzeuge tatsächlich allein gemacht hast, kannst du mehr als er.«

»Bitte prüft mich, ich möchte lernen und für Euch arbeiten, nur aushilfsweise!«, beharrte Ellen.

»Versuchen wir's. Setz dich mit an den Tisch, dann zeige ich dir, wie man den Gravierstichel benutzt. Wenn du dich dabei geschickt anstellst, sehen wir weiter.«

Ellen hatte in den letzten Tagen oft darüber nachgedacht, was sie sich genau von der Arbeit bei Jocelyn erhoffte. Geld, um ihren Zukunftsplänen näher zu kommen? Sie konnte wohl kaum von dem Goldschmied erwarten, dass er einem unerfahrenen Mädchen wie ihr etwas beibrachte und auch noch dafür zahlte. Nein, es ging ihr nicht um Geld, sie wollte lernen, ihre Schwerter später selbst zu verzieren. Seit sie Scheiden herstellen konnte, träumte sie davon, ganze Schwerter vollkommen allein zu fertigen, statt sie für die Verzierungen, für Gehilz und Scheide anderen Handwerkern überlassen zu müssen. Die Arbeiten des Goldschmieds waren die kostbarsten, sie würde also auch einen besseren Gewinn erzielen können, wenn sie selbst in der Lage war, diese auszuführen! Sollte Michel ruhig glauben, sie wolle nur Hilfsarbeiten bei Jocelyn erledigen, um Geld zu verdienen. Nur dem Goldschmied würde sie die Wahrheit sagen müssen, wenn er danach fragte.

Ellen arbeitete ruhig und konzentriert, bis es dunkel wurde. Immer wieder begutachtete Jocelyn ihre ersten Versuche und gab ihr Anweisungen. Ellen bewies erstaunliches Geschick. Sie schien sehr viel schneller zu begreifen als andere Lehrlinge.

»Wenn du bei mir etwas lernen willst, musst du jeden Nachmittag kommen. Ich verlange kein Lehrgeld, aber ich werde dir auch nichts bezahlen. Bist du damit einverstanden?«

»Jeden Nachmittag?« Ellen sah den Goldschmied zögerlich an. »Ich weiß nicht, ob das gehen wird. Ich muss mit Michel sprechen, weil ich bei ihm wohne und esse.«

»So wie ich Michel kenne, zahlt er dir sicher nicht viel.«

Ellen schüttelte den Kopf.

»Dann wird er wohl oder übel einverstanden sein müssen, wenn du nur gehörig darauf beharrst. Du bist unersetzlich für ihn, glaub mir.«

Ellen schien noch immer nicht überzeugt.

»Michel hätte mir das Werkzeug nach zehn Tagen versprochen und es nach frühestens zwei Wochen geliefert.« Jocelyn grinste und zwinkerte ihr zu. »Du wirst sehen, er gibt nach.«

Jocelyn behielt Recht. Michel wusste genau, was er an Ellen hatte. Und um nicht ganz auf sie verzichten zu müssen, erklärte er sich, wenn auch unter Murren, damit einverstanden, dass sie morgens bei ihm und nach dem Mittag bei Jocelyn arbeitete. So blieb Ellen also in Beauvais, schlang zu Mittag Maries Essen hinunter, um dann schnellstens zur Goldschmiede zu eilen. Ohne sich je zu beklagen, stand sie noch vor Sonnenaufgang auf und arbeitete wie eine Besessene bis Sonnenuntergang.

Nur am Sonntag blieb ihr ein wenig Zeit, um Nestor zu besuchen, für den sie einen guten Platz in einem neu gegründeten Kloster gefunden hatte. Solange Ellen das Pony nicht brauchte, durften die Nonnen es benutzen, dafür fütterten und pflegten sie es.

Seit ihrer ersten Begegnung in Michels Schmiede war bereits ein Jahr vergangen. Ellen arbeitete noch immer jeden Nachmittag bei Jocelyn und bekam seit dem Osterfest manchmal sogar einen Denar dafür. Eilig machte sie sich auf den Weg in die Goldschmiede. Den herrlich blauen Himmel und die wohltuende Wärme der Julisonne nahm sie nicht einmal wahr, so aufgeregt war sie. Jocelyn arbeitete seit einer Weile an einem Altargefäß für das Kloster, in dem Nestor untergebracht war. Da die Nonnen über keine großen Reichtümer verfügten, hatte er das Gefäß aus Silber hergestellt und wollte es nun vergolden.

Jocelyn schreckte hoch, als Ellen, über das ganze Gesicht strahlend, in die Goldschmiede stürzte.

»Ich bin da, wir können anfangen mit dem Vergolden!«, rief sie erwartungsvoll, ohne den Goldschmied zu begrüßen.

»Langsam! So schnell geht das nicht.« Jocelyn lachte.

Er wusste nicht, ob es ihre Leidenschaft für das Handwerk war, ihre Geschicklichkeit oder ihre nicht alltägliche, etwas herbe Schönheit, die ihn so sehr anzog. Ellen merkte es nicht, aber manchmal beobachtete er sie, während sie arbeitete, und studierte aufmerksam ihr Gesicht, das bei feinen Arbeiten besonders konzentriert wirkte.

»Wir fangen heute doch nicht an?«, fragte Ellen enttäuscht.

Wie schön sie doch war! Schon nach der ersten Woche war er verrückt nach ihr gewesen, hatte sich aber nie etwas anmerken lassen.

»Wenn es so einfach wäre, könnte es ja jeder, aber das Vergolden gehört zu den langwierigsten und schwierigsten Verfahren und bedarf einer Menge Vorbereitungen. Zuerst müssen wir uns ein paar Hilfsmittel herstellen.« Jocelyn seufzte und überlegte einen Moment. »Sieh mal in der kleinen Schublade im Schrank nach, da müsste ein ganzes Bündel Schweineborsten liegen. Wir umwickeln sie mit Eisendraht und machen vier fingerdicke Bürsten daraus. Zwei von ihnen brauchen wir, um die Schale zu verquicken, zwei zum Vergolden.«

»Was bedeutet das, verquicken?«, fragte Ellen interessiert, während sie geschickt die Borsten bündelte.

»Wir müssen das Silber vorbereiten, damit das Gold überhaupt darauf hält. Dazu streichen wir es mit einer Flüssigkeit ein, die wir Faber Quickwasser nennen.«

»Und woher bekommen wir das?«

»Wir müssen es selbst herstellen. Aber erst müssen wir das Vergoldungsamalgam machen. Und dafür müssen wir zunächst das Gold reinigen, das wir verwenden wollen.«

Ellen schnaubte ungeduldig, als sie hörte, wie viele Schritte zur Vorbereitung nötig waren.

Aber Jocelyn ließ sich nicht aus der Ruhe bringen. »Das Wichtigste beim Vergolden ist die Reinheit des Goldes, das darfst du nie vergessen, sonst wird es nichts. Damit Kupfer, Silber und andere Zusätze aus dem Gold gelöst werden, müssen wir es zementieren. Im Grunde ist das nichts anderes als ein ziemlich aufwändiges Erhitzen des Goldes mit einem Mittel, das Zement genannt wird, und auch das müssen wir selbst herstellen.«

Obwohl Ellen noch nicht alles verstanden hatte, nickte sie.

»Du wirst es ja gleich sehen«, sagte Jocelyn. Er fand die kleine, nachdenkliche Falte auf ihrer Stirn einfach zu reizend.

»Ich habe das Gold, das wir verwenden wollen, schon zu einem Streifen ausgeschmiedet und in gleich lange Stücke geteilt. Siehst du?«

Ellen sah sich die Stücke genau an, maß mit den Augen Dicke, Länge und Breite sowie den Abstand der Löcher, die er hineingebohrt hatte.

Jocelyn schmunzelte über ihre Gewissenhaftigkeit, die er so sehr schätzte. »Gib mal die Schmelzschalen rüber, die auf dem Tisch stehen, und auch das Schälchen mit dem roten Pulver. Ach ja, und das Salz hol auch noch her.« Jocelyn ging in seine Schlafstube und kam mit einem glasierten Tonfläschchen zurück.

»Und jetzt?«, fragte Ellen gespannt.

»Das rote Pulver ist gebrannter, zerstoßener Ofenton. Wir brauchen alles davon und vermischen es mit einem Teil Salz.«

Ellen nahm das Pulver und wog es ab. Sie hatte sich am Anfang mit dem Wiegen nicht ganz leicht getan. Es erforderte Fingerspitzengefühl und vor allem Rechenkünste. Die Notwendigkeit hatte ihr eingeleuchtet, also hatte sie wochenlang jeden freien Augenblick geübt.

»Und jetzt?« Ungeduldig reichte sie Jocelyn die Schüssel.

Der Goldschmied nahm das Tonfläschchen und tröpfelte eine gelbliche Flüssigkeit auf das Pulver, bis es eben feucht war

»Urin?«, fragte Ellen grinsend.

Jocelyn nickte. »Nicht zu viel, das Pulver darf nicht zusammenkleben. Auch die Goldstreifen werden mit Urin benetzt, dann schichten wir sie mit der Mischung in einer Schale auf, ohne dass sie sich untereinander berühren.« Er legte die zweite Schale als Deckel darauf und füllte den Spalt zwischen den beiden Gefäßen mit Ton. »So, das muss jetzt trocknen, und dann kommt es in den Zementierofen.«

Er setzte die Schalen auf vier gleich große Steine, die er im Inneren des Ofens zu einem Halbkreis aufstellte, und entfachte ein Feuer aus Holz darunter. Aus den Löchern im oberen Teil des Ofens aus Steinen und Ton entwich Rauch.

»Das Feuer muss einen ganzen Tag und eine ganze Nacht lang brennen. Damit das Gold nicht schmilzt, müssen die Schalen in gleich bleibender Hitze glühen«, erklärte Jocelyn, als er fertig war.

»Und was machen wir als Nächstes?« Ellens Eifer war noch lange nicht gestillt.

»Oh! Wir haben noch genug zu tun, bevor das Gold morgen fertig ist. Zunächst werden wir uns noch Kratzbündel aus Messing herstellen, mit denen wir später die Vergoldung polieren.« Er durchsuchte den Schrank und bemerkte erst jetzt, dass es bereits zu dämmern begann. »Es ist schon spät.«

Ellen stand ganz dicht vor Jocelyn

»Wir machen morgen weiter!« Er sog ihren Duft ein. »Ich …«, begann er.

»Ja?«

»Ich arbeite sehr gerne mit dir, Ellen!«

»Ich auch mit Euch, Meister!«

Jocelyn fand, dass ihre Stimme weich, fast liebevoll klang.

»Bitte sag Jocelyn zu mir.« Er konnte nicht erkennen, ob sie nickte. »Einverstanden?«

»Ja.«

»Gute Nacht, Ellen, bis morgen!« Jocelyns Stimme zitterte.

»Gute Nacht, Jocelyn!«

Als Ellen am nächsten Tag in die Goldschmiedewerkstatt kam, schürte Jocelyn gerade das Feuer im Zementierofen.

»Ihr seht müde aus«, stellte sie fest.

»Ich musste das Feuer überwachen.« Jocelyn lächelte matt.

Ellen bemerkte nicht zum ersten Mal, welch wohliges Gefühl sein Lächeln in ihrer Brust auslöste, und errötete. »Sagt mir einfach, wie man die Messingbündel anfertigt, dann kümmere ich mich darum und sehe auch nach dem Feuer, während Ihr Euch ein wenig ausruht, einverstanden?«

Jocelyn nickte und erklärte Ellen, was sie tun sollte. »Wo das Blei ist, weißt du ja.«

»Sicher, Jocelyn, legt Euch hin, ich wecke Euch, wenn die Goldstreifen so weit sind.«

»Gut, ich setze mich ein wenig in die Ecke und ruhe mich aus. Wenn du doch noch eine Frage hast, weck mich einfach.«

Ellen sah ihn tadelnd an.

»Warum geht Ihr nicht in Eure Kammer?«, fragte sie kopfschüttelnd. Er musste doch wissen, dass sie zurechtkam.

Jocelyn lächelte. Niemand konnte das so spitzbübisch wie er. »Weil ich bei dir sein möchte«, antwortete er und machte es sich auf einer Truhe in der Ecke ganz in ihrer Nähe bequem.

Seine Antwort spülte eine warme Woge in Ellens Magen. Jocelyn schlief umgehend ein. Sein Brustkorb hob und senkte sich gleichmäßig. Ellen musste ihn immer wieder ansehen. Selbst im Schlaf lächelte er ein wenig. Nachdem sie mit den Messingbündeln fertig war und alles aufgeräumt hatte, sah sie nach draußen. Es war noch hell, aber es würde nicht mehr lange dauern, bis es zu dämmern begann. Sicher war es besser, sie weckte

Jocelyn. Sie trat leise nah an ihn heran und betrachtete ihn genauer. Er schlief so friedlich wie ein Kind. Vorsichtig berührte sie seine Wange und streichelte zärtlich darüber.

Jocelyn gab ein wohliges Brummen von sich, öffnete die Augen aber nicht. Ellen beugte sich zu ihm hinunter. »Aufwachen!«, flüsterte sie. Ihre Lippen berührten sein Ohr. Sie konnte den Duft seines Halses riechen, sog ihn ein und schloss kurz die Augen.

Jocelyn drehte seinen Kopf in ihre Richtung, und ihre Gesichter berührten sich.

Ellen fühlte sich auf einmal schwach und zittrig in den Knien.

»Was gäbe ich dafür, jeden Tag so geweckt zu werden«, murmelte er.

Ellen lief rot an und wurde nervös. »Es ist so weit, ich glaube, das Gold ist fertig«, sagte sie viel zu laut und richtete sich auf. Jeder Muskel in ihrem Körper war angespannt, trotzdem fürchtete sie, nicht einen Schritt gehen zu können.

Jocelyn setzte sich auf und reckte sich ausgiebig. Seine Augen funkelten wie Sterne.

Jocelyn war mit dem gereinigten Gold zufrieden und stellte eine Schmelzschale auf das Feuer, um das Goldamalgam zuzubereiten. Er zerteilte das Gold in kleine Stücke, tat es mit der achtfachen Menge Quecksilber in die glühende Schale und hielt sie so weit von sich weg wie möglich. »Quecksilber macht krank«, erklärte er. »Die Dämpfe schaden dem Magen. Mein Meister hat zwar behauptet, Wein und Knoblauch oder Pfeffer seien gut dagegen, aber ihm haben sie nicht geholfen: Er ist erst blass und mager geworden, dann irr.« Jocelyn beschrieb mit seinem Zeigefinger kleine Kreise vor der Schläfe. »Kurz vor seinem Tod war er nur noch ein Häufchen Elend, dem der Speichel aus dem Mund rann, obwohl er gar nicht mal besonders alt war. Ich bin sicher, das Quecksilber war schuld.« Jocelyn sah Ellen an, während er die Schale hin- und herschwenkte.

Als Gold und Quecksilber so gut wie möglich miteinander vermengt waren, schüttete er die Mischung in eine Schale mit Wasser, wusch das verbliebene Quecksilber vom entstandenen Amalgam. Das Wasser mit den Quecksilberresten würde er verwenden, um das Quickwasser zu machen. Jocelyn trocknete das ausgepresste Gold mit einem sauberen Tuch. Da er das pastöse Gold nicht sofort auftragen wollte, teilte er es in mehrere gleiche Mengen und stopfte es in die Kiele von Gänsefedern.

Ellens Wangen leuchteten vor Aufregung, was ihn fast um den Verstand brachte.

Das Quecksilber, das an seinen Händen klebte, entfernte er gründlich mit Asche und Wasser.

»Und was machen wir jetzt?«, fragte Ellen seufzend und sah ihn mit großen Augen an.

Jocelyn grinste.

»Das Quickwasser!«, sagten sie wie aus einem Munde und lachten. Sie standen ganz nah beieinander.

Ellen fühlte seine Wärme. Er duftete nach Rauch und frischem Rosmarin. Das Kribbeln in ihrem Magen erfasste plötzlich auch ihren Unterleib. Sie sah ihm in die Augen, bis sie glaubte, in ihnen zu versinken. Eine ganze Weile standen sie so da. Warum küsst er mich nicht?, schoss es Ellen durch den Kopf, aber da war der Zauber des Augenblicks schon vorüber.

»Das hier brauchen wir noch!«, rief Jocelyn betont geschäftig, nahm Weinstein und zerrieb ihn. »Zu dem Weinsteinpulver kommt Salz in die Schmelzschale … und das Wasser, das wir vorhin zum Abwaschen des Amalgams benutzt haben. Noch ein bisschen Quecksilber, dann erwärmen wir das Ganze.« Jocelyn verrührte das Quickwasser und hielt es über das Feuer. »Hol mal die Borstenbündel, die du gemacht hast, und gib mir einen Leinenlappen.«

Ellen reichte ihm, was er forderte.

Jocelyn erwärmte das Altargefäß ein wenig, tauchte eines der Borstenbündel in die warme Mischung und begann, es damit einzureiben, bis sich alle Stellen, auch in der letzten Vertiefung, vom Quickwasser weiß färbten. Nachdem das ganze Gefäß verquickt war, nahm Jocelyn aus einem Lederbecher ein spitzes Messer, holte damit die Vergoldungsmasse aus den Federkielen, trug sie in kleinen Stücken sorgfältig mit einem Kupferspachtel auf und verteilte das Gold gleichmäßig mit einem angefeuchteten Borstenbündel. Immer wieder erwärmte er das Gefäß, bis das Vergoldungsamalgam warm wurde, und verteilte es weiter mit dem Bündel. Es dauerte lange, bis das Gold überall gleichmäßig aufgetragen war. Dreimal wiederholte Jocelyn diesen Vorgang, und Ellen verfolgte jeden seiner Handgriffe aufmerksam. Er erwärmte und bürstete das Gefäß so lange, bis der Goldüberzug gelb wurde. »Durch die Hitze verfliegt das Quecksilber, und zurück bleibt das Gold, das dann auf dem Silber haftet«, erklärte er zum Schluss. »Und jetzt lassen wir das Gefäß auskühlen. Bringst du mir die Bürsten?«

Während Ellen die Messingbürsten holte, ging sie im Kopf noch einmal die einzelnen Schritte nacheinander durch. »Wozu braucht Ihr die Bürsten jetzt noch?«

»Sieh dir die Vergoldung an, fällt dir nichts auf?«

Ellen betrachtete das Gefäß genau. Es sah gelb aus wie Gold und war matt. »Es glänzt nicht.«

Jocelyn lächelte sie an. »Deswegen polieren wir es jetzt! Mit dem Fuß fangen wir an. Nimm die Messingbürste, und tauch den Fuß ins Wasser, dann polierst du ihn so lange mit der Bürste, bis er glänzt.«

»Aber ich werde ihn doch ganz verkratzen?«, begehrte Ellen auf.

Jocelyn sah ihr tief in die Augen. »Vertraust du mir etwa nicht?«

Ellen antwortete mit einem beschämt gesenkten Blick. Natürlich tat sie das, sie vertraute ihm blind! Also begann sie zu polieren.

Es wurde schon dunkel, und Jocelyn zündete zwei Kerzen an.

Kerzen waren teuer, aber ihre Flamme brannte ruhiger als die eines Talglichts. Außerdem biss der Rauch des Talges in den Augen, sodass sie tränten und man nur noch schwer weiterarbeiten konnte. Das Licht der Kerzen warf lange Schatten auf Jocelyns Gesicht und betonte seine hohen Wangenknochen.

Ellen versuchte, sich auf den Fuß des Kelches zu konzentrieren. »Seht nur, wie schön er glänzt!«, rief sie zufrieden, als sie jeden Winkel poliert hatte.

Jocelyn nickte nur. »Jetzt musst du ihn wieder erwärmen, bis er rötlich gelb wird, dann holst du ihn raus und kühlst ihn im Wasser ab.«

Ellen tat, was er gesagt hatte, bis der Fuß des Altargefäßes die gewünschte Farbe angenommen hatte.

»Aber er glänzt ja gar nicht mehr!«, rief sie enttäuscht aus und blickte vorwurfsvoll zu Jocelyn hinüber.

»Abkühlen und noch mal polieren!«, entgegnete er knapp und schien sich an ihrer Enttäuschung zu weiden.

Ellen polierte also noch einmal, und in der Tat glänzte der Fuß danach noch mehr. Stolz betrachtete sie die gelungene Vergoldung.

»So, jetzt färben wir das Gold noch, damit es noch schöner und voller glänzt. Und morgen machst du dann alleine weiter.«

»Was meint Ihr mit färben? Und wie soll das gehen?«, fragte Ellen unwillig.

»Wir brauchen dazu Atramentum!«, erklärte Jocelyn, ohne ihre Fragen zu beantworten. »Beim Erhitzen schmilzt es erst und wird dann fest«, erklärte er. Als das Atramentum erstarrt war, nahm er es aus der Schale und schob es direkt unter die Kohlen. »Und hier in der Glut verbrennt es. Sobald es rot wird, müssen wir es rausnehmen.« Nachdem er es aus dem Feuer geholt hatte, damit es abkühlte, sah er Ellen so tief in die Augen, dass ihr Herz wild zu klopfen begann. Dann riss er sich von ihrem Anblick los, nahm eine Holzschale und zerrieb das Atramentum darin mit einem eisernen Hammer. »Einen dritten Teil

Salz und wieder ein bisschen von unserem Goldwasser.« Jocelyn grinste, holte das Tonfläschchen mit dem Urin, vermischte die Zutaten zu einem zähen Brei und strich den vergoldeten Fuß mithilfe einer Feder vollständig ein.

»Ich habe nicht gedacht, dass Vergolden so lange dauert«, murrte Ellen.

Jocelyn nickte, legte den eingeschmierten Fuß auf das Feuer, bis der Überzug austrocknete und leichter Rauch aufstieg, dann wusch er ihn mit Wasser ab und säuberte ihn sorgfältig mit dem noch übrigen Bündel aus Schweineborsten. »So, nun noch ein letztes Mal erwärmen und dann in einem Leintuch abkühlen lassen, und morgen kannst du sehen, wie schön die Vergoldung geworden ist. Du wirst staunen.«

Nachdem sie alle Arbeiten beendet und die Werkstatt aufgeräumt hatten, war es fast dunkel. Ellen wollte die Goldschmiede gerade verlassen, als Jocelyn auf sie zukam und ihr sanft eine Haarsträhne aus der Stirn strich. »Du siehst müde aus«, murmelte er zärtlich und streichelte ihre Wange mit seinem Handrücken. Dann hob er ihr Kinn an und küsste sie zart auf den Mund.

Ellen schloss die Augen und öffnete die Lippen ein wenig, aber der Kuss war schon zu Ende.

Jocelyn sah ihr ganz tief in die Augen. »Bis morgen«, sagte er mit warmer Stimme.

Ellen ging schweigend nach Hause. Sie war zutiefst aufgewühlt, und ihr Herz galoppierte wie ein Schlachtross.

Am nächsten Tag konnte sie es kaum abwarten, bis der Vormittag vorüber und ihre Arbeit in der Schmiede beendet war. Sie rührte das Mittagessen nicht an, weil ihr vor Aufregung ganz flau war. Stattdessen eilte sie zu Jocelyn. »Zeigt mir die Vergoldung«, sagte sie noch ganz außer Atem. Aber die Vergoldung war nicht der wahre Grund ihrer Ungeduld.

Jocelyn begrüßte sie freundlich wie immer, ohne jedoch eine Spur von Zärtlichkeit zu zeigen.

Ellen hielt es kaum aus, den ganzen Nachmittag in seiner Nähe zu sein, ohne dass er sie lange und eindringlich ansah. Sie begann, sich ernsthafte Sorgen zu machen, ob sie am Abend zuvor falsch gehandelt hatte, weil sie seinen Kuss nicht mit einer Ohrfeige beantwortet hatte. Vielleicht glaubte Jocelyn nun, sie sei leichtfertig, und verachtete sie deswegen? »Entschuldigt mich einen Augenblick«, sagte sie mit erstickter Stimme und lief hinaus. Sie rannte zur Latrine im Garten, stellte sich an die Bretterwand und konnte die Tränen nicht mehr zurückhalten.

Es dauerte eine Weile, bis sie sich beruhigt hatte, dann wischte sie die Tränen fort und nahm sich vor, vernünftig zu sein. Was bildete sie sich nur ein? Ein Goldschmied! Wie hatte sie auch nur einen Augenblick glauben können, er … Wahrscheinlich hatte er sich nur lustig über sie gemacht und überhaupt nichts bei dem Kuss empfunden! Als sie wieder in die Werkstatt kam, hatte Jocelyn eine neue Arbeit begonnen und sprach mit ihr, ohne aufzusehen.

»Mach weiter wie besprochen, Ellen. Wenn du ein Problem hast, frag mich.« Ellen setzte sich. Der Kelch musste noch poliert und gefärbt werden. Sie versuchte, sich genau an jeden Schritt zu erinnern, bevor sie ihn ausführte, und hütete sich davor, irgendwelche Fragen zu stellen.

»Es ist erst fünf Jahre her, dass mein Meister gestorben ist. Das hier war sein Haus«, sagte Jocelyn unvermittelt und sah sich im Raum um. »Seine Werkstatt, nicht meine.« Jocelyn stockte für einen Augenblick. Es schien ihm nicht leicht zu fallen, darüber zu reden. »Die Frau des Meisters war schon zu seinen Lebzeiten hinter mir her. Ich habe sie natürlich abgewiesen! Nicht nur weil sie alt war, sie hätte auch jung und schön sein können. Sie war die Frau meines Meisters, nie im Leben hätte ich …« Jocelyn brach ab und stand auf, um ein Werkzeug zu holen. »Als der Meister tot war, musste ich mich entscheiden. Entweder ich blieb mein Leben lang Geselle, oder ich nahm den Antrag der

Meisterin an, heiratete sie und wurde Meister mit eigener Werkstatt. Ich habe sie geheiratet.« Jocelyn setzte sich wieder.

Ellen schwieg und verstand nicht, warum er ihr das alles erzählte. Wusste er denn nicht, was sie fühlte? Ahnte er nichts von dem Schmerz, den er ihr zufügte, wenn er von einer anderen Frau sprach? Oder wollte er sie gar verletzen und ihr begreiflich machen, dass er sie nicht wollte, weil sie ihm keine Reichtümer brachte?

»Sie ist jetzt seit fast zwei Jahren tot. Das Trauerjahr ist also längst zu Ende, ich könnte mich durchaus wieder vermählen.«

Ellen spürte, wie es eng wurde in ihrer Brust. Vermutlich würde er gleich von der Tochter eines Goldschmiedes erzählen, die er heiraten wollte, und den Kuss vom Vortag als Ausrutscher erklären.

Aber Jocelyn sagte gar nichts mehr.

Ellen polierte und färbte den Kelch, ohne ihn um Hilfe bitten zu müssen.

Jocelyn schien es als Selbstverständlichkeit anzunehmen und brachte nicht ein winziges Lob über die Lippen.

Als sie am Abend fortging, hielt Jocelyn gerade ein Werkstück ins Feuer. »Warte noch einen Moment«, bat er, aber Ellen huschte eilig aus der Tür.

* * *

Thibault knetete ein letztes Mal die kleinen festen Brüste der blutjungen Magd, bis sie stöhnte, dann ließ er gelangweilt von ihr ab. Er stand auf, ohne seine pralle Männlichkeit zu bedecken, und goss sich einen Becher Würzwein ein.

»Geh jetzt!«, fuhr er das Mädchen an und weidete sich an ihrem erschreckten Blick. Vermutlich hatte sie ihm all die Komplimente und Liebesschwüre geglaubt, die einzig und allein dazu gedient hatten, sie gefügig zu machen. Wie einfältig doch die Frauen waren!

»Rose!« Thibault band sich ein Tuch um die Hüften.

»Komm her!«

Die ganze Nacht hatte Rose in einer Ecke der Kammer gekauert, nun erhob sie sich langsam. Schweigend stand sie da.

Thibault ging auf sie zu, küsste zärtlich ihren Hals und zog sie dicht an sich. Seine Hände wanderten ihren Körper entlang, sanft kniff er ihre Brustwarzen, bis sie sich unter ihrem Hemd aufrichteten. Gierig drängte er sich an sie.

Rose rührte sich nicht.

»Du bist wütend auf mich«, flüsterte er. »Ich weiß, ich war böse ...« Thibaults Atem ging heftiger, seine Hand glitt unter ihr Hemd. »Weißt du noch, unser erstes Mal, auf der Wiese in Tancarville? Du, nur du, bist meine Gefährtin, die anderen zählen nicht. Aber ich kann nicht anders.« Er sah Rose an.

Eine Träne rollte über ihr hübsches Gesicht.

»Weine nicht, kleine Rose, es wird alles gut!«, flüsterte er sanft und küsste die Träne fort. »Es sind diese schrecklichen Träume, die mich dazu bringen«, murmelte er entschuldigend und verbarg seinen Kopf an ihrem Hals. »Es ist nicht meine Schuld!« Zärtlich und voller Leidenschaft zog er Rose auf das Lager, das er noch wenige Augenblicke zuvor mit der Magd geteilt hatte, deren Namen er nicht einmal wusste.

Rose schloss die Augen, weinte und betete zu Gott, er möge Thibault nur ihr gehören lassen. Sie schlang die Arme um seinen Nacken, öffnete die Schenkel und empfing ihn voller Hingabe.

Erschöpft lagen sie noch eine Weile beieinander, bis es an der Tür klopfte.

»Der König wünscht, Euch zu sehen«, klang es dumpf durch das Holz. »Sofort!«

»Ich komme!« Thibault sprang auf, zog sich in Windeseile an und stürzte hinaus.

Henry war der älteste Sohn des alten Königs und erst im vergangen Jahr, als Fünfzehnjähriger, von seinem Vater gekrönt worden. Seitdem waren sie zwar beide Könige, teilten aber weder Macht noch Einkünfte, sodass der junge Henry immer wieder Geld für seine Zerstreuung und die seiner Ritter von seinem Vater einforderte. Ungeduldig wanderte er in der Halle seines Waffenbruders Robert de Crèvecœur auf und ab. Als Thibault eintrat, kam Henry eilig auf ihn zu. »Ihr müsst sofort nach Beauvais aufbrechen und Euch mit einem Boten meines Vaters treffen. Guillaume wird Euch genaue Anweisungen geben!« Der junge König schien überaus gereizt, also hütete sich Thibault, irgendwelche Fragen zu stellen. Nur dass ausgerechnet Guillaume ihm Anweisungen geben sollte, passte ihm nicht. Ärgerlich blähte er die Nasenflügel auf.

»Wie Ihr befehlt, mein König!«

»Ich erwarte Euch schnell zurück!« Der junge Henry nickte kurz, und Guillaume bedeutete Thibault, ihm zu folgen.

Guillaume gelassen entgegenzutreten fiel Thibault nach wie vor überaus schwer. Seit ihrer ersten Begegnung in Tancarville konnte Thibault ihn nicht leiden. Guillaume wurde schon jetzt Maréchal genannt, obwohl sein Vater, der den Titel innehatte, nicht einmal tot war. Für einen nachgeborenen Sohn hatte Guillaume es erstaunlich weit gebracht; immerhin war er bereits seit dem vergangenen Jahr der Lehrmeister des jugendlichen Königs und hatte damit größtmöglichen Einfluss auf den jungen Mann.

Zwei Jahre waren seit dem Überfall der Poiteviner auf Königin Eleonore vergangen. Damals war ihr Beschützer, der Graf von Salisbury, getötet worden, und Guillaume hatte sich wie ein Wahnsinniger allein auf die Männer gestürzt, um Rache für den Tod seines geliebten Onkels zu üben. Dabei war er verletzt und gefangen genommen worden. Nach Wochen übelster Gefangenschaft, wie er gern erzählte, war es keine Geringere als die Königin selbst gewesen, die ihn freigekauft und in ihren Dienst genommen hatte. Nur wenige Monate später hatte sie ihn dann zum Präzeptor ihres Sohnes gemacht.

Thibault musste sich konzentrieren, um nicht ständig mit

den Gedanken abzuschweifen, sondern den Ausführungen Guillaumes folgen zu können. Irgendwann kommt der Tag, an dem ich es allen, die mich je erniedrigt haben, heimzahlen werde, und du wirst auf alle Fälle dazugehören, dachte er grimmig, als Guillaume sich grußlos abwandte.

Thibault lauerte nicht weit vom Haus des Goldschmiedes in einem Gässchen. Seit zwei Tagen schon beobachtete er Ellen. Durch Zufall hatte er sie kurz nach seiner Ankunft in Beauvais auf der Straße gesehen und sich von jenem Moment an kaum noch auf seine Aufgabe konzentrieren können. Jeder seiner Gedanken endete bei ihr.

Nachdem sie am Vortag so verliebt ausgesehen – und sein Magen sich bei ihrem Anblick wie ein kalter Stein angefühlt hatte –, war Thibault heute besonders nervös. Sein Daumennagel bohrte sich immer wieder in das weiche Fleisch seines Zeigefingers und hinterließ dort eine schmerzende Stelle. Schmerz hatte etwas Verlässliches, Beruhigendes.

Als Ellen an diesem Mittag aus dem Haus trat, nahm Thibault sofort die Veränderung in ihrem Gesicht wahr. Schimmerten nicht sogar Tränen in ihren Augen? Richtig, sie sah aus, als ob sie großen Kummer hätte! Recht geschah es ihr, warum sollte nur er leiden? Wie die Tage zuvor folgte er ihr in ausreichendem Abstand, um nicht gesehen zu werden. Ellen lief zielstrebig, aber mit hängendem Kopf durch die vollen Gassen. Sicher war sie auf dem Weg zur Schmiede. Thibault hatte sich erkundigt und wusste, dass sie bei Michel, dem Schmied, wohnte und arbeitete. Routiniert schlich er ihr nach. Als sie in der Schmiede verschwunden war, blieb er noch eine Weile in Sichtweite stehen. Abermals bohrte er sich den Daumennagel in seinen Zeigefinger. »Du gehörst mir!«, murmelte er.

* * *

Der nächste Tag war ein Sonntag. Ellen beschloss, ihn zu nutzen, um sich Jocelyn aus dem Kopf zu schlagen. Auf dem Weg von der Kirche zum Kloster – sie wollte Nestor für einen Ausritt holen – begegnete sie ihm.

»Ich habe gehofft, dich hier zu treffen.« Jocelyn räusperte sich.

Wie gut er sie doch kannte! Natürlich hatte sie ihm von Nestor erzählt, aber dass er wirklich zugehört hatte … Ellen blieb stehen und starrte auf ihre Füße.

Jocelyn nahm sie bei den Schultern. »Sieh mich an, bitte!«

Ellen sah in seine haselnussbraunen Augen. Sein Blick streichelte ihr Gesicht.

Jocelyn zog sie an sich, umfasste ihren Nacken und küsste sie. Ellen schloss die Augen. Seine Zunge tastete sich den Weg zwischen ihren Lippen hindurch.

Ellen fühlte sich wehrlos und auf eine wunderbare Weise ausgeliefert. Der Kuss schien eine Ewigkeit zu dauern. Vorsichtig erforschte Jocelyns Zunge das Innere ihres Mundes. Danach bedeckte er ihr Gesicht und ihren Hals mit kleinen, zarten Küssen, bis die Härchen in ihrem Nacken wohlig zu Berge standen.

Jocelyn atmete schnell und ließ seine Zungenspitze sanft über ihren pochenden Hals gleiten. Plötzlich hielt er inne. »Du bist die Erfüllung all meiner Träume! Willst du mich heiraten?«

»Aber du weißt gar nichts von mir!« Ellens Stimme zitterte.

»Ich weiß, was ich wissen muss. Du bist ehrgeizig und außergewöhnlich begabt. Du bist einfach wunderbar, schön und eigenwillig. Ich werde alles tun, damit du glücklich wirst. Du kannst Eisen schmieden, Gold oder Silber, ich werde dir alle Freiheit lassen. Wenn du immer noch Schwerter schmieden willst, bitte, ich werde dir nie im Weg stehen. Wir könnten auch gemeinsam das schönste Schwert für unseren König machen, was hältst du davon?«

Ellen sah ihn ungläubig an.

»Der Herr hat die Güte gehabt, unsere Wege zu kreuzen,

diese Gnade widerfährt einem im Leben nicht zweimal. Bitte sag ja!«, drängte er.

Ellen war wie von Sinnen vor Glück und nickte heftig. »Ja, Jocelyn, ja, ich will!«

Der Goldschmied hob sie jubelnd in die Luft. »Ich liebe dich, Ellen!«, rief er.

Die Kühe auf der Weide sahen auf und muhten beunruhigt.

Ellen und Jocelyn setzten sich ins Gras, schmiedeten Zukunftspläne und tauschten vorsichtige Zärtlichkeiten aus. Ellen fühlte eine merkwürdige Unruhe in sich aufsteigen und drehte sich ein paar Mal suchend um, ohne jedoch etwas zu entdecken.

»Ich will niemals mehr ohne dich sein«, sagte Jocelyn später und küsste sie noch viele Male, während sie Hand in Hand zurück zur Stadt wanderten.

»Da wird Michel aber enttäuscht sein!«, erwiderte Ellen fröhlich.

»Das wird er wohl!« Jocelyn lachte und zuckte mit den Schultern.

Ein Schmiedegeselle sah die beiden und grinste frech.

Ellen lief rot an, und Jocelyn küsste verliebt ihre Nasenspitze. »Wir sollten so schnell wie möglich heiraten!« Er streichelte ihre Wange. »Du glühst ja!«

»Ich bin glücklich!«

»Wir sehen uns morgen!«, sagte er, als sie bei der Schmiede angekommen waren, und warf ihr zum Abschied einen Handkuss zu.

Ellen wartete noch einen Moment, bis er im Gewimmel der Gasse verschwunden war, dann betrat sie das Haus ihres Meisters.

»Nanu, was ist denn mit dir los?«, knurrte Michel, als er ihre roten Wangen sah. »Du wirst doch nicht etwa krank?«

»Unsinn, Michel, sie ist verliebt! Ist doch seit Tagen nicht zu übersehen!« Marie lachte. »Das Bier benebelt deine Sinne, du weißt schon nicht mehr, was das ist, Liebe, nicht wahr?«

Aber an Michel prallte ihr Vorwurf ab. »Weiberkram«, murrte er. »Ich geh lieber in die Schänke.« Nachdem er aufgestanden und nach draußen gestolpert war, versuchte Marie, Einzelheiten aus ihr herauszubekommen, aber Ellen schwieg.

»Du wirst es noch rechtzeitig genug erfahren«, sagte sie fröhlich. »Ich bin müde und geh schlafen, gute Nacht!« Ellen ging in die Werkstatt und legte sich auf ihr Lager. Sie brauchte lange, um zur Ruhe zu kommen, so sehr wirbelten die Gedanken in ihrem Kopf durcheinander.

* * *

Währenddessen stand Thibault in der dunklen Gasse nur wenige Schritte von der Schmiede entfernt und bebte vor Zorn. Er war Ellen seit dem Morgen gefolgt. Wunderschön hatte sie auf dem Kirchgang in ihrem leichten Leinenkleid und mit den vom Wind zerzausten Haaren ausgesehen. Er hatte bereits beschlossen, sich ihr zu nähern, sich gar zu erkennen zu geben, als der Goldschmied wie aus dem Nichts aufgetaucht war. Die beiden so verliebt miteinander turteln zu sehen war ihm schier unerträglich gewesen. Noch jetzt brannte ihr Glück sauer in seinem Magen wie zu fettes Essen. Thibault schloss die Augen und stellte sich vor, wie er seinen Nebenbuhler eigenhändig erwürgte.

»Sie gehört mir, mir allein«, knurrte er.

Wir sehen uns morgen, hatte Jocelyn gesagt, aber er würde sie niemals wiedersehen! Thibault stieß sich von der Hauswand ab und lief zu Jocelyns Werkstatt. Eine Weile beobachtete er das Haus, dann beschloss er, in die Schänke zu gehen, um zu trinken.

Im »Lachenden Eber« war die Hölle los, und Thibault hatte Mühe, noch einen Platz an einem der langen Tische zu bekommen. Der »Eber« war bekannt für sein würziges Bier und das deftige Essen. Besonderer Beliebtheit aber erfreuten sich die

Schankmägde, allesamt dralle Mädchen mit tief ausgeschnittenen Kleidern, die ihre wogenden Brüste einladend zur Geltung brachten. Sie lachten und scherzten mit den Männern, hielten sie zum Trinken an und nahmen auch nicht übel, wenn der eine oder andere sich wollüstig an sie heranmachte.

Die Fackeln und Talglichter rußten und rauchten so stark, dass die Luft trüb wie in einer nebligen Novembernacht war, nur stickiger. Es roch nach Schweiß, Bier und Urin, weil sich so mancher Mann unter dem Tisch erleichterte, statt hinaus ins Freie zu gehen. Auf einem der schmierigen Holztische tanzte ein barfüßiges Mädchen mit langen, filzigen Haaren und schlug ein kleines Tamburin dazu. Die Männer johlten und pfiffen, wenn sie einen Blick unter ihren Rock erhaschen konnten, unter dem sie außer ihrer Haut nichts trug.

Eine Brünette mit ausgeschlagenen Schneidezähnen und schmutzigem Kleid brachte Thibault ein Bier. Er beachtete sie nicht und ließ seinen Blick weiter umherschweifen. In einer Ecke würfelten ein paar Männer. Thibault wollte sich schon wieder gelangweilt abwenden, als er Michel unter den Gästen entdeckte. Der Schmied strahlte und hob die Siegesfaust. Er musste eine Glückssträhne haben, denn einer nach dem anderen verließen seine Mitspieler die Runde. Thibaults Gesicht verzog sich zu einem bösartigen Grinsen. Er zog seine Börse hervor und fingerte nach den gezinkten Würfeln, die er vor einiger Zeit einem Betrüger abgenommen hatte. Dann stellte er sich wie zufällig in die Nähe des Schmieds.

»Ein Spielchen, Mylord?«, fragte Michel, bereits angetrunken, und klimperte mit den soeben gewonnenen Münzen. »Heute ist mir das Glück hold, ich fühle es!«

Ein Säufer und Spieler, der seine Seele beim Spiel verkaufen würde, dachte Thibault abschätzig, sagte aber freundlich: »Nun, dann wollen wir Euer Glück mal herausfordern!« Thibault nahm die Würfel, die Michel ihm reichte. Er spuckte dreimal auf sie, bevor er sie gegen die Wand warf, und heuchelte Enttäuschung, wenn er verlor. Zunächst gewann Michel. Der Schmied führte sich bei jedem Sieg auf, als habe er das Glück gepachtet, und Thibault musste sich beherrschen, um den Angeber nicht auf der Stelle eines Besseren zu belehren. Erst nach einer Weile und ein paar an den Schmied verlorenen Münzen tauschte Thibault die Würfel heimlich gegen seine gezinkten aus und machte Michels Glückssträhne ein Ende. Nicht lange nach Mitternacht hatte der Schmied so viele Schulden bei Thibault, dass ihn die Einlösung Haus, Schmiede und Zukunft kosten würde.

»Ich muss mal pinkeln!«, erklärte Michel, wankte vom Bier benebelt nach draußen und erleichterte sich ein paar Schritte weiter an einer Hauswand. Thibault war ihm aus der Taverne gefolgt und stand im Schatten eines Hauses. Er beobachtete angewidert, wie dem Schmied von der frischen Luft schlecht wurde und er sich jämmerlich würgend erbrach.

Ohne auch nur einen Gedanken an seine Schulden zu verschwenden, glaubte Michel, sich einfach so fortschleichen zu können.

Thibault ging ihm nach und stieß ihn in das erstbeste dunkle Gässchen. »Spielschulden sind Ehrenschulden«, raunte er Michel ins Ohr. »Wenn ich will, kann ich dir hier und gleich auf offener Straße die Kehle durchschneiden, weil du sie nicht bezahlt hast. Ich habe genügend Zeugen.« Thibault hatte sein Jagdmesser gezückt und hielt die Klinge an Michels Hals.

Der Gestank nach Erbrochenem schlug ihm entgegen, als Michel den Mund aufmachte.

»Bitte Herr, ich habe das Geld nicht, gewährt mir Aufschub, bitte!«, flehte er jammernd.

»Damit du nur noch mehr Schulden machen kannst?« Thibault lachte höhnisch.

»Wenn Ihr mir die Schmiede nehmt, was wird dann aus meinen armen Kindern?«, Michel schien erst jetzt zu begreifen, dass ihm das Wasser bis zum Hals stand.

»Deine Not rührt mich!«, behauptete Thibault. »Also werde

ich dir alles erlassen, wenn du etwas für mich erledigst!« Er grinste in die schwarze Nacht.

»Was immer Ihr verlangt!«, winselte Michel, der den Hohn in Thibaults Stimme nicht wahrgenommen hatte.

»Du wirst den Goldschmied töten, zu dem sie immer geht!«

»W-w-wen? Wieso?« Mit seinem trunkenen Kopf begriff Michel nicht sogleich.

»Er wird sie niemals bekommen!«, schnaubte Thibault. »Du erschlägst ihn oder besser noch stichst ihm die Augen aus, dann nimmst du sein Gold und was er sonst noch Wertvolles besitzt. Räuber machen oft grausige Dinge!« Er lachte heiser.

»Aber ich kann doch nicht ... Jocelyn ist ein guter ...«

»Schweig, und tu, was ich dir sage, heute Nacht noch oder schon morgen ist deine Frau eine mittellose Witwe, und deine Kinder müssen auf der Straße um Essen betteln!«

»Und wenn ich ihn nur niederschlage und beraube?«, schlug Michel zitternd vor.

»Das reicht nicht! Entweder *er* stirbt, oder du! Überleg es dir, aber nicht zu lange! Es muss noch heute geschehen!«

Michel nickte in verzweifelter Ergebenheit. Mit einem Schlag schien er nüchtern geworden zu sein. »Und wohin soll ich Euch das Gold bringen?«

»Ich komme morgen Abend zu dir; wenn du versuchst, mich zu hintergehen ...« Thibault drückte noch einmal sein Messer an Michels Hals, »dann wird es dir übel ergehen!«

»Niemals, Herr, glaubt mir!«, winselte Michel.

Thibault stieß ihn von sich. »Dann geh jetzt, du weißt, was du zu tun hast!«

* * *

Mitten in der Nacht fuhr Ellen zitternd aus dem Schlaf hoch. Irgendetwas hatte sie furchtbar erschreckt, ein Geräusch oder ein Traum vielleicht. Unruhig schlief sie wieder ein und war am nächsten Morgen müde und nervös. Sie arbeitete unkonzentriert und konnte es kaum abwarten, endlich zu Jocelyn zu gehen. Obwohl sie hungrig war, eilte sie sofort nach ihrer Arbeit zu ihm. Ohne anzuklopfen, stürzte sie in die Goldschmiede. »Jocelyn, ich bin's!«, rief sie freudig.

Ein unangenehm süßlicher Geruch schlug ihr entgegen. Ellen rümpfte die Nase. Dann entdeckte sie Jocelyn. Er lag ausgestreckt neben seinem Arbeitstisch in einer Blutlache. Ellens Herz setzte für einen Moment aus. Ungläubig fiel sie neben dem leblosen Körper auf die Knie. Ihr Herz schlug heftig. »Bitte nicht, Jocelyn!« Ellen rüttelte ihn sanft. »Herr, warum strafst du mich so?« Sie schluchzte fassungslos und strich vorsichtig über Jocelyns eingefallene Wange. Der Stichel, den sie für ihn geschmiedet hatte, ragte anklagend aus seiner Brust heraus. Weinend packte sie den Griff und zog daran, bis das Fleisch das Werkzeug freigab.

Plötzlich standen zwei vornehme Kaufmannsfrauen in der Tür.

Erschrocken sah Ellen auf. Sie hielt die blutige Waffe in ihrer weit ausholenden Hand, beinahe so, als würde sie erneut zustechen wollen.

»Hilfe! Hilfe, sie hat den Goldschmied ermordet!«, riefen die beiden Frauen und rannten schreiend davon.

Ellen starrte den Stichel in ihrer Hand ungläubig an. Jocelyns Blut lief von ihm herab in ihren Ärmel. Angewidert schleuderte sie das Werkzeug weg, wischte das Blut hektisch an einem herumliegenden Lappen ab und stürzte auf der Rückseite der Goldschmiede nach draußen. Sie wusste, dass hinter dem Garten eine kleine Seitengasse lag, durch die sie flüchten konnte.

Sicher würden die beiden Frauen bei allem, was ihnen heilig war, beschwören, dass sie gesehen hatten, wie Ellen Jocelyn erstochen hatte. Wer würde ihr dann noch die Wahrheit glauben?

Ellen irrte ziellos durch die engen Gassen, ohne zu wissen, wohin. Noch nie war sie so weit in Richtung der Armenviertel gelangt. Die dicht gedrängten Häuser waren hoch gebaut. Ratten huschten durch die Gassen, und es stank nach Schweinekot und Urin. Die Kinder in diesem Viertel waren dürr und ausgemergelt, ihre Gesichter dreckverkrustet und ihre Leiber mit aufgekratzten Flohstichen übersät. Hier herumzulaufen war nicht erst bei Einbruch der Nacht gefährlich, aber Ellen kümmerte das nicht. In ihrem Kopf war kein klarer Gedanke, nur Bilder von Jocelyn und unendliche Trauer. Auf den Stufen einer schäbigen kleinen Holzkirche brach sie weinend zusammen. »Jocelyn, was soll ich jetzt nur tun?«, flüsterte sie immer wieder verzweifelt. Aber niemand antwortete.

Ich muss zurück zu Michel und meine Sachen holen, schoss es ihr durch den Kopf. Ellen rieb sich über das rußige Gesicht und verschmierte so die weißen Linien, die die Tränen auf ihren Wangen hinterlassen hatten. Je näher sie der Schmiede kam, desto mehr musste sie fürchten, Soldaten in die Arme zu laufen. Falls eine der beiden Frauen wusste, wer sie war, wimmelte es dort sicher schon von Männern der Stadtwache. Ellen versteckte sich in der Nähe von Michels Werkstatt und beobachtete sie. Nichts rührte sich. Sie wartete, bis es dunkel wurde, und schlich zur Schmiede. Michel saß vermutlich mit seiner Familie beim Essen oder in der Schänke, trotzdem öffnete Ellen die Tür zur Werkstatt nur vorsichtig. Die Schmiede war dunkel und warm. Nur ein Rest Glut glomm in der Esse. Ellen vergewisserte sich, dass niemand mehr in der Schmiede war, und huschte hinein. Sie kannte jeden Winkel und benötigte kein Licht, um zu finden, was sie suchte. Mit wenigen Handgriffen hatte sie ihre Habseligkeiten zusammengepackt: ihr Werkzeug, die Schürze, ihr Bündel und die wenigen Münzen, die sie besaß. Auf dem Weg zurück zur Tür stolperte Ellen über ein am Boden liegendes Eisen und fluchte leise. Dann hörte sie Stimmen. Sie griff sich einen leeren Sack, kroch hinter einen der großen Weidenkörbe und bedeckte ihren Körper, so gut es ging, mit dem zerschlissenen Leinen.

In diesem Moment ging die Tür zur Werkstatt auf, und jemand betrat die Schmiede.

»Ich habe es so gemacht, wie Ihr verlangt habt, Herr!« Michels unterwürfige Stimme klang, als habe er ein schlechtes Gewissen.

»Gib mir die Beute!«, hörte Ellen eine schnarrende Stimme antworten.

Thibault! Ellen spürte ein beinahe übermächtiges Verlangen zu würgen, das sie nur mühsam unterdrücken konnte.

»Sie verdächtigen Ellen«, sagte Michel plötzlich.

Wieso sprach er mit Thibault über sie? Und woher kannte er diesen überhaupt?

»Ist das ihr Lager?«, fragte Thibault und trat auf den Strohsack am Boden. Er war ihrem Versteck gefährlich nahe.

Ellen spürte, wie ihr der Schweiß ausbrach. Wie gelähmt verharrte sie unter dem stickigen Leinen.

Ohne eine Antwort abzuwarten, forderte Thibault das Diebesgut von Michel.

»Was soll ich tun, wenn sie herkommt? Vielleicht weiß sie, dass ich ...« Michel stockte.

»So dumm, hierherzukommen, wird sie nicht sein.« Thibault strich sich über das Kinn. »Armes Ding, kann einem wirklich leid tun. Erst der Bräutigam tot und dann auch noch als Mörderin verfolgt.« Sein schallendes Lachen bescherte Ellen eine Gänsehaut am ganzen Körper. »Benimm dich nur wie immer, dann hast du nichts zu befürchten. Ellen ist sicher schon über alle Berge«, ermahnte Thibault den Schmied, dann entfernten sich seine Schritte von Ellens Versteck.

»Wäre wirklich ein Jammer gewesen, wenn du die Schmiede und das Haus verloren hättest!« Thibault lachte noch einmal schallend, dann schlug die Tür hinter den Männern zu.

Ellen saß noch einen Moment wie erstarrt in ihrem Versteck. Michel hatte Jocelyn getötet! Wie hatte er das nur tun können? Er musste zur Rechenschaft gezogen werden! Verzweifelt überlegte sie, was sie tun konnte. Welche Beweise hatte sie? Wenn sie sich bei der Stadtwache meldete, um die Sache aufzuklären, würde man sie nicht einmal anhören, sondern sie kurzerhand einsperren und verurteilen. Es gab keine Gerechtigkeit auf der Welt, aber Gott würde Michel am Tag des Jüngsten Gerichts bestrafen, davon war Ellen überzeugt. Wie ein Dieb schlich sie davon und holte Nestor aus dem Kloster. Warum nur musste sie auch diesmal wieder fliehen, ohne dass sie sich etwas hatte zuschulden kommen lassen?

September 1171

Die ersten Tage war Ellen verzweifelt und vollkommen hoffnungslos, aber schon bald waren alle Tränen versiegt, und sie fühlte sich stumpf wie ein altes Messer.

Eine Woche war sie inzwischen unterwegs. Lange genug, um nicht mehr fürchten zu müssen, dass sie noch verfolgt wurde. Ohne zu wissen, wohin sie ging, wanderte sie weiter. An einer Kreuzung stieß sie auf das Ende eines langen Menschenzuges. Handwerker und Händler, Gaukler und Prostituierte zog es alle in die gleiche Richtung, die meisten von ihnen gingen zu Fuß. Andere ritten auf Maultieren oder fuhren auf Ochsenkarren. Auf einmal hörte Ellen lautes Geschrei. Es kam aus dem klapprigen Wagen vor ihr.

»Jetzt reicht es mir, du Flittchen. Meine Geduld mit dir ist zu Ende. Verschwinde, und such dir einen eigenen Mann!« Die Stoffplane wurde zurückgeschlagen, und eine rundliche Frau mit einem vor Wut geröteten Gesicht schubste ein junges Mädchen aus dem Wagen.

Gerade noch rechtzeitig konnte Ellen an Nestors Zaumzeug reißen, um ihn zum Stehen zu bringen.

Das junge Mädchen fiel vor die Hufe des Ponys und begann augenblicklich zu weinen und laut nach jemandem namens Jean zu rufen. Sie klang jämmerlich wie ein kleines Kind, obwohl sie sicher schon sechzehn oder siebzehn Jahre alt war. »Jean!«, schrie sie noch einmal lang gezogen und gellend.

Und tatsächlich kam kurz darauf ein Junge angelaufen.

Zu Ellens Erstaunen war er jünger als das Mädchen, das ihn

als ihren Beschützer anzusehen schien. Er war kleiner als Ellen und hatte noch keinen Ansatz von Bartwuchs. Sie schätzte ihn auf dreizehn oder vierzehn.

Der Junge beugte sich zu dem Mädchen hinunter. »Ach, Madeleine, was ist denn jetzt schon wieder passiert?« Er zog sie mit einer Hand hoch. »Na, komm schon, sag, was geschehen ist. Schon wieder Ärger mit Agnes?«

Madeleine zuckte mit den Schultern und lächelte den Jungen unschuldig an. »Ihr Alter hat mich angefasst, da!« Sie packte sich grob an die Brust. »Er macht das öfter, aber sonst passt er besser auf und lässt sich dabei nicht von ihr erwischen. Diesmal hat sie es gesehen, und jetzt ist sie böse auf mich.« Das Mädchen sah ihn mit großen Augen an.

Der Junge seufzte. »Oh, verzeiht«, murmelte er, als ihm auffiel, dass sie Ellen im Weg standen, und zog das Mädchen zum Wegesrand.

Es humpelte und verzog das Gesicht vor Schmerz.

»Ist alles in Ordnung mit ihr?«, fragte Ellen und stieg ab.

»Mein Fuß! Es sticht so!«, jammerte das Mädchen.

»Setz dich dort ins Gras, ich sehe ihn mir mal an.« Ellen vergaß für einen Moment ihren eigenen Kummer und ihr sonst übliches Misstrauen gegenüber Fremden. Sie nahm den schmutzigen Fuß des Mädchens und betastete ihn eingehend.

Die Gestürzte hielt still und beklagte sich kaum.

»Wie es aussieht, ist er wohl nicht gebrochen. Habt Ihr es denn noch weit?«

»Wir wollen zum nächsten Turnier, so wie die anderen.« Der Junge zeigte auf den Menschenzug, der sich immer weiter entfernte. »Wir sind schon eine Weile mit den Händlern unterwegs, aber wegen ihr gibt es immer wieder Ärger«, erklärte er und deutete auf das Mädchen.

Ellen zog fragend die Augenbrauen hoch.

»Ist eine lange Geschichte. Ich passe auf sie auf, so gut ich kann, aber manchmal bin ich eben nicht da, und dann gibt es fast immer Ärger. Jetzt müssen wir wohl erst einmal allein weiterziehen.«

»Aber ich kann nicht laufen!«, greinte Madeleine und vergoss zum Nachdruck ein paar Tränen.

»Ihr wollt also zu einem Turnier?« Ellens Neugier war geweckt.

»Das ist unser Leben. Madeleine tanzt oder verdingt sich als Magd, sie ist hübsch und bekommt immer Arbeit. Und ich habe schon alles Mögliche gemacht: Stiefel geputzt, Nachrichten überbracht, Tiere gehütet und ausgemistet, Bier geschöpft oder Wasser geschleppt. Bei den Turnieren werden immer fleißige Hände gebraucht.«

»Gibt es dort auch Schmiede?«

»Aber sicher, jede Art von Schmied. Von Silber- und Goldschmieden einmal abgesehen, gibt es immer mehrere Hufschmiede, weil die Pferde ständig ihre Eisen verlieren, Drahtzieher und Nagelschmiede, aber auch Kupferschmiede, die ihre Töpfe feilhalten, und Schwarzschmiede, die Heringe für die Zelte, Zangen, Haken und Werkzeug herstellen. Und dann sind da noch die Waffenschmiede, auch die haben alle Hände voll zu tun.«

Ellens Gesicht hellte sich auf. »Na, wenn das so ist, werde ich mit euch ziehen! Kommt, lasst uns weitergehen!«, forderte sie die beiden fröhlich auf.

»Aber ich kann nicht laufen!«, jammerte Madeleine erneut.

»Hilf ihr auf das Pony, wir beide können zu Fuß gehen«, schlug Ellen vor und schob das Mädchen zu Nestor hinüber.

»Wer bist du überhaupt?«, fragte der Junge argwöhnisch.

»Oh, Entschuldigung. Ich heiße Ellenweore, ich bin Schwertschmiedin, und zwar eine wirklich gute!«, sagte sie selbstbewusst und reichte ihm die Hand.

»Eine schmiedende Frau«, murmelte der Junge und wiegte den Kopf ungläubig hin und her. »Eine, die Schwerter schmiedet! Was es nicht alles gibt! Ich bin übrigens Jean.« Er wischte die Hand an seinem Hemd ab und reichte sie Ellen.

»Ich weiß, ich habe sie rufen hören, und sie heißt Madeleine, nicht wahr?«

Jean nickte.

»Ich kannte mal einen Jean. Aber er war viel älter als du.« Ellen überlegte kurz. »Wie wäre es, wenn ich dich Jeannot nenne? Was dagegen?«

»Nein, nein, ich hatte schon schlimmere Spitznamen. Taugenichts, Rotzbengel oder Ratte waren mir weitaus unangenehmer.« Jean grinste Ellen verschmitzt an.

»Na, dann sind wir uns ja einig, Jeannot. Also, dann rauf mit dir auf den Gaul, Madeleine! Entschuldige, Nestor, ich wollte dich nicht beleidigen.« Liebevoll tätschelte Ellen den Hals des Ponys. Sie führte Nestor am Zügel, während Madeleine mit geradem Rücken auf ihm saß und sich im Rhythmus seiner Schritte wiegte, als habe sie nie etwas anderes getan. Ellen sah sie bewundernd an. Sie selbst kam sich noch immer wie ein Sack Mehl auf Nestor vor und fühlte sich auf den eigenen Füßen viel sicherer.

»Sie sieht aus, als sei sie auf dem Rücken eines Pferdes groß geworden.«

»Wir können beide gut reiten, auch wenn keiner von uns je ein eigenes Pferd besessen hat.« Der Junge kniff die Lippen zusammen; mehr wollte er zu diesem Thema offenbar nicht sagen.

Als es dunkel wurde, sahen sie sich nach einem Rastplatz im Wald um. Sie hatten die anderen Reisenden eingeholt, schlugen aber ihr Lager ein Stück entfernt von ihnen auf, um keinen Ärger mit der Händlersfrau zu bekommen. Ellen band Nestor an einem Baum fest, unter dem genug Gras und weiches Moos wuchsen, an denen er sich satt fressen konnte.

Ohne Aufforderung ging Madeleine los, um Holz zu sammeln, und kam bald darauf mit einem ganzen Arm voll trockener Zweige zurück. Ihren schmerzenden Fuß schien sie vollkommen vergessen zu haben.

Ellen nahm ihren Feuerstein, den Feuerschläger und ein wenig getrockneten Zunderpilz und wollte gerade ein Büschel trockenes Gras anzünden, als Jean plötzlich mit einem toten Hasen in der Hand vor ihr stand. Ellen blickte den Jungen überrascht an.

»Ich hab ihn mit der Steinschleuder erledigt.« Er band den Hasen an einem Ast fest und entfernte eines seiner Augen, um ihn ausbluten zu lassen. Dann häutete er das Tier von den Hinterläufen aus ab, weidete es aus und vergrub die Abfälle, damit sie keine Wölfe anzogen. Anschließend trieb er einen langen Stock durch den Hasenleib und legte ihn über zwei Astgabeln, die er auf beiden Seiten des Feuers in den Boden gerammt hatte. Es dauerte nicht lange, bis das Fleisch zu duften begann.

Ellen hatte nicht einmal eine Zwiebel bei sich, aber genauso, wie sie Madeleine auf ihrem Pferd hatte reiten lassen, teilten die beiden jetzt ihr Brot und den Braten mit ihr. Nach dem Essen rollte Madeleine sich zusammen wie ein kleines Kind und schlief auf der Stelle ein.

Ellen und Jean sahen in die knisternden Flammen.

»Ich war noch keine zehn, als es passiert ist. Ich war im Wald, zum Pilzesuchen«, begann Jean ganz unvermittelt leise zu erzählen. Er starrte ins Feuer, als rufe es Erinnerungen in ihm wach. »Madeleine war ungefähr zwölf.« Jean schluckte. »Ich kann mich nicht einmal an den Namen unseres Dorfes oder der Grafschaft erinnern und sie auch nicht. Ich war schon seit dem Morgengrauen im Wald, plötzlich sah ich dicke, schwarze Rauchwolken am Himmel und rannte nach Hause. Das ganze Dorf stand in Flammen. Es roch widerlich, brenzlig und bitter-süß.« Er schluckte, dann fuhr er leise fort: »Das verbrannte Fleisch von Menschen war es, das so stank. Am Brunnen lagen viele Männer unseres Dorfes, einer halb auf dem anderen. Sie mussten versucht haben, ihre Familien zu verteidigen, und waren abgeschlachtet worden wie Vieh. Es fing an, ganz fein zu regnen, und ich dachte, Gott weint, weil er furchtbar traurig ist. Ihr Blut vermischte sich mit dem Regenwasser zu roten Rinnsalen. Ich hatte Angst und rannte zu unserem Haus. Es brannte nicht und sah ganz friedlich aus, aber ich fürchtete mich trotzdem. Obwohl meine Knie geschlottert haben, bin ich hineingegangen.« Er wischte sich mit einer schmutzigen Hand übers Gesicht. »Meine Mutter lag in einer Ecke, ihr Kopf war zerschmettert und ihr Gesicht kaum noch zu erkennen. Unter ihr lag mein kleiner Bruder. Sie waren beide tot. Ich habe angefangen zu weinen, obwohl mir mein Vater verboten hat zu heulen. Und dann entdeckte ich auch ihn, es war, als bliebe mein Herz stehen. Er war doch ein so großer, starker Mann! Sie hatten ihn im Ziegenverschlag an zwei Eisenhaken aufgehängt. Seine Augen waren weit aufgerissen und starrten mich an. Sein Bauch war aufgeschlitzt, und seine Eingeweide hingen aus ihm heraus. – Ich stürzte nach draußen und übergab mich, bis nichts mehr aus mir herauskam. Irgendwann lief ich dann zu den anderen Hütten, die nicht völlig zerstört waren. Ich rief und weinte, aber es war niemand mehr da. Alle waren tot.« Jean schwieg einen Moment.

Ellen hatte fassungslos zugehört. Sie konnte seinen Schmerz nur allzu gut nachfühlen, denn es verging kein Tag, an dem sie nicht an den Augenblick dachte, an dem sie Jocelyn tot aufgefunden hatte. Niemals würde sie dieses schreckliche Bild vergessen können.

»Und dann sah ich Madeleine«, fuhr Jean plötzlich mit weicher Stimme fort. »Sie stand auf einmal vor mir, mitten auf dem Weg mit einem Strauß Wiesenblumen in der Hand – wie eine Fee sah sie aus. Sie hat viel schneller begriffen, was geschehen war, als ich. Die Hühner und Ziegen waren fort, und sogar der Hund des Tischlers und die Katzen lagen erschlagen im Schlamm. Wir konnten den Anblick und den Gestank des Todes nicht länger ertragen und flohen in den Wald.« Jean schürte das schon fast erloschene Feuer und legte einen Ast darauf, damit es weiter loderte.

Die Nacht war sternenklar. Ellen fröstelte und war dankbar

für das Feuer. Sie holte ihren Mantel und breitete ihn auf dem Boden aus, damit sie darauf sitzen konnten.

»Wir versteckten uns im Wald, trotzdem haben uns die Räuber entdeckt. An den Dingen, die sie bei sich trugen, erkannten wir, dass es dieselben Männer waren, die unser Dorf ausgelöscht hatten. Einer von ihnen wollte uns sofort töten. Er hatte sein Messer schon an Madeleines Hals, als ein anderer ihn aufhielt. ›Lass uns doch erst noch ein bisschen Spaß mit der Kleinen haben‹, schlug er vor. Ich war noch zu jung, um zu begreifen, was er meinte, aber ich sah die Angst in Madeleines Augen und dachte an meinen Vater mit seinem aufgeschlitzten Bauch. In meiner Wut vergaß ich meine eigene Angst und trat dem Kerl mit voller Wucht vor das Schienbein.«

»Oh mein Gott!«, entfuhr es Ellen.

»Du hast Recht, das war völlig schwachsinnig, ich war ja viel zu klein, um es mit so einem aufnehmen zu können. Er knallte mir eine, packte mich bei den Haaren und verpasste mir einen Tritt. Wahrscheinlich hätte er mich fertiggemacht. Aber da kam Marcondé, der Anführer der Meute, hinzu. Die Räuber wichen zur Seite. Im ersten Augenblick hoffte ich, er würde uns gehen lassen, aber dann sah ich das getrocknete Blut an seinem schmutzigen Hemd. Vielleicht war es das Blut meiner Mutter oder das meines Vaters!« Er unterbrach sich und schluckte. »Ich wurde sein Knecht und Prügelknabe. Trotzdem war mein Schicksal erträglich im Vergleich zu dem, was Madeleine durchmachen musste. Sie haben sie besprungen wie die Ziegenböcke, Tag für Tag, von früh bis spät, so viele Male.« Jean schlug die Hände vor sein Gesicht. »Sie war ein ganz vernünftiges Mädchen vorher, verstehst du? Sie war nicht … verrückt. Nein, war sie nicht. Die Kerle sind schuld, sie haben sie gequält, bis sie durchgedreht ist. Sie haben sie zum Tier gemacht, haben ihr das Essen zugeworfen wie einem Hund und gejohlt, wenn sie auf allen vieren hinkroch, um es sich zu holen. Sie haben ihre Messer im Feuer erhitzt und die heiße Klinge in ihr Fleisch gebrannt, bis sie auch das ohne Schreie ertrug. Den einzigen Menschen, der mir noch geblieben war, haben sie in den Wahnsinn getrieben.«

»Wie um Gottes willen habt ihr es geschafft, ihnen zu entkommen?«, fragte Ellen entsetzt und sah mitleidig zu der friedlich schlafenden Madeleine hinüber. Ihre Stirn war ein wenig gekraust, und die Hände hatte sie zu Fäusten geballt.

»Ich hätte viele Male fliehen können, aber ich konnte Madeleine doch nicht alleinlassen! Ich hätte Marcondé getötet, wenn es genutzt hätte, aber sie waren doch so viele.« Er sah Ellen an und lächelte plötzlich. »Bei den Räubern haben wir das Reiten gelernt. Manchmal haben wir tagelang die Pferderücken nur zum Pinkeln und Schlafen verlassen, sogar gegessen haben wir auf den Gäulen. Mir waren diese Tage am liebsten, weil die Männer dann zu müde waren, um sich über Madeleine herzumachen. Monatelang haben sie uns auf ihre Beutezüge mitgenommen, und eines Tages bekamen wir die Gelegenheit zur Flucht, auf die wir so lange gewartet hatten. Marcondé und seine Männer überfielen einen kleinen Weiler, metzelten die Männer nieder und vergriffen sich an den Frauen und Mädchen. Die Männer feierten und betranken sich, so merkten sie nicht, dass wir ihnen zwei Pferde stahlen und uns aus dem Staub machten. Weil sie gute Spurenleser waren, verkauften wir die Pferde unterwegs. Und es gelang uns tatsächlich, die Kerle abzuschütteln. Ich kann bis heute kaum glauben, wie viel Glück wir an diesem Tag hatten. Trotzdem stehen mir noch heute vor Angst die Haare zu Berge, sobald ich einen Reitertrupp höre. Nur auf den Turnieren fühle ich mich sicher, weil die Banditen einen großen Bogen um sie machen.«

Die Nacht war schon fortgeschritten, und obwohl Jeans Erfahrung gezeigt hatte, wie wenig Sicherheit die Nähe anderer Menschen brachte, war Ellen nach der grausigen Geschichte froh, die Händler, mit denen die beiden gereist waren, nicht weit entfernt zu wissen.

»Madeleine hat großes Glück, dich an ihrer Seite zu haben«,

sagte Ellen sanft und holte eine zweite Decke von Nestors Rücken. Sie rutschte dicht an Jean und Madeleine heran und wickelte sich und die beiden ein, so gut es ging. Die Erlebnisse der zwei ließen sie nicht los. Bei jedem Knistern oder Knacken fuhr sie hoch und lauschte. Nach ihrer Flucht aus Orford hatte sie sich schon einmal vor den nächtlichen Geräuschen des Waldes gefürchtet. Und auch diesmal dauerte es lange, bis sie endlich in einen tiefen Schlaf fiel.

Die Morgensonne blendete sie durch die geschlossenen Augen und weckte sie. Ellen streckte sich. Sie sah sich nach Jean und Madeleine um und erschrak. Die beiden waren fort! Sie schienen nicht mit Gewalt weggeholt worden zu sein. Es war ja auch dumm anzunehmen, die Räuber hätten Ellen friedlich schlafen lassen, während sie Madeleine und Jean fortschleppten. Ellen sah zu dem Baum hinüber, an dem sie Nestor festgemacht hatte. Auch er war weg! Wütend sprang sie auf. Sollte sie sich derartig getäuscht haben und auf zwei Betrüger hereingefallen sein? Hilflos und enttäuscht dachte sie darüber nach, was sie jetzt tun sollte. Da knackte es im Unterholz.

»Huhu!«, hörte sie eine helle Frauenstimme rufen und drehte sich um.

»Madeleine! Jean!«, rief sie erleichtert.

»Wir haben Nestor am Bach getränkt und die Trinkschläuche aufgefüllt«, erklärte Jean.

»Die anderen brechen auf!«, rief Madeleine, zeigte auf die Lichtung, auf der die fahrenden Händler übernachtet hatten, und tänzelte dabei auf der Stelle, als müsse sie dringend ihre Notdurft verrichten.

»Madeleine hat Recht, wir sollten besser auch losziehen. Wir reisen sicherer, wenn wir in der Nähe der anderen bleiben«, meinte Jean.

Ellen nickte. »Von mir aus können wir, ich gehe nur noch mal schnell zum Bach.« Ellen scharrte Erde über die Asche, um die übrig gebliebene Glut zu löschen, und lief los. »Ich bin gleich zurück!«

Kurze Zeit später zogen sie hinter den anderen her und beratschlagten, wie Ellen während des Turniers Arbeit bei einem der Waffenschmiede finden konnte.

»Das wird nicht leicht werden, du bist kein Mann!«, sagte Jean ohne große Hoffnung.

»Das weiß ich auch, stell dir vor! Aber ich bin gut, und Frauen werden schlechter bezahlt. Das könnte von Vorteil sein. Wenn mir nur jemand die Gelegenheit gibt, mein Können zu beweisen, werde ich sie alle überzeugen.«

»Aber so, wie ich das sehe, wird genau das am schwierigsten sein.« Jean zog die Augenbrauen zusammen. Er kannte sich gut auf den Turnieren aus, und meistens begegneten ihnen dort dieselben Handwerker. Die Waffenschmiede waren sehr von sich eingenommen. Er hatte selbst schon einmal versucht, bei einem von ihnen Arbeit zu finden, aber der Schmied hatte ihn einen Zwerg genannt und ausgelacht. »Für eine Frau bist du zwar recht groß, aber verglichen mit einem von den Schmieden doch wieder nicht! Und einen Rücken wie ein Ochse hast du auch nicht. Wie kannst du da so ausdauernd sein wie diese starken Kerle?« Jeans Zweifel waren nicht zu überhören.

Ellen grinste. »Technik, Jean, alles Technik! Mein Meister war klein und für einen Schmied regelrecht schmächtig. Man kann den Hammer auf verschiedene Weise führen: mit weit ausholenden Schlägen, bei denen er mit Wucht herabfällt, oder mit kleinen, kurzen Schlägen, die dafür rasch aufeinander folgen. Auch der Rhythmus ist wichtig, und natürlich muss man als Zuschläger wissen, wie man einen Vorschlaghammer richtig hält. Ein im Schmieden ungeübter Mann kann mich nicht schlagen, selbst wenn er bärenstark ist.«

»Oh, là, là! Ich bekomme ja Angst vor dir!«, neckte Jean sie, lenkte aber sofort ein, als Ellen ihn böse ansah. »Schon gut, wird so sein, wenn du das sagst. Mir wird bestimmt etwas einfallen, wie wir die Schmiede dazu bekommen, dich zu prüfen!«, murmelte er nachdenklich.

»Seht mal da, was ist das denn?« Ellen zeigte auf das Gebüsch am Wegesrand. Ein paar Zweige bewegten sich. Ellen ging darauf zu und vernahm ein Winseln, das sich beinahe wie das Wimmern eines kleinen Kindes anhörte. Sie beugte sich hinab und entdeckte einen jungen Hund mit zerzaustem Fell und blutender Vorderpfote.

»Ruhig, ich tue dir nichts«, murmelte sie mit sanfter Stimme.

Der Hund duckte sich ängstlich und knurrte leise.

»Kommt erst einmal nicht näher, man kann nie wissen … Er ist verletzt!«, rief sie Jean und Madeleine zu. Sie hielt die Hand hoch, um ihnen zu bedeuten, stehen zu bleiben.

»Wenn er toll ist, tut er erst zahm, und dann beißt er dich!«, warnte Jean sie. »Der Bruder meines Vaters ist an so einem Biss gestorben. War furchtbar. Er hat sich lange gequält … Zuerst ist er durchgedreht, dann hat er Schaum vor den Mund bekommen und ist tot umgefallen.«

»Das sieht nicht wie eine Bisswunde aus«, sagte Ellen mit Blick auf die Pfote. »Eher wie aufgerissen.«

»Wenn es ein guter Hund wäre, hätte sein Herr ihn nicht zurückgelassen«, murrte Jean, der ganz offensichtlich keine Lust hatte, sich auch noch um ein Tier zu kümmern.

Ohne auf Jeans Einwand einzugehen, redete Ellen beruhigend auf den Hund ein. »Ich werde deine Pfote behandeln, nur eine Kräuterauflage und ein kleiner Verband, und bald bist du wieder gesund.« Dann sah sie sich suchend nach Madeleine um. Aber die war schon losgelaufen, um das Nötige zu sammeln.

Jean zuckte ergeben mit den Schultern. »Gegen eine Frau ist schon kaum anzukommen, aber gegen zwei …« Er seufzte und wartete.

Es war fast Herbst, und es wurde früher dunkel, deshalb suchten die Händler sich bereits am Nachmittag einen Platz für die Nacht. »Ich gehe ein Stück voraus und suche uns ein ruhiges

Plätzchen in der Nähe der anderen. Am besten, ihr kommt nach, wenn ihr hier fertig seid«, brummte er schließlich, nahm Nestor am Zügel und machte sich auf den Weg.

Ellen wandte den Blick nicht von dem Hund. Sein zottig graues Fell war flaumig weich. »Bist noch ziemlich jung, was?« Sie setzte sich zu ihm und sah dem kleinen Kerl tief in die Augen, als er seinen Kopf auf ihre Knie legte.

»Vielleicht ist er weggelaufen«, sagte Madeleine mitleidig und streichelte ihn zärtlich. »Hier, die Kräuter für ihn.«

Der kleine Hund leckte immer wieder Ellens Hand, während sie seine Wunde behutsam versorgte.

»Seine Pfote ist tüchtig gequetscht. Sieht nicht aus, als würde sie so bald heilen.« Ellen kraulte ihn am Ohr. »Hast Hunger, was?«

Als ob er sie verstanden hätte, hob er den Kopf und stellte die Ohren auf – soweit das mit seinen struppigen Hängeohren möglich war.

Ellen lächelte. »In der Satteltasche ist noch ein Stück Brot.«

Madeleine sprang auf. »Ach, so was Dummes! Jean hat ja das Pony!« Ärgerlich ließ sie sich zurück auf den Boden fallen und streichelte den Hund weiter.

»Wir nehmen ihn mit!«, beschloss Ellen und fasste unter seinen mageren Körper, um ihn auf die Arme zu nehmen. »Er ist viel größer, als ich dachte«, stellte sie fest. »Wird mal ein ganz schöner Brocken werden. Er kann auf unsere Sachen aufpassen, wenn er ausgewachsen ist.«

»Jean wird schimpfen!«, warf Madeleine ein, erntete aber nur einen missbilligenden Blick von Ellen.

»Jean hat *mir* gar nichts zu sagen, ich tue, was ich für richtig halte.« Ellen wusste genau, wie schwierig es werden würde, den Hund zu behalten. Er musste schließlich zu fressen bekommen, und dafür arbeiten konnte er nicht. Jean würde mit Sicherheit lauter gute Gründe aufzählen, warum sie ihn nicht behalten sollten. Und vermutlich hatte er sogar Recht damit, aber sie konnte dem treuen Blick des jungen Hundes einfach nicht widerstehen.

Ellen wunderte sich, dass Jean weniger murrte, als sie erwartet hatte. Vielleicht erweichte ihn der staksige Gang des jungen Hundes, der aussah wie ein zottiges Fohlen auf viel zu langen, wackeligen Beinen, oder er hatte einfach nur Mitleid mit ihm, weil er genauso arm und verlassen war wie Madeleine und er.

»Wir haben immer bei den Händlern geschlafen. Aber mit dir zählen wir jetzt als eigener Verband. Wir brauchen ein Zelt, wenigstens ein kleines, sonst bekommen wir keinen guten Platz beim Turnier. Wir können auch nicht mehr lange im Freien schlafen, die Nächte werden immer kälter und feuchter. Wie viel Geld haben wir?«, fragte Jean.

Er und Madeleine hatten ein paar kleine Silbermünzen, und Ellen suchte in ihrem Geldbeutel am Gürtel die gleiche Anzahl Münzen. Von dem Geld unter ihrem Kleid sagte sie nichts. Daran würde sie nur gehen, wenn es unbedingt notwendig war.

Jean hielt die Münzen fest in seiner schmutzigen Hand.

»Ich werde sehen, was wir dafür kriegen. Wartet hier auf mich!« Er lief über die Lichtung zum Rastplatz der Händler, die ihre Wagen und Zelte wie jeden Abend im Kreis aufgestellt hatten, um sich vor wilden Tieren und anderen möglichen Angreifern zu schützen.

Ellen sah ihn mit einem Mann verhandeln. Die beiden waren zu weit weg, als dass sie verstehen konnte, worüber sie sprachen. Schließlich schüttelte der Mann den Kopf, und Jean ging weiter zum nächsten Wagen. Er verschwand mit einem der Männer hinter einer Plane, und Ellen wartete ungeduldig, bis er wieder auftauchte. Es dauerte eine ganze Weile, bis Jean zurückkam.

»Ich habe ein Zelt bekommen, aber ich kann es nicht alleine tragen, am besten, ich nehme Nestor mit«, sagte er und ging mit dem Pony fort.

Ellen konnte keine Ruhe finden. Diesmal schien es eine halbe Ewigkeit zu dauern. Es war schon fast dunkel, und Jean war noch immer nicht zurück. Erneut beschlich Ellen die Angst, auf einen Gauner hereingefallen zu sein. Gerade als sie zum zehnten Mal aufgesprungen war, um nach ihm Ausschau zu halten, kam Jean zurück. Nestor trottete mit schwerem Gepäck brav hinter ihm her. Madeleine hatte die ganze Zeit ruhig auf einem Baumstamm gesessen, leise gesungen und den Hund gestreichelt. Sie hatte wohl nicht einen Moment an Jeans Rückkehr gezweifelt. Bei dem Klang seiner Stimme verstummte sie, sah auf und lächelte.

»Ein Zelt, ein Kochtopf und zwei alte Decken!« Der Junge strahlte zufrieden. »Das Zelt hat einen langen Riss, aber den kann ich nähen. Nadel und Faden habe ich besorgt. Die Decken habe ich von Agnes bekommen. Es tut ihr leid wegen deinem Fuß«, sagte er zu Madeleine und wandte sich dann an Ellen. »Agnes ist kein schlechter Mensch, weißt du, sie hat nur Angst, ihr Mann könnte sie im Stich lassen.«

Ellen staunte, wie viel der Junge für das Geld bekommen hatte. »Also wenn ich einmal etwas kaufen muss, werde ich dich als Unterhändler mitnehmen, dann bekomme ich bedeutend mehr für mein Geld!«, sagte sie und lachte bewundernd.

Nach dem Essen, das aus einer Forelle und einem Neunauge bestand, die Ellen vor Einbruch der Dunkelheit in einem nahe liegenden Bach gefangen hatte, saßen sie noch eine Weile am Feuer.

»Der Fisch hat köstlich geschmeckt.« Jean wischte sich zufrieden mit dem Ärmel über den Mund, leckte den Faden an und führte ihn durch das Nadelöhr. Geschickt nähte er den großen Riss zu. Außerdem besserte er die Schlaufen aus, an denen das Zelt im Boden befestigt wurde. »Nur die Heringe taugen nicht mehr viel.«

Ellen sah sich die Eisenhaken an, sie waren ziemlich verrostet und würden tatsächlich nicht mehr allzu lange halten.

»Ein bisschen von dem Eisen kann man noch gebrauchen, aber viel ist es nicht mehr! Sobald ich Arbeit habe und Zugang zu einer Esse und einem Amboss, kaufe ich noch etwas Eisen nach und mache uns neue.«

»Er braucht noch einen Namen«, unterbrach Madeleine die beiden. Sie deutete auf den jungen Hund, der zusammengerollt neben Ellen lag. Er hatte die Innereien der beiden Fische bekommen und war offensichtlich zufrieden mit seinem Los.

»Wie wäre es mit Vagabund? Er ist doch schließlich einer«, schlug Jean vor.

Ellen verzog den Mund. »Gefällt mir nicht, etwas Freundlicheres darf es schon sein, schließlich sind wir auch keine Vagabunden, nur weil wir durch die Gegend ziehen. Bestimmt fällt uns noch ein anderer Name ein. Nicht wahr, Graubart?« Ellen zupfte ihn an den haarigen Lefzen.

»Das ist es!« Madeleine strahlte.

Ellen sah sie fragend an. »Was?«

»Graubart, so hast du ihn doch eben genannt!«

»Habe ich das?« Ellen sah immer noch verwundert aus »Na ja, warum eigentlich nicht?«

»Graubart, der Name passt wirklich zu dir!« Jeans Stimme klang plötzlich sehr sanft. Er streichelte den jungen Hund zum ersten Mal.

Kurz vor Mittag des darauf folgenden Tages erreichten sie den Turnierort. Ellen staunte über das Gedränge um die besten Plätze.

Jean jedoch sah sich in aller Ruhe um, schließlich deutete er auf einen schmalen Streifen zwischen zwei hübschen Zelten.

»Dort, der Platz reicht gerade aus für uns, andere passen da sowieso nicht hin. Und die Lage ist gut!«

Die Besitzer der beiden großen Zelte würden das schmuddelige, zerschlissene Tuch vermutlich nicht besonders gern zwischen ihren schönen, bunten Unterkünften sehen, aber sie konnten nichts dagegen tun; jeder durfte dort bleiben, wo er Platz fand, so lautete nun einmal das Turnierrecht.

Ellen und Madeleine bauten ihre Behausung auf, während Jean einen Erkundungsgang machte. Als er abends zurückkam, hatten die beiden Frauen ganze Arbeit geleistet. Das Zelt war aufgebaut und eingeräumt, und auf dem Feuer brodelte ein duftender Eintopf aus Erbsen und Getreide.

»Wo habt ihr das her?«, fragte Jean ungnädig. Madeleine warf Ellen einen Blick zu, der zu sagen schien: Siehst du, habe ich es dir nicht gesagt, er wird beleidigt sein.

Ellen kümmerte es nicht. »Du hast mir doch gesagt, man müsse so früh wie möglich etwas zu essen kaufen, bevor die Bauern merken, wie gut sie an den vielen Turnierbesuchern verdienen können. Da habe ich gedacht, ich mache das mal. Schließlich hattest du nicht genug Geld bei dir.«

»Stimmt«, brummte Jean ein wenig freundlicher; immerhin hatte Ellen seinen Rat befolgt.

»Sieh mal, wir haben einen ganzen Sack Erbsen, zwei Pfund Weizen und einen kleinen Sack Zwiebeln, eine ordentliche Speckseite und ...« Madeleine strahlte übers ganze Gesicht.

»Und ein Dutzend Eier, so reicht der Vorrat die ganze Woche, und wir brauchen nicht in einer der Garküchen zu kaufen«, ergänzte Ellen. Sie bemühte sich, so bescheiden wie möglich zu klingen, obwohl sie vor Stolz fast barst.

»Bestimmt hat dich der Bauer übers Ohr gehauen, wo hattest du überhaupt das Geld her?«

»Ich hatte noch einen halben Shilling, und für den Rest habe ich gearbeitet!«

»An einem halben Tag hast du so viel Geld verdient, dass du das alles kaufen konntest? Du musst gut gehandelt haben, hätte ich nicht besser machen können!« Jean war ehrlich erstaunt. »Was für eine Arbeit hast du getan, um so viel Geld dafür zu bekommen?«

»Ich habe ein paar Pferde beschlagen. Es war ein großes Gut, kein einfacher Bauernhof. Sie hatten dort eine eigene kleine Schmiede, aber der Hufschmied war krank, und seine Frau, die sonst aushilft, musste ihn pflegen. Ein paar ihrer Gäule brauchten dringend neue Eisen. Hatte einfach Glück. Ich hab nicht mal gewusst, ob ich das überhaupt kann, aber einer der älteren Stallknechte hat mir geholfen.«

»Nun, wenn der Eintopf so gut schmeckt, wie er riecht, soll es mir recht sein. Dann esse ich auch eine ganze Woche davon«, sagte Jean versöhnlich und lachte, als sein Magen laut knurrte. »Ich habe übrigens Henry getroffen!«, sagte er nach dem Essen zu Madeleine.

Sie lächelte entrückt, begann zu singen und zu tanzen.

»Setz dich wieder!«, sagte Jean sanft und zog sie auf ihren Platz. »Sie nennen ihn Henry le Norrois, er ist ein fahrender Ritter«, erklärte er Ellen. »Und er ist der netteste Herold, den ich kenne. Er versteht es wie kein anderer, Loblieder auf die Ritter zu dichten und so ihre Preise in die Höhe zu treiben. Ich habe ihm von dir erzählt. Er ist ein kluger Mann und kennt die Menschen und ihre Eitelkeiten. Und er hat mich auf eine wunderbare Idee gebracht.«

»Was denn für eine Idee?«, fragte Ellen skeptisch.

»Das wirst du schon noch sehen!« Jean grinste schelmisch und rollte sich in seine Decke ein. »Besser, wir schlafen jetzt, morgen wird ein langer Tag. Wir müssen schließlich Arbeit für euch finden.« Jean drehte sich herum.

»Und du, willst du dir keine Arbeit suchen?«, fragte Ellen wütend. Es ärgerte sie, dass er nichts über seinen Plan sagen wollte.

»Aber nein.« Er gähnte. »Ich hab schon was gefunden. Einer der Brotbäcker braucht einen Gehilfen, es gibt einen Penny und jeden Tag einen Laib frisches Brot.«

»Und das sagst du uns so ganz nebenbei?« Ellen setzte sich auf. »Aber das ist ja wunderbar!«

Jean grinste zufrieden und war schon kurz darauf friedlich eingeschlummert.

Ellen überlegte noch eine Weile, wie sie am nächsten Tag die Schmiede überzeugen könnte, schlief darüber jedoch ebenfalls ein. Sie träumte von einer Probearbeit bei einem Schmied mit einem Hammer, den sie mit einer Hand nicht einmal anheben konnte. Immer wieder versuchte sie, ihn hochzureißen, aber es gelang ihr nicht. Als sie am nächsten Morgen aufwachte, fühlte sich ihr rechter Arm taub an, sie musste die ganze Nacht auf ihm gelegen haben.

Gemeinsam mit Jean machte sich Ellen auf den Weg zu den Schmieden. Fast alle Verkaufsstände waren schon aufgebaut, und einige Handwerker hatten bereits mit der Arbeit begonnen. Der Boden war aufgeweicht von den Regenfällen der vergangenen Tage und klebte feuchtkalt an Ellens dünnen Ledersohlen. Ich sollte mir doch ein paar Trippen kaufen, überlegte sie. Die hölzernen Sohlen, die man unter die Schuhe schnallte, waren zwar unbequem, schützten die Ledersohlen aber gut vor Nässe.

»Henry!«, rief Jean und winkte aufgeregt. Dann rannte er los.

Ellen blieb nichts anderes übrig, als ihm zu folgen.

»Henry, das ist Ellenweore, ich habe dir schon von ihr erzählt«, stellte Jean sie vor.

Henrys Kleidung war abgewetzt und hatte wohl einmal bessere Tage gesehen. Seine dunkelblonden, lockigen Haare reichten ihm bis fast auf die Schultern. Er verbeugte sich galant und grinste Ellen mit einer Reihe schöner Zähne entwaffnend an. »Du hast mir nicht gesagt, dass die Frau, die dem Eisen und den Männern ihren Willen aufzwingen will, so schön ist!«, sagte er, ohne Jean dabei anzusehen.

Es war unmöglich, seinem Lächeln zu widerstehen. »Ihr sollt für die Ritter mit Gold nicht aufzuwiegen sein!«, gab Ellen freundlich zurück und gewann mit diesem Lob sofort Henrys Sympathie.

»Wart Ihr schon einmal auf einem Turnier?«, erkundigte er sich und legte Ellens Arm vertraulich auf den seinen, um sie herumzuführen.

Ellen schüttelte den Kopf.

»Nun, als Auftakt wären dann die Tjoste oder *joutes plaisantes* das Richtige für Euch, habt Ihr schon davon gehört?«

»Jean spricht von nichts anderem, aber ich habe keine Ahnung, was das eigentlich ist.« Ellen fühlte sich in Henrys Gesellschaft wohl. Sein fast ärmlich wirkendes Äußeres und seine fröhliche, offene Art ließen sie seine ritterliche Herkunft beinahe vergessen. Vermutlich ist er ein nachgeborener Sohn, so wie Guillaume, dachte sie.

»Vorsicht!«, rief Jean und riss Ellen zurück. Die Hufe eines vorbeisprengenden Pferdes verfehlten sie nur knapp.

»Du solltest von jetzt an etwas weniger in Henrys Augen und dafür mehr vor deine Füße sehen. Der erste Durchgang wurde gerade ausgerufen!« Jean deutete in die Richtung, in die der Reiter geritten war.

Ellen reckte sich, aber mehr als eine Menschenmenge konnte sie nicht sehen.

»Wir gehen weiter vor, und diesmal passe ich besser auf!«, versprach Henry und zog Ellen mit sich.

In vorderster Reihe angekommen, sahen sie einen großen Platz, auf dem mit Holzstämmen Barrieren aufgestellt waren. Junge Ritter, immer zu zweit, jagten wie toll aufeinander zu, die Lanzen auf den Gegner gerichtet. Die Hufe der Pferde ließen die Erde erbeben, und das Krachen der zersplitternden Lanzen war ohrenbetäubend.

»Das ist atemberaubend! Wie kann man so etwas nur überleben?«, rief Ellen Henry durch den Lärm zu.

Er schüttelte den Kopf und lachte sie aus. »Das hier findet Ihr atemberaubend? Das ist doch nur das freundschaftliche Vorgeplänkel!« Obwohl er dicht neben ihr stand, musste er beinahe schreien, um das Getöse zu übertönen.

»Wie meint Ihr das?«, fragte Ellen erstaunt zurück und war erleichtert, als der Lärm für eine Weile aufhörte.

»Das richtige Turnier wird erst viel später beginnen«, erklärte Henry. »Jetzt sind erst einmal die Jüngeren dran. Sie wollen zeigen, was in ihnen steckt. Erst später werden sich auch die älteren Ritter versammeln. Dann bilden alle Kämpfer Gruppen. Sie versammeln sich entweder nach ihrer Herkunft oder kämpfen für einen bestimmten Herrn. Oft finden sich auch mehrere einzelne Ritter als loser Verband für nur ein einziges Turnier zusammen. Sie reiten in engen Formationen aufeinander zu, bis die Begeisterung für den Kampf die strenge Ordnung auflöst. Erst wenn es richtig ernst wird, gesellen sich auch die namhaften Ritter, die erfahrensten Kämpfer und mutigsten Krieger dazu. Jeder von ihnen hofft auf Beute, und keiner will sich einen Sieg entgehen lassen. Sie kämpfen bis zum Abend. Viele von ihnen werden gefangen genommen und müssen sich freikaufen. Wer kein Geld hat, verhandelt mit Freunden, um sich die geforderte Summe zu leihen.«

Ellen hörte Henry zwar zu, versuchte aber ebenfalls, die Namen der Turnierkämpfer zu verstehen, die gerade aufgerufen wurden.

»Als Nächstes treten an: Sir Ralph de Cornhill gegen …«

Den zweiten Namen konnte Ellen nicht verstehen, weil die Menge johlte und Beifall klatschte.

»Sir Ralph ist seit unzähligen Turnieren unbesiegt, niemand kriegt ihn vom Pferd, er sitzt im Sattel wie angewachsen, heißt es, aber ich denke, es liegt daran, dass er so fett ist.« Henry zwinkerte Ellen zu.

Die beiden Gegner ritten aufeinander zu. Der junge Herausforderer traf Sir Ralph mitten auf der Brust und hob ihn aus dem Sattel.

Die Zuschauer tobten.

Henry schüttelte begeistert den Kopf. »Wenn der Junge so weiterkämpft, kann was aus ihm werden.«

Ein spannender Zweikampf folgte dem anderen.

»Ich wusste gar nicht, dass ein Turnier so aufregend ist!«, rief Ellen Jean und Henry mit glühenden Wangen zu.

Henry schüttelte lachend den Kopf. »Aber Ellen, ich hab es

doch gesagt, das ist noch gar nichts! Wenn das Hauptturnier beginnt, dann geht es erst richtig los. Leider werdet ihr davon nicht allzu viel zu sehen bekommen. Das Turnier findet dort hinten im Wald statt, man hat dafür sogar die Bewohner eines kleinen Weilers ausgesiedelt, damit die Häuser und Pferche den Rittern als Versteck zum Verschnaufen oder als Hinterhalt dienen können. Es wäre auch viel zu gefährlich für sie, in ihren Häusern zu bleiben. Siehst du dort hinten die Bauern? Sie werden zittern, bis das Turnier zu Ende ist, und hoffen, dass ihre Häuser im Eifer des Gefechts nicht vollkommen zerstört werden. Es kommt nämlich hin und wieder vor, dass Hütten angezündet werden. Die Gärten der Bauern jedenfalls werden allesamt von den Pferden niedergetrampelt, so viel ist sicher. Als Schaulustiger sollte man sich von den Kämpfenden daher möglichst fernhalten. Wenn die Ritter erst im Blutrausch sind, merken sie nicht, wenn jemand im Weg steht. Am sichersten ist es, in ausreichender Entfernung von einem Pferd aus zuzusehen. Aber die Turniere sind ja auch nicht für Zuschauer gemacht, sondern für die Ritter selbst.«

»Hier sind doch aber eine Menge Leute.« Ellen deutete auf die vielen Menschen um sie herum, die Treffer und Niederlagen der jungen Ritter, die gerade gegeneinander antraten, mit lautem Johlen kommentierten.

»Ja, die Tjosten, die lässt sich tatsächlich kaum einer entgehen, weil man hier die jungen Heißsporne zum ersten Mal sieht. Auch ältere und bedeutende Ritter halten Ausschau nach begabten Kämpfern, die sie entweder gleich anheuern oder argwöhnisch beobachten, weil sie schon bald zu ihren Gegnern gehören könnten.«

Nachdem die Tjosten vorüber waren, begannen sich langsam Gruppen von je einem Dutzend und mehr Männern an den Barrieren zu versammeln.

»Seht Ihr dort hinten die Ritter unter dem roten Banner mit den kriechenden Löwen in Gold? Das sind die Ritter unseres jungen Königs. Und da ist auch der junge Ritter, der vorhin Sir Ralph besiegt hat! Auf der rechten Seite stehen die Angevinger, ein Stück weiter die Bretonen und gleich daneben die Poiteviner. Alle Gruppen kämpfen gegeneinander. Es siegt, wer die meisten Feinde bezwungen und als Geisel genommen hat. Wer hier Erfolg hat, nimmt eine Menge Geld mit, weil sich die Geiseln freikaufen müssen. Da ein erfolgreicher Ritter auch ein freigebiger Ritter ist, haben die Händler dann alle Hände voll zu tun, genau wie die Gaukler und Musikanten, die bei der abschließenden Festlichkeit aufspielen, die Huren, die den Herren das Lager anwärmen, und die Garköche, die für ihr leibliches Wohl sorgen. Die Verlierer werden großzügig behandelt, denn schon das nächste Mal kann der Sieger selbst ein Verlierer sein. Wer sich auf Turnieren erfolgreich schlägt und zu den Besten gehört, dem winken beim nächsten Mal hohe Gagen. Manche Barone bieten tollkühnen Kämpfern sogar eine Ehe und damit verbunden ein kleines Lehen, wenn sie sich für sie in den Kampf begeben. Für so manchen Nachgeborenen ist das die einzige Möglichkeit, eine Frau und regelmäßige Einkünfte zu bekommen. – Ah, jetzt wird es nicht mehr allzu lange dauern, bis sie losreiten. Seht Ihr, dort hinten im Westen am Fuße der Hügel werden sie sich treffen, und dann beginnt das Hauptturnier.«

Ellen fühlte, dass jemand sie am Ärmel zupfte.

»Wir sollten uns langsam um deine Arbeit kümmern, es ist schon Nachmittag«, sagte Jean.

»Ich komme später nach, um zu sehen, ob ihr es ohne mich geschafft habt.« Henry zwinkerte ihnen zum Abschied zu.

* * *

Thibaults Herz raste, als er sein Pferd hinter dem Zelt zum Stehen brachte und abstieg. Er hatte den dicken Sir Ralph aus dem Sattel gehoben wie eine Feder! Thibault riss sich den Helm vom Kopf und hätte sich nur allzu gern mit dem Ärmel die Schweißperlen fortgewischt, die ihm von der Stirn in die Augen liefen, aber zuerst musste er sich seines Kettenhemdes entledigen. Gilbert, sein Knappe, half ihm dabei.

»Ihr wart großartig, Herr! Die Menge hat getobt, und ich habe genau gesehen, dass der Maréchal wohlwollend genickt hat.« Gilberts Augen strahlten vor Stolz, aber Thibault hörte ihm kaum zu.

Der Maréchal! Wenn der wüsste! Thibault konnte an nichts anderes mehr denken. »Schon gut, Gilbert, lass mich jetzt allein!«, befahl er schroff. Ihm blieb nicht mehr viel Zeit, um sich zu sammeln, dann würde er sich wieder ankleiden müssen, weil das Hauptturnier begann. Thibault setzte sich auf einen Schemel und legte den Kopf in beide Hände. Wieso musste sie hier auftauchen? Sie war ihm direkt vors Pferd gelaufen, wäre beinahe von seinen Hufen zermalmt worden! Hatte sie denn keine Augen im Kopf? Thibault dachte an das leuchtende Grün, das er so liebte. Er hatte ihre Augen gar nicht sehen müssen, um sich daran zu erinnern. Er atmete tief ein. Ellens Nähe erregte ihn noch immer. Sie hatte sein Blut so sehr in Wallung gebracht, dass er sich unbesiegbar gefühlt hatte. Vielleicht war sie ihm doch vom Schicksal bestimmt! Thibault sprang auf und warf dabei den Schemel um. »Gilbert!«, brüllte er. »Gilbert, hilf mir, mich wieder einzukleiden, heute hole ich mir fette Beute!«

Nachdem ihm der Schildknappe erneut in Kettenhemd und Waffenrock geholfen hatte, schritt Thibault nach draußen. Er fühlte sich jetzt schon wie ein Sieger! Als die Mägde auf dem Platz mit Fingern auf ihn zeigten und hinter vorgehaltenen Händen kicherten, sah er zufrieden an sich hinab. »Ich kann jede haben«, murmelte er selbstgefällig und schwang sich auf sein Pferd.

Als er sich zu den Rittern des jungen Henry gesellte, wurde er mit Kopfnicken und erhobenen Siegerfäusten begrüßt. Man hatte seinen Triumph bei der Tjost also bemerkt! Gut so. Nun galt es, auch bei dem Hauptturnier gut abzuschneiden. Thibault sah zu Guillaume hinüber, der ihm den behandschuhten, erhobenen Daumen entgegenstreckte und ihn an seine Seite beorderte.

»Holt Euch so viele, wie Ihr könnt, mein Lieber, aber den Anführer der Franzosen, den rührt nicht an, er gehört mir!«, befahl Guillaume.

»Seht Ihr nur zu, dass Ihr nicht selbst gefangen werdet«, brummte Thibault so leise, dass Guillaume es nicht hören konnte. Die Franzosen standen nicht weit von ihnen entfernt und lästerten über die großen Verluste der Engländer bei den vergangenen Turnieren. Unter großem Gelächter verteilten sie schon im Voraus die Beute, die sie ihren englischen Gegnern abnehmen wollten. Und dann begann endlich das Turnier. Zuerst diszipliniert in Reihen, ritten die Gegner aufeinander zu, aber je näher sie sich kamen, desto kampfwütiger wurden sie, und schon bald darauf zerfielen die Reihen in ein turbulentes Durcheinander.

Thibault beschloss, sich von Guillaume fernzuhalten, der das ausgewählte Ziel der besten Franzosen war, und stürzte sich lieber mit einigen anderen Rittern der königlichen Mesnie auf die Angevinger. Ausgerechnet den Bruder des Herzogs von Anjou suchte er sich als Gegner aus. Der junge Ritter war ein ausgezeichneter Turnierkämpfer und trieb Thibault schneller in die Enge, als ihm lieb war. Er hieb mit seinem Schwert auf ihn ein und führte ihn schon bald als seinen Gefangenen in eine Ecke, um dort die Zügel von Thibaults Pferd an seinen Knappen zu übergeben. Wutschnaubend saß Thibault hoch zu Ross und beobachtete, zur Untätigkeit verurteilt, den weiteren Verlauf des Turniers. Guillaume schlug sich tapfer, aber auch er bekam die Übermacht der Franzosen zu spüren und wurde gefangen genommen. Thibault strich sich zufrieden über das Kinn. Von wegen, der Anführer der Franzosen gehörte ihm! Außer Gefecht gesetzt ist der Angeber, freute er sich. Aber dann ritt der Knappe des jungen Königs zu den Franzosen und kaufte Guillaume frei, sodass er weiterkämpfen konnte. Thibault brüllte nach Gilbert, der in angemessenem Abstand auf seinen Herrn wartete.

»Hol mein Geld, und kauf mich frei, sofort!«, fuhr er den Jungen an. Im Gegensatz zu diesem Parvenü Guillaume war er, Thibault de Tournai, der älteste Sohn seines Vaters und bekam eine ansehnliche Summe Unterhalt, mit der er sich durchaus leisten konnte, sich freizukaufen, um weiterzukämpfen. Auch wenn er die Gunst des jungen Henry nur allzu gern gehabt hätte, war *er* nicht darauf angewiesen!

Noch zwei weitere Male wurden sowohl er als auch Guillaume an diesem Tag gefangen genommen. Thibault war am Ende des Turniers um einen ganzen Beutel Gold ärmer und damit beinahe mittellos, schuldete aber niemandem einen Dank. Guillaume hingegen war dreimal freigekauft worden und dem jungen Henry mehr denn je verpflichtet!

* * *

Ellen schwärmte noch von den Tjosten, als das wunderbar rhythmische Geräusch der Hämmer auf dem Eisen der Ambosse aus der Ferne an ihr Ohr drang und sie zum Schweigen brachte. Seit Beauvais träumte sie davon, ein Schwert ganz allein zu fertigen. Es war schon seit langem in ihrem Kopf und wartete nur noch darauf, endlich geschmiedet zu werden. Sie musste unbedingt Arbeit bei einem Waffenschmied finden. Von Jean wusste sie, dass sie nicht wie die Händler Stände mit Lederdächern hatten, sondern in steinernen Scheunen oder Ställen arbeiteten, die ihnen auf den Turnieren zur Verfügung gestellt wurden. Jeder Schmied brachte seine Esse, einen Baumstumpf, auf dem ein Amboss befestigt war, Werkzeuge, einen Blasebalg und einen Wassertrog sowie einen Tisch für die Auslagen mit. Als Ellen den Stall betrat und die Waren der Schmiede bewunderte, wurde ihr wohlig warm. Schwerter, Messer, Griff- und Knaufteile, Helme, Kettenglieder, Lanzen verschiedener Längen, Piken und sogar

Morgensterne, wie sie die ersten Kreuzritter von den Sarazenen mitgebracht hatten, konnte man hier kaufen, dazu Schildbuckel, Ortbänder und Verzierungen. Jean steuerte auf einen dunkelhaarigen Mann zu. Seiner Auslage nach zu urteilen, war er ein passabler Waffenschmied.

»Pierre!«, begrüßte ihn Jean wie einen alten Bekannten. »Ich komme, um dich zu einer Wette einzuladen.« Dann erhob der Junge seine Stimme und rief laut: »Hört, ihr Schmiede, ich fordere Pierre oder jeden anderen von euch zu einer Wette heraus – um eine Anstellung für diese Frau oder eine Woche ihrer Arbeit ohne Bezahlung.«

Die Schmiede sahen Jean nur mit mäßigem Interesse an; die Arbeit einer Unbekannten interessierte sie nicht, selbst wenn sie nichts kostete. Pierre reagierte überhaupt nicht.

Also musste Jean noch ein wenig zulegen. »Wollt Ihr Euch diese Gelegenheit wirklich entgehen lassen, Meister Pierre?«

Der Schmied erwiderte nur Unverständliches und winkte widerwillig ab. Ellen sah all ihre Hoffnungen schwinden. Sie würden ihr nicht einmal die Gelegenheit geben zu beweisen, was sie konnte.

»Habe ich es dir nicht gesagt, mein junger Freund. Sie fürchten den Teufel nicht halb so sehr wie eine Frau. Noch dazu, wenn sie so schön ist wie deine Freundin und obendrein auch noch ihr Handwerk versteht. Wie ständen sie denn da, wenn eine Frau ihnen bewiese, dass sie ebenso gut schmieden kann wie die meisten Männer hier? Es geht dabei doch um ihre Ehre!«

Ein unwilliges Raunen ging durch die Menge, und Buhrufe ertönten.

Ellen hatte Henry le Norrois erst bemerkt, als er die Stimme erhoben hatte!

Jetzt scharten sich immer mehr Schmiede um sie. Gleichgültig, wie sicher sie sich ihres Könnens war, fürchtete sie nun doch, sich und Jean in Gefahr zu bringen. Um Henry sorgte sie sich nicht. Er war bestimmt gewitzt genug, selbst aus ihrer Niederlage noch Profit zu schlagen.

»Was wollt Ihr damit sagen?«, fragte der von Jean zuerst angesprochene Schmied Pierre.

»Diese Frau hier behauptet, es im Schmieden mit einem Mann aufnehmen zu können, und was sagt Ihr dazu?«, fragte Henry frech grinsend. »Ihr habt keine Lust! Oder wagt Ihr es vielleicht nicht?«

»Soll sie es draußen bei den Hufschmieden probieren, wir können hier keine Anfänger gebrauchen«, knurrte Pierre.

»Ich bin kein Anfänger«, entgegnete Ellen selbstsicher, obwohl ihr das Herz bis zum Hals schlug. »So ein Messer zu schmieden oder ein Schwert wie dieses«, sie zeigte auf seine Auslage, »das ist wohl eine Kunst, und Ihr beherrscht sie gut, Meister, aber ich tue dies genauso und will es gern mit Euch aufnehmen!«

»Hoho, hört nur, welch mutige Worte das Fräulein hier spricht«, lästerte Pierre jetzt scheinbar jovial. »Seid Ihr nicht ein bisschen schwächlich für einen solch harten Brotberuf? Spinnen oder sticken, vielleicht auch Kinder gebären, das scheinen mir eher die richtigen Aufgaben für Euch zu sein!« Pierre hatte die Lacher auf seiner Seite.

»Nun, dann könnt ihr die Wette mit mir doch leicht eingehen«, schlug Ellen gelassen vor.

»Kein Schmied hier wird sich herablassen, gegen eine Frau anzutreten«, erwiderte Pierre verächtlich und sah in die Runde der Schmiede, die zustimmend nickten.

»Also gut. Ihr haltet mich für eine Anfängerin, warum sucht Ihr Euch dann nicht einen starken Anfänger. So einen Mann wie den Muskelprotz, der draußen auf dem großen Platz Baumstämme stemmt, was haltet Ihr von dem? Ich habe seine Oberarme vorhin bewundert, sie sind dicker als meine Schenkel.« Sie lachte herausfordernd.

Jean sah Ellen entsetzt an. »Bist du jetzt von allen guten Geistern verlassen, er ist um ein Vielfaches stärker als du!«, zischte er entsetzt.

»Fragt ihn!«, forderte Ellen den Schmied auf, ohne Jean zu beachten. »Wenn er einwilligt, will ich gerne gegen ihn antreten, wer besser zuschlagen kann, gewinnt!«

Pierre überlegte nicht lange. »Also gut, gehen wir ihn fragen!« Er stürmte voran, und die anderen Schmiede folgten ihm grölend.

Die Wette wurde dem Muskelmann vorgetragen. Er amüsierte sich aufs Köstlichste über so viel Dummheit und sah Ellen mitleidig an. »Wenn sie verliert, arbeitet sie eine Woche umsonst für dich«, erklärte Pierre.

»Und was bekomme ich von dir, wenn ich gewinne?«, fragte Ellen den Muskelmann.

»Die Hälfte meiner Wocheneinnahmen!«, schlug er grinsend vor.

»Nein, nicht die Hälfte, die ganzen Wocheneinnahmen, sonst ist es nicht gerecht«, widersprach Ellen forsch. »Oder bist du dir deines Sieges etwa nicht gewiss und fürchtest dich, auf meine Forderung einzugehen?« Sie setzte ihr unschuldigstes Lächeln auf und sah den Muskelmann freundlich an. »Und Ihr lasst mich arbeiten, wenn ich gewinne?«, versicherte sie sich noch einmal bei Pierre.

»Aber sicher doch! Wie gut nur, dass eher die Hölle einfrieren wird!« Er lachte.

Als Pierre versuchte, dem Muskelmann Ratschläge zu geben, wie man den Hammer halten musste, winkte dieser nur überheblich ab und tätschelte Pierre die Schulter. »Immer mit der Ruhe, Meister, ich kenne Eure Hämmer, was wiegen die schon! Habt Ihr einmal versucht, meinen Baumstamm anzuheben? Ich wette, Ihr bekommt ihn nicht eine Handbreit vom Boden hoch. Lasst mich nur machen, ich freue mich schon darauf, mich eine Woche von ihr bedienen zu lassen!«

Pierre ärgerte die herablassende Art, mit der sich der Muskelmann über seine Arbeit geäußert hatte. Einen Vorschlaghammer konnte man schließlich nicht irgendwie führen!

Es fanden sich zwei Freiwillige unter den Gesellen, die ein Eisen ins Feuer legten und es anschließend mit der Zange auf dem Amboss hielten. Ellen hielt den Vorschlaghammer mit der rechten Hand und achtete darauf, ihn nicht zu weit vorn anzufassen. Mit der Linken führte sie den Stiel unter der rechten Achsel hindurch, so wie es alle Schmiede taten. Sie begann, in gleich bleibendem Rhythmus zu schlagen. Der Muskelmann nahm den Hammer fest in beide Hände vor seinen Bauch und hieb sich den Stiel beim ersten Schlag mit voller Wucht in den Magen. Er stöhnte und sackte kurz in sich zusammen, aber er gab nicht auf, sondern versuchte, so gut er konnte, Ellens Griff nachzumachen, wobei ihm aber seine dicken Muskeln im Weg waren. Er schlug weit ausholend und ohne erkennbaren Rhythmus und verlor zusehends an Kraft.

Sein Werkstück wand sich zur Seite wie ein Haken, während Ellens Eisen ordentlich gestreckt war und gerade blieb. Dass sie keine Anfängerin war, hatten die Schmiede schon nach den ersten Schlägen erkannt. Trotzdem hofften sie vermutlich, der Muskelmann könne allein wegen seiner Kraft gewinnen. Der aber schwitzte schon bald so sehr, dass ihm das Wasser in Strömen am Körper herablief und sein krapproter Kopf beinahe zu platzen schien. Als die Schläge neben Ellen verstummten, arbeitete sie weiter und wagte nicht, zur Seite zu schauen, um nicht aus dem Rhythmus zu geraten. Jemand tippte ihr auf die Schulter.

»Es ist gut, du hast gewonnen!«, brummte Pierre kleinlaut. »Du kannst morgen bei mir anfangen, wenn du dich noch rühren kannst.« Ihm war anzusehen, welch große Überwindung es ihn kostete, ruhig zu bleiben.

»Ich werde da sein«, antwortete Ellen und stellte den Hammer in den Wassereimer neben dem Amboss.

Jean jubelte und fiel Ellen um den Hals. »Das war großartig!«

»Verehrteste, Ihr habt meine Hochachtung!« Grinsend bot Henry ihr seinen Arm an.

Ellen zitterte ein wenig von der Aufregung und lehnte den Arm dankend ab. Schließlich sollte es nicht so aussehen, als hätte sie irgendeine Stütze nötig. Obwohl sie gewonnen hatte, sah sie dem nächsten Tag mit zwiespältigen Gefühlen entgegen. Hoffentlich war Pierre ein guter Verlierer; immerhin arbeitete sie ab morgen für ihn! Sie verabschiedete sich von Henry und dem Schmied und machte sich mit Jean auf den Weg zurück zum Zelt. Wehmütig dachte sie an Jocelyn. Sein Lächeln, seine Liebe und sein Vertrauen in ihre Fähigkeiten fehlten ihr so sehr. – Nachdem sie gegessen hatten, erzählte Jean Madeleine von Ellens Sieg.

»Ich gehe besser nicht so spät schlafen, muss mitten in der Nacht raus; der Bäcker fängt mit dem Brotbacken vor Sonnenaufgang an. Er schickt seinen Sohn, um mich zu holen. Erschreckt euch also nicht, wenn ich morgen früh schon fort bin.« Er sah zu Madeleine hinüber. »Wie war eigentlich dein Tag? Hast du Arbeit gefunden?«

Madeleine nickte. »Agnes hat gesagt, ich kann doch wieder für sie Wasser holen und spinnen. Solange ihr Mann nicht in der Nähe ist«, fügte sie ein wenig verlegen hinzu.

»Das ist ja wunderbar!« Jean streichelte ihr über die Wange.

Ellen berührte seine Fürsorglichkeit für die arme Madeleine. Solange er sich um sie kümmerte, würde es ihr gut gehen.

Obwohl Pierre unter den Schmieden hoch angesehen war, machten sie sich noch den ganzen Tag über den Ausgang der Wette lustig und zogen ihn auf, dass er nun noch eine zweite Frau durchfüttern müsse. Sie grinsten, als Ellen am nächsten Morgen zur Schmiede kam, beruhigten sich aber im Lauf des Tages und beachteten sie schon bald nicht mehr.

Am Ende der Woche kam der Muskelmann zu Ellens Zelt und lieferte unaufgefordert seine Einnahmen ab. »Wirst du weiter zu Turnieren ziehen?«, fragte er.

»Ich denke schon.«

»Wenn du mal keine Arbeit hast, kannst du mich ja herausfordern. Wir lassen die Ritter Wetten abschließen, und ich verliere. Würde zwar meinem Ruf schaden, und irgendwann würde ich mich dafür hassen, ließe sich aber für eine Weile eine richtig gute Menge Geld damit machen«, schlug er vor.

»Wenn es irgendwie geht, will ich mein Geld lieber mit dem Schmieden verdienen.« Ellen bemühte sich, nicht eingebildet zu klingen.

»Wie du meinst.« Der Kraftprotz hob zum Abschied die Hand. »Falls du deine Meinung doch noch änderst …«

»Weiß ich, wo ich dich finde!« Ellen nickte und war erleichtert, als er endlich gegangen war. Auch wenn sie ihn beim Zuschlagen hatte besiegen können, war es besser, jemanden wie ihn nicht zum Feind zu haben.

Châteauneuf-en-Braye, Mai 1172

Seit dem Herbst des vergangenen Jahres zog Ellen mit Jean und Madeleine von einem Turnier zum anderen. Die ersten Male hatte sie noch gezittert, ob Pierre ihr wieder Arbeit geben würde, dann war es selbstverständlich geworden. Trotzdem war Pierre kein Freund geworden, der lebensfrohe Henry le Norrois dagegen schon. Ellen hörte sein kehliges Lachen meist schon von weitem. So auch diesmal. Sie schlich sich näher, um ihm von hinten auf die Schulter zu tippen. Wenn sie sich danach rasch versteckte, würde er sich vergeblich umdrehen. Im letzten Moment erkannte Ellen den Mann neben Henry und erstarrte. Gerade als sie sich klopfenden Herzens abwenden wollte, entdeckte Jean sie.

»Ellenweore! Henry!«, rief er und kämpfte sich durch die Menge.

Henry drehte sich um. »Jean!« Er klopfte dem Jungen auf die Schulter, als dieser neben ihm stand. »Hast du nicht gerade Ellenweore gerufen? Wo ist sie?« Henry blickte sich um und entdeckte sie.

Wie vom Blitz getroffen stand sie da.

»Ellen, wie geht es dir?«, begrüßte er sie.

Genau in diesem Augenblick drehte sich auch sein Begleiter um.

Ellen spürte, wie ihr das Blut ins Gesicht schoss, als sich ihre Blicke trafen.

Guillaumes Augen tasteten neugierig ihr Gesicht ab.

»Kennen wir uns?« Guillaumes Blick hielt an ihr fest.

Es ist fünf Jahre her, seit er mich zum letzten Mal gesehen hat, und er hielt mich damals für einen Jungen, versuchte Ellen, sich zu beruhigen, und schüttelte den Kopf. »Verzeiht, ich muss zurück. Die Arbeit!« Sie knickste höflich und rannte fort.

»Meine Herren, Guillaume! Einen Eindruck machst du auf die Frauen!« Henry lachte. »Ich hatte nicht einmal Zeit, euch vorzustellen, und schon ist sie auf der Flucht vor dir.«

Guillaume sah ihr verwundert nach.

Ellen beeilte sich, zu Pierre in die Schmiede zu kommen. Den ganzen Tag dachte sie an nichts anderes mehr als an die Begegnung mit Guillaume. Sosehr sie auch hoffte, ihn bald wiederzusehen, sosehr fürchtete sie, er würde sie wiedererkennen. Sein Anblick hatte ihr Herz heftig klopfen lassen und ein warmes, vertrautes Gefühl ausgelöst. Ellen war mit den Gedanken nicht ganz bei der Sache, und Pierre tadelte sie ungnädig. Ellen dachte an den Streit mit Donovan und versuchte, sich zusammenzureißen, damit Pierre nicht bereute, sie beschäftigt zu haben. Als sie am Abend nach Hause kam, war Jean bereits im Zelt und bereitete das Essen vor. Madeleine war noch nicht zurück.

»Was war denn mit dir los heute Morgen?«

»Wieso, was meinst du?« Ellen tat betont unschuldig.

»Du bist rot angelaufen, als du den Kerl gesehen hast. Kennst du ihn?«

Ellen wollte verneinen, aber dann überlegte sie, dass es sicher besser war, Jean als Verbündeten zu haben, deshalb nickte sie.

»Oh là, là!« Jean grinste von einem Ohr bis zum anderen. »Du bist in ihn verliebt!« Jean wedelte mit seiner Hand auf und ab. »*L'amour, l'amour, toujours l'amour!* Was soll man nur gegen die Liebe tun?«

Ellen funkelte ihn wütend an. »Er kennt mich als Alan, den Schmiedejungen, das ist das Problem.«

»Wie? Das verstehe ich nicht.« Jean sah sie irritiert an.

»Ich habe in Tancarville, wo er Knappe war, als Junge verkleidet gelebt. Wir waren Freunde, jahrelang. Ich habe das Kämpfen mit dem Schwert von ihm gelernt. Er darf niemals erfahren, dass Alan und ich eine Person sind, so eine Lüge würde er mir nie verzeihen!«

»Hast du überhaupt eine Ahnung, wer das ist?«

»Sicher. Er heißt Guillaume … und?«

»Und er ist der Lehrmeister des jungen Königs, wusstest du das nicht?«

»Nein!«, staunte Ellen. Dann aber umspielte ein Lächeln ihren Mund. »Eigentlich wundert es mich nicht. Er hat immer gesagt, er wolle einmal ein Ritter des Königs werden. Dass er es so schnell schaffen würde, hätte ich allerdings nicht gedacht. Wenn der alte König eines Tages stirbt und sein Sohn den Thron als König des gesamten Reiches besteigt, wird William alles erreicht haben, was er sich erhofft hat.«

»William?«

»So sprechen wir in England den Namen aus. Und er ist Engländer wie ich, deswegen habe ich ihn oft so genannt!« Ellen lächelte verträumt.

»Dann solltest du dir das schleunigst wieder abgewöhnen, damit er nicht merkt, wer du bist!«, empfahl Jean ihr dringend.

Ellen nickte zwar, aber sie sah aus, als habe sie gar nicht zugehört. »*Meine* Träume liegen noch in so weiter Ferne«, seufzte sie traurig.

Madeleine kam ins Zelt gekrochen und verzog sich ohne einen Gruß singend in eine Ecke. Sie zog eine Münze aus der Tasche und betrachtete sie selig.

»Woher hast du so viel Geld?«, erkundigte sich Jean argwöhnisch und sah sich die Münze näher an.

»Ein Ritter hat sie mir gegeben. Ein schöner Ritter. Er wollte wissen, wer sie ist.« Madeleine zeigte auf Ellen.

»Und was hast du gesagt?« Ellen packte sie an den Schultern und schüttelte sie ein wenig.

»Dass du Ellenweore heißt und meine Freundin bist, habe ich gesagt. Sonst gar nichts.«

»Und dafür hat er dir so viel Geld gegeben?«

»Ja!« Madeleine strahlte.

Jean und Ellen sahen sich an.

»Das kann nur Guillaume gewesen sein!«

»Mach dir keine Sorgen. Madeleine weiß ja nichts von damals«, flüsterte er Ellen beruhigend zu.

* * *

Fast neun Monate hatte er seinen Frieden gehabt, und nun spukte sie schon wieder in seinem Kopf herum! Thibault beeilte sich, zu seinem Zelt zu kommen. Sein Herz stand in Flammen, nur Rose konnte seine Qualen jetzt noch lindern. Thibault wischte sich über die Augen, als könne er so die Bilder vertreiben, die ihn seit dem Vormittag beschäftigten. Kaum hatte Ellen Guillaume entdeckt, war sie errötet und hatte schöner ausgesehen als je zuvor. Thibault schnaufte. Das einfältige, kleine Flittchen, das behauptete, ihre Freundin zu sein, hatte ihm für die Silbermünze nichts gesagt, was er nicht längst wusste, trotzdem hatte er sie freundlich behandelt, immerhin konnte es noch sehr wertvoll sein, einen Spion in Ellens Zelt zu haben. Thibault grinste kalt.

»Rose?« Er sah sich ungeduldig in seinem Zelt um. Es war ordentlich aufgeräumt, aber leer. »Rose!«, brüllte er laut, aber nichts geschah. Als sie endlich kam, saß Thibault missmutig in seinem Stuhl. »Wo warst du?«, fuhr er sie an.

»Ich habe mir ein paar hübsche Bänder und ein Stück wunderbaren Stoff gekauft!« Rose sprang fröhlich auf ihn zu, setzte sich zu seinen Füßen und half ihm aus den Stiefeln.

»Damit ich schön für dich bin!« Sie schlug kokett die Augen nieder, um ihn zu besänftigen.

»Du wirst das Zelt nicht wieder verlassen, es sei denn, ich erlaube es dir!«

»Aber …«, wollte Rose widersprechen.

»Du willst doch das Kind diesmal unbedingt behalten, oder

sollen wir es wieder wegmachen lassen?«, fragte Thibault drohend.

Rose schüttelte den gesenkten Kopf. »Wenn du es wünschst, bleibe ich natürlich hier.«

»So gefällst du mir schon besser!« Thibault sah sie begehrlich an, stand auf und zog sie zu seinem Lager. »Komm, mein Röslein, leg dich zu mir!«

Seit Rose schwanger war, begehrte er sie weniger, und nach dem Beischlaf fühlte er sich unbefriedigt. »Geh und hol mir Margaret!«, befahl er. Die Tränen in Roses Augen rührten ihn nicht. »Hör auf zu flennen und sei froh, dass ich dich mit deinem Bastard nicht zur Hölle schicke«, herrschte er sie an und räkelte sich auf der Felldecke. Natürlich wusste Rose, was er mit Margaret tun würde, und genau das war schließlich der Spaß daran. Warum in aller Welt sollte er immer der Einzige sein, der litt? Konnte Roses Schmerz, ihn mit einer anderen zu sehen, denn schlimmer sein als seiner, wenn er Ellen mit anderen Männern sah? Bei dem Gedanken an Ellen richtete sich sein Glied auf, und gleichzeitig trat Margaret ein. Rose musste denken, dass es an Margaret lag, die langsam näher kam. Die junge Magd war schlank, fast mager, hatte ein schmales Gesicht mit eng beieinander stehenden Augen und schmalen Lippen. Nichts an ihr erinnerte an die vor Lebenskraft strotzende Ellen, außer der Farbe ihrer Haare vielleicht. Thibault griff nach ihren langen Locken. Sie waren länger und dünner als Ellens, aber wenn er die Augen zu kleinen Schlitzen zusammenkniff, gelang es ihm manchmal, sich vorzustellen, er hielte Ellen in seinen Armen. »Warte draußen!«, keuchte er, und Rose ging, so schnell sie konnte.

»Oh, Ellen!«, stöhnte er ins Ohr der mageren Magd.

»Ich heiße Margaret!«, beschwerte sie sich leise.

»Halt den Mund, und setz dich auf mich!«, befahl Thibault ihr grob und knetete ihr flaches Hinterteil, bis es rot war.

* * *

Ellen konzentrierte sich in der Schmiede ganz auf ihre Arbeit und bemerkte nicht, dass sie beobachtet wurde. Sie bemühte sich, nicht so viel an Guillaume zu denken, obwohl ihr das schwerfiel. Das Turnier hatte inzwischen begonnen, und nach allem, was Jean über Guillaume in Erfahrung gebracht hatte, gehörte er vermutlich zu den Ersten, die sich ins Getümmel stürzten. Als Henry le Norrois am Nachmittag in die Schmiede kam, hoffte Ellen, dass er ihr merkwürdiges Verhalten bei der Begegnung mit Guillaume nicht erwähnen würde.

»Du hast doch bestimmt eine Blechschere«, grinste Henry zur Begrüßung. Am Arm führte er einen hilflosen Ritter, dessen Kopf in einem völlig verbeulten und verdrehten Helm festsaß. Der tapfere Recke hatte jegliche Orientierung verloren und war ihm gänzlich ausgeliefert.

»Die ersten Schläge auf das Blech haben ihm nichts ausgemacht, aber jetzt sitzt der Helm fest! Er kriegt kaum noch Luft, der arme Kerl. Könntest du ihn bitte da rausholen?«

Ellen kicherte. Was waren die Ritter doch für Kindsköpfe, schlugen sich sogar in Friedenszeiten! »Wird nicht gerade angenehm werden!«, warnte sie und holte Zange und Blechschere.

»Ist nicht das erste Mal, er kennt das schon. Trotzdem solltest du vorsichtig sein. Ist ein vielversprechender Kämpfer, der Mann, auch wenn das in seinem jetzigen Zustand nicht so aussieht.« Henry zwinkerte Ellen zu.

Der Mann unter dem Helm brummte missmutig und stieß blechern klingende Flüche gegen Henry aus.

Ellen schüttelte grinsend den Kopf und machte sich umgehend daran, den Ritter aus seinem verbeulten Gefängnis zu befreien. Sie drückte Henry eine Zange in die Hand und bat ihn, ihr zu helfen, damit der Kopf des Ritters nicht verletzt würde. »Aber der Helm wird danach unbrauchbar sein. Er ist nur noch das Eisen wert«, warnte sie und machte sich an die Arbeit.

Henry le Norrois packte die Zange nicht fest genug und rutschte mehrfach ab.

»Wie ärgerlich, dass Pierre nicht hier ist. Ihr seid mir keine besonders gute Hilfe. Nun haltet schon richtig fest!«, befahl sie stöhnend, zerrte und zog an dem Helm, bis er den Kopf des Ritters freigab. Ellen legte das zerbeulte Blech zur Seite und erkundigte sich nach dem Befinden des Befreiten.

»Seid Ihr wohl…« Der Rest blieb ihr im Hals stecken, als sie sah, wer in dem Helm festgesteckt hatte.

»Mein Schädel dröhnt noch«, antwortete Guillaume, ohne sie anzusehen. Als er schließlich aufschaute, blieb auch ihm der Mund offen stehen.

»Du?«, fragte er ungläubig.

»Mylord!« Ellen verbeugte sich und sah auf ihre Füße. Sicher war es besser, wenn er ihr Gesicht nicht zu lange betrachten konnte.

Guillaume rieb sich den Schädel.

»Ich muss weiterarbeiten«, sagte Ellen hastig und drehte ihm den Rücken zu.

»Was schulde ich dir?«

»Nichts, es war ja keine große Sache. Außerdem seid Ihr ein Freund von Henry. Wenn Ihr wollt, könnt Ihr den Helm hier lassen.« Ellen blieb mit dem Rücken zu ihm gedreht, obwohl es unhöflich war, ihn nicht anzusehen.

»Ich danke dir.« Guillaume legte eine Silbermünze auf den Tisch, machte aber keine Anstalten zu gehen.

Henry begriff sofort, als Guillaume ihm ein Zeichen gab, und machte sich davon.

Ellen versuchte, sich von Guillaumes Anwesenheit nicht ablenken zu lassen, aber sein Blick brannte auf ihren Schultern wie die Mittagssonne im Juli.

»Jetzt hab ich's!«, rief er plötzlich erfreut.

Ellen zuckte zusammen, kalter Schweiß stand ihr im Nacken.

»Ich habe mir die ganze Zeit das Hirn zermartert, an wen du mich erinnerst.«

Ellen wurde speiübel. Damit es nicht auffiel, nahm sie die

Münze und packte sie mit zitternden Fingern umständlich in die Börse an ihrem Gürtel.

»Ja! Ich glaube, ich kenne deinen Bruder!«

»Meinen Bruder?« Sie sah erstaunt auf.

»Ja, Alan, ein junger Schmied aus East Anglia, ich habe ihn in Tancarville kennen gelernt! Henry hat gesagt, du seist auch aus England, so wie ich.«

Ellen reagierte nicht sofort. Sie überlegte fieberhaft, was sie sagen sollte.

Guillaume hakte nach. »Er ist doch dein Bruder, oder? Ihr seht euch so ähnlich wie Zwillinge. Alan war mir ein guter Freund, als ich noch Knappe war. Hat er dir nie von mir erzählt? Ich heiße Guillaume!« Er sah Ellen fragend an.

Er hatte selbst die beste Erklärung geliefert. Sie brachte es nicht fertig, ihm zu widersprechen. »Ach so, ja, ja. Ihr seid das also«, stammelte sie und lächelte ihn scheu an.

»Wie geht es ihm denn, ist er auch hier?«

»Nein«, antwortete Ellen. Was sollte sie jetzt sagen? Sollte sie eine Geschichte erfinden? Und wenn Guillaume doch noch etwas merkte?

»Er ist tot«, gab sie zurück und versuchte, betroffen auszusehen. Offensichtlich gelang ihr das recht gut, denn Guillaume sah sie mit aufgerissenen Augen an.

»Das wusste ich nicht! Was ist denn passiert?«

»Sein Hals ist angeschwollen, bis er erstickt ist. Hat eine Menge Leute erwischt in dem Winter.« Ellen wunderte sich über sich selbst. Wie war ihr das nun wieder eingefallen?

»Schlimme Sache«, sagte Guillaume und nickte nachdenklich. »Du schmiedest auch?«

»Liegt bei uns in der Familie.« Ellen hörte, wie ihre Stimme zitterte. Er wird alles herausbekommen, das ist mein Ende, dachte sie.

»Alan wollte immer ein Schwert für den König schmieden.« Guillaume klang wehmütig.

»Das ist auch mein Wunsch!« Ellen sah Guillaume kurz in die Augen, und ihr Magen zog sich zusammen wie damals im Wald, als er hinter ihr gestanden hatte, um ihren Arm zu führen, und sie seinen warmen Atem im Nacken gespürt hatte.

»Wenn der junge König irgendwann einmal zu Geld kommt, was vermutlich erst nach dem Tod seines Vaters sein wird, werde ich ihm von dir erzählen. Vorausgesetzt, du bist so gut wie Alan!« Guillaume lächelte.

Ellen senkte den Blick und errötete.

Auf einmal wankte Guillaume und wurde blass.

»Was ist mit Euch?« Ängstlich sprang sie zu ihm und hielt ihn am Arm fest.

»Mir ist schwindelig, und mein Schädel ...« Guillaume sprach nicht weiter.

»Die Schläge auf den Kopf!«, schloss Ellen und führte ihn hinaus.

»Ihr müsst an die frische Luft. Außerdem solltet Ihr Euch ausruhen. Wenn Ihr mir sagt, wo es langgeht, begleite ich Euch zu Eurem Zelt.«

»Danke!« Guillaume atmete tief durch und blieb immer noch stehen, weil sich alles um ihn herum drehte.

Pierre musste jeden Augenblick wiederkommen, also bat Ellen einen der anderen Schmiede, auf ihre Sachen aufzupassen, bis er zurück war, und begleitete Guillaume.

»Unsere Zelte stehen ziemlich weit weg von hier ganz auf der anderen Seite des Platzes in einem kleinen Tal«, erklärte Guillaume. »Können wir uns erst mal einen Moment setzen?«, bat er Ellen nach einer Weile und blieb stehen.

Sie wusste genau, Pierre würde wütend sein, wenn sie so lange fortblieb, aber sie brachte es nicht fertig, Guillaume jetzt im Stich zu lassen. Seine Anziehungskraft war ungebrochen. Sie schien sogar noch stärker geworden zu sein seit Tancarville. Ellen genoss es, seinen kräftigen Arm zu halten und so dicht neben ihm zu gehen. Er roch nach Pferd und Leder, genau wie früher.

»Gut«, sagte sie und sah sich um. Am Waldrand, nicht weit von ihnen entfernt, lag ein vom Sturm entwurzelter Baum. »Dort auf dem Baumstamm könnt Ihr Euch ausruhen.«

Guillaume ließ ihren Arm nicht los, während er Platz nahm. Also blieb ihr nichts anderes übrig, als sich dicht neben ihn zu setzen. Sie hatten ungefähr die Hälfte des Weges hinter sich und konnten nun auf den Marktplatz hinabsehen. Auf der anderen Seite der großen Wiese, die vor ihnen lag, standen die Zelte der Ritter. Erst jetzt wurde Ellen klar, dass sie allein waren. Ihr Mund und ihre Kehle fühlten sich merkwürdig trocken an. Sie fuhr mit der Zungenspitze über ihre Lippen und schluckte.

Guillaume sah sie lange an. »Ich habe noch nie in meinem Leben so grüne Augen gesehen«, begann er und strich ihr eine Haarsträhne aus der Stirn. »Habe ich vorhin gesagt, du und Alan sähet Euch ähnlich wie Zwillinge? Das war natürlich Unsinn. Es wäre mir aufgefallen, wenn er so grüne Augen gehabt hätte wie du.«

Ellen lächelte. Wie blind die meisten Menschen doch waren ... und Männer offensichtlich besonders.

»Außerdem hast du viel mehr von diesen frechen, kleinen Sommersprossen!«, neckte er sie.

Damit hatte Guillaume allerdings Recht. Am Anfang der Schwangerschaft waren es plötzlich viel mehr geworden. Ellen dachte an Thibault und den Tag, an dem sie im Wald fast verblutet wäre, und blickte mit einem Mal wütend drein.

»Du bist doch nicht böse wegen der Sommersprossen?«, fragte Guillaume überrascht.

Ellen schüttelte den Kopf. »Schlechte Erinnerungen haben mich eingeholt.«

Guillaume schien zu denken, sie habe an den Tod ihres Bruders gedacht, denn er strich ihr zärtlich über den Kopf. »Es wird alles gut!«

Ellen sprang auf und wollte ihm die Wahrheit sagen, aber noch ehe sie anfangen konnte, stand er vor ihr, zog sie an sich und küsste sie.

Sein Kuss war ganz anders als der zärtliche, tastende Kuss von Jocelyn. Guillaumes Kuss war wie er selbst, fordernd, erregend, einnehmend, durch und durch gefährlich und unwiderstehlich. Ellen bekam kaum noch Luft, so aufgewühlt war sie. Das Blut rauschte in ihrem Kopf und nahm ihr das letzte bisschen Verstand. Guillaume hielt sie fest, als wolle er sie niemals wieder loslassen. Seine Finger krallten sich in ihren Rücken. Ich muss aufhören damit und fortgehen, jetzt gleich, ehe es zu spät ist! Er ist ein normannischer Ritter, kein Mann für mich, hämmerte es in ihrem Kopf. Sie küsste Guillaume mit aller Leidenschaft, die sich in ihr aufgestaut hatte. Sie konnte die Hitze seines Körpers und sein Verlangen nach ihr durch die Kleider hindurch fühlen. Er drängte sich an sie und begann, sie zu streicheln – nicht zärtlich wie ein Verehrer, sondern fordernd wie ein Liebhaber. Sie hätte sich losreißen müssen. Es war noch möglich umzukehren, aber ihre Knie gaben nach, und sie überließ sich ganz Guillaume, der auf einmal völlig genesen zu sein schien. Seine Hände wanderten über ihre Schultern zur Brust und versuchten, diese durch das Kleid hindurch zu ertasten. Ellen keuchte hingebungsvoll und verzweifelt vor Lust. Guillaume zog sie in den Wald hinein. Er presste sie gegen eine dicke Buche, hob ihr Kleid und fuhr mit der Rechten darunter. Von ihrer Kniekehle glitt seine Hand sanft und doch zielstrebig aufwärts, bis sie zwischen ihren Beinen Halt machte.

»Du bist wunderschön!«, sagte er mit rauer Stimme, und sein weicher Mund küsste sie erst auf den Hals und glitt dann weiter nach unten bis zu ihrer Brust.

Ellen seufzte vor Wonne.

Guillaume ließ seine Hand an ihrem Geschlecht geschickt vor- und zurückgleiten, bis sie vor Verlangen nach ihm fast verging. Irgendwie nestelte er seine Beinlinge auf und legte schließlich sein Glied frei. Ellen sah es nicht an, berührte es nicht. Sie schloss die Augen und ließ alles mit sich geschehen. Hin- und hergerissen zwischen Wollust und Angst bebte sie unter seinen

Berührungen und ließ ihn auch gewähren, als er in sie eindrang. Thibault war vergessen. Wohlige Schauer durchströmten sie, und Wärme erfüllte ihren Bauch. Guillaume zog sich fast gänzlich aus ihr zurück, nur um dann mit erneuter Kraft wieder vorzustoßen. Ellen hörte sich stöhnen. Ihr ganzer Körper gierte nach ihm, und sie bestand nur noch aus dem Wunsch, dieser Augenblick möge niemals vorübergehen. Auf einmal stöhnte auch Guillaume, bäumte sich auf und ergoss sich in sie. Eine Hitzewelle erfasste ihren Körper, während ein dumpfes Pochen ihren Schoß ausfüllte. Nachdem er sich zurückgezogen hatte, war Ellen stärker ermattet als nach einem langen Arbeitstag. Sanft streichelte Guillaume ihr über die Wange und lächelte sie an. Ellens Hals war wie zugeschnürt. Eine heiße Träne lief über ihr Gesicht. Guillaume hielt sie am Kinn, zog es hoch und wischte die Träne mit seinem Daumen fort.

»Ich weiß gar nicht, warum ich ...«, stammelte sie.

»Scht!« Guillaume legte den Zeigefinger auf ihre Lippen und küsste sie erneut.

Nachdem sie ihre Kleider gerichtet hatten, verließen sie den Wald. Ellen fühlte sich wie ein Kind, das etwas Verbotenes angestellt hatte, während Guillaume kaum von dem Geschehen berührt zu sein schien. Schuldbewusst vermied sie, ihn anzusehen.

»Könnt Ihr von hier aus allein zu Eurem Zelt kommen?«, fragte sie ihn mit noch immer gesenktem Blick.

»Sicher!« Guillaume blieb stehen und zog sie an sich. »Morgen ist Sonntag, da musst du nicht arbeiten. Wir treffen uns hier zu Mittag, ja?«

Ellen nickte nur matt.

»Du bist wunderschön und sehr aufregend.« Er grinste sie selbstbewusst an.

Ellen wusste nicht, was sie davon halten sollte. Jocelyn hatte von Liebe gesprochen. Jocelyn ... er war nur noch eine blasse Erinnerung. Guillaume hatte ihn aus ihrem Herzen gestoßen.

Auf dem Weg zurück zur Schmiede fühlte sich Ellen kraftvoll

und zuversichtlich. Sie musste unbedingt bald mit der Arbeit an dem Schwert beginnen, das ihr seit Monaten nicht aus dem Kopf ging. Sie wusste genau, wie es aussehen würde, welchen Knauf es bekäme, wie lang und breit es sein würde und wie sie die Parierstange, den Griff und das Gehilz anfertigen würde. Es hatte ja sogar schon einen Namen! Er war irgendwann einfach da gewesen, hatte sich in ihrem Kopf eingenistet und forderte sie nun immer dringender auf: Schmiede mich!

»Athanor«, flüsterte Ellen.

Am nächsten Tag zu Mittag ging sie klopfenden Herzens in den Wald. Sie schlenderte den holprigen, noch etwas aufgeweichten Weg entlang und genoss den schönen Frühlingstag. Die Sonne ließ den blauen Himmel strahlen wie ein Meer aus Kornblumen. Der Winter war endgültig vorüber. Zu Ostern hatte es schon einmal ein paar schöne Tage mit Sonnenschein gegeben, aber danach war es wieder kalt geworden. Jetzt schien nichts das schöne Wetter mehr aufhalten zu können. Überall blühten Hirtentäschel, Löwenzahn, Blutwurz und Brennnesseln. Die Blaubeeren trugen ihre ersten Blüten, und am Wegesrand standen unzählige Maßliebchen, Ellens Lieblingsblumen. Es wurde gemunkelt, dass manche Frauen sie benutzten, um eine unerwünschte Leibesfrucht zu vertreiben, aber daran dachte sie lieber nicht. Sie schob die Erinnerung an Thibault beiseite. Das ist Vergangenheit, dachte sie, alles vorbei. Ich muss es vergessen. In der Ferne auf einem Hügel standen wunderschöne, weiß leuchtende, blühende Apfelbäume. In einigen Monaten würden sie voller köstlicher Früchte hängen, und Ellen würde längst woanders sein.

Schneller, als sie gedacht hatte, erreichte sie die Stelle, an der sie mit Guillaume verabredet war. Sie setzte sich auf den Baumstamm und wartete. Zu ihren Füßen blühte das Maikraut in zartem Weiß. Ellen dachte an Claire und das Getränk, das sie mit dem Kraut zubereitet hatte. Es hatte dem weinhaltigen Gebräu ein einzigartiges Aroma gegeben, das Ellen beinahe zu schmecken glaubte, als sie an der Blüte roch.

Auf einmal stand Guillaume vor ihr. »Du lächelst ja!«, sagte er sichtlich erfreut.

Ellen hatte ihn nicht kommen hören und blickte erstaunt zu ihm auf. Sie blinzelte, weil die Sonne in seinem Rücken sie blendete.

»Du bist noch schöner heute«, sagte er, setzte sich schwungvoll neben sie und streckte ihr einen kleinen Strauß weißer Blumen entgegen.

»Maiglöckchen!« Ellen war gerührt.

Einen Moment schwiegen sie beide. Guillaume sah sie neugierig an, und Ellen wurde unruhig.

»Ich werde bald mit einem Schwert anfangen«, sagte sie und sah verlegen zur Seite.

Guillaume ging nicht darauf ein. Er griff nach ihrem Kinn, drehte ihr Gesicht zu sich und küsste sie leidenschaftlich. Ellen vergaß Schmiede, Schwert und Vergangenheit und genoss seine Küsse und Liebkosungen. Guillaume stand auf und zog sie mit sich.

Erst jetzt bemerkte Ellen die Wolldecke, die er bei sich trug. Nimm dich in Acht, er hat sich vorbereitet, er weiß genau, was er will, und das ist nur das Eine, schoss es ihr durch den Kopf. Er ist ein erfahrener Mann. Wenn du glaubst, er empfindet mehr für dich als für irgendeine andere, dann irrst du dich. Weiter kam Ellen mit ihren Gedanken nicht.

Guillaume führte sie zur Wiese. Das Gras stand noch nicht sehr hoch, deshalb schüttelte Ellen den Kopf.

»Nicht hier, wir könnten gesehen werden!« Sie errötete.

Guillaume störte sich nicht an ihrem Einwand, breitete die Decke aus und zog Ellen zu sich herab.

Sobald seine Lippen ihren Mund berührten und er sie an sich presste, war ihr Widerstand dahin. Sie überließ sich ihm, vergaß Zeit und Ort, bis sie beide von der Liebe ermattet waren.

Beschämt richtete sie ihr Kleid, während Guillaume sich ganz ungeniert ankleidete. Ellen überlegte fieberhaft, worüber sie gesprochen hatten, als sie in Tancarville Freunde gewesen waren. Aber sie konnte sich kaum noch an Einzelheiten erinnern. Nicht ein einziges vernünftiges Wort wollte aus ihrem Mund kommen. Alan war tatsächlich tot.

Guillaume legte sich wieder ins Gras und betrachtete eine Weile den Himmel. »Erzähl mir von dem Schwert«, sagte er schließlich, drehte sich bäuchlings und stützte sich auf seine Ellenbogen. Seine blauen Augen fixierten sie.

»Ihr habt …«

»Du!«, unterbrach er sie.

»Ich?«

»Du sollst du zu mir sagen!«

»Gut.« Ihn zu duzen fiel Ellen nicht schwer; als Alan hatte sie es ja ebenfalls getan.

»Du hast also gehört, was ich vorhin gesagt habe!«, funkelte sie ihn an.

»Natürlich habe ich zugehört. Aber da du Alans Schwester bist, war zu befürchten, dass wir den Nachmittag nur mit Vorträgen über Schwerter verbracht hätten, wenn ich gleich nachgefragt hätte. Ich gebe zu, mein Appetit auf dich war zu groß.« Er kitzelte sie mit einem Maßliebchen, das er gepflückt hatte, und küsste sie.

Ellen runzelte die Stirn. »Dein Appetit auf mich? Das klingt so …«

»Das klingt nach Honigküchlein oder süßen Früchten«, erwiderte er grinsend und küsste ihr Kleid an einer Stelle, wo er ihre Brustwarze vermutete.

»Du bist unmöglich!«, schalt sie ihn sanft.

»Ich weiß!« Guillaume sah sie mit gespieltem Schuldbewusstsein an. »Aber jetzt erzähl mir endlich von dem Schwert!«

Ellen brachte es nicht fertig, ihm böse zu sein. »Also gut«, seufzte sie. »Und wenn es fertig ist, werde ich es dir zeigen. Es wird nämlich ein besonderes Schwert, weil ich es ohne die Hilfe von anderen Handwerkern machen werde. Nicht nur die Klinge stelle ich her, sondern das ganze Schwert.«

Guillaume sah sie erstaunt an. »Und wie willst du das schaffen?«

»Ich kann eben mehr als nur schmieden«, sagte Ellen herausfordernd.

»Ach ja? Als ob mir das nicht aufgefallen wäre«, mit einem stürmischen Kuss warf er sie zurück ins Gras. Seine Hände wanderten über ihren Körper, und sie gaben sich ein zweites Mal dem Liebesspiel hin. Ellen schnaufte erschöpft, als sie sich wieder aufsetzte.

»Ich glaube, das einzige Schwert, das dich wirklich interessiert, ist das da!« Sie grinste frech und zeigte auf seinen Schoß.

»Hm, da könnte etwas dran sein, jedenfalls solange du in meiner Nähe bist. Tu mir also bitte den Gefallen, und lass dich niemals auf dem Turnierplatz sehen, sonst verliere ich das letzte Hemd an meinem Leib.« Er lachte laut und küsste ihre Nasenspitze.

Erst als die Sonne unterging, trennten sie sich.

»Ich muss morgen früh aufstehen, es ist besser, wenn ich jetzt gehe.« Ellen kämmte mit den Fingern durch ihre Haare, bevor sie sich wieder einen Zopf flocht.

»Morgen habe ich keine Zeit, und in zwei Tagen müssen wir abreisen, es bleibt uns also nur noch übermorgen«, erklärte Guillaume ganz selbstverständlich und zog sie an sich. »Ich kann es kaum erwarten, wirst du mir auch treu sein bis dahin?«

Ellen sah ihn entgeistert an. »Glaubst du vielleicht, es ist meine Art, mal eben mit einem Mann im Wald zu verschwinden oder mich mit ihm auf eine Wiese zu legen?«, sagte sie schnippisch und machte sich unwillig von ihm los.

Anstatt ihr zu antworteten, fing er sie wieder ein und küsste sie.

* * *

Thibault war Guillaume gefolgt. Die Decke, die der Maréchal bei sich trug, konnte nur bedeuten, dass er ein Schäferstündchen plante, und das wollte Thibault genau wissen. Das Schlimmste war, dass der Maréchal verliebt aussah. Er schlenderte, die Decke vor- und zurückschwingend, und sammelte Maiglöckchen am Wegesrand. Entweder ist er ein gewitzter Verführer, oder es hat ihn schwer erwischt, dachte Thibault bitter. Obwohl er im Grunde seines Herzens genau wusste, mit wem Guillaume sich traf, hoffte er doch, es möge eine andere sein. Vielleicht kam sie auch nicht. Thibault schlich Guillaume unauffällig hinterher. Und dann sah er sie auf dem Baumstamm sitzen, die Haare rot in der Sonne leuchtend, als ob sie in Flammen stünden. Der erste Kuss zwischen Ellen und Guillaume traf ihn wie ein Donnerschlag. Es fühlte sich schlimmer an als damals in Beauvais! Vielleicht lag es daran, dass er Guillaume so sehr verabscheute, oder aber an dem Leuchten, das von Ellen ausging.

Als sich die beiden im Gras liebten, lag Thibault auf der Lauer und weinte vor Verzweiflung. Ellen in Guillaumes Armen zu sehen, das war zu viel! Er schlug mit den Fäusten auf den Boden und vergrub sein Gesicht und die Tränen in seinem Ärmel. Jocelyn aus dem Weg zu räumen war nicht schwer gewesen, aber mit Guillaume konnte er es nicht so einfach aufnehmen.

Doch es gab kein anderes Ziel, er musste Ellen für sich gewinnen. Und wenn sie nicht aus freien Stücken die Seine sein wollte, dann würde er einen triftigen Grund finden, damit sie es sich anders überlegte. Irgendwann würde Ellen ganz ihm gehören!

August 1172

An den nächsten zwei oder drei Turnieren werde ich nicht teilnehmen können. Der junge Henry hat Verpflichtungen«, erklärte Guillaume, nahm einen Grashalm und strich damit über Ellens Hals. Seit drei Monaten trafen sie sich bei den Turnieren sooft es ging, um sich zu lieben. »Ich denke, dass wir spätestens Anfang Oktober wieder dabei sind. Bis dahin musst du eben von mir träumen. Und dass du mich ja nicht vergisst!«, ermahnte er sie streng.

»Ach, und von wem wirst du träumen?«, neckte Ellen ihn.

»Was glaubst du wohl?« Er sah sie tadelnd an.

»Ich glaube, ich muss jetzt gehen, sonst reißt Pierre mir den Kopf ab.« Ellen stand auf. Sie wollte nicht anfangen zu weinen, deshalb küsste sie ihn nur auf die Stirn, zupfte Haare und Kleid zurecht und lief eilig davon. Einmal noch drehte sie sich um und wollte ihm zuwinken, aber Guillaume war damit beschäftigt, seine Stiefel anzuziehen, und sah sie nicht.

Zu ihrer Verwunderung war Pierre überhaupt nicht böse, obwohl sie mal wieder viel zu spät dran war. Im Gegenteil, er grinste breit, als sie ankam.

»So, so, dann stimmt es also wirklich, du hast was mit dem Lehrmeister des jungen Königs.« Er nickte anerkennend. »Alle Achtung, hätte ich dir gar nicht zugetraut. Aber wer weiß, vielleicht bringt uns das ja irgendwann einmal einen königlichen Auftrag!«

Ellen spürte, dass sie feuerrot wurde, und wagte nicht, Pierre ins Gesicht zu sehen. Der junge König ist mittellos, wollte sie schon sagen, überlegte es sich aber anders und fasste die sich bietende Gelegenheit beim Schopf. »Ich soll ein Schwert machen, Sire Guillaume will sehen, was ich kann. Erlaubst du mir, abends wenn ich hier fertig bin, in deiner Schmiede daran zu arbeiten?«

Pierre sah sie überrascht an. Er rieb sich nachdenklich über das Kinn. »Meinetwegen«, knurrte er schließlich.

Vermutlich war er ein wenig verstimmt, weil sich Guillaume für ihre und nicht für die von ihm gefertigten Waffen interessierte.

Ellen jubelte im Stillen und machte sich voller Vorfreude an ihre Arbeit.

»Kann ich auch das Eisen von dir bekommen? Ich bezahle es natürlich«, fragte sie abends, als sie mit ihrer Arbeit fertig war.

Statt zu antworten, brummte Pierre nur Unverständliches. Ellen wertete es als Zustimmung und machte sich daran, in seinen Eisenvorräten zu stöbern. Aus der hintersten Ecke zog sie ein massives, grobes Stück Eisen von ungewöhnlicher Härte hervor.

»Was willst du denn damit!« Pierre lachte sie aus.

»Brot backen wohl kaum«, entgegnete Ellen spitz und suchte weiter nach Material.

»Der Klotz ist so spröde, der fällt auseinander, wenn du versuchst, ihn zu bearbeiten. Willst du daraus wirklich ein Schwert machen?« Pierre schüttelte belustigt den Kopf und presste zischend die Luft zwischen den Zähnen hindurch.

»Wenn es so schlechtes Material ist, wie du sagst, wirst du es mir hoffentlich für wenig Geld überlassen.«

»Ich habe nicht gesagt, es sei schlecht«, antwortete Pierre hastig. »Nur viel Arbeit, die man da reinstecken muss, zu viel.«

»Ich sag's ja, du machst mir sicher einen guten Preis dafür!«

Pierre schnaufte.

Ellen ließ sich nicht aus der Ruhe bringen. Natürlich hatte der Schmied Recht. Das Eisen, das sie ausgewählt hatte, war ungewöhnlich hart, aber genau deswegen hatte sie es haben wollen. Sie wusste, dass nur gut gereinigtes Material ohne Schlackereste und Einschlüsse für eine hervorragende Klinge taugte. Um eine solche Reinheit zu erreichen, musste man das Eisen viele Male falten. Da aber mit jeder Faltung ein wenig von der Härte verloren ging, musste das Eisen am Anfang hart genug sein. Die meisten Schmiede scheuten sich davor, so sprödes Eisen zu falten und zu verschweißen, weil es so viel Mühe machte, es zu verarbeiten. Normalerweise genügten drei oder vier Faltvorgänge, um ein recht ordentliches Schwert herzustellen, aber Ellen wollte ein außergewöhnliches Schwert schmieden und das Eisen siebenmal falten, damit es besonders rein, widerstandsfähig und schärfer als alle anderen sein würde. Sie wusste, Guillaume würde das zu schätzen wissen und Athanor etwas Besonderes werden. Aus Pierres Vorrat wählte sie noch ein Stabeisen, das sie für den Klingenkern verwenden wollte, und ein ordentliches Stück mehrfach geschmiedetes, sauberes Eisen, das sich hervorragend für Parierstange und Knauf eignen würde. Pierre hatte sie bei ihrer Auswahl des Materials beobachtet und zog sie auf, als sie zu ihm kam, um nach dem Preis zu fragen.

»Weiber! Könnte mich schieflachen, wie du das Material aussuchst! Wie Armelle, wenn sie auf den Markt geht und kauft, was sie für ein neues Kleid braucht«, spottete er, stolzierte mit einem imaginären Einkaufskorb am Arm durch die Schmiede und ahmte seine Frau nach.

»Mach dich ruhig lustig, aber vergiss nicht, mir einen vernünftigen Preis für das Eisen zu machen«, wiederholte Ellen selbstsicher.

»Machst dir viel unnötige Arbeit mit diesem Klotz, statt dir ein ordentliches Stück für die Klinge auszusuchen. Was du mit dem Stabeisen vorhast, ist mir auch schleierhaft.« Pierre schüttelte den Kopf über Ellens Wahl. Er kratzte sich am Hinterkopf, wog die Stücke mit der Hand, überlegte einen Moment und rechnete. Der Preis, den er ihr schließlich nannte, war erstaunlich fair.

Ellen bezahlte sofort. Eine Verrechnung mit ihrem Lohn lehnte sie ab. Ein Meister gewöhnte sich zu leicht daran, weniger oder gar keinen Lohn mehr zu zahlen, und wenn er erst einmal damit angefangen hatte ... Ellen nahm ihre Börse und zählte ihm das Geld in die Hand.

»Ich bezahle für jeden Abend, an dem ich deinen Amboss und dein Werkzeug benutze – natürlich arbeite ich nur, wenn du die Schmiede nicht selbst benötigst. Wie viel verlangst du?«

Pierre antwortete, ohne zu zögern, und forderte die Hälfte ihres Lohns. Dafür durfte sie auch von seiner Holzkohle nehmen. Ellen zögerte nur kurz, sie hatte ohnehin keine Wahl, und schlug in seine ausgestreckte Hand ein.

»Du zahlst meinen Lohn wie immer, ich zahle am Ende jeder Woche.« Ellen wusste genau, dass sie nun noch eine Weile an Pierre gebunden war. Es würde ihr gerade genug zum Leben von ihrem Verdienst übrig bleiben, aber einen anderen Weg gab es nicht. Wenn sie erst alle Materialien gekauft hatte, die sie für das Schwert benötigte, würde überdies auch von ihrem Ersparten nicht mehr viel übrig sein. Aber das war ihr das Schwert wert. Sie musste Guillaume unbedingt zeigen, was sie konnte. Er würde ein gutes Schwert sofort erkennen, und vielleicht, so hoffte sie, sähe er dann auch mehr in ihr als nur ein Mädchen, das sich schon nach einer kurzen Bekanntschaft von ihm hatte verführen lassen. Guillaume hatte nie von Liebe gesprochen, sondern immer nur von Verlangen. Auf dem Weg in die Schmiede hatte Ellen immer wieder darüber nachgedacht. Was war mit ihr? Liebte sie Guillaume? Oder begehrte sie ihn nur? Bei Jocelyn war sie sicher gewesen. Sie hatte sich nichts sehnlicher gewünscht, als jeden Tag mit ihm zusammen zu sein, mit ihm zu arbeiten und mit ihm alt zu werden. Aber Guillaume? Er löste andere Gefühle in ihr aus. Er war verführerisch und gefährlich, so wie das Meer, das erfrischend und faszinierend war, bis seine Strömung einen ohne Vorwarnung in die dunkle Tiefe zog und nie wieder aus den kalten Fingern ließ. Trotzdem fehlte

Guillaume ihr. Sie träumte von seinen Küssen und Liebkosungen, wachte mitten in der Nacht erregt auf und fragte sich, was schlimmer war: ihre Angst, ihn nie wiederzusehen, oder die Furcht, ihm noch mehr zu verfallen.

Am Ende des Turniers zogen Handwerker, Händler und Gaukler weiter. Bis zum nächsten Austragungsort würden sie nur acht oder neun Tage brauchen. Wer sich gleich auf den Weg machte, hatte nach seiner Ankunft noch eine gute Woche, bevor das Turnier beginnen würde, und so die Gelegenheit, Werkzeug, Karren, Zelte oder Haushaltsgerät in Ordnung zu bringen.

Obwohl Ellen in der Schmiede gut zu tun hatte und sich abends kaum noch bewegen konnte, beschloss sie, schon am übernächsten Tag mit dem Schmieden des Schwertes zu beginnen. In den vergangenen Monaten hatte sie jeden freien Augenblick in Guillaumes Armen verbracht. Nun, während seiner Abwesenheit, würde ihr genügend Zeit für Athanor bleiben. Am Sonntag heizte sie die Esse an und schmiedete aus dem Stabeisen eine Vierkantspitze aus. Zufrieden betrachtete sie das Ergebnis. Für die nächsten Arbeitsgänge fehlte ihr ein Helfer. Während Ellen noch überlegte, wen sie um Hilfe bitten sollte, kam Pierre wutschnaubend zum Schmiedeplatz.

»Bist du denn von allen guten Geistern verlassen?«, schnauzte er sie an.

Ellen verstand nicht, worüber er sich dermaßen aufregte, und sah ihn verdutzt an.

»Guck nicht wie eine Kuh, wenn es donnert! Am heiligen Sonntag darf nicht geschmiedet werden! Meinst du, ich will deinetwegen Ärger bekommen?« Er funkelte sie wütend an. »Wenn du am Sonntag schmiedest, ist das meilenweit zu hören!«

Ellen fand Pierres Gezeter etwas übertrieben, sagte aber lieber nichts.

»Wenn du sonntags sticken willst oder sonst etwas tust, das

keinen Krach macht, meinetwegen, aber die Schmiede betrittst du nie wieder am siebten Tag, ist das klar?«

Ellen nickte heftig. »Ja, Meister Pierre, es tut mir leid«, erwiderte sie kleinlaut.

Pierre mochte es, wenn sie ihn Meister nannte, deshalb entspannte er sich ein wenig. »Nimm die Kohlen zur Seite, die noch brauchbar sind, und dann raus hier«, befahl er nicht mehr ganz so wütend.

»Ich werde nur noch abends arbeiten und dann auch nicht zu lange, ja?«

»Das will ich dir geraten haben«, brummte er und verließ die Schmiede.

Als Ellen kurz darauf zu ihrem Zelt zurückging, hatte sie plötzlich eine Idee, wen sie um Hilfe bitten konnte. Beim Abendessen fragte sie Jean.

Der Junge hatte sich gerade ein viel zu großes Stück Brot in den Mund geschoben, an dem er sich umgehend verschluckte. Er hustete, bis sein Kopf rot wurde und ihm Tränen in den Augen standen.

Ellen klopfte ihm auf den Rücken.

»Ich …« Jean hustete abermals. »Hab mich …« Jean lief rot an und hörte gar nicht mehr auf zu husten.

»Verschluckt. Ich weiß, halt den Schnabel, bis es wieder geht«, beendete Ellen seinen Satz und verdrehte tadelnd die Augen. Dass jemand, der sich ganz offensichtlich verschluckt hatte, nichts Besseres zu tun hatte, als es zu erklären, auf die Gefahr hin, ganz zu ersticken! Ellen klopfte ihm noch einmal auf den Rücken. »Arme hoch, dann wird es gleich besser.«

Als Jean sich beruhigt hatte, wiederholte sie ihre Frage.

»Hast du den gesehen? Dünn wie Reisig.« Jean tippte mit dem Finger auf seinen rechten Oberarm.

»Sag mal, täusche ich mich, oder warst du selbst dabei, als ich gegen den Muskelmann angetreten bin? Ich habe es dir doch erklärt: Beim Schmieden kommt es nicht nur hierauf an.« Ellen zeigte auf ihre für eine Frau sehr ordentlich ausgeprägten Oberarmmuskeln. »Sondern vor allem hierauf!« Sie tippte sich an die Stirn. »Natürlich kannst du nicht zuschlagen, dazu hast du weder genug Kraft noch die richtige Technik. Aber das Eisen für mich halten, das kannst du. Ich habe schon als kleines Mädchen damit angefangen, dann wirst du das doch wohl auch schaffen.«

»Na klar, wenn das so ist, bin ich dabei.« Jean strahlte.

»Gut! Morgen nach der Arbeit? Ich verspreche auch, dass wir nicht zu lange machen, weil du ja mitten in der Nacht aufstehen musst.«

»Da mach dir mal keine Sorgen. Ich arbeite nicht mehr für den Bäcker. Er hat mir den Rücken grün und blau geschlagen. Ich würde lieber verhungern, als je wieder einen Finger für ihn krumm zu machen.«

»Aber Jeannot! Wieso hast du nichts gesagt?« Ellen sah ihn enttäuscht an. Obwohl er selbst immer ein offenes Ohr für den Kummer anderer hatte, hatte er sich ihnen nicht anvertraut.

»Ist nicht so wichtig. Ich komme schon zurecht, das müsstest du doch inzwischen wissen. Hab sowieso was Besseres gefunden. Am Brunnen habe ich einen jungen Pagen kennen gelernt. Er war lange schwer krank und ist noch nicht wieder so kräftig wie früher, da habe ich ihm ein bisschen geholfen, und sein Herr hat mich gefragt, ob ich das nicht während des ganzen Turniers machen kann. Er bezahlt am Tag zweimal so viel wie der Bäcker, und die Arbeit ist lange nicht so hart. Ist doch gut, findest du nicht?«

»Du bist ja ein richtiger Glückspilz, mein kleiner Jeannot«, neckte Ellen ihren jungen Freund und klopfte ihm erfreut auf die Schulter.

»Au!«, jammerte er. »Schlag deinen Schmiedehelfer nicht gleich zu Brei!« Jean grinste stolz. »Schmiedehelfer, klingt gut!«

Am nächsten Tag kam er gleich nach seiner Arbeit in die Werkstatt. »Also, was soll ich machen?«, fragte er und sah sich arbeitseifrig um. »Bekomme ich auch so eine Schürze?«

»Dort am Haken hängen die von den Aushilfen. Kannst dir eine nehmen. Die Hemdsärmel rollst du besser runter. Ich bin gleich so weit, muss erst noch das Werkstück hier für Pierre fertig machen, sonst ist er sauer. Du kannst mir ja so lange zugucken!«

Nachdem sie ihre Arbeit für Pierre beendet hatte, nahm sich Ellen den groben Barren vor. Sie drückte Jean eine schwere Zange in die Hand und zeigte auf das mächtige Eisenstück. »Das muss in die Esse.«

Jean sah sie mit großen Augen an und tippte auf seine Brust. »Wie? Ich soll das machen?«

»Sicher, du hast doch gesagt, dass du mir hilfst! Und lernen willst du doch bestimmt auch was, oder?« Ellen grinste.

Jean nickte unsicher, griff sich die mächtige Zange und hob den Eisenbarren damit hoch. »Maria und Josef! Das ist aber schwer.« Das Eisen rutschte ihm weg und fiel zu Boden.

»Die Arbeit in der Schmiede kann sehr gefährlich sein, wenn man nicht aufpasst. Passiert dir das mit dem heißen Eisen, dann setzt es was!« Ellen hob die Hand, als wollte sie ihm gleich eine Ohrfeige verpassen.

Als Jean sie erschrocken ansah, lachte sie. »Ich meine es ernst, du musst richtig festhalten!« Sie nahm eine Hand voll Sand und streute ihn auf den Barren. »Los, ab damit ins Feuer!«

Unsicher legte Jean das Eisen auf die Kohlen.

»Ja, so ist es gut, mitten drauf«, ermunterte Ellen ihn. »Es muss ins Herz der Glut, und dann musst du mit dem Balg viel Luft reinblasen.«

Jean wagte nicht, die Zange loszulassen.

»Du kannst ruhig ablegen, um den Blasebalg zu bedienen. Nur ab und zu musst du das Eisen drehen, damit es gleichmäßig erwärmt wird.«

Als Jean an der Kette des großen mit Schweinsleder bezogenen Holżblasebalgs zog, pustete der schnaufend Luft in die Esse, und die Kohlen leuchteten hell auf.

»Dreh mal.« Ellen wies auf das Eisen, und Jean packte die Zange. Dicke Schweißperlen standen auf seiner Stirn. Ellen beobachtete ihn und erklärte weiter: »Wenn das Eisen weißglühend leuchtet, muss es raus aus dem Feuer, und zwar recht schnell, sonst verbrennt es.«

»Es verbrennt?« Jean sah sie ungläubig an.

»Ja, ja, auch Eisen verbrennt, und es wird nicht besser davon. Vergiss die Luft nicht, Jean!« Ellen lachte und zeigte auf den Blasebalg. »Der Barren ist dick, da dauert es lange, bis er richtig glüht.«

Jean nickte nur, zog an der Kette des Blasebalgs und stellte keine dummen Fragen, wofür Ellen äußerst dankbar war.

Sie dachte an Donovan, dem das genauso gegangen war, und seufzte, weil er ihr fehlte.

»Sieh dir die Glühfarbe des Eisens genau an, bald ist es so weit, dann nimmst du es heraus und legst es auf dem Amboss ab!«

Jean starrte in die Esse, bis seine Augen brannten. Als Ellen plötzlich auf das Eisenpaket zeigte, packte Jean beherzt die Zange und holte es aus der Esse.

Ellen hatte schon den Vorschlaghammer in beiden Händen und wartete darauf, zuschlagen zu können.

»Du musst gut festhalten; wenn du nicht richtig zupackst, fliegt es uns um die Ohren!«

Jean nickte erschrocken und krallte die Finger um die Zange.

Ellen begann, den Eisenklotz mit vorsichtigen, gleichmäßigen Schlägen zu strecken. Kleine Risse zeigten sich in der Oberfläche, und ein paar Stücke sprangen ab.

»Zier dich nicht, wirst ein schönes Schwert werden«, murmelte sie beschwörend und hieb nun noch vorsichtiger auf das Eisen ein, damit nicht noch mehr absplitterte.

»Gleich werde ich ein Stück einspalten, damit wir es abschroten können«, erklärte Ellen, nachdem sie das Eisen noch zweimal in der Esse erhitzt hatte.

Jean sah sie mit gekrauster Stirn an. »Abschroten? Was bedeutet das?«

Ellen antwortete erst, als das Eisen wieder in der Esse lag. »Das hier ist ein Schrotmeißel, damit werden wir das Eisen in zwei Stücke teilen. Dazu musst du die Zange beim nächsten Mal nur in eine Hand nehmen, daran hast du dich sowieso zu gewöhnen.«

Als Jean das Paket auf dem Amboss ablegte, nahm Ellen Schrotmeißel und Handhammer und hieb mit mehreren gezielten Schlägen eine Kerbe hinein. »So, jetzt nimmst du den Meißel, und ich schlage weiter.«

Jean schloss die Augen, weil er fürchtete, Ellen könne danebenschlagen und seine Hand treffen.

»Augen auf!«, fuhr Ellen ihn an. »Ich gebe schon Acht, aber du musst trotzdem hinsehen!« Immer wieder bedeutete sie ihm, den Meißel ein Stück weiterzuschieben, damit sie die ganze Strecke tief einspalten konnte. »Du musst das Paket ein bisschen ankippen, so, siehst du?« Ellen tippte seinen Ellenbogen an, damit er ihn höher hielt. »Jetzt noch einmal in die Esse damit, dann können wir das Stück ganz abtrennen.«

Das größere der beiden Stücke spaltete sie ein und legte es beiseite. »Das werden wir nachher falten«, erklärte sie.

Jean überlegte, was das für ein merkwürdiger Ausdruck war. Falten, das klang ganz einfach, wie bei einem Stück Stoff, das man zusammenlegt – aber das konnte ja wohl kaum gemeint sein. Nachdenklich sah er in die Flammen.

»Das hast du wirklich gut gemacht, Jean«, lobte ihn Ellen.

»Während ich jetzt das kleinere Stück bearbeite, kannst du dich ein bisschen ausruhen.«

Erst jetzt merkte Jean, wie müde er war, obwohl er viel weniger getan hatte als Ellen, die kein bisschen angestrengt aussah.

Ellen holte das kleinere Stück aus dem Feuer und schmiedete einen langen Stab daraus, den sie vorn flach schlug. Dann nahm sie das gespaltene Eisenpaket vom Essenrand, schlug es zu einem rechten Winkel und legte das flache Ende des Stabes in den Spalt. Mit satten Hammerschlägen schloss sie das Paket, in dem der Stab nun feststeckte. Anschließend verteilte sie eine kleine Schaufel Sandsteinmehl darüber und legte das Ganze ins Feuer. »Der Sand verhindert, dass das Eisen verbrennt«, erklärte sie, während er leise knisternd in der Esse verglühte. »Ist ganz einfach zermahlener Sandstein. Hast du nie bemerkt, dass ich immer mal Steine aufsammle?«

Jean nickte.

»So, jetzt bist du wieder dran.« Ellen zeigte auf den Stab.

»Was? Wie? Ich meine, was genau soll ich denn jetzt machen?«

»Einfach nur ab und zu drehen, damit das Paket gleichmäßig erhitzt. Wenn es weiß glüht, nimmst du es raus, legst es schön gerade auf dem Amboss ab, hältst es fest und schiebst es zurück, wenn ich es sage, genau wie vorhin, das ist alles.«

Jean war seine Aufregung anzusehen, als er die Verantwortung für das Eisen übernahm.

Ellen räumte die Werkstatt auf und wischte den Zunder vom Amboss.

Jean starrte so lange in das Feuer, bis sich seine Augen mit Tränen gefüllt hatten.

»Ist besser, du siehst nicht die ganze Zeit in die Glut, sonst kannst du heute Abend nicht schlafen, weil dir die Augen wehtun.«

Jean gehorchte.

»Los, rausholen!«, rief Ellen nach einer Weile.

Jean fuhr hoch. »Aber der Stab ist doch jetzt bestimmt heiß!«, fiel ihm plötzlich ein.

»Nein, ist er nicht, mach schon, sonst verbrennt uns das Eisen!«

Jean packte das Paket am Stab und legte es auf dem Amboss ab. Ellen hatte Recht gehabt, der Stab war tatsächlich nur gut warm.

»Pass auf, jetzt spritzt es!«, warnte Ellen kurz und schlug mit dem schweren Vorschlaghammer zu. Beim ersten Schlag spritzte flüssige Schlacke aus dem Paket und regnete in unzähligen kleinen und großen Funken auf Jeans Unterarme.

Er zuckte zurück und ließ vor Schreck die Stange los.

Ellen hatte schon zum zweiten Schlag ausgeholt, der Hammer sauste auf das Eisen nieder, traf das Paket an der falschen Stelle, weil es nun nicht mehr richtig auf dem Amboss lag, und das Eisen sprang im hohen Bogen weg. Ellen traf nur noch den Amboss, während das glühende Paket dicht vor Jeans Füße auf den Boden fiel. »Herrgott noch mal, du sollst richtig festhalten, habe ich gesagt!«

»Aber die Funken haben mich verbrannt!«

»Jetzt stell dich nicht so an. Du solltest ja auch die Ärmel ganz herunterkrempeln!«, schimpfte Ellen. »Funkenflug gehört zum Schmieden dazu. Die Schlacke muss raus beim Feuerschweißen. Und so schlimm ist es ja nun auch wieder nicht. Die Bläschen bleiben nicht lange, das verheilt schnell.« Ellen runzelte unzufrieden die Stirn.

»Ich hab mich erschreckt«, verteidigte sich Jean und griff nach dem Stab, um das Eisen wieder aufzuheben.

Jean hat Recht, schalt sich Ellen. Sie hätte darauf achten müssen, dass seine Haut an den Armen ganz durch Stoff geschützt war, und ihm genauer erklären müssen, was sie tun würde.

»Darf ich trotzdem weitermachen?«, fragte Jean geknickt, als er sah, dass der Stab verbogen war.

»Sicher. Gib her, ich muss ihn nur wieder richten.«

Nach ein paar Schlägen war der Stab wieder gerade. »Hast du auch sonst nichts abgekriegt?«, erkundigte sie sich besorgt.

Jean verneinte und rieb sich verlegen über die Nase.

»Na, dann haben wir ja noch mal Glück gehabt.« Ellen klopfte ihm aufmunternd auf die Schulter.

»Wird es beim nächsten Mal wieder so spritzen?«, fragte Jean vorsichtig.

»Das wird es, aber du darfst nicht loslassen, ja?«, sagte sie eindringlich.

»Versprochen, ich halte diesmal auch gut fest.« Jean nickte eifrig und krempelte die Ärmel ganz herunter. Er beobachtete die Glühfarbe, ohne dauernd in die Flammen zu starren, drehte das Paket hin und wieder und nahm es von allein heraus, als es weiß glühte.

Mit gezielten, satten Schlägen verschweißte Ellen das Paket mit dem Stab. Auch diesmal spritzte bei jedem Schlag flüssige Schlacke aus dem Stapel, und Funken flogen. Sie konnten leicht etwas in Brand setzen, deshalb durften in der Nähe des Ambosses weder Stroh noch andere leicht brennbare Dinge herumliegen.

Jean hielt den Stab tapfer fest und rührte sich auch nicht, als die Funken auf seinen Händen verglühten und dabei kleine Brandblasen hinterließen.

»Gut gemacht!«, lobte Ellen ihn, als sie fertig war. »Mit dem Griff, den wir jetzt haben, arbeitet es sich leichter als mit der Zange!« Sie wischte den Zunder vom Amboss und ließ ihn in einen Sack gleiten, den Pierre dafür bereitgestellt hatte. »Man kann die feinen Eisenblättchen, die wir Schmiede Zunder oder Hammerschlag nennen, aufbereiten und wiederverwenden«, erklärte sie. »Und jetzt pass auf, gleich musst du auf mein Kommando achten. Bei ›vor‹ schiebst du das Paket ein kleines Stück nach vorn, bei ›drehen‹ drehst du das Paket auf die andere Seite und ziehst es gleichzeitig wieder zu dir zurück. Der Amboss ist kalt, also bleibt das Eisen nicht lange heiß, und wir müssen schnell sein, um jede Wärme richtig auszunutzen. Du hältst dich gut!«, lobte sie Jean, um ihn anzuspornen. »Und jetzt raus mit dem Eisen!« Ellen nahm den schweren Vorschlaghammer und begann, das Eisen erneut zu strecken. Als das Paket ungefähr doppelt so lang war, griff sie Handhammer und Meißel, um es erneut in der Mitte einzuspalten und zu falten.

Jean legte das Eisen abermals in die Esse, holte es raus, als es heiß genug war, und hielt es am Stab fest, während Ellen die beiden Lagen durch mehrere kräftige Schläge mit dem Vorschlaghammer verschweißte. Sie erhitzten das Eisen noch einmal und beendeten den ersten Faltvorgang.

»Schaffst du noch eine Faltung? Dann brauchen wir morgen und übermorgen nur noch zwei und drei zu machen und sind dann damit fertig«, erklärte Ellen.

»Wozu machen wir das eigentlich?«, erkundigte sich Jean.

»Ist so eine Art Frühjahrsputz für Eisen«, grinste Ellen und pustete sich eine Locke aus dem Gesicht. »Eisen hat immer Verunreinigungen und Einschlüsse. Die Faltungen reinigen es und verhindern Fehler in der Klinge. Je mehr Faltungen man macht, desto besser wird das Schwert, aber das Eisen wird weicher dadurch, deshalb kann man nicht unbegrenzt falten.«

Jean bemühte sich auszusehen, als ob er sie verstünde.

»Vieles begreift man erst nach Jahren«, beruhigte Ellen ihn. Es hieß ja unter Schmieden, das Eisen forme in den ersten zehn Jahren den Schmied und erst dann der Schmied das Eisen. Nur für sich selbst empfand Ellen das anders; sie und das Eisen waren von Anfang an so etwas wie gute Freunde gewesen.

Es war bereits dunkel, als sie mit den ersten beiden Faltungen fertig waren. Der Himmel war schwarz und wolkenlos, aber das Mondlicht war hell genug, um Ellen und Jean sicher den Weg zum Zelt zu weisen.

Als sie ankamen, schlief Madeleine schon fest. Sie lag zusammengerollt auf ihrer Decke und hatte sich dicht an Graubart gekuschelt. Der Hund hob kurz müde den Kopf, wedelte matt mit dem Schwanz und schloss wieder die Augen. Er war viel schneller und mehr gewachsen, als sich Ellen hatte träumen lassen, und nahm inzwischen genauso viel Platz wie ein Mensch für sich in Anspruch.

»Mann, hab ich einen Hunger!«, stöhnte Jean.

»Tut mir leid, es ist viel zu spät geworden.« Ellen hatte auf einmal ein schlechtes Gewissen.

»Nix braucht dir leidzutun, ich habe so viel gelernt. Weißt du, wenn ich könnte, würde ich Schmied werden, oder Tischler oder so was. Aber einen wie mich will ja keiner in die Lehre nehmen. Ich kann nichts zahlen, und außerdem muss ich mich ja um Madeleine kümmern.«

»Ach, Jeannot! Du bekommst sicher eines Tages deine Chance, du darfst nur nicht aufgeben, darauf zu hoffen!« Ellen kniff ihn in die Wange und lächelte.

Jean sah sie unwillig an. Er mochte es nicht, wenn sie ihn wie ein Kind behandelte. »Bei der Arbeit hast du mich Jean genannt, nicht Jeannot, kannst du das nicht immer tun?«, fragte er, ohne sie anzusehen.

»Sicher«, antwortete Ellen kauend.

An den nächsten beiden Abenden beobachtete sie den Jungen genauer bei der Arbeit. Er war fleißig, lernwillig und stellte sich geschickt an. Sicher würde er seinen Weg machen. Wehmütig dachte Ellen an den Tag, an dem sie bei Llewyn vorgesprochen hatte. Wie lange das schon her war! Sie war ein wenig jünger gewesen als Jean. Wenn er sich öfter in der Schmiede herumtrieb und sie ihm einiges erklärte, warum sollte er dann nicht auch einmal Glück haben?

Nachdem Ellen das Eisen noch ein letztes Mal gefaltet hatte, spaltete sie es in zwei gleich große Stücke, ohne es zu durchtrennen.

»Willst du es doch noch mal falten?«, fragte Jean erstaunt.

»Halten und zuschauen, dann wirst du sehen, was ich mache.« Ellen kerbte eine Rille erst in die eine, dann in die andere Hälfte.

Jean wagte nicht, weiter zu fragen, und sah schweigend zu.

Ellen nahm die Vierkantspitze, die sie zuerst geschmiedet hatte, legte sie in die Einkerbung und prüfte die Tiefe. Dann spaltete sie noch ein winziges Stück nach und prüfte auch die andere Hälfte. Als sie zufrieden war, schlug sie die eine Seite nach unten, so wie bei den Faltungen zuvor, ohne jedoch das Paket schon vollends zu schließen. »Nimm dir eine Zange, und halte das Paket damit. In die andere Hand nimmst du den Schrotmeißel.«

»Warum soll ich denn nun wieder eine Zange nehmen?«

»Weil ich jetzt den Stab abtrenne.«

»Aber den haben wir doch gerade erst drangemacht?« Jean sah sie verwirrt an.

»Wir brauchten ihn nur zum Falten, jetzt muss er wieder ab.«

»Das ist aber aufwändig, hätten wir nicht gleich bei der Zange bleiben können?« Auf Jeans Stirn stand eine Falte.

»Je länger du mir hilfst, desto eher wirst du verstehen, warum manche Schritte zwar erst einmal Zeit kosten, letztlich aber Zeit und Kraft sparen«, gab Ellen ungnädig zurück. Als der Griff abgetrennt war, legte sie die Vierkantspitze in den ihr angepassten Spalt und klappte die andere Hälfte darüber. Nun war der vordere Teil in den beiden Kerben verschwunden.

»Der Vierkantstab ist aus weicherem Eisen. Deswegen habe ich ihn für den Kern der Klinge ausgewählt.« Ellen zeigte auf die beiden Hälften. »Der Block ist aus viel härterem Eisen und deshalb gut für den Klingenmantel geeignet. Gleich müssen wir noch mal feuerschweißen. Davor hast du keine Angst mehr, oder?«

Jean schüttelte grinsend den Kopf. »Hab mich dran gewöhnt.«

»Der Vierkant schaut weit genug heraus, sodass wir ihn jetzt als Haltestab nutzen können, siehst du?«

Jean nickte, legte das Paket ins Feuer und wendete das Eisen mehrfach, aber als alles gleichmäßig weiß glühte, reagierte er nicht. Stattdessen sah er wie gebannt in die Flammen, die züngelnd tänzelten.

»Das Eisen verbrennt, siehst du das nicht?«, schimpfte Ellen und stürzte herbei. Aus dem Paket sprühten bereits weiße Funken. Hastig griff Jean danach und holte es aus dem Feuer.

»Verbranntes Eisen taugt nicht für ein Schwert!«, erklärte

Ellen ihm eindringlich. Sie hatte viel Geld dafür bezahlt, Jean musste verstehen, wie wichtig es war, das Eisen nicht verbrennen zu lassen. Sobald es auf dem Amboss lag, begann Ellen, jeden Zoll des Paketes mit gleichmäßigen, satten Schlägen zu verschweißen. Dreimal noch musste Jean es ins Feuer zurückgeben. Ellen hämmerte und prüfte das Paket so lange, bis sie mit der Verschweißung zufrieden war.

»So!« Sie atmete auf. »Das hätten wir geschafft. Im Paket darf nirgends ein Spalt sein. Alles muss ganz genau passen. Wenn Luft oder Schlackeeinschlüsse zurückbleiben, taugt das Schwert hinterher nichts. Morgen fange ich an, die Klinge auszuschmieden! Wenn du willst, kannst du zusehen und mir noch ein bisschen helfen, danach schaffe ich es dann alleine.«

Am nächsten Abend kam Jean früher als sonst in die Schmiede. »Ich hatte Angst, du fängst ohne mich an«, erklärte er.

»Niemals!« Ellen tat entrüstet, bevor sie ihn angrinste. »Wir fangen an, sobald ich hier fertig bin.«

Jean wartete, und Ellen bemerkte, dass er ebenso aufgeregt war wie sie selbst. Bereitwillig erklärte sie ihm, was sie zu tun gedachte. »Zuerst muss ich das Paket strecken, wie vor dem Falten, nur wollen wir es jetzt viel länger machen, das wird einiger Wärmen bedürfen. Dafür brauche ich dich.«

»Ellen?«

»Ich heiße Ellenweore!«, fuhr sie ihn härter an als nötig. Solange Guillaume jederzeit in der Schmiede auftauchen konnte, war es besser, wenn niemand sie Ellen nannte. Er sollte keinen Verdacht schöpfen, dass Alan und sie eine Person waren.

Jean gelobte Besserung und setzte noch einmal mit seiner Frage an. »Warum redest du eigentlich immer von Wärme? Ist doch mehr als nur warm, das Eisen, ich würde es Hitze nennen.«

Ellen zuckte nur mit den Achseln. »Schmiedesprache! Jedes Handwerk hat seine eigenen Ausdrücke, an ihnen kann man sofort erkennen, wer schon Erfahrung hat. Können wir jetzt weitermachen?«

Jean war begierig darauf, endlich zu sehen, wie die Klinge entstand, und nickte eifrig. Es mutete ihn wie ein Wunder an, dass Ellen aus dem Eisenblock Schlag um Schlag eine Klinge formen konnte.

»Der Stab hier wird einmal Teil der Angel, also das Stück, wo der Griff draufsitzt. Es ist praktischer, wenn sie nicht so hart ist, dann kann man später den Knauf besser vernieten.« Ellens Wangen glühten vor Aufregung, so sehr faszinierte sie die Arbeit an Athanor. Aus den Augenwinkeln bemerkte sie, dass Pierre in die Werkstatt kam. Er tat beschäftigt und kramte herum, als suche er etwas, aber sie wusste genau, dass ihn die Neugier hergetrieben hatte. Sicher wollte er sehen, wie sie mit dem schwierigen Material zurechtkam. Jeder Schmied hatte seine Geheimnisse, und keiner sah es gern, wenn ihm ein anderer ungefragt bei der Arbeit zusah. Aber Pierre war der Meister, und in einer Wanderschmiede war Geheimhaltung ohnehin so gut wie unmöglich. Glücklicherweise interessierten sich die anderen Schmiede nicht für ihre Arbeit. Sie waren nach wie vor davon überzeugt, dass nur ein Mann ein gutes Schwert fertigen konnte, und auch Pierre verschwand, ohne einen näheren Blick auf ihr Werkstück zu werfen.

Der Klingenrohling nahm schnell Form an. Immer wieder prüfte Ellen Länge und Breite, erhitzte einzelne Teile bis zur Gelbglut und bearbeitete sie dann mit dem Handhammer. Der gleichmäßige Rhythmus ihrer Schläge hallte durch die Stille. Sobald das Eisen nur noch rot glühte, legte sie es erneut in die Esse.

»Es ist spät, Ellenweore!«, wagte Jean nach langem Schweigen zu sagen. Er hatte gebannt jeden ihrer Handgriffe beobachtet.

Überrascht sah Ellen hoch. »Was hast du gesagt?«

»Es ist spät. Wenn du nicht bald aufhörst, kannst du gleich hierbleiben.« Er zog die Augenbrauen hoch.

Ellens Wangen glühten fiebrig. Sie sah sich erstaunt um.

»Ist ja schon dunkel!«

»Schon lange!«

»Oh!«

»Du solltest morgen weitermachen!«

Ellen nickte geistesabwesend, besah sich den Rohling und hielt ihn plötzlich dichter vors Auge.

»Puh, ich dachte schon, das wäre ein Riss, ist aber nur Hammerschlag.« Sie blies den Zunder von der Klinge und wischte mit dem Leder darüber. Hörbar atmete sie auf. »Du hast Recht, es ist Zeit, schlafen zu gehen. Ich hab gar nicht gemerkt, wie müde ich bin. Meine Augen brennen wie Feuer, lass uns Schluss machen!«

In dieser Nacht träumte Ellen wieder von Guillaume. Begierig, ihm Athanor zu zeigen, traf sie ihn im Wald, aber er ließ sie nicht zu Wort kommen, bedrängte sie mit seinen unwiderstehlichen Zärtlichkeiten und verführte sie dreist. Ellen fühlte sich ohnmächtig – wie auf Wolken und wütend zugleich. Sie wollte ihm von dem Schwert erzählen, aber sobald sie den Mund öffnete, verschloss er ihre Lippen mit einem langen Kuss. Als sie Athanor hervorholte, um es ihm in banger Erwartung zu zeigen, konnte sie das Schwert kaum halten, so schwer war es. Es sah aus wie für einen Riesen gemacht, unwirklich groß und brachial. Statt zu glänzen, war es von Rostflecken übersät. Ellen schämte sich für das hässliche Schwert und wäre am liebsten auf der Stelle im Erdboden versunken. Guillaume nahm es ihr ab, streckte es weit von sich und musterte es angewidert. In seiner Hand sah Athanor klein und leicht wie ein Spielzeugschwert aus. Ungläubig kniff Ellen die Augen zusammen.

»Sieht ja aus wie für einen Zwerg«, sagte Guillaume amüsiert und legte Athanor beiseite.

Schlaff wie eine Schlangenhaut lag es im Gras.

Ellen warf sich unruhig auf ihrem Lager hin und her und

wachte schweißgebadet auf. Ängstlich tastete sie nach Athanor, dann begriff sie, dass alles nur ein Albtraum gewesen war. Erleichtert strich sie über den Stoff, in den die Klinge eingewickelt war. Guillaumes Meinung war ihr wichtig, aber arbeitete sie wirklich nur dafür? Ellen atmete tief durch. Im Grunde war es egal, ob er das Schwert zu schätzen wissen würde. »Athanor wird etwas Besonderes«, murmelte sie und schlief wieder ein.

»Sieht ein bisschen schmal aus für eine Schwertklinge, oder?«, wandte Jean am nächsten Tag ein, als Ellen zufrieden ihr Werkstück betrachtete.

»Die Schneiden müssen noch geschärft werden. Dabei wird die Klinge noch ein wenig breiter.«

»Wieso wird die Klinge davon breiter?« Jean sah sie fragend an.

»Weil das Eisen in die Querrichtung gestreckt wird.«

Jeans Miene hellte sich auf. »Ah! Dann werden die Seiten auch dünner, nicht?«

»Richtig!« Ellen lächelte, der Junge dachte gut mit.

»Trotzdem verstehe ich nicht, dass das Schwert schon jetzt geschärft wird, irgendwie dachte ich, das käme viel später.«

»Na ja, du hast nicht ganz Unrecht. Richtig scharf wird es dadurch tatsächlich noch nicht, aber durch das Strecken in beide Richtungen bekommt die Klinge zwei Schneiden. Die sind erst einmal noch stumpf, werden dann mit Ziehmesser und Feilen nachgearbeitet und bekommen erst später nach dem Härten ihre ganze Schärfe durch das Polieren.« Ellen betrachtete den Rohling zufrieden, prüfte die Klinge noch einmal und richtete sie ein wenig. »Gute Arbeit«, lobte sie sich selbst. »Schluss für heute. Morgen fange ich mit dem Schärfen an. Ab jetzt schaffe ich es übrigens allein.«

»Darf ich trotzdem weiter zusehen?«, fragte Jean vorsichtig.

»Wann immer du willst!«, freute sich Ellen.

»Als Nächstes werde ich dann die Oberfläche schlichten und

die Hohlkehlen ziehen. Und dann wird es nicht nur richtig interessant, sondern auch gefährlich!« Ellen machte eine Pause, um die Spannung zu steigern, und sah Jean an. »Denn dann kommt das Härten dran – und damit der Augenblick der Wahrheit.« Auf dem Heimweg erklärte sie ihm voller Begeisterung, warum das Härten so wichtig und gleichzeitig so schwierig war. »Du musst es im Gefühl haben!« Ellen fasste sich mit einer dramatischen Bewegung ans Herz. »Es kommt von hier! Ist eine Mischung aus ... Ja, aus was eigentlich genau?« Sie überlegte einen Augenblick. »Es ist eine Mischung aus Erfahrung und dem richtigen Gespür.«

»Dem richtigen Gespür?«

»Ja, so eine Art Vorahnung. Die muss man einfach haben, um ein guter Schwertschmied zu werden.«

»Und woher weiß man, ob man das richtige Gespür hat?«

»Oh, das bekommt man schon in den ersten Lehrjahren heraus.« Ellen kniff ihn in die Wange und erntete einen zornigen Blick.

»Ach, und wenn man dann nach ein paar Jahren feststellt, dass man es doch nicht hat? Dann war die Lehrzeit wohl umsonst?«

»Na ja, ohne dieses Gespür wagt man sich wohl besser erst gar nicht an Schwerter heran. Sie sind die Krönung der Schmiedekunst, verstehst du?«

»Na, hör mal, das klingt aber ganz schön eingebildet.«

Ellen sah ihn erstaunt an. »Findest du? Ich kann nichts Schlechtes daran finden, seine Fähigkeiten zu kennen und das zu tun, was man am besten kann. Bei mir sind das eben die Schwerter. Ob einer ein schlechter, ein guter oder ein hervorragender Steinmetz, Schreiner oder eben Schmied wird, hängt doch nur davon ab, mit welchem Können Gott ihn bedacht hat. So einfach ist das. Und genauso, wie es nicht jedem Priester vergönnt ist, Bischof zu werden, ist es nicht jedem Schmied gegeben, ein Schwertschmied zu werden.«

»Nur habe ich gehört, es bedürfe vor allem guter Beziehungen und nicht unbedingt einer besonderen Begabung, um ein hohes Kirchenamt zu bekleiden«, widersprach Jean.

Ellen zuckte gelangweilt mit den Achseln. »Beim Schlichten kannst du mir noch einmal helfen, willst du?«, lenkte sie ab.

»Schlichten? Hat es denn Streit gegeben?« Jean bemühte sich, betont einfältig auszusehen.

»Ach du! Schlichten heißt so viel wie glätten«, erklärte sie. »Hilfst du mir nun oder nicht?«

»Aber klar!« Jean nickte begeistert.

Als er am nächsten Tag in der Schmiede erschien, hatte Ellen schon alles vorbereitet. Auf dem Amboss lag ein Werkzeug, das Jean noch nie zuvor gesehen hatte.

»Und damit willst du die Klinge glätten?«, fragte er skeptisch.

Ellen drückte ihm den Rohling in die Hand. »Die Hammerbahn hat Mulden und Narben auf der Klinge hinterlassen. Hier, sieh nur, wie rau und ungleich die Oberfläche ist. Mit dem Schlichthammer hier …« Ellen holte das Werkzeug vom Amboss. »Mit dem wird die Klinge jetzt nachbearbeitet. Siehst du, wie breit seine Hammerbahn ist?«

Jean nickte. Der Hammer lief auf der einen Seite in einem fast handtellergroßen Viereck aus.

»Damit es nicht wieder neue Vertiefungen gibt, schlägt man nicht mit dem Schlichthammer selbst zu, sondern mit dem Vorschlaghammer oben auf den Hammerkopf.«

»Ähm, das habe ich jetzt nicht ganz verstanden«, wandte Jean unsicher ein.

»Halt die Klinge mit der Linken und den Schlichthammer mit der anderen. Der Hammer muss im rechten Winkel auf der Klinge liegen. Ich werde es dir vormachen. So, siehst du?«

Jean nickte. Nachdem er den Schlichthammer das erste Mal weitergerückt hatte, konnte er bereits ahnen, wie gut die Klinge mit dieser Technik geglättet wurde.

Mit einem Werkzeug, das einem Ziehmesser, wie es die Schreiner benutzten, ähnelte, schabte Ellen in beide Klingenflächen eine Hohlkehle und schärfte die Schneiden ein wenig nach. Die Härtung würde sie erst in einer mondlosen Nacht durchführen, so wie ordentliche Schwertschmiede es immer taten. In einer wirklich schwarzen Nacht bei absoluter Dunkelheit ließen sich die Glühfarben am genauesten bestimmen. Da die Glühhitze überaus wichtig für das Gelingen der Härtung war und nahezu jedermann wusste, welch großen Einfluss das Mondlicht nicht nur auf Menschen und Tiere hatte, war es sicherer, die wenigen Tage bis Neumond abzuwarten. Inzwischen würde ihr genügend Zeit bleiben, sich um das Wasser zu kümmern.

Als Nächstes schmiedete Ellen kleine Plättchen aus einem Reststück des Klingenmaterials, an denen sie das Härten ausprobieren würde.

Donovan hatte nach seiner Übersiedlung nach Tancarville ziemlich geflucht, weil er sich auf anderes Wasser hatte einstellen müssen. In Ipswich hatte er es aus einer ganz bestimmten Quelle geholt, so wie es schon sein Meister vor ihm getan hatte. Nach dem ersten Misserfolg beim Härten in Tancarville hatte er Ellen einen ganzen Stapel solcher Eisenplättchen schmieden lassen und mit ihnen so lange herumprobiert, bis die Härtung perfekt war.

Ellen holte Wasser aus einem nahe gelegenen Bach, fügte ein wenig Urin hinzu und prüfte die Mischung so lange, bis sie mit dem Ergebnis zufrieden war. Zwei Tage vor Neumond war sie so weit, trotzdem begann sie, nervös zu werden. Ihr Herz klopfte, und sie bekam feuchte Hände bei dem Gedanken, dass der nächste Arbeitsgang alle Bemühungen der letzten Wochen zunichte machen konnte. Um die Klinge für das Härten vorzubereiten, hatte sie sich bei einem Töpfer Ton besorgt, mit dem sie das Schwert nun bestrich.

Jean beobachtete sprachlos jeden ihrer Handgriffe.

»Die erste Schicht mache ich ganz dünn und verteile sie auf

der ganzen Klinge. Wenn der Ton trocknet, kann ich sehen, ob ich ihn gut gemagert habe, wenn nicht, gibt es nämlich Risse«, erklärte sie. »Und die können wir gar nicht gebrauchen.«

»Was bedeutet denn das, gemagert?«

»Wenn der Lehm fest und schwer ist, dann nennt man ihn fett. Na, und wenn er weich und locker ist, nennt man ihn mager. Ja, und dann ist da noch die Glühfarbe. Ton glüht heller als Eisen. Mit einem fetten Tonüberzug wäre es zu schwierig, die Glühfarbe des Eisens zu erkennen. Also magert man den Ton mit Wasser, Kohlenstaub und zerriebenem Sandstein. Wenn eine dünn aufgetragene Schicht Ton gleichmäßig trocknet, dann ist er gut gemagert, und es kann weitergehen.«

»Wozu braucht man den Lehm überhaupt? Könnte man auch ohne ihn härten?«

»Sicher, wenn man nicht gerade ein Schwert macht! Denn wir wollen ja nicht einfach nur härten! Wir wollen eine elastische Klinge und scharfe Schneiden bekommen, das ist ein Unterschied. Die Klingenmitte muss deshalb weniger gehärtet werden als die Schneiden. Schließlich hätten wir sonst den Klingenkern gar nicht erst aus weicherem Material herzustellen brauchen.«

»Aber du hast doch auch Lehm auf die Schneiden gemacht!«

»Aber nur eine dünne Schicht, sie schützt die Schneiden vor übermäßiger Wärme und macht gleichzeitig die Abschreckung weniger schroff. So ist die Gefahr nicht so groß, dass die Schneiden spröde werden.«

»Und dann splittern könnten!«

»Richtig, Jean! Wenn die erste Schicht Lehm getrocknet ist, verteile ich weitere darüber, aber nur noch in der Mitte.«

Als Ellen am Morgen des Neumondtages mit Bauchschmerzen aufwachte, fürchtete sie schon, ihre unreinen Tage könnten ihren Plan, das Schwert zu härten, zunichte machen. Unreinheit war eine denkbar schlechte Voraussetzung für eine solch schwierige Unternehmung. Sogar bei alltäglichen Dingen wie Bier brauen oder Brot backen durften Frauen dann nicht helfen. Zum Glück waren die Schmerzen in ihrem Bauch nur von der Aufregung gekommen, und andere Anzeichen stellten sich nicht ein.

Nach der Arbeit schürte Ellen das Feuer erneut, legte den mit Lehm bestrichenen Klingenrohling in die Glut und bereitete den Trog zum Abschrecken vor. Auf den Boden des langen Gefäßes legte sie einen Stein und murmelte eine geheimnisvolle Formel, von der Jean kein Wort verstand.

Er hatte sich in eine Ecke zurückgezogen, so wie Ellen es angeordnet hatte.

»Wenn du beim Härten zusehen willst, musst du unsichtbar sein. Du darfst nicht reden, keine Fragen stellen und mich nicht ablenken«, hatte sie ihm eingeschärft.

Jean krallte seine Hände angespannt ineinander.

Die Schneiden der Klinge leuchteten gelbrot, als Ellen das Schwert aus dem Feuer holte, es in den Trog tauchte und hin und her bewegte, damit es gleichmäßig abkühlte.

Das Wasser zischte und brodelte, als die heiße Klinge hineinglitt.

Ellen flüsterte einen Zahlenreim, den sie von Donovan gelernt hatte. Bei sieben musste die Klinge aus dem Wasser geholt werden, um noch genug Restwärme zu besitzen. Ellen horchte angestrengt auf das Zischen und Brodeln. Kein Knistern, das ein Missraten ankündigte, war zu hören. Gespannt zog sie das Schwert aus dem Trog. Der Lehmüberzug ließ sich jetzt leicht entfernen. Mit angehaltenem Atem begutachtete sie jeden Zoll. Es war kein Fehler zu sehen. Ellen atmete auf. Jetzt würden noch Schliff und Politur über die Qualität des Schwertes entscheiden. Ellen wischte sich die Schweißperlen von der Stirn und sah zu Jean hinüber, der sich in eine Ecke zurückgezogen hatte. »Du kannst rauskommen. Es ist alles glattgegangen. Hast du gut zugesehen?«

»Ich hab mich kaum getraut, Luft zu holen, so spannend war es.«

»Ging mir genauso!« Ellen lächelte Jean erleichtert an und wischte sich eine Haarsträhne fort, die auf ihrer Schläfe klebte.

»Jetzt kann ich endlich wieder ruhig schlafen. Komm, wir machen Schluss, ich bin geschafft.«

»Ich auch. Ich bin hundemüde, obwohl ich nicht einmal den kleinen Finger gerührt habe. Hier, ich habe einen Kienspan mitgebracht. Den brauchen wir heute, sonst legen wir uns am Ende noch zu einem Fremden ins Zelt.«

Am nächsten Morgen bemerkte Ellen, dass Madeleine wieder eine Silbermünze in ihren Händen hielt. Geschickt ließ sie das Geldstück durch ihre Finger wandern.

»Hast du die von demselben Ritter wie das letzte Mal?«, fragte Ellen. Sie spürte die Wärme freudiger Erwartung in sich hochsteigen, aber Madeleine antwortete nicht.

»Ich glaube, er ist in dich verliebt! Seine Augen waren ganz groß, als er nach dir gefragt hat«, erklärte sie.

»Guillaume!«, flüsterte Ellen glücklich. »Wo ist er?«, fragte sie Madeleine.

Die aber sah sie nur strahlend an. »Er sieht gut aus!« Sie wandte ihre Aufmerksamkeit wieder dem Geldstück zu.

Voller Vorfreude ging Ellen in die Schmiede. Wenn Guillaume gekommen war, würde er sie sicher dort aufsuchen. Den ganzen Tag spürte sie ein wohliges Kribbeln in ihrem Bauch. Doch Guillaume kam nicht. Sie war so enttäuscht darüber, dass sie nicht einmal an Athanor arbeitete. Als Guillaume auch am nächsten Tag nicht erschien, erkundigte sie sich nach dem jungen König, aber niemand hatte ihn oder sein Gefolge gesehen.

Wer weiß schon, woher Madeleine die Silbermünze hat? Ellen schob alle störenden Gedanken beiseite und konzentrierte sich wieder ganz auf die Arbeit an Athanor. Sie maß die Klingenlänge und errechnete die besten Proportionen für die Parierstange. Dann nahm sie sich den mehrfach geschmiedeten Eisenrest vor, faltete ihn mit Jeans Hilfe noch einmal und teilte ihn dann in zwei Stücke. Eines davon war für die Parierstange, das andere für den Knauf. Sie schmiedete eine ungefähr fingerbreite Stange von der Länge einer Handspanne, die Parierstange würde später über die Angel bis zur Klinge geschoben werden und musste deshalb in der Mitte mit einem Schlitz versehen werden. Dabei musste Ellen darauf achten, dass das Loch nicht zu breit wurde, damit die Parierstange später nicht wackelte. Um ein möglichst passendes Loch einschlagen zu können, fertigte Ellen einen eisernen Dorn mit den Maßen der Angel.

»Ah, da bist du ja!«, begrüßte sie Jean mit einem Lächeln. Er war später dran als gewöhnlich und sah unzufrieden aus. »Was ist?« Ellen legte ihre Hand auf seine Schulter. Mürrisch schüttelte er den Kopf. Es hatte keinen Sinn weiterzufragen, wenn er nicht wollte. Jean würde schon von selbst erzählen, was ihn bedrückte, sobald er bereit dazu war.

»Kann ich dir helfen?« Jean bemühte sich, ein freundlicheres Gesicht aufzusetzen.

»Ich könnte doch gar nicht weitermachen ohne dich«, behauptete Ellen und sah ihn freundlich an. »Hältst du wieder?«

Jean nickte und band sich eine Schürze um.

»Heute wird es nicht spritzen«, versprach sie in der Hoffnung, ihn damit ein wenig aufzumuntern. »Hier, mit der Wolfsmaulzange hältst du die Parierstange, wenn ich fertig bin.« Um später den Dorn an der richtigen Stelle durch die Stange schlagen zu können, maß Ellen ihre Mitte aus und markierte sie mit einem gezielten Schlag auf den Meißel.

»Sieht tatsächlich aus wie das Maul eines Wolfes«, meinte Jean und drehte die Zange hin und her. »Wie Zähne.« Er deutete auf die seitlichen Aussparungen.

»Die Hauptsache ist, du merkst dir den Namen. Nimm die Parierstange und leg sie in die Glut!«

Ellen hatte sich für eine einfache, schnörkellose Form entschieden. Die Parierstange war in der Mitte ein wenig breiter und lief zu den Enden schmal aus.

Jean holte sie aus der Glut und stellte erstaunt fest, wie gut die markierte Stelle im glühenden Zustand zu sehen war.

Der Dorn schien ganz von allein in die Kerbe zu schlüpfen. Mit wenigen Schlägen trieb Ellen ihn durch die Stange.

»Die Parierstange braucht nicht gehärtet zu werden. Leg sie einfach am Essenrand ab. Ich fange heute mit dem Grobschliff der Klinge an, dabei kannst du mir nicht helfen. Geh zum Zelt, und sieh nach Madeleine; ich glaube, wir haben sie in letzter Zeit ein bisschen zu viel alleine gelassen.«

Jean nickte und machte sich auf den Weg. Ellen trieb Pierres großen Wetzstein mit dem Fußpedal an, um die Klinge vorzuschleifen. Sie wässerte die Klinge ohne Unterbrechung und überprüfte immer wieder das Ergebnis. Als sie fürs Erste mit dem Schliff zufrieden war, wickelte sie die Klinge in ein Stück Stoff und ging ebenfalls zurück zum Zelt.

Jean und Madeleine waren noch wach.

»Wir haben dir was übrig gelassen.« Jean zeigte auf eine Taubenbrust und einen mit Zwiebeln und Mandeln zubereiteten Getreidebrei, den Madeleine dazu gemacht hatte.

»Mm, wunderbar, ich hab entsetzlichen Hunger!« Ellen verschlang das zarte Geflügel und den würzigen Brei gierig. »Madeleine, das schmeckt ja hervorragend!« Sie blickte von ihr zu Jean. »Hast du die Taube mit der Schleuder …?«, fragte sie kauend. »Was würde ich nur ohne euch machen?« Sie legte die Arme um die beiden.

»Wahrscheinlich würdest du verhungern.« Jean versuchte zu lächeln, wirkte aber immer noch bedrückt.

»Du arbeitest zu viel!« Madeleine strich Ellen verträumt über das Haar, dann setzte sie sich zurück in ihre Ecke, wo Graubart genüsslich an einem Knochen nagte.

»Ihr müsst mich unmöglich finden. Ich arbeite nur noch und gebe das meiste von dem, was ich verdiene, gleich wieder für Athanor aus. Jean schlägt sich halbe Nächte um die Ohren, um mir zu helfen, und ich? Was tue ich für euch?« Ellen sah bedrückt vom einen zum anderen.

»Du wirst noch Gelegenheit bekommen zu helfen. Manchmal zahlt man seine Schulden auf Umwegen.« Aus Madeleines Mund klangen diese Worte unwirklich. Nur selten war sie so klar bei Verstand. Aber genauso schnell, wie er aufgeleuchtet hatte, verlosch der Funke auch wieder, und sie saß da wie ein unschuldiges Kind und streichelte versonnen ihr Silberstück. Ellen griff nach dem Lederbeutel mit den Poliersteinen, die sie demnächst für die Klinge brauchen würde. Der Beutel fühlte sich merkwürdig nass an.

»Graubart!«, rief sie entsetzt aus. Die ledernen Schnüre waren völlig zerbissen. »Du unmögliches Vieh, du! Wehe, du hast meine Steine kaputtgemacht!«

Für die Poliersteine hatte Ellen ein kleines Vermögen ausgeben müssen. Einige von ihnen waren so fein, dass sie leicht zerbrechen konnten. Vorsichtig machte sie den Beutel auf und schüttete sie in ihre Hand. Bis auf einen waren alle unbeschädigt. Nur der feinste war an einer Seite zerbröckelt. Vorsichtig ließ sie die Poliersteine und den Steinstaub wieder in den Beutel gleiten. »Gnade dir Gott, wenn ich dich noch einmal erwische!«, schimpfte sie mit dem jungen Hund.

Zerknirscht legte der Übeltäter die Ohren an und sah aus wie das schlechte Gewissen höchstpersönlich.

»An deiner Stelle würde ich den Beutel lieber mit mir herumtragen. Wenn er ihn nur annähernd so schmackhaft fand wie den hier, wird er es wieder versuchen.« Jean verzog den Mund und zeigte auf seinen linken Schuh. An der Spitze war er völlig zerbissen, und an der Seite gähnte ein ausgefranstes Loch.

»Du! Wag dich!«, drohte Ellen dem Hund und hob die Faust.

»Er ist eben noch jung und sucht nur etwas, um sich zu beschäftigen. Kann man ihm eigentlich gar nicht übel nehmen«, versuchte Jean, ihn zu verteidigen.

»Er könnte auf unsere Sachen aufpassen, anstatt sie kaputtzumachen!« Ellen schien ein wenig besänftigt, trotzdem träumte sie in dieser Nacht von einer eigenen Schmiede mit Helfern und Lehrlingen, in der Graubart gehaust hatte wie ein Vandale.

Am Abend vor ihrem Aufbruch hörte Ellen durch Zufall, wie Pierre mit Armelle über sie sprach.

»Ich weiß, sie ist dir ein Dorn im Auge, aber das hier wird dich milde stimmen!«, raunte er seiner Frau zu, zählte ihr seinen Gewinn in die Hand und weidete sich an ihren immer größer werdenden Augen.

»Aber das ist ja viel mehr, als du sonst immer hattest!«, freute sie sich.

»Sie bringt«, er beugte sich ein wenig vor und senkte die Stimme, »viermal mehr ein, als sie verdient! Im Moment zahlt sie ja auch noch dafür, dass sie meine Schmiede am Abend für ihre eigenen Zwecke nutzen darf. Das war das beste Geschäft meines Lebens. Auf diesem Weg sind wir unserem Ziel bald näher ...« Pierre flüsterte jetzt nur noch, und Ellen konnte nicht mehr verstehen, was er sagte. Aber sie hatte genug gehört. Wenn sie ihm tatsächlich so viel einbrachte, musste sie zusehen, dass er ihren Lohn erhöhte! Ellen überlegte, wie sie es anstellen sollte.

Als sie am Mittag aufbrachen, kam Pierre zu dem Platz, wo ihr Zelt gestanden hatte. Jean hatte es schon in aller Frühe abgebaut, zusammengefaltet und fest auf Nestors Rücken verschnürt. »Wir sehen uns dann auf dem Turnier bei Compiègne!«, verabschiedete er sich wie üblich bei Ellen.

Das war ihre Chance! »Ach, Meister! Ich habe darüber nachgedacht, in Compiègne zu bleiben, um dort bei einem Schmied zu arbeiten, den ich noch von früher kenne«, behauptete Ellen und sah Pierre betont unschuldig an. Sein Gesicht wurde fahl.

»Aber das kannst du nicht einfach ... Du lässt mich im Stich?«, fragte er überrumpelt.

»Ich wusste nicht, dass Ihr so viel Wert auf meine Arbeit legt.« Ellen bemühte sich, erstaunt auszusehen.

»Natürlich!«, gab Pierre schnarrend zurück.

»Nun ja, wenn ihr mir mehr zahlen würdet, könnte ich vielleicht bleiben.«

»Es ist also nur eine Frage des Geldes?«, fragte er argwöhnisch.

»Das Schwert ist kostspielige«, erklärte Ellen achselzuckend.

Pierre stöhnte auf. »Also gut, die Hälfte mehr«, schlug er gedehnt vor.

Ellen schüttelte den Kopf. »Das Doppelte«, sagte sie entschlossen und brachte es fertig, ihre Stimme völlig gelassen klingen zu lassen. Damit forderte sie fast so viel, wie ein männlicher Geselle bekam. Pierre sah sie entgeistert an. Wahrscheinlich rechnet er, ob es sich lohnt, ging es Ellen durch den Kopf. Angst packte sie. Was war, wenn er nein sagte?

»Muss wohl sein«, brummte er schließlich ungnädig. »Du lässt sonst ja doch keine Ruhe! Das hat man nun von seiner Gutmütigkeit.« Damit wandte er sich missmutig ab und stapfte davon.

Ellen jubilierte, als er fort war. Obwohl Sonntag war, hatte sie am Morgen geholfen, alle Werkzeuge, Amboss, Wetzstein und den großen Blasebalg auf Pierres Karren zu verstauen, ohne auch nur einen Penny dafür zu bekommen. Sie selbst aber hatte für jeden Tag bezahlt, an dem sie in seiner Schmiede an Athanor gearbeitet hatte. Sie brauchte wirklich kein schlechtes Gewissen zu haben.

Auf dem Weg nach Compiègne kamen sie durch ein weites, grünes Tal mit herrlichen Obstbäumen, dann durch einen riesigen dunklen Tannenwald, und nach zwei Tagen erreichten sie endlich ein größeres Dorf.

An einem der Häuser hing ein Eisenwinkel, an dem ein Hobel baumelte. Hier hatte ein Tischler eine Werkstatt.

»Ich brauche noch ein paar Sachen für Athanor«, erklärte Ellen erfreut, ging zur Werkstatt und öffnete die Tür.

»Seid gegrüßt, Meister!« Ellen deutete eine Verbeugung an und bemühte sich um ein strahlendes Lächeln. Jean, der ihr gefolgt war, blickte dagegen lieber mürrisch drein, für den Fall, dass sie etwas kaufen wollte und er über den Preis verhandeln musste.

Der Tischler saß an einem großen Arbeitstisch. Vor ihm waren Schnitzwerkzeug und Hölzer so hoch aufgetürmt, dass nur sein Kopf hervorlugte. Argwöhnisch kniff er die Augen zusammen und musterte die beiden Fremden. »Was wollt ihr?«

»Ich brauche zwei dünne Holzblätter für eine Schwertscheide, am liebsten gut abgelagertes Birnbaumholz, und dazu noch ein gutes, trockenes Stück für ein Schwertgehilz.«

Der Tischler schaute Ellen neugierig an. »Ich kenne dich doch«, murmelte er und fixierte sie.

Jetzt sah auch Ellen ihn genauer an. »Poulet!«, rief sie erfreut.

»Ellenweore!« Der Tischler hievte sich aus seinem Stuhl und humpelte mühsam um den Tisch herum auf sie zu. Herzlich drückte er Ellen an sich.

Als Jean ihn so dastehen sah, begriff er, was ihm den Spitznamen Poulet, also Hühnchen, eingebracht hatte. Er ging gebeugt, als ziehe das Gewicht seiner fülligen Leibesmitte ihn nach vorn. Der Arbeitskittel reichte ihm nur knapp über das Gesäß, und darunter schauten zwei fleischige Oberschenkel in engen Beinlingen hervor. Bis zu den Knien waren sie dick und rund, verjüngten sich dann aber zu mageren Unterschenkeln. Wie Hühnchenbeine an einem Hühnchenkörper. Die dürren Waden schienen sein Gewicht kaum tragen zu können. Jean fragte sich, wie ein Tischler, der kaum von der Stelle kam, überhaupt überleben konnte. Schlecht schien es ihm jedoch nicht zu gehen. Es lagen mehrere angefangene Auftragsarbeiten auf dem Tisch, der Geselle und die zwei Lehrlinge in der Werkstatt hatten offensichtlich ebenfalls gut zu tun.

»Wie geht es dir, meine Kleine?« Poulet tätschelte Ellens Schulter. »Siehst prächtig aus!«

»Danke, Poulet, es geht mir auch gut. Und Claire, hast du Neuigkeiten von ihr?«

Poulet war Claires Onkel. Er hatte seine Nichte einmal besucht, als Ellen noch bei ihr gearbeitet hatte. Sie war seine einzige noch lebende Verwandte, und auch wenn die Reise lang und für ihn außerordentlich beschwerlich war, besuchte er sie manchmal.

»Der Sohn des Müllers war neulich hier. Claire geht es wohl wieder besser, aber der Junge …« Poulet schüttelte traurig den viel zu großen Kopf.

»Was hatte sie denn, war sie krank? Und Jacques, was ist mit ihm? Hat er Unsinn gemacht?«

»Gestorben ist er, hat Fieber bekommen und Husten, hat sich einfach nicht erholen können davon. Ihr erstes Kind mit Guiot ist tot zur Welt gekommen … und dann noch die Sache mit Jacques. Claire war am Ende. Aber jetzt ist sie wieder guter Hoffnung, wie ich gehört habe!« Poulet seufzte. »Tja, so ist das. Geburt und Tod, Tod und Geburt. Das ist der Lauf der Dinge.«

»Mein armer Jacques!«, sagte Ellen bestürzt. »Aber dass sie wieder ein Kind erwartet, wird es leichter für sie machen. Diesmal wird alles gut gehen, bestimmt. Ich werde für sie beten!« Ellen bemühte sich um ein zuversichtliches Lächeln.

Poulet erblickte nun auch Madeleine, die neben Jean stand und fasziniert wie ein kleines Kind auf einen Schmetterling aus dünnem Holz starrte, der an einem kaum sichtbaren Faden vom Deckenbalken herabhing und sich im Lufthauch bewegte. Kein Kind, das in seine Werkstatt kam, konnte den Blick davon losreißen, aber das Mädchen in Ellens Begleitung war kein Kind mehr. Poulet nahm Ellen bei den Schultern und sah ihr in die Augen.

»Lass dich noch mal richtig ansehen. Bist hübscher geworden, weicher. Du bist verliebt!« Er grinste schelmisch und zwickte sie in die Nase. Dann ließ er sie los und wandte sich behäbig seinen Holzvorräten zu. »So, so, du machst also wieder Scheiden!« Poulet grinste sie an. »Und ein Gehilz willst du auch machen?«

»Dass ich nun auch noch das beste abgelagerte Holz dazu bekomme, habe ich natürlich nicht geahnt.« Ellen strahlte Poulet mit neckischem Wimpernschlag an.

»Na, wenn du mir so schöne Augen machst, dann werde ich mal in mein Schatzkästchen schauen und sehen, was ich für dich tun kann.« Der Tischler wuchtete seinen schweren Körper zu einer Kiste in der Ecke der Werkstatt. »Wenn du für die Scheide Birnbaum nimmst, willst du dann auch für den Griff Birne oder lieber Kirsche … oder Esche?«

»Du kennst dein Holz am besten, such mir ein gutes Stück heraus, das ich auch bezahlen kann, die Holzsorte überlasse ich dir!«

Poulet nickte und wühlte in der Kiste, bis er fündig wurde. »Hier, das ist wunderbar! Knochentrocken, das reißt nicht. Was hältst du davon? Sind Größe und Dicke in Ordnung?« Er humpelte wankend zu Ellen hinüber und streckte ihr das Holzstück entgegen. Während sie es sich genau ansah, suchte er zwei dünne Holzblätter heraus, wie sie die Gehängemacher bei ihm für die Scheiden kauften. Die Qualität seines Holzes hatte sich weit herumgesprochen. Alle Handwerker der Umgebung kauften bei ihm ein. Deshalb hatte er immer einen ordentlichen Vorrat dieser Holzblätter auf Lager.

»Du hast Recht, das Stück ist genau richtig! – Kirschbaum«, sagte sie zu Jean und hielt ihm das Holz unter die Nase. »Kannst du es mir noch durchsägen?«, fragte sie Poulet.

Er spannte das Holz ein, nahm eine Säge, setzte sie in der Mitte an und schaute zu Ellen. »So?«

Sie bestätigte mit einem Nicken, und Poulet sägte das Holzstück der Länge nach durch.

»Brauchst du sonst noch etwas, meine Kleine?«

Seine Augen blitzten, und Jean glaubte zu erkennen, dass er

ein mindestens ebenso guter Geschäftsmann wie Tischler sein musste.

»Ich glaube nicht«, antwortete Ellen, zögerte aber noch.

Poulet schob ihr die beiden Holzhälften und die Blätter für die Scheiden hin und nannte seinen Preis.

Jean sah Ellen empört an.

»Gut, du kennst den Mann, aber selbst wenn er den König belieferte, so wären seine Preise zu hoch. Er tut ja, als wolltest du nicht Holz, sondern Gold kaufen. Dabei ist der ganze Wald voll davon, man braucht es sich nur zu holen!«, ereiferte er sich.

Poulet grinste. »Netter Junge!«

Jean sah ihn irritiert an.

»Er hat keine Ahnung von den Preisen und noch weniger von Holz«, seufzte sie, wohl wissend, dass Poulet ihr einen wirklichen Freundschaftspreis gemacht hatte.

Jean jedoch hätte jeden Preis zu hoch gefunden, weil er nicht ahnte, wie wichtig es war, abgelagertes Holz zu benutzen, und wie aufwändig die Herstellung der Blätter für die Scheiden war.

»Er wird es einmal weit bringen und du auch, wenn du immer auf ihn hörst!« Poulet senkte seinen Preis noch ein wenig. »Bist du nun zufrieden, junger Mann?«

Jean lief rot an. Er nickte und war peinlich berührt, als Poulet und Ellen schallend lachten.

»Hier, aus dem Eschenholzstück kannst du dir etwas Feines schnitzen.« Poulet streckte Jean ein längliches, knorriges Stück Holz hin.

»Danke«, murmelte Jean trotzig, ohne ihm in die Augen zu sehen.

»Wenn du Claire wiedersiehst, umarme sie von mir, und sag ihr, ich bete für Jacques und das Kind, das sie erwartet. Und Guiot grüße auch von mir, ja?«

»Natürlich, meine Kleine, das werde ich tun. Passt auf euch auf!« Poulet nahm Ellen zum Abschied noch einmal in die Arme.

Jean folgte ihr schweigend, bis sie das Dorf verlassen hatten.

»Du hast dich über mich lustig gemacht und gelacht! Das fand ich überhaupt nicht witzig! Immerhin hat dein merkwürdiger Freund seinen Preis gesenkt. Daran siehst du doch, wie Recht ich hatte. Er war zu teuer!«, schimpfte er.

»Ich sehe das anders. Er scheint mir ein besserer Freund zu sein, als ich gedacht habe! Sei kein Kindskopf, Jean. Poulet ist ein ehrlicher Tischler, sonst hätte er als Krüppel nicht so viele Kunden, dass er gut davon leben kann. Und ein schönes Stück Holz hat er dir auch noch geschenkt.«

»Pah, so einen knorrigen Rest, den kann man ja in jedem Wald vom Boden auflesen.« Jean winkte ab.

»Zum Schnitzen ist es ein wirklich gutes Stück, weil es richtig trocken ist. Was du im Wald findest, taugt nicht, solange es frisch ist. Grünes Holz, also junges, lässt sich nicht gut bearbeiten, es fasert und reißt, wenn es trocknet. Und älteres Holz aus dem Wald ist meist modrig und zerfällt leicht. Poulet lässt es sich niemals nehmen, das Holz im Wald selbst auszusuchen. Sein Geselle und die Lehrlinge schlagen nur die Bäume, die er bestimmt hat. Anschließend bringen sie das Holz in seinen Schuppen. Ein bis zwei Jahre muss es dort lagern, bis es ganz trocken ist. Und erst dann macht er Blätter daraus wie die, die ich gekauft habe. Glaub mir, es ist gutes Holz!«

»Hm«, murrte Jean. Es war ihm unangenehm, zugeben zu müssen, er könne sich vielleicht geirrt haben, was Poulet anging. »Was ist eigentlich los mit ihm? Ich meine, mit seinen Beinen«, fragte er deshalb nur.

Ellen zuckte mit den Schultern. »Keine Ahnung. Er soll mal ein ganz hübscher Bursche gewesen sein, auch wenn man sich das, so wie er jetzt aussieht, kaum vorstellen kann.«

Jean dachte an Poulets viel zu großen Kopf, der direkt auf seinen Schultern gesessen hatte, nicht einmal ein Ansatz von Hals war zu erkennen gewesen. Er sah die ganze Gestalt noch einmal vor sich und schüttelte den Kopf. Der sollte einmal hübsch ausgesehen haben? Völlig unmöglich!

Sie wanderten weiter von einem Dorf zum anderen und genossen den herrlichen Herbst mit seiner warmen, tief stehenden Sonne und dem bunt gefärbten Laub. Erst als es dämmerte, wurde es kalt und feucht. Also suchten sie sich einen sicheren Schlafplatz und machten ein Feuer. Madeleine sang Wiegenlieder. Mit ihrer klaren, hellen Stimme verwandelte sie die Melodien in Elfengesang, sodass Ellen mit Tränen in den Augen an den beiden Kirschbaumholzstücken arbeitete. Sie legte eine der beiden Hälften auf die Angel und ritzte mit dem Messer, das sie als Kind von Osmond bekommen hatte, die genauen Umrisse des Metalls in das Holz. Als Madeleine verstummte, wischte Ellen mit dem Ärmel über ihre Augen, dann vergewisserte sie sich, dass beide Stücke anschließend genau aufeinanderpassen würden, und ritzte in die andere Hälfte ebenfalls die Umrisse der Angel. Vorsichtig begann sie, das Holz auszuhöhlen. Sie benutzte das Messer täglich, um Brot, Speck oder Zwiebeln zu schneiden, Schnüre zu zerteilen, ihre Fingernägel zu reinigen, Holz für den Fleischspieß anzuspitzen, oder, wie heute, zum Schnitzen. Manchmal überkam sie dabei ein Hauch von Wehmut. Dann dachte sie an Osmond und ihre Geschwister, an Simon und Aelfgiva. Ob die gute alte Frau noch lebte?

Ellen überlegte, wie viele Jahre wohl vergangen waren, seit sie aus Orford weggegangen war. »Müssen so zehn oder elf Jahre sein«, murmelte sie.

»Wer?«, fragte Jean neugierig und beschloss, ebenfalls zu schnitzen. Er nahm das Messer, das Ellen vor ein paar Monaten aus einem Eisenrest für ihn geschmiedet hatte, und setzte es unsicher an.

»Nicht wer, sondern was.«

»Wie?«

»Ich habe überlegt, wie lange ich schon von zu Hause fort bin. Ich denke, dass es jetzt zehn oder elf Jahre sein müssen«, antwortete Ellen eine Spur gereizt.

»Ach so«, sagte Jean wenig interessiert und konzentrierte

sich wieder auf sein Holzstück. Immer wenn sie an ihre Familie dachte, fühlte Ellen ein unangenehmes Brennen im Magen, also versuchte auch sie, sich abzulenken.

»Du musst das Messer flacher halten«, fuhr sie Jean etwas zu grob an, und er sah erstaunt auf. »So, siehst du!« Ellen zeigte ihm, wie er das Messer in die Hand nehmen musste. »Und immer vom Körper weg, sonst kannst du dich böse verletzen.« Erst jetzt bemerkte sie diesen seltsam glasigen Schimmer in seinen Augen. »Was ist los?«, wollte sie schon fragen, als er plötzlich mit dünner Stimme sagte: »Mein Vater hat abends oft geschnitzt.« Er wischte sich mit dem Ärmel über die Nase. »Ich müsste eigentlich wissen, wie man das Messer hält, er hat es mir gezeigt, aber ich erinnere mich nicht mehr. Es ist alles ganz verschwommen.«

Ellen sah ihn mitleidig an. »Es ist doch auch schon so lange her!«, sagte sie und strich ihm über die Haare.

»Ihre Gesichter, sie sind weg!«

»Wessen Gesichter, Jean?«

»Die von meinen Eltern und meinem kleinen Bruder. Wenn ich an sie denke und versuche, sie mir vorzustellen, sehe ich nur Blut, die herausquellenden Gedärme meines Vaters und die verrenkten Glieder meiner Mutter. Ich weiß nicht einmal mehr, welche Farbe ihre Augen oder ihre Haare hatten.« Jean weinte leise.

Ellen konnte nur erahnen, wie furchtbar er sich fühlen musste. Ihr Heimweh schien auf einmal lächerlich im Vergleich zu der Einsamkeit, die Jean und Madeleine empfinden mussten. Die beiden hatten alles verloren und keine Heimat mehr, in die sie eines Tages zurückkehren konnten. Sie wussten ja nicht einmal, wo sie ihr Dorf suchen sollten. Wenn sie nicht irgendwann durch Zufall in die Gegend zurückkamen, so wie Jean es die ganzen Jahre gehofft hatte, würden sie es niemals wiederfinden. Vielleicht war das Dorf auch gar nicht wieder aufgebaut worden, wo doch alle anderen Einwohner umgekommen waren. Ellen stand auf, setzte sich hinter Jean und Madeleine und nahm sie in die Arme. Tröstend wiegte sie die beiden wie kleine Kinder.

»Ich bin so froh, dass wir dich getroffen haben. Ich habe immer versucht, mich um sie zu kümmern«, sagte Jean leise.

Madeleine genoss schweigend Ellens Umarmung.

»Aber ich, ich habe nie jemanden gehabt. Für mich, meine ich, jemand, der sich mal um mich kümmert, verstehst du?« Er blickte in das flackernde Licht des Lagerfeuers und vermied es, Ellen anzusehen.

Von der Seite sah sie Tränen in seinen Augen funkeln.

Madeleine hatte ihre Augen geschlossen und war so still, als ob sie schlief.

»Wir bleiben für immer zusammen, das verspreche ich euch!« Gerührt zog Ellen die beiden noch dichter an sich.

Jean schüttelte traurig den Kopf. »Irgendwann wird ein Mann kommen. Ich meine nicht diesen Sire Guillaume …«, sagte er ein wenig abschätzig.

»Jean!«, rief Ellen entsetzt aus und errötete. »Was soll das heißen?«

»Ich weiß doch, dass du in ihn verliebt bist!«

»Wie kommst du denn darauf?« Ellen fühlte sich ertappt.

»Ach, das sieht doch ein Blinder. So wie du ihn anhimmelst! Vielleicht mag er dich ja auch, aber er ist der Lehrmeister unseres jungen Königs, und du bist nur ein Mädchen, das ein Schmied sein will. Ihr habt nichts gemeinsam.«

Ellens Magen krampfte sich zusammen. Jean sagte nichts, was sie nicht längst wusste, trotzdem tat es weh. Natürlich würde es für sie und Guillaume nie eine Zukunft geben. Ellen atmete tief ein und hörte Jean wie aus weiter Ferne sprechen.

»Er wird irgendwann eine Frau seines Standes heiraten und du einen hoffentlich anständigen Handwerker. Jedenfalls wenn sich einer findet, der es mit so einer eigensinnigen Frau wie dir aufnehmen will«, setzte er verlegen grinsend hinzu.

»Du bist ja schon wieder ganz schön frech!« Ellen hob die

Hand, in der sie noch das Messer hielt, und drohte ihm lachend, auch wenn ihr Herz noch immer steinschwer war. Sie dachte an Jocelyn, seinen furchtbaren Tod und daran, wie ungerecht die Welt doch war.

»Wenn es so weit ist und du heiratest, werden wir dir nur lästig sein«, sagte er leise und senkte den Blick, damit Ellen nicht sah, dass er schon wieder mit den Tränen kämpfte.

»Red keinen Unsinn, wir bleiben zusammen«, entgegnete Ellen energisch. »Und jetzt Schluss, ich will nichts mehr davon hören.«

In dieser Nacht träumte Ellen von England und erwachte ausgeruht und mit hervorragender Laune, die den ganzen Tag anhielt. In der Mittagszeit machten sie bei einem Bauern Rast und kauften ein Ziegenfell, von dem Ellen ein Stück für die Schwertscheide benötigte. Jean bewies erneut sein Geschick bei den Kaufverhandlungen, sodass sie sich sogar noch ein Stück von dem Fleisch der Ziege leisten konnten.

»Ich brauch noch Leim für die Scheide«, erklärte Ellen und hatte Mühe, das herzhafte, etwas zähe Fleisch zu zerkauen.

»Hättest du den nicht bei deinem Freund, dem Tischler, kaufen können?« Jean sah sie von der Seite an.

»Hätte ich, wollte ich aber nicht. Poulets Holz ist von hervorragender Qualität, aber sein Leim war nicht mehr ganz frisch.«

»Woher weißt du das denn?«, fragte Jean, offensichtlich verblüfft.

»Das habe ich gerochen. Mit Leim kenne ich mich aus. Könnte sogar selbst welchen machen, aber das ist aufwändig. Wenn Knochenleim länger als drei, vier Tage angerührt ist, fängt er an zu stinken. Und Poulets Leimtopf hat ziemlich streng gerochen. Vielleicht ist der Geselle zu faul, regelmäßig Leim zuzubereiten. Ich hätte zwar gekörnten Leim bei ihm kaufen können, aber ich nehme lieber frisch zubereiteten, und am besten kaufe ich ihn genau dann, wenn ich ihn brauche. Ist zwar etwas teurer, aber ich weiß dann wenigstens, dass er auch richtig klebt, und das ist ja wohl das Wichtigste, nicht wahr?«

Jean grinste. »Sollte man meinen! Ich hab mal für einen Schildmacher gearbeitet, als sein Sohn schweren Durchfall hatte und ihm nicht helfen konnte. Schildmacher brauchen viel Leim. Er macht regelmäßig welchen, kannst ja schauen, ob du auf dem nächsten Turnier bei ihm kaufen magst. Ob er allerdings was taugt, kann ich dir nicht sagen.«

»Das werden wir schnell herausbekommen!« Ellen nickte.

Seit sie Tancarville verlassen hatte, war Ellen weit herumgekommen. Sie kannte fast die ganze Normandie, Teile von Flandern und der Champagne. Auch durch Paris war sie schon einmal gekommen, aber in Compiègne, das ein ganzes Stück nördlich von Paris lag, war sie zum ersten Mal. Die Wälder der Umgebung, dort, wo auch das Turnier stattfinden sollte, waren ein beliebtes Jagdgebiet des französischen Königs und die Stadt selbst Ziel vieler Pilger, die in der Abtei einen Blick auf das heilige Grabtuch und die vielen anderen Reliquien zu erhaschen hofften. Unzählige Kirchen und der hoch hinaufragende runde Wohnturm der königlichen Burg bestimmten das Bild der beeindruckenden Stadt.

Die drei bummelten gemütlich durch die Gassen, sahen sich die Auslagen der Händler und Handwerker und die Stände auf dem Markt an. Bei einer Leinenweberin erstand Ellen genügend Stoff für die Wicklung der Schwertscheide, und bei einem Seidenhändler fand sie eine lange, dunkelrote Seidenkordel für das Gehilz.

»Ich brauche noch Leder für Scheide und Gürtel …« Ellen sah sich suchend um. Es dauerte nicht lange, und sie fand ein Stück feines weinrotes Leder für die Scheide und einen Gurt aus gutem Rindsleder zu einem angemessenen Preis. »Ich denke, wir bleiben heute Nacht hier und ziehen erst morgen weiter, was haltet ihr davon?«, schlug sie Jean und Madeleine zufrieden vor, nachdem sie noch eine Messingschnalle gekauft hatte.

»Du meinst, wir bleiben in einem Gasthaus?«, fragte Jean ungläubig.

»Um Gottes willen, nein, natürlich nicht. Sind wir Herzöge oder reiche Kaufleute? Wir fragen in einer Kirche nach einem Schlafplatz für die Nacht. Bei so vielen Pilgern dürften sie auf Gäste eingerichtet sein.«

»Ach so, ja sicher.« Jean schien erleichtert. Er sah Madeleine an, die er hinter sich herziehen musste, damit sie nicht an jedem Stand stehen blieb und ewig die bunten Auslagen bestaunte.

Die Suche nach einem Schlafplatz gestaltete sich jedoch schwieriger, als Ellen gedacht hatte. Erst bei ihrem letzten Versuch in der größten Kirche der Stadt fanden sie noch einen freien Platz zum Übernachten. An den Latrinen, den Gasthäusern und Garküchen, überall standen die Pilger in langen Schlangen an. Die Bewohner von Compiègne wussten, aus den Massen von drängenden Gläubigen ihren Vorteil zu ziehen, und verkauften alles Lebensnotwendige selbst bei schlechter Qualität zu überhöhten Preisen. Ellen erstand für teures Geld eine große Pastete, die sie hungrig verspeisten, und einen Krug Bier. Enttäuscht, weil die Pastete ranzig und das Bier schal schmeckten, streckten sich die drei auf dem kalten, harten Steinboden aus. Dicht gedrängt an eine Pilgergruppe auf der einen Seite und ein paar merkwürdig aussehende Fremde, deren Sprache sie nicht verstanden, auf der anderen, versuchten sie, sich so bequem wie möglich ein Nachtlager einzurichten.

Obwohl sie sich das zusammengefaltete Zelt untergelegt hatten und jeder von ihnen in eine Decke gehüllt und dicht an den anderen gerückt war, fror Ellen so sehr, dass sie nur schwer einschlafen konnte. Selbst Graubart, dessen Nähe immer wärmte, konnte ihr nicht helfen. Mitten in der Nacht wachte sie mit glühenden Wangen auf. Ihre Zähne klapperten, ihr Körper zitterte, und ihr Kopf schmerzte entsetzlich. Doch die Müdigkeit half ihr, wieder einzuschlafen. Am Morgen war sie zu geschwächt, um allein aufzustehen.

Der Priester meinte, der Aufenthalt in seiner Kirche und Gottes Nähe werde hilfreich sein, die Krankheit zu besiegen, versprach, für sie zu beten, und kümmerte sich dann nicht weiter um Ellen.

Eine freundliche junge Kauffrau hingegen, die zum Morgengebet in die Kirche gekommen war, empfahl Jean mit Nachdruck eine Kräuterfrau, die nicht weit von der Kirche entfernt wohnte. Ellen hielt den Gedanken, Geld für eine Heilerin auszugeben, für pure Verschwendung und wollte ihren Rat nicht befolgen. Doch diesmal konnte sie sich nicht gegen Jean durchsetzen.

»Die Kräuterfrau wird aber die Kirche nicht betreten, ihr solltet eure Freundin vor dem Portal auf die Stufen setzen. Die Sonne scheint und wird sie wärmen. Hier drinnen ist es kalt und zugig«, riet die junge Kauffrau und erbot sich sogar noch, Jean den Weg zu zeigen. Als er mit der weisen Frau zurückkam, war Ellen völlig verwirrt vom Fieber.

»Aelfgiva! Du lebst!«, seufzte sie überglücklich und küsste die Hände der Fremden inbrünstig.

»Hier kann sie nicht bleiben. Bringt sie zu mir!«, befahl die Kräuterfrau, offensichtlich besorgt über Ellens Zustand. »Wenn sie noch eine Nacht in der zugigen Kirche schläft, stirbt sie!«

Jean und Madeleine halfen Ellen aufzustehen, aber sie sackte immer wieder in sich zusammen. Also bat Jean zwei kräftige Männer, die gerade eine der Kirchentüren reparierten, um Hilfe. Bereitwillig packten sie mit an und trugen Ellen zum Haus der kräuterkundigen Frau. Es war groß und komfortabel, sauber gefegt und duftete herrlich nach Minze und gekochtem Fleisch.

»Sie muss bestimmt zwei Wochen ruhen, wenn sie sich wieder richtig erholen soll. Es steht nicht gut um sie!«, sagte die Frau, während sie sich Ellen genau ansah.

»Aber das geht nicht, sie muss doch arbeiten. Sie schmiedet auf Turnieren, wir wollten heute weiterreisen!« Jean sah plötzlich hilflos wie ein kleiner Junge aus.

»Dann müsst ihr sie eben hier lassen. Siehst du, wie ihre Lider flattern? Sie hat Wahnvorstellungen und mich für jemand anderen gehalten, das habt ihr doch beide vorhin gesehen. Auch wenn sie eine kräftige junge Frau ist, mit starkem Fieber ist nicht zu spaßen. Wenn sie Glück hat, hat sie sich nur verkühlt und ist erschöpft. Hat sie Pech, dann ist es etwas Schlimmeres. Sicher ist auf jeden Fall eines, sie braucht Ruhe.«

Jean sah Madeleine hilflos an, dann wandte er sich wieder an die Kräuterfrau.

»Wir können Euch nicht viel bezahlen, aber Madeleine könnte hier bleiben und sich Arbeit suchen. Falls Ihr jemanden kennt, der eine Magd braucht ...«

Die Kräuterfrau sah Madeleine an und nickte. »Ich hoffe, sie kann ordentlich zupacken!«

»Das kann sie, glaubt mir. Sie ist schwere Arbeit gewöhnt!«

»Dann kann sie bei mir bleiben«, entschied die Kräuterfrau.

Jean war erleichtert, Madeleine untergebracht zu haben. Er würde Graubart, Nestor und das Zelt nehmen und allein zum Turnierplatz am Grenzwald reiten. Schließlich musste er Pierre Ellens Fortbleiben erklären, damit er ihr nicht für alle Zeiten böse war. Vielleicht konnte er dem Schmied anbieten, auszuhelfen, bis er einen anderen Helfer gefunden hatte?

»Du bist hier in guten Händen, glaub ich«, flüsterte er der Fiebernden zu, obwohl er nicht sicher war, ob sie ihn verstand. »Ich komme bald wieder, mach dir keine Sorgen, ich kümmere mich um alles.« Er strich ihr beruhigend über den Arm, verabschiedete sich mit ein paar guten Ratschlägen von Madeleine und machte sich auf den Weg.

* * *

Thibault stiefelte wütend über den Platz, an dem die Händler ihre Stände aufgestellt hatten. Guillaume konnte einfach nicht damit aufhören, ihn ständig zu provozieren. Lauthals hatte er am Morgen verkündet, dass er sich stark wie ein Ochse fühle und es den Franzosen zeigen wolle. Er tat wieder einmal so, als sei er allein entscheidend für den Ausgang des Turniers! Und wie ihm die anderen alle zugejubelt hatten, lächerlich! Zwischen den Zelten rannten spielende Kinder umher. Pferde, Maultiere und Wagen wurden abgeladen, Frauen stritten schrill über die besten Plätze, und dazwischen rauften Hunde miteinander wie toll. Zweimal strauchelte Thibault, einmal hatte er einen Eisenhaken im Boden übersehen, das zweite Mal hatte sich sein Fuß in einem herumliegenden Seil verheddert. Wütend spuckte er auf den Boden. Wenn nun auch noch diese Schmiedin irgendwo auftauchte, dann … Thibault gab einer dürren Katze einen Tritt in den Hintern. Wenn sie so mager war, konnte sie kein guter Jäger sein und hatte es nicht anders verdient. Aber natürlich hatte sein Ärger gar nichts mit dem dürren Fellknäuel zu tun. Er hatte wieder an Ellen gedacht, das war es, was ihn so wütend machte. Guillaume und Ellen machten ihm das Leben zur Hölle, jeder von ihnen auf seine Weise.

Thibault war fast bei den Schmieden angelangt. Ganz unbewusst hatte es ihn hierher gezogen, und jetzt, als er es wahrnahm, brachte es sein Blut schon wieder in Wallung. Gerade als er kehrtmachen wollte, hörte er die aufgeregte Stimme eines Schmiedes.

»Erst treibt sie ihren Lohn hoch, dass mir die Augen feucht werden, und dann drückt sich das unzuverlässige, faule Luder und will einfach nicht zur Arbeit erscheinen!« Der Schmied fuhr sich ärgerlich durch das volle Haar. Thibault bemerkte neidvoll, dass es tiefschwarz und nur von wenigen Silberfäden durchzogen war. Kaum ein Mann seines Alters hatte noch so dichtes, wolliges Haar. Läuse und Hautkrankheiten ließen es bei den meisten schon früh ausfallen oder aussehen, als sei es von Mäusefraß befallen. Thibault fuhr sich über den Kopf, seine Haare waren ein wenig dünner geworden. Die Haare des Schmiedes dagegen hatten etwas Würdevolles, das ihm, wie Thibault fand, überhaupt nicht zustand.

Der Schmied regte sich so sehr auf, dass sein Hals anschwoll, als wolle er platzen.

»Sie ist weder faul noch unzuverlässig, sie will doch arbeiten, Pierre. Das wisst Ihr ganz genau!«, hörte Thibault jemanden sagen.

Er kniff die Augen zusammen und überlegte. Den Jungen hatte er doch schon einmal gesehen. Richtig! Damals beim Turnier im Herbst hatte er Ellen vor den Hufen seines Schlachtrosses gerettet.

»Ihr kennt sie gut genug, um zu wissen, dass es ihr hundsmiserabel gehen muss, wenn sie nicht zur Schmiede kommt. Sie hat hohes Fieber. Die weise Frau hat gesagt, sie könnte sterben, wenn sie nicht streng ihr Lager hütet«, erklärte der Junge. Es war nicht zu überhören, dass er sich Sorgen machte.

Thibault schnaufte. Ellen war krank! Geschieht ihr recht, dachte er befriedigt und lauschte weiter.

»Ach was, diese Kräuterweiber malen doch immer den Teufel an die Wand. Das tun sie nur, damit man sie vor lauter Angst besser bezahlt. Wird euch ein Vermögen kosten. Ihr lasst euch an der Nase herumführen!« Pierre warf dem Jungen einen verächtlichen Blick zu, der ihm zu verstehen gab, dass er ihn für gewitzter gehalten hatte, und Thibault nickte beifällig.

»Ellenweore klappert vor Kälte mit den Zähnen, obwohl sie glüht. Sie hat hohes Fieber. Ob Ihr es nun glaubt oder nicht, ich habe selbst gesehen, wie krank sie ist. Sobald es ihr gut genug geht, wird sie froh sein, wieder für Euch zu arbeiten.« Der Junge hatte noch nicht ganz ausgeredet, da drehte sich der Schmied bereits von ihm weg.

»Wenn ich sie dann noch will!« Mit diesen Worten ließ er den verdutzten Jean einfach stehen.

»Und Ellens Schwert?«, rief der hinter dem Schmied her. »Was wird aus dem Schwert, an dem sie arbeitet?« Aber er bekam keine Antwort.

Thibault strich sich über das Kinn. »So, so, ein Schwert macht sie«, murmelte er.

Schon am nächsten Tag folgte Thibault seinem Rivalen Guillaume. Er beobachtete ihn, sooft es ging, immer in der Hoffnung, etwas zu entdecken, das er gegen ihn verwenden konnte. Als der Maréchal an den Stand von Meister Pierre kam, eilte eine Frau herbei, um ihn nach seinem Begehr zu fragen. Thibault blieb in der Nähe, ohne bemerkt zu werden.

»Ich bin auf der Suche nach Ellenweore. Ich habe sie noch nirgends gesehen. Arbeitet sie nicht mehr für Euren Mann?«

»Nein«, antwortete Armelle knapp und musterte den Maréchal von Kopf bis Fuß. »Hat sie was angestellt?« Ihre Augen funkelten neugierig.

Guillaume antwortete nicht. »Könnt Ihr mir sagen, wo ich sie finde?«, fragte er stattdessen ein wenig gereizt.

»Nein, Sire«, antwortete Armelle spitz. »Sie hat uns sitzen lassen. Wer weiß, mit wem sie auf und davon ist!« Es war nicht zu überhören, dass die Frau des Schmieds Ellen nicht mochte.

»Wie meint Ihr das?« Er sah sie eindringlich an.

»Nun, ein Mädchen in ihrem Alter und nicht verheiratet ...« Sie zog die Augenbrauen vielsagend hoch. »Sie ist nicht mehr die Jüngste, da muss sie wohl zugreifen, wenn sich eine günstige Gelegenheit bietet.« Armelle sah ihn wichtigtuerisch an.

Ohne ein weiteres Wort zu verlieren, drehte Guillaume sich um und ging davon.

»Könnte sich wenigstens bedanken, der Flegel«, maulte sie und sah ihm kopfschüttelnd hinterher. Thibault stieß sich von der Mauer ab, an der er gelehnt hatte, und schlenderte zu ihr hinüber. »Hochnäsiger Mensch«, murmelte Thibault und nickte in die Richtung, in der Guillaume verschwunden war. »Hält sich für was Besseres.« Er schenkte der Frau des Schmiedes ein strahlendes Lächeln.

Sie errötete verlegen und schob sich eine fettig glänzende

Haarsträhne unter die Haube. »Kann ich etwas für Euch tun, Mylord?«

»Nun, das wäre schon möglich«, antwortete Thibault gespielt freundlich. »Diese Frau, ich meine Ellenweore, ich habe gehört, dass sie an einem Schwert arbeitet.«

Die Miene der Frau verdunkelte sich, sobald er Ellens Namen erwähnt hatte.

»Was ist nur dran an ihr, dass die Männer so hinter ihr her sind?«, murmelte sie.

»Das Schwert, einzig das Schwert interessiert mich. Es heißt, sie belege es mit einem Zauber, um unserem König zu schaden. Das muss verhindert werden! Es ist deshalb von größter Wichtigkeit, dass Ihr mir, und nur mir, Nachricht gebt, sobald sie es fertig hat!«

»Wenn sie überhaupt jemals wiederkommt!«

»Richtig!« Thibault hatte Mühe, die Frau nicht beim Kragen zu packen und durchzuschütteln. »Ich werde auch bei den nächsten Turnieren dabei sein; wenn Ihr Neuigkeiten für mich habt, sagt es Abel, dem Schmuckhändler. Ihr kennt seinen Stand?«, fragte er betont liebenswürdig.

Armelle nickte beeindruckt. Der Schmuckhändler hatte den schönsten Stand, den je ein Mensch gesehen hatte!

Thibault drückte ihr ein silbernes Geldstück in die Hand.

»Wenn ich Nachricht von Euch bekomme, sollen Euch drei weitere Münzen gehören!«

Armelle grinste breit. »Verlasst Euch auf mich, Sire! Aber Sire, was soll ich ihm sagen, für wen die Nachricht ist?«

»Ihr braucht nichts weiter zu sagen, nur: Das Schwert ist fertig!«

»Das Schwert ist fertig, ja«, stammelte Armelle ein wenig verwirrt. Als sie zu einer weiteren Frage anheben wollte, war Thibault bereits verschwunden.

* * *

Ellen saß auf einem Schemel hinter dem Haus und genoss die Mittagssonne, während Madeleine im Gemüsebeet hockte, Unkraut zupfte und dabei sang. Die Wäsche, die über ihr auf einer Leine aus gewachstem Strick wehte, sah aus, als wolle sie sich losreißen, um beim nächsten Windstoß in den blauen Himmel zu entkommen. Ellen lächelte zufrieden; sie konnte sich nicht erinnern, Madeleine je so glücklich gesehen zu haben. Plötzlich sprang das Mädchen auf und lief zum Tor. Ellen erhob sich langsam und schlurfte ebenfalls um das Haus herum. Nur wenige Schritte genügten, um ihr Herz so heftig schlagen zu lassen, dass sie stehen bleiben musste, um wieder Luft zu bekommen.

»Jean!«, rief sie erfreut, als sie sah, wer gekommen war.

»Ellen, es geht dir besser!«, stellte er erleichtert fest.

»Sie ist noch nicht wieder gesund! Sie muss sich unbedingt noch schonen!«, mischte sich die Kräuterfrau ein, die aus dem Haus gekommen war, um Jean zu begrüßen. »Sie darf auf keinen Fall schon wieder arbeiten!«

»Könnte ich auch gar nicht!«, erklärte Ellen, gefolgt von einem schlimmen Hustenanfall.

»Das hört sich in der Tat noch nicht gut an!« Jean sah sie besorgt an. »Da klingt ja Graubarts Gebell besser!«

Ellen wehrte ab, hustete noch einmal blechern und bedeutete ihm, mit ihr zu kommen. »Reden wir nicht mehr von mir. Was ist mit dir, hast du Arbeit gefunden?«

»Ich werde dir bald den besten Leim machen können, den du je hattest!«, prahlte Jean.

»Du? Na, das wird ja was werden, hoffentlich klebt er dann auch!« Ellen wurde erneut von einem heftigen Hustenanfall geschüttelt. »Wie kommst du überhaupt zum Leimkochen?«, fragte sie, als sie endlich wieder Luft bekam.

»Ich arbeite beim Schildmacher. Ich habe dir doch erzählt, dass er seinen Leim selbst kocht. Er wird es mir beibringen, hat er gesagt!«

»Ist denn sein Sohn schon wieder krank?«

»Nein, Sylvain arbeitet auch. Er ist übrigens ein ganz netter Kerl, einen Kopf größer als ich und ein bisschen älter, aber er bildet sich nichts drauf ein.«

Ellen lächelte. »Ich bin froh, dass du eine so gute Arbeit hast. Madeleine hat hier auch viel zu tun; nur ich bin zur Untätigkeit verdammt!«

»Madeleine sieht zufrieden aus, ich hab mir wohl ganz umsonst Sorgen um sie gemacht«, stellte Jean fest und drehte sich kurz nach ihr um.

»Ruth ist gut zu uns! Sie ist nicht von meiner Seite gewichen, als ich Fieber hatte.« Ellen keuchte, holte ein paar Mal pfeifend Luft und fuhr dann fort: »Alle Knochen haben mir wehgetan, als hätte ich tagelang geschmiedet. Dabei habe ich doch nur im Bett gelegen.« Sie hielt kurz inne und hustete. »Gestern wollte ich das Gehilz fertig machen, aber ich konnte nicht!« Hastig zog sie das Wolltuch enger um ihre Schultern. »Ich fühle mich, als wäre ich hundert.«

»Hundert?« Jean lachte. »So alt wird doch niemand!«

»Sieh mich an!« Ellen grinste müde.

»Es wird langsam kühl, du solltest besser ins Haus kommen und dich am Feuer wärmen«, meinte Ruth und führte sie hinein.

Jean stellte sich so nah wie möglich ans Feuer und rieb sich die Hände. »Ich sollte auch langsam los, damit ich vor der Dunkelheit zurück bin. Ist sicherer.« Er küsste Ellen zum Abschied auf die Wange. Als sie ihn verwundert ansah, weil er das noch nie getan hatte, lief er rot an und wandte sich schnell ab.

»Ich bringe dich hinaus!«, schlug Ruth vor.

»Sie ist noch schwach. Ich bin froh, dass Ihr Euch um sie kümmert. Auch Madeleine scheint sich bei Euch sehr wohl zu fühlen. Danke für alles, Madame!« Jean verbeugte sich galant.

»Fort jetzt mit dir, du Lausebengel!«, schalt Ruth geniert und schob ihn durch das Tor.

»Ich wollte Euch nicht ärgern, ehrlich!«, beeilte sich Jean zu versichern.

»Schon gut«, brummte Ruth und richtete den Haarknoten in ihrem Nacken. »Netter Junge«, murmelte sie lächelnd und ging zurück ins Haus.

Als Jean eine Woche später wiederkam, ging es Ellen viel besser. Sie ermüdete zwar noch immer schnell und war noch ein wenig blass, aber ihre Zuversicht schien zurückgekehrt.

Madeleine hatte zuerst bemerkt, dass Jean im Hof stand, und flog ihm in die Arme. »Du hast mir gefehlt«, hauchte sie ihm ins Ohr. »Ich habe dir was zu essen gemacht. Du hast bestimmt Hunger!«

Jean sah erstaunt zu Ellen, die inzwischen aus dem Haus gekommen war. »Madeleine hat sich verändert!«, sagte er leise, nachdem er auch Ellen begrüßt hatte.

»Dies hier ist ein wunderbar friedliches Haus, das einem nur guttun kann.« Ellen führte Jean in die Wohnstube, wo Madeleine ihm einen großen Teller Linsen vorsetzte. Jean löffelte die weich gekochten, schmackhaften Hülsenfrüchte mit großem Appetit. »Wunderbar, Madeleine!«, lobte er und schmatzte vor Wonne.

Ellen konnte es nicht mehr abwarten zu erfahren, wo das nächste Turnier stattfinden würde. Sie legte beide Unterarme auf den Tisch, beugte sich vor und sah jedem Bissen ungeduldig nach, den Jean in sich hineinstopfte. »Los, erzähl schon!«

»In spätestens fünf Tagen sollten wir aufbrechen, das Turnier bei Chartres ist das vorletzte vor Weihnachten, wird 'ne Menge los sein dort. Anselm, der Pfannkuchenbäcker aus dem Rheinland, und ein paar andere, die noch hiergeblieben sind, machen sich dann ebenfalls auf den Weg. Wenn wir nicht alleine reisen wollen, wäre das die beste Gelegenheit.«

»Gut, dann machen wir das. Die frische Luft und der Fußmarsch werden mir wieder Kraft geben. – Und jetzt sag mir, was ist mit Guillaume? Hast du ihn gesehen? Hat er nach mir gefragt?«

Jean atmete hörbar ein. Er hatte für einen kurzen Moment die

Hoffnung gehegt, Ellen würde ihn nicht nach ihm fragen. Obwohl er lügen konnte, wenn es sein musste, wusste er doch, dass die Wahrheit, wie immer bei solchen Dingen, früher oder später herauskommen würde. Also entschied er sich, ihr zunächst von Guillaumes Triumph bei den Kämpfen zu erzählen.

»Er wird einmal der berühmteste aller Ritter werden, ganz sicher. Eines Tages werden sie sich um ihn reißen, glaub mir. Der Kampf ist sein Leben, alles andere ist unwichtig für ihn. – Hast du ihn mal kämpfen sehen?« Ellens Wangen röteten sich, als sie über Guillaume sprach.

»Nein, ich musste ja arbeiten«, brummte Jean unwillig und versuchte, vom Thema abzulenken. »Der Schildmacher hat zwar noch nichts gesagt, aber ich hoffe, auch beim nächsten Turnier wieder für ihn arbeiten zu können. Dann kannst du auch den Leim bei ihm kaufen. Er macht dir bestimmt einen fairen Preis, wenn ich mit ihm verhandele.«

Ellen lächelte ihn an. »Gut, das machen wir. Das Gehilz habe ich übrigens gestern, so weit es ging, fertig gemacht.« Plötzlich wurde sie ernst. »Ich habe erst in den letzten zwei Tagen wieder an Athanor gedacht.« Sie schüttelte ungläubig den Kopf. »Sobald ich wieder schmieden kann, mache ich den Knauf, ich kann es kaum noch abwarten, wieder in die Werkstatt zu kommen. Es geht mir wirklich schon viel besser!«

»Ach, Ellen, ich habe dir ja etwas zur Stärkung mitgebracht! Warte, ich hole es!« Jean rannte hinaus in den Hof zu Nestor und hielt schließlich einen kleinen Tontopf in Händen. Ellen war ihm in den Hof gefolgt, während Madeleine sich in der Küche zu schaffen machte.

»Hier, für dich!« Jean gab ihr das Töpfchen.

Ein dünner Strick hielt Deckel und Topf zusammen.

»Was ist denn drin?« Ellen drehte das Töpfchen neugierig hin und her.

»Mach es auf, und sieh nach!« Jeans Gesicht zuckte freudig. »Aber vorsichtig!«

Ellen löste den Knoten und nahm den Deckel ab. In dem Töpfchen war eine dickflüssige braune Masse.

»Jean, was ist das?« Ellen roch vorsichtig daran. »Mm, gut, ein bisschen bitter und gleichzeitig süß.«

»Ist aus Äpfeln und Birnen gekocht. Der Mann aus dem Rheinland, mit dem wir weiterreisen werden, stellt es her und verkauft seine Pfannkuchen damit. Es schmeckt süß, fast wie Honig! Probier mal!«

Ellen tauchte ihren Finger ein wenig in den Sirup. Mit halb geschlossenen Augen schleckte sie ihn ab. »Mm, du hast Recht, schmeckt wunderbar!«

»Jean, du solltest das Pferd abreiben, ist nicht gut, es so verschwitzt stehen zu lassen. Binde es hinten am Ziegenstall an. Dort findest du auch Stroh und einen Eimer mit Wasser für das gute Tier«, riet ihm Ruth, die aus dem Haus gekommen war, um Ellen ein Wolltuch über die Schultern zu legen.

»Du musst besser auf dich aufpassen. Es ist zu kalt so für dich!«, tadelte sie Ellen besorgt. Jean fiel zum ersten Mal auf, wie klein die Frau war. Sie ging Ellen gerade bis zur Schulter.

»Ihr habt Recht, ich kümmere mich besser mal um Nestor.« Jean begann, das Pony von seiner Last zu befreien. »Können Ellen und Madeleine noch ein paar Tage bei Euch bleiben? Wir müssen dann nach Chartres weiter«, fragte er Ruth so beiläufig wie möglich, ohne sie anzusehen.

»Und du?« Ruth zupfte ein paar Blätter Löwenzahn aus dem Beet. »Sehr schmackhaft.« Sie nickte Madeleine zu und gab sie ihr.

»Ich werde schon was finden, ich habe ja das Zelt.«

»Kannst du Holz hacken und das Dach vom Stall reparieren?«, fragte Ruth ruhig. Ihr Blick wanderte sorgenvoll nach oben. Das Strohdach war löchrig und ausgefranst.

Jean nickte unsicher. Obwohl sie alles andere als böse aussah, schüchterte ihn die kleine Frau ein. Er hatte noch nicht einmal gewagt zu fragen, was sie ihr für Ellens Pflege schuldeten.

»Dann kannst du hierbleiben. Mein guter Mann, Gott hab ihn selig, hat mir das Haus hier hinterlassen und ein weiteres, ein Stück die Straße rauf. Der Mietzins davon reicht gut für mich zum Leben. Ich brauche nicht viel. Wenn du genauso bescheiden bist wie Madeleine und Ellenweore und dich ebenso nützlich machst, soll es mir recht sein, dass auch du hierbleibst.«

Jean nickte heftig. »Danke, Madame!«

Als sie abends beim Essen in der Küche saßen, sah er sich verstohlen um. Ruth hatte sich schon vor dem Essen zurückgezogen, die drei waren also allein. Auf einem kleinen Brett neben der Feuerstelle thronte ein fünfarmiger Leuchter. Jean überlegte, wo er so etwas schon einmal gesehen hatte.

»Sie ist Jüdin!«, erklärte Ellen, als könne sie Gedanken lesen.

Jean lief schlagartig rot an, als habe sie ihn bei etwas Ungehörigem erwischt, und sah verlegen weg.

Madeleine räumte den Tisch ab und gab Graubart, der schon aufgeregt um sie herumscharwenzelte, ein paar Essensreste zu fressen.

»Jean, kannst du morgen früh gleich als Erstes zum Brunnen gehen und ein paar Eimer Wasser holen?« Madeleine schüttete den Inhalt des letzten Eimers in den Topf und hängte ihn übers Feuer.

»Hm«, antwortete er brummig, »wenn ich gewusst hätte, dass sie eine Ungläubige ist …«

»Aber Jean!« Ellen sah ihn entsetzt an. »Ihr Mann war Medikus, ein berühmter sogar!«

»Und was hat das damit zu tun? Juden sind gefährlich.« Jean behauptete das voller Überzeugung, obwohl er im Grunde gar nicht genau wusste, was es bedeutete, Jude zu sein.

»Frauen können keine gescheiten Schwerter schmieden, und Juden sind gefährlich. Herrje, wie ich so dummes Geschwätz hasse!« Ellen blitzte ihn böse an. »Ruth ist sanft und großzügig und keine Spur gefährlich. Und dass Frauen mehr können, als Männer gemeinhin denken, scheint mir schon längst bewiesen!«

»Ja, ja, schon gut!« Jean hob beschwichtigend die Hände. »Wo soll ich schlafen?«

»Dort in der Ecke ist noch Platz«, erwiderte Ellen barsch. Es ärgerte sie, dass ausgerechnet Jean solch einen Unsinn daherredete. Sie hatte genügend Zeit gehabt, um Ruth kennen zu lernen, und wusste, dass sie ein wirklich guter Mensch war. Und so gottesfürchtig wie eine Christin war sie ebenfalls, auch wenn ihre Bräuche etwas anders aussahen.

Graubart ließ Madeleine nicht aus den Augen. Er wedelte glücklich mit dem Schwanz, als sie seinen bittenden Blick endlich würdigte und ihm eine trockene Käserinde hinstreckte. Genüsslich leckte er sich die haarigen, grauen Lefzen.

»Wenn es nach dir ginge, würdest du den ganzen Tag nur fressen, du Nimmersatt!« Ellens Stimme war weich und warm, als sie mit Graubart sprach. Sofort kam er zu ihr und schnüffelte an ihrer Hand, bevor er sich einmal um sich selbst drehte und sich dann zu ihren Füßen niederließ.

»Aber du schläfst bei Madeleine, ist das klar?«, sagte sie scheinbar streng.

Graubart sah hoch und kniff die Augen zu. Nach einem kurzen Blick in Madeleines Richtung legte er seine Schnauze schnaufend auf Ellens rechten Fuß.

Am Anfang hatte Madeleine Angst gehabt, ohne Jean zu schlafen, aber Graubart hatte sich als hervorragender Ersatz erwiesen. Und als sie sich wenig später daran machten, ihre Lager zu bereiten, trottete er ganz selbstverständlich in die Ecke, in der Madeleine schlief, wartete, bis sie die Decke zurechtgelegt hatte, und legte sich dann mitten darauf.

»He, mach ein bisschen Platz!«, schimpfte Madeleine lachend und kuschelte sich dicht an ihn. »Puh, du stinkst«, murmelte sie müde, ohne von Graubart abzurücken.

»Sie wirkt gar nicht mehr so … verrückt«, wisperte Jean und tippte sich mit dem Zeigefinger an die Stirn.

»Sie hat lange keinen Mann mehr gesehen. Außer dir, meine

ich. Ich glaube, das hat ihr gutgetan.« Ellen schaute lächelnd zu Madeleine hinüber. Es war schön, sie so zufrieden zu sehen. »Irgendwann werden wir genug Geld haben, dann lassen wir uns nieder und haben ein eigenes Haus. Es wird sicher nicht so groß und komfortabel wie dieses hier sein, aber wir werden in Ruhe leben können«, versprach Ellen leise, aber bestimmt.

Eher wortkarg reparierte Jean das Dach des Stalls, hackte Holz und machte sich nützlich, wo es nötig war, bis der Tag der Abreise kam. »Ich habe alles gemacht, was Ihr mir aufgetragen habt. Gibt es noch irgendetwas, das ich tun kann, bevor wir Compiègne verlassen?« Jean sah Ruth nicht an, während er mit ihr sprach.

»Dich bedrückt doch noch etwas?«

»Ihr wart sehr freundlich zu uns. Madeleine ist hier aufgeblüht, und Eure Pflege hat Ellen wieder ganz gesund gemacht. Aber Ihr habt mir nie gesagt, was Ihr für Eure Hilfe verlangt.« Jean stockte und wagte immer noch nicht, ihr ins Gesicht zu sehen.

»Du meinst, wie viel ihr mir schuldet?«

Jean nickte beklommen.

»Nun, dann lass mich mal überlegen. Du und Madeleine habt für euren Schlafplatz und das Essen gearbeitet, das wäre also erledigt. Bleibt noch Ellenweore ...« Ruth griff sich nachdenklich ans Kinn. »Sie hat mir Vertrauen geschenkt, ohne jemals auch nur eine Spur Zurückhaltung zu zeigen, weil ich Jüdin bin. Sie hat mir ihre Freundschaft und ihre Dankbarkeit geschenkt. Und durch sie habe ich Madeleine mit den dunklen Wolken auf dem Gemüt kennen gelernt und erlebt, wie schön es ist, sie befreit lachen zu sehen. Ehrlich gesagt wüsste ich nicht, wie man das Glück, den Gesang, das Lachen und diesen liebenswerten, tollpatschigen Hund, den ihr in mein Haus gebracht habt, mit Geld aufwiegen könnte. Ihr habt alle drei – Verzeihung, mit Graubart seid ihr ja zu viert – mein Leben bereichert. Ihr schuldet mir nichts, gar nichts, außer vielleicht dem Versprechen, mich zu besuchen, solltet ihr mal wieder in der Nähe sein.«

Jean war so sicher gewesen, dass sie als Jüdin einen gehörigen Batzen Geld von ihnen verlangen würde, dass er blass vor Scham wurde. »Ich danke Euch von ganzem Herzen, Ruth, und bitte Euch um Verzeihung, weil ich wenig schmeichelhafte Gedanken hatte, für die ich mich ernsthaft schäme«, sagte er reumütig.

»Du bist ein guter Junge, Jean. Hast es nicht immer leicht mit Madeleine gehabt, was? Und Ellenweore ist sicher auch nicht immer einfach!«, sagte sie schmunzelnd und nahm Jean in den Arm. »Gute Menschen wie ihr sind mir immer willkommen. So hat es mein Mann gehalten, und so führe ich es fort.« Es entstand ein kurzes, verlegenes Schweigen zwischen den beiden. Dann klopfte ihm Ruth auf den Arm. »Geh jetzt Ellen und Madeleine holen, ihr müsst los.«

Der Abschied war tränenreich. Nur der Hund nahm es gelassen, was vermutlich daran lag, dass er nicht begriff, was Abschied nehmen bedeutete. Ruth nahm alle nacheinander in den Arm und drückte sie. Jedem flüsterte sie etwas ins Ohr, das keiner der anderen hören konnte, und für jeden schien sie die richtigen Worte gefunden zu haben, denn alle nickten brav, wischten sich die Tränen aus dem Gesicht und gaben sich größte Mühe, nicht mehr so traurig auszusehen.

Jean hielt Nestor am Zügel und wollte Ellen helfen aufzusteigen.

»Ich möchte erst ein Stück laufen. Ich hab sicher nicht genug Kraft, um sehr weit zu gehen, aber ich muss mich ja langsam wieder daran gewöhnen.«

»Wenn du merkst, dass sie müde wird, bestehst du darauf, dass sie aufsteigt, hörst du?«, beschwor Ruth ihn, fixierte dabei aber Ellen. »Überanstrenge dich nicht gleich, ja?«

»Versprochen!« Ellen fasste Ruth bei der Hand. »Ich wünschte, meine Mutter wäre wie du gewesen!«

»Ihr müsst jetzt gehen, sonst kommt ihr heute gar nicht mehr los!«, sagte Ruth und wischte sich die Tränen mit dem Handrücken fort.

Neun Tage brauchten sie zu Fuß, und jeden Tag schaffte Ellen ein paar Meilen mehr. Am Ende ihrer Reise fühlte sie sich so stark wie früher. Es war bereits später Nachmittag, als sie in der Nähe von Chartres ankamen. Viele Händler und Handwerker bauten schon auf dem Platz ihre Stände und Zelte auf. Pierre war noch nicht eingetroffen. Ellen und Jean beeilten sich, einen guten Standort für ihr Zelt zu finden, und stellten es in kürzester Zeit auf.

Während Madeleine ihre Sachen ordnete und eine Mahlzeit vorbereitete, schlenderten Ellen und Jean über den Platz.

»Dort ist der Stand des Schildmachers!«, rief Jean und lief voran.

Ellen ging ihm langsam nach und streunte um den Stand herum, während Jean bereits mit dem Meister im Gespräch war.

»Ich hab ihr gesagt, dass Euer Leim der beste ist.«

»So, du bringst mir einen neuen Kunden, das ist aber nett! Ich habe den Leim heute Morgen gemacht«, sagte der Schildmacher, beachtete Ellen jedoch nicht.

»Dann lasst doch mal sehen!«, sagte sie deshalb laut und schenkte ihm ein strahlendes Lächeln. Sie wusste, dass Männer ihr Lächeln mochten, und es war immer gut, die Sympathie desjenigen zu gewinnen, dem man etwas abkaufen wollte.

»Du bist also die Schmiedin?«

»Das ist richtig«, antwortete Ellen freundlich.

»Und wozu braucht eine Schmiedin Leim? Kriegst du das Eisen nicht geschweißt?« Der Schildmacher schlug sich auf die Schenkel und bekam kaum noch Luft vor lauter Lachen.

Ellen ließ sich ihre Verärgerung nicht anmerken. »Ihr gestattet?« Sie ging zu dem Topf und rührte die Masse darin um. Der Leim war offensichtlich von guter Qualität, durchsichtig trocknend und fest, das konnte man am Rand des Topfes sehen. Ellen roch daran, stippte ihren Finger hinein, der Hitze gewöhnt war, und leckte kurz daran. Dann nickte sie Jean zu, und der handelte einen guten Preis für sie aus.

»Bist ein tüchtiger Junge«, sagte der Schildmacher. »Willst du wieder bei mir arbeiten? – Sylvain, mein Sohn, kann ihn gut leiden«, erklärte er Ellen beiläufig, und die beiden einigten sich. »Hier, die Hasenpfote schenke ich dir. Bringt Glück!«, sagte der Schildmacher zu Jean, und an Ellen gewandt fügte er hinzu: »Nichts für ungut, ich hab es nicht böse gemeint vorhin. Ist halt selten, ein hübsches, junges Ding, das lieber Waffen schmiedet, als zu heiraten und Kinder zu kriegen.«

Ellen nickte kaum merklich.

Während sie sich auf den Weg zurück zum Zelt machten, streichelte Jean das weiche Fell der Hasenpfote.

»Ich arbeite gerne bei ihm, er ist immer freundlich und scherzt viel, auch wenn er diesmal danebenlag. Er hat es bestimmt nicht böse gemeint!«, versuchte Jean, sie zu überzeugen, und lief hüpfend neben ihr her.

Kurz bevor sie zurück zu ihrem Zelt kamen, sahen sie Pierre und Armelle mit dem schwer beladenen Karren.

»Ich hab's dir nicht gesagt, damit du dir keine Sorgen machst. Ruth hat gesagt, du darfst dich nicht aufregen, solange du krank bist.«

»Was hast du mir nicht gesagt?«

»Pierre, er war furchtbar böse, dass du nicht arbeiten gekommen bist. Er hat gesagt, er weiß nicht, ob er dich wieder nimmt.« Jean wagte nicht, Ellen anzusehen. Er hatte die ganzen letzten Tage schon mit sich gerungen, aber nicht gewagt, ihr davon zu erzählen.

»Ach, der! Der hat sich bestimmt schon längst wieder eingekriegt.« Ellen winkte sorglos ab.

»Aber er war wirklich wütend!«

»Wir werden ja sehen.« Ellen fühlte sich stark genug, um einer Konfrontation standhalten zu können. Sie ging erhobenen Kopfes auf Pierre zu. Armelle war hinter dem Karren verschwunden.

»Pierre!« Ellen nickte kurz. »Ich bin wieder da.«

Im ersten Moment schien Pierre fassungslos zu sein. »Du siehst nicht gerade todkrank aus!«, maulte er.

»Es geht mir wieder besser, danke.« Ellen blieb ganz ruhig. Sie kannte Pierre gut genug, um zu wissen, dass sein Zorn längst verraucht war. »Sonst alles in Ordnung?«

»Es war viel zu tun«, sagte er vorwurfsvoll.

»Dann sollte ich Euch beim Aufbauen helfen, damit wir ein bisschen vorarbeiten können, was denkt Ihr, Meister?« Ellen machte Anstalten, den Karren abzuladen.

»Sicher keine schlechte Idee.« Pierre schien froh zu sein, dass Ellen mit keinem Wort seinen Streit mit Jean erwähnte.

»Was macht das Schwert?«, fragte er, um ein Friedenszeichen zu setzen. Es war das erste Mal, dass er offenes Interesse an Athanor bekundete.

»Ich würde gerne bald mit dem Knauf anfangen. Scheide und Gehänge sind so gut wie fertig. Ein Weilchen habe ich aber noch zu tun.«

»Zeigst du es mir, wenn du fertig bist?«

»Sicher, Meister.«

Es war bereits stockfinster, als Ellen und Pierre endlich alles abgeladen und die Schmiede aufgebaut hatten. Jean, der erst am nächsten Tag beim Schildmacher anfangen musste, hatte ihnen geholfen und von Pierre ein paar Münzen dafür bekommen.

»Bist ein flinkes Kerlchen«, lobte er ihn und tätschelte dem Jungen die Schulter. Dabei fiel Ellen auf, dass Jean gewachsen sein musste, denn er reichte dem Schmied schon bis zum Kinn.

Gleich am nächsten Tag fertigte Ellen zwei kleine Metallkäppchen an, die zusätzlich zu dem Knochenleim, mit dem sie die beiden fertigen Holzhälften verkleben wollte, den Griff wie eine

Zwinge halten und ihn an seinen empfindlichsten Stellen vor dem Reißen schützen sollten. Nachdem sie den Leim aufgetragen hatte, presste sie das Holz geduldig zusammen, bis er ein wenig angetrocknet war, und umwickelte das Ganze fest mit einer Schnur, die den Griff zusammenhielt, bis der Leim vollständig getrocknet war. Schon am nächsten Tag konnte sie die Ränder schön glatt schleifen und den Griff mit Leinöl einreiben, sodass die Klebestelle kaum noch zu sehen war.

Ellen betrachtete den Griff zufrieden. Die Parierstange saß fest, und die Angel schaute noch weit genug aus dem Griff heraus, um den Knauf aufnehmen und vernietet werden zu können. Ihr Herz klopfte vor Stolz. Den Griff wollte sie noch mit der dunkelroten Seidenkordel umwickeln. Und wenn erst der Knauf befestigt war, würde sie das Schwert auf ihrem ausgestreckten linken Zeigefinger ausbalancieren und so den Schwerpunkt der Waffe finden, denn der war der richtige Platz für die Golddrahttauschierung.

Sie hatte lange überlegt, welches Zeichen das richtige wäre, und sich schließlich für ein kleines Herz entschieden. Das Herz stand für Mut und Tapferkeit des Ritters und für sein Leben. Dass mancherorts die Leute das Herz auch als Liebeszeichen sahen, hatte Ellen erst kürzlich zum ersten Mal gehört. Guillaume würde es damit sicher nicht in Verbindung bringen.

Zuerst aber musste sie noch den Knauf anfertigen und darauf achten, dass er die richtige Größe als Gegengewicht für die Klinge hatte. Sie schmiedete aus dem Reststück eine leicht ovale, ungefähr zwei Finger dicke Scheibe und schlug mit einem Dorn, wie sie ihn auch schon für die Parierstange verwendet hatte, den Schlitz für die Angel in die Knaufscheibe, die durch die Härte der Schläge nun fast rund war. Um eine wirklich kreisrunde Scheibe zu bekommen, schmiedete Ellen den Knauf noch ein wenig nach, nahm dann eine Feile und schließlich den Schleifstein zur Hilfe, bis der Kreis perfekt war. Sie schliff und polierte den Knauf, bis er genauso glänzte wie die Parierstange, und ließ ihn schließlich über die Angel gleiten, um das überstehende Angelstück mit wenigen gezielten Schlägen zu einem Nietkopf zu stauchen, der den Knauf festhielt.

Als sie am nächsten Morgen in die Werkstatt ging, hatte Ellen das Gefühl, beobachtet zu werden. Ob Guillaume in der Nähe war? Ihre Gedanken schweiften immer wieder zu ihm ab, und nichts wollte ihr so recht gelingen. Erst bekam sie das Feuer kaum an, dann ließ sie das Eisen verbrennen, dass die Funken sprühten.

»Herrgott noch einmal, jetzt reiß dich zusammen!«, fuhr Pierre sie an. »Was ist denn los mit dir?«

»Ich weiß auch nicht, es tut mir leid, ehrlich. Ich habe so ein Gefühl, als ob heute noch etwas Schlimmes passiert.«

»Weibergewäsch«, schimpfte Pierre ungeduldig. »Mach deine Arbeit, und zwar ordentlich!«

Erst nach dem Mittag gelang es ihr, sich besser zu konzentrieren. Sie hatte noch eine Lanzenspitze zu fertigen, die sie jetzt endlich in Angriff nahm. Während sie abgewandt am Amboss stand und die Spitze bearbeitete, kam jemand an den Stand. Guillaume konnte es nicht sein; seinen Schritt hätte sie sofort erkannt. Er hatte etwas Herrisches, etwas, das Respekt einflößte. Der Mann, der gerade zur Schmiede kam, war ein Schleicher, vielleicht ein hinterhältiger Mensch, dachte sie und drehte sich gar nicht erst um, als sie aus dem Augenwinkel sah, dass Pierre sich des Kunden annahm.

Schon beim ersten Satz, den der Mann sprach, richteten sich ihre Nackenhaare auf. Diese Stimme würde sie niemals vergessen! Thibault stand nur wenige Schritte hinter ihr. Ellen betete, dass Pierre sie nicht um Hilfe bitten würde, Thibault würde sie sofort erkennen! Obwohl es sechs Jahre her war, kam es ihr plötzlich vor, als sei es erst gestern gewesen. Ellen wischte nervös mit einem Tuch über das Eisen, das sie gerade in der Hand hielt. Die beiden Männer sprachen über die Reparatur einer Waffe, die Thibault mitgebracht hatte, und beachteten sie nicht.

Erst als Thibault wieder verschwunden war, wagte Ellen, sich umzudrehen. Was um Gottes willen sollte sie jetzt tun? Sie konnte unmöglich ständig auf der Hut sein und sich vor ihm verstecken! Gerade als sie sich gedankenverloren wieder dem Amboss zuwandte, trat jemand von hinten an sie heran und flüsterte ihr ins Ohr.

»Du bist schöner denn je!«

Erschrocken drehte sich Ellen um. Er war doch gegangen! »Was willst du?«, fuhr sie Thibault barsch an. Die Angst, die sie gleichzeitig noch immer vor ihm hatte, ließ sie sich nicht anmerken.

»Eine Nacht mit dir, mein kleiner Singvogel!«

»Bist du wahnsinnig?« Ellen war so empört, dass sie nach Luft schnappen musste.

»Nun tu nicht so prüde. Mir ist nicht verborgen geblieben, was du mit Guillaume treibst. War sehr anregend, euch zu beobachten!«

Scham und Wut bahnten sich den Weg in ihren Kopf. Sie konnte nichts gegen das Erröten tun.

»Ich will dich, auf meinem Lager, im Wald, auf einer Wiese, wo auch immer, das ist mir egal.«

»Du bist verrückt! Thibault, es wäre Sünde, du bist mein Bruder!«, entfuhr es ihr panisch. Jetzt war es heraus!

Thibault schnaubte nur.

»Bevor er deine Mutter geheiratet hat, hat dein Vater meine in Schwierigkeiten gebracht, so wie du Rose damals.«

Thibault lachte auf. »Du ein de Tournais-Bastard? Das hättest du wohl gern! Du hast also vom Tod meines Vaters gehört. Ihn kann man nicht mehr fragen, also müsste ich dir einfach glauben, nicht wahr? Aber ich tue es nicht, und mir ist gleichgültig, was du dir noch ausdenkst. Ich will dich, noch immer, und ich werde dich kriegen!«

Ellen ließ sich ihre Furcht nicht anmerken. »Du gehst jetzt besser!« Sie hob drohend die rechte Faust mit dem Hammer.

»Unser Freund Guillaume ist übrigens auch hier. Ich kann mir kaum vorstellen, dass es ihm gefallen wird zu erfahren, dass Ellen und Alan eine Person sind. Aber sei unbesorgt, wenn du freiwillig zu mir kommst, werden meine Lippen versiegelt bleiben.« Er legte die Finger kurz auf den Mund. »Ich kann übrigens auch sehr zärtlich sein!«

Ellen wurde übel, sein widerliches Grinsen brachte die Erinnerung an den Tag zurück, an dem er ihr Gewalt angetan hatte.

»Ich gebe dir drei Tage Bedenkzeit. Wenn du nicht kommst, sag ich es ihm. Er wird gar nicht mögen, dass du ihn belogen hast. Lügner kann er einfach nicht ausstehen, der Gute!« Thibault lachte höhnisch. »Ich warne dich, überleg dir gut, was du tust, du wirst mir gehören, so oder so!«

Er drehte sich um und verließ die Schmiede mit großen Schritten.

Jean wäre um ein Haar mit ihm zusammengeprallt und sah ihm verwundert nach. »Wer war das denn?«, fragte er und blickte sich noch einmal nach Thibault um. Dann bemerkte er die Fassungslosigkeit in Ellens Gesicht. »Meine Güte, was hat er dir angetan, du siehst ganz mitgenommen aus!«

Ellen stand zitternd da und schüttelte nur den Kopf.

»Ich muss hier raus, sofort. – Pierre!«, rief sie laut. »Ich muss weg, ich bin morgen wieder da«, entschuldigte sie sich, als sie mit ihm zusammenstieß.

»Was ist denn jetzt wieder?«, grummelte der Schmied. Erst als er bemerkte, wie durcheinander Ellen aussah, begriff er, dass etwas nicht in Ordnung war.

»Ich ziehe dir den halben Tag vom Lohn ab!«, brummte er und winkte versöhnlich ab.

»Lass uns gehen!« Ellen zog Jean am Ärmel fort. Sie drängten sich durch die Menschenmenge auf dem Platz. Erst als sie allein waren, begann Ellen zu erzählen.

»Der Ritter, den du gesehen hast, ist mein Bruder.«

»Wie bitte?«

»Sein Vater hat in England meine Mutter ... Sie war eine einfältige Kuh, und er, na ja ... Ich kenne Thibault aus Tancarville, genau wie Guillaume.« Ellen erklärte ihm, so gut es ging, wie es zu ihrer Flucht aus Tancarville gekommen war.

»Nette Freundin, die dich verpfeift«, stellte Jean fest.

»Habe ich auch erst gedacht, aber sie hat ja nicht geahnt, was sie mir damit antut.« Ellen erzählte ihm von Thibaults Schlägen und sogar von der Vergewaltigung. Nach allem, was er ihr über Madeleine gesagt hatte, konnte er sie sicher verstehen, ohne sie zu verurteilen. Während sie über Thibault sprach, ballte sie ihre Hände zu Fäusten und bemerkte, dass Jean das Gleiche tat.

»Den Kerl mach ich fertig!«, schnaubte er und boxte in die Luft.

»Du bist mein Held!« Ellen sah ihn dankbar an. Hätte nicht Guillaume so neben ihr stehen können? Er wäre ihr als Verteidiger ihrer Ehre noch viel lieber gewesen, nur dass er sie vermutlich verurteilt und Thibault womöglich noch in Schutz genommen hätte. Ellen spürte, wie Trauer und Bitterkeit ihr die Kehle zuschnürten.

»Wenn er es Guillaume sagt, sehe ich ihn nie wieder.«

»Ihr habt sowieso keine Zukunft. Du solltest Thibault zuvorkommen und Guillaume selbst alles erzählen. Dann hat er die Wahl, ob er dir wegen deiner Lüge zürnt oder froh ist, dass du ihm die Wahrheit gesagt hast. Wenn er nicht zu dir hält, weil er sich betrogen fühlt, ist das sein Pech.«

»Ach, Jean, das kann ich nicht.« Ellen seufzte kläglich.

»Wovor hast du mehr Angst, vor Thibault und seiner Gier nach dir oder vor Guillaumes Enttäuschung?«

Ellen zuckte mit den Schultern. »Ehrlich, ich weiß es nicht!«

Seit sie das letzte Mal mit Guillaume im Gras gelegen und die Freuden der körperlichen Liebe genossen hatte, waren fast drei Monate vergangen, und sie hatte noch nicht wieder richtig geblutet. Einmal hatte sie geglaubt, es sei endlich so weit, aber die Blutung hatte nur einen halben Tag gedauert. Bisher hatte sie den

Gedanken zu verdrängen versucht, aber jetzt ahnte sie, dass sie schwanger war.

Zwei Tage lang blieb alles ruhig. Weder Thibault noch Guillaume ließen sich in der Werkstatt blicken, und die Person, die seit Beginn ihres Aufenthalts um ihr Zelt herumschlich, hatte Ellen auch nicht bemerkt. Also nahm sie endlich die Verzierungen an Athanor in Angriff, um auf andere Gedanken zu kommen. Es dauerte nicht lange, bis sie das kleine Herz in die Klinge graviert hatte. Vorsichtig schlug sie den Golddraht in die ausgestochene Nut, prüfte mit dem Daumen, ob die Tauschierung glatt war, und rieb sofort mit einem Stück Stoff über die Klinge, damit sie durch die Feuchtigkeit der Finger keinen Rost ansetzte. Zufrieden schaute sie das Schwert an. Das kleine goldene Herz sah vornehm und schlicht aus und saß genau am Schwerpunkt. Ellen hatte auch noch ein Stück Kupferdraht gekauft, mit dem sie auf der anderen Schwertseite ein bauchiges E in einem Kreis als ihr Zeichen tauschierte. Beim Formen des Buchstabens dachte sie an ihre ersten Gravierversuche bei Jocelyn. Er hatte oft ganze Sprüche in sakrale Gegenstände zu gravieren gehabt, sodass sie schnell Übung darin bekommen hatte. Lange Zeit waren diese Schnörkel nichts anderes als unbedeutende Kringel für sie gewesen. Hübsch anzusehen, aber völlig ohne Inhalt. Erst mit der Zeit hatte sie alle Buchstaben und ein paar Worte schreiben gelernt, die häufig verlangt wurden. Als sie mit dem E fertig war, betrachtete sie es kritisch. Es war schön gerundet, wie ein C mit einem senkrechten Strich an jedem Ende. Durch die Mitte des dicken Bauches ging ein gerader Strich, ebenfalls mit einem winzigen Senkrechtstrich am Ende. Das Ganze wurde von einem Kreis umschlossen, den Ellen mit größter Sorgfalt gefertigt hatte. Sie glühte vor Stolz über das Ergebnis. Als Jean in die Werkstatt kam, zeigte sie ihm Athanor.

»Daran habe ich mitgearbeitet? Ich meine, das ist dasselbe Eisen, das du als Klumpen ausgesucht hast?«, fragte er ungläubig.

Ellen strahlte. »Ich kann mir nichts Schöneres vorstellen, als Schmied zu sein. Athanor ist ausgewogen, elegant, und es ist scharf, höllisch scharf.«

»Ich gebe zu, Ellenweore, ich bin beeindruckt.«

»Ich hoffe, du wirst nicht der Einzige bleiben, dem Athanor gefällt. Ob Guillaume tatsächlich schon da ist?«

»Henry sagt, der junge König sei schon vor drei Tagen eingetroffen.«

»Gut.« Ellen ließ das Schwert zufrieden in die Scheide gleiten und wickelte Athanor in eine Decke ein.

»Darf ich es tragen?« Jean hob das Schwert in der Decke hoch.

»Sicher!« Ellen wirkte nachdenklich. »Weißt du, ich werde tun, was du mir geraten hast, und Guillaume meine Lüge beichten. Aber bevor er irgendetwas erfährt, will ich, dass er sich Athanor ansieht.« Sie blickte wehmütig ins Leere, bevor sie sich wieder fing. »Sieh mal hier! Das Ortband!«

»Gold?«, fragte Jean beeindruckt.

»Um Gottes willen, nein, glaubst du, bei mir ist der Reichtum ausgebrochen? Messing natürlich. Sieht aber gut aus, nicht?«

Jean nickte begeistert.

»Passt gut zu dem dunkelroten Überzug der Scheide. Ist ein richtiges Meisterwerk geworden, dein Schwert. Du solltest es niemals verkaufen, es ist der Beweis dafür, wie gut du bist. Wenn du das vorzeigst, kannst du in jeder Schwertschmiede anfangen, ganz bestimmt!«

»Da bin ich mir nicht so sicher. Wahrscheinlich glaubt mir gar niemand, dass ich es gemacht habe. Und eifersüchtige Zungen könnten sogar behaupten, ich hätte es gestohlen«, unkte Ellen traurig. »Das Wichtigste für mich ist, dass es Guillaume gefällt!« Sie strahlte.

»Guillaume! Schon wieder!«, stöhnte Jean.

»Natürlich! Er hat gesagt, wenn ich gut bin, empfiehlt er mich dem jungen König!«

»Ach, der ist doch sowieso immer pleite. Das hat Henry gesagt, und der weiß über alles Bescheid, was am Hof des jungen Königs vor sich geht.«

»Mag sein, dass der junge König im Moment nicht so viel Geld hat«, pflichtete Ellen ihm widerwillig bei. »Aber wenn sein Vater erst tot ist, dann hat er alle Macht und Geld im Überfluss. Du wirst sehen, Jean, eines Tages fertige ich ein Schwert für den König! Ich glaube fest daran!«

Sie waren schon fast beim Zelt angekommen, als Jean von einem jungen Mann angerempelt und zu Boden gestoßen wurde. Er schnappte sich das eingewickelte Schwert und versuchte, sich aus dem Staub zu machen.

Ellens Herz machte einen Satz. Sie sprang über den am Boden liegenden Jean und stürzte hinter dem Dieb her. Dafür hatte sie nicht gearbeitet, dass jetzt so ein Nichtsnutz kam und alles zerstörte! Ellen dachte an den Beutelschneider aus Ipswich. Diesmal würde sie den Dieb nicht entkommen lassen! Schubsend und drängelnd verfolgte sie ihn durch die Menge, und in der Tat wurde der Abstand zu ihm kleiner. Ellen streckte die Hand nach ihm aus und erwischte den Kerl an seiner Gurgel. Sie riss ihn zurück, brachte ihn zu Fall und setzte sich rittlings auf ihn. Ein paar Menschen um sie herum lachten, aber niemand mischte sich ein. »Du hast da etwas, das mir gehört!« Ellen versetzte dem jungen Mann einen Faustschlag aufs Kinn, der ihn außer Gefecht setzte. Sie entriss ihm Athanor und ließ dann von ihm ab.

Zuerst wollte er aufspringen und sich das Schwert wiederholen, dann aber sah er einen Mann auf sie zukommen und entschied sich, das Feld zu räumen.

Ellen wunderte sich über seinen Sinneswandel, bis sie Thibault hinter sich bemerkte.

»Statt arme, unschuldige Männer zu überfallen, solltest du lieber zu mir kommen!«, raunte Thibault ihr zu.

Ellen blickte ihm direkt in die Augen. Die goldenen Sprenkel darin leuchteten und begannen zu tanzen.

»Du kannst mich nur mit Gewalt besitzen, freiwillig folge ich dir niemals auf dein Lager«, fauchte sie.

»Schade, schade, armer Guillaume, er wird nicht erfreut sein, wenn er die Wahrheit über dich erfährt.« Thibault schüttelte den Kopf, als bedauere er das.

»Ich werde es ihm selbst sagen.«

»Ich könnte dir zuvorkommen.«

»Was ändert das schon. Er wird mich dafür hassen, so oder so.« Ellen zuckte mit den Schultern, machte auf dem Absatz kehrt und ließ Thibault stehen.

Jean, der inzwischen dazugekommen war, stand noch immer da und grinste.

»Nimm dich in Acht, Bürschchen«, drohte ihm Thibault und hob zornig die Faust.

Wie ein Blitz rannte Jean Ellen hinterher.

»Dem hast du es aber gegeben!«, rief er bewundernd.

Als Ellen am nächsten Morgen in die Schmiede kam, standen nicht weit entfernt zwei Männer. Ellen verlangsamte ihren Schritt, dann erkannte sie den breiten Rücken, der Pierre fast verdeckte, und ihr Herz begann zu flattern. Pierre entdeckte sie und nickte ihr freundlich zu. »Da ist sie ja, Sire Guillaume!«

»Ellenweore!« Guillaume strahlte sie an. Sein Blick sprühte vor Leidenschaft.

Ellen nickte ihrem Meister zu. »Ihr entschuldigt uns einen Moment?«, bat sie freundlich, und Pierre trat ein paar Schritte zur Seite.

»Ich hab dich auf dem Turnier bei Compiègne gesucht, wo warst du denn?«

Ellen musste schmunzeln. Wenn sie nicht alles täuschte, klang Guillaume eifersüchtig!

»Ich war krank«, sagte sie knapp.

»Aha.« Guillaume schien unsicher zu sein, ob er ihr glauben sollte.

»Ich bin fertig mit dem Schwert, willst du einen Blick drauf werfen?« Sie hob das Bündel hoch.

»Nichts lieber als das!« Freudig trat er noch ein wenig näher.

Ellens Herz klopfte wie toll. »Dann komm, Pierre hat es auch noch nicht gesehen.«

Sie wickelte das Schwert unter den kritischen Blicken der beiden Männer aus.

Die dunkelrot bezogene Scheide strahlte Eleganz und Würde aus.

Guillaume zog anerkennend die Augenbrauen hoch, als Ellen ihm Athanor übergab. Er wog das Schwert in beiden Händen, nahm es am Griff in die Rechte und zog es aus der Scheide – langsam, mit Gefühl und Ehrfurcht. »Fühlt sich wirklich gut an!«, sagte er voller Anerkennung und ließ es durch die Luft sausen. »Wie scharf ist es?«

»Ich habe ein Haar damit gespalten«, erklärte Ellen ruhig.

Guillaume nickte beeindruckt und betrachtete Athanor noch eingehender. Die beiden Schneiden der spiegelnd glänzenden Klinge waren perfekt geformt. Dann sah er auf und streckte es dem Schmied entgegen.

»Seht es Euch an, es ist einfach wunderbar, herrlicher Glanz! Was meint Ihr?«

»Lasst es mich genauer ansehen, Sire«, Pierre konnte seine Neugier kaum verbergen. Guillaume steckte das Schwert zurück in die Scheide, um es Pierre zu übergeben. Der Schmied beäugte die Waffe kritisch und zuckte schließlich gelangweilt mit den Achseln.

»Schöner Glanz, aber wenig Verzierungen, bloß zwei kleine Tauschierungen, eine davon nur aus Kupfer!«, nörgelte er. Ellen konnte sich des Eindrucks nicht erwehren, dass Pierre eifersüchtig war.

»Verzierungen, so ein Firlefanz! Ihr dürft eine Waffe wie diese nicht nach so etwas bewerten! Schwingt sie durch die Luft, dann werdet Ihr begreifen, wie unwichtig Verzierungen sind. Das

Schwert ist hervorragend ausbalanciert, es ist etwas Besonderes, denn es hat … es hat Ausstrahlung!«, schwärmte Guillaume und zog es erneut aus der Scheide. Ellen nahm ein armdickes Stück Holz und hielt es ihm hin. Mit einem Hieb hatte er es durch, ohne es ihr dabei aus der Hand zu schlagen.

»Uh! Scharf! Sehr scharf!«, rief Guillaume begeistert aus.

Pierre hob die Schultern. »Gut gemacht, Ellenweore«, sagte er, offensichtlich bemüht, so gleichgültig wie möglich zu klingen. Dann drehte er sich um und machte sich wieder an seine Arbeit.

»Er findet es besser als nur gut, aber er will es nicht zugeben!«, raunte Guillaume ihr zu und küsste sie auf die Nasenspitze, ohne darauf zu achten, ob es jemand bemerken würde.

Ellen sah sich verlegen um. »Können wir uns nach der Arbeit sehen? Ich muss mit dir reden. Es ist wichtig, aber nicht für jedermanns Ohren bestimmt«, bat sie.

Guillaume nickte. »Ich hole dich ab«, winkte er.

»Aber Athanor bleibt hier«, sagte sie lachend und nahm ihm das Schwert aus der Hand.

»Ich krieg es so oder so irgendwann!«, rief er ihr über die Schulter zu, bevor er verschwand.

»Dann sieh mal zu, dass du dein Geld zusammenhältst, damit du es dir leisten kannst!«, brummte sie, aber Guillaume war schon fort.

Kurz vor Sonnenuntergang kam Madeleine zu ihr.

»Sieh mal!« Sie zeigte Ellen ein weiteres Silberstück.

»Er hat gesagt, ich soll dir etwas ausrichten. Ich hab's nicht verstanden, aber er hat gesagt, ich soll's einfach sagen. Du würdest es verstehen.« Madeleine sah Ellen unschuldig an.

»Was? Sag es!«

»Er hat gesagt, er sei ein Vogelfänger und habe den richtigen Köder, um den schönsten Singvogel der Welt zu fangen. Und dann hat er mich gefragt, ob Jean mein Bruder ist.« Madeleine kicherte. »Verstehst du das?«

Mit einem Mal begriff Ellen, dass der geheimnisvolle Ritter, der Madeleine die Silbermünze geschenkt hatte, nicht Guillaume, sondern Thibault gewesen war.

»Wo ist er?«, presste sie hervor.

»Wer?«

»Jean!« Ellen geriet in Panik, als Madeleine nicht sofort antwortete.

»Weiß nicht, hab ihn nicht gesehen!«

»Geh zum Schildmacher, und frag, ob er dort ist. Wenn nicht, such ihn im Zelt, und dann komm wieder her. Ich bin gleich fertig. Aber beeil dich, Madeleine, es ist wichtig. Ich fürchte, dass Jean in Gefahr ist!«

Madeleine hatte die ganze Zeit gelächelt, aber nun riss sie ängstlich die Augen auf. »Mache ich!« Sie stürzte davon.

Ellen beendete rasch ihre Arbeit und räumte das Werkzeug fort. Immer wieder sah sie sich suchend um, betete, dass sie sich täuschte, und hoffte, Jean und Madeleine im nächsten Moment einträchtig zur Schmiede kommen zu sehen. Wenn Thibault ihn aber doch in seiner Gewalt hatte …

»Fertig?« Guillaumes warme Stimme riss sie aus ihren ängstlichen Gedanken. Am liebsten hätte sie sich in seine Arme geworfen.

»Hm, ich komme.« Sie musste sich beherrschen. Vermutlich würde Guillaume ihr für immer und ewig böse sein, wenn er erfuhr, was sie ihm heute sagen wollte. Sie legte die Schürze ab, faltete sie zusammen und packte sie zu ihrem Werkzeug. Dann griff sie sich Athanor und wandte sich zum Gehen. Gerade als sie zu Guillaume vor die Schmiede trat, kam Madeleine angerannt.

»Ellenweore! Er ist weg! Ich kann ihn nirgends finden!«

»Von wem spricht sie?«

»Jean – ich hab dir schon von ihm erzählt!«

Guillaume nickte. »Ja, richtig.«

»Lass mich erst mein Werkzeug und das Schwert zum Zelt

bringen, dann gehen wir ein Stück. Ich muss dir dringend etwas erzählen.«

»Du machst es ja ganz schön spannend!« Guillaume kniff scherzhaft ein Auge zu.

»Warte einen Moment, ich bin gleich wieder da«, bat sie, als sie am Zelt ankamen und ließ Guillaume nicht weit davon entfernt stehen. Als sie ohne Werkzeug wieder zu Guillaume gehen wollte, hörte sie jemanden leise nach ihr rufen. Jean konnte das nicht sein. Hinter dem Zelt entdeckte sie schließlich eine magere Frau, die sich im Halbdunkel verbarg. »Wer seid Ihr und was ...« Der Rest blieb Ellen im Hals stecken. »Rose? Bist du das?«

Die Frau nickte, fiel vor ihr auf die Knie und weinte.

Ellen zog sie wieder hoch. Roses Körper wirkte ausgezehrt, und die Schatten unter ihren Augen ließen erahnen, wie unglücklich sie sein musste. »Was machst du hier?«

Rose wischte sich eine Träne aus dem Augenwinkel. »Thibault ist ein Schurke. Ich hab's nicht sehen wollen, hab immer alles für ihn getan. Ach, Ellen, ich war so dumm!« Rose schluchzte.

»Du bist noch immer bei ihm?«, fragte Ellen überrascht. Rose blickte betreten zu Boden und nickte. »Warum lässt du zu, dass er dir wehtut?«

»Ich hab geglaubt, dass er mich doch irgendwie liebt, auf seine Art eben.« Mit großen Kinderaugen sah sie Ellen an.

»Manchmal, wenn ich das Lager mit ihm teile, ist er liebevoll und zärtlich. Deshalb habe ich immer gehofft, er würde sich doch noch ändern. Aber das tut er nicht, niemals. Seit Monaten schleicht er um das Mädchen herum.« Rose sah in die Richtung, in der Madeleine stand. »Ich hab ihn beobachtet und war eifersüchtig, weil ich gedacht habe, er sei hinter ihr her. Dabei hat er sie nur ausgehorcht, deinetwegen.«

Ellen ballte ihre Hände zu Fäusten. »Ich hoffe, er hat seine dreckigen Finger von ihr gelassen.«

»Er ist besessen von dir, Ellen, das macht ihn gefährlich. Er rennt in seinem Zelt auf und ab und faselt nur noch deinen Namen. Es tut mir so furchtbar leid, dass ich dich damals verraten habe. Ich war blind vor Liebe. Ich wollte das nicht, bitte glaub mir!«

Ellen nahm Rose in den Arm und drückte sie tröstend an sich. »Nun hör schon auf davon. Das ist lange her.«

»Aber jetzt hat Thibault deinen Freund in seiner Gewalt!«

»Meinst du Jean?«

Rose nickte. »Er droht, ihn zu töten, wenn du nicht kommst. Kannst du dir vorstellen, dass er so etwas tun würde?«

»Ja, Rose, das kann ich allerdings.«

Rose atmete tief ein. »Schleich dich von hinten an sein Zelt. Ich werde dich reinlassen«, flüsterte sie. »Ich muss gehen; wenn ich zu lange fortbleibe, dreht er durch. Sie wandte sich ab und verschwand.

»Was ist denn los, Ellenweore?«, rief Guillaume. Er hatte sie schon ungeduldig im Zelt gesucht, dort aber nicht gefunden.

»Thibault!«, stieß sie hervor.

»Nein, nicht der schon wieder!«, stöhnte Guillaume.

Ellen nahm ihren ganzen Mut zusammen. »Ich bin Alan, nicht seine Schwester, und Thibault weiß das. Er hat gedroht, dir alles zu sagen, wenn ich ihm nicht zu Willen bin. Ich habe ihn zum Teufel gejagt und gesagt, ich werde dir selbst erzählen, wer ich bin. Da hat er wohl nach einer anderen Lösung gesucht, um mich unter Druck zu setzen, und hat Jean mitgenommen.« Ellen hatte einfach drauflosgeredet. Nun schwieg sie.

»Und jetzt?«, fragte Guillaume seelenruhig.

Ellen sah ihn verstört an. »Wie, und jetzt?«

»Was sollen wir machen, ich meine, wegen Jean?«

»Hast du eigentlich verstanden, was ich gesagt habe? Ich bin Alan!«

»Sicher habe ich verstanden, Ellen. Glaubst du im Ernst, ich hätte das nicht längst gemerkt? Allein der Duft deiner Haut! Ich verstehe bis heute nicht, wie du die anderen so lange hast täuschen können. Auch Thibault! Am ersten Sonntag damals im Wald von Tancarville hatte ich schon einen Verdacht, und bei unserem dritten Treffen war ich mir sicher.«

Ellen verschlug es die Sprache. Sie starrte Guillaume an.

»Du ... du hast es die ganze Zeit gewusst?« Ellen baute sich vor ihm auf. Für einen Moment hatte sie ihren ganzen Kummer vergessen und konnte ihren Zorn kaum bändigen.

Guillaume zuckte nur mit den Achseln und grinste.

»Und wenn schon?«

Ellen kochte. All die Weibergeschichten, die er ihr erzählt und mit denen er sie gequält hatte, seine Verdächtigungen wegen Rose, waren nur Täuschung gewesen. Sie japste nach Luft. »Ich kann es nicht glauben, du hast dich die ganze Zeit über mich lustig gemacht?«

»Wäre dir lieber gewesen, wenn ich dich hätte auffliegen lassen?«, fragte er gereizt.

Ellen wusste nicht, was sie darauf antworten sollte. Natürlich musste sie ihm für seine Verschwiegenheit dankbar sein, aber wie wunderbar hätte es sein können, wenn es ihrer beider Geheimnis gewesen wäre.

»Wollen wir noch weiter über vergangene Zeiten plaudern, oder gehen wir jetzt lieber deinen jungen Freund befreien, bevor Thibault noch durchdreht?«, fragte Guillaume ungeduldig. Die Aussicht, Thibaults Plan zu durchkreuzen, reizte ihn.

Ellen brachte nicht mehr als ein Grunzen hervor und holte Athanor wieder aus dem Zelt. »Du bleibst hier und wartest auf uns, bis wir zurück sind!«, befahl sie Madeleine streng. »Rühr dich auf keinen Fall von der Stelle, hörst du?«

Guillaume wandte sich kampfbereit zum Gehen.

»Du brauchst nicht mitzukommen.«

»Ich weiß, wie gut du mit dem Schwert umgehen kannst, Ellen, aber Thibault hat inzwischen viel mehr Erfahrung als du. Außerdem ist er hinterhältiger. Ich kann ihn sowieso nicht leiden, und Jean hat schließlich nichts mit dieser Sache zu tun. Da ist meine ritterliche Ehre gefragt.«

»Pah, Ehre!«, platzte Ellen heraus.

Guillaume überhörte es geflissentlich.

»Am besten, ich tue so, als wollte ich Thibault besuchen, in aller Freundschaft sozusagen. Und du …«

»Ich schleiche mich von hinten an, versuche, Jean zu befreien und unerkannt zu fliehen. Du bist nicht umsonst als großer Taktiker bekannt!«, unterbrach Ellen ihn und ärgerte sich sofort, weil sie wie ein keifendes Waschweib klang. Was hatte sie ihm schon großartig vorzuwerfen? Schließlich hatte er sie nicht mehr belogen als sie ihn. »Ich weiß ja, dass es die vernünftigste Lösung ist, damit Thibault nicht gleich Verdacht schöpft. Wenn wir einen Kampf vermeiden können, umso besser«, lenkte sie deshalb versöhnlicher ein.

Als sie nicht mehr weit von Thibaults Zelt entfernt waren, trennten sie sich. Ellen schlich sich an wie besprochen. Guillaume hatte ihr genau erklärt, welches Zelt Thibault gehörte. Es war inzwischen schon vollkommen dunkel geworden. Auf dem ganzen Platz brannten Fackeln. Vor den Zelten saßen ein paar Wachen an großen Feuern, bereiteten sich etwas zu essen, tranken und feierten fröhlich. Ellen beobachtete Guillaume von weitem.

Zielstrebig ging er auf ein rot-grünes Zelt zu. Der Wachposten am Eingang grüßte ihn freundlich und ließ ihn ohne weiteres ein. Guillaume schien Thibault so willkommen zu sein wie ein Freund.

Einen Moment fragte Ellen sich, ob er sie in eine Falle lockte. »Jean, du musst an Jean denken!«, murmelte sie und schlich sich von hinten an das Zelt. Alles blieb ruhig. Die Pferde, die nicht weit von ihr angebunden waren, grasten friedlich, ohne Notiz von ihr zu nehmen. Von Rose war nichts zu sehen. Ellen spitzte die Ohren, um Guillaume und Thibault zu belauschen, als jemand an ihrem Kleid zupfte. Erschrocken drehte sie sich um, bereit zu kämpfen. Rose hatte den Finger auf die Lippen gelegt und winkte. Ellen folgte ihr leise. Auf der einen Seite war ein langer Schnitt im Zelt.

Rose kletterte als Erste hindurch. Ohne zu ahnen, was auf sie zukommen würde, bahnte sich Ellen einen Weg hinein und blickte sich um. Sie befand sich in einem kleinen, gemütlich eingerichteten Seitenzelt. Das feudale, mit Kissen, Decken und Pelzen geschmückte Lager musste Thibault gehören.

Jean kauerte auf dem nackten Boden. Er hatte den Kopf auf die Knie gepresst und saß völlig bewegungslos da. Ellen stieß ihn an und erschrak, als er den Kopf hob. Er war so heftig geschlagen worden, dass sein ganzes Gesicht zugeschwollen war. Seine Augen glichen winzigen Schlitzen. Da er fast nichts mehr sehen konnte, wich er aus Angst, wieder geschlagen zu werden, zurück.

»Ich bin's, Ellen, ich hol dich hier raus«, flüsterte sie.

Jean nickte erleichtert und hob seine Hände, die hinter dem Rücken gefesselt waren, ein wenig an. Ellen nahm ihr Messer und durchschnitt die Stricke, dann löste sie seine Beinfesseln.

Guillaume und Thibault schienen sich angeregt zu unterhalten, doch mit einem Mal wurden sie laut.

Dann war eine Frauenstimme zu hören. Ellen richtete sich auf und lauschte. »Oh Gott, nein, Madeleine!«, flüsterte sie. Dann hörte sie Thibaults schallendes Gelächter.

»Jean! Sie will ihren Jean!«, kreischte er schrill. »Und ich will Ellen«, brüllte er sie an.

Ellen zog Athanor aus der Scheide.

»Schaff Jean hier raus, wir treffen uns am Zelt«, zischte sie Rose zu und schlug den Vorhang zur Seite. Als Thibault sie mit Athanor in der Hand sah, zog er sein Schwert.

»Was soll das, Thibault? Willst du etwa gegen eine Frau kämpfen?«, versuchte Guillaume, ihn abzulenken.

»Tu nur nicht so, ich weiß, dass du und sie …« Thibault lachte auf. »Aber sie hat mir zuerst gehört!«

Guillaume schien nicht zu begreifen, was Thibault meinte, denn er schüttelte nur den Kopf.

Aus den Augenwinkeln sah Ellen einen Knappen, der sich auf Madeleine stürzte. Geistesgegenwärtig sprang sie ihr bei. Ellen kämpfte besser als der Knappe und drängte ihn zurück, bis Guillaume ihn ebenfalls in Schach halten konnte. Dann zog sie Madeleine zu sich und schützte sie mit ihrem Körper, während sie versuchte, zum Ausgang zu gelangen. Um ihre Flucht zu verhindern, stellte sich Thibault ihnen in den Weg.

»Lass sie doch gehen!«, rief Guillaume plötzlich versöhnlich. Doch Thibault warf ihm nur einen verächtlichen Blick zu.

Ellen nutzte diesen Moment der Unachtsamkeit und versetzte Thibault einen Streich auf seinen Schwertarm. Es war das zweite Mal, dass sie ihn an dieser Stelle verletzte. Thibault verzog das Gesicht vor Schmerz und griff nach seinem Arm. Blut quoll hervor und färbte seine Hand und das helle Hemd rot. Er hatte nicht vorgehabt, Ellen und Madeleine gehen zu lassen, aber nun musste er sein Schwert sinken lassen.

»Geht jetzt! Ich kümmere mich um ihn«, befahl Guillaume und nickte Ellen zu.

Madeleine stand leichenblass hinter ihr, einen Arm um ihre Leibesmitte geschlungen, als hielte sie sich fest. Ellen zog sie nach draußen. Die Wachen feierten noch immer ausgelassen und bemerkten sie nicht. Nur der Mann, der Guillaume eingelassen hatte, sah die beiden erstaunt an.

»Lasst sie nicht entkommen!«, krächzte Thibault erst jetzt. Der ängstlich aussehende junge Mann versuchte, sich ihnen in den Weg zu stellen, zog sein kurzes Schwert und bedrohte sie damit. Offenbar hatte er nicht bemerkt, dass Ellen ebenfalls ein Schwert in der Hand hielt. Mit weit aufgerissenen Augen starrte er sie an, als sie ganz unerwartet mit Athanor auf seine Schulter hieb und sie spaltete. Dann brach er mit einem ungläubigen Blick zusammen. Madeleine wimmerte, als das Blut auf sie spritzte, und Ellen zog sie rasch fort.

»Er hätte uns getötet!«, verteidigte sie sich matt. Sie fühlte sich miserabel. Es war das erste Mal, dass sie jemanden erschlagen hatte. Natürlich waren Schwerter dazu da, um im Kampf zu siegen. Dass sie selbst einmal so weit würde gehen müssen, daran hatte sie auch während ihrer Übungsstunden mit Guillaume nicht gedacht.

Obwohl Madeleine immer wieder strauchelte, rannten sie, so schnell es ging, zurück zum Zelt, wo Jean und Rose bereits warteten.

Rose hatte auf Jeans Geheiß schon angefangen, Nestor mit den wichtigsten Habseligkeiten zu beladen.

In Windeseile riss Ellen das Zelt aus der Erde und sammelte die Bodenanker ein. Madeleines Gesicht und Kleid waren blutverschmiert. Die Ärmste stand bleich und zitternd da, unfähig, etwas zu tun. Ellen pfiff nach Graubart, der sich wieder einmal herumtrieb, und drängte zum Aufbruch. Gleich hinter dem Turnierplatz lag ein dichter Wald. Es war nicht ungefährlich dort im Dunklen, aber ihnen blieb keine andere Wahl. Vermutlich würde Thibault sie schon bald mit ein paar Männern verfolgen. Ellen zerrte an Nestors Geschirr. »Rose, nimm Madeleine und Jean an die Hand, du kannst auch nicht mehr hierbleiben. Thibault würde dich auf der Stelle totschlagen.«

Rose nickte bedrückt und folgte Ellens Anweisung.

Jean stolperte neben ihr her, strauchelte bei jedem Erdloch und jeder Wurzel, weil er wegen seiner geschwollenen Augen kaum etwas sah.

Madeleine lief langsam, fast bedächtig neben Rose her, als müsse sie sich konzentrieren, um einen Fuß vor den anderen setzen zu können.

Zum Glück war beinahe Vollmond. Die Buchen und Eichen hatten ihr Laub längst abgeworfen, und durch die Äste, die sich wie dürre Arme in den Himmel zu recken schienen, fiel genügend silbriges Mondlicht, um ihnen den Weg zu weisen. Nur da, wo Tannen standen, war der Wald stockdunkel und undurchdringlich. Ellen hielt einen Moment an, um zu horchen, ob ihnen jemand folgte. Es war totenstill. Nur ein Käuzchen rief irgendwo weit weg durch die Nacht. »Wir gehen, so weit wir können, dann ruhen wir uns etwas aus, und sobald der Tag anbricht, ziehen wir weiter. Wenn Thibault uns findet …« Ellen beendete ihren Satz nicht. Jeder von ihnen konnte sich denken, was dann geschehen würde. »Wir dürfen auf keinen Fall Feuer machen, das würde ihre Aufmerksamkeit sofort auf uns ziehen«, mahnte Ellen, als sie endlich Rast machten. Sie zogen ihre Mäntel eng um die Körper und wickelten sich in die mitgenommen Decken. Graubart legte sich ganz dicht an Madeleine und fiepte leise.

»Ist ja gut, es ist nichts passiert«, tröstete Ellen den Hund. Trotzdem beruhigte er sich nicht.

Als der Morgen dämmerte, schreckte Rose hoch. Graubart stand zähnefletschend auf der kleinen Lichtung, an deren Rand sie lagen. Ein abgemagerter Wolf hatte sich an ihr Lager herangeschlichen. Graubart ließ ihn nicht aus den Augen und knurrte wütend. Rose rüttelte Ellen am Arm. Mit einem Schlag war sie hellwach. Als sie den Wolf sah, sprang Ellen auf, riss ihr Schwert aus der Scheide und ging langsam auf das Tier zu. Der Wolf sah ausgehungert aus, vermutlich hatte ihn sein Rudel verstoßen, und er war bereit, alles zu tun, um endlich etwas zu fressen zu bekommen. Das Tier schien sich Madeleine ausgesucht zu haben. Regungslos und mit aufgerissenen Augen lag sie da, vor ihr der knurrende Graubart, bereit, sie bis zu seinem letzten Atemzug zu verteidigen. Der Hund war um einiges größer als der Wolf, aber das schüchterte das wilde Tier nicht ein.

»Ho, he!«, rief Ellen und versuchte, den Wolf zu verscheuchen. Der zuckte zwar kurz zurück, ließ sich aber nicht entmutigen.

Jetzt ging er zähnefletschend weiter auf Graubart und Madeleine zu.

Der treue Graubart wollte sich gerade auf ihn stürzen, als Ellen herbeisprang und dem Wolf mit einem einzigen Hieb den Kopf abschlug.

»Alles in Ordnung, Madeleine!«, rief sie über die Schulter,

hackte einen großen Tannenzweig ab und legte ihn auf die tote Bestie.

»Ellenweore!«, hörte sie den unterdrückten Schrei von Rose und drehte sich erschrocken um.

»Sie, sie ist tot!«, stammelte Rose. Sie kniete vor Madeleine und hielt deren Hand. Madeleines Kleid war nicht nur am Hals von den Blutspritzern des jungen Soldaten befleckt, sondern auch am Bauch von Blut durchtränkt.

»Aber wie kann sie das vor uns verborgen haben«, stammelte Ellen. »Ich habe nicht gesehen, dass sie ...« Sie sackte in sich zusammen und weinte. »Warum hat sie denn nichts gesagt?«

»Es hätte ja doch nichts geändert.« Jean schien ganz gefasst. »Sie mag einfältig gewesen sein, sicher. Aber mit Todesgefahr hat sie lange genug gelebt. Bei so einer gewaltigen Wunde hätten wir ihr nicht helfen können. Ich schätze, sie hat gewusst, dass sie uns nur aufhalten und dadurch in Gefahr bringen würde.« Jeans Gesicht war noch immer verschwollen, die gerötete Haut unter seinen Augen nass vor Tränen.

»Und an allem bin nur ich schuld«, murmelte Ellen verzweifelt.

»Nein! Wenn ich dich damals nicht verraten hätte, wäre das alles nicht passiert!«, rief Rose.

»Jetzt hört schon auf. Wir müssen sie beerdigen. Wenigstens eine anständige Ruhestätte hat sie verdient, wo sie schon kein gutes Leben hatte«, forderte Jean.

Mühsam gruben sie ein flaches Loch, legten Madeleine hinein und deckten sie mit Erde und einer Reihe von Steinen zu, die sie in der Umgebung gesammelt hatten.

»Bitte, Herr, nimm dich ihrer an!«, betete Jean, der nicht wusste, wie er um die Unsterblichkeit ihrer Seele bitten sollte.

»Wir müssen weiter, sonst war all ihre Tapferkeit umsonst!« Ellen drängte nur ungern, aber sie war sicher, dass Thibault bereits ihre Verfolgung aufgenommen hatte.

3. Buch

HEIMKEHR

Ärmelkanal, Ostern 1173

Eine sanfte Brise wehte über das Meer und trieb kleine Wolkenfetzen vor sich her wie ein Hirte seine Schafe. Unzählige Schiffe waren in den letzten Tagen in See gestochen, um das milde Wetter zu nutzen. Sie trieben wie Nussschalen mit bauchigen Segeln auf dem Wasser. Das Meer war ruhig und verhieß eine angenehme Überfahrt. Ellen saß nachdenklich an Deck. Tagelang waren sie nach Madeleines Tod noch vor Thibault geflohen, bis sie schließlich auf der Burg von l'Aigle einen sicheren Unterschlupf für den Winter gefunden hatten. Sie wussten, dass sie nicht mehr auf Turnieren arbeiten konnten, weil sonst die Gefahr bestand, Thibault in die Arme zu laufen.

Je länger Ellen über ihre Zukunft nachdachte, desto größer wurde ihr Heimweh. Sie sah zu Rose hinüber, die nicht weit von ihr entfernt saß. Ihr war anzusehen, dass sie ein schlechtes Gewissen hatte. Sie war völlig mittellos geflohen und hatte in den vergangenen Monaten nichts sparen können, sodass ihr das Geld für die Überfahrt gefehlt hatte. Wäre das Pony nicht, kurz bevor sie l'Aigle verlassen hatten, an einer Kolik gestorben, hätte Ellen von dem Verkaufserlös die Überfahrt bezahlen können. So aber hatte sie sich schweren Herzens dazu durchringen müssen, Athanor in andere als Guillaumes Hände abzugeben, und das Schwert an einen Händler verkauft. Ellen lächelte Rose an, als diese herüberschaute. Sie war froh, dass Rose und Jean mit ihr nach England gingen. Bei dem Gedanken an die Heimat umspielte ein Lächeln Ellens Mund. In ihrer Erinnerung waren die Wiesen von Orford unbeschreiblich grün und voller Blumen, und bei dem Gedanken an Aelfgivas würzigen Ziegenkäse lief ihr das Wasser im Mund zusammen. Ellen stützte sich auf und versuchte, eine angenehmere Sitzposition zu finden. In den vergangenen fünf Monaten hatte sie mächtig zugelegt. Sie war jetzt im neunten Monat schwanger, ihr Bauch war kugelrund, und ihre Beine waren so geschwollen, dass man die Fußknöchel nicht mehr sah. Ellen fühlte ein Ziehen im Rücken und sandte ein Stoßgebet zum Himmel, der Herr möge sie noch rechtzeitig das englische Festland erreichen lassen, bevor das Kind geboren wurde.

In der zweiten Nacht an Bord bekam sie starke Unterleibskrämpfe, und am Morgen hielt sie die Schmerzen nicht mehr aus. Hilfesuchend sah sie sich nach Jean um. Seine Decke lag zerwühlt neben ihr. Ellen griff nach dem Arm ihrer Freundin und rüttelte sie aus dem Schlaf. »Rose, das Kind!«

»Wie?« Rose geriet in Panik. »Oh Gott, was soll ich denn tun?«

»Hol Jean!« Ellen wusste, dass Rose ihr kaum helfen konnte. Thibault hatte sie gezwungen, noch zwei weitere Kinder wegmachen zu lassen. Erst bei ihrem letzten Kind hatte sie ihn überzeugen können, es ihr zu lassen, und dann war es tot auf die Welt gekommen.

Jean würde wissen, was zu tun war, davon war Ellen überzeugt.

Als Jean kam, streichelte er Ellen sanft über die Stirn. »Na, dann wollen wir mal!«, sagte er fröhlich. »Rose, frag herum, wer sich mit dem Kinderkriegen auskennt.«

»Auch die Männer oder nur die Frauen?«

Ellen stöhnte.

»Nur die Frauen, Rose, und ganz ruhig, es wird alles gut gehen.« Jean tätschelte Roses Arm.

Er ist viel zu erwachsen für sein Alter, dachte Ellen leicht benommen, aber auch dankbar, weil er sich um alles kümmerte.

Wenig später kam Rose mit einer freundlich aussehenden Frau zurück. Ihre Kleidung war schlicht, aber sauberer als die aller anderen Reisenden. Jean sprach kurz mit ihr. Dann bat er Rose um Hilfe und brachte Ellen in eine ruhigere Ecke.

»Ellenweore, das ist Catherine, sie wird dir helfen«, stellte Jean ihr schließlich die Frau vor.

»Mach dir keine Sorgen. Du wirst das schon schaffen!«, sagte Catherine aufmunternd. »Ich habe fünf Kinder«, sie lächelte. »Meine beiden Ältesten sind auch an Bord, ich werde sie dir später vorstellen.«

Ellen bemühte sich ebenfalls um ein Lächeln, aber die Schmerzen der Wehen machten eine Fratze daraus.

Catherine streichelte sie verständnisvoll.

»Wenn es sehr schlimm wird, dann schrei nur. Das hilft zwar nicht wirklich, aber es erleichtert einem das Ganze doch ein wenig! Ihr beiden«, wandte sie sich an Rose und Jean, »stellt euch vor sie, damit die anderen sie nicht so begaffen, während sie niederkommt!«

»Sterben kann nicht schlimmer sein!«, sagte Ellen in einer kurzen Wehenpause und schnappte nach Luft.

»Du hast den Schmerz bald vergessen!«, tröstete Catherine.

»Warum musste Eva auch nur den Apfel nehmen!« Ellen stöhnte lang gezogen. Die Geschichte vom Sündenfall und Evas Schuld am Leiden der Frauen hatte ihr nie gefallen.

»Gebt mir ein paar Decken, damit wir es ihr bequem machen können. Vor allem im Rücken muss sie gut abgestützt werden«, ordnete Catherine an. »Außerdem braucht sie Wasser zum Trinken; eine Geburt macht durstig. Und hinterher etwas Gutes zu essen.«

Bei dem Gedanken an etwas Essbares stöhnte Ellen erneut auf.

»Dein Erstes?«, fragte Catherine, und Ellen nickte. »Dafür scheint es recht schnell zu gehen. Bei mir hat es zwei Tage gedauert!«

»Oh, mein Gott!« Allein bei der Vorstellung, es könne so lange dauern, verließ Ellen der Mut.

»Nein, nein, keine Angst, ich glaube nicht, dass du so lange brauchst. Bei meiner Schwester kam das erste Kind auch schneller. Versuch, tief und gleichmäßig zu atmen, das hilft!«, riet Catherine und bat Rose, eine Schüssel mit Wasser, einen Faden und ein Messer oder eine Schere bereitzuhalten.

»Wozu braucht Ihr einen Faden?«, fragte Jean neugierig.

»Man muss die Nabelschnur abbinden, bevor man sie durchschneidet«, erklärte Catherine bereitwillig.

Am Nachmittag kam das Kind mit den Füßen voran auf die Welt.

»Es ist ein Junge! Ellen, du hattest Recht mit deiner Vorahnung!«, rief Rose überglücklich.

Catherine hielt den Knaben hoch und gab ihm einen Klaps auf das Hinterteil. Die Haut des Kindes sah blau aus. Zuerst hustete der Junge, dann schrie er kläglich und wurde mit jedem Atemzug ein wenig rosiger. Schnell, aber sanft rieb Catherine den Kleinen mit Öl und ein wenig Salz ab und wusch ihn mit warmem Wasser, das der Kapitän hatte bringen lassen. Dann wickelte sie das Kind eng in die sauberen Leintücher, die Ellen immer bei sich trug.

»Wie soll er denn heißen?«, fragte Rose strahlend.

»William!« Ellen schloss erschöpft die Augen.

»Natürlich ...« Rose lächelte wissend.

Ellen streichelte ihrem Sohn vorsichtig mit dem Zeigefinger über die winzige Wange. Der Junge würde seinen Vater womöglich niemals kennen lernen, da sollte er wenigstens seinen Namen tragen.

Der Kleine begann, seine Kiefer zu bewegen, als nuckele er.

»Du musst ihn an die Brust legen, er hat Hunger!«, erklärte Catherine sichtlich gerührt.

Ellen spürte Unwillen in sich aufsteigen und rührte sich nicht.

»Ellenweore!«, rief Catherine, und Ellen schrak hoch wie aus einem bösen Traum.

Natürlich würde sie ihr Kind stillen und sich alle Mühe geben, ihm eine gute Mutter zu sein, auch wenn sie durch ihre eigene schlechte Erfahrung nicht wirklich wusste, was das bedeutete. Unsicher entblößte sie ihre Brust.

»Komm, ich zeige dir, wie man das macht.« Catherine nahm den Säugling mit einer Hand im Nacken und kniff mit der anderen Ellens Brust zusammen, sodass die Brustwarze hervorquoll.

Wie ein Raubtier schnappte der kleine William nach der Brust, sobald sie seinen Mund berührte. Er saugte fest und gleichmäßig, aber Ellen kam es vor, als sei ihre Brust trocken wie ein versiegter Brunnen.

»Es dauert ein bisschen, bis die Milch kommt«, erklärte Catherine, als könne sie Gedanken lesen. »Lass ihn saugen, sooft er will, dann geht es bald von ganz allein.«

»Ich habe auch Hunger!«, sagte Ellen kleinlaut. Ihr Körper fühlte sich an wie zerschlagen, trotzdem war sie hellwach.

»Hier!« Rose reichte ihr eine Scheibe grobes Brot mit würzigem Schmalz und Salz.

»Danke!« Ellen verschlang das Brot mit wenigen Bissen. »Jetzt wissen wir nicht einmal, ob du Engländer oder Normanne bist«, flüsterte sie ihrem Kind zu.

Als William eingeschlafen war, übernahm der Kapitän des Schiffes die Nottaufe des Kindes, weil man nicht wissen konnte, ob der kleine Junge die nächsten Tage überstand.

»Schlaf du jetzt auch ein bisschen, Ellen, ich passe auf William auf!«, erbot sich Rose. »Du musst dich ausruhen; wenn wir in London angekommen sind, haben wir noch einen weiten Weg vor uns. Wenn er Hunger hat, wecke ich dich.«

Ellen legte sich hin und war durch das Schaukeln des Schiffes schon bald in einen erholsamen Schlaf gefallen.

Von Catherine lernte Ellen, wie sie William wickeln musste. Dabei bemerkte sie, dass der linke Fuß des Kleinen anders aussah als der rechte. Er war krumm und nach innen verdreht.

»Ist bestimmt nicht so schlimm, sicher verwächst sich das«, beruhigte sie Catherine. »Die Beinchen von Säuglingen sind nach der Geburt auch zuerst krumm, und später haben die Kinder trotzdem gerade Beine. Wickel ihn nur immer schön eng, so wie es sich gehört! Und sieh nur, wie süß so kleine Füße sind!«, antwortete sie verzückt und streckte Ellen einen entgegen.

Unsicher hauchte Ellen einen Kuss darauf.

»Das solltest du aber nicht zu oft tun, sonst lernt er erst spät laufen!«, warnte Catherine und drohte lachend mit dem Zeigefinger.

»Dann werd ich's nicht mehr tun, Ehrenwort!«, stammelte Ellen schuldbewusst und wickelte den Jungen wieder fest in das Tuch. Zum ersten Mal seit ihrer Flucht aus Orford hatte sie jemanden, der richtig zu ihr gehörte, jemanden, für den sie sorgen musste. Sie würde versuchen, alles richtig zu machen und William alles beizubringen, was fürs Leben wichtig war. Nur wie sie Osmond und Leofrun erklären sollte, dass sie einen Sohn, aber keinen Mann dazu hatte, wusste sie noch nicht. So viele Jahre waren vergangen seit ihrer Flucht damals, sicher hatte sie zumindest von Leofrun und Sir Miles nichts mehr zu befürchten.

Als William fertig gewickelt war, holte Rose ihn und trug ihn ein wenig herum. Jean wich nicht von ihrer Seite, und man hätte die beiden leicht für die Eltern des Kindes halten können.

Ellen dachte traurig an den toten Jocelyn und schließlich voller Wehmut an ihren geliebten Guillaume, den sie nun wohl nie mehr wiedersehen würde. Ob es ihr Schicksal war, niemals glücklich zu sein?

Als sie in der Mittagszeit im Hafen von London anlegten, waren die meisten Nichtseeleute ein wenig grün um die Nase. Der Wind hatte am Morgen plötzlich aufgefrischt und das Schiff während der Einfahrt in die Themse zum Schlingern und Torkeln gebracht.

Als Catherine erfuhr, dass die vier schon am selben Tag weiterreisen wollten, schlug sie ihnen vor, noch als ihre Gäste in London zu bleiben. »Edward, Nigel, kommt her!«, rief sie ihren beiden ältesten Söhnen dann zu. Die Jungen sprangen herbei und machten artig einen Diener vor ihrer Mutter. Liebevoll strich sie ihnen über die Köpfe. Edward, der Ältere, war ihr wie aus dem Gesicht geschnitten und hatte das gleiche volle, kastanienbraune Haar. Nigel musste nach seinem Vater geraten sein, denn sein Haar war feiner, glatter und schwarz wie die Federn eines Raben. »Euer Vater wird uns abholen; vergesst nicht, ihn anständig zu begrüßen!«, schärfte sie den Knaben ein.

Erst als das Schiff gut vertäut war und eine Holzrampe angelegt wurde, konnten die Reisenden von Bord gehen. Es war ein merkwürdiges Gefühl, endlich wieder festen Boden unter den Füßen zu haben. Leicht schwankend gingen sie die ersten Schritte an Land.

Ellen erkannte Nigels Vater auf Anhieb in der Menge. Er war groß, gut aussehend und sehr elegant gekleidet.

»Vater! Vater!«, riefen die beiden Jungen und winkten.

Rose ließ den Mund offen stehen, so beeindruckt war sie von der stattlichen Erscheinung des Mannes.

Zuerst musterte er die Begleiter seiner Frau argwöhnisch, aber nachdem Catherine ihm etwas ins Ohr geflüstert hatte, lud er diese mit einem freundlichen Lächeln und herzlichen Worten ein, für die nächsten Tage seine Gäste zu sein.

Nachdem sie das Haus in der Weinhändlergasse betreten hatten, stupste Jean Rose an. »Hast du schon einmal so ein schönes Haus gesehen?«, flüsterte er. Sein Blick glitt bewundernd über den bunten Wandteppich und die schweren Eichenmöbel.

»Auf jeden Fall nicht von innen!«, antwortete sie ebenso beeindruckt.

Catherines Ehemann musste äußerst erfolgreich mit seinen Geschäften sein, denn mehrere Knechte, Mägde und ein Koch kümmerten sich um das Wohlergehen der Familie.

»Mama!«, juchzte ein kleines, schwarz gelocktes Mädchen mit großen Augen und stürzte sich in Catherines Arme.

Die jüngeren Kinder waren zu Hause geblieben, während Catherine und die zwei ältesten Söhne ihre Familie in der Normandie besucht hatten. Auch die beiden anderen Kinder umarmten ihre Mutter glücklich. Dann kam die Amme und nahm die Kleinen mit in die Küche.

»Was haltet ihr von einem Bad?«, schlug Catherine ihren Gästen vor. Ellen nickte sofort heftig. »Oh ja, baden ... Das ist schon so lange her!«

Rose und Jean waren etwas zurückhaltender, nickten aber schließlich auch. In so einem feinen Haushalt wollten sie keinen schlechten Eindruck hinterlassen.

»Dann werde ich mal Bescheid geben, dass in der Küche Wasser heiß gemacht wird!«

»Aber Liebling, du glaubst doch wohl, dass Alfreda seit heute Morgen nichts anderes gemacht hat, als genügend Wasser zu erhitzen, um für dich und unsere Herren Söhne ein ausgiebiges Bad bereiten zu lassen!« Der Weinhändler strahlte über das zufriedene Lachen seiner Frau.

»Du hattest Recht, mein Liebster. Alfreda denkt einfach an alles.« Zu Ellen gewandt erklärte sie: »Als wir geheiratet haben, hat mein Schwiegervater sie uns überlassen. Sie hat meinen lieben Gemahl aufgezogen, und ich fand es am Anfang nicht gerade leicht, dass sie immer alles besser wusste. Heute kann ich sie nicht mehr entbehren.«

»Ich denke, Edward und Nigel werden unseren Gästen den Vortritt lassen und später baden!« Der Weinhändler sah seine beiden Söhne abwartend an. Da sie gut erzogen waren, nickten sie artig, auch wenn sie ein wenig enttäuscht zu sein schienen.

»Natürlich, Vater«, sagten sie und begleiteten ihn auf seinen Wunsch hin hinaus.

»Ich lasse euch einen kleinen Moment allein, kommt, setzt

euch ans Feuer«, bat Catherine mit einer einladenden Geste und folgte dem Rest ihrer Familie.

Kaum hatte sie den Raum verlassen, begann Rose zu schwärmen. »Schon auf dem Schiff ist sie mir gleich aufgefallen, weil sie so schön ist. Ihre Kinder sind so liebenswert, und selbst in ihrem einfachen Leinenkleid strahlt sie eine Eleganz aus! Bestimmt trägt sie nachher etwas Feineres!«

»Also, ich weiß nicht, mir ist das hier alles ein bisschen zu schön, zu heiter und ordentlich. So was macht mich immer misstrauisch.« Jean fühlte sich sichtlich unwohl in dem vornehmen Haus.

Als Catherine kurze Zeit später zurückkam, wirkte sie ein wenig angespannt, bemühte sich aber sehr, es sich nicht anmerken zu lassen.

Das Bad im Hause des Weinhändlers war für Ellen ein wundervolles Erlebnis. Auf einem Brett, das über den hölzernen Zuber gelegt wurde, servierten die Mägde ein üppiges Essen aus Hühnchen, kaltem Braten, Brot und einem Stück Käse. Dazu gab es einen großen Becher mit Nelke gewürzten Weines. Während Ellen genüsslich kaute, weichte das warme Wasser ihre Haut auf, bis sie schrumplig wurde. Alfreda hatte Rosmarinzweige ins Wasser gegeben, die wunderbar dufteten. Mit einem Leintuch rubbelte die alte Magd Ellen den Rücken, reinigte ihr Hals und Ohren, dann wusch sie ihr die Haare mit einem schäumenden Stück, das sie als Olivenseife bezeichnete und das dem Aufheben nach, das Alfreda darum machte, etwas ganz besonders Kostbares sein musste. Beschämt sah Ellen, wie schmutzig das Wasser war, nachdem sie ihr Bad beendet hatte.

Rose war gemeinsam mit dem kleinen William in den zweiten Zuber gestiegen. Sie badete zuerst den Säugling und gab ihn dann der Kinderfrau, die den Kleinen abtrocknete und mit frischen Windeln versorgte.

»Ich fühle mich wie ein neuer Mensch, einfach wunderbar!«,

bedankte sich Ellen bei Catherine, als sie wieder angezogen war. Sie trug das grüne Kleid, das sie von der Dame von Béthune zu Claires Hochzeit geschenkt bekommen hatte. Es war ein wenig zerknittert von der Reise, aber einigermaßen sauber. Ihre langen Haare waren noch nass und kringelten sich, tropften aber nicht mehr, weil die Magd sie mit einem Leinentuch ordentlich ausgewrungen hatte.

»Ob Alfreda vielleicht meine Kleider waschen könnte?«, bat Ellen ihre Gastgeberin schüchtern. »Es sind noch Blutflecken von der Geburt darauf.«

»Aber sicher! Rose und Jean geben wir auch etwas zum Wechseln, dann können alle eure Kleider gewaschen werden, bevor ihr weiterreist.« Catherine lächelte, aber sie sah nicht mehr so glücklich aus wie in den letzten Tagen.

»Sicher seid ihr müde! Wir sollten schlafen gehen. Elias wird euch euer Lager zeigen«, sagte sie nervös und lächelte traurig. Ellen staunte. Die Sonne war noch nicht lange untergegangen, und es war üblich, mit willkommenen Gästen noch ein wenig zusammenzusitzen und zu plaudern.

»Bitte richtet Eurem Gemahl unseren allerherzlichsten Dank aus, und schlaft gut!«, sagte Ellen trotzdem freundlich. Sie nahm Catherines Hand und küsste sie.

Auch Rose und Jean hatten die unerwartete Wehmut bemerkt, die Catherine ergriffen hatte.

»Bestimmt ist ihr Mann gar nicht der freundliche, gutmütige Mensch, den er uns vorspielt. Ich habe gleich gesagt, dass da irgendetwas nicht in Ordnung ist«, ereiferte sich Jean, als sie allein in der kleinen Kammer neben dem Kontor waren.

»Wer weiß, was passiert ist, triff nicht immer so vorschnell ein Urteil. Du hast doch schon bei Ruth gesehen, dass du nicht immer Recht hast.« Ellen war ärgerlich. Anstatt sich über den plötzlichen Stimmungswechsel ihrer Wohltäterin zu sorgen, verdächtigte Jean gleich wieder jemanden, den er gar nicht richtig kannte.

»Sie sieht aus, als ob sie Heimweh hätte«, mischte sich Rose ein, die bis dahin nur wenig gesagt hatte.

»Ach was, so ein Unsinn, sie ist doch jetzt zu Hause«, knurrte Jean.

Am nächsten Morgen ließ Catherine sich durch Alfreda bei ihren Gästen entschuldigen und ausrichten, dass sie zu tun habe.

Die Magd schlug ihnen vor, die Stadt zu erkunden. Damit Ellen den kleinen William vor dem Bauch tragen konnte, gab sie ihr ein langes Stück Tuch und zeigte ihr, wie man es binden musste. Graubart beschnüffelte es neugierig und leckte über Williams Windel.

Obwohl keiner von ihnen so rechte Lust hatte, machten sie sich auf den Weg. Der Himmel war mit dicken, grauen Wolken verhangen, und über den Häusern der Stadt lag ein übel riechender Dunst. In den weniger wohlhabenden Gassen wimmelte es von Schweinen und Ratten, die im Schlamm nach Fressbarem suchten. Ellen und die anderen drehten nur eine kleine Runde und kehrten bald zurück.

Im Haus des Weinhändlers war es ungewöhnlich still. Weder Kinderlachen noch sonst ein Geräusch war zu hören, obwohl alle im Haus sein mussten.

Als der Abend kam, ließ Catherine sich bei ihren Gästen erneut entschuldigen.

Der Weinhändler versuchte, sie zu unterhalten, und bat einen seiner Knechte, mit der Flöte aufzuspielen, aber es wollte keine Fröhlichkeit aufkommen.

Ellen war verstimmt und bat recht bald, sich zurückziehen zu dürfen.

Rose und Jean begleiteten sie.

»Wenn sie mit einfachen Menschen wie uns nicht an einem Tisch sitzen will, hätte sie uns doch gleich die Küche zuweisen können oder uns besser gar nicht erst eingeladen!«, machte Ellen ihrem Unmut Luft.

»Vielleicht ist es gar nicht ihre Schuld«, spekulierte Jean. »Wer weiß, ob ihr Mann nicht dahintersteckt. Vielleicht will er nicht, dass sie mit uns isst, und sperrt sie ein!«

Ellen sah Jean zuerst verärgert an, dann lenkte sie ein. »Vielleicht hast du Recht, und sie hat deshalb schon so schnell nach ihrer Ankunft traurig geschaut! Wir müssen herauskriegen, was da los ist.« Ellen fand Catherines Verhalten mehr als ungewöhnlich.

»Wir sollten abreisen, ich fühle mich hier nicht wohl«, drängte Jean. »Was meinst du, Rose?«

»Wir sollten gleich morgen früh nach Ipswich aufbrechen, denkst du nicht auch, Ellen?«

»Einverstanden, aber nicht bevor wir sicher sind, dass es Catherine gut geht. Wenn er sie einsperrt, dann müssen wir etwas tun. Er ist sicher noch unten, ich schleiche mich jetzt nach oben und sehe zu, dass ich in ihre Kammer komme«, entschied Ellen mutig.

»Pass um Gottes willen auf!«, rief Rose ängstlich.

Ellen legte den Finger auf den Mund und öffnete leise die Tür. Der Flur war dunkel. Vorsichtig ging sie hinaus und dann die Treppe hoch. Sie wollte gerade eine Tür öffnen, als plötzlich Alfreda mit einem Kienspan vor ihr stand und sie forschend ansah.

»Ich wollte mich nur kurz von Catherine verabschieden, wir wollen morgen schon früh aufbrechen«, erklärte Ellen stockend.

Alfreda öffnete die Tür, ohne einen Schlüssel zu benötigen.

Catherine lag in einem riesigen Bett in der Mitte des Raumes. Die Vorhänge waren nicht ganz zugezogen.

»Ich glaube nicht, dass sie schläft«, ermutigte Alfreda sie, näher zu treten.

»Catherine, ich wollte mich verabschieden, wir reisen morgen weiter!« Ellen sprach zaghaft, um die Hausherrin nicht zu wecken, falls sie doch schlief.

»Ellenweore?«

»Ja.«

»Es geht mir nicht gut, nehmt mir bitte nicht übel, dass ich den Abend nicht mit Euch verbracht habe!«

»Das tun wir nicht, wir sorgen uns nur. Erlaubt Ihr, dass ich mich ein wenig zu Euch setze?«

Catherine nickte stumm. Nichts an ihrem blassen, faden Gesicht erinnerte mehr an die vor Kraft und Glück strotzende junge Frau, die sie vor wenigen Tagen auf dem Schiff kennen gelernt hatte.

»Was ist nur mit Euch?«

»Ach Ellen, ich hasse dieses Haus, London, das Wetter hier, einfach alles!«

»Sperrt er Euch ein? Behandelt er Euch schlecht?« Ellen beugte sich besorgt zu ihr vor.

»Mein Mann?« Catherine richtete sich ein wenig auf und sah Ellen überrascht an. »Nein! Er würde alles für mich tun, aber ich bin einfach nicht glücklich in England. Ich fahre, sooft es geht, in die Normandie. Meine Eltern haben da ein großes Gut. Nur dort fühle ich mich wirklich wohl!«

Ellen hatte Mühe, ihr Unverständnis zu verbergen. Wie war es möglich, dass eine Frau, die so verwöhnt war vom Glück, die einen wohlhabenden, guten Mann und wundervolle Kinder hatte, so unglücklich war?

»Ich verdanke Euch so viel, Catherine!« Es klang wie eine Entschuldigung. Ellen nahm Catherines zarte Hand.

»Ich bin ein schlechter Mensch!« Catherine drehte den Kopf zur Seite, um Ellen nicht anschauen zu müssen.

»Wie kommt Ihr denn auf so einen Unsinn!«, schalt Ellen sie. »Ihr seid die Güte selbst!«

»Siehst du denn nicht, in welchem Überfluss ich lebe? Die Kinder, mein Mann, das Haus, meine Kleider – niemand könnte lieber, nichts könnte besser, schöner sein, aber ich bin immerzu traurig. Wenn ich nicht die frische Luft der Normandie atmen kann, ist meine Brust eng, und ich glaube, ersticken zu müssen. Ich kann den Gestank von London und das Elend in den Gassen nicht ertragen. Selbst wenn ich nicht aus dem Haus gehe, verfolgt mich die Stadt. Aber auch der Vorwurf in den Augen meines Mannes und meiner Kinder entgeht mir nicht. Sie alle finden, dass ich undankbar bin, eine schlechte Ehefrau und Mutter. Und sie haben Recht.« Catherine warf sich herum und schluchzte.

»Warum steht Ihr dann nicht auf und ändert das? Geht hinunter zu Eurem Gatten und leistet ihm Gesellschaft. Lacht mit Euren Kindern, und seid fröhlich, Ihr habt allen Grund dazu!« Ellen bemerkte, dass sie vorwurfsvoll klang. Aber sie konnte einfach nicht verstehen, warum Catherine so unglücklich war. Es gab so viele Menschen, die viel größere Qualen litten. Menschen, denen Krankheit, Hunger oder Gebrechen das Leben zu einer immer wiederkehrenden Herausforderung machten, der sie sich jeden Tag aufs Neue stellen mussten.

Catherine antwortete nicht.

»Ich werde für Euch beten«, sagte Ellen weich und strich ihr über den Kopf. Wer konnte schon wissen, wofür Gott sie mit diesen quälenden Zweifeln strafte?

Catherine starrte noch immer an die Wand.

Ellen erhob sich und verließ leise den Raum.

Als sie zurück in der Kammer neben dem Kontor war, drangen Jean und Rose darauf, dass sie ihnen alles ganz genau erzählte.

Jean schien ein wenig enttäuscht zu sein, dass der Weinhändler kein Schurke, sondern eher zu bedauern war, weil seine Frau der Schwermut anheimfiel, sobald sie sein Haus betrat, und Rose war so gerührt, dass sie ein wenig weinte.

Bevor sie am nächsten Morgen abreisten, verabschiedeten sie sich von ihrem Gastgeber.

»Ich habe gestern noch mit Catherine gesprochen. Ich weiß

jetzt, warum sie so unglücklich ist, auch wenn ich es nicht verstehe«, erklärte Ellen dem Weinhändler.

»Ich werde sie bald wieder in die Normandie begleiten – zusammen mit den Kindern. Ich liebe sie doch, und wenn wir dort sind, dann ist sie so, so ...« Er schien keine Worte zu finden.

»Lebendig?« Ellen legte den Kopf schräg.

»So lebendig, ja«, seufzte er.

»Sie hat Euch wunderbare Kinder geschenkt!«, sagte Ellen, um ihn zu trösten.

»Das hat sie.« Er nickte.

Zum Abschied klopfte er Jean auf die Schulter und schüttelte Rose die Hand. Ellen umarmte ihn.

»In der Normandie gehört sie wieder Euch!«, flüsterte sie ihm ins Ohr.

Seine Augen schimmerten feucht, als er wortlos nickte.

Sie verließen London durch das im Osten liegende Aldgate und folgten dann der Landstraße in nordöstlicher Richtung.

Damit Ellen den kleinen William stillen konnte, machten sie regelmäßig Rast und legten so den weiten Weg nur langsam zurück. Je näher sie Ipswich kamen, desto zappeliger wurde Rose.

»Wolltest du nicht sehen, ob deine Mutter da ist?«, fragte Jean, als sie die Stadt erreichten. Rose holte tief Luft.

»Ich will nur einmal in die Gasse gehen und schauen, ob sie noch dort wohnt.«

»Sollen wir mitkommen?«, fragte Ellen.

»Nein, lasst nur, ich gehe alleine. Wir treffen uns später am Markt.«

»Und was machen wir so lange?« Jean sah Ellen fragend an.

»Wir sehen nach, ob Donovan und Glenna wieder hier wohnen; ich glaube, ich bin ihnen eine Erklärung schuldig.«

»Donovan? Ist das nicht der Schmied, von dem du mir erzählt hast?«

»Genau, mein Meister! Der beste, aber auch der strengste.«

Jeder in seine Gedanken vertieft, gingen sie in Richtung Stadtrand. Als die Schmiede in Sichtweite kam, wurde Ellen unruhig.

»Ich fürchte mich vor den Vorwürfen, die er mir machen wird, und der Enttäuschung in seinem Blick.«.

»In wessen Blick?« Jean sah sie verwirrt an.

»Donovans! Dort ist seine Schmiede.« Ellen deutete auf die Werkstatt.

»Ach so, ja sicher!«

Zielstrebig steuerte Ellen auf die Schmiede zu. Ob Donovan hierher zurückgekehrt war? Vielleicht hatte er sich doch entschieden, in Tancarville zu bleiben? Oder er war längst tot? Ellen konnte hören, dass in der Werkstatt gehämmert wurde. Zaghaft öffnete sie die Tür. In der Schmiede war es wie immer dunkel und rauchig. Ellen ging hinein. Sie sah zwei Männer, die gemeinsam an einem Werkstück arbeiteten. Einer von ihnen hatte zerzaustes, ausgeblichenes Haar.

»Llewyn!«, rief Ellen erfreut.

Der Schmied sah sie fragend an. »Was kann ich für Euch tun?«

Ellen betrachtete kurz den zweiten Schmied.

»Wo ist Donovan?«

»Ihr kanntet ihn?« Llewyn musterte sie eingehend. »Er ist kurz vor Weihnachten gestorben.«

Ellen hielt den Atem an. Obwohl sie damit hatte rechnen müssen, traf sie diese Nachricht wie ein Schlag.

»Und Glenna?«, fügte sie leise hinzu.

Llewyn kniff die Augen zusammen, als käme ihm nun doch etwas an ihr bekannt vor.

»Sie ist drüben im Haus. Ist alt geworden, seit Donovan tot ist. Aber bitte, gute Frau, sagt mir, wer Ihr seid. Woher kennen wir uns?«

»Aus Framlingham«, antwortete Ellen und ließ Llewyn einen Moment Zeit zum Nachdenken.

»Tatsächlich?«

»Ich habe als Schmiedejunge Alan bei dir gearbeitet. Aber mein richtiger Name ist Ellenweore.« Sie schlug die Augen nieder, um ihn nicht ansehen zu müssen. »Es war damals die einzige Möglichkeit für mich, Schmied zu werden«, gestand sie.

Llewyn sagte nichts, und Ellen schaute ihm nun doch ins Gesicht.

»Du hast mich also belogen«, sagte er leise.

»Bitte, ich hatte doch keine andere Wahl!«

»Du hättest mir vertrauen können!«

»Und riskieren, dass du mich rausschmeißt? Nein, Llewyn, das konnte ich nicht.«

»Hast du auch Donovan belogen?«

Ellen nickte. »Deswegen bin ich hier, ich wollte es ihm erklären.«

»Dazu ist es zu spät!« Llewyn klang bitter. »Auch für mich war es zu spät, meinen Streit mit ihm beizulegen. Als Glenna den Zuschläger zu mir geschickt hat, war Donovan schon zu krank. Er war nicht mehr bei Sinnen, als ich ankam.«

»Llewyn!« Ellen legte ihre Hand auf seinen Arm. »Er hat dich geliebt wie einen Sohn.«

Llewyn atmete hörbar aus. »Kurz bevor er starb, schien er noch einmal ganz klar. Er hat mich angesehen, und ich dachte, er habe mir verziehen, aber dann hat er sich abgewandt, ohne ein Wort zu sagen.«

»Llewyn, ich weiß, wie viel du ihm bedeutet hast, glaub mir!«

Der kleine William maunzte im Schlaf wie ein Kätzchen. Ellen rückte das Tuch um ihre Schulter ein wenig zurecht, weil es zu drücken begann.

»Du hast ein Kind?«

»Er heißt William.« Ellen nickte und lächelte zaghaft.

»Geh mal zu Glenna ins Haus. Ich denke, sie würde sich freuen, euch zu sehen. Sie hat immer Kinder haben wollen.«

»Kommst du mit?«

»Nein, ich hab noch etwas zu tun. Geh ruhig alleine zu ihr.«

Ellen war das Herz schwer, als sie die Schmiede wieder verließ.

Jean hatte sich vor der Werkstatt im Gras niedergelassen und raufte mit Graubart.

»Donovan ist tot, ich will noch kurz zu Glenna«, erklärte sie.

»Ich warte hier auf dich.« Jean traf wie immer den richtigen Ton. »Soll ich dir den Winzling abnehmen?«

»Nicht nötig, ich nehme ihn mit.«

Als Ellen an Glennas Tür klopfte, schlug ihr das Herz bis zum Hals.

»Ellen!«, rief Glenna erstaunt, als sie öffnete. Es klang kein bisschen böse. Im ersten Moment wunderte sich Ellen nicht einmal darüber, dass Glenna sie gleich erkannt hatte. »Komm herein, mein Kind!« Sie zog die junge Frau am Ärmel ins Haus.

»Ich bin so froh, dich wohlauf zu sehen!« Sie nahm Ellens Gesicht in beide Hände und sah ihr fest in die Augen. »Donovan hat bis zum letzten Atemzug auf dich gewartet. ›Sie wird kommen, Glenna, ganz sicher‹, hat er immer gesagt.«

Erst jetzt wurde Ellen bewusst, dass Glenna Bescheid wusste. »Aber woher … Ich meine, dass ich kein …« Ellen sah betreten zu Boden.

»Ein Knappe kam zu ihm in die Schmiede. Er hat Donovan verhöhnt, weil er sich von einer kleinen Schlampe, wie er dich nannte, habe betrügen lassen. Donovan war außer sich vor Wut. Die erste Zeit hat er nur über dich geschimpft, weil du ihn hintergangen hast. Mit der Zeit aber schwärmte er wieder von deinem Können, und irgendwann erklärte er mir, dass du eigentlich gar keine Wahl hattest mit deiner Begabung. Er gab zu, dass er dich als Mädchen niemals genommen hätte. Und je länger du weg warst, desto mehr hat er dich vermisst. Arnaud hat sich sehr bemüht, deinen Platz einzunehmen. Er ist wohl auch kein schlechter Schmied gewesen, aber er konnte dich nicht ersetzen. Ich bin sicher, Dons Seele wird endlich Ruhe finden, jetzt, wo du gekommen bist. Er wollte, dass du weißt, dass er dir verziehen hat.« Glenna streichelte ihr über die Wange. »Wie haben wir nur nicht merken können, dass du ein Mädchen bist?« Fassungslos schüttelte sie den Kopf, dann wanderte ihr Blick zu dem winzigen Bündel vor ihrer Brust. »Meine Güte, wer ist denn das?«

»Glenna, darf ich dir meinen Sohn vorstellen. Das ist William.«

»Nein, wie klein er ist!«, rief Glenna entzückt aus.

»Er ist letzte Woche auf dem Kanal geboren.«

Glennas Augen leuchteten. »Und dein Mann?«

Ellen schüttelte nur stumm den Kopf.

»Warum bleibst du dann nicht? Ellen, bitte! Llewyn hat die Schmiede geerbt. Er führt sie gut, aber er ist noch immer allein. Ihr könntet heiraten und noch mehr Kinder haben. Und ich würde auf sie Acht geben.«

»Ich muss zu meinem Vater, Glenna. Ich habe ihn nicht mehr gesehen, seit ich aus Orford weggegangen bin. Das ist schon so lange her!«

Traurig nickte Glenna. »Dann bleib wenigstens zum Essen!«

»Ich bin nicht allein, ich habe einen Freund dabei – und Rose, erinnerst du dich an Rose?«

»Aber natürlich! Ich dachte damals, du wärst in sie verliebt.« Glenna grinste verlegen. »Ihr seid alle zum Essen willkommen und auch für die Nacht, wenn ihr wollt.«

Ellen und Jean holten Rose an der verabredeten Stelle ab und gingen mit ihr zurück zur Schmiede, wo sie einen fröhlichen Abend verbrachten und in Erinnerungen an vergangene Zeiten schwelgten.

Llewyn erzählte von seinen neuesten Aufträgen, Glenna und Rose sprachen über Tancarville, nur Jean blieb stumm. Erst als der Abend schon fortgeschritten war, fiel Ellen auf, dass sie die ganze Zeit Englisch gesprochen hatten. Jean verstand aber nur normannisches Französisch.

»Meine Güte, Jean! Ich habe gar nicht daran gedacht, dass du ja erst noch Englisch lernen musst!«, sagte Ellen auf Französisch und sah ihn mitleidig an.

»Rose hat mir zum Glück ein paar Worte beigebracht. Ich hab zwar bei weitem nicht alles verstanden, aber ein bisschen schon. Nur mit dem Sprechen will es noch nicht so recht klappen. Klingt, als hätte man eine heiße Kastanie im Mund, euer Englisch.« Jean grinste frech, und alle am Tisch lachten – sogar Llewyn, der Jean gar nicht verstanden hatte.

Den Rest des Abends sprachen sie Englisch und Französisch durcheinander.

Glenna verhaspelte sich bei jedem normannischen Wort, das sie über die Lippen brachte. »Ich hab es nie richtig gelernt und das Wenige schnell wieder vergessen. Dachte, ich brauch's nie wieder!«, rief sie fröhlich.

»Kommt uns recht bald wieder besuchen!« Glenna drückte Ellen am nächsten Morgen lange an sich.

Der sonst eher bedächtige Llewyn nickte heftig und umarmte sie der Reihe nach. Jean drückte er besonders herzlich. »Ihr seid uns immer willkommen!«

Rose war stiller als am Vorabend.

»Willst du noch mal bei deiner Mutter vorbeischauen?«, fragte Jean besorgt. Rose hatte ihnen erzählt, wie die Mutter sie hinausgeworfen und aufs Schlimmste beschimpft hatte.

»Nein, das hat keinen Sinn. Sie hat ohnehin längst Ersatz für mich gefunden.«

»Wie meinst du das?« Ellen sah sie überrascht an.

»Sie hat ganz schnell wieder geheiratet, nachdem ich weg war. Ich habe jetzt eine Schwester und einen Bruder. Das Mädchen verkauft Fischpasteten, so wie ich früher. Ihr seht, meine Mutter braucht mich nicht.« Rose blickte an sich hinunter. Ihr Kleid war einfach und schon ein wenig fadenscheinig. »Wenn ich reich wäre, hätte sie mich sicher mit offenen Armen wieder aufgenommen.«

Orford im Mai 1173

Mitten auf dem Weg nach Orford blieb Ellen wie angewurzelt stehen. Irritiert legte sie die Hand an die Stirn, um trotz des hellen Lichts weit genug sehen zu können, dann blickte sie sich aufmerksam um.

»Was ist denn?«, fragte Jean. Er konnte nichts Ungewöhnliches entdecken.

»Die Burg!« Ellen zeigte in die Ferne. »Wir müssen uns verlaufen haben!«

»Nein! Das kann nicht sein.« Jean sah sie entrüstet an. »Der Mönch hat gesagt, dass wir auf diesem Weg bleiben sollen. Eigentlich müssten wir bald da sein!«

»Aber in Orford hat es nie eine Burg aus Stein gegeben!«

»Vielleicht erinnerst du dich nur nicht?«

»Unsinn!« Ellen wirkte gereizt.

»Vielleicht ist die Burg gebaut worden, während du fort warst!«, mischte sich Rose ein.

Ellen brummelte etwas Unverständliches und ging weiter.

Je näher sie an die Burg herankamen, desto deutlicher wurde, dass diese tatsächlich erst vor kurzem fertig gestellt worden war. Die weitläufige steinerne Burgmauer und der hölzerne Wehrgang aus dunklem Eichenholz sahen neu aus, und die Brücke aus Stein, die über den Wassergraben führte, war noch nicht ganz fertig. Neugierig gingen sie näher an die Burganlage heran und blickten durch das offene Tor. Der Wohnturm hatte eine ungewöhnliche Form. Es sah aus, als habe man drei viereckige Türme und ein Vorgebäude um einen runden Turm herumgebaut.

»Hast du schon einmal so einen Turm gesehen?«, fragte Jean.

Ellen schüttelte den Kopf und betrachtete ihn genauer, nur zu gern wäre sie dichter an ihn herangegangen, aber die Torwache sah sie abweisend an. Ellen drehte sich zu Jean um.

»Er ist genial! Die Ecken eines gewöhnlichen viereckigen Turms können leicht untergraben werden. Auf diese Weise kann man einen ganzen Bergfried zum Einsturz bringen. Dieser hier dürfte schwierig zu Fall zu bringen sein«, erklärte Ellen ihm begeistert.

»Woher weißt du das?«, fragte Jean erstaunt.

»Von Guillaume!« Ellen seufzte, und Jean nickte vielsagend.

»Hast du ’ne Ahnung, wer die Burg gebaut haben könnte?«

Ellen schüttelte den Kopf. »Nein, aber Osmond wird uns sicher eine Menge darüber erzählen können. Kommt, lasst uns endlich zur Schmiede gehen. Ich kann es kaum noch erwarten, alle wiederzusehen.« Ellen erinnerte sich noch ganz genau an den Weg nach Hause. An der Stelle, wo sich die Straße gabelte, zögerte sie einen Moment. Rechts ging es zur Hütte der Gerber. Was wohl aus Simon geworden war? Entschlossenen Schrittes nahm sie schließlich den Weg nach links in Richtung der elterlichen Schmiede. Werkstatt und Wohnhaus lagen unverändert da und sahen aus, als sei sie erst gestern fortgegangen.

Ellen zuckte zusammen, als die Tür der Werkstatt aufflog und ein Junge herauskam. Er war ungefähr im gleichen Alter wie sie selbst damals, als sie Orford verlassen hatte. Der Junge war Osmond wie aus dem Gesicht geschnitten. Erleichtert atmete Ellen auf. Immerhin hatte Leofrun ihm keinen Bastard von Sir Miles untergeschoben! Der Junge flitzte rüber ins Haus. Kurz darauf kam eine Frau heraus. Zunächst fürchtete Ellen, es könne ihre Mutter sein, dann aber rannte sie los.

»Mildred? Mildred!«, rief sie und lief auf ihre Schwester zu.

Jean und Rose, die den kleinen William trug, kamen langsam nach.

Juchzend fielen sich die beiden Schwestern in die Arme.

»Ellenweore!« Mildred strich ihr liebevoll über die Wangen, als sei sie die Ältere.

Die Tür des Hauses ging auf, und der Junge kam wieder heraus. Mildred winkte ihn herbei.

»Das ist Leofric, unser Bruder!«, sagte Mildred und nahm Ellen bei der Hand. »Leofric, das ist Ellenweore, ich habe dir von ihr erzählt, erinnerst du dich?«

Der Junge nickte schüchtern und streckte die Hand aus.

Ellen drückte sie kurz und kräftig.

»Und wie geht es Osmond?« Ellen sah von ihrem Bruder zurück zu Mildred. »Und Mutter?«

»Mutter ist kurz nach Leofrics Geburt gestorben, und Vater ist inzwischen so gut wie blind. Er kann nicht mehr arbeiten. Er hat zwar einen Gesellen, aber ...« Mildred schüttelte missbilligend den Kopf. »Der taugt nicht viel. Sobald ich fort bin, spielt er sich auf, als sei er der Meister. Aber ich kann ja nicht ständig hier sein. Ich habe schließlich eine eigene Familie!« Mildred zog Ellen ein wenig näher zu sich. »Aber nun erzähl du! Wie ist es dir ergangen? Und warum bist du damals verschwunden?«

»Ich erzähle dir alles später, Mildred. Zuerst möchte ich dir meine Freunde Rose und Jean vorstellen. Und der kleine Wurm da ist mein Sohn.«

»Du hast geheiratet? Oh, wie wunderbar, erzähl mir. Wer ist er? Und wo ist er?«

Ellen spürte den bohrenden Blick von Rose und Jean, als sie Mildred ihre Geschichte auftischte.

»Jocelyn war Goldschmied, Räuber haben ihn überfallen und erschlagen«, erklärte sie knapp. Mit keinem Wort behauptete sie, mit Jocelyn verheiratet gewesen zu sein, oder gar, dass er der Vater ihres Sohnes gewesen sei.

»Du Ärmste! Und der Junge muss jetzt ohne Vater aufwachsen!« Mildred schüttelte mitleidig den Kopf. »Lass uns gleich in die Schmiede gehen. Du ahnst nicht, wie glücklich Vater sein wird, dass du wieder da bist und dann auch noch mit seinem ersten Enkel, ich habe ja nur eine Tochter!« Mildred hakte Ellen unter und bedeutete den beiden anderen mitzukommen.

Der alte Osmond weinte hemmungslos. Er umklammerte Ellen und ließ sie lange nicht los. »Jeden Tag habe ich gebetet, dass du wiederkommst!«, flüsterte er ihr ins Ohr. »Endlich hat Gott mich erhört!«

»Ellen hat dir einen Enkel mitgebracht, Vater!«, rief Mildred.

»Nicht so laut, Kindchen! Ich bin fast blind, nicht taub!« Er drehte den Kopf in die Richtung, aus der er ihre Stimme vernommen hatte, dann wandte er sich wieder an Ellen. »Ist das wahr, du hast einen Sohn?«

»Ja, Vater!« Von Angesicht zu Angesicht brachte Ellen es nicht fertig, ihn Osmond zu nennen, obwohl sie doch nun schon so lange wusste, dass er nicht ihr leiblicher Vater war. Sie winkte Rose herbei und nahm ihr den kleinen William ab.

»Hier, nimm ihn auf den Arm, er ist noch ganz klein, keine zehn Tage ist er alt!«

Osmond weinte still vor Glück und wiegte das Kind in seinen Armen. Er senkte sein Gesicht, bis seine Nase den Kopf des Kindes berührte. »Mm, er riecht so gut! Wie du damals«, sagte er glücklich und schaukelte das Kind sanft hin und her.

Ellen schaute sich in der Werkstatt um und runzelte die Stirn. Überall lagen Zangen, Abschrote und Hämmer herum. Sogar die teuren Feilen hingen nicht da, wo sie hingehörten. Der ganze Boden war voller Zunder und Staub und sicher lange nicht mehr gefegt worden.

Osmonds Geselle sah die unerwarteten Gäste missmutig an.

»Lasst uns ins Haus rübergehen, Adam kommt hier gut alleine klar«, schlug Osmond vor. »Trag du das Kind, Ellen. Ich habe Angst zu stürzen. Ich habe in meinem Leben zu viel ins Feuer geschaut und bin geblendet«, erklärte er.

Osmond erzählte Ellen, dass er nach Leofruns Tod eine Amme für den Jungen ins Haus geholt und diese bald darauf geheiratet hatte. Anna war ihm eine gute Frau und zu Leofric wie eine Mutter gewesen. Aber im vergangenen Winter war sie beim Wasserholen in den fast zugefrorenen Bach gefallen und jämmerlich ertrunken. Osmonds Augen waren schon damals nicht mehr die besten gewesen, doch bis dahin hatte sich Anna um alles gekümmert. Erst nach ihrem Tod hatte Adam begonnen, sich aufzuspielen, als sei er der Herr im Haus.

»Vater, wenn du einverstanden bist, würde ich gern hier bleiben«, sagte Ellen.

Jean und Rose blickten sie erschrocken an.

»Ich könnte mich selbst um Leofrics Schmiedeausbildung kümmern und Jean anlernen, wenn er bei uns bleiben will. Adam bräuchtest du dann nicht mehr. Rose ist eine hervorragende Köchin, vielleicht können wir sie überreden, für uns zu sorgen! Ich könnte mir keinen besseren Vaterersatz für William vorstellen als dich! Was meinst du?« Ellen sah kurz in die Runde und zwinkerte ihrem jüngsten Bruder verschwörerisch zu, als hätten sie sich schon immer gekannt.

Osmond nickte glücklich. Seine trüben Augen waren randvoll mit Tränen. »Danke, Herr!«, flüsterte er.

»Seid ihr auch einverstanden?«, wandte sich Ellen an ihre Freunde.

Rose und Jean tauschten einen Blick und grinsten. »Einverstanden!«, sagten sie wie aus einem Mund.

»Na dann, willkommen zu Hause!«, krächzte Osmond heiser vor Freude.

Schon am nächsten Tag brach Mildred nach St. Edmundsbury zu ihrer Familie auf. »Ich bin wirklich froh, dass du bei Osmond bleibst!«, erklärte sie sichtlich erleichtert.

»Ich werde mich um alles kümmern, du kannst unbesorgt sein!«

»Das weiß ich, Ellen!« Mildred sah ihre Schwester genauso hingebungsvoll an wie schon als Kind.

»Besuch uns bald wieder!«

»Ich werde es versuchen, aber so schnell wird es nicht gehen!« Mildred ließ sich von Jean in den Sattel helfen und ritt davon.

Ellen winkte ihr nach und ging dann in die Schmiede.

Adam saß auf einem Hocker und bohrte gelangweilt in den Zähnen. Ihren Gruß beachtete er nicht.

»Mein Vater ist zu alt für die Arbeit hier«, erklärte Ellen ihm ruhig. »Deshalb werde ich die Schmiede übernehmen.«

»Erst ein blinder Tattergreis und jetzt eine Frau als Meisterin!« Adam schüttelte herablassend den Kopf. »Wo hat man denn so etwas schon gesehen? Kein Mensch wird euch etwas abkaufen!«, höhnte er. »Es sei denn, wir sagen es niemandem!«

»Wir?« Ellen zog das Wort über Gebühr in die Länge. »Einen Gesellen werde ich mir vorläufig wohl nicht leisten können.« Sie zuckte scheinbar bedauernd mit den Achseln.

»Du willst mich rausschmeißen? Das würde ich dir nicht raten! Wenn ich allen erzähle, wer hier in Zukunft die Esse anheizt, wird kein Mensch mehr kommen. Ich kenne jeden Kunden hier und habe beste Verbindungen zur Burg!«, trumpfte Adam auf.

»Ich zahle dir den Lohn bis zum Ende der Woche, aber du kannst schon heute gehen.« Ellen bemühte sich um einen sachlichen Ton, obwohl sie furchtbar wütend auf Adam war. Er hatte drei Tage Lohn ohne Arbeit nicht verdient, so wie es in der Schmiede aussah, aber er hatte sich nicht offensichtlich etwas zuschulden kommen lassen, also blieb ihr keine andere Wahl.

»Das wirst du noch bereuen!«, presste Adam hervor. »Bitter bereuen!« Er suchte hastig seine Sachen zusammen und machte sich ohne ein weiteres Wort auf und davon.

Ellen war froh, dass Osmond bei dieser Auseinandersetzung nicht dabei gewesen war. Adams Äußerungen hätten ihn zutiefst verletzt. Froh, dass diese unangenehme Unterredung nun hinter ihr lag, rieb sie sich die Hände. »So, dann wollen wir mal!«, murmelte sie und begann, die Werkstatt aufzuräumen.

»Adam hat das Werkzeug verkommen lassen. Die Zangen sind rostig, die Feilen stumpf. Außerdem scheint er einiges gestohlen zu haben. Wie viele Feilen hast du gehabt, Vater?«, fragte Ellen, als Osmond in die Schmiede kam.

»Fünf! Sehr gute Feilen, habe sie alle nach und nach in Woodbridge gekauft, bei Iven, dem besten Feilenhauer, den ich kenne!«, antwortete Osmond stolz.

»Fünf!«, zischte Ellen. »Dann hat er zwei mitgenommen, dieser Gauner!«

Jean sah sie mit großen Augen an. »Ist doch nicht so schlimm, oder?«

»Nicht so schlimm? Eine Feile kostet mehr, als ein Geselle in vier Monaten verdient!«

Zwei Tage verbrachten Ellen und Jean damit, die Schmiede aufzuräumen, das Werkzeug zu sortieren, den Rost davon abzuschaben und es anschließend zu ölen.

»Morgen fangen wir mit der richtigen Arbeit an. Wir brauchen noch ein paar Werkzeuge, die werden wir zuerst schmieden, und danach bemühen wir uns um neue Aufträge!«, erklärte Ellen zufrieden.

Mitten in der Nacht wurde Ellen aus dem Schlaf gerissen, weil Rose sie heftig schüttelte.

»Ellen! Schnell, steh auf!«

»Was ist los?«

»Die Werkstatt brennt! Jean ist schon drüben!«

Ellen sprang auf und lief im Hemd nach draußen.

Das Dach der Schmiede brannte lichterloh. Obwohl alle gemeinsam gegen die Flammen ankämpften und Eimer für Eimer Wasser zum Löschen heranschleppten, konnten sie nur sehr wenig ausrichten. Es war ein verzweifelter, sinnloser Kampf.

Als das Feuer schließlich gelöscht war, standen sie fassungslos vor dem gewaltigen Schaden. Der gesamte Dachstuhl war ausgebrannt. Die Steinmauern der Schmiede, schwarz vom Ruß, standen zum Glück noch. Aber ein neues Dach errichten zu lassen würde eine ordentliche Summe kosten.

»Das war kein Zufall, da bin ich mir sicher. Das war Adam!«, schnaubte Ellen, nachdem sie und die anderen den ganzen Tag Schutt fortgeschafft hatten. Schwarz wie eine Köhlerin setzte sie sich an den Tisch und trank gierig den Becher frische Ziegenmilch, den Rose ihr hinstellte.

»Ellen!«, tadelte Osmond sie, »du solltest so etwas nicht sagen. Adam war immer anständig.«

»Anständig! Dass ich nicht lache, Vater! Er hat dich betrogen. Nach allem, was ich gesehen habe, hat er sämtliche Eisenvorräte mitgehen lassen, dann die zwei Feilen, diverse Zangen – oder hast du etwa nie eine Wolfsmaulzange gehabt?«

»Doch natürlich, mehrere sogar.« Osmond runzelte die Stirn.

»Es ist keine einzige mehr da! Und deine Poliersteine für die Messer, wo bewahrst du die auf?«

»In der Eichentruhe auf der Ablage!« Osmond sah erschrocken aus.

Ellen nickte. »Das dachte ich mir. Nur noch Staubreste habe ich darin gefunden! – Er hat die Werkstatt zuerst geplündert und sie zum Dank nun auch noch angezündet.«

»Woher willst du das wissen?«, fragte Osmond widerwillig.

»Ich bin sicher, er hat gehofft, eines Tages der Meister hier zu sein. Und dann sind wir ihm dazwischengekommen.« Ellen schnaufte kurz. »Jetzt haben wir erst recht Aufträge nötig. Bis das Dach neu gemacht ist, müssen wir im Freien arbeiten, soweit es das Wetter zulässt. Gleich morgen gehe ich zur Burg, und dann suche ich uns einen Zimmermann, der das Dach repariert. Für den Anfang werden meine Ersparnisse reichen.«

Ellen hatte Glück und kam tatsächlich mit einem Auftrag von der Burg zurück. Der junge Henry hatte gemeinsam mit seinen Brüdern seinem Vater den Krieg erklärt, und die Garnison in

Orford sollte verstärkt werden, weil man Angriffe vom Meer aus befürchtete.

»Ich habe erst einmal den Auftrag für fünf Lanzen, zwei Kurzschwerter und drei Soldatenschwerter einfacher Ausführung. Wenn die Erledigung zufrieden stellend verläuft – was kein Problem sein dürfte –, bekommen wir mehr Aufträge!«

»Und Adam und seine Verbindungen, von denen er erzählt hat?«, fragte Jean.

»War alles nur Lug und Trug. Seine Arbeiten waren schlecht, deswegen hat er immer weniger zu tun gehabt. Der Mann, mit dem ich gesprochen habe, kannte Donovans Ruf. Ich habe ihm erzählt, dass ich bei ihm gelernt habe, deshalb und weil es in der Gegend keinen anderen Waffenschmied mehr gibt, war er bereit, ein Auge zuzudrücken und mir die Aufträge zu erteilen. Natürlich habe ich gesagt, dass der Meister alle Arbeiten überwacht und noch weitere Männer in unserer Schmiede arbeiten. Damit sind Osmond und natürlich ihr beide gemeint.« Sie grinste Jean und Leofric an. »Nun liegt es an uns, ob wir sie überzeugen können, uns weitere Aufträge zu geben.«

Jean nutzte die Gunst der Stunde, lernte in der Schmiede, was immer Ellen ihm zeigte, und machte schnell Fortschritte, genau wie Leofric, der zwar noch jung, aber ebenfalls lernwillig war.

Osmond konnte nicht mehr arbeiten und saß entweder in der Werkstatt und lauschte den rhythmischen Schlägen, oder er verbrachte die Tage im Haus mit dem kleinen William, den er auf seinen Knien reiten ließ. Nachdem Ellen wieder mit dem Schmieden angefangen hatte und ihre Milch spärlicher geworden war, gab Osmond dem Jungen lauwarme Ziegenmilch, ganz so, wie er es schon bei ihr gemacht hatte.

Rose ließ ihn dabei nie aus den Augen.

Osmond beschwerte sich nicht, aber Ellen wusste, wie sehr er darunter litt, von Dunkelheit umgeben zu sein und sich nicht mehr richtig nützlich machen zu können.

Kaum jemand in Orford erinnerte sich noch an Ellen. Viele der alten Bewohner waren tot und die Jüngeren zu sehr mit sich selbst beschäftigt. Die Zeiten waren zu bewegt, als dass man sich an ein vermisstes Mädchen erinnert hätte. Es gingen zwar noch immer Gerüchte um, die Moorgeister würden Kinder verschleppen, um sie zu fressen, aber an die Tochter des Schmieds dachte man dabei nicht.

Auch Sir Miles war bei den meisten längst in Vergessenheit geraten. Die Männer, die zu Thomas Becket gehört hatten, waren über Nacht verschwunden, nachdem ihr Herr beim König in Ungnade gefallen war. In seinem Zorn über Beckets Verrat hatte Henry II. seinem ehemaligen Freund und Vertrauten die Rechte an Orford wieder genommen. Nachdem das Land an die Krone zurückgefallen war, hatte der König in kürzester Zeit und mit erstaunlichen Mitteln eine Burg errichten lassen. Wie es hieß, hatte er damit ein Zeichen der Stärke setzen wollen. Hugh Bigod, der von Framlingham aus über weite Teile East Anglias herrschte, sollte so ein königliches Gegengewicht bekommen. Obwohl die Burg beträchtliche Gelder verschlungen hatte, hatten die Bewohner von Orford vergeblich auf den Besuch ihres Königs gewartet. Doch seit Thomas Becket drei Jahre zuvor in der Kathedrale von Canterbury ermordet worden war und man überall hinter mehr oder weniger vorgehaltener Hand den König dafür verantwortlich machte, schwankten viele Engländer in ihren Gefühlen für König Henry. Aus dem ganzen Land pilgerten die Menschen in Strömen zur Kathedrale von Canterbury, um Thomas Becket zu ehren. Und je öfter dabei Wunder geschahen, desto mehr Menschen kamen an sein Grab. Obwohl sie auch ihn niemals zu Gesicht bekommen hatten, waren die Bewohner Orfords von Stolz auf ihren früheren Herrn erfüllt. Denn es hatte sich herumgesprochen, dass Becket sogar heilig gesprochen worden war. Der König aber stand seit der Ermordung Beckets als gottloser Tyrann im Kreuzfeuer der Meinungen.

Auch Rose und Jean stritten über die Frage nach der Schuld

des Königs. Die Gemüter der Menschen im ganzen Land schieden sich an dieser Frage.

Ellen war es einerlei. Sie war weder Thomas Becket noch dem König je begegnet. Wie sollte sie wissen, welcher von beiden ein lauterer Mann war, wenn sie keinen von ihnen kannte? Der einzige König, den sie bisher zu Gesicht bekommen hatte, war der junge Henry, der König ohne Macht. Sie hatte ihn auf Turnieren in der Normandie ein paar Mal von weitem gesehen. Guillaume hatte nicht viel über ihn erzählt. Nur, dass er ein junger, verschwenderischer Mann sei, der gern ein Held gewesen wäre. So wie alle Adligen seines Alters, hatte Ellen damals gedacht, sich aber kein Urteil über seine Fähigkeiten als Herrscher erlaubt, weil sie fand, dass ihr das nicht zustand. Wenn der Vater des jungen Königs eines Tages starb, würde der junge Mann schon wissen, wie er sein riesiges Reich regieren musste. Schließlich würde er nicht allein an der Verantwortung zu tragen haben. Männer wie der Maréchal würden ihm zur Seite stehen. Der junge König würde älter und reifer werden und lernen, seiner Aufgabe gerecht zu werden, so wie es die Könige vor ihm getan hatten.

Ellen wusste so gut wie nichts über die Zeit vor König Henry II. In ihrem Alter kannte man die schlimmen Zeiten unter König Stephan nicht aus eigener Erfahrung, und aus den Mündern der Alten klangen die Geschichten von Anarchie und ewig währendem Krieg zwischen Stephan und Mathilda wie Legenden.

Ellens Ziel stand fest: Sie würde eines Tages ein Schwert für den König von England schmieden. Wer dieser König war, spielte keine Rolle.

August 1173

Ellen saß am Ufer des Ore und betrachtete das Glitzern des breiten Flusses. Am Rand wogte das Wasser durch das Schilf. Ellen schützte mit der Hand ihre Augen vor der Sonne und blickte über eine weitläufige Wiese, die an den Fluss grenzte. In der Ferne sah sie einen Mann, dessen federnder Gang sie an ihren Freund aus Kindertagen erinnerte. »Simon«, flüsterte sie und lächelte. Sie hatte in den vergangenen Wochen oft an ihn gedacht, aber nicht die Zeit gefunden, ihn aufzusuchen. Jetzt fragte sie sich, ob es nicht vielmehr ein Mangel an Mut als an Zeit gewesen war, der sie davon abgehalten hatte. Entschlossen stand sie auf. Heute würde sie es wagen. Sie wischte ihre tropfnassen Füße im Gras ab und schlüpfte in ihre Schuhe.

Die Erinnerungen an den Tag ihrer Flucht holten sie ein, als sie später die Heuwiese in der Nähe der Schmiede überquerte. Den Hügel hinauf stand das Gras so hoch wie damals. Jetzt, als erwachsene Frau, reichte es ihr nur bis zu den Hüften. Ohne darüber nachzudenken, ging Ellen nicht zur Gerberei, sondern schlug den Weg zur alten Kate ein. Viel schneller als in ihrer Erinnerung erreichte sie den Waldrand. Beim Anblick der Kate blieb Ellen wie angewurzelt stehen. Eine Gänsehaut überzog ihren ganzen Körper, obwohl es herrlich warm war. Die alte Hütte war völlig verfallen. Das Dach bestand nur noch aus Löchern, durch die Triebe einer jungen Birke wuchsen. Die Tür war herausgebrochen, das Innere von Gräsern, Brennnesseln und Disteln überwuchert.

»In letzter Zeit komme ich öfter hierher«, hörte sie eine tiefe

Stimme sagen. Erschrocken fuhr Ellen herum. Einen Moment fürchtete sie, es könne Sir Miles sein, und die gleiche Angst wie damals schnürte ihr den Hals zu. Der Mann, zu dem die Stimme gehörte, war etwas größer als sie, schlank und hatte kräftige Arme. Ellen zögerte einen Moment. »Simon?« An seinem Grinsen erkannte sie ihn schließlich. Ein kleines Grübchen bohrte sich tief in seine linke Wange.

»Ich wollte schon lange mal rüberkommen.« Simon kratzte sich nervös hinter dem Ohr.

»Ging mir genauso. Ist lange her«, antwortete Ellen leise.

»Sind immer noch so leuchtend rot …« Simon deutete auf ihre Haare. »Siehst gut aus.« Unbeholfen scharrte er mit dem Fuß im Staub.

Ellen wusste nicht, was sie darauf sagen sollte, also schwieg sie.

»Kommst du mit, meine Mutter würde sich freuen …« Simon lief rot an. »Meine Brüder erkennst du bestimmt nicht mehr! Sind jetzt richtige Männer geworden, alle bis auf Michael, dem wächst gerade erst ein wenig Bartflaum, aber er war ja auch noch ein Winzling, als du … als du fortgegangen bist.«

»Fortgegangen bist«, murmelte Ellen. »Verjagt wäre passender«, sagte sie leise.

Entweder hatte Simon es nicht gehört, oder er tat nur so. Auf jeden Fall sagte er nichts dazu.

Schweigend folgte Ellen ihm. Es war der gleiche Weg, den sie damals durch den Wald gerannt waren. Die Sonne schien durch die Bäume und tauchte den Pfad in ein weiches, friedliches Licht. Eine leichte Brise erfrischte sie. Die Bienen summten so eifrig wie damals, und doch war es anders. Sie mussten nichts mehr fürchten. Sie waren erwachsen, und niemand verfolgte sie.

»Ich hatte vergessen, wie schön es hier ist.«

Simon schaute sie an und nickte. »Seit er weg ist. Vorher war man nirgends sicher. Hatte lange Zeit Angst, dass es mir ergeht wie Aelfgiva. Du hast davon gehört?« Er wischte sich mit der gleichen Geste wie früher über die Nase.

Ellen nickte. »Osmond hat davon gesprochen, aber er wusste nichts Näheres. Weißt du mehr darüber?«

»Nachdem du weg warst, hat sie deine blutverschmierten Kleider im Moor ausgelegt. Sie hat mir erzählt, was wirklich passiert ist, und ich habe geschworen, zu niemandem etwas zu sagen. Habe ich auch nicht, Ehrenwort!« Simon war stehen geblieben und sah Ellen ernst in die Augen. »Du musst mir glauben, dass ich nie etwas verraten habe!«

»Ist gut, Simon«, murmelte Ellen beruhigend. Sie hatte ihm damals vertraut und tat es noch immer.

»Als die Männer von Sir Miles deine Kleider gefunden hatten, hieß es, du seist von den Moorgeistern gefressen worden. Ich hab mir die Augen rot gerieben und so getan, als würde ich weinen. Alle haben es geglaubt, sogar meine Mutter. Bis zum nächsten Sommer war Ruhe, niemand hat mehr von dir gesprochen, und es war, als hätte es dich nie gegeben. Bis Aedith einmal zu Besuch kam. Sie hat deiner Mutter erzählt, sie hätte dich in Ipswich als Junge verkleidet gesehen. Kurz darauf wurde Aelfgiva nicht weit von ihrer Hütte gefunden. Sie hatten sie übel zugerichtet. Ihr Unterkiefer war völlig zertrümmert und das Gesicht bis zur Unkenntlichkeit zugeschwollen.«

Ellen spürte, wie ihr das Entsetzen die Kehle zuschnürte.

»Mein Vater hat's mir erzählt, er war dabei, als man sie gefunden hat. Danach hab ich mich lange Zeit keinen Schritt mehr von der Gerberei entfernt. Wie unsinnig das war, habe ich erst später kapiert. Als ob mein Vater etwas gegen Sir Miles hätte ausrichten können, wenn der mich hätte verfolgen wollen! Einmal bin ich ihm noch begegnet. Ich war mit meinem Vater Holz schlagen. Du hättest Sir Miles' Blick sehen sollen. Ich hab mir fast in die Hosen gemacht und schnell die Augen gesenkt. Ich glaube, er hat meine Angst genossen, dabei weiß ich nicht einmal, ob er mich überhaupt wiedererkannt hat. Vermutlich hat er gar nicht gewusst, warum ich ihn so sehr fürchtete. Gott, was hab ich diesen Mistkerl gehasst!« Simon spuckte verächtlich auf den Boden. »Erst als der verdammte Kerl weg war, habe ich mich wieder frei und sicher gefühlt.«

Ellen war blass geworden. »Es ist allein meine Schuld, dass Aelfgiva tot ist!«, flüsterte sie niedergeschlagen.

»Unsinn!«, erwiderte Simon. »Sir Miles und deine Mutter haben Schuld auf sich geladen, nicht du!«

»Aber wenn ich Aedith damals in Ipswich aus dem Weg gegangen wäre, statt ihr ein Bein zu stellen, dann wäre Aelfgiva nichts passiert!«

»Hör auf, dich zu quälen, Ellen! Du konntest nicht wissen, was passieren würde. Es hat deiner Mutter ja auch kein Glück gebracht. Nicht mal drei Wochen nach Aelfgivas Tod, kurz nachdem Leofric geboren wurde, ist sie gestorben. – Hab mich lange gefragt, ob er Sir Miles' Sohn ist …«

»Glücklicherweise sieht er Osmond ähnlich. Ich weiß nicht, ob ich es sonst in einem Haus mit ihm ausgehalten hätte.«

Die beiden waren langsam weitergeschlendert. Der schwere Geruch der Lohe hing bereits in der Luft.

»Sir Miles hat es auch kein Glück gebracht. Er hat ziemlich genau ein Jahr nach Aelfgivas Tod einen Jagdunfall gehabt. Ist vom Pferd gefallen und hat sich fast den Hals gebrochen. Er konnte danach nicht mehr richtig laufen, und als der König Thomas Becket zum Teufel gejagt hat, ist er als Erster von seinen Männern aus Orford verschwunden. Ich bin sicher, Aelfgiva hat die beiden im Angesicht des Todes verflucht.« Simon machte ein zufriedenes Gesicht.

Gegen diese Art von Gerechtigkeit hatte auch Ellen nichts einzuwenden.

Die harte Arbeit hatte Simons Mutter noch hagerer werden lassen, ansonsten hatte sie sich erstaunlich wenig verändert. Sie roch noch genauso streng wie früher und lächelte ihren Sohn nach wie vor voller Liebe an, sobald sie ihn sah.

Als Ellen auf sie zuging, kniff sie die Augen zusammen. »Bei allen Heiligen«, rief sie, »es ist also wahr, Ellenweore! Gut siehst du aus, wie das blühende Leben!« Sie strahlte über das ganze Gesicht. In ihrem Oberkiefer saß nur noch ein einziger Zahn, im unteren zwei. Der Rest musste weggefault sein. Mit herzlicher Freude nahm sie Ellen in den Arm und drückte sie fest an sich. Der starke Geruch der Gerberin drehte Ellen beinahe den Magen um. Trotzdem bemühte sie sich, freundlich zu sein, und lächelte Simons Mutter an.

»Es geht mir auch gut, ich arbeite wieder in der Schmiede.«

Ellen nahm ein wenig Abstand von der Gerberin.

»Der Bürstenmacher hat erst kürzlich gesagt, es sei eine Rothaarige in der Schmiede, aber dass du es wirklich bist, habe ich nicht glauben können.« Sie wandte sich zu ihrem Sohn um. »Simon, hast du das gewusst?«

»Hm«, antwortete der nur verlegen.

»Und du bist nicht eher zu ihr gegangen, um sie zu holen?« Simons Mutter lachte ungläubig. »Er hat dich nie vergessen, Ellenweore, sein Herz hat immer nur dir gehört!«

Ellen lief rot an. »Ich glaube, ich muss wieder nach Hause; niemand weiß, wo ich bin. Osmond macht sich so schnell Sorgen«, stammelte sie.

»Wer sollt es ihm verdenken!« Simons Mutter nickte verständnisvoll und streichelte Ellen mit ihren knotigen Fingern über die Wange. Widerwillig lächelte Ellen und verabschiedete sich von ihr.

»Ich bring dich noch ein Stück!«, bot Simon an.

»Ist nicht nötig, ehrlich!« Ellen sah ihm dabei nicht in die Augen.

»Oh doch, ich bringe dich!«, beharrte er. »Erst wenn ich sicher bin, dass du heil zu Hause angekommen bist, kann ich heute Nacht ruhig schlafen.«

Simons weicher Blick war Ellen auf einmal unerträglich.

April 1174

Ich werde mir ein Pferd im Reitstall holen und noch heute nach Ipswich aufbrechen. Ihr könnt euch nicht vorstellen, was ich gestern in Woodbridge gesehen habe«, erzählte Ellen aufgeregt, als sie die Werkstatt betrat.

»Du bist schon zurück?« Jean und Leofric sahen sie fragend an. Sie hatten sie erst am nächsten Tag erwartet.

»Ein Starstecher! Wisst ihr, was ein Starstecher ist?« Ellens Wangen leuchteten vor Aufregung.

»Nein, keine Ahnung. Was ist das?«, rief Leofric als Erster.

»Auf dem Markt in Woodbridge hab ich ihn gesehen; er hat lauthals verkündet, er könne Blinde wieder sehen lassen!«

»Ach, der hält sich wohl für einen Heiligen?« Jean grinste frech. Er war zu lange mit Gauklern herumgereist, um noch an Wunder zu glauben. Die meisten so genannten Wunder waren keine. Da wurden angeblich Lahme geheilt, und Blinde – die sich noch tags zuvor des besten Augenlichts erfreut hatten – konnten endlich wieder sehen. Die vermeintlichen Kranken gehörten zu den selbst ernannten Heilern und Heiligen und waren in klingender Münze an deren Erfolg beteiligt.

»Mag sein, dass du es nicht glaubst, aber ich habe es gesehen!«

»Ach ja, wirklich?«, zog Jean sie auf.

»Der Mann hatte ganz weiße Augen, so wie Osmond, aber nachdem der Starstecher mit einer langen Nadel in sein Auge gegangen ist, war das Weiße weg und das Auge wieder klar! Der Mann hat geweint vor Freude und beteuert, alle Schmerzen, die ihm der Eingriff bereitet habe, hätten sich gelohnt. Das kann nicht gespielt gewesen sein, ich habe seine weißen Augen gesehen!« Ellen beharrte eindringlich auf der Echtheit des Wunders. »Ich will, dass der Mann auch Osmond behandelt, aber es ist teuer, und wir haben durch das Feuer und den langen Winter noch nicht wieder genügend Geld ansparen können. Ich werde also nach Ipswich reiten und Kenny oder zur Not Aedith um Geld bitten.«

Jean und Leofric blickten sich an und hoben die Schultern. »Wenn du meinst.«

»Ich mache mich gleich in der Früh auf den Weg, dann bin ich in ein paar Tagen zurück. Der Starstecher wird bald in St. Edmundsbury sein. Wir können dort bei Mildred übernachten.« Ellen hauchte den beiden einen Kuss auf die Wange. »Ihr kommt auch ohne mich klar, oder? Jean, wenn der Sergeant wegen der Lanzen kommt und du nicht damit fertig geworden bist, sagt ihm, er muss ein bisschen länger darauf warten, weil ich wegmusste und ihr nur noch zu zweit seid. Wenn er zetert, beachte es einfach nicht. Und du, Leofric, putzt inzwischen das Werkzeug und bringst die Werkstatt auf Vordermann. Jeder Winkel ist sauber, wenn ich wiederkomme!« Jean brummte mürrisch, während sich Leofric lieber zurückhielt. Die Erfahrung hatte ihn gelehrt, dass man besser tat, was Ellen verlangte.

Gleich am nächsten Morgen mietete Ellen sich ein Pferd im größten Stall von Orford. Sie wählte zum ersten Mal kein Pony, sondern ein richtiges Reitpferd, um schneller in Ipswich anzukommen.

»Keine Angst, sie ist zahm wie ein Lamm und auch für einen weniger geübten Reiter geeignet«, versicherte ihr der Besitzer, sattelte die unscheinbare braune Stute und legte ihr das Zaumzeug an.

Als Simon, der gerade Leder lieferte, von Ellens Plan hörte, bot er an, sie zu begleiten.

Ellen lehnte freundlich ab. Sie mochte Simon und wusste, wie sehr er sie verehrte, aber bei dem Gedanken, länger mit ihm allein zu sein, war ihr nicht wohl. Die Leute redeten auch so schon genug über sie. Ellen machte sich hastig auf den Weg und schaffte es, noch vor Anbruch der Nacht in Ipswich zu sein.

Sie ritt geradewegs in die Tuchhändlergasse und klopfte bei Kenny an. Es dauerte eine Ewigkeit, bis jemand angeschlurft kam, um ihr zu öffnen.

Ein grimmig aussehender Knecht stand in der Tür. »Was wollt Ihr?«, fragte er mürrisch.

»Ich möchte zu meinem Bruder.«

»Eurem Bruder?«, fragte er gereizt.

»Ja, ich möchte zu Kenny.«

»Aha, wusste gar nicht, dass er noch eine dritte Schwester hat«, brummelte er. »Kommt rein, wenn Ihr wollt, aber er wird Euch nicht gefallen, Euer Herr Bruder.« Er leuchtete mit der kleinen Laterne in den schmalen Flur. »Dort geht's lang, folgt mir!« Die Laterne in seiner Faust schaukelte heftig hin und her.

Ellen fragte sich bang, was der Knecht mit seiner Bemerkung gemeint haben konnte, und folgte ihm eine steile Holztreppe hinauf.

Mit einem lauten Krachen sprang die Holztür zu Kennys Kammer auf. Zuerst sah Ellen nur den riesigen Berg an Dokumentenrollen auf dem großen Eichentisch, dann entdeckte sie ihren Bruder dahinter. Er musste jetzt ungefähr siebzehn sein, sah aber älter aus. Gierig setzte er einen silbernen Becher an und trank. Er kniff die Augen zusammen und streckte den Kopf ein wenig nach vorn. »Ellen?« Er nahm noch einen weiteren Schluck. Der rote Wein floss über sein Kinn. »Ich bin froh, dass Aedith nicht gelogen hat und du tatsächlich noch lebst!«, murmelte er, stellte den Becher ab, wischte sich mit dem Ärmel über den Mund und rülpste. »Ist mein letzter Tropfen. Überall nur Schulden; drei Schiffsladungen habe ich in den letzten zwei Jahren verloren«, jammerte er voller Selbstmitleid. »Und seit

Großvater tot ist, sind mir auch noch die letzten Kunden weggeblieben.« Kenny starrte Ellen mit glasigen Augen an. »Ich werde das Haus verlieren. Die Gläubiger sitzen mir im Nacken, und ich kann nichts tun. Ich werde am Bettelstab enden. Zu nichts tauge ich, nicht zum Schmied und nicht zum Kaufmann.« Verzweifelt nahm Kenny einen weiteren Schluck aus dem Becher. »Und was willst *du*?«, fuhr er seine Schwester an. »Willst du Geld von mir, so wie alle anderen?« Er lachte jäh auf und stürzte den letzten Rest Wein hinunter.

Ellen verschwieg, weshalb sie gekommen war. Es war nicht der richtige Augenblick, um mit ihm über den Kummer eines anderen zu sprechen. Sie ging zu ihm, nahm ihn bei den Schultern und sah ihn eindringlich an. »Du kannst jederzeit nach Hause kommen. Du bist Osmond immer willkommen, das weißt du, nicht wahr?«

Kenny stöhnte. »Ich könnte vor Scham im Boden versinken.«

»Du bist zu jung gewesen für solch eine Verantwortung. Hätte Großvater länger für dich da sein können, wäre bestimmt alles anders geworden. Bitte, Kenny, es gibt immer einen Ausweg, aber darin liegt er nicht!« Ellen zeigte auf den Weinkrug. »Kann ich heute Nacht hierbleiben? Ich will morgen zu Aedith, du weißt doch, wo sie wohnt, nicht wahr?«

»Sicher weiß ich das, ich habe ihr noch Stoff zu liefern. Leider ist er schon bezahlt, und ich habe nicht einen Ballen vernünftigen Tuches mehr, den ich ihr geben könnte.«

»Sie ist deine Schwester«, versuchte Ellen, ihn zu trösten.

»Und würde mich, ohne mit der Wimper zu zucken, an den Galgen liefern, wenn ihr Mann nicht so ein vernünftiger Mensch wäre!«

»Du bist hart, Kenny«, tadelte Ellen ihn.

»Ich bin weich und biegsam wie eine Feder im Vergleich zu ihr, aber du wirst ja sehen. Egal, warum du morgen zu ihr willst, sie wird dich behandeln wie den letzten Dreck. Das tut sie mit allen Menschen. Ich werde dich zu ihrem Haus führen, aber ich gehe nicht mit dir hinein.« Er wandte sich ab und murmelte kopfschüttelnd: »Nein, das werde ich nicht tun.«

Obwohl Kenny ihr die Kammer des Großvaters mit dem breiten Bett, vielen Kissen und der weichen Daunendecke zugewiesen hatte, schlief Ellen schlecht. Sie hatte zu viel über ihr Vorhaben nachgedacht. Was war, wenn Aedith ihr tatsächlich nicht half? Und was sollte mit Kenny geschehen? Sie würde ihn ermutigen müssen, nach Orford zu kommen. Vielleicht konnte er doch ein wenig in der Schmiede mithelfen, schließlich war er Osmonds Sohn und würde sicher nicht völlig nutzlos sein. – Am Morgen wusch sie sich Gesicht, Hals und Hände, suchte in ihrem Bündel nach dem kleinen, mit Kräutern gefüllten Säckchen und reinigte sich die Zähne. Mit einem Schluck Wasser hinterließen die Kräuter einen angenehmen Geschmack im Mund. Ellen zog ihr grünes Kleid an. Sie hatte damit gerechnet, auch zu Aedith gehen zu müssen, und es mitgenommen, um ihre Schwester ein wenig milder zu stimmen. Das Kleid entsprach zwar nicht der Mode, aber der Stoff schimmerte schön, und es war im Gegensatz zu ihren sonstigen Kleidern sauber und hatte keine Brandlöcher. Ellen kämmte ihre Locken mit den Fingern und band sie mit einem grünen Band zusammen.

Kenny begleitete sie bis zu Aediths Haus. Er sah scheußlich aus. Zu viel Wein und die Geldsorgen hatten tiefe Schatten unter seinen geschwollenen Augen hinterlassen. »Ich warte da hinten auf dich. Ich glaube nicht, dass es lange dauern wird.« Kenny lachte bitter auf. »Egal, was du von ihr willst, sie wird dich anhören und dann rausschmeißen«, prophezeite er.

Ellen ging hinüber zu dem großen Tor und klopfte. Sofort kam ein sauber gekleideter Knecht und fragte höflich nach ihrem Begehr. Er ließ Ellen in den Hof treten und musterte sie von oben bis unten. Er schien zu bezweifeln, dass sie tatsächlich die Schwester seiner Herrin war. Er bat sie zu warten und eilte ins Haus. Es dauerte nicht lange, und Aedith kam heraus.

»Ellen!« sagte sie lächelnd, aber ihre Stimme klang frostig wie eine Winternacht. Sie ging ein paar Schritte auf ihre Schwester zu. »Lass dich ansehen …« Sie nahm Ellen bei den Händen und schaute an ihr herunter. »Nun, so gefällst du mir jedenfalls besser als in den Jungenkleidern!«, sagte sie spitz.

»Du siehst sehr gut aus, Aedith!« Ellen bemühte sich um einen herzlichen Ton.

»Das versteht sich von selbst, schließlich tue ich auch einiges dafür. Glücklicherweise habe ich keine Kinder; die ruinieren einem nur die Figur!«, sagte sie schrill.

Kenny hat Recht, dachte Ellen, sie ist noch genau so eine Ziege wie früher.

»Ich komme, um dich um Hilfe zu bitten. Nicht für mich«, fügte sie schnell hinzu, als die Augen ihrer Schwester sich zu ärgerlichen kleinen Schlitzen verengten.

»Wenn Kenny, dieser Lümmel, dich geschickt hat, dann muss ich dich enttäuschen. Er bekommt keinen Penny mehr von mir. Ich habe meine letzte Bestellung im Voraus bezahlt, weil er mich darum gebeten hat. Das Tuch werde ich wahrscheinlich niemals zu Gesicht bekommen.« Aedith war einen Schritt zurückgetreten und starrte Ellen an, als sei sie eine Verräterin.

»Ich habe von Kennys Schwierigkeiten gehört. Vermutlich hast du sogar Recht mit deiner Befürchtung, was das Tuch angeht, aber ich bin nicht seinetwegen hier, sondern wegen Osmond.«

»Was will der denn?« Aedith klang verächtlich.

Ellen musste sich sehr zusammennehmen, um ihrer Schwester nicht vors Schienbein zu treten.

»Er ist blind, Aedith. Ich möchte ihn zu einem Starstecher bringen. Hast du schon einmal gesehen, wie sie Blinden das Augenlicht wiedergeben?«

»Pah«, sagte Aedith nur.

»Der Starstecher verlangt viel Geld. Ich arbeite für Osmond, und wir bekommen genügend Aufträge, aber der Winter war lang und hart dieses Jahr. Außerdem ist vor einiger Zeit die Schmiede abgebrannt, ich habe sie wieder aufgebaut, aber es hat alle meine Ersparnisse gekostet. Deshalb konnten wir nicht so viel zur Seite legen. Uns fehlen acht Shilling, um Vater behandeln zu lassen.«

»Mein Mann ist alt und hässlich, ich bezahle wahrlich teuer genug für meinen Wohlstand. Und ihr wagt euch, herzukommen und mich anzubetteln! Haltet ihr mich für so dumm? Glaubt ihr, ich wüsste nicht, dass ihr euch nur ein schönes Leben von meinem Geld machen wollt?«

Ellen war schockiert über das, was Aedith ihnen unterstellte. »Du irrst dich, Aedith! Ich will doch nur, dass Osmond wieder sehen kann«, setzte Ellen an. Als sie jedoch das verkniffene Gesicht von Aedith sah, drehte sie sich weg. »Ach was, Aedith, vergiss einfach, dass ich hier gewesen bin. Vergiss, wer wir sind und woher du kommst. Ich werde das Geld zusammensparen und ihn erst nächstes Jahr zum Starstecher bringen.« Ellen wandte sich ab und ließ ihre Schwester stehen. Ärgerlich schlug sie das große Tor an der Straße hinter sich zu. »So eine blöde Gans«, schnaubte sie und ging zurück zu der Ecke, an der Kenny auf sie wartete. »Ich hätte auf dich hören sollen, diese dumme …«

»Sie ist es nicht wert, dass du dich über sie aufregst. Du hast mir nicht gesagt, was du von ihr wolltest, aber ich wusste, dass sie dir nicht helfen würde. So ist sie nun einmal. Ich glaube, sie genießt es, böse zu sein.«

Ellen schwieg. Sie war viel zu wütend, um noch weiter über ihre Schwester nachzudenken. Stattdessen bat sie ihren Bruder, noch eine Nacht bleiben zu dürfen, und kaufte eine große Fleischpastete, Mehl, Eier und einen Laib Brot, weil Kennys Vorratskammer leer war. Kurz bevor es dunkel wurde, klopfte es an der Haustür. Einen Augenblick später bat der alte Knecht Ellen hinunterzukommen.

In der Stube, die kalt und ungeheizt war, saß ein elegant gekleideter greiser Mann in Kennys Lehnstuhl. Als Ellen eintrat, erhob er sich mühsam und begrüßte sie höflich. Er war kleiner als sie und wirkte gebrechlich. Sein runzliges Gesicht war von schütterem Haar eingerahmt, das in grauen Strähnen bis auf seine Schultern hing. Sein Mund war fast zahnlos, trotzdem sah der Alte ehrwürdig aus. »Ich bin Euer Schwager«, stellte er sich vor. Seine kräftige Stimme wollte nicht so recht zu seinem zarten Äußeren passen.

Ellen begriff nicht sofort.

»Aedith, sie ist meine Frau«, erklärte er schmunzelnd.

Erstaunt sah Ellen ihn an.

»Mir wurde von Eurem Gespräch mit ihr heute Mittag berichtet.« Er stützte sich mit beiden Händen auf den silbernen Knauf seines Ebenholzstocks und beugte sich zu Ellen vor.

»Sie ist eine Schönheit, aber das ist auch schon alles, was für sie spricht. Kein Wunder, dass sie mir keine Kinder schenkt, sie ist durch und durch geizig.« Er keuchte kurz und lachte traurig. »Sogar mit meinem Geld!«

Ellen überlegte, wer ihm von dem Gespräch berichtet haben könnte, und verdächtigte den Knecht, der ihr geöffnet hatte.

»Sie hat Euch das Geld für den Starstecher verweigert. Für den eigenen Vater.« Verständnislos schüttelte er den Kopf. »Wenn es um mich gegangen wäre, und sie hätte die Hand auf der Geldkatze, hätte sie es nicht anders gemacht. Sie hat kein Herz im Leib.« Er holte einen Lederbeutel hervor und reichte ihn Ellen. »Ich weiß, dass Euer Bruder nicht helfen kann, ihm steht das Wasser bis zum Hals«, sagte er heiser und räusperte sich. »Schon um Aedith zu ärgern, werde ich seine Schuldscheine aufkaufen und verbrennen. Außerdem werde ich ihm jemanden schicken, der ihm eine Weile mit dem Geschäft hilft. Ich hab ihn beobachtet, er ist fleißig und nicht ungeschickt, aber er hat viel Pech gehabt.«

Ellen sah den Alten misstrauisch an. »Warum tut Ihr das?«

»Ich habe keinen Sohn.« Er hustete gequält. »Soll ich ihr alles vererben, wenn ich einmal sterbe? Da tue ich lieber noch hier und da ein gutes Werk. Mein Seelenheil, Ihr versteht?« Er hustete erneut. »Es bleibt ihr trotzdem noch genug. Sagt Eurem Bruder nichts von unserem Gespräch.«

»Warum nicht?«, fragte Ellen argwöhnisch.

»Ein junger Kindskopf wie er bringt es fertig und weist die helfende Hand zurück, aus Eitelkeit oder falsch verstandenem Stolz. Aber keine Sorge, er wird rechtzeitig genug erfahren, woher die Hilfe kam. – Ich war auch einmal jung. Weiß nicht, was ich an seiner Stelle gemacht hätte, wenn sich mein Schwager unerwartet als Gönner aufgespielt hätte.« Er lächelte versonnen, als er an seine Jugend dachte, und hüstelte blechern. »Nehmt das Geld, und lasst Eurem Vater das Augenlicht wiedergeben. Und wenn er fragt, woher Ihr es habt, dann sagt Ihr, es sei von Kenny.« Der Alte stand mühsam auf und ging dann erstaunlich rüstigen Schritts zur Tür.

Ellen folgte ihm. Ihr Schwager drehte sich noch einmal zu ihr um. »Euch eilt ein guter Ruf voraus, Schmiedin. Ihr werdet es noch weit bringen!« Er strich ihr mit der faltigen Hand über die Wange, lächelte und verließ das Haus.

Ellen stand da wie vom Blitz getroffen und brauchte eine ganze Weile, bis sie wieder zur Besinnung kam. Von welchem Ruf sprach er? Ob er noch mehr über sie wusste? Mit zittrigen Händen öffnete sie die Börse. Zwölf Shilling! Der alte Seidenhändler war mehr als großzügig gewesen. Was er wohl noch mit Kenny vorhatte? Ellen beschloss, die großzügige Gabe anzunehmen, ohne sich weiter den Kopf zu zerbrechen. Einen Shilling ließ sie Kenny da, den Rest verstaute sie unter ihrer Kleidung und machte sich auf den Rückweg.

»Uns bleibt gerade noch genügend Zeit, um dich nach St. Edmundsbury zu bringen«, erklärte sie Osmond gleich nach ihrer Ankunft und erzählte ihm von dem Starstecher.

»Ach Kind, woher sollen wir das viele Geld dazu nehmen?« Osmond schüttelte den Kopf. »Das ist nur Verschwendung. Ich werde sowieso nicht mehr lange leben.«

»Was redest du da?« Ellen schob ihn entschieden aus der Werkstatttür. »Du wirst der glücklichste Mann der Welt sein, wenn du endlich deinen Enkel sehen kannst.«

Osmond atmete tief ein und schwieg. Er fürchtete sich vor der Hoffnung, die in ihm aufkeimte, und noch mehr vor der Enttäuschung, falls es nicht gelingen würde, ihn von seiner Blindheit zu befreien.

Ellen mietete zwei Ponys, und sie machten sich unverzüglich auf den Weg.

Als sie St. Edmundsbury drei Tage später erreichten, bekam Ellen vor Staunen kaum den Mund zu. Eine riesige Abtei, prunkvoll und majestätisch, beherrschte die prächtige Stadt, die inmitten von Obstwiesen, Feldern und Wäldern lag. Sie umrundeten die Stadt auf der Südwestseite und erreichten Isaacs Schmiede, die auf einer kleinen Lichtung lag, kurz nach Mittag.

Mildred saß in der lauen Frühlingsluft vor dem Haus und rupfte ein Huhn, als die beiden in den Hof ritten. Freudig stürzte sie auf die unerwarteten Gäste zu und umarmte sie zur Begrüßung. Dann rückte sie die Bank zurecht, damit sich die beiden an den Tisch setzen konnten, und brachte ihnen einen Krug frisches Wasser.

»Ich bin wieder guter Hoffnung!«, flüsterte sie Ellen ins Ohr. Mildred hatte im vergangenen Herbst ein Kind tot zur Welt gebracht und ein gutes Jahr davor eines viel zu früh geboren. Marie, ihr bisher einziges Kind, war schon fast vier, und Mildred wünschte sich nichts sehnlicher, als ihrem Mann endlich einen Sohn zu schenken.

Ellen küsste sie auf die Wange und drückte ihre Hand. »Diesmal wird alles gut gehen«, flüsterte sie zurück.

»Wer nichts mehr sieht, hört umso besser!«, knurrte Osmond und lachte dann. »Ich hätte auch nichts gegen ein weiteres Enkelchen einzuwenden!«

Mildred wurde rot. »Entschuldige, Vater!« Nervös knabberte sie an einer Haarsträhne.

»Ist schon gut, mein Kind!«, beruhigte Osmond sie. Mildred erhob sich rasch und holte etwas zu essen.

»Wir wollen gleich noch zum Markt. Können wir ein paar Tage bleiben?«, fragte Ellen, ohne Mildred etwas über den Grund ihres Besuchs zu erzählen.

»Das fragt ihr? Ich wäre wirklich böse, wenn ihr euch sofort wieder aus dem Staub machen würdet.«

»Wir sollten die Pferde hier lassen und zu Fuß gehen«, schlug Ellen vor.

Osmond nickte. Er erinnerte sich noch gut an St. Edmundsbury. Die Schmiede lag nicht allzu weit vom westlichen Stadttor entfernt. Den Weg bis zum Markt würde er ohne weiteres schaffen.

Ellen drückte Osmond einen Stock in die Hand, dann gingen sie los. Auf dem Markt angekommen, sah sich Ellen suchend um.

Am Rand des übervollen Platzes stand ein großes Holzpodest. Hier arbeiteten ein Zahnreißer, ein Baderchirurg und der Starstecher. Ein Stück weiter führten Gaukler und Spielleute ihre Possen vor und brachten die Menge zum Lachen. Manchmal jedoch übertönte das markerschütternde Schreien der Kranken das fröhliche Lachen und aufgeregte Kreischen der Zuschauer.

Ellen pflügte sich durch die Menschenmenge und zog Osmond hinter sich her. Sie drängte sich an den Schaulustigen vorbei und machte sich beim Starstecher bemerkbar. Dann trug sie ihm ihr Anliegen vor.

Der schmale Mann mit dem schlohweißen, fast schulterlangen Haar und dem glatt rasierten Gesicht beugte sich von dem Podest zu ihr herab. »Ich werde mir Euren Vater ansehen. Wenn ich glaube, dass ich ihm helfen kann, will ich es gerne tun. Bringt ihn herauf!«, befahl er freundlich.

Ellen half Osmond die knarrenden Holzstufen hinauf.

Der Starstecher untersuchte Osmonds Augen eingehend.

»Ich denke, wir können es wagen. Wenn ich die verdorbenen Säfte, die seine Augen trüben, abdrängen kann und sie nicht wieder aufsteigen, wird er Euch noch heute sehen können!«, sagte er so laut, dass es die umstehenden Schaulustigen hören konnten, und nannte Ellen seinen Preis.

Ein Raunen ging durch die Menge, und die Menschen drängten sich dichter um das Podest, um nur nichts zu verpassen.

»Könnt Ihr zupacken, oder muss ich mir einen kräftigen Mann suchen, der ihn festhält?«

»Sagt mir nur, was ich tun muss.« Ellen sah ihm gerade in die Augen.

»Setzt Euren Vater hier auf diesen Stuhl, und stellt Euch hinter ihn.« Der Starstecher zog sich einen zweiten Stuhl herbei, rückte ihn ein wenig hin und her, bis er genau vor dem anderen stand, und nahm Platz.

»Nehmt seinen Kopf fest in beide Hände, und drückt ihn kräftig an Eure Brust, sodass er ihn nicht bewegen kann. Er wird es versuchen, wird zucken, vermutlich auch laut schreien, aber Ihr dürft nicht loslassen, hört Ihr!« Er sah sie eindringlich an. »Werdet Ihr das schaffen?«

Ellen nickte, obwohl ihr ein wenig flau im Magen war.

»Sie wird mich festhalten, sie ist meine Tochter!«, sagte Osmond stolz und tätschelte Ellens Hand. Er selbst schien ganz ruhig zu sein und keinerlei Angst zu haben.

»Ich werde jetzt in Euer Auge stechen. Es wird wehtun, aber es dauert nicht lange, dann könnt Ihr – so Gott will – Eure Tochter wieder sehen!«, ermutigte der Starstecher seinen Patienten, stützte seine linke Hand an Osmonds Stirn ab, öffnete mit Daumen und Zeigefinger weit das Augenlid des rechten Auges und hielt mit seinen schmalen, feingliedrigen Fingern den Augapfel fest, sodass er sich nicht bewegen konnte. In der rechten Hand hielt er die dünne Starstichnadel, deren Kopf leicht gerundet war. Er führte sie zum Mund, befeuchtete sie mit seinem Speichel und stach seitlich in das Weiße des Auges ein.

Osmond zuckte zusammen. Er stöhnte kurz, als die Nadel sein Auge durchbohrte, gab aber weiter keinen Laut von sich.

Die Menge wurde immer stiller. Jede Faser in Osmonds Körper schien angespannt zu sein.

Der Starstecher schob die Nadel vorsichtig weiter, bis er ihre Spitze hinter der Pupille sehen konnte, dann bewegte er sie von oben nach unten, harrte einen Moment aus, damit der Star nicht wieder aufstieg, und zog sie schließlich langsam aus dem Auge. Zum Abschluss legte er eine mit starkem Wein getränkte Kompresse auf Osmonds Auge. »Nehmt einen Schluck, das wird Euch guttun.« Er reichte Osmond einen kleinen Becher mit dem gleichen Wein. »Aber langsam!«, mahnte er.

Osmond trank mehrere kleine Schlucke und entspannte sich ein wenig.

»Gleich ist es vorüber«, beruhigte ihn der Starstecher, nahm die Nadel in die linke Hand und führte die gleichen Handgriffe am anderen Auge aus. Als er fertig war, nahm er Osmond die Kompresse vom ersten Auge und deckte das zweite damit ab.

»Und, könnt Ihr schon etwas sehen?«

Osmond blinzelte und drehte den Kopf. »Ellenweore!«, rief er leise. Dann begann er vor Freude zu weinen und breitete die Arme aus.

Mildred konnte es kaum fassen, als ihr Vater sie anblickte.

»Was ist mit deinen Augen?«, fragte sie ungläubig.

Osmond erzählte in allen Einzelheiten, wie der Starstecher ihn von seiner Blindheit befreit hatte. »Ich sehe nicht wieder so gut wie als junger Mann, aber ich sehe!« Er lächelte glücklich. »Dank sei dem Herrn dafür, dass ich euch noch einmal sehen darf und meine Enkel auch. Wo ist Marie? Ich habe das Kind schon so lange nicht mehr anschauen können!«

Während Osmond und Mildred in der Küche saßen und Marie auf den Knien ihres Großvaters ritt, trieb es Ellen in die Schmiede.

»Geh nur. Isaac weiß, dass ihr da seid.« Mildred lachte und winkte sie fort.

Als Ellen die Werkstatt betrat, mühte sich Isaac gerade mit einem Werkstück ab, bei dem er gut einen Helfer hätte brauchen können.

»Soll ich halten?«, fragte Ellen und stellte sich neben ihn. Ihr Schwager war fast einen Kopf größer als sie, breitschultrig und gut aussehend. »Ich bin Ellenweore!«, sagte sie lächelnd.

»Aha, die Cousine Schmiedin.« Isaac klang alles andere als erfreut. »Na ja, halten kannst du ja mal«, sagte er von oben herab.

Ellen ärgerte sich über seinen Ton. Ein wenig freundlicher hätte er schon sein können. Sie sah sich um und griff sich eine der Lederschürzen, die am Pfosten neben der Esse hingen. Geschickt bearbeitete Isaac das Werkstück. Er hatte einen guten Rhythmus, arbeitete aber mit weiter ausholenden Schlägen als Ellen. Auf sein Nicken hin legte sie das Eisen wieder in die Glut. Geringschätzig sah er sie an. »Ehrlich gesagt halte ich nichts von Frauen an der Esse. Am Herd gefallen sie mir besser.«

»Bitte!«, erklärte Ellen und zog die Schürze wieder aus. »Dann mach eben allein weiter! Wenn du dich lieber quälst …« Sie wandte sich ab, um die Schmiede zu verlassen.

»Genau das meine ich! Frauen geben viel zu leicht auf und sind zu streitsüchtig, um Männerarbeit zu leisten.«

Ellen atmete tief durch und ging hinüber ins Haus. »Dein Mann wollte mich nicht in der Schmiede haben; er findet, Frauen gehören an den Herd«, schnaubte sie.

»Wenn er wüsste, wie du kochst, hätte er das sicher nicht gesagt.« Mildred grinste, und auch Osmond konnte sich ein Lächeln nicht verkneifen.

»Oh, ihr seid unmöglich. Wenn er wüsste, wie gut ich schmiede …«

»Dann hätte er das auch nicht gesagt. Da hast du vollkommen Recht, Liebes«, bestätigte Osmond weich. »Manche Männer können es nicht vertragen, wenn ihnen eine geschickte Frau zu nahe kommt.«

»Ich werde niemals heiraten. Ich könnte es nicht ertragen, an den Herd verbannt zu werden.«

»Aber du warst doch schon einmal verheiratet; war dein Mann denn nicht so?«, fragte Mildred ein wenig verwundert.

Ellen wurde rot bei dem Gedanken, dass sie alle belog. »Jocelyn war ganz anders. Er hat mir so viel beigebracht, und er hätte mich arbeiten lassen, was immer ich wollte. Aber er hatte ja keine Gelegenheit dazu«, stammelte sie mit belegter Stimme.

»Entschuldige, ich hätte nicht davon anfangen sollen«, sagte Mildred, als sie sah, dass Ellen Tränen in den Augen hatte.

Sobald Ellen die Werkstatt betrat, zeigte sich Isaac von seiner schlechtesten Seite. War sie im Haus, behandelte er sie freundschaftlich, machte Scherze und lachte herzlich.

Sein Gesicht hatte etwas Jungenhaftes, obwohl er schon fast dreißig war. Wenn er grinste, kniff er die Augen zusammen, sodass nur noch kleine Schlitze davon übrig blieben. Seine braunen Augen blickten freundlich drein und funkelten lustig, wenn er lachte, aber sie konnten auch eine Eiseskälte verbreiten, wenn er schimpfte oder spottete.

Die Tage bei Mildred vergingen schnell, und schon bald machten sich Ellen und Osmond auf den Rückweg.

Mildred nahm beide fest in den Arm. »Ich bin froh, dass du Vaters Werkstatt übernommen hast! Er ist so stolz auf dich!«, flüsterte sie Ellen zum Abschied ins Ohr.

Dezember 1174

Zum Weihnachtsfest kamen Mildred und Isaac mit der kleinen Marie und ihrer zweiten, erst wenige Wochen alten Tochter Agnes nach Orford.

Ellen hatte neue Feilen, einen Schleifstein und mehrere Poliersteine anschaffen müssen, um die Aufträge für die Garnison der Burg schmieden zu können, aber bislang hatte sie nur die Hälfte des vereinbarten Lohnes bekommen. Sie zog es vor, darüber weder mit Mildred noch mit Isaac zu sprechen und bat auch Jean, nicht über ihre Arbeit zu reden. Da sich auf diese Weise die Tischgespräche nicht um das Schmieden drehten, blieb Isaac friedlich, scherzte und benahm sich auch gegenüber Ellen, wie es sich für einen Schwager gehörte.

Zum Christfest ließen sie es sich mit geräuchertem Aal, der fetten Gans, die Mildred mitgebracht hatte, kräftigem Brot und herzhafter Soße gut gehen.

»Wenn du's nur sehen könntest!« Ellen stupste ihren Vater an, der schon wenige Monate nach dem Starstich wieder vollkommen erblindet war. »Will versucht zu laufen, wenn er jetzt noch loslässt …«

Und dann ließ William tatsächlich den Schemel los und tapste unsicher auf die kleine Holzkrippe zu, die auf der anderen Seite des Raumes stand. Seit Jean sie am Morgen dort aufgestellt hatte, war sie im Mittelpunkt von Williams Aufmerksamkeit gewesen, und endlich hatte die Neugier über seine Angst gesiegt.

Seit Ostern schon warteten alle darauf, dass er zu laufen anfangen würde, aber er hatte sich nicht getraut, weil er mit seinem nach innen verdrehten Fuß nur auf der Außenkante laufen konnte. Er stolperte leicht über die eigenen Füße, auch wenn er bei den Händchen gehalten wurde, und hatte Mühe, das Gleichgewicht zu halten.

Osmond standen Tränen der Erleichterung in den Augen, als er hörte, dass sein Enkel noch wackelig, aber entschlossen auf die Krippe zulief.

»Das hast du gut gemacht!«, lobte Ellen den Jungen, als er am Ziel war. Der kleine William strahlte, ließ wieder los und trat den Weg zurück zum Schemel an. So wanderte er hin und her, bis Rose meinte, dass es für ihn Zeit zum Zubettgehen sei.

Isaac war ganz vernarrt in den Jungen. »So einen kleinen Stammhalter brauchen wir auch noch!«, zwinkerte er Mildred zu, die von Agnes Geburt immer noch ein wenig geschwächt war.

Auch am nächsten Tag beobachtete Isaac die unermüdlichen Gehversuche des kleinen William, und plötzlich kam ihm eine Idee. »Jean, kommst du mal mit mir in die Werkstatt?«

Ellen runzelte die Stirn, sagte aber Mildred zuliebe nichts, als Isaac sich vom Essenstisch erhob und sich auf den Weg in ihre Schmiede machte, ohne sie um Erlaubnis zu fragen.

Jean versicherte sich mit einem kurzen Blick ihres Einverständnisses und folgte ihm dann.

»Sein krummer Fuß ist schuld daran, dass der Kleine nicht eher laufen gelernt hat. Mut hat er und einen eisernen Willen, aber sein Fuß, der wird ihn sein Leben lang stören. Wenn er so eine Art festen Schuh hätte, der seinen Fuß einzwängt, sodass er einfach nicht schief sein kann, dann würde er vielleicht gerade weiterwachsen. Ich meine, Kinderfüße sind sowieso noch irgendwie unfertig. Hast du dir mal Agnes' Füße angesehen? Sie sind platt und dünn. Erst mit der Zeit werden sie breiter und bekommen ihre endgültige Form, aber das dauert. Sogar Maries Füße sind noch ziemlich flach.«

Jean verzog den Mund und dachte nach. »Und woraus könnte man so etwas machen?«

»Wir sind Schmiede, nicht wahr?«

»Du willst dem Kind einen Schuh aus Eisen machen?« Jean lachte. »Das ist viel zu schwer, damit kann er niemals laufen.«

Isaac holte tief Luft. »Wahrscheinlich hast du Recht. Aber ich bin sicher, wir finden eine Lösung, wenn wir beide darüber nachdenken, meinst du nicht auch?«

Jean nickte freudig. Er mochte Isaac, auch wenn er verstehen konnte, dass Ellen es hasste, dass dieser sie so von oben herab behandelte, sobald es um das Schmieden ging.

»Ein Schuh aus Leder ist auf jeden Fall zu weich, der passt sich dem Fuß an«, dachte Jean laut nach.

»Wie wäre es mit einem Holzschuh?«

»Passt nicht.« Jean schüttelte entmutigt den Kopf. »Er kriegt den Fuß gar nicht erst rein. Deswegen lässt Ellen ihn ja auch immer barfuß laufen«, erklärte er.

»Ist ja im Sommer auch ganz schön. Marie läuft auch meist barfuß. Aber es geht uns ja um seinen krummen Fuß. Wenn wir ihm also einen Schuh schnitzen, der ihm fast passt, dann würde der den Fuß immer ein bisschen in die richtige Richtung drücken. Und nach einer Weile machen wir ihm einen neuen. Kinderfüße wachsen ohnehin so schnell, dass sie dauernd neue Holzpantinen brauchen. Glaub mir, ich weiß das von Marie, und sie ist ein Mädchen. Bestimmt wachsen Jungenfüße noch schneller.«

»Ich habe noch nie Holzschuhe gemacht. Du etwa?«

»Nur ganz gewöhnliche, nicht so was Spezielles. Aber schließlich sind wir Handwerker, wir können das schaffen, meinst du nicht?« Isaac grinste aufmunternd. »Wir müssen nur noch überlegen, wie wir ihn an seinen Fuß anpassen. Zuerst nehmen wir mal einen von Maries Schuhen und sehen uns an, wie er gemacht ist. Also los, habt ihr irgendwo trockenes Holz?«

Jean nickte. »Im Schuppen auf der Rückseite.« Er zeigte auf die Westseite der Schmiede.

Isaac holte die Holzpantinen von Marie, während Jean den kleinen William in die Werkstatt lotste.

Ellen wunderte sich über ihre Geheimniskrämerei und fragte sich, was sie so lange in der Werkstatt taten. Kein Rauch stieg aus der Esse auf, und es war auch kein Hämmern zu hören. Hätte Isaacs herablassende Art sie nicht so sehr geärgert, wäre sie zu ihnen gegangen, um nachzusehen.

Als Jean und Isaac mit dem kleinen William auf dem Arm zurück ins Haus kamen, war es bereits stockfinster. Die Holzschuhe waren fertig.

Ellen hob nur gelangweilt die Schultern, als Jean ihr erklärte, was sie damit bezweckten.

»Er wird einmal Schmied, da braucht er nicht besonders gut laufen zu können«, erwiderte sie bissig.

»Ja, ja, ich weiß, in alten Zeiten haben Könige den besten ihrer Schmiede sogar die Ferse durchtrennt, damit sie nicht fortlaufen und ihre Schmiedekunst einem anderen in Dienst stellen konnten. Kennen wir«, sagte Isaac gereizt.

»Ist das wahr?« Jean schauderte.

»Habe ich dir nie die Geschichte von Wieland dem Schmied erzählt?«, fragte Ellen erstaunt.

Jean schüttelte den Kopf

»Wieland war ein großer Schmied und das, obwohl er nicht laufen konnte!« Ellen funkelte Isaac an. »Genau wie Hephaistos!«

»Wie mir scheint, ist Ellenweore ganz verrückt nach diesen harten Männern. Wie schade, dass keiner von ihnen mehr zu haben ist!«, neckte Isaac sie.

»Raus jetzt mit euch!«, schalt Ellen gereizt.

Isaac nahm Jean bei den Schultern und führte ihn hinaus.

»Jetzt holen wir erst einmal ein bisschen Holz, damit uns die Frauen etwas Gutes kochen können.«

»Dass ich dir etwas koche, wirst du wohl kaum erleben«, knurrte Ellen, als die beiden bereits draußen waren. Isaacs kleiner Seitenhieb hatte gesessen.

Rose lachte. »Ihr zwei seid wie Hund und Katze. Was für ein Glück, dass deine Eltern Mildred mit ihm verheiratet haben und nicht dich.«

»Oh, ich wär längst Witwe, weil ich ihm nämlich schon in der ersten Woche den Hals umgedreht hätte!«, gab Ellen zurück und musste lachen, als sie Roses erschrockenes Gesicht sah.

Januar 1176

Ellen stand frierend an Osmonds Grab. Nur ein Jahr nach dem Starstechen war er an einem hellen Sommertag einfach nicht mehr aufgewacht. Ellen und Leofric hatten ihn mithilfe von Jean und Simon zu Grabe getragen.

Die erste Zeit nach Osmonds Tod war Simon auffällig oft zur Schmiede gekommen. Ellen dachte an den Abend zurück, als Simon ihr einen Antrag gemacht hatte.

»Simon ist ein netter Kerl, du solltest ihn endlich erhören!«, hatte Leofric erklärt, sobald dieser das Haus verlassen hatte.

»Ich will keinen netten Kerl und Simon schon gar nicht. Er ist mein Freund, das ist er immer gewesen, aber heiraten? Niemals!« Ellen bebte vor Empörung.

Simon war zwar ihr Vertrauter aus Kindertagen, aber es gab nichts Weiteres, das sie verband. Simons Welt bestand aus Tierhäuten, Urin und Eichenlohe, und seine Hoffnungen beschränkten sich darauf, einmal die Gerberei zu übernehmen und Söhne zu zeugen, so wie es sein Vater getan hatte. Die Gerberei hatte die Familie nicht reich gemacht, aber sie hatten immer ein Dach über dem Kopf gehabt und niemals Hunger leiden müssen.

Ellens Pläne aber sahen ganz anders aus. Der Gedanke, Simons Frau zu werden und eines Tages zu enden wie seine Mutter – gegerbt und durchdrungen von diesem entsetzlichen Gestank –, war ihr ein solcher Graus, dass sie ihren Bruder wütend anfunkelte. »Wenn du glaubst, du wirst mich so einfach los, dann hast du dich getäuscht. Ich weiß, dass du die Schmiede erbst und nicht ich. Das Gesetz will es so, obwohl ich älter bin. Aber du bist ohnehin noch zu jung und unerfahren, um die Werkstatt allein führen zu können. Du bist fürs Erste noch darauf angewiesen, dass ich hierbleibe. Also solltest du besser deine Zunge hüten und dir gut überlegen, mit wem du mich verkuppelst!«

»Du wirst eine alte Schachtel sein, bis ich die Schmiede übernehmen kann. Wer wird dich dann noch wollen, he?«, schnaubte Leofric wütend zurück. »Außerdem möchte ich dich gar nicht loswerden. Du sollst ja gar keine Gerberin werden. Auch wenn du mit Simon verheiratet wärst, könntest du hier arbeiten!«

Für einen Moment erwiderte Ellen nichts. Leofric hatte Angst, dass sie weggehen könnte! Das Funkeln in ihren Augen wich einem zärtlichen Blick auf ihren jüngsten Bruder. »Ich kann ihn nicht heiraten, wirklich!« Bei dem Gedanken an die Gerberin war Ellen ganz blass geworden.

»Ich finde, du stellst dich ganz schön an, ehrlich!«, setze Leofric noch einmal an.

»Ich werde keinen Gerber heiraten, hast du mich verstanden?« Ellen reichte es. »Wenn überhaupt, heirate ich nur einen Schmied, der mich schmieden lässt. Alles andere kannst du vergessen, und das ist mein letztes Wort. Leg dich jetzt lieber schlafen, wir haben morgen viel zu tun!«

Als Simon eine Woche später zu ihr gekommen war, um ihre Antwort zu hören, hatte sie seinen Antrag ohne jede Erklärung abgelehnt. Zu ihrem allergrößten Erstaunen hatte er nicht versucht, sie doch noch zu überzeugen, sondern es einfach so hingenommen, ohne Wut, ohne böse Worte. Aber er war danach nie wieder zur Schmiede gekommen. Seit diesem Tag gingen nur noch Jean oder Leofric zur Gerberei, wenn sie Leder für die Arbeit benötigten.

Ein eisiger Windstoß riss Ellen aus ihren Gedanken. Besorgt sah sie zum Himmel. Es sah schon wieder nach Schnee aus. Frierend zog sie ihren Mantel enger, sprach noch ein Gebet für ihren Ziehvater und stapfte über den verschneiten Hügel zurück zur Schmiede.

Leofric war lange vor ihr mit dem Schlitten in den Wald aufgebrochen, um Holz zu schlagen. Im Winter musste es erst noch eine ganze Weile trocknen, bevor man es verfeuern konnte, und es war Leofrics Aufgabe, sich rechtzeitig um Holzvorräte zu kümmern. Die Holzkohle für die Schmiedeesse war zu teuer, um sie zum Kochen zu verwenden.

Als Ellen die Werkstatt betrat, war Jean allein. »Ist Leofric immer noch nicht zurück?«, fragte sie stirnrunzelnd.

»Nein.« Jean sah von seiner Arbeit auf. »Er ist ein bisschen lange weg, findest du nicht auch?« Es sah aus, als ob er sich Sorgen machte.

»Vielleicht sollten wir ihn suchen gehen, bevor es dunkel wird!«, schlug Ellen vor. Seit Osmonds Tod bestimmte sie allein, was zu tun war.

»Machen wir!« Jean legte die Schürze ab und nahm seinen Mantel vom Haken.

»Komm, Graubart!«, rief Ellen und klopfte mit der Hand auf ihren Schenkel.

Der Hund hob seinen Kopf, stand langsam auf und streckte sich genüsslich.

»Ist verdammt kalt geworden. Dem armen Leofric müssen ja Hände und Füße abfrieren, so lange im Wald.« Jean schüttelte sich, als ihm der eisige Wind entgegenschlug.

Draußen auf der Wiese knarrte der Schnee unter ihren Füßen. Leofrics Spuren, die in den Wald führten, waren deutlich zu erkennen. Sie folgten ihnen schnellen Schrittes.

Auf einer kleinen Lichtung entdeckte Ellen den Schlitten. Von Leofric war nichts zu sehen. Graubart wurde unruhig und begann zu winseln. Jean lief zum Schlitten und folgte von dort aus Leofrics Fußabdrücken.

»Hier geht es lang, Ellen!«, rief er und winkte sie zu sich.

Nur wenige Schritte weiter entdeckten sie eine Blutlache in dem unschuldigen Weiß des Schnees.

»Um Gottes willen, Jean!«

Mehrere Fußspuren führten von dem Fleck weg.

Jean entdeckte eine breite Schleifspur, die plötzlich endete.

»Hier haben sie es auf eine Stange gebunden, um es fortzutragen«, erklärte er und deutete auf die Abdrücke, die nun hintereinander herführten.

»Wovon sprichst du eigentlich?«

»Wilddiebe!«

Ellen blieb vor Schreck der Mund offen stehen. »Woher willst du das wissen?«, blaffte sie Jean an.

»Marcondé war ein Meister im Wildern. Die hier waren Anfänger. Sie müssen Angst gehabt haben, erwischt zu werden. Wer in königlichen Wäldern wildert, wird gehängt.«

»Das weiß ich selbst«, antwortete Ellen heftig und sah sich verzweifelt um. »Wo kann Leofric nur stecken?«

»Pst, sei mal leise!« Jean horchte angestrengt.

Ellen stand wie angewurzelt da.

Graubart war im Gebüsch verschwunden.

Mit einem Mal begann der Hund, wie von Sinnen zu bellen.

»Dort hinten, komm mit.« Jean rannte davon.

Ein kalter Schauer lief über Ellens Rücken und hinterließ eine fast schmerzende Gänsehaut.

»Leofric!«, schrie sie, als sie zwei vermummte Männer mit Stöcken sah. Jean schnappte sich einen abgebrochenen Ast und lief laut schreiend auf die Männer zu. In Panik warfen diese ihre Knüppel fort und flüchteten.

Ellen rannte zu dem Opfer der beiden.

Leofric war bewusstlos. An seinem Kopf klaffte eine stark blutende, große Wunde. Ellen legte ihr rechtes Ohr auf seine Brust. Sein Herz schlug schwach.

Graubart leckte winselnd Leofrics Gesicht ab.

»Er lebt!«, rief sie Jean zu, der ihnen nur ein kleines Stück gefolgt war und sich nun immer wieder misstrauisch umsah.

»Verdammte Schweine!« Verächtlich spuckte er in den Schnee und hob den Jungen bei den Schultern an.

»Nimm seine Beine, wir tragen ihn zum Schlitten. Wir müssen ihn so schnell wie möglich nach Hause ins Warme bringen und seine Wunde versorgen.« Ellen stand fassungslos da. Sie begriff zum ersten Mal, wie viel Leofric ihr bedeutete. »Mach schon!«, fuhr Jean sie an.

»Ja, was soll ich … die Beine, ja.«

Ellen ergriff Leofrics Füße und half Jean, ihn fortzutragen.

Graubart lief leise winselnd neben ihnen her. Es schien eine Ewigkeit zu dauern, bis sie endlich zu Hause ankamen.

»Was ist passiert?« Rose hatte bereits ungeduldig vor dem Haus gewartet und lief ihnen jetzt entgegen.

»Wilddiebe haben ihn überfallen. Geh und mach Wasser heiß, er ist schwer verletzt!«, rief Jean ihr zu.

Rose fragte nicht weiter, drehte sich auf der Stelle um und hastete zurück ins Haus.

»Ich denke, die Wunde am Kopf muss genäht werden«, sagte Jean, nachdem er Leofric auf das von Rose in Windeseile bereitete Strohlager gebettet hatte.

Ellen beugte sich zu ihrem Bruder hinunter und strich ihm über die fahle Wange. Aus der Kopfwunde war viel Blut gesickert und hatte seine Haare verklebt.

»Ich habe zwar ein paar Mal zugesehen, wie Marcondé und die anderen sich gegenseitig ihre Wunden genäht haben, aber gemacht habe ich das noch nie«, sagte Jean kleinlaut. »Vielleicht sollten wir einen Baderchirurgen holen.«

»Der Bader von Orford ist ein zittriger alter Saufbold, schmutzig und unzuverlässig. Niemals lasse ich ihn Hand an Leofric legen. Lieber mache ich es selbst, auch wenn ich es noch nie versucht habe!«, antwortete Ellen entschlossen.

Rose hatte währenddessen bereits Nadel und Faden herausgesucht. »*Ich* werde das machen!«, erklärte sie entschieden.

»Du?«, fragten Jean und Ellen wie aus einem Mund und blickten sie erstaunt an.

»Ich habe Thibault mehr als einmal wieder zusammengeflickt.

Der Bader des jungen Königs hat es mir einmal gezeigt, weil er bei den Turnieren so viel zu tun hatte. Von da an habe ich es immer gemacht. Thibault fand, dass ihn meine Stiche weniger entstellten, vor allem im Gesicht.«

»Eitler Widerling!«, schnaubte Jean.

Ellen bemerkte nicht, dass er rot angelaufen war, während Rose von Thibault sprach.

Bedächtig setzte Rose sich auf Leofrics Lager, legte ein altes Wolltuch auf ihren Rock, um diesen vor Blutflecken zu schützen, und bettete den Kopf des Jungen darauf. »Jemand muss ihn festhalten. Im Moment ist er bewusstlos, aber durch den Schmerz beim Nähen wird er sicher aufwachen und wild um sich schlagen.« Rose wirkte so ruhig, als hätte sie nie etwas anderes getan.

»Ich mach das schon!« Ellen setzte sich neben ihren Bruder und hielt seine Arme und seinen schmalen Oberkörper fest, indem sie sich quer über ihn legte.

Gekonnt reinigte Rose die verkrustete Wunde mit warmem Wasser, bis das Blut wieder zu laufen begann. Dann nähte sie die Wunde mit einem guten Dutzend Stichen zu.

»Gefällt mir gar nicht, dass er nicht aufwacht«, brummte Jean, als Leofric sich nicht rührte.

»Alles, was wir jetzt noch tun können, ist beten und warten. Wenn der Schlag nicht gar zu heftig war, wacht er hoffentlich bald wieder auf. Armer Leofric!« Rose küsste ihn auf die Wange. »Meine Güte, er glüht ja! Wir müssen ihm seine Kleider ausziehen, sie sind ganz nass im Rücken. Jean, hol zwei Wolldecken, in die wir ihn einwickeln können.«

Als sie ihm die Schuhe auszog, sah Rose, dass seine Zehen ganz blau vor Kälte waren, und begann, sie vorsichtig zu massieren.

»Wenigstens wird er seine Zehen nicht verlieren!«, stellte sie nach einer Weile zufrieden fest, nachdem sie wieder ihre normale Farbe angenommen hatten.

Die erste Nacht wachte Ellen bei ihrem Bruder, danach saß immer abwechselnd einer von ihnen an Leofrics Lager. Das Fieber blieb drei Tage lang hoch und sank dann etwas. Die Wunde am Kopf begann zu heilen, aber Leofric war noch immer nicht erwacht. Vorsichtig flößten sie ihm mit einem Löffel Wasser und Hühnerbrühe ein, alles lief ihm die Kehle hinab, aber er schien nicht zu schlucken.

»Warum wachst du nicht endlich auf?« Ellen drückte immer wieder verzweifelt seine Hand, aber ihr Bruder rührte sich nicht.

Am Morgen des zehnten Tages öffnete er seine Augen. Voller Freude sprang Ellen an sein Lager. Doch Leofric schien sie nicht zu bemerken. Er sah beinahe aus wie tot, obwohl er noch atmete.

Ellen fühlte sein Herz schlagen, aber trotz seiner geöffneten Augen schien er sich noch immer in einem Dämmerzustand zu befinden. Ellen spürte, wie die Verzweiflung in ihrem Herzen wuchs – und der Hass auf die Wilderer, die ihm das angetan hatten.

Auch bei der Arbeit in der Schmiede fehlte ihnen Leofrics fröhliches Geschwätz. Würde er je wieder zu ihnen zurückkommen?

Seit die Garnison der Burg wieder auf wenige Männer zusammengeschrumpft war, weil Frieden herrschte, waren größere Aufträge ausgeblieben. Waffen wurden kaum noch bestellt. Immer öfter mussten Ellen und Jean wieder Werkzeug schmieden, um überleben zu können, und Ellen begann, an ihren ehrgeizigen Zielen und Träumen zu zweifeln. An manchen Tagen war sie so niedergeschlagen, dass sie gar nicht in die Werkstatt ging. Dann setzte sie sich schweigend an Leofrics Lager und hielt seine Hand, oder lief ziellos durch den Wald.

»Nun komm schon! Du musst dich um die Schmiede kümmern, wir brauchen dich!«, ermahnte Jean sie, wenn sie wieder einmal nicht zum Arbeiten kam.

»Wozu soll das alles noch gut sein?« Ellen schüttelte mutlos den Kopf. »Leofric wird es nicht schaffen!«

»Aber du, Ellen!«, begehrte Jean auf. Er hatte viel von ihr gelernt und würde kaum Schwierigkeiten haben, bei einem Schmied unterzukommen, und auch Rose würde leicht Arbeit finden. Was aber sollte aus William und Ellen werden, wenn sie sich so gehen ließ? »Denk an deinen Sohn! Osmond hätte gewollt, dass er die Schmiede bekommt, falls Leofric etwas passiert!«

Ellen presste geräuschvoll die Luft zwischen ihren Zähnen hindurch. »Und ich? Wer denkt an mich? Ich habe diese Schmiede immer gewollt, aber sie steht mir nicht zu. Das hat sie nie und wird sie nie. Ich durfte sie nach Osmonds Tod für Leofric erhalten, und nun soll ich weitermachen, bis mein Sohn sie erbt? Es ist meine Schmiede!«, begehrte sie außer sich vor Wut auf und sah Jean herausfordernd an.

»Aber du bist eine Frau und kannst nicht ...«

»Was kann ich nicht? Meister werden? Wer sagt das?« Ellens kämpferische Haltung war zurückgekehrt. »Sind es nicht die Gleichen, die sagen, Frauen könnten keine guten Schwerter schmieden? Ich strafe sie Lügen, du weißt das!«

»Ja, du hast Recht«, antwortete Jean matt.

Die Tür der Werkstatt öffnete sich, und der kleine William humpelte zögerlich herein.

»Was willst du?«, fragte Ellen gereizt.

»Die Gänse«, sagte er und zog die Nase hoch, »die ham mich gebissen!«

Ellen war noch immer wütend und holte tief Luft. »Dann wirst du es verdient haben!«

Jean schüttelte fast unmerklich den Kopf. »Komm her, Will«, sagte er freundlich und winkte den Jungen zu sich. Er kniete sich nieder und nahm den Kleinen in den Arm. »Gänse mögen es nicht, wenn man ihnen zu nahe kommt. Sie haben keine Waffen, keine scharfen Krallen, mit denen sie sich wehren, Hufe, mit denen sie treten, oder Hörner, mit denen sie jemanden aufspießen könnten. Und sie haben auch keinen giftigen Stachel. Sie haben nur ihre Schnäbel, um sich zu verteidigen. Deshalb schnappen sie nach allem, was in ihre Nähe kommt, damit alle Welt Angst vor ihnen hat.« Jean wischte William die Tränen von der Wange. »Das ist doch gar nicht dumm von ihnen, findest du nicht? Beweg dich langsam in ihrer Nähe, und wenn sie zu böse werden, dann zeigst du ihnen, dass du stärker bist als sie und gibst ihnen eins mit dem Stock.«

William nickte tapfer.

»Geh jetzt zu Tante Rose, und sag ihr, dass wir etwas später zum Essen kommen, ja?« Jean gab dem Kleinen einen freundlichen Klaps auf das Hinterteil, und William gehorchte brav. Nachdem er aus der Werkstatt verschwunden war, wandte sich Jean ärgerlich an Ellen: »Warum bist du so hart zu ihm? Das hat er nicht verdient!«

»Soll ich ihn etwa verzärteln?«, schnaubte Ellen.

»Er ist doch noch so klein!«

Ellen baute sich vor Jean auf. »Ich musste mich immer mehr anstrengen als die anderen, um als Mädchen zu erreichen, was ich wollte. Ihm wird es einmal genauso gehen. Er ist zwar ein Junge, aber er ist ein Krüppel!«

»Ellen!« Jean runzelte erbost die Stirn.

»Dir mag das Wort nicht gefallen, aber die Menschen sehen ihn so, und deshalb werde ich ihn nicht verweichlichen, bei allem, was mir heilig ist. Ich schwöre, dass ich ihm alles beibringen werde, was ich kann. Das ist das Einzige, was ich wirklich für ihn zu tun in der Lage bin. Und es ist mehr, als meine Mutter je für mich getan hat. Viel mehr!«

Jean staunte, wie verbittert Ellen war. Sie sprach zum ersten Mal über ihre Mutter. Der Hass und die Enttäuschung in ihrer Stimme waren unüberhörbar.

»Das Leben ist nun einmal hart. Aber hast du je beobachtet, dass ich William geschlagen hätte?«

Jean schüttelte den Kopf. »Du siehst ihn ja kaum, weil du nur ans Schmieden denkst. Du hast nicht einmal bemerkt, wie sehr seine Füße im letzten Jahr gewachsen sind, nicht wahr? Ich musste ihm schon zweimal neue Holzschuhe machen! Oder ist dir vielleicht aufgefallen, dass sein Fuß ein bisschen weniger verdreht ist? Weißt du, wie viele Zähne er hat? Nein! Du kennst deinen eigenen Sohn nicht. Er ist ein pfiffiges Kerlchen, und er hat nicht nur deine roten Haare, sondern auch deinen Dickschädel!«

»Dafür danke ich Gott, denn er wird ihn brauchen, um zurechtzukommen! Du fragst, ob ich weiß, wie viele Zähne William hat? Du hast Recht, das weiß ich nicht. Aber ich weiß, wovon Rose das Essen für uns alle kauft, ich weiß, dass wir Kleidung und ein Dach über dem Kopf haben. Und ich weiß, dass wir genug gespart haben, um auch über einen harten Winter kommen zu können. Und was Williams Fuß angeht, da bin ich anderer Meinung als du. Ich glaube, dass Gott ihm diese Prüfung auferlegt hat und ich meinem Sohn keinen Gefallen tue, wenn ich ihn schone. William wird einmal ein großartiger Schmied werden, das ist alles, was zählt. Keiner wird sich dann an seinem Fuß stören!« Ellen blickte Jean herausfordernd an, dann wandte sie sich ab. »Niemand von uns weiß, was der nächste Tag bringt. Der Herr allein bestimmt, ob wir ihn erleben oder nicht. Sieh dir nur Leofric an«, murmelte sie traurig.

»Er wird wieder gesund werden«, versuchte Jean, sie zu trösten.

»Nein, Jean. Der Herr wird ihn bald zu sich nehmen, ich weiß es, ich fühle es.« Sie wischte sich hastig mit der Hand über die Augen.« Wenn ich William heute verzärtele, was geschieht dann mit ihm, falls mir etwas zustößt? Er muss rechtzeitig lernen, allein klarzukommen!«

Leofric erwachte nicht mehr. Anfang März in einer kalten, mondlosen Nacht starb er.

Ellen hatte an seinem Lager gesessen und es nicht einmal bemerkt. Erst am Morgen, als sie aufwachte, sah sie, dass er nicht mehr atmete. Sie legte sich ganz nah neben ihn und weinte. Die Erinnerungen an alles Schreckliche, das ihr in ihrem Leben widerfahren war, sammelte sich in einem nicht enden wollenden Schwall von Tränen.

Graubart beschnüffelte sie besorgt, drängte seinen Kopf über ihren gebeugten Arm bis zu ihrem Gesicht und leckte es innig ab, bis sie sich ein wenig beruhigt hatte.

September 1176

Im Spätsommer hielt Ellen es nicht mehr aus und beschloss, nach St. Edmundsbury zu reiten, um Mildred die Nachricht von Leofrics Tod zu überbringen. Seit er gestorben war, hatte sie immer häufiger das Gefühl, Orford bringe ihr nur Kummer und Schmerz.

Sie lieh sich ein Pferd, setzte William vor sich auf den Sattel und ritt los.

Jean und Rose würden sich um alles kümmern, während sie fort war.

Mildred war überglücklich, Ellen wieder in die Arme zu schließen. Sie küsste ihren Neffen und sah ihn liebevoll an. »Geh mal rüber in die Scheune, und begrüße Onkel Isaac. Er wird sich freuen, dich zu sehen!«, ermunterte sie den Jungen. »Und dann gehst du mit Marie in den Hof zum Spielen, aber passt auf, dass die kleine Agnes keinen Unsinn macht!« Nachdem die Tür hinter den Kindern zugeschlagen war, wandte sie sich an ihre Schwester. »Ich bin so froh, dass du da bist! William ist groß geworden!«

Ellen nickte zustimmend und musterte ihre Schwester. »Du erwartest wieder ein Kind, nicht wahr?«

»Sieht man es schon?«, fragte Mildred überrascht und sah auf ihren Bauch.

»Nur an deinem Lächeln. Wenn ich sehe, wie du William anschaust, denke ich, du hoffst auf einen Sohn, stimmt's etwa nicht?« Ellen grinste.

Mildred nickte verschämt. »Mir war zum ersten Mal schlecht.

Bei Marie und Agnes habe ich mich nicht ein einziges Mal übergeben müssen, aber diesmal ...« Sie seufzte. »Vielleicht haben wir ja Glück!« An dem Glitzern in ihren Augen konnte man erkennen, wie sehr sie sich einen Sohn wünschte.

»Der gute Isaac scheint ja auch ganz versessen auf einen Stammhalter zu sein!« Ellen konnte ihre Missbilligung nicht völlig verbergen.

»Ach du!« Mildred stupste ihre Schwester freundschaftlich an. »Er ist kein schlechter Kerl, glaub mir, ich habe es gut mit ihm getroffen. Er ist fleißig und beherrscht sein Handwerk ...«

»... das er keiner Frau zutraut, ich weiß«, ergänzte Ellen.

»Er sorgt gut für uns, ist den Mädchen ein liebevoller Vater und mir ein anständiger Ehemann!« Mildred schien ein bisschen gekränkt zu sein.

»Es tut mir leid, du hast ja Recht. Ich wollte dich nicht verletzen!«

»Hilfst du mir, das Essen vorzubereiten?«, lenkte Mildred ein.

»Wenn es denn sein muss!«, stöhnte Ellen.

Mildred lachte. »Du wirst dich nie ändern. Du hättest wirklich einen besseren Mann abgegeben. Als Hausfrau taugst du jedenfalls nicht.«

»Und als Mutter bin ich auch nicht gerade berühmt!«, sagte Ellen traurig.

»Ach, das ist doch Unsinn, Ellen, ich würde dir meine Kinder jederzeit anvertrauen!«

Ellen lächelte Mildred dankbar an.

Als Isaac zum Essen kam, ritt William auf seinen Schultern. Der Schmied setzte den Jungen neben sich auf der Bank ab und kümmerte sich um ihn wie um einen eigenen Sohn.

Ellen wusste, wie sehr Osmond dem Jungen fehlte, und sie konnte sehen, wie William die Aufmerksamkeit ihres Schwagers genoss. Ich werde beten, dass Mildred einen Sohn bekommt, dachte sie, als sie beobachtete, mit welcher Bewunderung William zu Isaac aufschaute.

»Ist schon ein wenig gerader geworden, scheint mir!«, sagte Isaac zufrieden und massierte den Fuß des kleinen Jungen versonnen.

»Mich stört der krumme Fuß nicht!«, sagte Ellen in scharfem Ton.

»Aber es wäre doch gut, wenn er ein wenig gerichtet wird!«, ereiferte sich Isaac.

»Ich sehe nicht, wozu das gut sein soll. Glaubst du ernsthaft, euer Holzschuh wird etwas ändern? Ich jedenfalls nicht. Ich bin auch nicht sicher, ob es gut für ihn ist, wenn du ihm Hoffnung machst. Selbst wenn sein Fuß ein wenig gerader wird, so bleibt er doch verkrüppelt.«

Je länger Isaac und Ellen stritten, desto trauriger wurde William, bis er schließlich tränenüberströmt dasaß.

Mildred schlug auf den Tisch und forderte die beiden Streithähne energisch auf, endlich still zu sein, woraufhin Ellen bis zum nächsten Tag beleidigt war und kein einziges Wort mehr mit Isaac sprach. Nachdem nicht mehr über Williams Fuß geredet wurde, verbesserte sich die Stimmung im Haus langsam wieder. Mildred schwatzte unaufhörlich und schaffte es immer aufs Neue, Ellen zum Lachen zu bringen.

»Am liebsten würde ich für immer hierbleiben, aber die Pflicht ruft.« Ellen hob bedauernd die Schultern. »Ich kann Jean und Rose nicht ewig allein in der Schmiede lassen. In zwei Tagen werden wir also wohl oder übel aufbrechen müssen«, erklärte Ellen ihrer Schwester, während sie im Gemüsebeet saßen und Zwiebeln fürs Abendessen ausbuddelten.

»Schade, du tust mir gut!«, sagte Mildred, die in der Tat strahlender aussah denn je. »Wollt ihr nicht alle zum Weihnachtsfest zu uns kommen? Das Kind kommt im Februar oder März, so genau weiß ich das nicht.« Mildred sah sie flehend an. »Bitte, Ellen!«

»Na gut, einverstanden. William wird entzückt sein!« Ellen nahm ihre Schwester in den Arm und drückte sie. »Und ich bin es auch.«

Die Zeit bis zu ihrer Abreise verlief friedlich. Isaac hatte offensichtlich von Mildred eingeschärft bekommen, sich nicht wieder mit seiner Schwägerin zu streiten, und hielt sich daran.

Ellen fiel der Abschied schwer.

»Wir sehen uns Weihnachten!«, rief Mildred ihnen hinterher und winkte fröhlich, als sie davonritten.

Es war ein grauer, kalter Herbsttag, den Ellen zur Abreise gewählt hatte. Gegen Mittag kam ein böiger Wind auf, der an den Bäumen rüttelte und zerrte, Äste abriss und Mutter und Sohn bis auf die Knochen auskühlte. Müde und durchgefroren erreichten sie Orford.

Graubart jaulte vor Begeisterung über ihre Rückkehr.

Rose eilte ihnen voller Freude entgegen. Jean machte ein ordentliches Feuer, damit sie sich wärmen konnten, und brachte dann das Pferd zurück zum Mietstall.

Nach einem Getreidebrei und einem Becher heißen Würzweins fühlte sich Ellen wieder wohl zu Hause. Erst jetzt bemerkte sie, wie schön Rose aussah. Ihre Wangen waren frisch, und ihre Augen leuchteten. Wie gut es ihr tut, nicht mehr in Thibaults Nähe zu sein, dachte Ellen zufrieden.

In der Schmiede war kaum etwas zu tun gewesen, und Jean war froh zu hören, dass Ellen mit neuem Mut und vielen Plänen für die Zukunft zurückgekommen war.

»Ich habe beschlossen, als Nächstes ein Schwert zu schmieden. Damit suche ich dann die umliegenden Güter auf, um mich und meine Dienste vorzustellen, ich meine, um unsere Dienste anzubieten. Ich habe es satt, immer nur Werkzeug herzustellen. Ich bin Schwertschmiedin!«, tat sie Jean am Abend entschlossen kund.

»So kenne ich dich!«, jubelte er. »Voller Eifer und Ehrgeiz, das ist meine Ellen!«, rief er erleichtert.

Aber obwohl sich Rose und Jean ganz offensichtlich über ihre Rückkehr gefreut hatten, fand Ellen, dass sie anders waren als sonst.

»Ist irgendetwas mit euch?«, fragte sie Jean deshalb am nächsten Tag während der Arbeit.

»Ähm, nein, wie meinst du das?«, stammelte er unsicher.

»Du und Rose, habt ihr Ärger miteinander gehabt?«

»Nein!«, antwortete Jean ein wenig entspannter. »Nein, wir verstehen uns gut!«

Ellen gab sich mit der Antwort zufrieden. Vermutlich bildete sie sich die Entfremdung nur ein.

Schon nach ein paar Wochen stellte sich heraus, dass ihr Plan, sich mit einem selbst geschmiedeten Schwert in der Umgebung vorzustellen und ihre Dienste anzubieten, sich als erfolgreich erwies. Sie bekam zwei Aufträge für Schwerter und die Aussicht auf weitere Bestellungen.

Dezember 1176

An einem bedeckten Dezembermorgen, wenige Tage vor dem Weihnachtsfest, machten sich die vier auf den Weg nach St. Edmundsbury. Ellen besaß inzwischen wieder ein eigenes Pferd. Jean und Rose ritten auf Tieren aus dem Mietstall. Jean hatte das nervösere Pferd, einen jungen Fuchs. Er tänzelte zunächst aufgeregt, gewöhnte sich mit der Zeit aber an seinen Reiter und wurde ruhiger.

Feiner Nieselregen begleitete sie während des ganzen Weges. Zuerst blieben die kleinen Wassertröpfchen wie winzige Perlen auf ihren Wollmänteln hängen, aber je länger es regnete, desto mehr drangen sie in den Stoff ein. Als sie die Schmiede erreichten, waren sie völlig durchnässt.

Mildred begrüßte sie freudig, aber Ellen erschrak.

Ihre Schwester schien vollkommen erschöpft von der Schwangerschaft, obwohl ihr noch mehr als zwei Monate bis zur Niederkunft blieben. Sie erfuhr, dass sich Mildreds anfängliche Übelkeit nicht gebessert hatte, sondern mit jedem Monat schlimmer geworden war, sodass sie, statt mit dem Kind runder zu werden, dünn und ausgezehrt aussah. Wie eine Geschwulst stand ihr Bauch von dem mageren Körper ab. Rose erkannte den Ernst der Situation und erbot sich sofort, den Haushalt zu übernehmen. Da Mildred viel schneller ermüdete als sonst, nahm sie dankbar an.

»Ich mache mir große Sorgen um Mildred«, flüsterte Isaac Ellen zu, als er sie einen Moment allein erwischte. »Sie wird immer dünner. Das wenige, das sie isst, erbricht sie schon nach kurzer Zeit wieder. Es ist gut, dass ihr da seid.« Isaac fuhr sich durchs Haar.

Auch er sah erschöpft aus, und als Ellen ihn nach seinem Befinden fragte, antwortete er nur schnell, dass er in der letzten Zeit viel zu tun gehabt habe und noch ein paar wichtige Aufträge fertig machen müsse. Jeans Hilfe nahm er dankend an, lehnte Ellens Mitarbeit in der Schmiede jedoch weiterhin ab. Obwohl Ellen deshalb wütend war, nahm sie sich um Mildreds willen vor, nicht wieder mit ihm zu streiten. Und da Isaac sich offensichtlich ebenfalls bemühte, verbrachten sie ein friedliches Weihnachtsfest. Anfang Januar machten sie sich schweren Herzens auf den Rückweg. Ellen schärfte Mildred ein, dass sie jemanden zu ihr zu schicken solle, falls sie Hilfe benötige, und tatsächlich dauerte es nicht einmal zwei Wochen, bis Isaacs Gehilfe Peter nach Orford kam.

»Mildred schickt mich«, sagte er außer Atem vom schnellen Galopp. Pferd und Reiter dampften in der Kälte.

Ellen bat Peter, ins Haus zu kommen, und bot ihm einen Platz am Tisch an. Rose schob ihm ein Stück Brot und eine Schüssel heißen Haferbrei hin, goss ihm einen Becher Dünnbier ein und setzte sich ebenfalls.

»Was ist mit ihr?«, fragte Ellen jetzt ungeduldig.

»Sie ist krank vor Sorge wegen Isaac!«

»Wegen Isaac?«, fragte Jean.

»Die Verletzung an seiner Hand ...«, setzte Peter zwischen zwei Löffeln Brei an.

»Was denn, das ist immer noch nicht verheilt?« Jean runzelte erstaunt die Stirn.

»Einen Augenblick mal, wovon redet ihr da eigentlich? Du kommst gar nicht wegen Mildred?«

»Na ja, doch, irgendwie schon.« Der Gehilfe schaufelte sich schnell noch einen Löffel Brei in den Mund.

»Isaac hat sich eine ziemlich böse Verbrennung an der Hand zugezogen, als wir da waren«, erklärte Jean.

»War meine Schuld, habe eine Zange an der Esse liegen lassen, und er hat ins blaue Eisen gefasst.« Peter rieb sich verlegen über das Kinn.

»Isaac meinte, so etwas passiere nur Anfängern. Es war ihm peinlich, vor allem vor dir, deswegen hab ich es dir nicht erzählt, hab's ihm versprechen müssen.« Jean zuckte mit den Schultern. »Aber es müsste längst geheilt sein!«

»Die Hand ist geschwollen, und aus der Wunde läuft Eiter, aber Isaac tut nichts dagegen. Mildred hat Angst, dass die Wunde brandig wird.« Peter seufzte, er schien das Gleiche zu befürchten.

»Um Gottes willen, gibt es keine Kräuterfrau in St. Edmundsbury? Was soll ich denn da tun? Ich habe doch gar keine Ahnung von solchen Sachen.«

»Mildred hat schon die Hebamme gebeten, sich Isaacs Hand anzusehen. Sie kennt sich aus mit so was und hat gesagt, er solle eine Weile nicht arbeiten, weil es sonst nicht heilen könne, aber davon will er nichts hören. Wir haben wichtige Aufträge, die noch nicht fertig sind. Er kann nicht einfach faulenzen, sagt er.«

»Dass er dich überhaupt weggelassen hat«, wunderte sich Ellen.

»Er denkt, ich bin wegen Mildred hier. Sie sieht ja auch wirklich nicht gut aus, ich glaube, sie könnte ebenfalls Hilfe brauchen.«

Ellen blickte zu Jean und Rose. »Ich werde gleich morgen aufbrechen. Jean, du bleibst bei Rose und William, ja?«

»Sicher, ich kümmere mich um alles, mach dir keine Sorgen.«

»Ob ich jetzt nicht doch bleiben kann?«, meldete sich ein weiterer Gast an ihrem Tisch schüchtern.

Ellen und Jean sahen entgeistert zu ihm hinüber. Sie hatten den Wandergesellen in der Aufregung um Peters unerwartetes Erscheinen völlig vergessen.

Der junge Schmiedegeselle war am Vormittag zu ihnen gekommen und hatte nach Arbeit gefragt. Er schien ein angenehmer

Bursche zu sein, und was er vorzuzeigen hatte, war ordentliche Arbeit, aber Ellen und Jean kamen zu zweit gut klar und hatten ihm nur, so wie es üblich war, eine warme Mahlzeit und einen Schlafplatz für eine Nacht anbieten können.

Ellen starrte ihn für einen kurzen Moment an. Der Himmel muss ihn geschickt haben!, dachte sie.

»Jean?«, vergewisserte sich Ellen.

»Falls du länger fortbleiben musst, wäre es sicher das Beste«, stimmte er zu.

»Drei Penny am Tag und Essen, schlafen in der Schmiede, sonntags und an Feiertagen ist natürlich frei. Bist du damit einverstanden?«

»Sind keine Reichtümer, aber fürs Erste soll es mir recht sein!« Der Wandergeselle rieb sich freudig die Hand am Hemd ab und streckte sie Ellen entgegen. »Ich heiße Arthur.«

Ellen schüttelte seine Hand, um ihren Vertrag zu besiegeln. Das Schicksal war beiden Seiten gnädig gewesen, Ellen konnte beruhigter zu Mildred reisen und war nicht unter Zeitdruck, und der Geselle hatte trotz des Winters Arbeit finden können.

»Arthur und ich werden schon miteinander klarkommen. Mach dir keine Sorgen. Du kannst so lange bleiben, wie Mildred dich braucht«, beruhigte Jean sie noch einmal, als sie tags darauf reisefertig war. »Wegen des Schwertes werde ich den Baron wie besprochen um Aufschub bitten, die anderen Sachen schaffen wir allein. Du kannst dich auf mich verlassen!« Jean nahm Ellen in den Arm und klopfte ihr beruhigend auf den Rücken.

Dann kam William heran, streckte sich und gab seiner Mutter einen schüchternen Kuss auf die Wange, bevor er schnell wieder davonflitzte.

Rose nahm sie ebenfalls zum Abschied in den Arm. »Der Junge ist in guten Händen bei mir!«

»Das weiß ich, du bist ihm eine bessere Mutter als ich«, antwortete Ellen seufzend.

»Rede nicht solchen Unsinn! Und jetzt geh, und kümmere dich um deine Schwester und ihren Mann!« Rose lächelte ihr aufmunternd zu.

Ellen zog die Gugel über Kopf und Schultern und streifte die Handschuhe zum Reiten über. Der Januar lockte zwar mit einem luftig blauen Himmel, war aber klirrend kalt.

Ellen und Peter verlangten den Pferden das Äußerste ab, um keine Zeit zu verlieren, sodass die Tiere trotz der Eiseskälte schon bald erhitzt waren.

Als sie St. Edmundsbury erreichten, war es schon lange Nacht. Obwohl Ellen darauf gefasst war, ihre Schwester in einem schlechten Zustand vorzufinden, konnte sie kaum glauben, wie erbärmlich Mildred aussah. Sie war ausgezehrt und hatte tiefe Schatten unter den Augen.

Isaac versteckte seine Hand vor Ellen, so gut es ging, trotzdem bemerkte sie Eiter und Blut, die aus dem schmutzigen Verband sickerten, den er um die Wunde geschlungen hatte. Seinem verzerrten Gesicht war anzusehen, dass er starke Schmerzen litt, aber da er ihre Anwesenheit in seiner Schmiede noch immer nicht duldete, konnte Ellen ihm die Arbeit nicht abnehmen und musste zusehen, wie er sich weiterhin quälte.

Ellen kümmerte sich um ihre Schwester und bemühte sich, diese wieder zu Kräften zu bringen. Und tatsächlich schien Mildred sich aus Freude über den Besuch ihrer Schwester schon bald ein wenig besser zu fühlen.

Dafür ging es Isaac zusehends schlechter.

Zwei Tage nach Ellens Ankunft stürzte Peter am späten Vormittag aufgeregt ins Haus. »Ellenweore, komm schnell! Isaac ist umgekippt!«

Mildred riss die Augen weit auf vor Angst.

»Mach dir keine Sorgen, ich kümmere mich um ihn!« Ellen ließ den Teig, den sie gerade knetete, auf dem Tisch zurück und eilte Peter in die Werkstatt nach.

Isaac lag zusammengekrümmt auf dem Boden. Seine Stirn glühte.

»Wir müssen ihn rüberbringen!«, befahl sie.

Peter war groß und kräftig, sodass sie Isaac zu zweit tragen konnten. Mildred hatte sich ein Lager in der Küche machen lassen, um bei ihren Kindern und Ellen sein zu können, also konnten sie Isaac in die Schlafkammer legen.

Vorsichtig entfernte Ellen den Verband von Isaacs Hand.

»Um Gottes willen!«, entfuhr es ihr, als sie die Wunde erblickte.

Eiter und schwarze faulige Haut bedeckten seinen Handteller. Rund um die Wunde war das Fleisch aufgequollen und stark gerötet. Der Wundbrand zog bereits hinauf zum Arm. Peter wandte sich entsetzt ab.

»Wie kann er damit nur weitergearbeitet haben?«, murmelte er erschrocken.

»Isaac ist ein Dickkopf!«, knurrte Ellen. »Aber er ist auch verdammt zäh«, fügte sie ein wenig freundlicher hinzu. »Wir müssen von irgendwoher einen Baderchirurgen holen.« Ellen wickelte das schmutzige Leinen wieder um Isaacs Hand, als die ersten Fliegen versuchten, sich auf die Wunde zu setzen.

»Macht, dass ihr wegkommt!«, rief sie und jagte die aufdringlichen Tiere fort, die von dem Gestank des faulenden Fleisches angezogen wurden.

»Ich werde einen finden!«, sagte Peter bestimmt und machte sich gleich auf den Weg.

Ellen überlegte noch, was weiter geschehen sollte, als Isaac plötzlich wieder zur Besinnung kam. Er fuhr hoch, hielt aber gleich wieder inne. Vermutlich war ihm schwindelig. Erstaunt sah er sich um. »Wieso bin ich in der Kammer?«, brummte er unwirsch und sah seine Schwägerin misstrauisch an.

»Du musst dich ausruhen, du hast Fieber!«, besänftigte sie ihn, ohne auch nur mit einem Wort seine Hand zu erwähnen. Natürlich hätte er behauptet, er könne sehr wohl weiterarbeiten und das Fieber habe nichts mit seiner Verletzung zu tun.

»Ausruhen!« Isaac spuckte das Wort ärgerlich aus. »Ich habe zu tun, ein wichtiger Auftrag, der in zwei Tagen fertig sein muss. Ich kann nicht einfach hier herumliegen.« Isaac versuchte aufzustehen, aber es gelang ihm nicht. »Willst du mir nicht helfen«, fuhr er Ellen an.

»Wenn du glaubst, dass du arbeiten kannst, wirst du ja wohl auch alleine aufstehen können!« Ellen wandte sich ab und ging hinaus.

Isaac versuchte verbissen, sich zu erheben, aber er war zu schwach. Irgendwann gab er auf und schlief erschöpft ein.

Es dauerte einen halben Tag, bis Peter mit einem Baderchirurgen zurückkam.

Der Bader war schon älter, ein wenig rundlich und fast kahl, seine Augen wirkten sanft und freundlich. Er sah sich Isaacs Hand genau an, schüttelte den Kopf und schnaufte.

Ellen begleitete ihn nach draußen.

Erst als sie wieder vor der Schmiede standen, begann er zu reden. »Die Frau, die das Kind erwartet, ist das seine?« Er hatte Mildred kurz gesehen, aber nicht mit ihr gesprochen.

Ellen nickte beklommen.

»Es steht nicht gut um sie, das wisst Ihr?«

Ellen nickte wieder.

»Vermutlich weiß er es auch, deshalb hat er sich seine Verletzung nicht anmerken lassen. Hat sich geschämt, vermute ich. Männer wie er verlieren wegen ihres Dickschädels leicht einen Arm oder ein Bein.«

Ellen holte erschrocken Luft. »Könnt Ihr etwas für ihn tun?«

»Die Wunde in seiner Hand ist brandig, und der Brand breitet sich rasch aus. Er hätte die Hand schonen müssen. Sieht nicht gut aus. Ich werde Euch sagen, was Ihr tun könnt, aber ich mache Euch nicht viel Hoffnung. Wenn sich der Brand nicht aufhalten lässt, müssen wir sie abnehmen, möglicherweise bis zur

Hälfte des Unterarms oder sogar bis zum Ellenbogen. Das kann ich noch nicht genau sagen.«

Ellen keuchte. Das war das Ende für Isaacs Schmiede! Wie sollte er weiterhin arbeiten können, selbst wenn er die Operation überlebte?

Der Bader gab ihr ein paar Kräuter und erklärte ihr, wie sie daraus eine Auflage bereiten sollte. Er versprach, am nächsten Tag wieder nach Isaac zu sehen und sein Werkzeug mitzubringen. »Wenn es nötig ist, werde ich ihm die Hand abnehmen, sonst stirbt er! Es ist besser, Ihr bereitet ihn und seine Frau schon mal darauf vor.«

»Aber wie soll ich ... was kann ich ihnen sagen?«

Der Bader zuckte mit den Schultern. »Keine leichte Aufgabe, ich weiß.«

Als er fort war, bemerkte Ellen, dass ihr vor Verzweiflung Tränen über das Gesicht liefen. Auch wenn Isaac sie so manches Mal geärgert hatte, so etwas hatte er nicht verdient. Mildred erwartete sein drittes Kind. Wie sollte er seine Familie ernähren? Ellen ging schweren Herzens zurück zum Haus. Die Kinder hatten sicher Hunger, und Mildred musste immer wieder aufgefordert werden, etwas zu sich zu nehmen, sonst vergaß sie zu essen. Ellen schob die Ärmel hoch und beschloss, erst einmal alle zu versorgen. Sie wischte sich die Tränen aus dem Gesicht und ging hinein.

»Was ist mit Isaac?«, fragte Mildred, die mehr mitbekommen hatte, als Ellen lieb war.

»Er hat sich verletzt«, sagte Ellen unbestimmt und versuchte, nicht allzu besorgt zu klingen.

»Du meinst das an der Hand, nicht wahr? Er trägt seit Wochen einen Verband, aber er hat gesagt, es sei nicht schlimm.«

»Er hat Fieber bekommen und muss sich dringend ein wenig ausruhen!«, wich Ellen aus und kümmerte sich halbherzig um die Zubereitung des Essens.

»Irgendwas brennt an!«, rief Mildred plötzlich. Ellen sah zum Topf in der Feuerstelle.

»Der Hirsebrei!« Schnell rührte sie ihn um. »Ich kann eben nicht kochen!«, rief sie verzweifelt und stampfte mit dem Fuß auf.

»Wenn Isaac eine Weile nicht arbeiten kann, könntest du nicht seinen Auftrag zu Ende machen? Bitte, Ellen, eine Magd aus dem Dorf könnte doch kochen und sich um die Kinder kümmern … Eve, Peters Schwester vielleicht, sie hat mir schon ein paar Mal geholfen.«

»Er würde mich auf der Stelle vierteilen, wenn ich seine Werkstatt beträte!«, antwortete Ellen, aber in Wahrheit hatte sie bereits darüber nachgedacht.

»Bitte!« Mildred richtete sich auf, ihre Augen flehten Ellen an.

»Sicher, wenn du dafür sorgst, dass er mich hinterher nicht zum Dank umbringt!«, sagte Ellen und verteilte den Hirsebrei auf die Holzschalen.

Peter staunte nicht schlecht, als er am nächsten Morgen die Schmiede betrat und Ellen an der Esse hantieren sah.

»Mildred hat gesagt, dass ihr deine Schwester vielleicht ein wenig zur Hand gehen könnte?« Ellen bemühte sich um einen freundlichen, aber Respekt einflößenden Ton. Ihr war klar, dass Peter denken würde, er habe jetzt das Sagen in der Schmiede. Aber er würde wohl oder übel auf sie hören müssen, wenn sie miteinander klarkommen wollten.

»Sicher, ich kann sie fragen!«, antwortete er verwundert. »Bleibst du denn nicht?«

»Sei so gut, geh und frag sie gleich, ob sie schon heute anfangen kann, am besten sofort. Sie soll kochen und sich um das Haus, die Tiere und die Kinder kümmern.«

Mildred hielt Enten, Gänse, Hühner, drei Ziegen und ein paar Schweine, die den Tag im Hof verbrachten.

»Gut!« Peter wunderte sich zwar immer noch, gehorchte aber.

Ellen atmete auf, nachdem er die Werkstatt wieder verlassen hatte. Das Wichtigste war, ihm von Anfang an klar zu machen, dass sie mehr konnte als er und deshalb in Zukunft die Anweisungen geben würde. Ellen sah sich die angefangenen Werkstücke an. Isaac hatte offensichtlich ein schweres, reich verziertes Tor zu fertigen. Ellen sah es sich genau an und wusste schnell, was noch fehlte.

»Eve ist gleich mitgekommen, sie ist drüben im Haus bei Mildred!«, sagte Peter, als er wenig später zurück in die Werkstatt kam.

»Wann muss das Tor fertig sein?«, fragte Ellen ihn, ohne weiter auf seine Schwester einzugehen.

»Wir haben nur noch zwei Tage!« Peter sah besorgt aus, und dazu gab es allen Grund. Durch seine Verletzung hatte Isaac nicht mehr so schnell arbeiten können und war nun in Verzug geraten.

»Die Mönche vergeben ihre weiteren Schmiedeaufträge nur dann an uns, wenn wir pünktlich liefern!«

Ellen hatte sich bereits genau umgesehen, es war zumindest genügend Eisen da.

»Nun, dann richte dich darauf ein, heute und morgen lange zu arbeiten. Die Esse ist schon heiß, wir können gleich anfangen.«

»Du willst ...?« Peter sah verdattert drein. »Aber ich bin kein Meister, nicht mal Geselle!«

»Ich aber!«, antwortete Ellen unbekümmert und zog sich Isaacs Lederschürze an. »Nun mach schon!«, fuhr sie Peter harsch genug an, um ihn zu bewegen, auf der Stelle zu gehorchen.

Ellen arbeitete, bis sie kaum noch die Arme heben konnte, und Peter ließ sich noch am ersten Tag von ihrem Ehrgeiz anstecken. Er erkannte schnell, dass sie genau wusste, was sie tat. Wenn sie auch am folgenden Tag so gut vorankamen, würden sie es schaffen, das Tor tatsächlich noch rechtzeitig fertig zu stellen.

»Ich hab mal gehört, was Isaac über Frauen gesagt hat … dass sie in die Küche gehören, nicht in eine Schmiede. Damals habe ich gedacht, er hat Recht damit, jetzt bin ich mir da ehrlich gesagt nicht mehr so sicher. Was du schmiedest, gefällt mir jedenfalls viel besser als das, was du kochst.« Peter grinste frech.

Ellen brummte nur etwas Unverständliches. Obwohl er nur ein Gehilfe war, schmeichelte sein Lob ihr doch.

Am Abend kam der Baderchirurg, um wie versprochen nach Isaac zu sehen.

Ellen hatte Peters Schwester aufgetragen, den Verband um Isaacs Hand noch einmal zu wechseln, aber weder war das Fieber besser geworden, noch schien sich die Wunde zu erholen. Sie stank noch immer bestialisch. Das Fleisch war schwarz und eitrig wie zuvor. Der Bader sah sich die Hand kurz an und ging schweigend aus dem Haus.

»Es gibt zwei Möglichkeiten«, sagte er ganz ruhig, als sie beide im Hof standen. »Entweder ich trenne noch heute seine Hand und ein Stück des Unterarms ab …«

»Oder?«, fragte Ellen bang.

»Oder Ihr betet und tut nichts. Dann wird der Brand, so Gott will, den Arm hinaufziehen. Er wird den Ellenbogen erreichen, dann die Schulter, und in wenigen Tagen wird der Schmied daran sterben. Das Beten wird aller Voraussicht nach nur seiner Seele helfen. Sein Körper wird verfaulen, gute Frau.«

»Und Ihr seid vollkommen sicher, dass ihm die Hand abzutrennen die einzige Möglichkeit ist, ihn zu retten?«

»Wenn nicht ein Wunder geschieht …« Der Bader zuckte mit den Achseln. Es verdiente damit sein tägliches Brot. Natürlich war es für die Betroffenen furchtbar, aber meist war es eben auch die einzige Rettung.

Ellen dachte einen Moment an Isaac, der fahl und leblos auf seinem Lager geruht hatte, ohne die Untersuchung des Baders zu bemerken. Seit dem Vortag war er immer nur kurz zur Besinnung gekommen.

»Bitte erklärt es seiner Frau, ich kann eine solche Entscheidung nicht allein treffen.«

Der Bader sprach daraufhin eindringlich mit Mildred. Bleich und erschrocken hörte sie ihm zu.

»Bitte, Ellen, ich kann nicht, du musst …«, hauchte sie schwach und sank wieder auf ihr Lager. Sie schloss die Augen und stöhnte.

»Sie ist Euch keine große Hilfe, fürchte ich«, bemerkte der Bader trocken. »Ihr werdet die Entscheidung wohl doch allein treffen müssen. Bedenkt auch, dass ich für das Abtrennen vier Shilling verlange und nicht mit Sicherheit sagen kann, ob er es überlebt, auch wenn ich natürlich mein Möglichstes dafür tun werde.«

Ellen hatte genug Geld bei sich. Wenn sie weiterhin Aufträge von den Mönchen bekam, würde sie die Familie vorerst durchbringen können.

»Macht es!«, sagte sie entschlossen. »Er muss es einfach schaffen.«

»Wenn Ihr mir helft und ich keinen Gehilfen dazuholen muss, gebe ich Euch einen Nachlass auf die Operation. Ich sehe, dass Ihr eine mutige, gute Frau seid.«

Ellen stöhnte, dann nickte sie und trug Eve auf, die Kinder nicht aus dem Haus zu lassen.

»Gehen wir ihn also holen!« Der Bader klatschte in die Hände und rieb sie aneinander.

Ellen schauderte.

Sie gingen in die Kammer und trugen Isaac in den Hof, wo der Hackklotz stand, auf dem sonst das Feuerholz gespalten wurde. Sie ließen Isaac gleich daneben zu Boden gleiten.

»Es wäre gut, wenn noch jemand mit anpackt und seine Beine hält«, sagte der Bader.

Ellen rief nach Peter, der nur langsam aus der Schmiede kam.

»Du hältst Isaacs Beine fest!«, befahl sie.

Peter gehorchte widerwillig.

Der Bader steckte dem ohnmächtigen Isaac einen Holzstab in den Mund.

»Damit er sich nicht die Zunge abbeißt«, erklärte er. »Ihr müsst seinen Arm festhalten. Wenn er erwacht, wird er alles tun, um ihn fortzuziehen. Das wird Eure ganze Kraft erfordern. Sollten wir nicht lieber den jungen Mann bitten, und Ihr nehmt die Beine?«

Peter schüttelte heftig den Kopf, seine Augen flehten Ellen an, das nicht von ihm zu verlangen. Doch seine Schuld an Isaacs Verletzung drückte ihn schwer, sodass er nichts zu sagen wagte. Hätte er nicht die Zange in der Nähe des Feuers liegen lassen, wäre das alles nicht geschehen.

»Nein, ich schaffe das schon!« Ellen nahm all ihren Mut zusammen. Wenn Isaac jemals erfuhr, dass sie dabei geholfen hatte, seine Hand von seinem Körper zu trennen, würde er sie für immer hassen.

»Gut. Junge, als Erstes gehst du und legst ein Flacheisen in die Esse, wir brauchen es später, um die große Wunde zu verschließen, sonst verblutet er. Du holst es sofort, wenn ich es dir sage, und beeilst dich, verstanden?«, befahl der Bader.

Peter nickte ängstlich. Dann ging er in die Werkstatt und tat, was man ihm aufgetragen hatte.

Der Baderchirurg legte Isaacs Arm auf dem Holzklotz zurecht, band ihn mit einem Tuch ab und überlegte dann, wo genau er den Schnitt ansetzen sollte. Seine Säge sah aus wie die eines Schreiners.

Ellen schloss die Augen. Sie hielt Isaacs Arm fest, als hinge ihr Leben davon ab, und betete. Der Arm ruckte, und Ellen spürte, wie sich die Säge des Baders durch den Knochen fraß.

Isaac schrie unmenschlich laut auf.

Ellen hielt ihn fest, versuchte, tröstende Worte zu finden, brachte aber außer einem Schluchzen keinen Ton hervor.

Stattdessen schnaubte der Bader Peter an, er solle Isaacs Beine besser festhalten.

Ellen glaubte, die Besinnung zu verlieren. Sie brachte es nicht fertig, den Arm, den sie so fest wie möglich hielt, anzusehen. Ihre Gebete wurden eindringlicher, steigerten sich zu einem stummen Schrei nach Hilfe, den sie zum Herrn und zu allen Heiligen schickte. Die Arbeit des Baders schien eine Ewigkeit zu dauern. Nach dem Schrei und einem wilden Aufbäumen war Isaac nun wieder bewusstlos. Er röchelte und zuckte, während der Bader sich noch immer an seinem Arm zu schaffen machte.

»Geh, Junge, hol das Eisen!«, rief der Bader mit einem Mal.

Peter sah ihn zögernd an.

»Los, beeil dich!«

Peter rannte, als sei der Teufel hinter ihm her.

Das heiße Eisen brannte sich in Isaacs Fleisch und verbreitete einen beißenden Gestank, von dem Ellen übel wurde. Sie erbrach sich und dachte an Jeans Geschichte von dem Überfall auf sein Dorf.

Nachdem der Bader einen Kräuterverband um Isaacs Arm gepackt und das Ganze dann mit sauberem Leinen umwickelt hatte, trugen sie ihn zurück in die Kammer. Sein Gesicht sah bleich und wächsern aus, wie das eines Toten.

»Warum habt Ihr sein Fleisch erneut verbrannt?«, fragte Ellen den Bader entsetzt. »Ihr habt doch gesehen, dass eine fast unbedeutende Brandwunde seine Hand hat verfaulen lassen. Wie könnt ihr ihm da eine noch viel größere zufügen und glauben, dass jetzt alles heilen wird?«

»Brandig kann die kleinste Wunde werden, ob Verbrennung oder Schnitt ist nicht wichtig. Warum das Fleisch fault, weiß niemand, zu viele schlechte Säfte seien schuld, heißt es.« Der Bader zuckte mit den Achseln. »Der Schmied hat viel Blut verloren, hoffen wir, dass die üblen Säfte fort sind. Ihr müsst den Verband regelmäßig erneuern, und wenn der Herr ihm gnädig ist, kann er es schaffen. Betet, dass der Arm nicht erneut brandig wird. Mehr könnt Ihr nicht tun.« Der Bader zog die Augenbrauen hoch. »Ich werde morgen wiederkommen und nach ihm sehen, dann bringe ich Euch neue Kräuter für die Auflagen mit.« Er klopfte Ellen auf die Schulter. »Ihr wart sehr tapfer!«

In der Nacht fuhr Ellen hoch. Sie hatte Isaac schreien hören. Ihr Lager war nicht weit von seinem entfernt. Ellen horchte angestrengt. Alles war ruhig. Sie hatte wohl nur geträumt. Als sie die Augen wieder schloss, hörte sie die Säge auf dem Knochen reiben, hörte wieder und wieder, wie Isaac schrie, und sah noch einmal vor sich, wie er sich aufbäumte.

Ellen war erleichtert, als sie am Morgen erwachte und die Nacht mit ihren Albträumen vorbei war. Sie wagte nicht, zu Isaac zu gehen. Wenn er aufwachte und verstand, dass seine Hand abgetrennt worden war ... Er würde Ellen verdammen, sobald er erfuhr, dass sie es nicht nur hatte geschehen lassen, sondern es sogar veranlasst und dabei geholfen hatte. Sie wusste, dass Isaac nicht verstehen würde, dass sie ihn um jeden Preis hatte retten wollen, um Mildred und der Kinder willen.

Ellen und Peter schmiedeten das Tor fertig und brachten es in aller Frühe mit zwei von Peters Freunden zu den Mönchen. In der Mittagszeit betrat Ellen erschöpft das Haus und hörte Isaac toben. Mildred saß zitternd auf ihrem Lager in der Küche und schluchzte. Marie und Agnes versteckten sich in den Armen ihrer Mutter und weinten ebenfalls. Ellen kniete sich neben ihre Schwester und drückte diese an sich, bis sie sich ein wenig beruhigt hatte.

»Geh jetzt nicht zu ihm, er braucht Zeit!« Mildred hielt Ellen am Arm fest, als sie aufstehen wollte. »Er weiß jetzt, dass du ihn festgehalten hast, als ...« Mildred brach ab. »Er hat nicht aufgehört, wilde Verwünschungen gegen dich auszurufen.«

»Aber was hätte ich denn anderes tun können?« Ellen sah ihre Schwester hilflos an.

»Ich weiß, dass es keinen anderen Weg gab, ihn zu retten, aber er, er versteht es nicht!« Mildred schluchzte auf. »Wie soll es nur weitergehen?«, flüsterte sie erschöpft.

Ellen mied Isaac, solange er tobte.

Mildred sah häufig nach ihm, obwohl sie sich selbst kaum auf den Beinen halten konnte, und Eve oder der Bader erneuerten täglich die Wundverbände.

Drei Tage tobte und schrie Isaac, dann war es still im Haus. Er lag mit dem Kopf zur Wand gedreht und rührte sich nicht. Er aß und trank, was Eve ihm brachte, aber er sprach mit niemandem ein Wort.

Februar 1177

Fast vier Wochen waren vergangen, seit ihm der Bader die Hand abgenommen hatte, und noch immer rissen Isaac manchmal Albträume aus dem Schlaf.

Eines Nachts begann Mildred plötzlich laut zu stöhnen. Barfuß und noch ein wenig schlaftrunken taumelte Ellen zu ihrer Schwester ans Lager.

»Was ist denn mit Mama?«, fragte Marie, die neben ihrer Mutter gelegen hatte und sich nun verschlafen die Augen rieb. Ängstlich versteckte sie sich hinter Ellens Beinen, als diese das Feuer schürte.

»Ich denke, das Kind kommt!« Ellen strich der Kleinen sanft über den Kopf.

Peters Schwester schlief seit ein paar Tagen ebenfalls im Haus. Gähnend kam sie herbei.

»Eve, geh und hol die Hebamme!«, befahl Ellen ruhig und setzte Wasser in einem Topf auf die Feuerstelle. Dann nahm sie Marie und Agnes an der Hand und brachte sie zu Isaac.

»Wach auf!« Ellen rüttelte ihn. »Du musst die Kinder nehmen. Mildred kommt nieder, ich muss wieder zu ihr.« Ellens strenger Ton gestattete keine Widerrede, Isaac hob seine Decke an.

»Kommt her, es ist kalt!«, forderte er seine Töchter auf. Bereitwillig krabbelten sie auf das Lager ihres Vaters, froh, dass er nicht mehr schrie und endlich wieder mit ihnen sprach.

Nach einer halben Ewigkeit kam Eve mit der Hebamme zurück. »Ich kann das Köpfchen schon fühlen«, sagte die Alte beruhigend und streichelte Mildreds verschwitztes Gesicht, nachdem ihre Hand kurz unter deren Hemd verweilt hatte. »Es wird nicht mehr lange dauern, bald hast du es geschafft.«

Mildred sah bleich und kraftlos aus, aber sie nickte.

Nicht lange darauf wurde der magere, viel zu kleine Junge geboren. Er war völlig leblos, grau und schrie nicht.

Die Hebamme schüttelte den Kopf. »Er ist tot«, sagte sie tonlos.

Mildred schluchzte laut auf. Es blieb ihr nur wenig Zeit, um sich zu erholen, bevor erneute Wehen die Nachgeburt hervorbrachten. Als es vorbei war, war Mildred völlig entkräftet.

Die Hebamme wusch sie, und Eve richtete ihr Lager neu.

Währenddessen ging Ellen hinaus in den Garten. Sie grub ein Loch für das Kind. Es wäre Isaacs Arbeit gewesen, aber der konnte es nicht tun. Leise betend begrub Ellen den schlaffen, toten Körper und die Nachgeburt und schaufelte das Loch wieder zu. Sie pflanzte ein Maßliebchen auf das Grab und steckte ein Kreuz aus zwei zusammengebundenen Holzstücken in die Erde.

Als sie zurück ins Haus kam, hockte Isaac neben Mildred. Mit seiner gesunden rechten Hand strich er über ihre Wange und wischte ihre Tränen fort.

»Wenn ich tot bin, musst du Ellenweore heiraten. Sie wird immer für euch da sein. Du brauchst eine Frau, und die Kinder brauchen eine Mutter«, wisperte Mildred.

»Schsch ...« Isaac küsste sie auf die Stirn.

»Bitte, Isaac, du musst es mir versprechen!«, flehte Mildred und bäumte sich ihm entgegen.

»Sicher, mein Herz«, antwortete er sanft.

»Versprich mir, dass du sie heiratest. Denk an die Kinder und die Schmiede, nur sie kann dir helfen!« Mildred seufzte. »Ellen ist ein guter Mensch! Schwöre, dass du es tust!«, drängte sie.

»Ich schwöre alles, was du willst!«, antwortete Isaac ergeben, nur um sie nicht aufzuregen.

Ellen tat, als habe sie nichts von dem Versprechen mitbekommen.

Isaac bemerkte sie, stand auf, ohne sie anzusehen, und ging schweigend zurück in seine Kammer.

Mildred war erschöpft eingeschlafen. Sie erwachte, als Ellen aufstand, um in die Schmiede zu gehen.

»Ellen?«, rief sie schwach nach ihrer Schwester.

»Ja?«

»Du hast gehört, was Isaac mir geschworen hat?«

Ellen nickte unwillig.

»Nun bist du dran, schwöre mir, dass du dich um Marie und Agnes kümmerst … und um Isaac. Ihr müsst heiraten, wenn ich tot bin!«

»Du wirst bald gesund sein und dich wieder selbst um deine Kinder kümmern können!«, versuchte Ellen, ihre Schwester zu beruhigen.

»Nein, ich weiß, dass ich sterben werde.«

Ellen schwieg.

»Bitte schwöre es mir!«, hauchte Mildred schwach. Obwohl sie geschlafen hatte, wirkte sie kein bisschen ausgeruht. Sie war noch blasser geworden, ihre Wangen und Augen waren eingefallen.

Ellen gab ihren Widerstand auf. »Ja, Mildred. Ich schwöre es, aber ich werde alles dafür tun, dass es nicht dazu kommt und du wieder gesund wirst!«

Am Mittag sah Mildred tatsächlich ein wenig frischer aus. Ihr Gesicht war nicht mehr so fahl, ihre Wangen wirkten voller und rosiger. Erleichtert ging Ellen nach dem Essen zurück an die Arbeit. Erst als sie am späten Nachmittag zurückkam, bemerkte sie, dass Mildreds Wangen nicht von der anstehenden Genesung, sondern vom Fieber gerötet waren. Die Hebamme hatte versprochen vorbeizuschauen, und Ellen wartete ungeduldig auf sie.

»Ich glaube, Mildred hat Fieber«, begrüßte sie die Alte, als diese endlich erschien.

»Ich konnte nicht früher kommen, die Frau des Färbers hat Zwillinge bekommen. Das erste Kind kam mit dem Hinterteil zuerst, das ist immer schwierig.«

Ellen brachte der Alten einen Becher Dünnbier und eine Schale mit warmem Wasser. Sorgfältig wusch sie sich die runzligen Finger, dann untersuchte sie Mildred.

»Gefällt mir gar nicht!«, murmelte sie. Dann kochte sie einen Sud aus Kräutern, die sie bei sich trug, und wusch Mildred damit.

»Gebt ihr auch davon zu trinken, zwei Becher, einen heute, einen morgen. Ich komme noch vor dem Mittag, um nach ihr zu sehen.«

An dem sorgenvollen Gesicht der Hebamme erkannte Ellen, wie ernst es um Mildred stand.

»Meine Schwester glaubt, dass sie sterben wird, denkt Ihr das auch?« Ellen atmete tief durch.

»Die Wege des Herrn … Manchmal wissen die Sterbenden mehr als die Lebenden. Ich kann nicht mehr viel tun. Das wenige aber tue ich gerne.« Die Hebamme leerte den Becher Bier, legte sich ihr wollenes Tuch um die Schultern und machte sich wieder auf den Weg. »Gehabt Euch wohl, Ellenweore, und betet!«, sagte sie beim Verlassen des Hauses.

Ellen fröstelte. Die vergangenen Tage waren anstrengend gewesen. Sie sehnte sich nach ihrer friedlichen Schmiede, nach Jean und Rose und natürlich nach William. Erschöpft kauerte sie sich in eine Ecke, vergrub ihr Gesicht verzweifelt in den Händen und weinte, bis sie eingeschlafen war.

Tagelang dämmerte Mildred vor sich hin. Das Fieber stieg nicht, aber es ging auch nicht zurück. Die Mädchen schmiegten sich an ihre Mutter und weinten, als spürten sie, wie wenig Zeit ihr nur noch blieb.

Sogar Isaac überwand sich und kam aus seiner Kammer, um ihre Hand zu halten. Wenn er ihr liebevoll über die Stirn strich, öffnete Mildred die Augen und lächelte matt. Sobald er sich zu ihr setzte, ging Ellen hinüber in die Werkstatt.

»Es tut mir leid«, hauchte Mildred eines Abends. Isaac nickte nur stumm und drückte ihre Hand. Diesmal kauerte Ellen zusammengesunken am Fußende von Mildreds Lager.

Isaac schenkte ihr keine Beachtung. Am Nachmittag war die Hebamme noch einmal gekommen. Sie wussten, dass es zu Ende ging und sie nichts mehr für Mildred tun konnten. Ellens Gebete hatten nicht geholfen.

Mit jeder Stunde wurde Mildred schwächer. Mit zittriger Stimme und aufgerissenen Augen erinnerte sie ihren Mann und ihre Schwester an den ihr gegebenen Schwur. Und am Nachmittag fand sie sogar noch die Kraft, Ellen um Vergebung zu bitten, weil sie ihr eine so schwere Bürde auferlegte.

Nachdem die Sonne untergegangen war, wurde es an diesem Abend besonders kalt. Im Haus knisterte ein gemütliches Feuer, und an einer Eisenkette über den züngelnden Flammen hing ein Topf mit köstlich duftender Specksuppe. Alle saßen stumm am Tisch und aßen, ohne von ihren Schüsseln aufzusehen.

Mildreds Lebenslicht flackerte noch eine ganze Weile schwach, leuchtete dann noch einmal kurz auf und erlosch schließlich.

Nachdem sie Mildred zu Grabe getragen hatten, war Ellen noch niedergeschlagener als nach Leofrics Tod.

Ein Jahr Trauerzeit blieb ihr, dann würde sie ihr Versprechen einlösen müssen.

Isaac hatte das Abtrennen seiner Hand überlebt. Der Stumpf verheilte, ohne brandig zu werden, aber er schien mit dem Leben abgeschlossen zu haben. Er lag nur auf seinem Lager und überließ sich seinem Schicksal.

Ellens anfängliches Mitleid wich schon bald einer großen Verärgerung.

Eve kümmerte sich noch immer um das Haus und die Kinder, aber Isaac hätte eigentlich niemanden mehr gebraucht, der ihm das Essen brachte. Er hätte längst aufstehen und sich wieder nützlich machen können, auch wenn er jetzt ein »Krüppel« war, wie er oft abfällig betonte.

Ellen graute davor, ihr Leben mit ihm verbringen zu müssen. Warum nur hatte sie es ihrer Schwester versprochen? Einen Schwur zu brechen, den man einer Sterbenden gegeben hatte, führte unweigerlich zu ewiger Verdammnis. Sie würde Isaac also heiraten müssen, ob es ihr nun gefiel oder nicht, so viel stand fest.

Als sie Isaac eines Tages mitteilte, dass sie nach Orford reiten wollte, um eine paar wichtige Dinge zu erledigen, sah er sie feindselig an.

»Du hattest niemals vor, deinen Schwur einzuhalten, nicht wahr?«, fragte er.

»Wie meinst du das?« Ellen fuhr empört auf.

»Mildred ist kaum unter der Erde, da verschwindest du und überlässt mich und die Kinder einer düsteren Zukunft.«

»Was redest du da? Eve wird im Haus bleiben und sich um die Mädchen kümmern, bis ich zurück bin. Peter bleibt in der Werkstatt und erledigt das Wichtigste, und schließlich bist du ja auch noch da!« Ellen war fassungslos. Was bildete sich Isaac eigentlich ein, sie als Lügnerin zu bezeichnen! Sein jämmerliches Selbstmitleid ließ sie vor Wut fast platzen.

»Natürlich werde ich zurückkommen, ein Schwur ist ein Schwur. Ich muss mich aber um die Werkstatt meines Vaters kümmern und sehen, was mit ihr wird! Aber vielleicht willst *du* dich ja lieber vor dem Schwur drücken?«

Isaac zuckte nur mit den Achseln. »Ich habe nicht vor wegzugehen«, betonte er.

»Oh, das ist gut. Dann kannst du ja gleich aufbleiben und dich ein bisschen nützlich machen!«, fügte sie bissig hinzu.

Isaac sagte nichts, füllte seinen Becher und schlurfte zurück in die Kammer, um sich hinzulegen.

Wütend packte Ellen ihre Sachen zusammen. Sie konnte Isaacs unverschämte Art nicht mehr ertragen und war froh, ein paar Tage aus dem Haus zu kommen.

Orford im Mai 1177

Es war einer dieser wunderschönen Frühlingstage mit blauem Himmel und leichter Brise, an dem Ellen nach Orford zurückkam. Ein merkwürdig beklemmendes Gefühl aus Wehmut und Freude, wieder zu Hause zu sein, überkam sie. Nichts hatte sich verändert. Die Hühner pickten im Gras nach Würmern und Körnern, im Gemüsebeet wuchs nicht ein Büschel Unkraut, und der Hof war sauber gefegt. Rose schien alles im Griff zu haben, wie immer.

Ellen ging zur Schmiede, und für einen Moment hoffte sie, Osmond darin vorzufinden, obwohl sie wusste, dass dies unmöglich war. Sie öffnete die Tür, steckte den Kopf in die Werkstatt und blinzelte, um etwas erkennen zu können.

»Sie ist wieder da!«, rief William erfreut und lief ein wenig scheu auf seine Mutter zu.

»Wie geht es dir?«, fragte Ellen ihren Sohn lächelnd und strich ihm über die Wange. William schmiegte sein Gesicht in ihre Hand wie ein kleiner Kater. Ellen seufzte. Die letzten Wochen waren zu schwer gewesen, und all ihre Kraft war verbraucht, trotzdem musste sie stark sein und regeln, was zu regeln war, bevor sie diesen furchtbaren Isaac heiratete. Ellen bemühte sich, Haltung zu wahren, und straffte die Schultern. »Jean, ich muss dich sprechen!« Sie winkte ihn herbei, drückte William noch einmal, bevor sie ihn stehen ließ, und begrüßte Arthur dann beiläufig mit einem Kopfnicken.

Jean legte erfreut den Hammer fort und kam auf sie zu.

»Willkommen daheim, Ellenweore!«

Ellen hielt ihm die Tür auf, und sie gingen hinaus. Seit ihrer ersten Begegnung vor fast sechs Jahren war Jean tüchtig gewachsen. Fast eine Handbreit überragte er sie jetzt. Sein Rücken und die Schultern waren breit und kräftig geworden.

»Wie geht es Mildred und Isaac? Was machen die Kinder?«, erkundigte er sich besorgt. Dass nicht alles in Ordnung sein konnte, war an Ellens Gesicht abzulesen.

»Das Kind kam tot zur Welt, aber das ist nicht mal das Schlimmste. Isaacs Hand musste abgenommen werden, bis fast zur Hälfte des Unterarms.«

»Bei allen Heiligen, das ist ja grauenvoll!« Jean sah sie entsetzt an.

»Mildred hat sich von der Geburt nicht erholt. Sie ist letzten Monat gestorben.« Ellens Augen füllten sich mit Tränen, und sie murmelte: »Sie hat Isaac und mich schwören lassen, dass wir heiraten.«

»Dass ihr *was*?« Jean starrte sie entgeistert an.

»Ja, ja, du hast schon richtig gehört. Isaac kann wegen seiner Hand nicht mehr als Schmied arbeiten. Ich soll die Schmiede retten. Sie musste an die Kinder denken.«

»Und was bedeutet das für uns?«

»Darüber wollte ich ja gerade mit dir reden.«

»Ellenweore!« Rose kam über den Hof geeilt und winkte freudig. »William hat gesagt, dass du wieder da bist. Wie schön, dich wieder daheim zu haben!«

»Du hast noch nicht mit Rose gesprochen?« Jean wirkte überrascht, dabei kannte er sie gut genug, um zu wissen, wohin ihre ersten Schritte sie führen würden: ins Haus ganz sicher nicht.

Ellen schüttelte den Kopf. Dann sah sie Roses gewölbten Bauch und schluckte.

»Du hast ihr noch nichts gesagt?« Ellens Blick deutend, sah Rose Jean vorwurfsvoll an.

»Du … du bist schwanger«, sagte Ellen tonlos.

Rose nickte. Sie schämte sich plötzlich, obwohl sie sich so sehr gefreut hatte, endlich Mutter zu werden.

»Wer? Wer hat dir das angetan?« Ellen lief rot an. »Hättest du nicht besser auf sie Acht geben können?«, fuhr sie Jean an und sah zu ihm hinüber. Erst als sie seinen schuldbewussten, liebeskranken Blick bemerkte, begann sie zu verstehen.

»Ihr? Ihr zwei habt …« Ellen schnappte nach Luft, drehte sich auf dem Absatz um und ging in großen Schritten über den Hof hinunter zum Fluss.

»Lass mich, ich mache das!« Rose hielt Jean am Arm fest, weil sie Ellen selbst folgen wollte. Bedrückt ließ er die Schultern hängen und nickte.

»Wir hätten es ihr längst sagen müssen!«

»Ich weiß.«

Rose schürzte ihren Rock und folgte Ellen den steilen Weg zum Bach. Auf einem spitzen Stein strauchelte sie, rutschte ein Stück den kleinen Hang hinunter, konnte sich aber im letzten Moment noch fangen, bevor sie zu stürzen drohte. Völlig außer Atem kam sie am Ufer an.

Ellen saß auf einem großen Stein und warf Kiesel ins Wasser.

Rose setzte sich neben sie. »Ich liebe ihn, Ellen!«, sagte sie nach einer Weile und starrte dabei aufs Wasser. »Ich habe in meinem Leben nicht viel Glück gehabt.« Sie atmete tief ein. »Außer mit Jean!«

»Er ist höchstens zwanzig!«

»Ich bin ein paar Jahre älter als er, na und?« Rose blieb noch immer ruhig. »Ich möchte deinen Segen!«

»Meinen Segen?« Ellen lachte auf. »Hast du mich etwa gefragt, bevor ihr euch in die Arme gesunken seid? Und warum auch. Ich bin weder Vater noch Vormund oder Meister von einem von euch.« Es klang, als würde Ellen das selbst gerade erst klar.

»Du bist meine Freundin!«

»Der du nie das geringste Vertrauen geschenkt hast«, grollte Ellen zutiefst beleidigt.

»Ellen! Bitte!«

»Warum kommst du erst jetzt zu mir? Du warst doch schon schwanger, als ich abgereist bin, so rund wie du jetzt bist. Wie lange geht das mit euch schon? Warum hast du mich nicht gefragt, was ich davon halte, bevor du dich zu ihm gelegt hast?«

Rose sah auf den Boden. »Ich bin kein Kind mehr, Ellen. Ich muss dich nicht fragen!«, antwortete sie ruhig.

»Dann brauchst du auch jetzt nicht mein Einverständnis!«

»Aber ich möchte es!«, begehrte Rose auf und sah Ellen bittend an. »Himmel, versteh doch, wir leben unter einem Dach, sind eine Familie! Du bist wie eine Schwester für mich und kennst mich besser als jeder andere, außer Jean natürlich.«

Ellen sah Rose verwundert an. »So gut kennt er dich?«

Rose nickte und errötete ein wenig. »Er kann in meinen Augen lesen!«

Ellen bewunderte die immer noch so mädchenhafte Schönheit ihrer Freundin, ärgerte sich aber sogleich darüber. Dieses züchtige Erröten passte wohl kaum zu ihrem Lebenswandel!

»Es dauert noch fast vier Monate.« Rose strich sich versonnen über den Bauch.

Ellen sah sie missmutig an. »Kann ich kaum glauben, so rund, wie du jetzt schon bist!«

»Ich denke, dass es zwei sind! Die Hebamme sagt das auch. Sie turnen ganz schön herum.« Rose errötete erneut.

Ellens Ärger aber war mit einem Mal verflogen. Rose war eben Rose, man musste sie einfach mögen, so wie sie war. »Ich will mit Jean über die Zukunft der Schmiede reden.« Ellen klang streng. Nach kurzem Schweigen fügte sie hinzu: »Ich werde heiraten.« Sie stand auf und kickte einen kleinen Flusskrebs zurück ins Wasser.

»Ellenweore! Das ist ja wunderbar!« Rose erhob sich ebenfalls und wollte ihre Freundin umarmen. Aber Ellen setzte sich schnell wieder und sackte geradezu in sich zusammen.

»Nichts daran ist wunderbar. Der Schwur, den ich meiner

sterbenden Schwester gegeben habe, bindet mich. Nichts sonst könnte mich dazu bringen, Isaac zu heiraten. Du kennst seine Meinung über schmiedende Frauen. Er hat mich von Anfang an nicht leiden können, und er wird mir niemals verzeihen, dass ich dafür gesorgt habe, dass seine Hand abgetrennt wurde, auch wenn ich ihn damit gerettet habe. Er verabscheut mich jetzt umso mehr, weil ich noch schmieden kann, während er nur untätig herumsitzt«, sprudelte es aus ihr heraus.

Rose sah sie bestürzt an. »Oh, Ellen, das tut mir leid!« Sie legte tröstend den Arm um die Schultern ihrer Freundin.

Ellen schwieg. Sie saß unbewegt am Ufer und starrte auf das glitzernde Wasser. Dann erhob sie sich zum Gehen.

»Du hast meinen Segen, auch wenn du ihn nicht brauchst. Ich werde mit Jean besprechen, wie es jetzt weitergehen soll!« Ellen schlug sich den Staub aus dem Kleid und ging hinauf zur Schmiede.

»Danke, Ellen!«, flüsterte Rose und blieb am Ufer zurück.

»Du kannst die Schmiede übernehmen, wenn du willst«, schlug Ellen Jean immer noch ein wenig beleidigt vor. »Du wirst mir Pacht zahlen müssen, aber du wärst dein eigener Herr.«

»Nein, Ellen, dazu bin ich viel zu jung. Das würde nicht gut gehen, und ehrlich gesagt gibt es noch viel zu viele Dinge, die ich von dir lernen möchte. Ich würde lieber weiter mit dir zusammenarbeiten und wieder Schwerter schmieden. So wie früher.«

Ellen lächelte einen Moment versonnen. Dann wurde sie wieder ernst. »Kommt mir vor, als sei es ewig her. Was soll aus Osmonds Schmiede werden, wenn du sie nicht übernimmst?« Ellen dachte einen Moment an Leofric. Sie glaubte, sein Lachen zu hören, und seufzte leise.

»Wie wäre es mit Arthur? Vielleicht kannst du ihm die Schmiede verpachten? Er hat sich einen guten Namen bei den Leuten gemacht, und er ist alt genug.« Jean sah sie fragend an.

»Und du? Wirst du wirklich mit mir kommen?« Erst jetzt wurde Ellen klar, wie sehr sie fürchtete, ihn für immer zu verlieren.

»Wenn Rose mitkommen kann! Sie könnte sich um die Kinder, auch um die von deiner Schwester und um das Haus kümmern, so wie hier. Du bist zwar die beste Schmiedin, die ich kenne, aber Rose ist die beste Köchin.« Jean sah Ellen verschmitzt an. »Und du und ich, wir schmieden nur noch Schwerter, na, wie klingt das?«

Ellen tat so, als überlege sie einen Moment. Sie war ja nicht nur wegen der Schmiede nach Orford gekommen, sondern vor allem, um Jean und Rose nach St. Edmundsbury zu holen. Jeans Idee, dem Gesellen die Schmiede zu verpachten, schien durchaus vernünftig, deshalb nickte sie nachdenklich. »Ich habe in St. Edmundsbury für die Mönche gearbeitet. Sie wollen einen größeren Trupp Soldaten ausrüsten. Wir müssten versuchen, einen Auftrag für Schwerter zu bekommen. Dann könnten wir sogar Peter behalten.« Ellens Augen begannen zu leuchten.

Jean umarmte sie. »Schön, dass du wieder da bist. Du hast uns so sehr gefehlt!« Er lachte, hob sie hoch und wirbelte sie herum.

»Moment, Bürschchen!«, unterbrach sie ihn. »Wir haben noch ein ernsthaftes Wort miteinander zu reden!«

Jean blieb erschrocken stehen und setzte sie wieder ab.

»Du hast Rose in andere Umstände gebracht.« Ellen bemühte sich, streng zu klingen. »Du weißt, was das bedeutet?«

Jean sah sie mit großen Augen an.

»Na, du hast doch sicher vor, sie zu deiner Frau zu machen, oder?«

Jean lachte erleichtert. »Darauf kannst du wetten!«

»Dann solltet ihr so schnell wie möglich heiraten. Wir müssen bald zurück!«

»Danke, Ellen! Ich wusste, du würdest es verstehen!«

Tue ich das, fragte sich Ellen. Sie konnte sich kaum noch an das Gefühl von Liebe erinnern: Jocelyn und Guillaume, das war alles schon so lange her.

Nach ihrer Hochzeit schlugen Jean und Rose ihr gemeinsames Lager in der Werkstatt auf.

»Ich mache mir Sorgen um Ellen«, sagte Rose, als sie allein waren.

»Das brauchst du nicht!« Jean stellte sich dicht hinter sie, legte die Arme liebevoll um ihren runden Leib und küsste zärtlich ihren Hals. »Sie ist ein großes Mädchen, so wie du!«, flüsterte er und knabberte an ihrem Ohr.

»Man könnte denken, du seiest Isaac nie begegnet. Dabei hast du mit ihm gearbeitet, du kennst ihn. Ellen und er, das wird niemals gut gehen!« Rose drehte sich ärgerlich um und funkelte Jean an.

»Ach was, Isaac wird sich schon noch beruhigen. Er wird sich damit abfinden müssen, dass seine Frau schmiedet. Schließlich wird sie es sein, die ihn und seine Familie ernährt!« Jean zog die Augenbrauen hoch.

»Da sieht man wieder einmal, was für ein Kindskopf du doch bist. Wie kannst du nur ernsthaft glauben, dass sie je miteinander auskommen werden? Stell dir vor, ich müsste dich durchfüttern und könnte das, was ich tue, auch noch besser als du? Ich glaube nicht, dass dir das gefallen würde. Ellen hat wirklich ein wenig Glück verdient, aber mit Isaac? Also mir tut sie leid, ehrlich!«

»Isaac ist kein übler Kerl. Gut, er hat seine Ansichten über Frauen, und das passt Ellen nicht, aber damit ist er nicht allein, und es macht aus ihm auch noch keinen schlechten Menschen. Ich bin sicher, er wird irgendwann Ellens Begabung erkennen.«

»Sie erkennen ist eine Sache, sie auch zu schätzen eine andere!« Rose war offensichtlich anderer Meinung als Jean und schien bereit, sich deswegen zu streiten.

»Du hast Recht, Liebes«, lenkte er deshalb ein. »Aber wir werden heute Abend nichts daran ändern können. Also komm, und leg dich in meinen Arm!« Er sah sie bittend an und deutete auf ihr Strohlager.

»Und trotzdem tut sie mir leid, du unverbesserlicher Herzensdieb, du!«, schalt Rose lachend und legte sich zu ihm. »Wenn ich nicht so müde wäre …« Sie gähnte.

»Dann würdest du aus lauter Protest im Stehen schlafen wie die Pferde, ich weiß«, murmelte Jean und gähnte ebenfalls.

Juni 1177

Kurze Zeit später einigte sich Ellen mit Arthur auf einen fairen Pachtzins für das Haus und die Schmiede. Nachdem sie ihre Habseligkeiten auf einen kleinen Handkarren gepackt hatten, kehrten die vier Orford den Rücken. Sie alle verspürten ein wenig Wehmut bei der Trennung von dem Ort, der für eine Weile ihr Zuhause gewesen war, nur William war aufgeregt und freute sich auf die Reise.

Die Stimmung bei ihrer Ankunft in St. Edmundsbury war gedrückt.

Eve begrüßte sie höflich, schien aber gereizt.

Marie und Agnes standen nur da, schauten von Ellen zu Rose und wieder zurück zu Ellen.

Isaac war gar nicht erst im Hof erschienen.

Der Einzige, der erleichtert über Ellens Rückkehr schien, war Peter. Als er allerdings hörte, dass Jean künftig in der Schmiede mitarbeiten würde, riss er erschrocken die Augen auf.

»Wo ist denn Onkel Isaac?« William zappelte aufgeregt herum. Seine beiden kleinen Basen beachtete er nicht.

»Er ist sicher in der Kammer und ruht sich aus«, sagte Ellen gereizt. Die Verehrung, die ihr Sohn Isaac von Anfang an entgegengebracht hatte, konnte sie kaum mehr ertragen.

»Ist er nicht!«, brummte Isaac und kam hinter dem Haus hervor.

Jean war fassungslos, wie heruntergekommen Isaac aussah. Er hatte sich den Schmied einfach nicht anders vorstellen können als so, wie er zuvor gewesen war: fleißig und lebensfroh. Erst als er den Stumpf sah, begriff er, wie elend Isaac zumute sein musste. Isaac betrachtete die Neuankömmlinge einen nach dem anderen. »Werdet ihr euch jetzt alle hier einnisten?« Noch ehe er eine Antwort bekam, stürzte der kleine William auf ihn zu.

»Onkel Isaac, nimmst du mich auf die Schultern?«

Jean packte den Jungen an seinem Kittel und hielt ihn zurück. »Du bist wirklich schon zu groß für solche Mätzchen!«, tadelte er ihn, damit Isaac nichts sagen musste.

Isaac bemühte sich nicht einmal um ein Lächeln für den Jungen, warf Rose und ihrem Bauch einen geringschätzigen Blick zu und schlurfte zurück ins Haus.

William blickte fragend zu Jean auf.

»Onkel Isaac geht es nicht gut, aber das wird wieder«, tröstete Jean ihn. »Was hältst du davon, wenn wir mit Peter in die Werkstatt gehen?«

William zuckte mit den Achseln.

»Na, komm!« Jean nahm ihn bei der Schulter und schob ihn in Richtung Schmiede.

Eve und Rose gingen ins Haus.

»Wie wäre es, wenn wir zusammen einen Kuchen backen?«, schlug Rose den Mädchen vor und streichelte ihnen über die Köpfe. Die beiden nickten heftig, schielten aber vorsichtig in Eves Richtung, als Rose ihre Ärmel nach oben schob.

»Wir haben nicht mehr viel Mehl«, wandte Eve spitz ein.

»Lass mal sehen.« Rose warf einen Blick in den Mehlsack.

»Ach, das reicht noch mindestens für eine Woche!«

»Es muss aber noch bis Ende des Monats reichen«, bemerkte Eve vorwurfsvoll.

»Wir sind jetzt ein paar Esser mehr, da wird es ohnehin schneller weg sein als geplant. Wenn das Mehl verbraucht ist, werden wir neues kaufen müssen, schließlich arbeiten Ellen und die Männer hart, da müssen sie auch anständig essen.«

»Und im Winter wird dann gehungert«, zischte Eve, »aber bitte, meinetwegen.«

»Gut, dann können wir also anfangen. Marie, geh und hol zwei Eier, aber sei vorsichtig, und lass keines fallen.«

Stolz holte Marie die beiden Eier und legte sie vorsichtig auf den Tisch. »Es sind noch vierzehn Stück im Körbchen, und morgen kommen bestimmt wieder sieben oder acht dazu!«, sagte sie. »Ich kann nämlich schon zählen!«

Rose lächelte die Kleine an. »Na, wenn das so ist, dann weiß ich schon, was wir heute Abend aus den restlichen Eiern machen!« Rose holte eine Schüssel, um den Teig anzurühren.

»Kuchen backen? Es ist doch kein Feiertag!«, brummte Eve mürrisch.

Rose beschloss, nicht darauf einzugehen. Sollte sich Eve auch in ein paar Tagen noch nicht daran gewöhnt haben, dass sie jetzt das Sagen hatte, würde sie mit ihr reden. Zunächst aber wollte sie ihr ein wenig Zeit lassen.

»Hm! Deine Kuchen und Pasteten haben mir gefehlt, und diese gerührten Eier mit Speck heute waren einfach großartig. Ich habe lange nicht mehr so gut gegessen!« Ellen leckte sich zufrieden die Lippen, und Jean sah Rose stolz an.

»Gut, dass Eve das nicht hört!«, sagte Rose lachend.

Während Ellens Abwesenheit hatten Eve und Peter in der Schmiede geschlafen. Heute waren sie nach der Arbeit wieder nach Hause gegangen. Ellen saß am Tischende. Der Platz auf der anderen Seite, wo Isaac als Familienoberhaupt hätte sitzen müssen, war frei. Bevor sie gegangen war, hatte Eve ihm noch eine Schüssel mit Essen gebracht. Obwohl er sich längst erholt hatte, weigerte sich Isaac, gemeinsam mit den anderen zu essen. Auf der einen Seite des Tisches saß Rose mit den Mädchen, und auf die Bank gegenüber hatte sich Jean mit William gesetzt.

Wenn die Zwillinge erst alt genug sind, werden wir einen größeren Tisch brauchen, dachte Rose und lächelte versonnen, hütete sich aber davor, ihre Gedanken laut auszusprechen. Es brachte Unglück, vor der Geburt zu viel über die Kinder zu reden und Pläne zu machen. Schließlich lag allein in Gottes Hand, was einmal aus ihnen wurde. Sprach man zu viel von ihnen, konnte es den Herrn erzürnen, und er strafte einen vielleicht mit einer Totgeburt oder einem Krüppel. Ob er auch Ellen gestraft hatte, indem er den Fuß ihres Sohnes verdreht hatte? Und wenn ja, wofür? Weil sie nicht mit Guillaume verheiratet gewesen war? Erschrocken hielt Rose bei diesem Gedanken die Luft an.

»Rose, hörst du nicht?« Jean stupste sie an. »Ellen möchte wissen, wie Eve den Haushalt geführt hat!«

»Oh, Entschuldigung, ich war in Gedanken.« Rose errötete.

»Sie hat alles ganz gut in Ordnung gehalten. Ich vermute aber, dass sie nicht besonders glücklich über meine Anwesenheit ist; schließlich hat sie eine ganze Weile alles so gemacht, wie sie es für richtig gehalten hat. Und nun bin ich mit einem Mal da und sage ihr, was sie tun soll. Aber sie wird sich daran gewöhnen. – Wenn es nach ihr gegangen wäre, hättest du heute keinen Kuchen bekommen!« Rose lächelte Ellen an. »Aber ich wollte, dass du ganz schnell merkst, dass du jetzt hier zu Hause bist.«

»Danke, Rose. Wären die Umstände anders, könnte ich mich hier tatsächlich wohl fühlen.« Ellen fixierte den Vorhang, der Isaacs Kammer von der Stube trennte. Falls er es gehört und verstanden hatte, war es ihr nur recht. William bemerkte den wütenden Blick, den sie zur Kammer seines Onkels warf, und sah traurig auf seine Schüssel.

»Iss, William!«, forderte Jean ihn auf. »Du willst doch groß und stark werden, oder etwa nicht?«

»Du bekommst erst Kuchen, wenn du aufgegessen hast, vergiss das nicht!«, fügte Rose hinzu und lächelte ihn aufmunternd an.

»Warum darf Onkel Isaac nicht mit uns essen?«, fragte William und schob langsam einen Löffel Ei und ein Stück Speck in den Mund.

»Was redest du da für einen Unsinn?«, fuhr Ellen ihren Sohn an. »Natürlich darf er mit uns essen, aber er will eben nicht.«

Mit trotzig gesenktem Kopf kaute William auf dem gestockten Ei herum, bis es immer mehr statt weniger zu werden schien. »Ich hab gar keinen Hunger mehr«, sagte er kaum hörbar.

Ellen merkte nicht zum ersten Mal, wie ähnlich der Junge seinem Vater sah, und schluckte. In der letzten Zeit hatte sie häufiger an Guillaume gedacht. Sie sehnte sich nach seiner fordernden Art, seiner Kraft, seinem unerschütterlichen Glauben an sich selbst. Er würde sich niemals aufgeben so wie Isaac. Ellen hielt unwillkürlich die Luft an. Bei dem Gedanken an die bevorstehende Hochzeit wurde ihr ganz flau. Zwar blieb ihr noch Zeit, bis das Trauerjahr endete, aber vermutlich würde der Tag eher kommen, als ihr lieb war.

»Morgen gehe ich zum Abt und frage ihn nach den Waffen für die neuen Truppen«, verkündete Ellen unvermittelt. Arbeit ist das beste Mittel, um trübe Gedanken zu vertreiben, dachte sie und nahm einen kräftigen Schluck Apfelmost. Er war schon ein wenig vergoren und prickelte auf der Zunge. »Erinnert an Cidre!«, murmelte sie noch immer ein bisschen wehmütig.

Als Ellen am nächsten Nachmittag aus der Abtei zurückkam, war sie gereizt.

»Du hast keinen Auftrag bekommen, oder?« Jean zog die Augenbrauen hoch.

»Doch!«, sagte Ellen knapp, ohne jedoch besondere Freude zu zeigen. »Wir dürfen wieder mit einfachen Lanzen anfangen. Conrad, der Zunftmeister, ist ein aufgeblasener Kerl. Er war ebenfalls beim Abt und hat sich ausdrücklich gegen uns ausgesprochen, weil, wie er sagt, kein Meister in der Schmiede arbeitet.« Ellens Stimme überschlug sich jetzt fast.

»Aber Isaac … Hast du denn nicht …«

»Natürlich habe ich Isaac erwähnt. Aber Conrad hat schon

von Isaacs Unglück gehört und weiß, dass er nicht mehr schmieden kann. Nur weil Isaac einen guten Ruf und Freunde unter den Zunftmitgliedern hat, lassen sie ihn die Schmiede weiterführen. Dieser Zunftunfug macht mich so wütend! Wenn es in Orford so etwas gäbe, hätten wir Osmonds Schmiede nur mit ihrer Zustimmung an Arthur verpachten können, kannst du dir das vorstellen!« Ellen wanderte unruhig auf und ab.

»Aber wenn Isaac doch die Genehmigung der Zunft hat, wieso behauptet dann Conrad beim Abt, dass kein Meister in der Schmiede sei?« Jean schüttelte verwundert den Kopf.

Ellen zog die Schultern hoch. »Es ist immer wieder das Gleiche!«, schimpfte sie. »Isaac kann nicht mehr schmieden, und ich bin eine Frau. So einfach ist das. Conrad kennt meine Arbeiten und weiß genauso gut wie du und ich, dass ich längst Meister sein müsste!«

»Und wie hast du dann die Aufträge bekommen?«

»Der Abt hat sich berichten lassen, wie unsere Arbeiten in den letzten Monaten gewesen sind. Die Mönche waren sehr zufrieden und haben unsere Zuverlässigkeit gelobt. Der Abt hat Conrad hinausgeschickt. ›Wenn in Eurer Schmiede kein Meister arbeitet, könnt Ihr nicht die gleichen Preise verlangen wie die Mitglieder der Zunft. Wenn Ihr aber günstiger liefern könnt, wäre ich bereit, Euch zumindest den Auftrag für zweihundert Lanzen zu übertragen‹, hat der Abt gesagt. ›Aber dann wird die Zunft uns endgültig rausschmeißen!‹, habe ich erwidert. Und der Abt hat mich mit seinen Luchsaugen angesehen. ›Lasst das nur meine Sorge sein. Ich habe viele Aufträge zu vergeben und muss sparen, wo es nur geht. Die Zunft wird sich fügen müssen!‹ Mit diesen Worten hat er mich entlassen. – Wir sollen die Lanzen noch vor dem Christfest liefern.«

»Aber Ellen, das sind doch großartige Neuigkeiten!« Jean schlug ihr auf die Schulter.

»Wenn man davon absieht, dass ich bis zur Schmerzgrenze im Preis gedrückt worden bin und uns die Zunft auf ewig gram sein wird!« Sie seufzte. »Mit dem Auftrag für ein einziges Schwert hätten wir weniger Arbeit, mehr Verdienst und könnten uns einen besseren Ruf erwerben.«

Die ersten hundert Lanzen hatten sie schon nach drei Wochen fertig.

Entsprechend überrascht waren die Mönche, als die drei bei ihnen auftauchten, um die erste Hälfte des Auftrags zu liefern und sich eine weitere Anzahlung abzuholen.

Am Abend ließen sie sich die Suppe aus dicken Bohnen schmecken, die Rose gekocht hatte.

»Ihr habt wirklich gut gearbeitet!«, sagte Ellen zu Jean, der jetzt wieder ihre rechte Hand war.

Peter hatte es am Anfang nicht leicht genommen, auf den letzten Platz zurückzufallen, aber er hatte sich schnell damit abgefunden und beschlossen, das Beste daraus zu machen.

»Bevor der Winter kommt, sollten wir noch eine Kammer anbauen, was meint ihr?«, wandte sie sich an Jean und Rose. Sie brach ein Stück Brot ab und tunkte es in die Suppe, bevor sie es in den Mund steckte. »Ihr könnt ja nicht ewig in der Schmiede schlafen!«, sagte sie kauend.

Rose strahlte.

»Wenn Peter mir ein bisschen hilft, dann brauche ich bestimmt nicht lange dafür«, erklärte Jean eifrig. »Aber wir müssen Holz und Lehm besorgen und uns genügend Stroh von einem der Bauern holen.«

»Wenn ihr ein Fenster haben wollt, dann solltest du auch einen Holzladen machen!«, sagte Ellen und freute sich über die strahlenden Gesichter der beiden. »Also dann kümmerst du dich um alles?«

Jean nickte. Seine Wangen glühten vor Aufregung.

Ellen holte den Lederbeutel heraus, den sie am Morgen vom Abt bekommen hatte, und zählte Jean ein paar Silbermünzen in die Hand.

»Hier, wenn du mehr brauchst, komm zu mir.«
»Danke, Ellen!« Rose nahm ihre Hand und drückte sie.

Am Abend lag Rose an Jean gekuschelt auf dem Strohlager in der Schmiede und machte Pläne. »Kannst du uns nicht ein richtiges Bett machen? So eins mit geflochtener Schlafmatte und Vorhängen, wie es die feinen Leute haben? Das würde mir gefallen!«

Jean nickte und zeichnete etwas in den festgetretenen Lehmboden. »Hier ist die Wand von Isaacs Haus, und hier bauen wir an. Wenn wir das Bett dort in der Nische errichten, dann ist es durch die Wände auf drei Seiten vor Zugluft geschützt. Und wenn du willst, dann bekommst du auch einen Vorhang davor. Wie findest du das?«

»Großartig, Jean!« Rose strahlte. »Was hältst du davon, wenn du zur Hochzeit nächstes Jahr für Ellen und Isaac auch ein Bett machst? Sie sind die Herren im Haus. Wenn sie schon heiraten müssen, obwohl sie sich nicht lieben, dann sollten sie wenigstens schlafen wie Könige, denkst du nicht?«

Jean lachte und gab ihr einen zärtlichen Nasenstüber. »Du hast Recht, wie immer. Das ist eine gute Idee. Ich überlege schon lange, womit ich Ellen auch mal eine Freude machen kann. Ich werde also gleich etwas mehr Holz kaufen. So bekomme ich auch einen besseren Preis, und das Holz für Ellens Bett ist dann garantiert richtig trocken. – Ich habe noch eine Idee ... Rose?« Jean blickte auf seine Frau. Sie war in seinem Arm eingeschlafen. Ihr Brustkorb hob und senkte sich gleichmäßig. Jean betrachtete ihren Bauch. Er selbst glaubte nicht daran, dass es zwei Kinder waren. Wie sollten sie denn in diesem zarten Körper Platz finden? Sie hatte ihm schon so manches Mal gesagt, er solle die Hand auf ihren Bauch legen, wenn das Kind strampelte. Aber sobald er ihn berührte, passierte nichts mehr. Wie ein Tier, das sich bei Gefahr tot stellt, dachte er lächelnd. Plötzlich bewegte sich ihr Bauch! Zärtlich legte er seine Hand darauf, und diesmal rumpelte es weiter! Ich werde Vater, dachte Jean stolz und glücklich, hauchte Rose einen Kuss auf die Wange und schlief zufrieden ein.

Jean wurde noch vor Ende des Sommers mit dem Anbau fertig und konnte seiner kleinen Familie nun ein eigenes Dach über dem Kopf bieten. Die Kammer hatte eine ordentliche Tür aus Eichenholz und wurde vom Hof aus betreten. Jetzt, wo die Sonne hoch stand, durchflutete sie tagsüber das Innere durch den geöffneten Fensterladen und tauchte es in ein wunderschönes Licht. Das Allerschönste aber, so meinte zumindest Rose, war das Nischenbett mit dem Vorhang davor. In einer Ecke neben der kleinen Feuerstelle stand eine große Wiege. Jean hatte die lauen Sommerabende genutzt, um sie zu bauen. Er hatte sie breit genug gefertigt, für den Fall, dass es tatsächlich Zwillinge würden.

Da Ellen und ihre Helfer mit den Lanzen lange vor dem vereinbarten Tag fertig waren, gab der Abt noch ein paar einfache Soldatenschwerter in Auftrag. Auch hier musste Ellen beim Preis Zugeständnisse machen, erzielte aber das Versprechen, dass die Zunft nichts davon erfuhr. An den Schwertern verdiente sie weit mehr als an den Lanzen. Mit Athanor waren sie nicht vergleichbar, weil sie alle weitgehend gleich gebaut waren und weniger aufwändig hergestellt wurden, aber sie waren eine ideale Gelegenheit für Jean, sich im Schwertschmieden und im Härten zu üben. Solche einfachen Schwerter bestanden nur aus einer Sorte Eisen und wurden weniger oft gefaltet. Trotzdem wurden sie genauso gewissenhaft gehärtet wie alle Waffen, die Ellen herstellte. Die Schwerter besaßen keinerlei Verzierung, und das Gehilz war nur mit einer Leinenumwicklung versehen, außerdem waren keine passenden Scheiden dazu in Auftrag gegeben worden. Solche Soldatenschwerter wurden alle zusammen in einer einfachen Holzkiste geliefert. Damit sie und Jean in Zukunft gleichzeitig schmieden konnten, beschloss Ellen, die Schmiede um eine zweite Esse und zwei neue Ambosse zu erweitern.

»Drei Ambosse? Ist das nicht ein bisschen viel?«, fragte Peter erstaunt.

»Nicht, wenn du erst Geselle bist!«, antworte Ellen mit einem spitzbübischen Lächeln. »Aber vielleicht willst du ja dann lieber woanders …«

»Nein, nein! Ich bin doch nicht schwachsinnig!«, platzte Peter heraus und errötete. »Entschuldigung, ich meine …«

»Schon gut!« Ellen grinste ihn an.

»Ich hoffe, bald noch mehr Aufträge von den Mönchen zu bekommen, außerdem werde ich mich als Nächstes um die Adligen in der Umgebung bemühen. Wer weiß, vielleicht nehmen wir später sogar noch einen Lehrling dazu?«

Isaac bekam von alldem nichts mit. Er kümmerte sich weder um die Schmiede noch um das Haus, sprach kaum mit den anderen und verbrachte die meiste Zeit zurückgezogen und vor sich hin dämmernd in der Kammer. Nicht einmal die Kinder beachteten ihn mehr.

Anfang Oktober 1178

Jean!« Rose rüttelte ihren Mann sanft. »Jean, bitte wach auf!«, rief sie ein wenig lauter.

Schlaftrunken sah er sich um. »Was ist los? Schon Zeit aufzustehen?«

»Es geht los! Hol Ellenweore und dann die Hebamme, schnell!« Rose atmete tief ein und ließ die Luft mit einem Stöhnen wieder entweichen.

Jean sprang aus dem Bett, zog seine Beinlinge an und rannte aus dem Haus. »Ellenweore! Ellenweore! Rose!«, rief er und hämmerte mit den Fäusten an Ellens Tür.

Im Nu stand sie auf der Schwelle. Ellen sah aus, als ob sie noch gar nicht geschlafen hätte. »Ich mache schnell Wasser heiß. Habe gestern Abend noch einmal einen Eimer frisches geholt. – Als ob ich es geahnt hätte!«, rief sie und schürte das Feuer. »Ich hänge nur schnell den Kessel über das Feuer, und dann sehe ich nach ihr. Lauf los, und hol die Hebamme, wir kriegen das schon hin!« Sie entfachte eine Fackel, drückte sie Jean in die Hand und schob ihn zur Tür hinaus.

Von den Schlägen an die Tür waren auch die Mädchen und William wach geworden.

»Legt euch wieder schlafen, ich muss mich um Rose kümmern, das Kind kommt!«, sagte sie kurz und schob Marie und Agnes wieder zu ihrem Lager.

Die Mädchen begannen zu weinen. »Wird sie jetzt auch sterben, so wie Mama?«, fragte Marie ängstlich.

Ellen schüttelte den Kopf. »Rose ist stark. Bete für sie, und dann leg dich hin und schlaf noch ein bisschen«, riet sie schnell, bevor sie hinauseilte.

Rose hatte bereits starke Wehen, aber sie war tapfer.

»Ich war schon so oft schwanger und habe doch kein Kind«, sagte sie atemlos zwischen zwei Wehen. »Wenn Gott mir tatsächlich zwei Kinder schenkt und sie gesund sind, dann weiß ich, dass er mir verziehen hat.« Sie stöhnte laut auf.

»Es wird alles gut!«, beruhigte Ellen sie sanft, während Rose vor Schmerzen das Gesicht verzerrte. Mit einem feuchten Tuch wischte Ellen ihr den Schweiß von der Stirn.

Rose quälte sich bis zum Morgengrauen. Die Hebamme und Ellen blieben bei ihr, während Jean sich zu William legte. Schlafen konnte er nicht. Durch die Wand war das dumpfe Stöhnen der Gebärenden zu hören. Jean betete inbrünstig, bis er schließlich wimmernde Schreie vernahm. Kurz darauf öffnete jemand die Tür.

»Du bist Vater geworden, Jean!« Ellen strahlte ihn an, als er auf sie zustürzte. »Komm mit, und sieh dir deine Söhne an!« Sie fasste ihn am Ärmel und zog ihn mit sich.

»Und Rose, wie geht es Rose?«, fragte er ängstlich.

»Es geht ihr gut. Keine Sorge!«

Rose saß im Bett und sah aus wie der glücklichste Mensch der Welt – ziemlich erschöpft zwar, aber wach und aufgedreht vor Freude über den doppelten Kindersegen.

Die Hebamme hatte die beiden Jungen bereits eng gewickelt, sodass sie aussahen wie zwei Engerlinge. »Seht euch diesen Mann gut an. Das ist euer Vater. Ihr werdet ihn respektieren und ihm gehorchen, habt ihr gehört?«, sagte sie ein wenig streng zu den beiden Paketchen. Dann nahm sie eines davon und legte es Rose in den Arm, das andere Kind reichte sie Jean.

Stolz nahm er seinen winzigen Sohn und schaute ihn an. Der Kopf des Kindes war kleiner als sein Handteller. »Er hat so viele Haare!«, staunte Jean und streichelte mit dem Zeigefinger die

Faust des kleinen Jungen. Dann ging er zu Rose ans Bett, setzte sich auf den Rand und zeigte ihr das Kind. »Sieh nur, wie winzig er ist!«, flüsterte er.

Rose nickte. »Genau wie sein Bruder!« Sie streckte ihm das zweite Kind hin.

»Und sie gleichen sich wie ein Ei dem anderen!«, staunte Jean.

»Sie sind Zwillinge!«, erklärte die Hebamme lachend. »Da gibt es das öfter, vielleicht bleibt es so.«

»Sie sind so klein und zart!«, murmelte Rose besorgt. »William war viel kräftiger. Wenn sie nur nicht zu schwach sind!« Rose sah die Hebamme Hilfe suchend an. »Bitte tauft sie noch heute, ich habe schon einmal ein ungetauftes Kind verloren!«

»Ich sorge mich nicht um die Jungen; sicher werden sie groß und stark werden. Zwillinge sind immer kleiner, und diese beiden hier scheinen mir wohlauf zu sein«, erklärte die Hebamme. »Trotzdem will ich sie taufen, damit sie von der Sünde reingewaschen sind. Habt ihr schon Namen für sie?«

Rose und Jean sahen sich fragend an.

»Wie hieß dein Vater?«, fragte Rose.

Jean runzelte kurz die Stirn. »Raymond.« Er sprach den Namen französisch aus, und Rose wiederholte ihn.

»Schöner Name, findest du nicht, Raymond?«, sagte sie und gab dem Jungen auf ihrem Arm einen Kuss auf die Nase. Das Kind öffnete den Mund ein wenig und maunzte wie ein kleines Kätzchen. »Sieht aus, als gefiele er ihm!« Rose lachte gerührt.

»Und dein Vater?« Jean fand Gefallen an der Idee, die Söhne nach den verstorbenen Großvätern zu nennen.

»Er ist gestorben, als ich noch ganz klein war. Meine Mutter hat nur ein einziges Mal von ihm gesprochen; seinen Namen hat sie dabei nicht genannt.«

Jean zuckte bedauernd mit den Schultern und streichelte Rose über die Wange.

»Aber ich wüsste trotzdem einen Namen«, sagte Rose.

Jean horchte auf.

»Wie wäre es mit Alan? So hat Ellen sich als Junge rufen lassen.«

Jean grinste und sah seinen Sohn an. »Alan?« Der Junge gähnte, und alle lachten.

Ellenweore, die alles mit angehört hatte, schluckte. Ein dicker Kloß schnürte ihr den Hals zu, und ihre Augen füllten sich mit Tränen.

»Also gut, dann werde ich die Kinder jetzt taufen«, sagte die Hebamme. »Sie sehen zwar kräftig aus für Zwillinge, aber man kann nie wissen, was passiert, und wir sollten ihre kleinen Seelen keiner Gefahr aussetzen.« Sie kramte ein Kruzifix und einen Rosenkranz hervor, nahm etwas geweihtes Wasser, das sie in einem Fläschchen bei sich trug, und besprengte den ersten Jungen damit. »Gottes Geschöpf, hiermit taufe ich dich im Namen des Vaters, des Sohnes und des Heiligen Geistes auf den Namen Raymond.« Es fiel ihr schwer, den näselnden Laut am Ende des französischen Namens auszusprechen. »Ihr solltet ihn Ray rufen«, schlug sie vor. Als auch der zweite Junge getauft war, forderte sie Jean auf, in der kommenden Woche mit den Kindern und den Paten noch einmal in die Kirche zu gehen, um die Taufe mit der Ölung durch den Priester zu vervollständigen.

Nachdem Rose beide Knaben gestillt hatte und sie erschöpft eingeschlafen waren, legte die Hebamme die Kinder zusammen in die Wiege. Mit freundlichen, aber bestimmten Worten schickte sie nun Jean und Ellen hinaus und befahl der jungen Mutter, sich ebenfalls ein wenig auszuruhen.

Sobald Rose die Augen geschlossen hatte, verließ sie die Kammer und schloss leise die Tür hinter sich. Im Haus nebenan strich sie bei Jean ihren Lohn ein, der angesichts der doppelten Freude auch zweimal so hoch war. Sie sprach einen Segen für die Familie, gab noch ein paar knappe Anweisungen und verabschiedete sich.

Als Eve am Morgen in die Schmiede kam und die Neuigkeit hörte, stürzte sie sofort zu Rose. »Mach dir keine Sorgen, ich kümmere mich um alles, bis du wieder bei Kräften bist«, versprach sie.

»Ich bin froh, dass du so gut im Haus Bescheid weißt«, antwortete Rose matt. Die Spannungen zwischen den beiden, die ihnen in den letzten Monaten manchmal zu schaffen gemacht hatten, waren verflogen.

»Ich war nicht immer nett zu dir, es tut mir leid«, sagte Eve leise. »Ich hatte Angst, du schickst mich weg, wenn das Kind erst da ist.«

»Nun, wie du siehst, haben wir jetzt doppelte Arbeit!«, sagte Rose. »Aber ich hätte dich auch bei einem Kind nicht fortgehen lassen.«

Eve strahlte. »Weiß Isaac schon, dass es jetzt zwei neue Jungen im Haus gibt?«

Rose atmete hörbar ein. »Er hat es sicher mitbekommen, aber ich glaube nicht, dass es ihn besonders interessiert. Er hat sich bis zum Tod seiner Frau nichts mehr gewünscht als einen Sohn. Da wird er Jean kaum zwei Söhne auf einmal gönnen.«

»Na, ich werde es ja sehen, wenn ich ihm sein Essen bringe.« Eve zog die Augenbrauen hoch. »Jetzt wird er sich wohl erst recht in seiner Kammer verkriechen, aber sein Kummer wird irgendwann vergehen.«

Rose wollte nicken, musste aber plötzlich gähnen.

»Oh! Entschuldigung, du musst müde sein, ich lasse dich jetzt schlafen und komme später wieder.«

»Danke, Eve«, sagte Rose und schlief bereits im nächsten Moment fest ein.

Eve behielt Recht: Isaac vereinsamte nach der Geburt der Zwillinge noch mehr. Hatte er früher manchmal am Nachmittag in der Küche gesessen, so mied er jetzt jeden Ort, an dem er den Kindern begegnen konnte. Er zog sich in den Wald zurück, in die Kammer oder auf den Wiesenhügel hinter dem Haus.

März 1178

Eines Tages entdeckte Jean den kleinen William ganz allein in einem Gebüsch. Dicke Tränen liefen über seine mit Sommersprossen gesprenkelten Wangen. »Aber, aber, Will! Was ist denn das? Ein Junge weint doch nicht!«, tadelte Jean ihn sanft und dachte dabei für einen kurzen Augenblick an seinen Vater. Es war, als könne er dessen Stimme hören.

»Ich weiß, ich kann aber nicht anders!«, sagte William unglücklich und schniefte.

»Was ist denn los?« Jean setzte sich neben ihn und begann, mit einem Stöckchen in der Erde zu malen.

»Es ist wegen Onkel Isaac!« Williams Nase lief. Mit einem Seufzer zog er sie geräuschvoll hoch.

»Ja?«

»Ich glaube, er kann mich gar nicht mehr leiden!« William sah Jean traurig an und rieb sich mit dem Ärmel übers Gesicht.

»Aber das ist doch Unsinn, William. Wie kommst du denn nur darauf?« Jean sah den kleinen Jungen mitleidig an.

»Seit wir hier sind, hat er noch nicht einmal mit mir gelacht und mich auch nicht auf den Schoß genommen. Überhaupt redet er gar nicht mehr mit mir! Und wenn ich zu ihm gehe, schickt er mich weg.«

Jean nahm den Jungen in den Arm und tröstete ihn. »Er lacht nicht mehr, weil er wütend ist«, erklärte er.

»Wütend?« William sah ihn mit großen Augen fragend an.

Jean nickte, »Ja, Will, aber er ist nicht wütend auf dich!«

»Auf wen dann?«

»Auf Gott vielleicht.« Jean zog die Augenbrauen hoch.

»Aber man darf nicht wütend auf Gott sein!«

»Ich weiß, Will, und Isaac weiß es auch.«

»Aber warum ist er denn so wütend auf Gott?«

»Weil andere Männer Söhne bekommen.«

»So wie du!« William strahlte, und Jean nickte.

»Und weil Gott ihm Mildred genommen hat und seine Hand noch obendrein.«

»Hat denn Gott sie ihm abgeschnitten?«

»Nein, William. Ein Bader hat das gemacht.«

»Aber dann muss er doch wütend auf den Bader sein!«

Jean atmete tief ein. Es war schwieriger, als er gedacht hatte, so etwas einem knapp Fünfjährigen zu erklären.

»Oder auf deine Mutter, weil sie meinen Arm festgehalten hat, als der Bader die Säge angesetzt hat!«, ertönte Isaac, der plötzlich hinter ihnen wie aus dem Nichts aufgetaucht war.

William sah ihn entsetzt an. »Du lügst, das hat sie nicht getan!«, rief er, sprang auf und rannte davon.

»Isaac!«, rügte Jean den Schmied.

»Was ist?« Isaac sah ihn auffordernd an.

»War das nötig? Der Junge verehrt und liebt dich!«

»Und seine Mutter hat dafür gesorgt, dass ich ein Krüppel geworden bin!«

»Du weißt genau, dass sie keine Wahl hatte. Oder willst du vielleicht behaupten, sie hätte dich absichtlich zum Krüppel gemacht?« Jean sah Isaac herausfordernd an.

»Vielleicht wollte sie die Schmiede ...« Isaacs Stimme zitterte.

»Sie hatte schon eine Schmiede!«

»Sie hasst mich, weil ich gesagt habe, dass Frauen nicht in eine Werkstatt gehören.«

»Du bist ein Dummkopf, Isaac!«

Isaac stöhnte.

»Der Junge ist selbst ein Krüppel; weißt du, wie wichtig es

wäre …« Weiter kam Jean nicht, weil der Schmied ihn unterbrach.

»Du kannst mich einen Krüppel nennen, aber nie wieder ihn!«, brüllte er Jean wütend an, dann sank er in sich zusammen. »Er wird seinen Weg machen!«

»Sicher wird er das, und er hat in dir ja auch ein wirklich gutes Vorbild! Du siehst ja, er fängt auch schon an, sich zu verkriechen. Genau wie du!« Jean provozierte Isaac mit Absicht.

Wütend baute sich Isaac vor ihm auf und holte tief Luft.

Jean sah ihn immer noch herausfordernd an. Für einen Moment glaubte er, Isaac würde ihm mit seiner gesunden Faust ins Gesicht schlagen. Er hoffte es sogar beinahe, aber nichts geschah. Jean wandte sich ab, drehte sich aber noch einmal um. »Der Junge hat nie einen Vater gehabt, du hättest ihm einer sein können!«, sagte er vorwurfsvoll und sah Isaac enttäuscht an. »Aber er hat etwas Besseres verdient als dich, und Ellen auch.« Ohne Isaac noch eines Blickes zu würdigen, ging er wieder in die Schmiede.

Isaac brummelte eine Verwünschung vor sich hin und schlurfte zurück ins Haus.

An einem Tag im April, der mit Regen, Schneeschauern und Sonnenschein Schabernack trieb, passte Isaac Ellen allein in der Küche ab.

»Wir müssen reden!«, sagte er und setzte sich auf die Bank ihr gegenüber. Seine gesunde Hand lag auf dem Tisch, den anderen Arm ließ er herunterhängen.

Ellen blickte ihn fragend an. Es war das erste Mal seit Mildreds Tod, dass er sie ansprach.

Isaac räusperte sich und wischte mit der gesunden Hand nervös über den Tisch.

»Was willst du?«, fragte Ellen ungeduldig.

»Es ist wegen der Hochzeit.«

»Hast du es dir anders überlegt?« Ellen zog es vor, ihn nicht anzusehen.

»Natürlich nicht!« Es war nicht zu überhören, dass Isaac gereizt war. »Auch wenn mir nichts lieber wäre, als endlich meine Ruhe zu haben!« Nach einer Pause fügte er hinzu: »Wir haben es geschworen.«

»Ich habe es nicht vergessen«, antwortete Ellen. Sie rümpfte die Nase. Isaac wusch sich seit Mildreds Tod nur noch selten und rasierte sich gar nicht mehr. »Vor der Hochzeit musst du ein Bad nehmen, du stinkst!« Ellen erwartete einen Wutausbruch von Isaac, aber er nickte nur.

»Das Trauerjahr ist um«, gab er ihr zu bedenken.

»Dann sollten wir unser Versprechen bald einlösen, ich werde mit dem Priester sprechen.« Ellenweore stand auf. »Ist das alles?«

Isaac nickte, ohne sie anzusehen, und blieb regungslos sitzen, bis Ellen hinausgegangen war. Dann schlug er mit der Faust auf den Tisch, dass die tönernen Becher wackelten. Er sprang auf, stapfte hinaus in den Wald, obwohl es regnete, und kam erst nach Einbruch der Dunkelheit völlig durchnässt zurück. Ohne etwas zu essen, verzog er sich in seine Kammer.

Nur einen Monat später, an einem trüben, regnerischen Tag im Mai, heirateten die beiden. Auf dem Rückweg von der Kirche hakte Rose Ellen unter. Jean, Peter und Eve liefen mit den Kindern hinter ihnen her. Isaac folgte allen ganz allein in größerem Abstand. Obwohl Ellen ein neues Leinenkleid und einen Kranz aus weißen Blüten im Haar trug, sah sie nicht wie eine glückliche Braut aus. Rose zog ihre Freundin ins Haus und in die Kammer, die sie von nun an mit Isaac teilen musste. Jean hatte den Vorhang durch eine Tür ersetzt. In der Mitte des kleinen Raumes stand mit dem Kopfende an der Wand das Bett aus Eichenholz, das Jean für sie gefertigt hatte. Die vier Eckpfosten ragten bis fast unter die Decke und trugen einen Himmel und Vorhänge aus hellblauem Leinen.

Ellen schossen die Tränen in die Augen, als sie daran dachte, dass sie dieses Bett vom heutigen Tag an mit Isaac teilen musste. Ihr Bräutigam hatte sich zwar entgegen ihrer Erwartung und ohne eine weitere Aufforderung rasiert, ein Bad genommen und die neuen Kleider angezogen, die sie ihm hingelegt hatte, aber das änderte nichts an ihrer Angst davor, den Rest ihres Lebens als seine Frau verbringen zu müssen.

Als Rose ihre feuchten Augen sah, wusste sie nicht, was sie tun sollte. »Ach, Ellen«, sie streichelte ihre Wange, »es wird alles gut werden, es braucht nur Zeit!« Sie versuchte, die unglückliche Braut zu trösten.

»Ich habe Angst vor der Nacht!«, gestand Ellen ihr mit erstickter Stimme. Rose nickte verständnisvoll und strich ihr eine widerspenstige Locke aus dem Gesicht.

Beim anschließenden Hochzeitsschmaus, zu dem weitere Gäste geladen waren, wurde viel getrunken und gelacht. Nur Ellen und Isaac saßen mit starren Mienen am Tisch und sprachen nicht. Je länger gefeiert wurde, desto weinseliger und fröhlicher war die Runde. Als Ellen es gar nicht mehr aushielt zuzusehen, wie die anderen ihre Hochzeit feierten, erhob sie sich. Isaac tat es ihr dem Brauch nach gleich. Die Hochzeitsgesellschaft lachte und johlte, machte zotige Bemerkungen und erhob die Becher auf das junge Paar. Ihr Aufbruch in die eheliche Kammer bedeutete das Ende der Feier.

»Wie haben sie das mit dem Bett gemacht?«, fragte Isaac ungläubig, als sie allein in der Kammer waren.

»Das habe ich mich auch gefragt. Wer weiß, was sie noch alles hinter meinem Rücken tun!«, antwortete Ellen und versuchte ein scheues Lächeln. Sie spürte, dass Isaac sich genauso unwohl fühlte wie sie selbst. Sie verzog sich in die hinterste Ecke des Raumes, wo das kleine Talglicht nicht mehr hinreichte, zog ihr Kleid aus und schlüpfte im Unterkleid unter die Decke.

Isaac saß auf der anderen Seite auf dem Bettrand. »Ich werde auf keinerlei Eherechten bestehen«, sagte er matt, zog seine

Schuhe und die staubigen Kleider aus und schlüpfte ebenfalls im Hemd ins Bett. Er löschte das Talglicht und drehte Ellen den Rücken zu.

Sie lag noch lange neben ihm wach und erwachte am nächsten Morgen später als gewöhnlich. Die Sonne war bereits aufgegangen. Das Bett auf Isaacs Seite war leer.

»Gut geschlafen?«, fragte Rose besorgt, als Ellen endlich in der Stube auftauchte.

Ellen nickte, die Erleichterung war ihr anzusehen.

Rose lächelte sie an. »Jean und Peter lassen dir ausrichten, dass du heute keinen Zutritt zur Werkstatt hast. Du sollst dich ausruhen und erst morgen wieder arbeiten.«

Ellen blinzelte in die Sonne, die durch die geöffnete Tür schien, und atmete tief ein. »So viel Zeit. Was soll ich nur mit so viel Zeit anfangen?« Sie nahm eine von den Fleischpasteten, die vom Vorabend übrig waren, und biss hungrig hinein. »Schönes Wetter heute, ich glaube, ich werde ein bisschen spazieren gehen, war lange nicht mehr draußen«, sagte sie mit vollem Mund.

»Ich würde so gerne mitkommen, so wie früher, weißt du noch? Aber Eve ist heute nicht da – die Kinder, es geht leider nicht.«

Auf dem Boden neben Rose saßen die Zwillinge und spielten mit Holzklötzen, die vom Bau des Bettes übrig geblieben waren.

»Schon gut, schadet mir nicht, mal ein wenig allein zu sein.« Ellen beschloss, auf die große Wiese am Waldrand zu gehen, sich ins Gras zu legen und in den Himmel zu schauen, so wie sie es als Kind zusammen mit Simon getan hatte. Für solchen Müßiggang hatte sie schon ewig keine Zeit mehr gehabt. Ihre Gedanken wanderten zurück in die Vergangenheit. Die Gesichter von Claire, Jocelyn und Guillaume tauchten auf. Ellen fühlte eine wohlige Wärme in sich aufsteigen, die nicht allein von der Sonne kam. Plötzlich wurde sie von einem Schrei aus ihren Tagträumen gerissen. Sie fuhr hoch und sah sich um. Ihr Sohn rannte auf die Wiese zu. Isaac lief mit großen Schritten hinter ihm her, bis er den Jungen eingefangen hatte. William schrie noch einmal. Ellen lief, so schnell sie konnte, und erreichte die beiden nur wenig später.

»Du bist gemein!«, hörte sie William schreien und sah, wie er mit seinen kleinen Fäusten auf Isaac einschlug.

»Was ist hier los?«, brauste Ellen auf. »William, komm her!«

Der Junge flüchtete sich in die Röcke seiner Mutter. Eine Gelegenheit, die er nur selten bekam und deshalb umso lieber ergriff. »Ich habe mir ganz doll in den Finger geschnitten!«, jammerte er und streckte ihr die Hand entgegen.

»Woher hast du denn das Messer gehabt?«, fragte Ellen argwöhnisch, nachdem sie sich davon überzeugt hatte, dass die Wunde nicht gefährlich war.

»Isaac hat es mir geschenkt«, antwortete William kleinlaut und zeigte ihr ein kleines, aber sehr scharfes Messer.

Ellen sah Isaac fassungslos an. »Bist du völlig verrückt? Du kannst doch einen Fünfjährigen nicht allein mit einem Messer spielen lassen!«

»Er hat nicht allein damit gespielt, sondern unter meiner Anweisung schnitzen gelernt. Außerdem ist der Finger ja nicht ab!«, antwortete Isaac barsch.

»Das hat er zu mir auch gesagt, und dann hat er mich ausgelacht, weil ich geweint habe. Da bin ich weggelaufen.«

»Du hast ihn ausgelacht?« Ellen merkte, wie die aufgestaute Wut in ihr hochstieg, ohne dass sie etwas dagegen tun konnte. »Ausgerechnet du? Den ganzen Tag sitzt du herum und bedauerst dich selbst!«, schrie sie ihn an.

Isaac riss seinen Ärmel hoch und streckte ihr den nackten Stumpf entgegen. »Ja, ich habe ihn ausgelacht. Wegen eines kleinen Schnittes in den Finger weint ein Junge nicht. Ich dagegen habe allen Grund, mit meinem Schicksal zu hadern. Wenn du mir nicht die Hand hättest abtrennen lassen …« Die Ader an

Isaacs Hals war geschwollen und sah aus wie ein riesiger, pochender Wurm.

»Dann wärst du jetzt tot und hättest endlich die Ruhe, die du so gerne forderst!«, brüllte Ellen zurück. »Ja, ich habe längst bereut, dir das Leben gerettet zu haben. Ich habe das alles nur für Mildred getan. Ich hatte Angst, sie verkraftet deinen Tod nicht. Hätte ich gewusst, dass sie ohnehin stirbt, ich hätte dich deinem Schicksal überlassen. Du wärst verfault!« Ellen lachte auf. »Wie passend das für dich gewesen wäre, ist mir erst jetzt klar, du Faulpelz! Ich wünschte, ich wäre in der Normandie geblieben und hätte nicht an Mildreds Totenbett gesessen. Wie konnte ich nur schwören, dich zu heiraten? Du bist eigensüchtig, grausam und undankbar!«

»Undankbar?«, wiederholte Isaac. »Soll ich dir vielleicht noch dankbar dafür sein, dass du meinen Arm festgehalten hast, als der Bader meine Hand abgesägt hat? Niemals, nie werde ich dir das verzeihen!«

»Ich habe es gehasst, Isaac, und jetzt hasse ich dich. Jede Nacht verfolgt mich das Gefühl der Ohnmacht von damals, als sich die Säge in deinen Knochen fraß. Ich kann das faulige Fleisch noch riechen! Du bist dumm und eitel, Isaac! Von dir kann der Junge nichts lernen!« Ellen wandte sich an William. »Lass uns gehen, Tante Rose macht dir einen kleinen Verband«, sagte sie verständnisvoller, als sie es sonst getan hätte. Sie nahm den Jungen an die Hand und ging mit ihm zurück zum Haus.

Isaac tobte und wütete, dass es weithin zu hören war.

»Er ist nicht immer so«, sagte William nach einer Weile leise und sah zu seiner Mutter auf.

»Ich will nichts mehr davon hören!« Ellen schob ihren Sohn ins Haus.

Nur wenige Tage nach diesem Vorfall schlich William sich heimlich auf den Hügel, auf dem Isaac saß und grübelte.

»Was willst du hier?«, fragte Isaac gereizt.

»Nichts, nur ein bisschen bei dir sitzen«, antwortete William und nahm neben ihm Platz.

»Deine Mutter wird's nicht gern sehen«, brummte Isaac.

»Sie wird's nicht merken, sie ist in der Schmiede.«

Eine Weile hockten sie schweigend da. William pflückte drei Grashalme und flocht einen Zopf daraus.

»Hast du jetzt Angst vorm Schnitzen?«, fragte Isaac ihn ganz nebenbei.

William nickte.

»Brauchst du nicht. Du weißt ja jetzt, wie gefährlich es sein kann. Du musst das Messer und seine Schärfe kennen, um es zu respektieren und richtig zu halten. Den gleichen Fehler macht man nie zweimal.«

»Onkel Isaac?« William sah ihn mit großen Augen an.

»Hm?«

»Kann ich dich etwas fragen?«

»Hm!«

»Was ist passiert mit deiner Hand? Warum musste sie abgeschnitten werden?«

Isaac fühlte, wie ihm das Blut in den Kopf schoss, und schnappte nach Luft. Es dauerte lange, bevor er etwas sagen konnte, aber William blieb geduldig.

»Peter hat eine Zange an der Esse liegen lassen. Sie war heiß, aber das konnte man nicht sehen. Ich hab sie in die Hand genommen und mich verbrannt.«

»Warum bist du dann wütend auf Gott und meine Mutter und nicht auf Peter?« William sah ihn fragend an.

»Die Zange lag zu dicht an der Esse. Ich hätte wissen müssen, dass sie heiß ist. Außerdem habe ich weitergeschmiedet, statt die Hand zu schonen. Wir hatten viel Arbeit und brauchten das Geld.« Isaacs Stimme war noch immer rau, aber sie klang nicht mehr so schroff.

»Ich werde einmal wie du, Onkel Isaac!«, sagte William sanft. »Ich habe zwar beide Hände, aber sieh dir meinen Fuß an, ich bin auch ein Krüppel!« William sagte es so selbstverständlich, dass Isaac ein Schauer über den Rücken lief.

»Ich verbiete dir, so etwas zu sagen!«, brauste er auf. »Du bist kein Krüppel, und das mit deinem Fuß …« Isaac brach ab und sah auf Williams Füße. »Gib mal deinen Schuh her!«

William zog die Holzschuhe aus. »Welchen denn?«

Isaac griff sich den Schuh des verkrüppelten Fußes und betrachtete ihn genauer. Dann hob er den Fuß des Jungen an und sah sich auch diesen an. »Er ist schon ein bisschen gerader geworden, glaube ich. Vielleicht hilft es ja tatsächlich!« Isaac sah zufrieden aus.

»Jean sagt, dass ich die Schuhe immer tragen muss. Aber sie tun mir so weh! Ich ziehe sie oft aus und laufe barfuß, wenn er es nicht sieht«, gestand William.

»Oh, das macht mich aber sehr traurig!« Isaac sah den Jungen an und schüttelte den Kopf.

»Warum denn?«, fragte William neugierig. So lange schon hatte er sich die Aufmerksamkeit seines Onkels gewünscht, und mit einem Mal hatte er sie so ganz und gar!

»Du erinnerst dich sicher nicht daran, aber Jean und ich haben dir den ersten Schuh gemeinsam gemacht, damit dein Fuß beim Wachsen ein wenig gerader wird«, erklärte ihm Isaac.

»Aber es ist doch sowieso egal, wie er wächst. Sagt Mama jedenfalls.«

»Ich denke, deine Mutter hat Unrecht.«

»Ist kein Wunder, dass du das sagst. Du kannst sie nicht leiden!« William senkte den Blick und sah traurig auf den Boden.

»Darum geht es nicht.« Isaac hatte den Kinderfuß die ganze Zeit mit seiner gesunden Hand massiert, bis er rosig und warm war. Der Holzschuh hatte Blasen und Schwielen an Williams Fuß hinterlassen, trotzdem hatte der Junge die Berührung von Isaacs Hand genossen.

»Onkel Isaac?«

»Was denn, mein Sohn?«

»Ich mag die Schmiede nicht!« William schaute seinen Onkel an, als habe er diesem etwas furchtbar Schlimmes anvertraut.

»Wie meinst du das?«

»Mama sagt, ich werde auch einmal Schmied, und Schmiede bräuchten keine gesunden Füße. Onkel Isaac, wer ist Wieland?«

Der Schmied schmunzelte über den Gedankensprung des Kindes. Zum ersten Mal seit langem spürte er wieder eine wohlige Wärme in seinem Herzen. Er zerzauste William die Haare. »Willst du sie hören, die Geschichte von Wieland, dem Schmied?«

William nickte begeistert. Er konnte sich kaum etwas Schöneres vorstellen, als eine Geschichte erzählt zu bekommen.

»Aber sie ist lang!«, gab Isaac zu bedenken.

»Das macht gar nichts!« William strahlte.

»Na gut.« Isaac räusperte sich. »In einer fernen Zeit, an einem fernen Ort lebte einst ein friedlicher Riese. Seinen Sohn Wieland gab er bei Mimir, dem berühmtesten Schmied aus dem Hunnenland, in die Lehre, damit er ihm das Waffenschmieden beibrächte. Nach drei Jahren kam Wieland zurück nach Hause, und damit er der berühmteste aller Schmiede würde, brachte der Riese seinen Sohn zu zwei Zwergen, die nicht nur Waffenschmiede, sondern auch Meister im Schmieden von Gold und Silber waren. Der Junge lernte schnell, und die Zwerge wollten ihn nicht gehen lassen, also versprachen sie dem Riesen, ihm sein Gold zurückzugeben, wenn er ihnen den Jungen noch ein weiteres Jahr ließ. Wenn er aber seinen Sohn nicht genau am verabredeten Tag wieder abholte, dann hätten sie das Recht, den Jungen zu töten. Der Riese versteckte ein Schwert und befahl seinem Sohn, es zu holen und die Zwerge zu töten, falls er nicht rechtzeitig da sein würde. Wieland blieb bei den Zwergen. Er war treu und fleißig, aber sie neideten ihm sein Geschick und freuten sich deshalb, dass er ihnen ausgeliefert war. Der Riese hatte sich zu früh auf den Weg gemacht, um seinen Sohn zurückzufordern, und der Berg war noch verschlossen, als er ankam. Er legte sich zum Schlafen ins Gras, und ein mächtiger Felsblock stürzte vom Berg und erschlug ihn.«

William hielt erschrocken die Luft an.

»Als Wieland am vereinbarten Tag seinen toten Vater fand, holte er das Schwert und erschlug die Zwerge. Dann ging er fort und kam zu König Nidung, der ihn an seinem Hof aufnahm. Wieland hatte sich nur um drei Messer von des Königs Tafel zu kümmern, aber eines Tages, als er sie wusch, fiel ihm eines davon ins Meer und blieb für alle Zeiten verschwunden! Amilias, der einzige Schmied an des Königs Hof, war nicht in seiner Werkstatt, also stellte sich Wieland an den Amboss und fertigte selbst ein Messer, das dem verlorenen vollkommen glich.«

»Das hat er von Mimir und den Zwergen gelernt!«, sagte William und klatschte begeistert in die Hände.

Isaac ließ sich nicht beirren und erzählte weiter. »Als der König beim Essen ein Brot mit dem Messer zerteilte, schnitt er tief in den Tisch hinein, so scharf war es. Nidung hatte noch nie eine solche Klinge besessen und glaubte nicht, dass Amilias sie geschmiedet hatte. Er drohte Wieland so lange, bis er gestand, sie selbst gefertigt zu haben. Amilias aber war neidisch und schlug dem König eine Wette vor. Wieland sollte ein Schwert schmieden, er dagegen Helm und Rüstung. Wer den anderen besiegen würde, sollte dem Verlierer den Kopf abschlagen. Der König war einverstanden und ließ eine zweite Schmiede bauen, in der Wieland das Schwert fertigen sollte. Nach sieben Tagen hatte Wieland ein scharfes Schwert geschmiedet, aber er nahm eine Feile, machte aus dem Schwert feine Späne und mengte Weizenmehl darunter. Das Gemisch gab er den Gänsen als Futter. Später schmolz er den Kot der Gänse, schied so das Eisen vom Unrat und schmiedete ein zweites, kleineres Schwert daraus. Er prüfte die Schärfe und zerfeilte es erneut. Das so gefertigte dritte Schwert war das beste. Wieland nannte es Mimung und fertigte heimlich ein weiteres Schwert, das Mimung im Aussehen genau glich. An dem Tag, an dem die Wette entschieden werden sollte, kam Amilias in seiner fein polierten Rüstung zum Markt und wurde von allen bewundert. Er setzte sich auf einen Stuhl und wartete. Wieland holte das Schwert und legte die Schneide auf Amilias Kopf. Sie war so scharf, dass sie den Helm wie Talg zerschnitt. Amilias spürte es nicht und ermunterte Wieland, auszuholen und mit aller Kraft zuzuschlagen. Aber Wieland drückte nur kräftig auf das Schwert, bis es durch Amilias Helm, den Kopf und die Brünne bis zur Gürtelschnalle hindurchfuhr. Bei dem Versuch aufzustehen, zerfiel Amilias in zwei Stücke und war tot. Nidung wollte nun auf der Stelle sein Schwert besitzen. Wieland bat um einen Augenblick Geduld, er wolle nur noch Scheide und Gehänge holen. In der Schmiede versteckte er Mimung unter der Esse, nahm das zweite Schwert und brachte dies dem König. Von diesem Tag an fertigte Wieland Waffen und Geschmeide für den König und kam zu hohen Ehren.«

William sprang auf. »Die Geschichte gefällt mir nicht! Ich verstehe sie nicht!«, rief er. »Sie hat doch gesagt, Wieland könne nicht laufen, aber das stimmt doch gar nicht!«

»Warte nur, Söhnchen.« Isaac lachte und bedeutete dem Jungen, sich wieder hinzusetzen. »Die Geschichte von Wieland geht noch weiter, aber ich will sie dir ein bisschen verkürzen. Weil Wieland den König betrogen hatte, flüchtete er und zog sich in den Wald zurück. Als aber König Nidung zu Ohren kam, dass Wieland allein in einer Waldschmiede sitze und im Besitz vielen Goldes sei, ritt er mit seinen Männern dorthin, stahl dem Schmied das Gold und das Schwert Mimung. Nidung nahm Wieland gefangen und ließ ihn auf eine Insel bringen, wo er eine Schmiede für ihn errichtete. Wieland wollte sich für die Schmach am König rächen und bereitete heimlich ein Mahl mit einem Liebeszauber für die Tochter des Königs zu. Aber Wielands List kam heraus, und der König bestrafte Wieland erneut.« Isaacs Stimme war rau geworden vom Erzählen, er zog seinen Trinkschlauch hervor, nahm einen großen Schluck und reichte ihn dem Jungen.

William schüttelte den Kopf. »Was ist dann passiert?«, fragte er aufgeregt.

»Der König ließ die Sehnen an Wielands Füßen und Knien durchtrennen und ihn zurück in seine Schmiede bringen.« Isaacs Stimme klang aufgewühlt, als er fortfuhr. »Lange lag er dort mit großen Schmerzen. Es dauerte Monate, bis seine Wunden geheilt waren, aber laufen konnte er nicht mehr.« Isaac seufzte kurz. »Eines Tages kam Nidung zu ihm, brachte ihm zwei Krücken und versprach ihm Reichtum, wenn er wieder für ihn schmiedete. Wieland tat freundlich, aber als der König fort war, schwor er Rache.«

William wagte kaum zu atmen. »Glaubst du, er hat sich gerächt?«, fragte er leise.

Isaac blinzelte in die tief stehende Sonne. »Ich weiß es sogar. Wenn du willst, erzähle ich dir morgen, wie er es gemacht hat. Aber jetzt gehen wir besser ins Haus, sonst reißt uns deine Mutter den Kopf ab.« Er lächelte den Jungen an und strich ihm noch einmal übers Haar.

»Du hast noch Glück gehabt«, sagte William unvermittelt.

»Wie bitte?« Isaac runzelte die Stirn.

»Dir bleibt eine gesunde Hand und fast der ganze Arm.«

»Glück nennst du das? Ich würde lieber auf die Sehnen in meinen Beinen verzichten als auf meine Hand!«, stieß Isaac hervor.

William hörte nicht zu. »Wieland ist ein Held, er hat nicht aufgegeben. Er hat wieder angefangen zu schmieden. Es war das, was er am besten konnte, er musste es einfach tun, sonst wäre er sicher nicht glücklich gewesen! Bestimmt hätte er auch mit nur einer Hand weitergemacht.« Williams Augen leuchteten. Hätte er geahnt, wie sehr seine Worte Isaac schmerzten, wären sie nie über eine Lippen gekommen, denn er liebte den traurig aussehenden Mann wie einen Vater und wünschte sich nichts mehr, als ihn wieder fröhlich zu sehen.

»Isaac hat mir von Wieland erzählt!«, rief William bei Tisch aufgeregt, biss in sein Brot und kaute umständlich darauf herum.

»Was ist denn los, hast du keinen Hunger?« Rose runzelte fragend die Stirn.

»Doch, aber mein Zahn wackelt«, lispelte William.

Rose griff nach seinem Kinn, zog seinen Kopf hoch und lächelte. »Zeig mal!«

»Guck!« William drückte den unteren Schneidezahn mit der Zunge weit nach vorne, bis Blut seine Zähne umspülte.

»Na, der fällt bald raus!«, stellte Rose lachend fest.

»Ich hab schon ganz viele neue!«, meldete sich Marie zu Wort, riss den Mund auf und steckte den Zeigefinger tief hinein. »Da, siehst du?«

Isaac strich seiner Tochter mit einer zärtlichen Geste über die Wange.

»Die Geschichte von Wieland, wunderbar!« Ellen lächelte. »Beinahe jedes Kind in England kennt sie. Sicher haben deshalb so viele Menschen Respekt vor uns Schmieden, weil sie glauben, dass dunkle Kräfte im Spiel sind, wenn wir nachts härten. Sie nehmen an, Zwerge und Elfen geben uns Macht über das Eisen. Manche Kräuterfrauen behaupten sogar, das Wasser aus unseren Härtetrögen habe heilende Kräfte.« Ellen zuckte mit den Schultern. »Ich habe es geliebt, wenn Donovan uns die Geschichte an langen Winterabenden erzählt hat. Wenn es kalt war, saßen wir alle ums Feuer. Donovan schmückte die Geschichte immer wieder neu aus und erzählte sie mit so viel Hingabe! Damals in Tancarville habe ich mir gewünscht, so schmieden zu können wie Wieland, und mehr als einmal geträumt, ich würde von einem Zwerg in die Lehre genommen. Ich erzählte Donovan davon, und er tat so, als wäre er böse. ›Ich bin zwar klein, aber doch kein Zwerg‹, sagte er und lachte mich aus, weil ich vor Scham beinahe im Boden versank.« Ellenweores Wangen hatten sich gerötet. Ihre widerspenstigen Locken lugten unter ihrem Kopftuch hervor und tanzten um ihr Gesicht, als sie lachte.

Isaac fühlte ein heftiges Ziehen im Magen, als ihre grünen Augen im Schein des Feuers aufleuchteten, und hatte Mühe zu atmen. Er stand vom Tisch auf und stieß dabei seinen Stuhl um. Schnell hob er ihn auf und zog sich, ohne ein Wort zu sagen, zurück.

Jean sah Ellen fragend an. »Ich schätze, diese Geschichten um Wieland haben alte Wunden bei ihm aufgerissen.« Isaac tat ihm leid, auch wenn er seine Reaktion unnötig heftig fand.

Als Ellen sich an diesem Abend neben Isaac ins Bett legte, schien er schon zu schlafen. Seine Augen waren geschlossen, und sein Atem ging regelmäßig. Neugierig betrachtete sie ihn einen Moment lang. Sein Gesicht sah entspannt aus. Auf einmal blinzelte er. Schnell blickte Ellen woandershin. Ihr Herz raste, als sei sie bei etwas Verbotenem erwischt worden.

William lauerte seinem Stiefvater schon am nächsten Tag im Hof auf. Isaac war noch nicht ganz aus der Haustür gekommen, da rannte der Junge auf ihn zu. »Onkel Isaac! Erzählst du mir jetzt das Ende von der Geschichte?« Der Schmied konnte dem bettelnden Blick des Jungen nicht widerstehen.

»Versprochen ist versprochen, also komm, wir laufen ein Stück.«

William sah zu Isaac auf und nickte. Er schob seine kleine klebrige Hand in die trockene Pranke des Schmieds. Isaacs linker Arm zuckte. Wie so oft hatte er das Gefühl, dass die fehlende Hand und die Finger noch immer da waren. Er rieb den Stumpf an seinem Kittel, um das Kribbeln und Ziehen zu verscheuchen. Auf dem Hügel angekommen, setzten sie sich ins Gras.

»Du willst also wissen, wie Wieland sich an Nidung gerächt hat?«

William nickte heftig.

»Wie du dich erinnern wirst, arbeitete Wieland wieder als Schmied für den König.«

William sah seinen Onkel mit funkelnden Augen an. »Ich

hätte nicht wieder für ihn gearbeitet, der König hat ihm doch die Sehnen durchschneiden lassen!«, ereiferte er sich.

Isaac zerzauste ihm lachend das Haar, bevor er fortfuhr. »Nun, eines Tages kamen die beiden jüngeren Söhne Nidungs zu Wieland in die Schmiede und baten ihn, Pfeile für sie zu schmieden. Ihr Vater sollte nichts davon erfahren, und Wieland forderte sie auf, an einem Tag wiederzukommen, an dem frischer Schnee gefallen sei. Sie sollten rückwärts zur Schmiede laufen, dann wolle er ihnen die Pfeile schmieden. Schon am nächsten Tag hatte es geschneit, und die beiden Jungen taten, wie der Schmied gesagt hatte.« Isaac blickte William tief in die Augen. »Wieland war von dem Gedanken an Rache besessen. Er nahm seinen Hammer und erschlug die Kinder des Königs.«

»Aber sie konnten doch gar nichts dafür!«, rief William empört aus.

»Das ist richtig, mein Sohn, aber wer von Rache getrieben wird, ist selten gerecht.« Isaac nahm den Jungen in den Arm. »Soll ich wirklich weitererzählen?«

William schluckte die Tränen herunter und nickte.

»Die Leichen der Kinder versteckte Wieland, und als die Männer des Königs zur Schmiede kamen, um die Knaben zu suchen, behauptete er, ihnen Pfeile geschmiedet zu haben. Die Fußstapfen im Schnee, die von der Schmiede fortführten, schienen zu bestätigen, was er sagte, und so suchten Nidungs Männer die Knaben im nahe liegenden Wald. Als man nach vielen Tagen die Suche aufgab, holte Wieland die Leichen aus ihrem Versteck und fertigte aus den Schädeln der Kinder in Silber und Gold gefasste Trinkbecher. Aus ihren Knochen schnitzte er Messerhefte und Kerzenstöcke für des Königs Tafel. Aber es dürstete Wieland nach noch mehr Rache. Mit einem Zauberring brachte er Badhild, die Tochter des Königs, dazu, sich heimlich mit ihm zu vermählen. Als kurz darauf einer von Wielands Brüdern und der beste aller Bogenschützen in Nidungs Reich kam, konnte Wieland endlich seine Rache vollenden. Aus Adlerfedern fertigte er sich Flügel, streifte sie über und flog damit hinauf zu Nidungs Burg. Er erzählte dem König, dass er dessen Söhne getötet habe und Badhild ein Kind von ihm erwarte, erhob sich in die Luft und flog davon. Nun befahl Nidung dem Bogenschützen, seinen eigenen Bruder zu töten.«

»Jetzt bekommt auch Wieland seine gerechte Strafe!«, triumphierte William, aber Isaac schüttelte den Kopf.

»Wieland war klug und hatte seinem Bruder aufgetragen, unter seinen rechten Arm zu zielen, wo er eine mit Blut gefüllte Blase trug. Obwohl Nidung des vielen Blutes wegen glaubte, der Schmied sei tot, starb er schon wenig später vor Gram. Sein ältester Sohn wurde ein milder und gerechter König. Und als Badhild einen Knaben gebar, bat Wieland den jungen König um Versöhnung. Wieland und Badhild heirateten und lebten glücklich in seiner Heimat, bis ans Ende ihrer Tage.« Nachdem er die Geschichte beendet hatte, schwieg Isaac eine ganze Weile.

William begann, mit Steinen zu werfen. Erst zaghaft, dann heftiger.

»Ich mag ihn nicht!«, knurrte er.

»Wen?«, fragte Isaac erstaunt.

»Wieland! Er ist gar kein Held! Er ist hinterhältig und kein bisschen besser als Nidung!«

»Aber Nidung hat ihn betrogen und zum Krüppel gemacht!« Isaac betrachtete den Jungen überrascht.

»Wieland ist ein Feigling. Die Kinder haben ihm nichts getan, und die armen Adler, die ihre Federn lassen mussten, auch nicht!«, rief William empört. »Würdest du mich etwa töten, weil sie zugelassen hat, dass der Bader deinen Arm abschneidet?«, fragte er entsetzt.

Isaac dachte an den Streit mit Ellen und wusste nicht, was er darauf sagen sollte. Er schüttelte nur stumm den Kopf.

»Ich werde nicht wie Wieland, und niemals werde ich Schmied!«, fauchte der Junge.

»Ach, William!« Isaac nahm ihn in den Arm. »Du bist noch

viel zu jung für so einen Dickkopf. Natürlich wirst du Schmied werden. In unserer Familie sind alle Männer Schmiede: dein Großvater, mein Vater und alle unsere Vorväter.« Er lächelte den Jungen aufmunternd an.

»Und was ist mit meinem Vater?« Tränen schossen in Williams Augen. Er sprang auf und rannte den Hügel hinunter.

»Warte, Will, warte auf mich!« Isaac war ebenfalls aufgestanden und beeilte sich nun, den Jungen einzuholen.

»Du bist verdammt schnell mit deinem krummen Fuß«, keuchte er anerkennend, nachdem er den Jungen kurz vor der Schmiede endlich eingeholt hatte. William errötete vor Freude über Isaacs Lob und vergaß seinen Zorn.

»Gehen wir morgen wieder zusammen in den Wald?« Isaac lächelte den Jungen fragend an.

William nickte und stob glücklich davon.

»Ich könnte wieder schnitzen, wenn ich nur wüsste, wie ich das Holz halten soll«, murmelte Isaac am nächsten Tag, während sie auf der Wiese am Waldrand saßen. Er zog seine Schuhe aus und versuchte, mit den Füßen zu greifen.

William ahmte ihn begeistert nach, und schon bald stellten die beiden fest, dass es gar nicht so schwer war.

Wie ein Besessener übte Isaac von nun an jeden Tag. So lange, bis er ein Stück Holz fest genug halten konnte, um es vorsichtig mit dem Messer in der rechten Hand bearbeiten zu können. Isaac wunderte sich darüber, wie verbissen William ebenfalls übte.

»Warum tust du das? Du hast zwei gesunde Hände!«, fragte er ihn eines Tages verständnislos.

»Als du damit angefangen hast, fand ich es nur lustig«, sagte William und grinste, »aber es macht auch meinen Fuß stark. Seit ich mit dir übe, kann ich länger laufen, ohne dass er mir wehtut.«

Immer wenn er mit William zusammen war, spürte Isaac die

Wärme der Zufriedenheit, die er so lange vermisst hatte. »Dann wird es Zeit, dass ich mit dem Schnitzen anfange, damit ich dir bald neue Holzschuhe machen kann!« Isaac klemmte ein Stück Holz zwischen seinen Zehen ein und hielt es geschickt mit dem zweiten Fuß fest. Er begann, eine Kuh zu schnitzen. Im Laufe der nächsten Zeit kamen noch eine Puppe für Marie und ein Hündchen für Agnes dazu. Später noch zwei Kühe, ein Schwein, ein Esel und ein Pferd, außerdem ein Bauer, eine Katze und eine Wiege mit einem Kind darin.

Die Augen seiner Töchter leuchteten, als Isaac ihnen die ersten Figuren schenkte. Jeden Tag bestürmten sie ihn, weil sie sehnlichst auf die nächsten warteten.

Mit jeder neuen Schnitzerei wurde Isaac geschickter und, was alle bemerkten, auch wieder fröhlicher.

Herbst 1178

William lief barfuß durch das taunasse Gras zu der Stelle, an der Isaac für gewöhnlich saß und schnitzte. Der Boden war weich, duftete würzig und war mit bunten Blättern übersät, die William fröhlich vor sich herstieß. Anstatt wie sonst ein Stück Holz zu bearbeiten, stand Isaac mit einem Stein in der Hand da. William starrte ihn mit offenem Mund an. Immer wieder winkelte Isaac den Arm mit dem Stein an und streckte ihn dann weit vom Körper ab. Manchmal machte er ausholende Schwingbewegungen, dann wieder stemmte er den Stein gerade nach oben. William war fasziniert von dem, was Isaac da tat, und wagte erst nach einer ganzen Weile, ihn zu stören. »Was machst du da, Onkel Isaac?«

»Ich habe keine Kraft mehr in meinem Arm, es wird Zeit, dass ich das ändere.«

William nickte, obwohl er nicht verstand.

Isaac sah den Jungen an und lachte, weil er so ratlos aussah.

»Behalte meinen Arm im Auge, wenn ich den Stein hochhebe. Siehst du?« Er deutete mit dem Kinn auf seinen Muskel. »Meine Arme waren mal fast doppelt so dick, und das soll wieder so werden. Deshalb fange ich mit einem kleineren Stein an, später nehme ich dann einen größeren. Je schwerer der Stein ist, desto dicker wird mein Arm mit der Zeit werden.«

»Und der andere?« William zeigte auf den schlaff herunterhängenden linken Arm. »Soll der nicht dicker werden?«

Isaac antwortete nicht. Wie sollte er einen Stein mit einem Arm heben, der keine Hand hatte, um ihn zu fassen?

William ahnte nicht, wie sehr Isaac diese Frage in den nächsten Tagen noch beschäftigen würde.

»Häng dich mal dran!«, forderte Isaac den Jungen eines Tages auf und streckte stolz seinen rechten Arm aus. William umklammerte den Unterarm und zog die Beine hoch. Isaac war zufrieden, weil er den Jungen am nur leicht angewinkelten Arm tragen konnte. Das Üben hatte sich gelohnt, der Arm hatte wieder Kraft bekommen.

»Jetzt der andere!«, forderte William.

Zögerlich streckte Isaac den verstümmelten Arm aus.

William umklammerte ihn und zog daran, ohne die Füße vom Boden zu heben. Er zog, so fest er konnte, bis Isaacs Arm vor Anstrengung zu zittern begann. Sofort ließ William los.

»Keine schlechte Idee!« Isaac zerzauste dem Jungen das Haar, so wie er es immer tat, wenn er ihm seine Zuneigung zeigen wollte. »Das können wir öfter machen!«

William nickte freudig. »Dann wird er genauso stark wie der andere!«

Damit William Recht behielt, übten sie jeden Tag, und noch vor dem Frühjahr konnte Isaac den Jungen so lange heben, wie es dauerte, das Vaterunser zweimal gemächlich zu beten. Seine Muskeln an den Armen, den Schultern und im Rücken wurden stetig kräftiger. Irgendwann hatte er begonnen, einarmig Liegestütze zu machen, und als ihm das mit dem rechten Arm mühelos gelang, fertigte er sich ein Polster für den inzwischen völlig verheilten Stumpf und übte auch mit dem linken Arm. Mit seinen Muskeln wuchs auch Isaacs Wunsch, wieder in der Schmiede zu arbeiten.

»Isaac kann mich ganz lange am ausgestreckten Arm halten!«, erzählte William eines Abends stolz beim Abendessen.

Ellen warf Isaac einen ärgerlichen Blick zu, während Jean und Rose ihn freundlich anlächelten.

»Ich würde gerne morgen in die Schmiede kommen, vielleicht könnte ich mit Peter …«

»Es ist deine Schmiede!«, antwortete Ellen barsch.

Isaac sagte nichts mehr.

»Peter wird sich freuen«, sagte Jean stattdessen. »Wir haben viel zu tun. Wäre schön, wenn noch jemand mit zupackt.«

Ellen vermied es, Isaac noch einmal anzusehen.

»Warum hast du nicht versucht, ihn davon abzuhalten?«, fuhr sie Jean an, sobald Isaac hinausgegangen war.

»Wieso hätte ich das tun sollen? Seit fast zwei Jahren regst du dich auf, weil er nicht arbeitet. Hast du seine Arme gesehen? Er hat wieder Kraft bekommen. Ich habe ihn beobachtet. Er lacht auch wieder.«

»Die ganze Zeit mussten wir seine Launen ertragen, und kaum kommt ein Lächeln über seine verkniffenen Lippen, schon macht ihr einen Kopfstand!« Ellens Wut war nicht zu überhören.

»Warum bist du eigentlich so verärgert?«, fragte Jean unverblümt.

»Warum ich …?« Ellen schnappte nach Luft. »Hast du vergessen, dass er der Meinung ist, ich gehöre an den Herd und nicht an die Esse?« Ellen rieb mit dem Zeigefinger über ihre Schläfe.

»Hast du Angst, dass er dich zurück ins Haus schicken könnte?«, fragte Jean ungläubig.

»Nicht, dass ich auch nur einen Pfifferling drauf gebe, was er denkt, aber ich arbeite gerne mit euch, und ich möchte, dass das so bleibt. Er wird nur Unruhe stiften, und das tut unserer Arbeit ganz und gar nicht gut.«

»Wenn du Recht hast, kannst du ihn ja wieder rausschmeißen. Ich glaube nicht, dass er unentbehrlich für uns werden wird, es sei denn, er fügt sich ein und erkennt dich als unseren Meister an«, versuchte Jean, sie zu beschwichtigen.

»Aber genau das wird er nicht tun!«, zischte Ellen.

Aha, daher weht also der Wind, sagte sich Jean, ohne sich etwas anmerken zu lassen.

»Gib ihm eine Chance! Sieh, wie er sich macht! Du musst ja nicht mit ihm zusammenarbeiten, lass Peter das machen. Außerdem wäre es gut für William!«

»Was hat der damit zu tun?« Ellen sah Jean aufmüpfig an.

»Er liebt Isaac. Wenn er wieder als Schmied arbeitet, kann das nur gut sein für William. Du weißt, was er vom Schmieden hält.«

»Unsinn, William ist noch ein Kind. Er versucht, seinen Dickkopf durchzusetzen, aber er wird Schmied werden wie seine Vorväter, und dass er ein guter Schmied wird, dafür werde ich schon sorgen.« Ellen hatte die Arme wehrhaft in die Hüften gestemmt.

»Du kannst ihn nicht zwingen ...«, wandte Jean ein, weil er Verständnis für Williams Verhalten hatte.

»Und ob ich das kann! Er wird seine Begabung nicht verschwenden, dafür werde ich sorgen!« Ellen schnaufte kurz.

Was weißt du schon von den Begabungen deines Sohnes, schien Jeans Blick zu sagen.

»Es ist Isaacs Schmiede, ich kann sie ihm nicht verbieten, aber ich arbeite nur so lange mit ihm unter einem Dach, wie er sich zurückhält!«, warnte Ellen.

Jean nickte. Er konnte ihre Bedenken verstehen. Sie hatte so hart kämpfen müssen, um ihren Zielen näher zu kommen. Sie hatte sich mehr gefallen lassen müssen, als es jeder andere Schmied getan hätte. Trotzdem fand er, dass auch Isaac eine Chance verdient hatte. Jean nahm sich vor, ihn ins Gebet zu nehmen, und machte sich auf die Suche nach ihm. Er fand ihn hinter dem Holzschuppen im Stroh. Wortlos setzte er sich zu ihm.

»Sie hasst mich so abgrundtief!«, sagte Isaac.

»Du hast es ihr nicht leicht gemacht. Von Anfang an. Hast du das schon vergessen?« Jean zupfte einen pieksenden Halm aus dem Strohhaufen.

»Ich hatte viel Zeit zum Nachdenken. Viele Dinge sehe ich heute anders, manches hat sich nicht geändert.«

Jean sah ihn fragend an. »Ehrlich gesagt bin ich jetzt genauso schlau wie vorher!«

Isaac grinste. »Dann geht es dir wie mir. Ich weiß nicht, ob ich es ertragen kann, wenn ich mit ansehen muss, wie sie euch herumkommandiert. Ich weiß nicht einmal, ob ich es schaffe unter diesen Umständen«, er hob seinen linken Arm, »mit ihr in derselben Werkstatt zu arbeiten. Ich bin weder blind noch taub. Ich weiß, sie hat der Schmiede einen guten Ruf eingebracht. Sie muss also etwas können. Trotzdem weiß ich nicht, ob ich es ertragen kann, dass sie jetzt besser ist als ich. Wenn ich meine Hand noch hätte, könnte sie mir nichts vormachen!« Isaac klang eher verzweifelt als kämpferisch.

»Du irrst dich, Isaac!« Jean zog die Nase hoch.

»Wie meinst du das?«

»Isaac, ich habe gesehen, was du geschmiedet hast. Du bist ein guter Schmied, aber sie ist mehr als nur gut, sie ist begnadet. Ich bin sicher, es gibt nicht mehr als eine Hand voll Schmiede in England und der Normandie, die ihr das Wasser reichen können. Als Mann wäre sie längst berühmt. Über die Grenzen East Anglias und sogar über die Englands hinaus, glaub mir!«

»Ich kann nicht«, stöhnte Isaac. »Es ist so ungerecht!«

»Was ist daran ungerecht?« Jean sah Isaac verständnislos an.

»Findest du es etwa gerecht, dass der Herr eine Frau, die dazu noch schön ist, mit einer Begabung gesegnet hat, mit der ein Mann es zu höchsten Ehren gebracht hätte? Und warum hat er mir die Hand genommen?«

»Vielleicht will der Herr, dass du Demut lernst und einsiehst, dass er entscheidet, wen er segnet, und nicht wir Menschen! Sieh dir an, was sie schmiedet und wie sie arbeitet. Dann wirst du nicht anders können, als sie zu bewundern. Und vielleicht dankst du dann eines Tages dem Herrn, weil er dir diese wunderbare Frau über den Weg geschickt hat, damit sie dein Eheweib wird.«

Isaac sah Jean erschüttert an und schwieg.

»Sie ist ein besonderer Mensch! Wenn du sie wegen ihrer Schönheit begehrst, musst du sie dir durch ihre Achtung verdienen, und die bekommst du nicht für deine Schmiedekunst, sondern nur dafür, dass du von deinem hohen Ross steigst und *ihre* Fähigkeiten anerkennst.«

Isaac war wie gelähmt von Jeans Worten. Doch als er empört von sich weisen wollte, dass er Ellen begehrte, war Jean bereits gegangen.

Am nächsten Morgen ging Isaac als Letzter in die Schmiede, um Ellen nicht zu verärgern. Sie sollte nicht denken, er wolle ihr den Platz des Meisters streitig machen. Die ganze Nacht hatte er über Jeans Worte nachgedacht und beschlossen, Ellen nicht herauszufordern.

Jean entfachte das Feuer in der Esse, während Ellen die Arbeiten für den Tag plante und Peter ein paar Werkzeuge ölte.

»Alles nur leeres Geschwätz, er kommt nicht. Wahrscheinlich hat ihn die Lust zu arbeiten gleich wieder verlassen!«, sagte Ellen, weil Isaac nicht da war.

Jean sah sie tadelnd an. »Gib ihm eine Chance, Ellen, ich bitte dich!«

»Schon gut!« Ellen hob beschwichtigend die Hände.

»Peter, du wirst heute mit Isaac arbeiten, es sind ein paar Rohlinge vorzubereiten. Denk daran, dass er nur eine Hand gebrauchen kann. Du musst entweder zuschlagen, und er hält, oder du hältst, während er mit dem Handhammer arbeitet. Wird nicht ganz leicht werden, aber du schaffst das!«, übernahm Jean das Kommando und nickte dem jungen Gesellen aufmunternd zu.

»Jean hat Recht, du hast eine Menge gelernt, seit Isaac das letzte Mal mit dir gearbeitet hat. Er wird staunen!«, beruhigte Ellen ihn, als Peter unsicher zu ihr herüberschaute.

Isaac kam in die Schmiede, als betrete er sie zum ersten Mal. Seit Ellen hier arbeitete, hatte sich einiges verändert. Sie hatte neues Werkzeug mitgebracht, einen Schleifstein mit Fußantrieb aufgestellt und zwei weitere Arbeitsplätze eingerichtet. Die Werkzeuge waren nach ihrem Ordnungssinn eingeräumt, und es waren eine Menge mehr, als er je besessen hatte. Er würde wohl ein wenig Zeit brauchen, um sich in seiner Schmiede zurechtzufinden. Kleinlaut ging er nach einer kurzen demütigen Begrüßung zu Peter, um mit ihm über die Arbeit zu sprechen.

»Mit dem Handhammer dürfte mir das Arbeiten nicht allzu schwer fallen. Das verlernt man sicher nicht so leicht, deswegen würde ich gerne damit anfangen!«

Peter nickte ergeben und gab sich größte Mühe, seinen Meister nicht zu enttäuschen. Isaac war mit ganzem Herzen bei der Sache. Verbissen ließ er den Handhammer immer wieder auf das Eisen sausen. Die Schmerzen, die sich langsam in seiner Hand bis hinauf in die Schulter ausbreiteten, beachtete er nicht. Es tat ihm gut, sich zu verausgaben. Die Arbeit, der Schweiß und die Schwielen an den Händen hatten ihm gefehlt.

»Gib mir mal den Vorschlaghammer, ich will versuchen, ob ich ihn halten kann«, bat Isaac, kurz bevor sie zum Abendessen gehen wollten.

Peter schluckte. Wie sollte Isaac den Hammerstiel richtig halten können ohne die linke Hand?

Als Isaac Peters Zögern bemerkte, beruhigte er ihn.

»Ich will es nur einmal versuchen, sehen, wie schwer der Hammer ist und ob es mir irgendwann mit ein bisschen Übung gelingen könnte.« Isaac stellte sich bei dem Versuch mit dem Vorschlaghammer geschickt an, dennoch rutschte der Stiel immer wieder weg, und Isaac konnte den Hammer nur mit Mühe halten. Enttäuscht, weil er schon jetzt an seine Grenzen stieß, stellte er den schweren Hammer in den Wassereimer, damit der Stiel aufquellen konnte und am nächsten Tag wieder hielt, ohne zu wackeln. »Lass uns Schluss machen für heute. Ich habe Hunger wie ein Wolf!«, sagte er betont fröhlich, um seine Enttäuschung vor den anderen zu verbergen.

Wochenlang arbeitete Isaac mit Peter, als sei er nicht der Meister, sondern der Lehrling. Obwohl er sich nicht um Ellen kümmerte, entging ihm nicht, wie konzentriert sie bei der Sache war. Wann immer es Schwierigkeiten gab, wusste sie eine Lösung, und ihr Fundus an Ideen schien unerschöpflich zu sein. Kurzum, ihr Können musste einfach jeden Schmied beeindrucken. So sprang Isaac eines Tages über seinen Schatten und bat Ellen um einen Rat. Als sei es das Selbstverständlichste der Welt, antwortete sie ihm und machte sich wieder an ihre Arbeit. Isaac war überrascht, fast schockiert über die Klarheit ihrer Antwort. Wie hatte er nur nicht selbst darauf kommen können? Einen Moment kämpfte er gegen seine Verbitterung an, dann folgte er ihrem Rat.

Juni 1179

Jean und Ellen hatten den Esstisch und die Bänke aus dem Haus gebracht, um das Mittagessen im Hof auftragen zu können. Seit einer Woche schien die Sonne jeden Tag. Am Sonntag lohnte sich diese Mühe, um dann ganz in Ruhe draußen sitzen und den warmen Sommertag genießen zu können, was alle ausgedehnt taten.

»Das Polieren der Schwerter, ist das schwer?«, fragte Isaac und tunkte mit einem Stück Brot einen Rest Suppe auf.

»Schon, ja, man braucht Erfahrung und Geschick, warum?«

»Ich habe dich beobachtet. Beim Grobschliff gebrauchst du beide Hände, aber beim Feinschliff arbeitest du fast nur mit der Rechten.« Isaac wagte nicht, sie anzusehen. Wenn sie von Schwertern sprach und ihre grünen Augen leuchteten, begehrte er sie so sehr, dass es schmerzte. Manchmal konnte er kaum ertragen, nachts neben ihr zu liegen, ohne sie berühren zu dürfen.

»Ist gar nicht falsch, was du da sagst.« Ellen rieb mit dem Zeigefinger über ihre Schläfe, als helfe es ihr, einen klaren Gedanken zu fassen. »Hast du noch nie poliert? Nicht mal ein einfaches Jagdmesser?«

»Ich habe nur Werkzeug geschliffen und ein paar Messer poliert, aber mit dem Schwerterpolieren ist das nicht zu vergleichen«, antwortete Isaac bescheiden.

»Du kannst es ja mal versuchen«, sagte Ellen zuversichtlich. »Heute ist zwar Sonntag, und es wird nicht gearbeitet, aber die Werkstatt ist leer, und ich könnte es dir zeigen. – Wenn du willst!«, fügte sie rasch hinzu. Sie hatte bemerkt, dass Isaac nicht ein einziges böses Wort gegen sie über die Lippen gebracht hatte, seit er wieder in der Schmiede arbeitete. Im Gegenteil, er bemühte sich, trotz seiner fehlenden Hand zu helfen, wo er nur konnte. Mehr als einmal hatte sie ihn schon bewundert, weil er nicht aufgab.

»Gut! Gehen wir!« Isaac erhob sich freudig.

»Die Feinpolitur könntest du gut im Sitzen machen. Ich habe dich schnitzen sehen«, sagte Ellen und vermied es noch immer, ihm in die Augen zu sehen. Die bewundernden Blicke, die er glaubte vor ihr verbergen zu können, waren ihr nicht entgangen und hinterließen ein merkwürdig flaues Gefühl in ihrem Magen.

»Ist es denn in Ordnung, wenn ich meine Füße zum Festhalten benutze?«

Ellen zuckte mit den Schultern. »Warum nicht? Solange du die Zehen von der Klinge lässt.« Sie grinste ihn an und errötete sofort. Sie drehte sich rasch um und holte eine Sense, die Peter und Isaac am Vortag fertig gemacht hatten.

»Hiermit kannst du anfangen!«

»Mit einer Sense? Ich soll eine Sense polieren?« Isaac schaute sie ein wenig unwillig an.

»Es wird ihr schon nicht schaden!«, erklärte Ellen und lachte.

Ihr Lachen fühlte sich wie ein Faustschlag in seinen Magen an.

»Das ist richtig«, stammelte er verwirrt.

»Am Anfang solltest du mit der feinsten Schleifpaste üben«, erklärte Ellen.

»Ach ja? Warum?«

»Je gröber der Stein, desto schlimmer die Fehler. Wenn ich beim Grobschliff einen Kratzer ins Eisen mache, dann kriegt ihn auch der beste Schwertfeger nicht mehr weg. Für den Anfang ist also eine Schleifpaste aus Steinmehl das Beste, damit kann nichts schiefgehen. Wenn du dann ein wenig Übung hast, weißt, worauf du achten musst und wie das Eisen auf das Schleifen reagiert, kannst du gröbere Steine nehmen. Schwerter zu polieren ist etwas ganz Besonderes! Die Schwertfeger beschäftigen sich nur mit dem Polieren, ein richtig guter Schwertfeger ist Gold wert, hat er doch schnell viel mehr Erfahrung als jeder Schmied, weil er eben nur poliert.«

Isaac nickte bewundernd.

Ellen bemerkte, wie er sie ansah, und errötete erneut. Schnell nahm sie einen Leinenlappen und trug etwas Schleifpaste auf. Sie zeigte Isaac, wie er das Läppchen zwischen Daumen und Zeigefinger halten musste, um die Klinge zu polieren, und beobachtete ihn bei der Arbeit. Hin und wieder nickte sie zufrieden, weil er sich geschickt anstellte. Er hatte schnell begriffen, worauf es ankam, deswegen schlug sie ihm schon bald vor, das Jagdmesser zu polieren, das sie gerade erst gefertigt hatte.

Isaac war überglücklich. Ellens Vertrauen bedeutete ihm mehr, als ihm lieb war.

Ellen nahm einen Polierstein aus ihrem Lederbeutel und gab ihn Isaac. Ihre Finger streiften seine Hand, und Isaac schauderte.

Der Schmied zeigte Ausdauer und Geschick beim Polieren und lernte mit großem Eifer. Schon nach zwei Monaten begann Ellen, ihn auch an die einfacheren Schwerter heranzuführen. Nur die teuren Schwerter, die sie hin und wieder anfertigte, polierte sie weiterhin selbst. Es bedurfte eines besonderen Fingerspitzengefühls, die richtigen Steine auszuwählen, um den spiegelnden Glanz und die Schärfe einer Klinge herauszuarbeiten.

Es gab kein böses Wort mehr zwischen ihnen. Isaac genoss die Vertrautheit sichtlich, die sich nach und nach zwischen ihnen einstellte.

An einem der ersten Herbsttage kündigten die dumpfen Hufschläge auf dem weichen Boden des Hofes ein schweres Pferd an. Der Reiter sprang ab, und wenig später hörten sie seine dröhnende Stimme vor der Schmiede.

»Der Meister, ich will den Meister sprechen!«

Ellen bedeutete Peter nur mit einem Kopfzucken in Richtung Tür, dem Manne zu öffnen.

Herein kam ein junger Baron, gekleidet in teures Tuch, die Waffen mit viel Gold und aufwändigen Emailarbeiten verziert.

»Was kann ich für Euch tun?«, fragte Ellen höflich und ging auf ihn zu.

»Der Meister, wo ist er?«

»Steht vor Euch, Mylord!« Ellen blieb ganz ruhig, obwohl sie nicht wirklich ein anerkannter Meister war. Sie wurde nicht zum ersten Mal von oben herab behandelt und hatte es satt.

Der junge Ritter sah sie ungnädig an. »Das kann nicht sein! Ich hörte, der Meister dieser Schmiede sei ein gewisser Alan. Er soll die besten Schwerter weit und breit anfertigen!«

Jean schmunzelte. Obwohl Ellen stets darauf bestand, Ellenweore genannt zu werden, kam es immer noch vor, dass aus Ellen Alan wurde.

»Ich werde nicht mit einer Frau verhandeln. Seht lieber zu, dass Ihr Euch an den Herd stellt und etwas Anständiges kocht! Wo ist der Schmied?«, fragte der junge Baron ungeduldig.

Ellen schnappte empört nach Luft. Diese Worte waren ihr noch zu gut von Isaac im Ohr. Bereit, den Mann hinauszuwerfen, ging sie einen Schritt auf ihn zu. Sie hatte beileibe keine Lust, sich noch länger beleidigen zu lassen. Auf einmal stand Isaac neben ihr.

»Mit Verlaub, Mylord. Ich bin Isaac, der Schmied.« Isaac deutete eine Verbeugung an, den Stumpf seines linken Arms hielt er hinter dem Rücken versteckt.

Ellen kochte vor Wut über seinen Verrat.

»Ah! Der Meister!« Ein triumphales Grinsen ging über das Gesicht des jungen Ritters.

»Ich bin zwar in der Tat Schmiedemeister, Mylord, doch die Schwerter hervorragender Qualität, von denen Ihr gesprochen habt, die vermag ich nicht zu schmieden. Weder ich noch mein Helfer.« Er zeigte auf Peter. »Mein Eheweib, und Gott ist mein Zeuge, ich bin stolz, das zu sagen, mein Eheweib ist es, das diese wunderbaren Waffen schmiedet. Ihr werdet in ganz East Anglia keinen besseren Schwertschmied als sie finden. Wenn Ihr also ein solches Schwert Euer Eigen nennen wollt, so müsst Ihr sie um Vergebung bitten und hoffen, dass sie Euch verzeiht, denn Zorn, müsst Ihr wissen, Zorn ist ein schlechter Schmied.«

Der junge Baron war blass geworden, er ließ die Luft geräuschvoll zwischen seinen Zähnen hindurch entweichen, machte auf dem Absatz kehrt und verließ wortlos die Schmiede.

»Er hat kein Schwert von dir verdient!«, sagte Isaac abfällig.

Ellens Herz pochte wild. Nicht aus Wut, sondern vor Freude.

»Du hast vollkommen Recht!«, pflichtete Jean ihm bei. Sein Blick huschte zwischen Ellen und Isaac hin und her. Ob sich da so etwas wie zarte Gefühle anbahnten?

Die Arbeit brachte die beiden einander näher. In der Werkstatt begegneten sie sich mit Respekt und Anerkennung. Nur in der ehelichen Kammer wusste keiner von beiden die Zeichen wachsender Vertrautheit zu deuten.

Isaac hatte nicht vergessen, was er in der Hochzeitsnacht versprochen hatte. Obwohl er sicher war, dass Ellen ihn nicht mehr hasste, wagte er nicht, auch nur einen einzigen Schritt auf sie zuzugehen, aus Angst, sie könne sich verpflichtet fühlen, ihm zu Willen zu sein.

Auch die anderen spürten die Anspannung zwischen den beiden, und eines Tages, als sie allein waren, nahm Rose Ellen beiseite.

»Also ehrlich, Ellenweore, ich kann das nicht mehr mit ansehen!«

»Was?« Ellen sah an sich hinunter. »Ist was mit mir?«

Rose lachte. »Ich meine dich und Isaac! Ihr schleicht umeinander herum …«

Ellen schoss das Blut in den Kopf.

»Er wohnt dir noch immer nicht bei, oder?« Rose sah sie fragend an.

Ellen schüttelte den hochroten Kopf. »In der Hochzeitsnacht hat er für immer auf seine Rechte verzichtet«, sagte sie leise.

»Sehr edel!«, murmelte Rose und überlegte. »Von sich aus wird er sein Versprechen niemals brechen – schätze ich.« Rose zog die Augenbrauen hoch. »Männer!« Sie seufzte ergeben. »Aber ohne sie geht es eben nicht! Deshalb liegt es in deiner Hand!« Sie grinste aufmunternd.

»Aber Rose!«, rief Ellen entrüstet aus. Für einen winzigen Moment dachte sie an Guillaume und seine unverschämt drängende Art, Liebe zu fordern, der sie einfach nicht hatte widerstehen können. »Das kann ich nicht! Das muss der Mann tun!«

»Ach, Unsinn. Frauen, die schmieden können, können auch ihren Ehemann verführen!« Rose lächelte verschwörerisch und flüsterte Ellen etwas ins Ohr.

»Aber Rose! Nein! Ich könnte ihm nie wieder in die Augen sehen!«, rief Ellen entsetzt.

»Tu es einfach!«, beendete Rose das Gespräch und ließ weitere Ausreden nicht zu.

Die offenen Worte von Rose und die Vorstellung, Isaacs wohl geformten Körper zu liebkosen, hatten Ellen aufgewühlt. Sie blieb dem gemeinsamen Abendessen fern, weil sie fürchtete, jeder könne ihr die lüsternen Gedanken vom Gesicht ablesen, und ging erst spät in die Kammer, als Isaac bereits schlief. Hastig zog sie sich aus und schlüpfte nackt unter die Decke. Isaac lag auf dem Rücken. Ellen legte sich dicht neben ihn. Ihr Herz klopfte wild bei dem Gedanken an das, was sie vorhatte. Isaac rührte sich nicht. Er schien fest zu schlafen. Ellen begann, ihn sanft zu streicheln. Ihre Hand fuhr unter das Laken über seine glatte, kräftige Brust, hinunter zu seinem Bauch. Erst vorsichtig, dann immer mutiger küsste sie seinen Hals. Sie presste sich mit ihrem ganzen Körper an ihn, schloss genießerisch die Augen und sog seinen Geruch nach Leder und Eisen ein, der sich mit dem Duft des Lavendels mischte, den Rose ihnen ins Bett legte, um Ungeziefer fernzuhalten.

Isaac atmete heftiger.

Ellen spürte seine wachsende Erregung, aber sie wartete vergeblich darauf, von ihm in den Arm genommen zu werden. Also strich sie sanft an seinem linken Arm herab, bis sie bei dem Stumpf angelangte. Erst dann legte sie sich auf ihn, nahm seine Arme und schlang sie um ihre Mitte. In der Kammer war es zu dunkel, um sehen zu können, ob Isaac die Augen geöffnet hatte, trotzdem fühlte Ellen, dass er wach war. »Halt mich!«, flüsterte sie mit rauer Stimme und küsste ihn auf den Mund.

Zuerst nur zaghaft, dann leidenschaftlicher küsste er sie zurück. Seine rechte Hand glitt über Ellens Körper und jagte ihr Schauer der Wonne über den Rücken.

»Leg dich auf mich!«, flüsterte sie heiser.

Am nächsten Morgen erwachte Ellen ausgeruht und glücklich wie nie zuvor. Isaac war bereits aufgestanden. Liebevoll strich sie über das Laken, auf dem sie gemeinsam die Nacht verbracht hatten. Dann sprang sie auf, wusch sich mit dem Wasser aus dem Eimer, der stets in der Ecke stand, und zog ihr Kleid über.

»Ich bin spät dran!«, entschuldigte sie sich und band noch schnell das Kopftuch im Nacken, während sie in die Stube kam.

»Hier, iss erst mal was!« Rose drückte sie auf den Stuhl und stellte ihr eine Schüssel mit in Ziegenmilch gekochtem Haferbrei hin. Sie fasste Ellen beim Kinn und sah sie an. »Steht dir gut!«

»Was?«, fragte Ellen verwirrt.

»Die Liebe!« Rose widmete sich wieder dem Kneten des Pastetenteigs und lächelte sie wissend an.

»Ich muss rüber!«, rief Ellen aus, nahm einen letzten Löffel Brei und stürzte mit hochrotem Kopf davon.

»Wurde ja auch langsam Zeit, dass die beiden sich finden«, murmelte Rose zufrieden.

März 1180

Obwohl Ellen und Isaac glaubten, sich wie immer zu benehmen, entgingen den anderen weder die verheißungsvollen Blicke, die sie miteinander tauschten, wenn sie sich unbeobachtet fühlten, noch das rosige Strahlen, das von ihnen ausging, wenn sie morgens aus der ehelichen Kammer kamen. Ständig standen sie beisammen und sprachen über die Ausführung von neuen Schwertern und ihre Polituren, scherzten und lachten. Jean und Rose bemerkten gerührt, wie nah sich die beiden inzwischen gekommen waren und wie glücklich sie aussahen.

Sogar dem kleinen William fiel die Veränderung auf, und er war selig, weil endlich Frieden im Haus eingekehrt war. »Onkel Isaac?« William ließ seine Hand in die von Isaac gleiten.

»Ja, mein Sohn?«

»Ich bin froh, dass es dir besser geht!« William sah ihn liebevoll an.

»Ich auch«, antwortete Isaac.

»Darf ich dich etwas fragen?« William kratzte sich am Kopf.

Isaac erinnerte sich noch gut an das letzte Mal, als William ihm diese Frage gestellt hatte. Danach hatte sich fast alles in seinem Leben geändert. William hätte alles von ihm verlangen und jede Frage stellen können.

»Sicher, mein Sohn«, sagte er deshalb.

»Warum nennst du mich immer Sohn?«

Isaac stutzte kurz.

»Du bist der Sohn meines Eheweibes, ich könnte dich nicht

mehr lieben, wärst du mein eigener. Außerdem habe ich mir immer einen Sohn wie dich gewünscht.«

»Wirklich?«

Isaac nickte und lächelte den Jungen an.

»Darf ich dann Vater zu dir sagen?«

Isaac spürte, wie seine Kehle eng wurde. Damit hatte er nicht gerechnet. Einen Moment musste er um Fassung ringen.

»Wenn deine Mutter nichts dagegen hat …«, murmelte er dann mit belegter Stimme.

»Ich denke nicht!«, strahlte William. »Danke, Vater!«, rief er und hinkte fröhlich davon.

»Ich muss ihm unbedingt neue Schuhe machen!«, ermahnte sich Isaac und machte sich zufrieden seufzend auf den Weg in die Werkstatt. Beim Überqueren des Hofes sah er Rose versonnen die Hand auf ihren Bauch legen.

»Bist du wieder guter Hoffnung?«, fragte er sie freundlich.

Rose nickte strahlend. »Wir wollten es euch heute Abend sagen.« Sie errötete ein wenig.

»Ich freue mich für euch!« Isaacs Stimme klang warm.

»Warte nur, ihr kommt auch noch dran!«, antwortete Rose und zwinkerte ihm zu.

Isaac sagte nichts. Er wusste, wie wenig Ellen sich aus Kindern machte, und nach dem Tod von Mildred konnte er ihr das nicht einmal verdenken. Er wollte gerade die Tür zur Schmiede öffnen, als ein Reiter in den Hof gesprengt kam. Graubart knurrte, bis der freundliche junge Ritter vom Pferd gesprungen war und ihn mit sanften Worten beruhigte.

»Mylord?« Isaac deutete eine Verbeugung an, ohne unterwürfig zu wirken.

»Bitte, guter Mann! Es heißt, ich könne hier einen Schwertschmied finden?« Der junge Ritter hatte einen starken normannischen Akzent, schien des Englischen aber mächtig zu sein.

»Das ist richtig, Mylord! Ich bringe Euch hin.« Isaac bedeutete ihm per Handzeichen, ihm zu folgen.

Der junge Ritter band sein Pferd an einem Pfosten fest. »Der Knauf meines Schwertes ist locker und muss dringend neu vernietet werden«, erklärte er freundlich.

»William, Junge, bring dem Pferd des Lords einen Eimer Wasser!«, rief Isaac und führte den Ritter in die Schmiede.

»Das ist Ellenweore, die Schwertschmiedin und mein Eheweib!«, sagte Isaac stolz. Er deutete auf Ellen, bereit, erneut ihre Ehre zu verteidigen, falls es nötig war.

Ellen blickte nur kurz von ihrer Arbeit auf. »Sofort, ich muss nur noch rasch ...«

»Wenn sie jetzt aufhört, Mylord, leidet die Qualität des Schwertes darunter«, erklärte Isaac.

»Nun, das können wir nicht verantworten, da werde ich mich einen Augenblick gedulden müssen, nicht wahr?« Der junge Ritter lächelte freundlich und beobachtete die Schmiedin.

»Ellenweore, wie unsere Königin«, sinnierte er. »Sie muss gut sein, wenn sie sich als Schmiedin durchsetzen kann.«

»Sie *ist* gut!«, bestätigte Isaac mit Nachdruck.

»Darf ich?« Der junge Ritter deutete auf ein Schwert, das an einem eisernen Haken hing.

Isaac nickte gnädig, nahm es vom Haken und reichte es ihm.

»Das kupferne Zeichen, das kenne ich!«, rief der Ritter erstaunt aus, nachdem er das Schwert genau betrachtet hatte.

»Das ist Ellenweores Zeichen, sie tauschiert es in jede Klinge«, erklärte Isaac nicht ohne Stolz.

Ellen legte das Eisen zurück in die Kohlen und kam auf die beiden zu.

»Mylord«, sie verbeugte sich kurz und sah dem jungen Mann dabei in die Augen. Sie hatten etwas Sanftes, Vertrautes.

»Der Knauf meines Schwertes wackelt. Könnt Ihr das reparieren?«

Ellen sah sich den Knauf und die Vernietung an. »Jean kann das schnell erledigen!« Sie rief Jean zu sich und zeigte ihm die Waffe.

»Ihr seid kein Engländer«, wandte sie sich wieder an den Fremden.

»Flame, aber in der Normandie aufgewachsen«, erklärte er bereitwillig.

Sie sah den jungen Mann neugierig an.

»Ihr kommt mir so bekannt vor«, murmelte er und wirkte plötzlich geradezu verstört. Ellen ergriff ein kurzer Moment der Panik, sie rieb mit dem Zeigefinger über ihre Schläfe, das Kopftuch verrutschte, und eine Strähne ihres roten Haares kam zum Vorschein.

»Mon ange!«, rief der junge Ritter aus und strahlte sie an.

Da erkannte Ellen die Dame von Béthune in seinen leuchtenden Augen.

»Baudouin?«, flüsterte sie ungläubig.

Er nickte, und sie sagte noch einmal in normannischem Französisch: »Der kleine Baudouin?«

Als er nun noch heftiger nickte, lachte sie. »Ja, Ihr habt Recht, als kleiner Junge habt Ihr mich Euren Engel genannt!«

»Weil Ihr mich aus dem Fluss gerettet habt! Ellenweore!« Baudouin schlug sich mit der flachen Hand an die Stirn. »Dass ich nicht gleich darauf gekommen bin, aber es ist schon so lange her, und wir sind hier so weit von zu Hause weg!« Dann schlang er glücklich die Arme um sie.

»Wie geht es Eurer Mutter?« Bald fünfzehn Jahre musste es her sein, dass sie Adelise de Béthune kennen gelernt hatte.

»Sie ist gestorben, als sie meinen jüngsten Bruder auf die Welt brachte. Gott hab sie selig!« Baudouin bekreuzigte sich, und Ellen tat es ihm gleich.

»Sie war ein wunderbarer Mensch!«

Isaac hatte wieder zu arbeiten begonnen, doch nun stand er auf und ging mit gekrauster Stirn auf die beiden zu. Ellen streckte die Hand nach ihm aus und ergriff ihn beim Arm.

»Isaac, das ist Baudouin de Béthune«, stellte sie den jungen Ritter vor.

»Sie hat mir das Leben gerettet, als ich fünf war«, erklärte der junge Mann fröhlich.

»Und er hätte mir damals beinahe die Ehe dafür versprochen!« Ellen warf lachend den Kopf in den Nacken, und der junge Ritter grinste verlegen.

»Ich weiß, ich versprach damals, *Euch* jeden Wunsch zu erfüllen, aber nachdem ich gesehen habe, was Ihr für wunderbare Schwerter fertigt, hoffe ich nun, Ihr erfüllt *mir* einen!« Baudouin strahlte sie an. »Schmiedet mir ein Schwert! Bitte!« Er nahm einen gut gefüllten Beutel von seinem Gürtel. »Bitte, ich … Ich bin ein Ritter des jungen Königs. Mein bester Freund und Waffenbruder gewinnt alle Turniere mit einem Eurer Schwerter! Und nie habe ich erfahren können, wo er es herhat.«

Ellen erstarrte beinahe. Baudouin war ein Ritter des jungen Königs? *Bitte, Herr, lass nicht Thibault der erwähnte Freund sein.* Ellen riss sich zusammen.

»So? Und wie heißt Euer Freund?«, fragte sie ruhig.

»Guillaume, man nennt ihn auch den Maréchal, nach seinem Vater. Er ist der Lehrmeister unseres jungen Königs!«, erklärte Baudouin stolz.

Ellen spürte, wie das Blut aus ihrem Gesicht wich. Damit es möglichst niemand bemerkte, drehte sie sich um und holte einen Strick.

»Nun, dann werde ich mal messen. Den Arm locker hängen lassen«, murmelte sie und vermied es aufzusehen. »Ihr seid Rechtshänder?«

»Ich kämpfe mit beiden Händen, aber meistens mit rechts.«

Ellen nickte bedächtig. Woher konnte Guillaume eines ihrer Schwerter haben?

»Wie sieht es mit besonderen Wünschen aus?« Inzwischen hatte sie sich wieder gefangen und konnte Baudouin ungeniert in die Augen sehen. »Stellt Ihr Euch bestimmte Verzierungen vor? Edelsteine vielleicht?«

Baudouin verzog angewidert sein Gesicht. »Selbst wenn ich die

Mittel dafür hätte, mit Edelsteinen am Schwert könnte ich mich nicht mehr bei Guillaume blicken lassen. Er verachtet solches Glitzerzeug und ist der Meinung, das sei nur etwas für Männer, die nicht kämpfen können und ihre Gegner deshalb mit dem Funkeln der Steine blenden müssen, um Eindruck zu schinden.«

Ein Lächeln zuckte um Ellens Mund. In dieser Beziehung waren sie immer einer Meinung gewesen.

»Guillaume hat selbst natürlich eine Menge Schwerter. Hat bei Turnieren einen ganzen Haufen einkassiert. Deshalb besitzt er auch ein paar hübsch geschmückte, aber er benutzt sie nie. Eine leicht nach unten gebogene Parierstange finde ich angenehm«, erklärte er, »ansonsten vertraue ich Eurem Geschmack voll und ganz.«

Ellen nahm an ihm Maß, zeichnete ein paar kurze Entwürfe auf eine Wachstafel und machte Baudouin schließlich einen guten Preis.

»Wann kann ich es abholen?«, fragte er voll freudiger Ungeduld.

»Ihr hättet es sicher am liebsten schon vorgestern, aber wir haben viel zu tun. Natürlich werden wir uns Euch zuliebe beeilen, aber gute Dinge brauchen ihre Zeit.« Sie sah Isaac an. »Zwei Monate werden wir wohl brauchen, meinst du nicht auch?«

Isaac runzelte kurz die Stirn. »Früher geht es beim besten Willen nicht, ich werde sogar einen Auftrag verschieben müssen, denn für die Politur brauche ich genügend Zeit.«

Baudouin seufzte ergeben. »Nun gut. Ich hoffe, ich bin dann noch in England!«

»Wenn nicht, wird Euer Schwert hier auf Euch warten, bis Ihr es holt!«, versicherte Ellen.

»Ihr habt mir schon einmal das Leben gerettet, nun könnt Ihr es noch tausendfach retten, liebe Ellenweore. Macht mir ein gutes Schwert, denn mehr als einmal noch wird mein Leben von meiner Waffe abhängen.«

»Seid versichert, Baudouin, Euer Schwert wird ein ganz besonderes werden!« Ellen begleitete den jungen Ritter hinaus. Sie verabschiedeten sich herzlich, und Baudouin winkte ihr zu, als er davonritt.

»Du hast ihm mal das Leben gerettet?«, fragte Jean ungläubig, als sie wieder in die Schmiede kam.

»Einem Ritter des Königs!« Peter strahlte seine Meisterin beeindruckt an.

»Los, erzähl uns alles – und nichts auslassen!«, drängte Jean.

Ellen lächelte und erzählte ihnen, wie sie das Kind vor dem Ertrinken gerettet hatte.

»Mir hat sie auch das Schwimmen beigebracht!«, sagte Jean stolz zu Peter und Isaac. Es war ihm, als fiele dadurch auch etwas Glanz auf ihn ab.

»Dann hast du ihn aber lange nicht gesehen, bestimmt hat er sich sehr verändert!«, sagte Rose, als Ellen auf Jeans Drängen hin die Geschichte beim Abendessen noch einmal zum Besten gab.

»Natürlich hat er sich verändert, er war damals ein Knabe von fünf Jahren und ist heute ein erwachsener Mann. Aber er sieht seiner Mutter sehr ähnlich, deswegen kommt es mir vor, als hätte ich ihn schon immer gekannt.« Ellen lächelte versonnen. »Sie war ein guter Mensch, und ich glaube, er ist auch kein schlechter Kerl.«

»Und du sagst, er ist in Diensten des jungen Königs?«, erkundigte Rose sich bang.

»Er ist Guillaume le Maréchal unterstellt!«, sagte Ellen und sah Rose streng an. Jean hatte sie schon zuvor klargemacht, dass er niemandem gegenüber auch nur ein Wort über den Maréchal zu verlieren hatte.

Aber Rose beschäftigte etwas ganz anderes. Sie fürchtete, Thibault könne ebenfalls in der Nähe sein. Wer konnte schon wissen, was er ihr antäte, wenn er sie bei Ellen entdeckte! Rose stand auf und räumte in Gedanken versunken den Tisch ab.

»He! Ich habe noch gar nicht fertig gegessen, setz dich wieder, Rose!«, sagte Isaac freundlich.

Rose schüttelte den Kopf. »Bin gleich wieder da«, sagte sie gereizt und ging nach draußen.

Isaac sah ihr nach. »Ist was mit ihr?«

Jean, der ahnte, was in Rose vorging, holte nur tief Luft. »Schon gut, ich sehe mal nach ihr.«

Isaac beschloss, vorläufig keine Fragen mehr zu stellen, aber es ärgerte ihn, immer der Letzte zu sein, dem erklärt wurde, was los war.

»Und du hast wirklich einem Ritter das Leben gerettet?«, versicherte sich William noch einmal. Eine Heldin hatte schließlich nicht jeder zur Mutter.

»Ach, du hast doch gehört, er war damals noch kein Ritter. Ein kleiner Junge war er, jünger als du!«, brummte sie und sagte den restlichen Abend kein Wort mehr.

Als sie sich zur Nachtruhe begaben, nahm Isaac Ellen in den Arm. »Du warst mit einem Mal so nachdenklich und schweigsam, was ist los?«, fragte er besorgt.

»Nichts, ich bin nur müde und habe Kopfschmerzen«, murmelte Ellen und wich seinem Blick aus.

Isaac zog sie ein wenig dichter an sich und streichelte mit seiner warmen, trockenen Hand ihren Nacken.

Ellen lehnte ihren Kopf an seine Schulter und schloss die Augen. Warum mussten sich schon wieder Schatten auf ihr Glück legen? Sie atmete ganz tief ein und konnte nur mühsam die Tränen zurückhalten.

Isaac küsste sie sanft auf das Haar. Als sei es sein letzter Kuss, klammerte sich Ellen an ihn.

Isaac sah sie an und streichelte ihr über die Wange. »Leg dich hin, und ruh dich aus, Liebling. Dann geht es dir morgen besser.«

Ellen war dankbar für seine Fürsorge und nickte. Die Gedanken an Guillaume und Thibault hatten sie zu sehr aufgewühlt und beschäftigten sie noch immer. »Danke«, murmelte sie leise, als sie nebeneinanderlagen.

Isaac küsste sie auf die Stirn. »Schlaf gut!«

Doch während Isaac schon bald den Schlaf des Gerechten schlief, lag Ellen noch lange wach und grübelte.

Während der Wochen, in denen sie an dem Schwert für Baudouin de Béthune arbeiteten, war Ellen einsilbig und ging allen aus dem Weg.

»Du siehst müde aus, du musst ein wenig kürzertreten, du arbeitest zu viel«, sagte Rose eines Tages zu Ellen.

Seit einigen Tagen sah sie besonders blass aus, ihre Haare waren stumpf, und sie wirkte beinahe zerbrechlich.

»Es ist nicht die Arbeit.« Ellen hatte Schatten unter den Augen. »Ich war schwanger«, erklärte sie matt.

»Du warst?« Rose sah sie bestürzt an.

»Ich wollte es Isaac schon längst erzählen, aber ... jetzt bin ich froh, nichts gesagt zu haben. Vor zwei Tagen habe ich plötzlich Krämpfe bekommen.« Ellen stützte den Kopf in die Hände. »Es war fast so schlimm wie eine Geburt, aber, dem Herrn sei Dank, hat es nicht so lange gedauert.«

»Ellen!« Rose nahm sie tröstend in den Arm.

»Es war noch winzig, ich hab's kaum fertiggebracht hinzusehen.« Ellen schluchzte kurz auf, aber nicht allein, wie Rose vermutete, aus Kummer über das verlorene Kind, sondern auch, weil sie die Erinnerungen einholten. »Isaac weiß nichts davon, und dabei soll es auch bleiben! Er wünscht sich so sehr einen Sohn und wäre nur unnötig traurig.« Ellen schaute Rose flehend an, und die Freundin nickte beruhigend.

* * *

Thibault saß vor seinem Zelt und genoss die sommerliche Nachmittagssonne, als Baudouin herangesprengt kam. Verächtlich sah Thibault auf. Baudouin war Guillaumes bester Freund, und das allein machte ihn in seinen Augen zum Verräter. Trotzdem gab er sich Mühe, sich nichts anmerken zu lassen. Schließlich konnte es von Nutzen sein, mit dem besten Freund seines Feindes befreundet zu sein. Als er sah, dass Baudouin eine neue Waffe dabeihatte, wurde er neugierig.

Baudouin eilte zu Guillaume.

Thibault stand auf, um die beiden zu belauschen. Er tat, als müsse er sich erleichtern, und blieb nicht weit von Guillaumes Zelt stehen.

Der Maréchal stand vor seinem Zelt und schabte sich mit einer Klinge den Bart, ohne seinen Freund zu beachten. Wie ein Pfau stolzierte Baudouin vor Guillaume auf und ab, bis dieser endlich aufsah. Der Maréchal musterte ihn neugierig von Kopf bis Fuß, bis sein Blick an dem Schwert Halt machte.

»Neu?«, fragte er und zog die Augenbrauen interessiert hoch.

Baudouin nickte stolz. »Willst du mal sehen?«

»Sicher!« Guillaume streckte die Hand aus und nahm die Waffe in Empfang. Als er den Griff hielt, wurde seine Aufmerksamkeit noch größer. Er drehte und wendete das Schwert. »Fühlt sich großartig an, gut ausbalanciert, fast wie Athanor«, sagte er leise und fasste an seinen Gürtel, wo sein geliebtes Schwert hing. Dann entdeckte er den Buchstaben, der mit Kupferdraht in die eine Seite der Klinge, dicht an der Parierstange, eingelegt war. »Und es hat die gleiche Tauschierung!« Er sah Baudouin verblüfft an.

Der tat, als vergewissere er sich, ob Guillaume Recht habe, und grinste breit.

»Wo hast du das her?«, drängte Guillaume ihn.

»Ich habe jemanden getroffen, den ich noch aus Béthune kenne!«

»Was verschweigst du mir? Bring mich hin! Los, bring mich zu der Schmiede, aus der du es hast!«, forderte Guillaume ungeduldig und wischte sich die Seifenreste aus dem Gesicht.

»Warum regst du dich so auf?«

»Ich habe immer geglaubt, ich wüsste, wer mein Schwert geschmiedet hat, aber jetzt sieht es so aus, als würden noch andere Schmiede das gleiche Zeichen benutzen. Ich muss wissen, ob ich mich getäuscht habe. Bring mich hin, gleich!«

Baudouin zuckte ergeben mit den Schultern. »Meinetwegen, wenn du darauf bestehst.«

Thibault schlenderte betont unauffällig zu seinem Zelt zurück und rief nach seinem Knappen.

»Sattele mein Pferd, bring es zum Waldrand, und warte an der Buche auf mich, die vom Blitz getroffen wurde«, trug er ihm auf. Der Junge eilte hinaus und tat, wie ihm geheißen. Thibault gürtete sein Schwert um und legte die Sporen an. Ob Baudouin auf Ellenweore gestoßen war? Thibault fühlte glühende Hitze in sich aufsteigen. Damals auf dem Turnier hatte er einen Jungen beauftragt, Ellen das Schwert zu stehlen, aber sie hatte sich die Waffe zurückgeholt, sodass er sie nicht bekommen hatte. Wenn Baudouins Schwert tatsächlich von ihr war, so wie Athanor, dann musste er Ellenweore finden und sie dazu bringen, ihm ein noch besseres, nein, das allerbeste Schwert zu schmieden. Thibault schlich sich hinaus und eilte zum Waldrand, wo sein Knappe wie vereinbart wartete. Er schwang sich auf sein Pferd und ritt am Lager entlang, bis er Guillaume und Baudouin entdeckte, die nach Norden ritten. Unauffällig heftete er sich an ihre Fersen. Er galt nicht umsonst als hervorragender Späher. Wenn er genügend Abstand hielt, würden sie ihn nicht bemerken.

Die Sonne hatte ihren höchsten Stand bereits verlassen, als sie an die Schmiede kamen. Thibault stieg vom Pferd, band es an einen Baum und schlich noch ein Stück zu Fuß weiter.

* * *

Als Baudouin und Guillaume in den Hof geritten kamen, lief Graubart knurrend auf sie zu. Nachdem die beiden abgestiegen waren, schnüffelte Graubart an Guillaume und begrüßte ihn schließlich mit einem freundlichen Schwanzwedeln. Dass jemand im Gebüsch saß und sie beobachtete, bemerkte keiner von ihnen.

Isaac war gerade auf dem Weg ins Haus. »Ist etwas nicht in Ordnung mit Eurem neuen Schwert?«, erkundigte er sich besorgt bei Baudouin.

»Oh nein, nichts dergleichen. Mein Freund hier wollte den Schmied kennen lernen, der es gefertigt hat«, antwortete Baudouin und zwinkerte Isaac zu.

An der Art, wie Baudouin sich ausgedrückt hatte, glaubte Isaac zu erkennen, dass der Unbekannte wohl nicht wusste, dass der Schmied eine Frau war. Der Gedanke, Ellen so vorzuführen, gefiel ihm ganz und gar nicht.

»Ihr kennt den Weg«, sagte er deshalb ein wenig barsch und deutete in Richtung Werkstatt. Doch kurz bevor er beim Haus angelangt war, blieb er stehen. Irgendwie war ihm nicht wohl zumute. Er machte kehrt und ging zurück zur Schmiede. Als er die Werkstatt betrat, nahm ihm Ellens Anblick den Atem. Sie leuchtete, als sie den fremden Ritter ansah, und ihre Augen strahlten wie nie zuvor.

»Das ist die Schmiedin, die mein Schwert gefertigt hat. Und darüber hinaus hat sie mir vor Jahren mal das Leben gerettet!« Mit diesen Worten stellte Baudouin sie stolz vor und grinste Guillaume an. »Hättest nicht gedacht, dass es eine Frau ist, nicht wahr?«

Ellen schaute den Maréchal an, ohne sich zu rühren.

Jean sah vom einen zum anderen, dann stieß er Peter an. »Komm, wir gehen raus, Pause machen, ich hab Hunger.« Er zog den Gesellen mit sich fort.

Der Maréchal reagierte nicht auf Baudouins Worte, sondern ging auf die Schmiedin zu. »Ellenweore! Wie lange ist das her?«, fragte er und nahm ihre Hand.

Baudouin sah ihn verdattert an. »Ihr kennt euch?«

»Gut sieben Jahre«, antwortete Ellen, ohne Baudouins Frage

zu beachten. Ihr Herz schlug bis zum Hals, und ihre Hände wurden feucht. Niemals hätte sie gedacht, dass ein Wiedersehen mit Guillaume sie in einen solchen Aufruhr versetzen würde.

»He! Könntet ihr mich bitte mal aufklären!«, drängte sich Baudouin dazwischen und riss Ellen aus ihren Gedanken.

»Wir kennen uns aus Tancarville!«, erklärte sie kurz.

»Ihr wart mal in Tancarville?« Baudouin kam aus dem Staunen nicht mehr heraus.

»Ich habe dort das Schwertschmieden gelernt, bei Donovan, vielleicht kennt Ihr ihn ja?«

Baudouin schüttelte den Kopf.

»Baudouin ist erst vier Jahre nach uns nach Tancarville gekommen«, erklärte Guillaume.

»Aber dann ist es doch mehr als sieben Jahre her!«, schloss Baudouin gewitzt. Er war stolz darauf, besonders schnell rechnen zu können.

»Wir haben uns später noch mal getroffen.« Ellens Stimme klang rau und gleichzeitig sanft.

Baudouin nickte und begriff, dass die beiden sich einmal besser gekannt haben mussten.

Ellens Blick wanderte zu Guillaumes Schwertgürtel. Sie erkannte Athanor sofort. Die Scheide war abgewetzt, er benutzte das Schwert also häufig. »Woher hast du …?« Sie deutete auf die Waffe.

»Athanor?« Guillaume legte die Hand auf das Schwert. Er schien erleichtert zu sein, dass sie danach fragte. »Einige Monate nachdem wir Jean befreit hatten und ihr fortgegangen seid, habe ich es einem Franzosen auf einem Turnier bei Caen abgenommen. Er hat damit geprahlt – hatte es gerade erst gekauft. Ich habe Athanor sofort erkannt und musste es einfach haben. – Du hättest es mir verkaufen sollen, nicht einem Fremden.« Ein leichter Vorwurf lag in seiner Stimme.

»Du hast es dir erkämpft!« Ellen lächelte.

»Baudouin hat mir sein neues Schwert gezeigt. Es hinterließ

das gleiche gute Gefühl in der Hand wie Athanor. Und dann habe ich dein Zeichen darauf entdeckt. Einen Moment fürchtete ich, andere Schmiede könnten es ebenfalls benutzen und mein Schwert vielleicht gar nicht Athanor sein. Obwohl ich nie zuvor Zweifel daran gehabt habe, musste ich einfach kommen und mich davon überzeugen, dass du Baudouins Schwert gefertigt hast und auch meines!«

»Du bist also zufrieden?« Ellens Augen strahlten noch immer so hell wie Sterne.

Isaac, der leise näher getreten war, spürte, dass die Eifersucht in ihm langsam unerträglich wurde.

»Es ist das beste Schwert, das ich je hatte! Alle Ritter sprechen seinen Namen mit Ehrfurcht aus!« Der Maréchal straffte sich, während er von Athanors Ruhm sprach. »Sogar der junge König bewundert es!«

Die Tür der Werkstatt öffnete sich. Isaac ging ein Stück zur Seite. Das Quietschen der Scharniere zog Ellens Aufmerksamkeit auf sich.

»William?« Sie sah ihren Sohn unwillig an. »Was ist denn schon wieder?«, fragte sie ungnädig, als der Junge nicht sofort antwortete.

»Darf ich den Pferden Wasser geben?«, fragte er und hinkte ein paar Schritte näher an seine Mutter heran.

»William?« Der Maréchal sah sie fragend an. Jeder hätte in ihren Augen lesen können, dass der Junge sein Sohn war. Sogar Baudouin begriff es. Er sah von dem Jungen zu seinem Freund und stellte fest, dass der Knabe, bis auf die Sommersprossen und die grünen Augen, die er unzweifelhaft von seiner Mutter hatte, tatsächlich seinem Vater ähnelte.

Auch Isaac wusste den Blick zu deuten. Ein furchtbarer Schmerz durchfuhr ihn. Dieser fremde Ritter war also Williams Vater. Würde ihm nun die Liebe seiner Frau und ihres Sohnes gleichzeitig genommen werden?

»Es wäre in der Tat gut, wenn du dich ein wenig um unsere

Pferde kümmern würdest. Wir sind schnell geritten, sicher sind sie durstig«, antwortete Baudouin, der sich zuerst gefangen hatte.

William strahlte ihn an. »Sind wundervolle Tiere, so stark und elegant!«, befand er und hinkte aus der Werkstatt.

»Was ist mit seinem Bein?«, fragte Guillaume barsch.

»Sein Fuß ist verdreht, von Geburt an«, erklärte Ellen kühl. Der unfreundliche Ton in Guillaumes Stimme war ihr nicht entgangen.

»Ein Krüppel«, murmelte Guillaume.

Sie wollte etwas dazu sagen, aber Isaac war schon herangetreten und kam ihr zuvor. »Für einen Schmied sind die Füße nicht wichtig. Einer wie ich ist da schon schlechter dran!« Er hielt den beiden Rittern seinen Stumpf hin. »Wie es scheint, kann ich nicht einmal meine Frau halten!« Seine Augen fixierten den Maréchal.

»Isaac!« Ellen warf ihm einen wütenden Blick zu, während Guillaume ihn nur geringschätzig musterte.

»Wenn das so ist, liegt es wohl kaum an Eurem Arm«, erwiderte er und wandte sich ab.

»Es hat mich gefreut, dich wiederzusehen.« Er nahm Ellens schmutzige Hand in seine Kriegerpranken und hielt sie ganz fest.

Der sehnsüchtige Blick, mit dem Ellen den Maréchal bedachte, traf Isaac hart. Jeder konnte sehen, wie viel ihr dieser Mann noch immer bedeutete.

»Er sieht dir ähnlich«, raunte Baudouin seinem Freund draußen zu. Sie gingen auf den kleinen William zu, der die Pferde mit Wasser versorgt hatte und ihnen nun sanft die Nüstern streichelte. »Und er kann mit Pferden umgehen wie sein Vater.«

»Er ist ein Krüppel!«, knurrte Guillaume sichtlich gereizt.

»Danke, William«, sagte Baudouin und drückte dem Jungen eine wertvolle Silbermünze in die Hand.

»Du siehst deinem Vater ähnlich!« Baudouin nahm das Kinn des Jungen, um ihm in die Augen sehen zu können.

»Isaac ist nicht mein Vater!« William klang patzig.

»Ich weiß das, denn ich kenne deinen Vater. Er ist ein mutiger Krieger, ein großartiger Mann und der beste Freund, den man sich nur wünschen kann. Du kannst stolz auf ihn sein.« Baudouin lächelte den Jungen an.

»Ist das wahr? Ihr kennt ihn?« William sah strahlend zu ihm auf.

»So wahr ich Baudouin de Béthune heiße!« Baudouin schlug sich mit der rechten Faust auf die linke Brustseite.

Guillaume blieb stumm, sah den Jungen nicht einmal an.

»Hör auf zu schwafeln und komm!«, knurrte er Baudouin an und saß auf, aber sein Freund ließ sich nicht drängen. Guillaume gab seinem Pferd ungeduldig die Sporen und ritt davon.

Baudouin saß nun ebenfalls auf und beugte sich zu dem Jungen hinab. »Ich werde ihm von dir erzählen, und eines Tages wird dein Vater stolz darauf sein, einen Sohn wie dich zu haben!«, flüsterte er.

William nickte heftig. Glücklich winkte er den beiden Männern nach.

»Der Ritter, Mama!«, rief William und raste in die Schmiede. »Der Ritter, dem du das Schwert gemacht hast, er hat gesagt, er kennt meinen Vater!« William strahlte.

Isaac knurrte etwas und ging hinaus.

»Du hast mir nie von ihm erzählt!« Vorwurfsvoll sah William seine Mutter an.

»Da gibt es nichts zu erzählen!«, antwortete Ellen unwirsch.

»Aber wer ist er denn?«, beharrte er. Ellen wandte sich ab.

»Das wirst du noch früh genug erfahren. Geh jetzt ins Haus, und hilf Rose, los, mach schon!«

William wusste, dass es keinen Sinn hatte, seine Mutter weiter zu bedrängen, und schlich mit hängendem Kopf ins Haus.

Beim Abendessen saß Isaac schweigend da und löffelte seine

Grütze, ohne aufzusehen. Ellen aß gedankenverloren ihren Teller leer, ohne Jean und Rose zuzuhören, die versuchten, die beiden mit belanglosem Geschwätz aufzuheitern.

William hatte den Kopf in seine Hand gestützt und rührte lustlos in seiner hölzernen Schüssel.

Agnes und Marie kicherten und gluckten. Sie ärgerten die Zwillinge, indem sie ihnen die Brotrinden wegnahmen, auf denen die Jungen genüsslich lutschten.

Die beiden begannen zu schreien und die Hände nach dem Brot auszustrecken.

Ellen, die ansonsten auf Ruhe am Tisch bestand und in der Regel sofort schimpfte, wenn die Kinder zu laut wurden, sagte nichts.

Stattdessen nahm Rose den Mädchen mit strengem Blick die angelutschten Brotrinden fort und gab sie ihren Söhnen.

Nach dem Abendessen zog Ellen sich in die Schmiede zurück. Sie räumte auf, wo nichts herumlag, fegte zum zweiten Mal die Esse aus und ölte Werkzeuge, die bereits geölt waren. Sie war so sehr in Gedanken, dass sie Jean nicht in die Werkstatt kommen hörte.

Er stellte sich schweigend neben sie und sah ihr zu. »Muss ein ziemlicher Schock für dich gewesen sein«, sagte er schließlich.

»Wie?« Ellen sah überrascht auf.

»Ich meine, dass er so unerwartet hier aufgetaucht ist.« Jean wischte mit der Hand über den Amboss.

»Ich hätte nicht geglaubt, dass es mir etwas ausmachen würde, ihn wiederzusehen. Ich meine, mir geht es gut mit Isaac ... Ich habe keinen Grund ...« Ellen holte tief Luft.

»Guillaume hat dich damals nicht dem König empfohlen, obwohl er es hätte tun können, und er wird es auch jetzt nicht tun. Du hast nie mehr von ihm zu erwarten gehabt, als mit ihm im Stroh zu liegen.«

»Jean!« Ellen sah ihn zornig an.

»Ich weiß, du hörst es nicht gerne, aber ich habe Recht! Du

musst ihn dir aus dem Kopf schlagen, Ellen.« Jean zuckte mit den Schultern. »Ich habe den Blick gesehen, mit dem du ihn betrachtet hast. Aber er hat deine Liebe nicht verdient. Isaac hingegen schon.«

Ellen sah beschämt zu Boden. »Ich kann nichts dafür. Es ist mein Herz, es schlägt wie toll, wenn er in meiner Nähe ist«, sagte sie leise.

»Du bedeutest ihm nichts, Ellen, du bist nur eine Eroberung unter vielen. Vergiss nicht, wer er ist! Was erwartest du überhaupt? Bis gestern warst du doch glücklich mit Isaac. Dass er sich so verändert hat, ist auch dein Verdienst.«

Ellen lachte verzweifelt auf.

»Wir haben uns gehasst am Anfang, meine Güte, ist das lange her!«

»Isaac liebt deinen Sohn, als wäre es sein eigener. Auch der Maréchal könnte William kein besserer Vater sein.«

Ellen nickte. »Ich weiß! Er wird ihm niemals einer sein.« Sie zuckte mit den Schultern. »Ich werde mir Mühe geben«, lenkte sie ein. »Versprochen!«

Jean klopfte ihr auf die Schulter. »Ich habe mal zu Isaac gesagt, er hätte dich nicht verdient, aber seit er wieder in der Schmiede arbeitet, habe ich meine Meinung geändert. Ihr gehört zusammen!« Jean nickte ihr aufmunternd zu.

Ellen bemühte sich um ein zuversichtliches Lächeln, aber es wollte ihr nicht so recht gelingen.

* * *

Als Thibault den Jungen sah, der die Pferde tränkte, wusste er, dass er Guillaumes und Ellens Sohn war. Trotzdem musste er Gewissheit haben, ob auch Ellen hier war. Er wartete so lange, bis sie am Abend die Schmiede verließ. Guillaume und Baudouin waren längst fort, aber er hatte im Unterholz gelegen und gewartet.

Als er Ellen schließlich sah, traf es ihn wie ein Schlag. Sie war nach wie vor die aufregendste Frau, die er kannte. Ihre roten Haare leuchteten in der Abenddämmerung, und der traurige Blick in ihren Augen ging ihm ans Herz. Wie gern wäre er aufgesprungen und zu ihr gelaufen, hätte sie in seine Arme genommen und ... Die Feuchtigkeit des Waldbodens drang in seine Kleidung und riss ihn aus seinen Träumereien. Thibault ging zurück zu seinem Pferd, schwang sich hinauf und ritt davon. Irgendwie musste er ein Schwert von ihr bekommen, aber nicht irgendeines, nein, ein Meisterwerk, das beste Schwert, dass sie je gefertigt hatte. Nur wie er das anstellen würde, wusste er noch nicht.

* * *

Nachdem Guillaume fort war, kehrte für Ellen und die anderen schnell der Alltag wieder ein. Ellen dachte kaum noch an das Wiedersehen, und Isaac bemühte sich, seine nagende Eifersucht zu verdrängen. So war schon bald alles wie früher, bis eines Tages erneut ein fremder Ritter auf dem Hof erschien.

Er war edel gekleidet und kam in Begleitung eines Knappen.

Rose, die gerade im Gemüsebeet geerntet hatte, ging ihm entgegen.

»Die Schmiedin! Führt mich zu ihr!«, befahl er, ohne abzusteigen.

»Wenn Ihr mir bitte zur Werkstatt folgen wollt.« Rose standen dicke Schweißperlen auf der Stirn. Als sie näher herangetreten war, hatte sie ihn gleich erkannt und ein Stoßgebet zum Himmel gesandt, dass er sie nicht erkennen möge.

Ohne etwas zu sagen, sprang Adam d'Yqueboeuf von seinem Pferd und gab die Zügel seinem Knappen. Er beachtete Rose nicht weiter und ging mit großen Schritten auf die Werkstatt zu.

Rose rannte zurück zum Haus und atmete erst auf, nachdem sie die Tür hinter sich geschlossen hatte.

In der Schmiede musste sich der Ritter erst an das Halbdunkel gewöhnen, dann aber entdeckte er Ellen. Er hatte sie früher in der Normandie auf Turnieren schmieden sehen und für ein verrücktes Weibsbild gehalten, weil sie sich in den Kopf gesetzt hatte, einen Mann zu ersetzen! Er schnaufte kurz, dann ging er auf sie zu. »Ihr kennt das Wappen, das ich trage?«, fragte er streng.

Ellen nickte. »Die königlichen Löwen! Was kann ich für Euch tun, Mylord?« Ellen versuchte, nicht allzu beeindruckt zu erscheinen.

»Es heißt, Eure Schwerter seien überaus scharfe und gute Waffen. Ich bringe Euch deshalb Edelsteine und Gold für ein Schwert, wie Ihr ein besseres noch nie gefertigt habt. Dem jungen König sollen die Augen übergehen. Fertigt ein Schwert, das seinesgleichen sucht!«

Ellen sah ihn überrascht an. Der junge König wollte ein Schwert von ihr? Sie konnte es kaum fassen. Endlich! Endlich hatte Guillaume sie empfohlen. Ellen bemühte sich, gelassen zu wirken. »Ich habe den jungen Henry bisher nur aus der Ferne gesehen, und auch das ist schon Jahre her. Seine Größe müsste ich wissen und mit welcher Hand er bevorzugt kämpft.«

»Nur die rechte Hand ist die richtige. Und wegen der Länge könnt Ihr an mir Maß nehmen!«, antwortete Yqueboeuf gelangweilt.

»Wann soll es fertig sein?«, fragte Ellen ein wenig bang. Je höher der Rang eines Kunden war, desto eiliger hatte er es meistens.

»Der junge Henry wird nicht lange in England bleiben; die Turniere rufen. Drei, höchstens vier Wochen, schätze ich. Wenn wir wieder in der Nähe sind, komme ich und hole das Schwert. Ihr werdet es niemand anderem übergeben, habt Ihr verstanden?«

Ellen nickte.

Yqueboeuf überreichte ihr einen Beutel mit Gold und einen weiteren mit kostbaren Edelsteinen.

Ellen schüttete die Juwelen in ihre linke Hand. »Saphire, Rubine und Smaragde, wunderschön!«, lobte sie die ausgewählten Steine. Sie waren in der Tat funkelnd und rein, aber Ellen musste an den Maréchal denken und an das, was Baudouin über seine Meinung zu Edelsteinen an einem Schwert gesagt hatte. Ellen runzelte die Stirn. Für einen König galten sicher andere Maßstäbe. »Es wird das schönste und beste Schwert werden, das der König je in seiner Hand gehalten hat!«, versprach sie.

»Das wird sich zeigen, aber es wäre besser für Euch!«, antwortete Yquebœuf.

Ellen lag eine Antwort auf der Zunge, aber es war ihr nicht daran gelegen, sich mit dem hohen Herrn zu streiten. Also senkte sie demütig den Kopf.

»Über Eure Arbeit schweigt zu anderen, und weist auch Eure Gesellen an. Zu niemandem ein Wort!« Yquebœuf starrte sie eindringlich an.

»Wie Ihr wünscht, Sire!« Sie verbeugte sich.

Yquebœuf schnaufte erneut, und diesmal blähten sich seine Nasenflügel dabei auf wie die Nüstern eines Pferdes.

»Und Knauf und Parierstange?«

»Fertigt sie, wie Ihr es für richtig haltet. Wählt die Form, die Euch für ein ausgewogenes Schwert am besten dünkt. Vergesst nicht, dem Schwert Eleganz und Anmut zu verleihen!«

Ellen schluckte die Antwort, die sie darauf am liebsten gegeben hätte, herunter. Jedes ihrer Schwerter hatte Eleganz und Anmut auch ohne Juwelenverzierung.

»Gibt es Wünsche für Scheide und Gehänge?«, fragte Ellen wie üblich.

Yquebœuf schüttelte unwillig den Kopf. »Seid Ihr nun der Meister oder nicht? Lasst Euch etwas einfallen, damit das Schwert einzigartig wird und ein jeder seinen Träger darum beneidet!«

Ellen verbeugte sich noch einmal. »Wie Ihr befehlt, Sire!«

Nachdem der königliche Ritter fort war, scharten sich Jean,

Isaac und Peter neugierig um Ellen. Geduldig stand sie ihnen Rede und Antwort.

»Das Schwert für den König ist wichtiger als alles andere. Diese Arbeit hat Vorrang, habt ihr verstanden?«

»Aber wieso dürfen wir nicht darüber reden?«, wunderte sich Peter. »Es wäre viel leichter, die Mönche auf später zu vertrösten, wenn wir ihnen sagen könnten, dass du ein Schwert für den König machst. Außerdem würde es unserem Ruf nutzen und dich über die Grenzen von St. Edmundsbury hinaus bekannt machen!«

»Und für Räuber wäre es eine Einladung, uns zu bestehlen! Hast du daran mal gedacht? Wir haben schließlich wertvolle Edelsteine anvertraut bekommen!«

Peter hielt die Luft an. »Daran habe ich nicht gedacht!«, gab er kleinlaut zu.

Jean und Isaac sagten kaum etwas.

Als sie am späten Nachmittag mit Jean allein war, triumphierte Ellen. »Siehst du, du hattest Unrecht. Endlich hat er mich nun doch dem König empfohlen!«

Jean zuckte mit den Schultern. »Trotzdem bleibe ich dabei: *Du musst ihn dir aus dem Kopf schlagen!*«

Oktober 1180

Das Schwert rechtzeitig fertig zu bekommen schien beinahe unmöglich, so knapp war die Zeit bemessen. Ellen bestimmte, dass alle anderen Aufträge von Peter und Isaac allein erledigt werden mussten, bis Jean ihr nicht mehr als Zuschläger zur Hand zu gehen brauchte.

Für den Entwurf des Schwertes benötigte sie nur einen halben Tag. Sie nahm dazu die Edelsteine aus dem Lederbeutel, sortierte sie und überlegte, wie sie damit den Knauf verzieren konnte. Sie mochte aufwändig geschmückte Schwerter nach wie vor nicht, aber ein königliches Schwert war eben eine Ausnahme. Um sich für eine bestimmte Ausführung entscheiden zu können, zeichnete sie ihre Ideen zuerst in den Sand. Nachdem sie die Form festgelegt hatte, ritzte sie den Entwurf in eine lange Wachstafel und legte dabei die wichtigsten Maße fest. Während sie sich mit den Einzelheiten für das Schwert beschäftigte, hämmerte eine Silbenfolge immer wieder gegen ihre Schläfen. Ru – ne – dur. Ohne es zu bemerken, flüsterte sie die Silben immer wieder leise vor sich hin. Dann stutzte sie: *Runedur!* So also würde das Schwert des Königs heißen! Genau wie bei Athanor hatte der Name sich ihr förmlich aufgedrängt. Runedur sollte natürlich alle Werte vereinen, die eine gute Waffe ausmachten. Das Schwert würde aber vor allem deshalb einzigartig werden, weil Schmiedekunst und Goldschmiedearbeiten sich in ihm zu einer nie gekannten Harmonie verbinden würden, da alle Arbeiten einzig ihrer Seele und ihren Händen entspringen würden. Das königliche Schwert würde unübertrefflich elegant und gleichzeitig schlicht wirken. Aber natürlich sollte Runedur auch Stärke und Macht des jungen Königs ausstrahlen. Ellen erinnerte sich an die Altargefäße und Kreuze, die Jocelyn gefertigt hatte. Auch sie waren manchmal mit Edelsteinen und anderen Verzierungen versehen gewesen, hatten dem Betrachter aber trotz ihrer aufwändigen Verarbeitung immer ein Gefühl von Demut angesichts ihrer Schönheit eingeflößt. Genauso sollte jeder empfinden, der Runedur betrachtete. Nachdem Ellen wusste, wie das Schwert aussehen sollte, begann sie, wie im Fieber daran zu arbeiten.

Obwohl Jean die Zeichnung auf der Wachstafel eingehend studiert und Ellens Beschreibung aufmerksam zugehört hatte, konnte er kaum mit ihr Schritt halten. Ständig war sie ihm in Gedanken zwei oder drei Arbeitsgänge voraus. Manchmal war sie wütend, weil er nicht zu begreifen schien, was sie vorhatte. Immer wieder schwankten ihre Gefühle zwischen einer tief sitzenden Angst zu versagen und der Glückseligkeit, endlich ein Schwert für den König zu fertigen.

Wenn sie mit dem Schwert gut vorankam, dann schaufelte Ellen ihre Mittagsmahlzeit gierig in sich hinein, um so schnell wie möglich wieder in der Werkstatt stehen zu können. Ging ihr eine Arbeit weniger leicht von der Hand oder grübelte sie über die Lösung eines Problems nach, dann stocherte sie noch in ihrem Essen herum, während alle anderen schon den Tisch verlassen hatten und wieder ihrer Wege gingen. Obwohl die Familie und die Helfer in der Schmiede einträchtig zusammensaßen, gemeinsam aßen und fröhlich miteinander schwatzten, blieb Ellen an diesen Tagen schweigsam. Sie schien nichts um sich herum wahrzunehmen, ihre Gedanken kreisten ausschließlich um Runedur. Im Geiste führte sie bereits den nächsten Arbeitsgang aus, versuchte, mögliche Hindernisse vorherzusehen und zu bedenken, wie sie im Voraus umgangen werden konnten, sodass sich keine Fehler einschlichen. Trotzdem rutschte sie beim Ausschaben der Hohlkehle einmal ab, und eine Riefe blieb im Schwert zurück. Als sie das Missgeschick betrachtete, schossen ihr die Tränen in die Augen. Wie hatte das nur passieren können? Verzweifelt untersuchte sie den Schaden genauer. Einen Tag verlor sie mit Selbstzweifeln, dann stellte sie fest, dass sich der Fehler beheben ließ, indem sie die Hohlkehle ein wenig verlängerte. Vorsichtig schabte Ellen noch etwas mehr Metall aus der Mitte heraus, drehte dann das Schwert um und verlängerte auch die Kehle auf der anderen Seite. Zufrieden atmete sie auf: Der Schaden war nicht mehr zu sehen. Wieder einmal arbeitete Ellen vom frühen Morgengrauen bis in die Nacht hinein. Nach der erfolgreichen Härtung, mit der sie die größte Hürde überwunden hatte, legte sie Grobschliff und Feinpolitur selbst an und freute sich über den wunderbaren Glanz, den sie Stück für Stück herausarbeitete. Obwohl sie kaum Schlaf bekam, schien Ellen nie müde zu werden und die Kraft von drei Männern zu besitzen. Nie hatte sie blühender ausgesehen, und je mehr das Schwert Form annahm, desto mehr strahlte sie vor Glück.

»Habt ihr euch entschieden, wie eure Tochter heißen soll?« Ellen lächelte, ohne von der Arbeit aufzusehen. Rose hatte am Abend zuvor einem kleinen Mädchen mit einer kräftigen Stimme und ganz offensichtlich hervorragenden Lungen das Leben geschenkt.

»Den Namen ihrer Mutter will Rose auf keinen Fall nehmen, aber sie meint, Jeanne wäre nicht übel!« Jean war anzusehen, wie stolz er auf den Namen für seinen Nachwuchs war.

»Jeanne!«, wiederholte Ellen und nickte anerkennend. »Das passt ja gut!« Sobald sie sich wieder auf ihre Arbeit konzentrierte, schob sich Ellens Zungenspitze in ihren linken Mundwinkel. Das Fassen der Edelsteine bereitete ihr mehr Schwierigkeiten, als sie sich eingestehen wollte.

»Warum überlässt du das nicht einem Goldschmied?« Jean bewunderte, wie sehr sie sich abmühte, ohne sich auch nur ein einziges Mal zu beschweren oder die Beherrschung zu verlieren, verstand aber nicht, warum sie darauf beharrte, ohne Hilfe zu arbeiten.

»Kommt gar nicht infrage. Erstens habe ich mir geschworen, es allein zu schaffen, und zweitens würde der Goldschmied mich fragen, für wen das Schwert ist. Und das darf ich, wie du ja weißt, nicht sagen. Darüber hinaus traue ich bei solch wertvollen Steinen keinem Fremden. Wer weiß, ob er seine Arbeit ordentlich macht? Vielleicht fasst er nur Glassteine und behält die Edelsteine für sich!«

»Hältst du das nicht für ein bisschen weit hergeholt?« Jean zog skeptisch die Augenbrauen zusammen.

»Nein, ganz und gar nicht! Schließlich hat man mich mit der Herstellung dieses Schwertes betraut, also bin ich dafür auch verantwortlich. Jetzt mach dir keine Sorgen, ich werd schon alles hinbekommen!«

»Bitte, wie du willst! Ich habe es ja nur gut gemeint!«

»Lass sie lieber in Ruhe, du siehst doch, gegen ihren Dickkopf kommst du nicht an! Ich hab es schon lange aufgegeben und gelernt, mich zu fügen!«, frotzelte Isaac und zwinkerte Jean grinsend zu.

»Ach du!« Ellen warf ihm einen tadelnden und zugleich verheißungsvollen Blick zu.

»Schon gut! Ich mach mich wieder an die Arbeit!« Isaac reckte ergeben die Arme hoch.

Als sie am Abend in ihrer Kammer allein waren, rollte sich Isaac atemlos von ihr herunter.

»Oh, Ellen! Du solltest immer für den König schmieden!«, stöhnte er zufrieden.

»So?«, fragte sie betont unschuldig. »Warum denn?«

»Seit du an diesem Schwert arbeitest, bist du so ... so leidenschaftlich!« Seine Augen blitzen auf.

Ellen errötete.

Isaac strich ihr eine widerspenstige Locke aus dem Gesicht.

»Du bist wunderschön! Ich liebe dich!«, flüsterte er.

Ellen schmiegte sich zufrieden in seinen Arm. »Lösch das Licht, Liebster«, murmelte sie und schlief gleich darauf ein.

Ellen hatte sich mit so viel Ehrgeiz in die Arbeit gestürzt, dass sie sogar noch vor der vereinbarten Frist mit dem Schwert fertig wurde. Als sie allein in der Schmiede war, legte sie Runedur vor sich auf den Tisch. Sie betrachtete das Schwert so eingehend, als sähe sie es zum ersten Mal. Das Gehänge aus dunkel gegerbtem, kräftigem Rindsleder war mit einer breiten Messingschnalle versehen, die Schwertscheide selbst ganz mit Gold durchwirkter purpurfarbener Seide umhüllt und mit gekreuzten Lederbändern daran befestigt. Die breite Spitze schützte ein goldenes Ortband mit fein gravierten Wellenlinien. Den kreisrunden Knauf hatte Ellen mit den beiden größten Steinen – einem Rubin und einem Smaragd – verziert, welche sie auf je einer Seite genau in der Mitte eingelassen hatte. Die kleineren Steine waren wie Blütenblätter in einem Kreis um die Mitte angeordnet und mit feinen Mustern und zart vergoldeten Ranken verziert. Der Eschenholzgriff war mit dunklem Leder und anschließend vollkommen mit gedrehtem Golddraht umwickelt worden und lag vortrefflich in der Hand. Die Parierstange war gerade, hatte aber leicht nach unten abgeknickte vergoldete Enden, die aussahen wie Wolfsmäuler. Nachdem Ellen das Schwert lange genug betrachtet hatte, zog sie es aus der Scheide. Die Klinge war auf beiden Seiten scharf und durch ihr Missgeschick beim Ausschaben mit einer außergewöhnlich langen Hohlkehle versehen, die dem Schwert noch mehr Eleganz verlieh. Ellen nahm ein dickes Tuch, fasste damit die Spitze an und bog das Schwert zu einem Halbkreis. Sobald sie es losließ, federte es zurück und war wieder genauso gerade wie zuvor. An Biegsamkeit und Härte hatte die Klinge durch die lange Hohlkehle nichts eingebüßt. Ellen seufzte zufrieden. Dann nahm sie ein Stück Leinen, so wie Donovan es früher getan hatte, und ließ es an der Klinge entlangleiten. Das Schwert durchtrennte den Stoff mit Leichtigkeit. Zufrieden sah Ellen sich die glatte Schnittfläche an. Auf der Seite mit dem blutroten Rubin, der für Herz und Leben des jungen Henry stand, hatte Ellen mit Golddraht eine Tauschierung aus Runen angebracht, die dem Träger des Schwertes Glück, Mut und viele Siege bescheren sollten. Donovan hatte ihr diese uralten Zeichen beigebracht und ihre Bedeutung erklärt. Obwohl sie als heidnisch galten, waren Runen noch immer überaus begehrte Siegzeichen. Um dem jungen König aber auch Gottes Gnade zu sichern, hatte Ellen sich entschieden, gleich daneben die Worte IN NOMINE DOMINI mit Golddraht zu tauschieren. Auf der Seite mit dem Smaragd, der so grün war wie ihre Augen, hatte sie nur das kupferne E im Kreis tauschiert. Die wunderbare, hochglanzpolierte Klinge musste das Herz eines jeden Schwertliebhabers höher schlagen lassen! Ein beglückender Schauer lief ihr den Rücken hinunter, so zufrieden war sie mit Runedur.

»Der junge Henry!« Peter kam keuchend in die Schmiede gerannt. »Er lagert nur wenige Meilen nordwestlich von hier.« Peter ließ sich atemlos auf einen wackligen Schemel fallen und wäre beinahe damit zu Boden gestürzt.

»Der König?« Ellens Augen leuchteten auf. »Hier in der Nähe, sagst du? Ich bin sicher, er kann es gar nicht erwarten, sein neues Schwert in den Händen zu halten. Wie wäre es, wenn ich ihm das Schwert heute noch hinbringe?«

»Hat der Ritter nicht gesagt, er würde es abholen, und du sollst es niemand anderem geben?«, mischte sich Isaac ein, der nun ebenfalls dazukam.

Ellen wollte nichts davon hören und winkte ab.

»Natürlich hat er damit nur einen anderen Boten gemeint, aber doch nicht den König!«

Isaac zuckte mit den Schultern. »Wenn du meinst.«

»Die Gelegenheit ist einfach zu günstig, ich muss ihm das Schwert selbst bringen! Wenn der Bote es abholt, erfährt niemand von mir. Übergebe ich es aber selbst dem jungen König, dann sehen alle anwesenden Ritter, wer Runedur gemacht hat!« Ellen wurde ganz heiß vor Aufregung.

»Dann lass mich wenigstens mitkommen!«, bat Isaac sie besorgt.

Sie schüttelte entschieden den Kopf. »Nein, ich werde allein gehen!« Kam sie in Begleitung eines Mannes, würde man das Schwert ihm zuschreiben. Am Ende würde so noch die Legende vom einarmigen Schmied erfunden, der das sagenhafte Schwert Runedur gefertigt hatte. Das durfte sie auf keinen Fall riskieren.

»Bitte, wie du meinst!« Isaac sah sie beleidigt an.

Ellen beachtete es nicht. Der Gedanke, nun endlich die Anerkennung zu bekommen, die sie verdiente, ließ sie vor Spannung innerlich erbeben. Dies war ihr Tag! Sie nahm das Schwert, wickelte es in eine Decke und ging ins Haus, um Rose Bescheid zu sagen und sich umzuziehen. Dann holte sie den Schimmel aus dem Stall und saß auf.

»Willst du wirklich nicht warten, bis das Schwert abgeholt wird?«, erkundigte Isaac sich noch einmal, er bemühte sich um einen versöhnlichen Ton.

»Nein!« Ellen schüttelte energisch den Kopf und ließ keine weiteren Einwände zu. Dann bat sie Peter, ihr genau zu erklären, wo sie den König finden konnte, und ritt los.

Auf der großen Heuwiese bei Mildenhall, wo die Zelte der königlichen Gesellschaft standen, wimmelte es von Knappen, Fußsoldaten, Knechten und Pferden. Es wurden noch immer Zelte aufgestellt und Zäune für die Pferde errichtet. Jeder hier schien alle Hände voll zu tun zu haben; niemand beachtete Ellen, die gemächlich durch das Lager ritt und sich genau umsah. In der Mitte des Platzes entdeckte sie ein besonders großes, prächtiges Zelt, auf dem ein roter Wimpel mit drei kriechenden Löwen aus goldener Stickerei wehte. Das musste das Zelt des jungen Königs sein! Ellen saß ab und band ihr Pferd an einem Pfosten fest. Ihre Hand zitterte, als sie über Lokis kräftigen weißen Hals strich. Sie lehnte ihre Stirn einen Augenblick an seinen Kopf und schloss die Augen. Sie musste all ihren Mut zusammennehmen! Entschlossen atmete sie tief durch, griff das Schwert und ging auf das bunte Zelt zu.

Noch bevor sie es erreicht hatte, bewegte sich der Vorhang am Eingang, und ein gut aussehender junger Ritter kam heraus. Er stellte sich Ellen breitbeinig in den Weg.

»Ich möchte zum König!«, begehrte sie vor Aufregung ein wenig zu forsch und bemühte sich sofort um ein gewinnendes Lächeln.

Der Ritter musterte sie mit einem spöttischen Grinsen von Kopf bis Fuß. »Und was wollt Ihr von ihm?«

»Ich bringe ihm sein neues Schwert, Sire!«

Der Ritter zog verblüfft die Augenbrauen hoch. »Nun, wenn das so ist, dann kommt Ihr am besten mit mir!« Er lächelte sie kurz an und machte kehrt. Ellen folgte ihm ins Zelt. Die königliche Unterkunft war noch größer, als sie vermutet hatte. Dicht gedrängt standen Dutzende von Rittern um mehrere große Kohlebecken. Ellen hielt den Kopf züchtig gesenkt und beobachtete die Männer aus den Augenwinkeln. Sie tranken aus silbernen Bechern, redeten angeregt und lachten lauthals, ohne von ihr Notiz zu nehmen. Mit einem Mal schlug Ellens Herz bis zum Hals. Was, wenn Thibault ebenfalls hier war? An ihn hatte sie bei ihrer Entscheidung herzukommen überhaupt nicht gedacht!

Der junge Ritter bedeutete ihr durch ein Handzeichen, ihm zu folgen, und ging zielstrebig auf einen reich verzierten Eichenthron zu, der auf der anderen Seite des Zeltes stand. Der Thron war leer!

Ellen wagte nicht, sich nach dem König umzusehen.

Mit einem unerwarteten, heftigen Satz nach vorn sprang der junge Ritter plötzlich auf den Thron zu und setzte sich darauf.

Ellen erschrak, und einige Ritter sahen erstaunt auf. Ellen schluckte. Offensichtlich wollte sich der junge Ritter über sie lustig machen, aber was würde der König dazu sagen, dass er sich auf seinen Thron setzte? Ihre Knie wurden weich; verunsichert blieb sie stehen.

Der junge Ritter winkte sie grinsend herbei. Wie auf sein Kommando verstummten alle Gespräche.

Die Ritter scharten sich neugierig um Ellen. Nur ein kleiner Gang zwischen ihr und dem Thron blieb noch frei. Jemand schob sie nach vorn.

»Du bringst mir etwas?« Der junge Henry lächelte sie verschmitzt an. Offensichtlich genoss er ihre Überraschung. Ellen hatte den jungen König nie von Nahem gesehen und ihn nicht erkannt! Das Blut schoss in ihren Kopf, und eine Hitzewelle flog durch ihren Körper.

Guillaume stellte sich neben seinen Herrn und legte den Arm lässig auf die Rückenlehne des Throns. Er sah ernst aus und ließ sich nicht anmerken, dass er Ellen kannte. Nur ein winziges Zucken um seinen rechten Mundwinkel deutete an, wie amüsant er die Situation fand.

Auch Thibault stand nicht weit von ihm entfernt, wurde aber durch andere Ritter verdeckt, sodass Ellen ihn nicht sehen konnte. Niemand bemerkte, wie kreidebleich er bei Ellens Anblick geworden war. Ellen fasste sich, ging noch zwei Schritte auf den Thron zu und verbeugte sich. Das eingewickelte Schwert hielt sie dem König mit ausgestreckten Armen entgegen.

»Nun gib schon her!«, sagte der junge Mann ungeduldig und tippelte mit den Füßen wie ein Kind.

Ellen stand auf, wickelte das Schwert aus und hielt es ihm hin. Als der König es sah, beugte er sich blitzschnell vor, riss es mit einem seligen Lächeln an sich und hielt es hoch wie eine Trophäe, damit es alle sehen konnten. Ein begeistertes Jubeln ging durch die Menge der Ritter. Wohlwollend betrachtete der junge Henry das Schwert, dann zog er es langsam aus der Scheide und wog es in der Hand. Die Edelsteinverzierung würdigte er keines Blickes. Mit einer abrupten Bewegung drehte er sich zu Guillaume um. Das dunkle Surren, mit dem das Schwert durch die

Luft sauste, kommentierten die Ritter mit anerkennendem Beifall. Einige von ihnen tuschelten aufgeregt. Henry besah sich das Schwert jetzt ein wenig genauer und drehte es vor Guillaumes Augen hin und her.

»Da! Seht nur, es hat die gleiche Tauschierung wie Athanor!«, rief der junge König erstaunt. Jetzt ging ein noch aufgeregteres Murmeln durch die Menge.

»Dieses Schwert heißt Runedur, Mylord«, meldete Ellen sich zu Wort, obwohl der junge König sie nicht gefragt hatte. »Ich weiß, ich sollte das Schwert Eurem Boten übergeben, aber als ich hörte, dass Ihr Euer Lager hier aufgeschlagen habt, konnte ich nicht widerstehen, es Euch persönlich zu überreichen.«

»Seid Ihr bereits bezahlt worden, oder schulde ich Euch noch etwas dafür?«, fragte Henry misstrauisch und zog die Augen zu kleinen Schlitzen zusammen. Er wusste nichts von einem Boten, der ein Schwert in Auftrag gegeben hatte.

»Eure Bezahlung war durchaus großzügig, mein König, es ist kein Lohn mehr zu entrichten!« Ellen lächelte, und auch der junge Henry strahlte jetzt vorbehaltlos.

Thibault aber zitterte am ganzen Leib. »Warum ist Yqueboeuf nicht da?«, herrschte er seinen Knappen gedämpft an.

»Für den König unterwegs, Sire!«, flüsterte der Junge und senkte den Blick schuldbewusst, obwohl er nichts für die Gereiztheit seines Herrn konnte.

Niemand sonst bemerkte Thibaults Erregtheit, obwohl er sich nur schwer beherrschen konnte, nicht laut zu fluchen.

»Nun sagt uns denn den Namen des Schmieds, der Runedur gefertigt hat, damit ein jeder hier ihn hören möge!«, forderte Henry Ellen auf.

»Das Schwert wurde in allen Teilen von mir allein gefertigt. Mein Name ist Ellenweore, Euer Gnaden!« Demütig verbeugte sie sich tief.

Das erstaunte Gemurmel schwoll an. Dann hob der junge Henry gebieterisch die Hand, und die Ritter verstummten.

»Nun, dass Frauen mit diesem Namen außergewöhnlich stark sind, haben schon andere Könige zu spüren bekommen!« Der junge Henry sah Zustimmung heischend in die Runde seiner Ritter und lachte.

Die meisten von ihnen fielen in das Gelächter ein, wie immer, wenn der König scherzte. Henrys Mutter, Eleonore, die Königin und Herzogin von Aquitanien, war berüchtigt dafür, zuerst ihrem früheren Gatten, dem König von Frankreich, und später ihrem zweiten Gemahl, König Henry II., dem Vater des jungen Königs, das Leben schwer gemacht zu haben. Ihr königlicher Gatte hielt sie deshalb schon seit Jahren gefangen, um ihren Intrigen gegen ihn Einhalt zu gebieten. Vielen Rittern waren solch starke Frauen ein Dorn im Auge, aber die meisten der Anwesenden bewunderten Eleonore, weil sie dem alten König mehr als einmal die Stirn geboten hatte.

Ellen wusste zu wenig über ihre Namensvetterin, um zu begreifen, warum die Ritter lachten.

»Habt Ihr auch Athanor geschmiedet?«, erkundigte sich der junge König und beugte sich nun ein wenig zu ihr vor.

»Ja, mein König, das habe ich!«, antwortete Ellen stolz.

»Nun, wenn das so ist, werdet Ihr vermutlich sehr bald eine Menge neuer Aufträge für Schwerter bekommen.« Henrys Bewunderung für seinen Lehrmeister war deutlich herauszuhören. »Habt Ihr Eure Schmiede hier in der Gegend?« Er setzte sich wieder aufrecht hin und stellte die Beine breit auseinander.

»In St. Edmundsbury, Euer Gnaden!«

»Nun, ich danke Euch, Ellenweore von St. Edmundsbury, ich bin sehr zufrieden!« Der König nickte huldvoll und lächelte sie freundlich an.

Ellen verbeugte sich erneut. Als sie aufblickte, hatte er sich abgewandt und sprach mit den Rittern, die um ihn herumstanden. Ellen sah sich unsicher um. Niemand beachtete sie mehr. Offensichtlich konnte sie gehen. Sie verbeugte sich ein weiteres

Mal und warf einen verstohlenen Blick in Guillaumes Richtung, doch der war ins Gespräch mit seinem Herrn vertieft und sah sie nicht an.

Nachdem sie das Zelt verlassen hatte, atmete sie erleichtert und zufrieden auf und ging zu ihrem Pferd. Nun wussten die edelsten Ritter des Landes, wer das neue Schwert für den König geschmiedet hatte. Obwohl keiner von ihnen etwas zu ihr gesagt hatte, hoffte sie doch, der junge König würde Recht behalten und ihre Fähigkeiten würden sich schon bald überall im Land herumsprechen. Erschöpft von der Aufregung strich Ellen eine Weile über Lokis Hals, bevor sie sich auf seinen Rücken schwang und nach Hause ritt.

Ellen blieb noch wochenlang in Hochstimmung. Ob das so war, weil sie ihr Ziel, ein Schwert für den König zu schmieden, erreicht hatte oder weil sie fest daran glaubte, Guillaume habe sie dem jungen Henry empfohlen, konnte sie selbst nicht sagen. Auch der kleine William bekam zu spüren, welch guter Dinge seine Mutter war. Sie sprach sanfter mit ihm und schimpfte seltener. Eines Tages winkte sie ihn zu sich und strich ihm über den Kopf.

»Erinnerst du dich, wie böse ich war, weil du mit Isaacs Messer geschnitzt hast?«

William nickte mit schlechtem Gewissen. Seine Mutter wusste nicht, dass er seitdem regelmäßig mit Isaacs Messer arbeitete.

»Ich denke, du bist jetzt alt genug für ein eigenes. Mein Vater, ich meine Osmond, hat mir auch eines geschenkt, als ich ungefähr so alt war wie du.«

Williams Blick wanderte zu Ellens Gürtel, an dem ein Messer baumelte.

»Ja, genau das. Seit diesem Tag ist es mein ständiger Begleiter. Ich habe es schon unzählige Male geschliffen und neu poliert.« Sie lächelte ihren Sohn an und reichte ihm ein Messer in einer hellen Schweinslederscheide.

William zog es heraus und betrachtete es beeindruckt. Auf

der ganzen Klinge schimmerten bunte Wellenlinien, manche davon sahen aus wie Augen.

»Oh, ist das schön!«, entfuhr es ihm.

»Das ist eine Damastklinge, die bunten Muster bekommt man durch das Verschweißen und Falten von mehreren Lagen unterschiedlich harten Eisens. Man kann auch verschiedene Stäbe nehmen, sie verdrehen – man nennt das Tordieren – und sie dann miteinander verschweißen«, erklärte Ellen.

»Darf ich es Isaac und Jean zeigen?«, fragte William, bevor seine Mutter ihm noch einen längeren Vortrag über das Schmieden halten konnte.

Ellen lächelte und nickte. Natürlich hatten die beiden die Klinge schon gesehen, aber es schien dem Jungen Freude zu machen, also erlaubte sie es ihm.

Das Damaszieren war eine alte Technik, die zwar noch recht häufig für Messer, aber nicht mehr für Schwertklingen benutzt wurde. Wie sie von Donovan wusste, hatten die Wikinger es beim Damaszieren zu erstaunlicher Perfektion gebracht und wunderbare Schwerter mit kunstvollen Mustern daraus gefertigt. Doch seit jener Zeit war diese Art der Schwertherstellung in Vergessenheit geraten, und die Klingen waren nun, von Gravuren und Tauschierungen abgesehen, blank und bar jeder Muster. Ellen empfand diese alte Technik als eine Herausforderung und überlegte, einmal ein Schwert mit einer damaszierten Einlegearbeit zu versehen, was sicher schwierig, aber nicht unmöglich war.

Mit dem Messer hoffte sie, endlich auch Williams Interesse für die Arbeit in der Schmiede zu wecken. Denn bisher hatte ihr Sohn sich lieber im Wald zu schaffen gemacht. Immer wieder brachte er verwaiste Tiere mit nach Hause und pflegte sie liebevoll, obwohl Ellen ihn ständig ermahnte, seine Zeit lieber mit sinnvolleren Dingen zu verbringen. Isaac und Jean unterstützten den Jungen und versuchten, sie milde zu stimmen, wenn sie ihn deswegen schalt. Ellen spürte, wie sie bei dem Gedanken an ihren Sohn die Stirn in Falten legte. Er musste doch endlich begreifen, dass ein zukünftiger Schmied für solchen Unsinn keine Zeit hatte!

November 1180

William saß gelangweilt im Hof und kraulte Graubart, als zwei Reiter angeritten kamen. In dem einen erkannte er den Ritter, der schon einmal mit Baudouin de Béthune bei ihnen gewesen war. Der andere war vermutlich sein Knappe. William entdeckte den Vogel auf der Hand des Ritters, sprang auf und lief trotz seines Fußes erstaunlich flink auf ihn zu.

»Ist das ein Falke, Sire?«, fragte William ungehemmt.

»Ein Lannerfalke«, bejahte Guillaume le Maréchal seine Frage mit ruhiger Stimme und lächelte. »Entferne dich ein wenig, damit ich absteigen kann, ohne dass sich der Vogel beunruhigt.« Die Hand des Maréchal blieb fast unbewegt, während er absaß. »Falken sind wilde Tiere, und sie bleiben es ihr Leben lang – auch in Menschenobhut«, erklärte er William, der ihn fragend ansah. »Jede heftige Geste ängstigt sie, und sie versuchen fortzufliegen, komm also nur langsam näher, und sprich leise.«

»Aber Ihr haltet ihn doch an dem Lederband fest?«, wunderte sich William und deutete auf die Halteleine am Fuß des Falken. Er trat vorsichtig ein klein wenig näher, um den Vogel besser sehen zu können.

»Eben, mein Junge, und wenn sie – der Falke ist nämlich eine Dame –, wenn sie bei allem, was sich um sie herum bewegt, versuchen würde aufzufliegen, könnte sie sich verletzen.«

»Ach so, verstehe!« Williams Gesicht hellte sich auf. »Wie heißt sie denn?«, fragte er und hielt den Kopf schief.

»Princess of the Sky.« Guillaume lächelte.

»Darf ich sie mal streicheln?«

»Du kannst es versuchen, aber vorsichtig!«

William kam zaghaft noch ein Stück näher heran. Er senkte den Blick und sah den Vogel nur aus dem Augenwinkel an.

»Das machst du gut!«, lobte ihn der Maréchal. »Wenn sie unruhig wird, musst du dich sofort und ohne rasche Bewegung zurückziehen! Verstanden?«

William nickte und barst fast vor Stolz, als er ganz dicht an dem Greif stand. Langsam hob er die rechte Hand und streichelte Princess sanft die Brust.

Die Falkendame zeigte keinerlei Beunruhigung.

Der Maréchal staunte, denn sie ließ sich nicht von jedem so ohne weiteres berühren. Sie an seinen Knappen Geoffrey zu gewöhnen hatte eine Ewigkeit gedauert.

Wohl aus Neid kam der Knappe von hinten auf seinen Herrn und den Jungen zugestolpert. Der Falke versuchte, sich ängstlich von der Hand seines Herrn zu erheben. »Du kannst sie nicht anfassen, du erschreckst sie!«, keifte Geoffrey.

»Ich?« William bedachte den Knappen nur mit einem geringschätzigen Blick, bevor er den Maréchal ansah.

»Du bist ein Tölpel, Geoffrey. *Du* hast sie aufgeschreckt!«, grollte der Maréchal mit leiser Stimme, um den Vogel nicht noch mehr zu beunruhigen. Nur an dem zornigen Blick, den er seinem Knappen zuwarf, war zu erkennen, wie wütend er war.

William stand nach wie vor bewegungslos da, und als der Falke wieder ruhig stand, streichelte er ihn erneut.

»Du bist geschickt!«, lobte ihn Guillaume.

»Ich habe schon Tauben, Kiebitze, Eichelhäher und andere Vögel gehegt. Manchmal finde ich Gelege, zu denen die Mutter nicht zurückkommt, dann ziehe ich die Vögel auf«, erzählte William mit leuchtenden Augen. »Ich habe sogar schon mal einen verletzten Raben gepflegt, der war sehr gelehrig! Aber er ist weggeflogen. Paarungszeit!« Er grinste verlegen und sah den Falken bewundernd aus dem Augenwinkel an.

»Nun, mein Junge, mit gewöhnlichen Vögeln haben Falken

nicht viel gemein. Raubvögel fürchten den Menschen, hassen ihn sogar und finden sein Antlitz ganz und gar grässlich. Um sie handzahm zu bekommen, der Falkner nennt das locke machen, und sie dazu zu bringen, für den Menschen zu jagen, braucht man großes Geschick und unendlich viel Geduld. Der Falke sucht die Nähe des Menschen nicht, er meidet sie. Er liebt die Freiheit. Und gerade weil es so schwierig ist, Raubvögel zu zähmen, ist die Falkenjagd die nobelste aller Arten zu jagen.«

»William!«, hörten sie eine kräftige Frauenstimme rufen.

Ellen steckte ihren Kopf aus der Schmiede. »Wo in Gottes Namen treibt sich der Bengel schon wieder herum?«, rief sie verärgert.

Als sie den Maréchal entdeckte, wischte sie die schmutzigen Hände an ihrem Kleid ab, fuhr sich über die Stirn, um ein paar widerspenstige Locken unter ihr Kopftuch zu stopfen, und ging auf ihn zu. »Mylord!« Sie deutete ein Kopfnicken an, knickste aber nicht. Nach allem, was sie miteinander verbunden hatte, fand sie derlei Ehrbezeugung übertrieben, selbst in Anwesenheit des Knappen und ihres Sohnes. Sie nahm William bei den Schultern und schob ihn in Richtung Werkstatt. »Geh zu Jean, und hilf ihm!«, befahl sie, bevor sie sich wieder dem Maréchal zuwandte.

»Der König ist sehr zufrieden mit dem Schwert!« Guillaume gab den Vogel an seinen Knappen weiter und begleitete Ellen zur Werkstatt. Nach ein paar Schritten blieben sie stehen.

»Was kann ich für dich tun?«, fragte sie, öffnete die Tür der Schmiede und ließ ihn vorgehen.

»Ein Schwert«, sagte er kurz, »einer der Knappen des Königs soll demnächst zum Ritter geschlagen werden. Er ist für mich wie ein Sohn«, sein Blick streifte den kleinen William, »oder ein jüngerer Bruder«, murmelte er.

Ellen ignorierte die Anspielung auf William und versuchte, Guillaume so normal wie möglich zu behandeln. Sie besprachen die Einzelheiten, verabredeten einen Preis und den Tag, an dem das Schwert abgeholt werden sollte.

»Wir werden dann schon wieder auf dem Festland sein. Henry wird zu Weihnachten am Hof seines Vaters erwartet.« Der Maréchal nestelte an seiner Schwertscheide.

»Müsste mal neu gemacht werden; das Leder ist ganz zerschlissen«, stellte Ellen fest. »Ich kann das gleich erledigen, wenn du willst. Ist mir schon beim letzten Mal aufgefallen, als du hier warst. Ich habe alles da, was ich dazu brauche. Wenn du ein bisschen Zeit hast?«

Der Maréchal zögerte einen Moment, dann nickte er zustimmend. »Darf ich dir William so lange entführen?«

Ellen zuckte betont gleichgültig mit den Schultern. »Sicher, warum nicht. – William! Begleite den Maréchal!«, rief sie ihrem Sohn im Befehlston zu.

Der Junge folgte Guillaume strahlend aus der Werkstatt. »Danke, dass Ihr mich aus dieser grässlichen, dunklen Schmiede befreit habt.« Er grinste den Maréchal verschwörerisch an. »Ist es wahr, dass Ihr der engste Vertraute unseres Königs seid?« William hatte am Tisch so getan, als interessierten ihn die Gespräche der Großen nicht, dabei aber jedes einzelne Wort gierig aufgesogen.

Der Maréchal lachte. »Ich bin der Lehrer des jungen Henry, und der, da hast du Recht, ist auch König von England, so wie sein Vater. Und ich denke, ich bin in der Tat sein engster Vertrauter. Zufrieden?«

William nickte verlegen.

»Hast du Lust zu sehen, wie ein Falke fliegt? Ich zeige es dir, wenn du willst!«

»Würdet Ihr das wirklich tun?«, staunte William erfreut. Als der Maréchal bejahte, hüpfte der Junge aufgeregt herum.

»Jetzt aber langsam, sonst erschrickst du sie noch!«, beschwichtigte der Maréchal ihn.

Sie verbrachten den ganzen Nachmittag zusammen. Guillaume zeigte William, wie der Falke flog, und erklärte ihm allerhand Wissenswertes über die Wesensart dieser Tiere und ihre Zähmung. Außerdem ließ er William seinen Handschuh ausprobieren.

Ehrfurchtsvoll nahm ihn der Junge entgegen. Das weiche und gleichzeitig feste Hirschleder duftete würzig. Der Handschuh war viel zu groß, fühlte sich aber gut an.

Der Maréchal zeigte dem Jungen, wie man die Hand halten musste, und setzte am Ende des Nachmittags den Falken sogar für einen Moment darauf.

»Du musst die Hand ganz ruhig halten!«, befahl er freundlich.

William bemühte sich, nicht zu zittern, und war erleichtert und enttäuscht zugleich, als der Maréchal Geoffrey befahl, den Vogel wieder an sich zu nehmen.

»Er hat ein Händchen für Tiere«, sagte der Maréchal über William, als sie zurückkamen und Ellen in die Arme liefen.

»Nun, wenn er nicht bald anfängt, sich etwas mehr für das Schmieden zu interessieren, wird er es nicht weiter als bis zum Hufschmied bringen. Da kann es dann nicht schaden, wenn ihn die Tiere nicht auch noch niedertrampeln!« Ellen klang missmutig.

Sogar Guillaume bemerkte es und fragte sich, warum sie so hart mit dem Jungen war. Er erinnerte sich kaum noch an seine eigene Kinderzeit, aber er wusste, wie unsäglich seine Mutter und die Kinderfrauen ihn verwöhnt hatten, solange er noch zu Hause gelebt hatte.

»Ist wieder wie neu!«, riss Ellen ihn aus seinen Gedanken und hielt ihm zufrieden die Schwertscheide unter die Nase.

»Nur der Leim muss noch ein wenig trocknen. Du solltest es nicht gleich wieder umhängen.«

»Wunderbar!«, lobte er ihre Arbeit und suchte nach seinem Geldbeutel.

»Nicht doch!« Ellen legte ihre rußgeschwärzte, schwielige

Hand auf seinen Unterarm. »Das war das Mindeste, was ich tun konnte!«

Obwohl er nicht verstand, was Ellen meinte, zuckte der Maréchal ergeben mit den Schultern und ließ sich von Ellen und William hinausbegleiten. Er klopfte dem Jungen auf die Schulter und verabschiedete sich. Als er auf seinem Pferd saß, beugte er sich zu Ellen hinab und hauchte ihr einen Kuss auf die Wange, der sie erstarren ließ. Auf Geoffreys fragenden Blick reagierte er nicht. »Gehorche deiner Mutter, und tu, was sie von dir verlangt, William!«, rief Guillaume dem Jungen zu, nahm den Vogel wieder auf seine Faust und ritt, von seinem Knappen gefolgt, davon.

Ellen blieb wie angewurzelt stehen. Der Kuss kribbelte auf ihrer Wange wie ein Teufelsmal, und ihr Herz brannte, als ob es in Flammen stünde.

Rose hatte die beiden aus der Ferne beobachtet. Hoffentlich nimmt das kein böses Ende, schien ihr Blick zu sagen, bevor sie sich ihren Besen griff und ins Haus zurückging.

Der junge König hatte Recht behalten. Schon nach wenigen Wochen wusste jeder Edelmann in East Anglia, dass der König und der Maréchal ein Schwert von Ellen besaßen. Laufend kamen nun neue Edelleute in ihre Schmiede, um ein Schwert zu bestellen. Viele taten, als seien sie zufällig in der Nähe gewesen, andere erzählten, welch weiten Weg sie auf sich genommen hatten, um ihr einen Auftrag zu erteilen.

Und je mehr Ellen zu tun bekam, desto höhere Preise konnte sie für die Schwerter erzielen. In manchen Monaten nahm sie jetzt mehr Geld ein als zuvor in einem ganzen Jahr.

»Jean, ich denke, du bist so weit!«, sagte sie eines Abends bei Tisch. Noch immer stand ihr die gute Laune ins Gesicht geschrieben.

»Womit?«, fragte er ahnungslos und schlürfte seine heiße Suppe.

»Du wirst morgen mit einem Schwert anfangen, ganz alleine! Du bekommst einen Zuschläger, ich denke da an den Neuen. Wie heißt er noch gleich?«

»Stephen!«

»Richtig, Stephen. Wenn du mit dem Schwert fertig bist und mich deine Arbeit überzeugt, werde ich zum Zunftmeister gehen und darum bitten, dass dich die Zunft als Gesellen anerkennt.«

Jean verschluckte sich vor Aufregung an einem Stück Brot. »Ist das dein Ernst?«, fragte er, sobald er wieder Luft bekam.

Ellen sah ihn an und zog die Brauen hoch. »Sehe ich aus, als scherze ich?«

»Nein, natürlich nicht. Danke, Ellen!«, erwiderte Jean verlegen.

Rose legte ihre Hand auf die seine und drückte sie kurz. »Du schaffst das!«

»Natürlich schafft er das. Wenn ich nicht davon überzeugt wäre, würde ich es nicht von ihm verlangen!«, sagte Ellen.

»Und was ist mit Peter?«, fragte Jean, der sich nach wie vor gern für andere einsetzte.

»Wenn du fertig bist, ist er dran.«

Jean nickte zufrieden.

»Dann werden wir bald noch neue Lehrlinge oder Zuschläger brauchen, meinst du nicht?«, wandte sich Isaac an Ellen und angelte sich noch ein Stück Brot.

»Darüber habe ich auch schon nachgedacht.« Ellen trank einen großen Schluck Dünnbier und sagte vorläufig nicht mehr dazu.

März 1181

Ellen nahm das Schwert, das Jean ohne ihre Hilfe gefertigt hatte, wickelte es ein und machte sich auf den Weg zu Conrad.

Jean hatte gefragt, ob er nicht mitkommen solle, aber sie wollte lieber allein gehen. Conrad sollte die Möglichkeit bekommen, ihr gewisse Dinge zuzugestehen, ohne sich dabei beobachtet zu fühlen. Ellen trug neue, saubere Kleider. Rose hatte sie aus fichtennadelgrünem, herrlich weichem Wolltuch angefertigt und mit einer silbern bestickten Borte an Hals und Ärmeln verziert. Zuerst hatte Ellen sich darüber aufgeregt und es als Verschwendung bezeichnet, weil sie ja bereits das grüne Kleid aus Béthune hatte, aber Rose hatte sich nicht einschüchtern lassen.

»Du musst auch mal etwas Besonderes zum Anziehen haben. Das Kleid von Claires Hochzeit muss an die zehn Jahre alt sein. Bitte, Ellen! Vielleicht wirst du irgendwann wieder zum König gerufen oder nur zum Zunftmeister. Dann sollen alle sehen, dass du keine arme Schmiedin bist, sondern deinen Weg gemacht hast!«

Ellen hatte sich geschlagen gegeben. Es war ohnehin zu spät gewesen, um noch etwas zu ändern, weil das Kleid bereits fertig war. Und darüber freute sie sich jetzt ebenso wie über den neuen, mit Wolfspelz verbrämten Mantel, der sie vor der feuchten Kälte schützte. Obwohl der Frühling sich schon mit den ersten zartgelben Narzissen am Wegesrand bemerkbar machte, war der Wind doch noch immer empfindlich kühl.

»Du siehst wunderbar aus! Wie eine richtige Dame!«, hatte Isaac ihr noch lachend zugerufen, bevor sie losgeritten war.

Das Haus des Zunftmeisters lag nur wenige Meilen weit entfernt, und Ellen hätte gut zu Fuß gehen können, aber sie war dem Rat von Rose und Jean gefolgt und ritt den prächtigen Schimmel, um den sie oft beneidet wurde.

»Schadet nicht, wenn Conrad sieht, wie weit du es gebracht hast!«, hatte auch Isaac gemeint.

Als Ellen in Conrads Hof geritten kam, rannte sofort ein Junge herbei und begrüßte sie höflich.

»Ich möchte zum Zunftmeister!«, sagte Ellen, ohne sich vom Pferd zu rühren.

»Natürlich. Ich werde ihn holen gehen!«, stammelte der Junge und stob davon.

Ein Lächeln huschte über Ellens Gesicht. Ihre elegante Kleidung hatte den kleinen Kerl offensichtlich beeindruckt. Vielleicht hatte Isaac sogar Recht, und er hielt sie für eine Dame! Danke, Rose, dachte sie, es war richtig, sich so zu kleiden.

Dann kam Conrad aus der Schmiede. Er war nicht größer als Ellen, trug eine Lederkappe auf dem fast kahlen Kopf und hatte die Ärmel seines Hemdes bis zu den kräftigen Oberarmen heraufgerollt. Ellen ließ sich elegant vom Pferd gleiten, so wie Jean es ihr gezeigt hatte, und kam sicher auf beiden Beinen zum Stehen.

»Ellenweore!«, sagte Conrad und strahlte sie überraschend freundlich an.

»Conrad!« Ellen nickte huldvoll. Ich komme mir vor wie eine dumme Gans mit diesem albernen Getue, dachte sie kurz.

»Überall spricht man zur Zeit nur von Euch und Euren Schwertern.« Conrad machte eine einladende Geste und bat Ellen ins Haus. »Sieh nur, Edda, wer zu Besuch ist«, rief er seinem Eheweib zu. »Das ist Ellenweore …«

»Die Schwertschmiedin?« Edda strahlte, wischte sich die mehlstaubige Hand an ihrer Schürze ab und streckte sie Ellen entgegen. »Das freut mich aber, dass Ihr uns mal besucht!«

Ellen kam aus dem Staunen nicht mehr heraus. Erst Conrads freundliche Begrüßung, dann Eddas Strahlen. Vielleicht sollte sie besser auf der Hut sein!

»Nun, was führt Euch zu mir?« Conrad bot Ellen einen Platz am Tisch an, und Edda stellte ihr einen Becher Honigmet hin.

»Ihr erinnert Euch an Jean?«, fragte Ellen und nahm einen Schluck, um ihre raue Kehle ein wenig zu besänftigen.

»Sicher«, antwortete Conrad abwartend.

»Er hat ein Schwert geschmiedet, nur mit einem Zuschläger. Einem jungen und unerfahrenen dazu.« Ellen nahm das Schwert in beide Hände. Sie hatte es die ganze Zeit unauffällig in ihrer Linken neben dem Körper gehalten. Jetzt wickelte sie es aus und legte es auf den Tisch.

Conrad nahm die Waffe ehrfürchtig in die Hände und sah sie sich näher an. »Ich bin kein Schwertschmied«, sagte er beinahe kleinlaut.

»Ihr seid der Zunftmeister. Ich bin sicher, Ihr könnt beurteilen, ob es sich um eine ordentliche Schmiedearbeit handelt, die dem Schmied das Recht gibt, sich Geselle zu nennen.«

Conrad fühlte sich offensichtlich geschmeichelt, denn er lächelte kurz. Wohl gesonnen sah er sich die Waffe an.

»Keine Einschlüsse, blanke Politur, scheint eine gute Waffe zu sein«, sagte er, ohne aufzusehen.

»Dann habt Ihr keine Einwände, wenn Jean sich von nun an Geselle nennt?«, fragte Ellen zur Sicherheit noch einmal nach. Sie wollte nicht ewig im Zwist mit der Zunft stehen.

»Habt Ihr ihm das beigebracht?«, fragte er statt einer Antwort.

Ellens Haltung versteifte sich unwillkürlich. »Ja, das habe ich allerdings!«, sagte sie trotzig. Sie war bereit, sich in ein Wortgefecht mit ihm einzulassen, er hatte kein Recht, Jean den Geselltitel abzuschlagen, nur weil er von einer Frau gelernt hatte!

»Wir hatten Unrecht, Euch als Meister abzulehnen. Seit Ihr Isaacs Werkstatt führt, habt Ihr Ehre und Ruhm über die

Schmieden von St. Edmundsbury gebracht. Ich werde in der nächsten Versammlung der Zunft vorschlagen, Euch als Meister anzuerkennen. Damit wäre dann auch Jeans Titel als Geselle gesichert.«

Ellen war zu erstaunt, um zu wissen, was sie sagen sollte. Conrad war ihr schärfster Gegner gewesen und wollte sich nun für sie einsetzen? Offensichtlich wusste er ihr überraschtes Schweigen genau zu deuten, denn er räusperte sich verlegen.

»Nehmen wir einmal an, die Zunft stimmt meinem Antrag zu und erkennt Euch als Meister an.« Conrad holte tief Luft, als nähme er Anlauf, und Ellen machte sich auf etwas Schlimmes gefasst. »Dann könntet Ihr richtige Lehrlinge aufnehmen«, sagte er nach einer kurzen Pause und kratzte sich am Hinterkopf.

»Das ist wahr«, antwortete Ellen immer noch abwartend. Sie war sicher, der Zunftmeister führte noch etwas anderes im Schilde.

Conrad schien seinen ganzen Mut zusammenzunehmen.

»Wie Ihr sicher selbst wisst, ist ein Vater nicht immer der beste Lehrmeister«, stammelte er und wurde rot.

»Ach, papperlapapp«, mischte sich Edda jetzt ungeduldig ein. »Unser Junge hat sich in den Kopf gesetzt, Schwertschmied zu werden, er redet von nichts anderem mehr! Und da haben wir natürlich an Euch gedacht.« Sie sah ihren Mann tadelnd an. »Sag es doch lieber gleich so, wie es ist!«

»Aber genau das wollte ich ja sagen, Weib!«, fuhr er sie gereizt an und drehte sich befangen wieder zu Ellen. »Würdet Ihr ihn in die Lehre nehmen, wenn die Zunft einverstanden ist?«, fragte er steif.

Ellen ahnte, wie viel Überwindung ihn diese Frage gekostet hatte. »Sobald ich die Bestätigung als Meister habe, werde ich mir den Jungen ansehen. Wenn er willig und fleißig ist …«

Conrad schnappte nach Luft wie ein gestrandeter Fisch. Natürlich hatte er erwartet, sofort eine Zusage von ihr zu bekommen.

Aber genau wie er wollte auch Ellen ihr Gesicht nicht verlieren. Nur ihre Schwerter waren käuflich, sie nicht.

»Kommt mit dem Jungen zu mir, wenn sich die Zunft entschieden hat«, wiederholte sie freundlich. Ellen war sicher, Conrad hatte genügend Einfluss auf die anderen Schmiede, um seinen Willen durchzusetzen.

»Die Versammlung ist in acht Tagen«, sagte er und entspannte sich zusehends.

»Gut, ich erwarte Euch dann.« Ellen gab ihm die Hand.

Zurück im Hof sah sie den Jungen, der sie bei ihrer Ankunft begrüßt hatte, zur Schmiede flitzen. »Ist er das?«, fragte sie.

»Ja, das ist Brad, er ist fast elf«, sagte Conrad stolz.

»Ein kräftiger, freundlicher Junge!«, lobte Ellen ihn.

Conrad streckte sich ein wenig. »Ist mein Jüngster, die anderen sind alle schon aus dem Haus. Bis auf den Großen, der arbeitet bei mir in der Schmiede und wird sie mal übernehmen!«

»Ihr seid ein glücklicher Mann, Conrad«, sagte Ellen freundlich und verabschiedete sich.

Eine gute Woche später, die Märzsonne kämpfte sich durch die dicken Wolken am Himmel, stand Conrad plötzlich mit seinem Sohn in der Werkstatt.

»Ihr seid jetzt Geselle, Jean!«, gratulierte Conrad und schüttelte diesem die Hand. »Ein wirklich feines Schwert habt Ihr da gemacht!«, lobte er ihn. Dann wandte er sich an Ellen. »Meister!« Er grinste verlegen. »Ich bringe Euch meinen Sohn, mit der Bitte, ihn zu prüfen und als Euren Lehrling aufzunehmen!« Conrad spielte das Spiel, wie es sich gehörte, und verbeugte sich leicht.

»Ihr könnt ihn heute Abend wieder abholen, dann werden wir sehen!«, sagte Ellen mit einem freundlichen Lächeln.

Conrad sah seinen Sohn streng an. »Es war dein Wunsch, Brad, nun zeig, was in dir steckt!«

Brad nickte eifrig. »Ja, Vater!«

Der Junge hatte bei seinem Vater schon erste Erfahrungen mit dem Eisen gesammelt, war ehrgeizig und geschickt. Ellen freute sich aufrichtig, nach Jean und Peter nun Brad auszubilden. Sie einigte sich mit Conrad auf eine Lehrzeit von sieben Jahren. Die meisten anderen Schmiede bildeten nur fünf Jahre aus, die Hufschmiede sogar nur vier, und Conrad war zunächst unwillig, weil sein Sohn so lange lernen sollte. Aber Brad bettelte inbrünstig, und Ellen kam Conrad mit dem Lehrgeld entgegen. Schließlich war es auch ihrem Ruf unter den Schmieden mehr als zuträglich, wenn ausgerechnet der Zunftmeister ihr seinen Sohn in die Lehre gab.

Als Conrad fort war, ging Ellen zum Essen ins Haus und setzte sich schweigsam an den Tisch. Wie stolz wäre Osmond auf sie gewesen, wenn er hätte miterleben dürfen, wie weit sie es gebracht hatte! Für einen Moment umspielte ein Lächeln ihren Mund. Vielleicht hörte Aedith sogar eines Tages vom Ruhm ihrer Schwester, oder Kenny würde seine Kunden damit beeindrucken können, ihr Bruder zu sein. Ellen dachte an Mildred und Leofric und sank ein wenig in sich zusammen, weil sie sie vermisste. Vielleicht wäre sogar Mutter auf mich stolz gewesen, dachte sie, als Isaac sie aus ihren Gedanken riss.

»Wenn wir noch mehr Lehrlinge nehmen, müssen wir die Schmiede bald vergrößern.« Er reichte ihr ein Stück Brot und lächelte sie an.

»Manchmal wird es jetzt schon zu eng an den beiden Essen, und drei Ambosse sind auch zu wenig!«, fügte Jean kauend hinzu.

»Ich hab schon darüber nachgedacht«, sagte Ellen und wollte zu einem Vorschlag ansetzen, doch bevor sie auch nur den Mund aufmachen konnte, meldete Rose sich zu Wort.

»Zuerst brauche *ich* jetzt mal eine Hilfe!« Sie setzte die kleine Jeanne auf dem Boden ab. »Hier, meine Süße.« Rose drückte ihr eine Stoffpuppe in die Hand, woraufhin das Kind vor Freude juchzte. Rose sah nacheinander zu Ellen, Isaac und Jean. »Eve und ich schaffen das nicht mehr allein. Wir haben sechs Kinder zu versorgen und mittags zum Essen alle aus der Schmiede, dazu das Haus, die Wäsche, die Tiere und den Gemüsegarten. Wir haben jede nur zwei Hände.« Rose war immer lauter geworden. Es war deutlich zu hören, wie ungehalten sie war. Ihr Unmut musste sich schon eine ganze Weile angestaut haben.

Ellen sah sie erschrocken an. Rose hatte sich doch noch nie beschwert! Manchmal war sie in letzter Zeit ein wenig gereizt gewesen, aber niemand hatte das wirklich ernst genommen. Weder Ellen noch einer der anderen hatte sich jemals Gedanken darüber gemacht, dass die beiden Frauen immer mehr Arbeit bekamen.

»Außerdem wird Eve bald heiraten!«

Glückwünsche an die Magd und fröhliches Händeschütteln unterbrachen Rose. Geduldig wartete sie, bis sich die allgemeine Heiterkeit gelegt hatte.

Erst Ellens bange Frage, ob Eve denn nach der Hochzeit aufhören wolle, für sie zu arbeiten, ließ alle gänzlich verstummen. Eve verneinte, und Ellen sah Rose fragend an, als wolle sie sagen, siehst du, es wird sich nichts ändern!

Roses Augen funkelten wütend.

»Spätestens in einem Jahr haben wir dann noch ein Kind mehr hier. Oder glaubt ihr, Eve wird ewig nur Händchen halten? Ich brauche mehr Geld für eine zweite Magd und vor allem für Lebensmittel. Schmiede fressen wie neunköpfige Raupen. Mehl, Getreide und besonders der Speck sind im Handumdrehen weg. Manchmal weiß ich gar nicht, was ich in die Suppe schneiden soll. Immer nur Zwiebeln und Kohl, das macht doch niemanden satt!« Rose hatte die Stimme erneut angehoben.

»Meine Güte, Rose!« Ellen sah sie schuldbewusst an.

»Du hast natürlich Recht. Wir verdienen doch genug! Wieso bin ich nicht selbst darauf gekommen?«

»Ich habe es ja immer irgendwie hingekriegt, aber jetzt geht es einfach nicht mehr«, erklärte Rose beinahe entschuldigend.

Ellen öffnete den Beutel an ihrem Gürtel und legte eine stattliche Anzahl Silbermünzen auf den Tisch.

»Du hättest es mir früher sagen können!«, sagte sie tadelnd. »Wenn du mehr brauchst, kommst du zu mir, einverstanden?«

»Das wird eine Weile reichen. Ich passe ja auf, aber …«

»Lass doch, Rose! Du musst dich nicht rechtfertigen. Ich weiß, du kannst gut haushalten. Kümmerst du dich selbst um eine Magd? Schließlich musst du ja mit ihr klarkommen.«

Rose räusperte sich zufrieden und nickte. »Ein Mädchen aus dem Dorf war gestern hier und hat nach Arbeit gefragt. Sie sieht aus, als ob sie zupacken könnte. Ich schicke Marie gleich morgen zu ihr.« Rose war zufrieden.

»Vielleicht gibt es ja dann auch bald mal wieder Kuchen!« Ellen sah fragend in die Runde. »Was meint ihr?«

»Au ja!«, jubelten die Kinder, und Rose strahlte.

»Wann wolltest du eigentlich Peter sein Gesellenstück fertigen lassen?«, erkundigte sich Isaac und hielt Rose seinen Holzteller hin, damit sie ihm noch etwas auftun konnte.

»Noch vor dem Winter. Da wäre das Schwert für den jüngeren Sohn des Earl of Clare. Ich dachte, das wäre die beste Gelegenheit.«

»Aber ohne das kupferne E wird er es nicht haben wollen«, gab Jean zu bedenken.

»Ich habe schon mit ihm darüber gesprochen. Der junge Mann kann sich ein Schwert von mir nicht leisten, deshalb wird Peter es fertigen. Unter meiner Aufsicht selbstverständlich. Ich habe dem jungen de Clare versichert, dass wir nur einwandfreie Arbeit abgeben. Das Schwert wird ein E aus Messing tauschiert bekommen, so wie alle Schwerter, die zukünftig aus unserer Schmiede kommen. Nur die Schwerter, die ich selbst fertige, erhalten weiterhin das kupferne Zeichen. Und das werden wir uns entsprechend teuer bezahlen lassen.«

»Keine schlechte Idee!«, lobte Jean. »Dann bekommen meine Schwerter ja in Zukunft auch das E aus Messing!«

»Natürlich!« Ellen nahm einen großen Löffel Getreidegrütze nach. »Du hast Recht, Rose, schmeckt zwar nicht schlecht, aber ein wenig mehr Speck könnte nicht schaden.«

Januar 1183

Der Winter war in diesem Jahr überaus mild; es hatte noch nicht ein einziges Mal geschneit, und auch Regen war nur selten gefallen. Ellen sog die frische Mittagsluft zufrieden ein. Seit eineinhalb Jahren hatten sie nichts anderes mehr gefertigt als Schwerter! Ellens Ruf hatte ihr beste Kundschaft und ein hervorragendes Einkommen beschert.

Isaac hatte sich ebenfalls einen guten Ruf erarbeitet. Immer mehr Edelleute nutzten seine Kenntnisse, um ihre Waffen, neuere oder Familienerbstücke, von ihm polieren zu lassen. Er hatte so viel zu tun, dass er seit kurzem einen Jungen aus St. Edmundsbury aufgenommen hatte, den er zum Schwertfeger ausbildete.

Jeden Tag bekamen sie mehr Aufträge, und Ellen dankte dem Herrn mit regelmäßigen Gebeten und milden Gaben, die sie an die Armen verteilte.

»Die Schmiede wird zu klein … und das Haus auch. Ich denke, es ist an der Zeit, beides zu erweitern. Ich habe Erkundigungen eingeholt. Und der Abt hat mir einen Baumeister empfohlen«, sagte sie eines Tages zu Isaac.

»Der Abt?«

»Er hat erst kürzlich wieder Schwerter bestellt, wusstest du das nicht?«

Isaac seufzte grinsend. »Die höchsten Persönlichkeiten des Landes wollen von uns bedient werden, da kann man schon einmal einen verpassen.« Er zuckte scheinbar verzweifelt mit den Schultern und strahlte gleichzeitig über das ganze Gesicht.

»Ich hätte nie gedacht, dass man es als Schmied so weit bringen kann.« Zufrieden wischte er sich mit dem Ärmel über die Stirn.

»Ich möchte ein richtiges Steinhaus haben«, tat Ellen ihm ein wenig verträumt kund. Isaac schluckte. Er hatte das kleine Fachwerkhaus als Junge gemeinsam mit seinem Vater gebaut.

»Jean und Rose und ihre Kinder könnten das Haus übernehmen. Die Kammer, die wir für sie angebaut haben, ist ohnehin schon viel zu eng. Und für uns wäre dann das neue Steinhaus«, wehrte sie seinen Widerspruch ab, noch bevor er etwas gesagt hatte. Sie strich ihm liebevoll über die Wange und küsste ihn auf die Stirn. »Ich weiß, dass du an dem Haus hängst, aber wo wir bald schon wieder ein Kind mehr unterbringen müssen …« Sie seufzte.

Isaac sah sie fragend an. »Rose?«

Ellen schüttelte den Kopf.

»Du meinst doch nicht wegen Eve?«, fragte Isaac gereizt. Genau wie Rose es vorhergesehen hatte, war sie schon bald nach der Hochzeit in anderen Umständen gewesen. Wollte Ellen sie und ihre Familie etwa auch noch bei sich aufnehmen?

»Nein, *ich* bin schwanger!«

»Ellenweore! Das ist ja eine wunderbare Neuigkeit!«, rief Isaac glücklich, nahm Ellen in den Arm und wirbelte sie herum. »Ich hatte die Hoffnung schon aufgegeben, dass uns der Herr noch ein Kind schenkt!«

Anfang Februar 1183

Vollkommen unerwartet hatte der Winter nun doch noch Einzug gehalten. Der Himmel war fast weiß und sah nach Schnee aus. Frierend zog Ellen die Fellweste enger um ihren Leib und hastete über den Hof zur Werkstatt. Kurz bevor sie die Schmiede erreicht hatte, hörte sie einen Reiter kommen.

»Baudouin! Was für eine Freude!«, begrüßte sie ihn, als er näher kam. Sein letzter Besuch war schon eine ganze Weile her, und Ellen freute sich aufrichtig, ihn zu sehen. »Wie geht es Euch?«

Baudouin sprang vom Pferd und band es an. »Der junge König braucht Euch! Ihr müsst mich nach Limoges begleiten«, erklärte er.

Ellen sah ihn verschreckt an. »Aber ich kann doch hier nicht einfach weg.«

Baudouin hob bedauernd die Schultern. »Wenn der König ruft, widersetzt man sich besser nicht. Außerdem ist es eine Ehre!«

Ellen fühlte ihre Brust eng werden. »Werde ich lange fortbleiben müssen? – Ich bekomme ein Kind«, erklärte sie und sah hinunter auf ihren Bauch.

»Oh! Und wann?« Baudouin musterte prüfend ihre Leibesmitte.

»Im Sommer.«

Er grinste unbekümmert und winkte ab. »Entweder Ihr seid rechtzeitig zurück, oder Euer Kind wird auf der anderen Seite des Kanals geboren. Wäre das so schlimm?« Ellen antwortete nicht.

»Ihr müsst bis morgen reisefertig sein.«

»So eilig?« Ellen sah ihn erschrocken an.

»Es ist weit. Und ihr wollt doch bald wieder zurück sein! Ich werde Euch gleich nach Sonnenaufgang abholen!« Baudouin schwang sich wieder auf sein Pferd und ritt davon.

»Er verlangt einfach so von dir, fortzugehen?«, entrüstete sich Isaac und lief aufgebracht hin und her.

»Eine Einladung vom König ist wie ein Befehl, hat Baudouin gesagt! Ich muss gehen, ich habe keine andere Wahl! Aber ich will versuchen, zum Sommer zurück zu sein«, versuchte Ellen, ihn zu beschwichtigen.

Aber Isaac brummelte nur etwas Unverständliches und wandte sich ab.

Ellen spürte eine Hitzewelle durch ihren Körper laufen. Baudouin hatte auch gesagt, dass es eine Ehre sei, zum König gerufen zu werden. Und diese Ehre war ihr zuteil geworden, nicht Isaac. Ellen deutete seinen Unmut als Eifersucht und war enttäuscht über seine Missgunst. Er hatte Erfolg als Schwertfeger und war ein unentbehrlicher Ratgeber an ihrer Seite geworden. Umso mehr schmerzte es sie jetzt, dass er so abweisend war.

Vor ihrer Abreise sprachen die beiden kein Wort mehr miteinander.

Rose ermahnte Ellen, nicht im Streit auseinanderzugehen, aber Ellen blieb stur.

Verständnislos wackelte Rose mit dem Kopf und schnalzte mit der Zunge. »Ich hoffe, keiner von Euch muss es bereuen. Ich jedenfalls würde meinen Jean nie so ziehen lassen!«

Baudouin kam in Begleitung eines jungen Ritters und zweier Knappen zur Schmiede, noch bevor die Sonne aufgegangen war.

Ellen verabschiedete sich von Jean, Rose und den Kindern.

Nur Isaac war nirgends zu sehen.

»Ich weiß, ihr werdet die Schmiede in meinem Sinne weiterführen!«, sagte Ellen mit belegter Stimme.

»Du liebe Güte, das klingt ja, als würdest du nicht mehr zurückkommen! Spätestens im Sommer bist du hoffentlich wieder bei uns!« Jean drückte sie fest an sich. Sie hatten so viele Jahre gemeinsam verbracht, natürlich machte er sich jetzt Sorgen um sie. »Isaac und du, Ihr seid füreinander bestimmt!«, flüsterte er ihr ins Ohr. »Verabschiede dich von ihm!«

Ellen kniff die Augen zusammen.

»Er ist nicht hier, wie du siehst! Und das nur, weil er neidisch auf mich ist!«

Jean nahm sie bei den Schultern und sah ihr fest in die Augen. »Wie kommst du nur auf so etwas? Du weißt selbst, wie glücklich er mit dir und seiner Arbeit ist! Ich denke, er fürchtet vielmehr, du könntest Guillaumes Charme erneut erliegen. Wenn du dich nur sehen könntest, sobald der Maréchal in deiner Nähe ist!« Ein Hauch von Vorwurf lag in Jeans Stimme.

Ellen spürte einen Stich im Herzen. Ob sie sich tatsächlich so leicht mit ihrer Abreise abgefunden hatte, weil sie hoffte, Guillaume wiederzusehen?

»Ich störe nur ungern«, unterbrach Baudouin, »aber wir müssen aufbrechen!«

Ellen verscheuchte die Gedanken an Isaac und Guillaume.

»Ich komme!«, antwortete sie mit einem gequälten Lächeln und ließ sich von Jean aufs Pferd helfen.

Die Nacht war eiskalt gewesen. Bäume, Sträucher und Gräser waren von einer Eisschicht überzogen, und der Atem von Mensch und Tier stieg in feuchten, nebeligen Schwaden auf. Alles sah traurig und grau aus. Sogar die Sonne hing wie eine mattsilberne Scheibe im grauweißen Himmel.

Tot, alles sieht tot aus, dachte Ellen und verwünschte den jungen König, weil er sie hatte holen lassen. Kein Wort kam den ganzen Vormittag über ihre Lippen, und auch Baudouin blieb äußerst schweigsam.

Erst als sie am frühen Nachmittag eine kurze Rast machten, erzählte er ihr beinahe beiläufig, dass Guillaume den königlichen Hof verlassen hatte.

Als Ellen erstaunt zu ihm aufsah, bemerkte sie, dass er ihren Blick mied.

»Ein Mann mit so viel Erfolg bei Turnieren und beim jungen König hat viele Neider.« Baudouin seufzte. »Ich gebe zu, Guillaume kann ein ziemlicher Aufschneider sein. Aber er ist und bleibt der treueste Freund und Ritter des jungen Königs.« Baudouin drehte sich zu einem der Knappen um. »Bist du bald fertig mit den Pferden? Ich habe einen Bärenhunger!« Der Knappe nickte gehetzt und sputete sich.

Ellen sah ihm nach und überlegte, ob Baudouin ihr mit Absicht erst nach der Abreise erzählt hatte, dass Guillaume nicht beim jungen Henry sein würde, wenn sie ankamen.

»Seine Feinde haben nichts unversucht gelassen; sie haben sogar behauptet, der Maréchal habe eine Liebschaft mit der Königin!« Baudouin nickte zufrieden, als der junge Knappe ihm einen Weinschlauch reichte, und hielt ihn Ellen hin. »Natürlich ist nichts Wahres an dieser Sache!«, versicherte er schnell.

Ellen trank einen Schluck und musste gleich darauf husten. Der Wein war scharf und kratzte in der Kehle. Cidre oder dünnes Bier waren ihr bedeutend lieber.

»Ich glaube, es stecken ein paar der engsten Vertrauten des jungen Königs hinter dieser Lüge. Thomas de Coulonces vermutlich und, ich denke, auch Thibault de Tournai, obwohl der sich mächtig bemüht, im Hintergrund zu bleiben.«

»Thibault?« Ellen erschauderte. Ihre Stimme klang merkwürdig blechern.

Baudouin schaute sie erschrocken an. »Ihr holt Euch noch den Tod bei dieser Kälte.« Eilig legte er eine Decke um ihre Schultern. »Kennt Ihr Thibault de Tournai?«

Ellen nickte kaum merklich.

»Ah ja, vermutlich aus Tancarville!« Baudouin glaubte zu verstehen und spann seinen Gedanken weiter. »Es gehen Gerüchte um, der junge König sei gar nicht der Auftraggeber des Schwertes gewesen, das Ihr gefertigt habt.« Baudouin machte eine Pause und sah sie an, als erwarte er eine Bestätigung.

»Wie kommt Ihr auf solch einen Unsinn?«, entrüstete sie sich.

»Der König hat sich über das Schwert gefreut wie ein beschenktes Kind. Er hat wirklich nicht ausgesehen, als habe er davon gewusst!«, erklärte Baudouin.

»Sicher hat Guillaume …« Ellens Herz schlug heftig.

»Nein, auch Guillaume wusste nichts davon! Das ist es ja! Er hat sich doch auch gefragt, wer das Schwert in Auftrag gegeben hat. Schließlich war er für die Geldmittel des jungen Königs verantwortlich. Das Fehlen einer solchen Summe hätte er bemerkt! Außerdem sind Henrys Truhen ohnehin ständig leer.« Baudouin dachte einen Moment nach. »Irgendetwas ist faul daran. Ein Schwert, das niemand bestellt haben will, das aber bezahlt wurde, und dann diese Intrige gegen Guillaume.« Er schüttelte besorgt den Kopf. »Man hat damit nicht nur Guillaume geschadet, sondern vor allem dem jungen König. Er hat seinen umsichtigsten und erfahrensten Berater verloren, und ausgerechnet jetzt gibt es wieder Ärger zwischen ihm, seinen Brüdern und ihrem Vater. Das stinkt doch zum Himmel und riecht nach Verrat!«

Ellen riss die Augen auf und sah ihn entsetzt an.

»Ich muss unbedingt wissen, wer das Schwert bei Euch bestellt hat!«, bedrängte Baudouin sie.

»Er hat seinen Namen nicht genannt. – Ich habe auch nicht gefragt. Er trug die Farben und das Wappen des Königs. Das hat mir gereicht.« Ellen kam sich ziemlich dumm vor.

»Ist das alles?«, fragte Baudouin enttäuscht.

»Der Ritter hat mir Edelsteine und Gold überreicht und ein

paar Anweisungen gegeben.« Ellen zuckte bedauernd mit den Schultern.

»Anweisungen?«

»Wir sollten niemandem von dem Auftrag erzählen und das Schwert niemand anderem als ihm selbst übergeben.«

»Ihr solltet es nicht zum König bringen?«, fragte Baudouin noch einmal nach, um sicherzugehen.

Ellen schüttelte beschämt den Kopf. »Als ich hörte, dass sich der König in der Nähe von St. Edmundsbury aufhielt, habe ich mich über diese Anweisung hinweggesetzt. Ich wollte seine Augen sehen, wenn er das Schwert zum ersten Mal in die Hände nimmt«, erklärte sie kleinlaut.

Wider Erwarten hellte sich Baudouins Miene auf. »Zuerst habe ich geglaubt, jemand wolle die Gunst Henrys mit dem Schwert erkaufen, und mich immer wieder gefragt, wer das sein könnte. Aber jetzt sieht es ganz so aus, als sei ein Betrüger selbst betrogen worden!«

Ellen sah ihn verblüfft an.

»Na, wie es scheint, war das Schwert gar nicht für den jungen König bestimmt!«

»Aber der Bote hat es doch gesagt! Und die Edelsteine, das Gold?« Ellen schrie ihren Unmut förmlich heraus, so verwirrt und verletzt war sie. Offensichtlich war Guillaume nicht derjenige gewesen, der sie empfohlen hatte, und jetzt sollte das Schwert noch nicht einmal für den König gewesen sein?

»Wenn ich nur einen Sinn darin sehen könnte!« Baudouin versuchte, sich auf das alles einen Reim zu machen. »Thomas de Coulonces und Thibault haben sich nie leiden können, aber seit einiger Zeit sind sie die dicksten Freunde. Ich bin sicher, irgendwie steckt auch Adam d'Yqueboeuf hinter der ganzen Sache. Er hat Guillaume am meisten um seine Position beneidet.«

Eine Hitzewelle schoss in Ellens Kopf.

»Wie, habt Ihr gesagt, heißt er?«, fragte sie mit einem Mal hellwach.

»Wer? Adam? Adam d'Yquebœuf! Wieso? Kennt Ihr ihn etwa auch aus Tancarville?«

Ellen schüttelte den Kopf. »Nein, ich kann mich nicht an ihn erinnern. Aber Rose … die Arme war ganz verstört, nachdem der Ritter das Schwert bestellt hatte. ›Yquebœuf‹, hat sie nur gemurmelt, als ich sie gefragt habe, warum sie so blass ist. Ich habe damit nichts anfangen können, erst eben, als Ihr den Namen gesagt habt, habe ich begriffen, was sie gemeint hat. Sie hat wohl befürchtet, er könne sie erkennen und an Thibault verraten.«

»Das wird ja immer komplizierter. Meint Ihr Thibault de Tournai? Und was hat der mit Rose zu tun?«

»Sie war über Jahre seine Geliebte, aber sie ist ihm davongelaufen.«

Baudouin schüttelte ungläubig den Kopf. »Mir habt Ihr mal das Leben gerettet, von Guillaume habt Ihr einen Sohn, und Eure Schwägerin war die Geliebte von Thibault«, zählte er verblüfft auf.

»Sie ist nicht meine Schwägerin, nur eine gute Freundin«, berichtigte Ellen.

»Na, ist ja auch egal, trotzdem ist das alles höchst ungewöhnlich. Gibt es da noch mehr Verwicklungen, von denen ich wissen sollte?« Er sah sie fragend an.

Ellen zögerte und wich seinem Blick aus.

»Ich sehe schon, es gibt noch mehr …« Baudouin seufzte, ohne auf weitere Erklärungen zu bestehen.

Limoges im März 1183

Henry, der junge König, lag im Zwist mit seinem Bruder Richard Löwenherz. Wie immer ging es um Ländereien, Lehnseid und Eitelkeiten. Der alte König hatte Henry aufgefordert, Richard das Herzogtum Aquitanien zu überlassen. Aber Henry war wütend auf Richard, weil der kurz zuvor die Burg von Clairvaux befestigt hatte, obwohl sie seit Urzeiten zu den Gütern der Grafen von Anjou gehörte. Henry hatte seitdem seine Beziehungen zu den aquitanischen Baronen gefestigt und stand nun bei ihnen im Wort. Um seinen Vater jedoch nicht zu erzürnen, versprach er trotzdem zu tun, was der König verlangte, jedoch unter der Bedingung, dass Richard ihm den Treueid leistete, den er ihm schuldete. Aber Richard weigerte sich standhaft, den eigenen Bruder als seinen Herrn anzuerkennen. Er meinte, weil sie vom gleichen Fleische seien, dürfe keiner von ihnen über dem anderen stehen. Zwar fand er gerecht, dass Henry als der Ältere einmal das Erbe seines Vaters antreten solle, was aber die Güter seiner Mutter betraf, forderte Richard, als gleichberechtigter Erbe behandelt zu werden. Da Königin Eleonore aber mehr als nur Aquitanien mit in die Ehe gebracht hatte, war der alte König darüber furchtbar wütend. Er drohte Richard, sein Bruder würde eine Armee gegen ihn aufstellen, um seinen Stolz und seine Gier zu bändigen. Seinen anderen Sohn, Geoffrey, der Herzog der Bretagne war, forderte er auf, seinem Bruder und Lehnsherrn Henry zur Seite zu stehen. Dem jungen König lag aber auch das Wohl des Poitou, das schon seit langem von Richard unterdrückt und geplündert wurde, am Herzen, und die Barone hatten ihn um Hilfe gebeten.

Doch der junge Henry war noch nicht so weit, allein die richtigen Entscheidungen zu treffen. Er brauchte den Maréchal. Auf ihn hatte er sich immer verlassen können. Adam d'Yqueboeuf und die anderen Männer seiner Entourage konnten die Stelle von Guillaume nicht einnehmen, dazu fehlte es ihnen an Erfahrung. Es war diese besondere Mischung aus Wildheit und Mut, Ehrgeiz, Selbstsicherheit und Berechnung, die Guillaume so unersetzlich für ihn machte – und die ihm gleichzeitig so viele Neider beschert hatte.

* * *

Thibault saß in seiner Kammer und starrte ins Feuer. Es war empfindlich kühl in der Burg von Limoges, aber Thibault spürte es kaum. Er war seinem Ziel, Guillaume endlich für immer aus dem Weg zu räumen, ein gutes Stück näher gekommen. Jetzt wartete er auf Adam d'Yqueboeuf. Seit der Maréchal fort war, hatte Adam an Einfluss gewonnen, Thibault hatte also seinen Teil der Verabredung eingehalten. Nur Adam hatte versagt, denn das Schwert, mit dem sich der junge Henry schmückte, lag noch immer nicht in Thibaults Händen. Ärgerlich schlug Thibault auf die Lehne des schweren Eichenstuhls, auf dem er saß. Plötzlich klopfte es, und Adam d'Yqueboeuf schlüpfte hastig durch die Tür in die Kammer.

»Der alte König ist nicht mehr Herr seiner Sinne. Er macht schon wieder alles anders als geplant! Es war doch seine Idee, Richard zur Vernunft zu bringen«, regte sich Adam auf und ließ sich in den zweiten Sessel fallen. »Wie stehen wir jetzt da? Ohne Guillaume wird Henry nichts gegen seinen Vater ausrichten können!« Ärgerlich spuckte Adam in das Messingbecken, das neben ihm stand. »Ich werde Henry ins Gewissen reden, er muss sich mit seinem Vater versöhnen!«

»Ich hoffe, Ihr werdet ihn überzeugen. Auf Euch hört er jetzt noch am ehesten. Vergesst nicht, wenn er verliert, wird er nie wieder etwas ohne Guillaume tun!«, warnte ihn Thibault.

Adam d'Yquebœuf brummte unwillig. »Ich weiß, und das wäre nicht in meinem Sinne!«, rief Adam gereizt, sprang auf und ging hinaus.

Thibault nickte zufrieden und blieb noch eine Weile sitzen.

»Der Dummkopf ahnt nicht einmal, was wirklich gespielt wird!«, murmelte er belustigt. Er selbst würde höchstpersönlich dafür sorgen, dass der alte König nicht enttäuscht wurde. Auch wenn Henry II. seinem ältesten Sohn schon vor Jahren die Königskrone aufs Haupt gesetzt hatte, erwartete er nach wie vor Gehorsam von seinen Sprösslingen. Die aber wollten sich seinem Willen nicht länger unterwerfen und strebten nach eigener Macht. Der alte König musste eine zweite Rebellion seiner Söhne mit allen Mitteln verhindern. Aus diesem Grund baute er jetzt auf die Loyalität der Männer, die er schon vor vielen Jahren am Hof seines ältesten Sohnes untergebracht hatte. Jetzt, wo der Maréchal außer Reichweite war, sollten sie ihren Einfluss auf den jungen Henry geltend machen, um ihn wieder auf den rechten Weg zu führen.

Thibault verzog das Gesicht zu einem bösartigen Grinsen. Manchmal war es besser, nicht in der vordersten Reihe zu stehen, sondern von hinten die Fäden zu ziehen!

* * *

Weil der junge Henry seinem Vater nicht vollends gehorcht hatte, war der König, nicht lange nachdem sich sein ältester Sohn auf den Weg nach Limoges gemacht hatte, mit einer kleinen Garnison aufgebrochen und hatte sich an seine Fersen geheftet. Aber noch bevor er die Tore der Stadt erreicht hatte, waren Pfeile auf ihn und seine Begleiter niedergeprasselt. Der alte König war verletzt worden und hatte sich zurückgezogen, um sein Lager in der Nähe aufzuschlagen.

Thomas de Coulonces riet dem jungen Henry, zu ihm zu gehen. Er sollte seinen Vater um Verzeihung für den Angriff bitten und behaupten, die Bürger von Limoges hätten den König nicht erkannt.

Geoffrey war entsetzt, dass sein Bruder bei ihrem Vater zu Kreuze kriechen sollte, aber Thomas de Coulonces ermahnte den jungen Henry, es nicht mit Richard und seinem Vater gleichzeitig aufzunehmen.

Der junge König suchte also seinen Vater auf, aber die Unterredung verlief unbefriedigend. Was den Streit wegen Richard betraf, konnten Vater und Sohn keine Einigung erzielen. Also zog sich der junge Henry wieder auf die Burg von Limoges zurück und scharte erneut seine Berater um sich. Es entbrannte eine aufgeregte Debatte darüber, wie man weiterhin handeln sollte und woher die finanziellen Mittel dazu genommen werden konnten. Der junge König bat jeden, in Anwesenheit aller einzeln vorzusprechen.

»Yqueboeuf, fangt Ihr an!«, forderte er Adam auf und nickte ihm freundlich zu.

Adam d'Yqueboeuf war sich ganz offensichtlich der Ehre bewusst, als Erster gefragt zu werden. Er hüstelte kurz, straffte sich und ging ein paar Schritte auf seinen jungen Herrn zu.

»Mein König, mit Verlaub, Richard muss gezeigt bekommen, was geschieht, wenn er sich weigert, Euch anzuerkennen. Aber es ist jetzt nicht der richtige Zeitpunkt, Euch auch mit Eurem Vater in kriegerische Auseinandersetzungen verwickeln zu lassen. Wenn Ihr doch noch einlenkt, wird der König das zu schätzen wissen.«

»Adam, Ihr wisst, ich halte sonst große Stücke auf Euch, aber ich kann Euch keinesfalls beipflichten! Wenn Henry jetzt klein beigibt, hat Richard gewonnen. Er hat doch nur gewagt, sich aufzulehnen, weil er mit der Wankelmütigkeit seines Vaters gerechnet hat«, belehrte ihn Thibault und wandte sich dann direkt an den jungen Henry. »Mylord, Ihr dürft Euer Gesicht nicht verlieren, sonst tanzen Euch nicht nur Eure Brüder in Zukunft auf der Nase herum! Ihr habt dem Poitou die Freiheit unter Eurer alleinigen Herrschaft versprochen. Lasst Ihr sie heute im Stich, könnt Ihr nie wieder mit der Unterstützung der Poiteviner rechnen.«

Zustimmendes Gemurmel ging durch den Raum, nur Geoffrey, der ja ebenfalls ein Bruder des jungen Königs war und sich durch Thibaults Rede angegriffen fühlte, warf ihm einen drohenden Blick zu.

»Thibault de Tournai hat Recht, mein König. Ihr solltet den einmal eingeschlagenen Weg bis zum Ende gehen. Aber um den Krieg gewinnen zu können, müsst Ihr den Maréchal zurückholen«, meldete sich ein älterer Ritter.

»Ihr plädiert dafür, Guillaume an den Hof zurückzubeordern? Ausgerechnet Ihr?«, fragte der junge König erstaunt. »Guillaume hat Euch den Tod seines Onkels nie verziehen!« Henry zog die Augenbrauen ungläubig hoch.

»Ich weiß, Euer Gnaden. Guillaume hasst die Lusignans, aber er liebt Euch, genau wie ich. Ihr könnt auf seinen militärischen Rat nicht verzichten. Niemand kann die Soldaten geschickter führen und hat sie besser im Griff als er. Sie lieben ihn, er ist ihr Vorbild. Nur er kann Euch zum Sieg führen.«

Der junge Henry nickte ihm huldvoll zu und wandte sich dann an Baudouin. »Béthune! Dass Ihr erfreut wärt, wenn der Maréchal zurückkäme, weiß vermutlich jeder hier, aber wie steht Ihr zum Krieg mit meinem Vater?«

»Mein König!« Baudouin verbeugte sich tief. »Ich würde lügen, wenn ich behauptete, nicht für die Rückkehr des Maréchal zu sein. Aber nicht meine Verbundenheit mit ihm zählt hier, sondern seine Unersetzlichkeit als Euer Berater. Ihm solltet Ihr Eure Fragen stellen können, dann wäre alles viel einfacher.« Baudouin verbeugte sich nochmals.

Der junge Henry runzelte die Stirn. Baudouin war die Beantwortung seiner Frage geschickt umgangen. Er blickte zur anderen Seite. »Coulonces?«

Thomas de Coulonces sah zu Adam d'Yquebœuf und dann wieder zu seinem Herrn. »Ich muss Yquebœuf zustimmen, mein König. Ihr habt nicht die gleichen Mittel wie Euer Vater. Es ist ein großes Risiko. Auch der Maréchal ist nur ein Mensch und kein Garant für einen Sieg. Ihr werdet eines Tages Alleinherrscher sein, so oder so. Ich sehe keinen Sinn darin, Euren Vater jetzt über Gebühr zu erzürnen. Ich denke, Richard hat Euch mehr als einmal herausgefordert, weil er gewusst hat, er kann so Zwietracht säen. Ihr solltet Eurem Bruder diesen Triumph nicht gönnen! Lenkt ein!«

Der junge König krauste abermals die Stirn. »Lasst mich jetzt allein, ich werde über unser weiteres Vorgehen nachdenken.«

»Mein König, solltet Ihr Guillaume zurückholen wollen, ich weiß, wo er sich aufhält!«, sagte Baudouin leise, bevor er sich abwandte.

Der junge König nickte gnädig. »Geoffrey, mein Bruder, bleib!«, rief er, als der Herzog der Bretagne ebenfalls gehen wollte.

»Der Maréchal, immer wieder der Maréchal!«, stöhnte Adam d'Yquebœuf, nachdem sie den Raum verlassen hatten.

Thibault nickte beipflichtend.

»Ich verstehe nicht, warum Ihr dem jungen Henry zum Krieg ratet.« Adam schüttelte den Kopf. »Er wird verlieren, weil er und die Soldaten ohne ihren geliebten Guillaume nicht genügend Mumm in den Knochen haben!«

Thibault sagte nichts dazu und ließ ihn stehen. Natürlich hatte Yquebœuf Recht, aber ihm war ja bereits gelungen, was er wollte: die Lage für den jungen Henry zusehends schwieriger zu machen …

* * *

In der königlichen Schmiede unterstellte man Ellen den gesamten Ablauf der Schwertherstellung. Die Schmiede waren nicht gerade begeistert darüber, einer Frau gehorchen zu müssen, auch wenn deren Ruf dieser bereits vorausgeeilt war und Athanor und Runedur in aller Munde waren. Ellenweore hatte keinen leichten Stand und verspürte nur wenig Lust, sich schon wieder die Achtung der Männer zu erkämpfen. Solange sie am Amboss stand, vergaß sie ihren Kummer, aber abends, wenn sie Zeit zum Nachdenken hatte, sehnte sie sich nach den sanften Hügeln Englands und nach Isaacs Zärtlichkeiten. Sie verstand nicht, warum man sie überhaupt nach Limoges geholt hatte. Die Schwertschmiede hier leisteten ordentliche Arbeit, und für einfache Soldaten brauchte man ohnehin keine Schwerter wie Athanor. Ellen wurde den Gedanken nicht los, dass noch etwas anderes dahintersteckte. Sie hätte Baudouin gern dazu befragt, aber der hatte sich schon seit einiger Zeit nicht mehr bei ihr blicken lassen. Ellen fühlte sich im Stich gelassen und unsäglich einsam.

An einem trüben Tag während der Fastenzeit hastete sie zur Schmiede. Sie hatte in der Nacht kaum geschlafen und war viel zu spät aufgewacht. Nun war sie in Eile und ein wenig verärgert, als sich ihr jemand in den Weg stellte.

»Du kannst mir nicht entkommen, mein Singvögelchen! Unsere Wege kreuzen sich immer wieder! Das ist dein Schicksal!«, raunte Thibault.

Ellen blieb erschaudernd stehen. Ein Ziehen in ihrem Bauch ließ ihre Hand schützend auf ihren sich bereits rundenden Leib fahren. Sie hatte von Thibaults Anwesenheit in Limoges gewusst, aber versucht, die dumpfe Furcht, sie könne ihm eines Tages begegnen, zu verdrängen. Trotzdem war es ein Schock, ihn nun breit grinsend vor sich stehen zu sehen.

»Du bist älter geworden, aber du bist immer noch schön!«, sagte Thibault mit rauer Stimme und drängte sie hinter einen

Holzschuppen. Ihre Schwangerschaft schien er durch die Weite ihrer Kleidung nicht bemerkt zu haben.

Ellen sah sich Hilfe suchend um, aber keiner der Vorbeihastenden schenkte ihnen Beachtung.

»Was für ein Pech, dein allerliebster Guillaume ist gar nicht hier!« Thibaults Augen verengten sich. »Ist nicht mehr so beliebt wie früher, der Ärmste!«, fügte er spöttisch hinzu. »Ich gebe zu, ich bin nicht ganz unschuldig daran.« Er funkelte sie an. »Ich hab ihn nie leiden können! Und wenn der junge Henry erst den Krieg gegen seinen Vater verloren hat, dann wird Guillaume nie mehr an den Hof zurückkehren. Der alte König mag ihn nämlich nicht.«

»Henry wird nicht verlieren!«, widersprach Ellen und machte einen Schritt nach vorn.

»Oh doch, das wird er!« Thibault drängte sie wieder zurück. »Dafür werde ich sorgen, glaub mir. Und der alte König wird sich dankbar zeigen!« Thibault lachte auf. »Guillaume hat genügend Feinde hier. Es war so leicht, ihn in Verruf zu bringen! Zu viele erhoffen sich einen Vorteil aus seinem Verschwinden. Adam glaubt sogar, eines Tages seinen Platz einnehmen zu können, und denkt, ich werde ihm dabei behilflich sein. Aber er hat sich von dir hinters Licht führen lassen, dieser Dummkopf!«

Als der Name Adam fiel, wurde Ellen ganz heiß. Ob es etwa Thibault gewesen war, der durch ihn das Schwert in Auftrag gegeben hatte? »Ich bin wirklich beeindruckt!«, sagte sie herablassend, um Zeit zu gewinnen.

»Das solltest du auch! Du solltest mich endlich ernst nehmen und anfangen, dich vor mir zu fürchten. Aber du bist genauso stur wie Guillaume und genauso eitel, oder war das etwa nicht der Grund, warum du nicht warten konntest, bis Yqueboeuf das Schwert abholt? Du musstest es unbedingt selbst zum König bringen, damit jeder sehen kann, dass du es gemacht hast, nicht wahr? Hat mich ein verdammtes Vermögen gekostet!«

»Du hast das Schwert also in Auftrag gegeben«, murmelte Ellen.

»Natürlich! Ich wusste, dass du für mich niemals eines schmieden würdest. Hingegen konnte ich sicher sein, dass du dir für den König besonders viel Mühe geben würdest! Und jetzt sehe ich den jungen Henry jeden Tag mit seinem Schwert, das eigentlich mir gehört, und koche vor Wut. Aber ich hole es mir zurück!« Thibault stemmte die Hand gegen die Wand des Holzschuppens.

Ellen saß in der Falle. Ihr Herz raste. Ich muss ruhig bleiben, ermahnte sie sich.

Je dichter Thibault jetzt an sie herankam, desto stärker brach ihr der Schweiß aus. »Baudouin!«, rief sie plötzlich erfreut aus.

Thibault drehte sich neugierig um.

Ellen nutzte die Gelegenheit, tauchte unter seinem Arm hindurch und rannte auf Baudouin zu. Entgegen jeder Gewohnheit hakte sie sich bei ihm unter und zog ihn mit sich fort.

»Ihr seid ja so blass, ist was passiert?«, erkundigte sich Baudouin.

Ellen sah sich um. Thibault war verschwunden. »Ich muss unbedingt mit Euch sprechen. Thibault ...«, setzte sie an, ohne recht zu wissen, wie sie es Baudouin verständlich machen sollte.

»Was ist mit ihm?«

»Er hat gesagt, er würde dafür sorgen, dass der junge König gegen seinen Vater verliert.«

»Also ist Thibault tatsächlich einer der Verräter?«, zischte Baudouin. »Aber wie? Wisst Ihr, was er vorhat ... und warum?«

»Er will Guillaume für immer aus dem Weg haben. Ich glaube, darum geht es.«

»Er macht das alles wegen Guillaume?« Baudouin sah Ellen ungläubig an. »Die beiden sind zwar nicht gerade die dicksten Freunde, aber warum sollte Thibault seinetwegen den jungen König verraten?« Baudouin hatte ganz offensichtlich große Zweifel.

»Na ja, eigentlich ist es meinetwegen«, gab Ellen zaghaft zu und sah beschämt zur Seite.

»Erst ist es Guillaumes Schuld und jetzt Eure?« Baudouin sah sie belustigt an. Sicher, sie hatte etwas Besonderes an sich, aber es gab so viele hübsche Frauen. Und Ellen war sicher schon um die dreißig, also nicht mehr die Jüngste. Thibault konnte jede Frau haben, das hatte er ihnen oft genug bewiesen.

»Seit der Zeit in Tancarville ist das so. Thibault ist besessen von dem Gedanken, dass ich ihm gehöre.« Ellen sah Baudouin eindringlich an. »Er hat nicht einmal davor zurückgeschreckt, den Goldschmied, den ich heiraten wollte, wie einen Hund erschlagen zu lassen. Er glaubt, mich zu lieben, aber eigentlich hasst er mich. *Er* hat Yqueboeuf zu mir geschickt und das Schwert in Auftrag gegeben!«

»Seid Ihr sicher?« Baudouin runzelte die Stirn.

»Er hat es mir selbst gesagt!«

»Und die Intrige gegen Guillaume?«

»Er hasst ihn. Guillaumes Fall bringt ihm gleich mehrfachen Nutzen: Einfluss, Macht, aber vor allem Rache.«

»Vielleicht hat Thibault so auch dem alten König seine Loyalität bewiesen!«, spann Baudouin den Gedanken weiter. »Trotzdem verstehe ich ihn nicht. Irgendwann wird der junge Henry seinen Vater beerben.«

»Aber wenn der Verrat nicht herauskommt und Thibault sich unentbehrlich macht? Ich bin sicher, er schreckt auch vor weiteren Morden und Intrigen nicht zurück, um selbst über jeden Verdacht erhaben zu bleiben. Ihr solltet Euch in Acht nehmen. Jeder hier weiß, wie Ihr zu Guillaume steht. Sagtet Ihr nicht, dass Ihr ihm ab und an Nachricht gebt?«, gab Ellen zu bedenken.

»Er soll es nur wagen, Beschuldigungen gegen mich zu erheben!«, knurrte Baudouin.

»Ich glaube nicht, dass er das geradeheraus tun würde. Dazu ist er zu gerissen. Aber er will Runedur unbedingt haben.«

»Aber das ist doch Irrsinn!« Baudouin sah sie entgeistert an.

Ellen nickte. »Thibault ist wahnsinnig!«

»Bringt der Kerl den jungen König in Schwierigkeiten, wegen einer Frau und eines Schwertes!« Baudouin raufte sich die Haare. »Dass Adam d'Yquebœuf und Thomas de Coulonces Guillaume loswerden wollten, kann ich mir lebhaft vorstellen, aber mit dem alten König paktieren sie sicher nicht. Sie sind seinem Sohn treu ergeben und haben sich beide gegen den Krieg ausgesprochen! Wer weiß, ob sie auch nur ahnen, was Thibault vorhat? Gütiger Gott, wäre doch nur Guillaume hier! Er weiß immer, was zu tun ist.« Baudouin seufzte schwer.

»Ihr müsst Thibault des Verrats überführen und Guillaume zurückholen!« Ellen vermied es, Baudouin direkt ins Gesicht zu sehen.

Tagelang geschah gar nichts. Ellen bekam weder Baudouin noch Thibault zu Gesicht, und beinah schien es, als habe sie sich alles nur eingebildet. Fast jeden Tag ging sie einen Moment in den Stall, in dem Loki untergebracht war, und verwöhnte das Pferd mit einer Hand voll saftigem Gras oder einem Büschel Klee. Bald kommt der Sommer, dachte sie vom Heimweh geplagt und schmiegte den Kopf an Lokis Hals. Sie schloss die Augen und dachte an St. Edmundsbury. Die Vertrautheit der eigenen Werkstatt und ihre Freunde fehlten ihr. Das Kind trat sie jetzt häufig, und die Arbeit im Stehen und der Krach der Schmiede strengten sie immer mehr an. Isaac hätte darauf bestanden, dass sie sich jetzt öfter ein wenig ausruhte. Er fehlte ihr! Ellen fühlte, wie sich Tränen in ihre Augen stahlen. Sanft streichelte sie über die weichen Nüstern des Pferdes und verdrängte die Gedanken an zu Hause. Ellen nahm den Striegel und strich damit über Lokis Flanken.

Die Stalltür öffnete sich plötzlich, und ein Mann huschte hinein. Loki schnaubte kurz, als sie die fremde Witterung aufnahm, und der Mann sah sich gehetzt um.

Ellen ahnte, dass ihre Anwesenheit ihn nicht erfreuen würde, und beschloss, sich ruhig zu verhalten. Sie drückte sich in die äußerste Ecke von Lokis Box an die Bretterwand.

Der Mann begann, eines der Pferde zu satteln. Warum beeilte er sich nicht mehr? Eine unerklärliche Angst ergriff Ellen. Sie schloss die Augen und betete. Die Holztür quietschte erneut, und ein weiterer Mann betrat den Stall.

»Hier bin ich, Sire!«, hörte sie einen von ihnen sagen.

»Da, Armand, du bringst diese Nachricht dem König. Lass dich nicht abweisen, und übergib sie nur Henry persönlich!«

Ellen erstarrte. Thibaults Stimme jagte ihr jedes Mal Schauer über den Rücken.

»Es wird schwierig werden, aus Limoges herauszukommen!«, jammerte der Mann, den Thibault Armand genannt hatte.

»Du musst die Stadt durchs Westtor verlassen. Geh erst, kurz bevor es dunkel wird, gleich nach der Wachablösung. Wende dich an den Wachposten auf der rechten Seite, er wird dich durchlassen, ich habe ihn gut dafür bezahlt.«

»Und was ist mit meinem Geld?«, fragte der Mann.

»Hier, wie immer! Und beeil dich, es gibt bald noch mehr für dich zu tun!« Thibaults Stimme klang herrisch, obwohl er flüsterte.

»Ja, Sire, schnell und zuverlässig. So wie Ihr es von Armand gewöhnt seid!«

Das waren nicht die Worte eines verzweifelten Mannes, der aus Not zum Überbringer geheimer Botschaften wurde. Seine ölige Stimme klang nach Geldgier und Bosheit.

Plötzlich schnaubte Loki.

»Ein wunderbares Tier«, hörte Ellen Thibaults Stimme ganz dicht neben sich.

Sie schloss die Augen erneut und betete. Bitte, Herr, lass ihn mich nicht sehen. Wenn er sie jetzt entdeckte, war es um sie geschehen. Ellen wagte kaum zu atmen.

Thibault streckte die Hand aus und streichelte Lokis Nüstern. »Selten schönes Tier, weißt du, wem es gehört?«

»Keine Ahnung«, antwortete Armand und spie auf den Boden.

»Egal. Sobald du die Nachricht überbracht hast, kommst du zurück, verstanden?« Thibault drehte sich um und ging.

»Sicher, Sire.« Armand wirkte gelassener als zu Beginn ihrer Unterredung, vermutlich, weil er sein Geld bekommen hatte.

Nachdem Thibault verschwunden war, sattelte er leise vor sich hin summend sein Pferd und führte es am Zügel aus dem Stall.

Ellen blieb noch eine Weile regungslos, aber sie durfte nicht zu lange zögern. Das war die Gelegenheit, Thibault endgültig zu überführen. Sie musste umgehend Baudouin berichten, was sie gehört hatte. Ellen schlich zur Stalltür und öffnete sie vorsichtig einen Spaltbreit. Weder Thibault noch sein Bote waren zu sehen. Ellen bemühte sich, gleichgültig auszusehen und so selbstverständlich wie möglich aus dem Stall zu gehen. Kurz bevor sie die Burg erreicht hatte, hörte sie Schritte hinter sich, als ob ihr jemand folgte. Sie hastete voller Angst voran.

»Ellenweore, wartet doch mal!« Die Stimme klang belustigt.

»Meine Güte, habt Ihr es eilig!«

Ellen atmete auf; es war Baudouin, der ihr nachgeeilt war! »Ihr müsst ihn aufhalten. Ich wollte gerade zu Euch!«, stammelte sie aufgeregt.

»Wen soll ich aufhalten?« Baudouin sah sich kurz um.

»Den Boten, am Westtor!«, drängte sie.

»Nun mal langsam und der Reihe nach!«

Ellen berichtete, was sie im Stall gehört hatte.

»Wartet nicht auf mich; wenn ich Euch brauche, werde ich Euch rufen lassen!«, rief Baudouin und stürzte davon.

Ellen setzte sich an den Tisch im Gesindehaus und wartete, ohne dass etwas geschah.

Es war schon spät, als endlich ein Diener des Königs kam und sie bat, ihm in die Halle zu folgen. Obwohl sie sich nichts hatte zuschulden kommen lassen, war Ellen so nervös, als sei sie angeklagt. Sie betrat den großen Saal zum ersten Mal.

In einem riesigen Kamin prasselte ein wärmendes Feuer, die Wände waren teils mit wunderschönen, bunten Jagdszenen bemalt und teils mit schweren Wandteppichen geschmückt. Große Fackeln erleuchteten den Saal. Ellen blieb nicht weit vom Eingang stehen und staunte über so viel Pracht. Überall hatten sich Ritter und Knappen in Grüppchen versammelt.

Adam d'Yquebœuf und Thomas de Coulonces standen mit einem halben Dutzend anderer Ritter beisammen und tuschelten.

Herzog Geoffrey hatte sich neben dem Thron seines Bruders postiert.

Baudouin und eine Hand voll weiterer Ritter standen vor dem jungen König, ein paar Schritte weiter stand Thibault mit verschränkten Armen, bewacht von einem Ritter, und neben ihm zwei Soldaten, die den Boten festhielten.

»Baudouin de Béthune, bringt jetzt Eure Anklage vor«, forderte ihn der junge König auf und bedeutete ihm mit einer majestätischen Handbewegung vorzutreten.

»Dieser Mann«, Baudouin zeigte auf Armand, »hat versucht, eine geheime Botschaft an Euren Vater aus Limoges herauszuschmuggeln!«

Ein aufgeregtes Raunen ging durch den Saal.

Ellen wünschte sich, zu Mausgröße zu schrumpfen, damit Thibault sie nicht bemerkte. Doch glücklicherweise war dieser ohnehin viel zu sehr damit beschäftigt, herablassend zu grinsen.

»Und die Nachricht«, fügte Baudouin nach strategischer Unterbrechung hinzu, »die Nachricht wurde von Thibault de Tournai geschrieben. Sie unterrichtet Euren Vater über jeden unserer Schritte!«

Ein lautes Gemurmel und erboste Zwischenrufe einiger Ritter unterstrichen die Ungeheuerlichkeit dieses Verrats.

»Was habt Ihr zu Eurer Verteidigung zu sagen?« Der junge Henry sah Thibault ernst an.

»Ich weiß nicht, wie Béthune darauf kommt, ausgerechnet mich zu beschuldigen. Ihr wisst, dass ich immer hinter Euch gestanden habe!« Thibault verbeugte sich.

»Ist der Brief von ihm unterzeichnet?«, erkundigte sich der junge König.

Baudouin schüttelte den Kopf. »Nein, Euer Gnaden.«

»Trägt er sein Siegel?«

»Kein Siegel, mein König!« Baudouin lief rot an vor Wut, als er Thibaults hämisches Grinsen sah.

»Woher wisst Ihr dann, dass es Thibault war, der den Brief schrieb?«

»Armand hat gestanden!«

»Wie viel habt Ihr ihm für diese falsche Beschuldigung gezahlt, Baudouin? Männer wie er sind käuflich! Hat der Maréchal Euch beauftragt, mich unschädlich zu machen?«

Baudouin fuhr herum. »Ihr schweigt besser, Thibault, ich habe einen weiteren Zeugen!«

Ellen spürte, dass ihr Magen vor Angst rebellierte.

Baudouin winkte sie herbei. Ihre Beine waren schwer wie Blei und wollten sie kaum vorwärtstragen.

»Erzählt dem König, was Ihr mir berichtet habt, Ellenweore.«

Ellen nickte zaghaft und trat vor. Nachdem sie ihre Aussage beendet hatte, sprang der junge König auf.

»Ihr habt also tatsächlich gewagt, gegen mich zu intrigieren?«

»Die Schmiedin hat Euer Ohr gekauft!«, rief Thibault und spielte seinen letzten Trumpf aus. Das Stimmengewirr schwoll an. »Oder ist es etwa nicht wahr, dass Ihr das Schwert, das Ihr so stolz am Gürtel tragt, niemals in Auftrag gabt und auch nie bezahlt habt?« Der junge König fasste verwirrt nach Runedur.

»Ihr seid ein Betrüger, Mylord, der sich mit fremdem Eigentum schmückt. Ein Dieb, Euer Vater würde sich schämen, wüsste er davon!«

Der junge König ging langsam auf Thibault zu, aber der ließ sich nicht einschüchtern und sprach weiter.

»Runedur gehört mir. Mein Gold und meine Edelsteine sind es, die Euch zieren!« Thibault schlug sich mit der Faust auf die Brust. »Es ist *mein* Schwert!«, schrie er wie von Sinnen. Sein Gesicht war verzerrt. »Und sie!«, er packte Ellen am Arm, »sie gehört ebenfalls mir!« Blitzschnell riss er Ellen an sich und hielt ihr einen kleinen Dolch an den Hals.

Die Männer an seiner Seite wichen erschrocken zurück.

Der junge König wurde vor Wut so blass wie ein Leintuch. Langsam, fast genüsslich zog er Runedur aus der Scheide und ging auf Thibault zu, ohne Ellen zu beachten. »Ihr glaubt also, das Schwert gehöre Euch? – Gut, dann sollt Ihr es haben!« Der junge Henry fixierte Thibault mit eisigem Blick, näherte sich ihm bis auf Armeslänge und versenkte das Schwert bis zum Heft in Thibaults Brust, ohne auch nur einen einzigen Gedanken an Ellens Sicherheit zu verschwenden.

Thibault klammerte sich an ihrer Schulter fest und ließ den Dolch fallen.

Ellen zitterte am ganzen Leib.

»Ihr werdet das Erbe Eures Vaters nie antreten – ich verfluche Euch!«, röchelte Thibault mit letzter Kraft und brach zusammen.

Der junge Henry zog das Schwert aus dem Körper seines einstmaligen Freundes und wandte sich an seine Ritter. »Wehe jedem meiner Feinde und jedem Verräter!«, rief er grimmig und streckte den Schwertarm siegessicher in die Höhe. Blut troff von der Klinge auf den Steinboden.

Armand, der Bote, wurde abgeführt. Er war schuldig, und niemanden interessierte, welches Schicksal ihn erwartete.

Der junge Henry setzte sich wieder auf seinen Thron, und zwei Soldaten trugen den blutbesudelten Leichnam Thibaults fort.

Die Ritter nahmen ihre Gespräche wieder auf, und der große

Saal lag ruhig und friedlich da, als sei nichts geschehen. Nur der Blutfleck auf dem Boden erinnerte noch an die grausige Tat.

Ellen stand da wie versteinert, aber niemand beachtete sie. Der König hatte in Kauf genommen, dass Thibault sie mit letzter Kraft ebenfalls tötete, und hatte sich nicht mit der kleinsten Geste an sie gewandt, nachdem alles vorbei gewesen war! Ellen war zutiefst enttäuscht. Thibault war tot, aber sie empfand weder Freude noch Genugtuung. Alles, was sie fühlte, war Wut. Ohne um Erlaubnis zu fragen, verließ sie die Halle und hastete zurück zu ihrer Unterkunft. Auf dem Weg richtete sich eine dicke Ratte vor ihr auf. Ellen verpasste ihr einen wütenden Fußtritt und fühlte sich danach ein wenig besser.

Am nächsten Tag wollte Baudouin sie in der Werkstatt aufsuchen und begegnete ihr schon vor der Schmiede. »Ich werde morgen aufbrechen, um Guillaume zurückzuholen! Der junge König ist entschlossen, alles zu tun, um gegen seinen Vater bestehen zu können. Was liegt da näher, als seinen besten Berater zurückzugewinnen? Dass Yqueboeuf und Coulonces an der Intrige gegen Guillaume beteiligt waren, ist zwar durchgesickert, aber ich denke, sie können mit königlicher Milde rechnen. Der junge Henry braucht jetzt jeden Mann«, erklärte Baudouin, als sei in der vergangenen Nacht nichts Ungewöhnliches geschehen.

Ellen aber konnte es nicht vergessen. Thibaults Finger hatten auf ihrer Schulter schmerzende blaue Flecken hinterlassen, und das Bild des blutigen Leichnams ließ sich nicht aus ihrem Kopf verdrängen. Sie versuchte, sich auf Baudouins Stimme zu konzentrieren, aber auch das gelang ihr nicht. Das Kind in ihrem Leib boxte und trat sie. Mit einem Mal fühlte Ellen den Boden unter ihren Füßen wanken. Er schien unsicher wie Treibsand zu werden, während in ihren Ohren ein Bergbach rauschte.

»Ellenweore!«, rief Baudouin erstaunt und fing sie auf, als sie ohnmächtig wurde.

Ellen erwachte in einer winzigen Kammer. Es war bereits helllichter Tag, und sie war allein. Im ersten Augenblick dachte sie, man hätte sie eingesperrt, aber dann fiel ihr ein, was geschehen war, und sie fühlte ängstlich nach ihrem Bauch. Er war fest wie eh und je. Sie hatte das Kind nicht verloren!

Nach einer geraumen Weile, die sie im Halbschlaf verbrachte, kam eine junge Magd herein und brachte ihr einen Getreidebrei zur Stärkung.

»Geht es besser?«, fragte sie schüchtern.

Ellen nickte nur und starrte auf die Schüssel. Sicher war Baudouin bereits fort. Wie es wohl Guillaume erging? Baudouin hatte ihr erzählt, dass er sich auch nach so vielen Jahren bei Hof immer noch weigerte, lesen und schreiben zu lernen, und deshalb immer jemanden brauchte, der ihm vorlas und die Antworten für ihn schrieb. Wie leicht kann er so betrogen werden, dachte Ellen bei dem Gedanken an die vergangenen Ereignisse missbilligend. Dickköpfigkeit, die einen dem Ziel näher brachte, achtete sie, schließlich hatte sie selbst dieser so manchen Erfolg zu verdanken. Aber wenn Sturheit einen Menschen auf seinem Weg behinderte, war sie nichts als jämmerlich, fand sie. Unwillig drehte sie sich zur Wand und schloss wieder die Augen. Das Kind in ihrem Bauch strampelte jetzt heftig. Ihr blieben noch gut zwei Monate bis zur Geburt. Ellen dachte an William, der auf dem Ärmelkanal zur Welt gekommen war. Wo dieses Kind wohl geboren werden würde? Ihre Gedanken wanderten erneut zu Guillaume. Wie aufregend war die Zeit der Turniere gewesen und die Leidenschaft, die sie einst verbunden hatte. Doch das war lange vorbei.

Limoges, Ende April 1183

Am frühen Morgen hatte die Sonne den Himmel blau blitzen lassen, doch schon bald waren graue Wolken herangezogen. Seit dem Mittagsläuten nieselte es ganz fein, und die Sonne versuchte, hier und da durchzubrechen. Ein farbenprächtiger Regenbogen über Limoges begrüßte Guillaume, als er, begleitet von Baudouin und weiteren Männern, durch das Tor ritt. Die Soldaten jubelten begeistert, hießen ihn lautstark willkommen und tuschelten, dass das himmlische Farbenspiel ein wunderbares, von Gott gesandtes Zeichen sein musste.

Bei dem Gedanken, dass Guillaume zurück war, sprang Ellen fast das Herz aus der Brust, doch er ließ sich nicht in der Schmiede blicken.

Der junge Henry behielt ihn den ganzen Tag an seiner Seite und beriet sich mit ihm bis in die späten Nachtstunden.

Erst am Nachmittag des nächsten Tages erschien Guillaume in der Schmiede. Wo immer er sich sehen ließ, winkten ihm die Menschen zu. Männer wie Frauen umjubelten ihn begeistert und feierten ihn wie einen Helden. Guillaume nahm ihre Freude huldvoll entgegen. Als er in die Werkstatt trat, rissen sich die Schmiede ihre Mützen vom Kopf und standen steif nebeneinander wie kleine Holzsoldaten, und sogar Ellen brachte vor Aufregung nur ein winziges Lächeln zustande.

Guillaume trat näher, nahm sie am Arm und führte sie hinaus, um ungestört mit ihr sprechen zu können. »Mein Ruf ist wiederhergestellt, der König braucht mich«, sagte er triumphierend.

»Ich wusste von Anfang an, dass Baudouin deine Hilfe benötigen würde, um die Intrige gegen mich aufdecken zu können.«

»Wie meinst du das?«, fragte Ellen abweisend und ging einen Schritt zurück. Sie musterte sein markantes Gesicht, das von Sonne und Wind gegerbt war. Wie ein Fremder sieht er aus, dachte sie ernüchtert, obwohl ihr doch jeder Zug an ihm vertraut war.

»Nachdem du Henry das Schwert gebracht hast, war Thibault wie ausgewechselt. Ich wusste, dass der junge König Runedur weder bestellt noch bezahlt haben konnte. Seine Kassen waren schon lange vorher leer! Als dann immer mehr Lügen über mich verbreitet wurden, war mir klar, dass Thibault hinter der ganzen Sache stecken musste. Aber ich konnte ihm nichts beweisen. Alles, was ich getan habe, wusste er gegen mich zu verwenden. Irgendjemand musste ihn aus seinem Rattenloch locken! Ich war sicher, du würdest ihn aus dem Lot bringen können. Und wie man sieht, hatte ich Recht. Niemandem sonst hätte er verraten, womit er dir gegenüber geprahlt hat. Dass du ihn dann auch noch auf frischer Tat ertappt hast, war eine glückliche Fügung, für mich zumindest.«

Baudouin hat ihm schon alles genauestens berichtet, dachte Ellen merkwürdig unberührt.

»Du bist stark, Ellen.«

Aus seinem Mund klang ihr Name beinahe wie »Alan«, und sie fragte sich, ob er das mit Absicht tat.

»Ich wusste, du würdest dich nicht von ihm einschüchtern lassen, das hast du nie getan.«

Wie falsch er mich doch einschätzt, dachte Ellen, und eine Welle von Übelkeit erfasste ihren Körper.

»Mit Speck fängt man Mäuse, und für Thibault brauchte ich dich!« Guillaume streckte die Brust raus. »Meine Vorahnungen haben mich selten getäuscht, das hat auch Baudouin einsehen müssen. Nur bei Lusignan hätte ich mehr Widerstand erwartet!« Er grinste selbstsicher.

Ein Köder! Ich war nur ein Köder, hämmerte es in Ellens Kopf. Diese Einsicht war schlimmer als ein Faustschlag in die Magengrube, schlimmer sogar, als die Angst vor Thibault gewesen war. »Ich will nach Hause«, sagte Ellen matt.

»Selbstverständlich. Ich werde dafür sorgen, dass du so schnell wie möglich zurück nach England kommst.« Er drückte unverbindlich ihren Arm und stolzierte dann grußlos davon.

Wie hatte dieser Mann sie nur so viele Jahre faszinieren können? Er hatte in ihrer Seele gesessen wie eine Zecke und sich an ihrer Leidenschaft gelabt, wann immer ihm danach gewesen war, und jetzt war er einfach wieder gegangen, ohne sich zu entschuldigen, obwohl er sie in Gefahr gebracht hatte. Nicht einmal bedankt hatte er sich bei ihr.

»Ich will nach Hause«, flüsterte Ellen noch einmal.

Der Himmel war von einer leichten, hellgrauen Wolkendecke bedeckt, als Baudouin zwei Tage später zu ihr kam, um von den Reisevorbereitungen zu berichten, die er für sie getroffen hatte.

»Ich wollte Euch selbst nach England begleiten, aber Guillaume braucht mich hier!«, sagte er geschäftig.

»So, tut er das?« Ellen sah ihn aus funkelnden Augen an. »Und wenn er Euch braucht, dann seid Ihr immer zur Stelle, nicht wahr? Ihr würdet Eure Seele verkaufen für ihn!«, herrschte sie ihn erbittert an. »Dass Ihr mich hierhergeholt habt, war Guillaumes Idee, nicht die des Königs!«

»Als er davon angefangen hat, habe ich nicht geglaubt, dass Ihr wirklich etwas für ihn tun könnt. Seid ehrlich, Ihr habt nie bei Hofe gelebt. Ihr seid ... Ihr seid nur eine Schmiedin! Wie hätte ich ahnen können, dass Ihr so weit in diese Sache verwickelt seid?«

»Verwickelt? Ich?« Ellens Stimme überschlug sich fast.

»Verzeiht, so habe ich das nicht gemeint, ich wollte sagen ...«

»Schweigt besser!«, fuhr Ellen ihm über den Mund. Ein solches Verhalten stand ihr nicht zu, aber das war ihr gleichgültig. Schließlich verdankten diese beiden Gockel ihr eine Menge.

»Denkt daran, wer und was Ihr seid, liebste Ellen. Eine Schmiedin. Die beste, die ich kenne, und meine Lebensretterin, aber eben nur eine Schmiedin. Ihr werdet mir jetzt zuhören und versuchen zu begreifen, was ich Euch sage! Guillaume ist einer der wichtigsten Männer im Land, vermutlich der wichtigste gleich nach dem König und seiner Familie. Und er ist mein Freund. Ja, wenn ich ihn damit retten könnte, würde ich dem Teufel meine Seele verkaufen. Aber ich habe Euch kein Unrecht getan. Ich weiß doch, wie Ihr für ihn empfindet!«

»Gar nichts wisst Ihr!«, gab Ellen matt zurück. »Meine Gefühle für Guillaume waren nur eine Illusion. Ich habe einen Sohn von ihm, aber sein Herz hat immer nur dem Kampf und der Krone, der er dient, gehört. Ihr wisst nichts von mir und meinen Gefühlen. Nur eine Schmiedin bin ich? Nicht nur das, ich bin auch ein Bastard, und Bérenger de Tournai war mein Vater!«

Baudouin sah sie überrascht an. »Das wusste ich nicht, dann war Thibault ja …«

»Mein Halbbruder, jawohl. Trotzdem hat er mir Gewalt angetan, und ich war einst auch von ihm schwanger. Warum ich Euch geholfen habe? Aus Liebe zu Guillaume oder aus Königstreue?« Ellen schüttelte traurig den Kopf. »Ich weiß es schon lange nicht mehr. Aber es ist vorbei, und darüber bin ich froh. Ich will nur noch nach Hause, wenigstens dafür müsst Ihr sorgen!«

»Mein bester Mann und ein halbes Dutzend Soldaten werden Euch umgehend nach England geleiten!« Baudouin sah sie freundlich an. »Wenn ich Euch verletzt haben sollte, tut mir das aufrichtig leid, Ellenweore. Ich habe in bestem Glauben gehandelt.« Baudouin verbeugte sich und deutete einen Kuss auf Ellens schwielige Hand an. »Grüßt Euren Sohn von mir. Sobald ich wieder in England bin, würde ich gern nach ihm sehen, wenn Ihr es erlaubt.«

Ellen nickte seufzend. Als Mensch aus dem Volk konnte man diese Ritter einfach nicht verstehen. Hatte sie das nicht schon in Tancarville gelernt?

St. Edmundsbury im Juni 1183

Das Wetter war wunderbar mild, und eine laue Brise wehte, als Ellen ganz ohne Begleitung auf den Hof ritt. Sie hatte darauf bestanden, sich wenige Meilen vor ihrer Ankunft von ihren normannischen Beschützern zu trennen, um den einsamen Ritt und den ersten Blick auf Haus und Werkstatt in aller Ruhe genießen zu können. Graubart entdeckte sie als Erster, erhob seine müden Knochen und kam, winselnd vor Freude, auf sie zu.

Ellen ließ sich ein wenig schwerfällig vom Pferd gleiten. Sie war mehr als einen Monat unterwegs gewesen, und ihr Bauch hatte sich inzwischen ordentlich gerundet.

Wie alt Graubart geworden ist, seit wir ihn damals im Gebüsch gefunden haben, dachte sie gerührt und kraulte ihn zur Begrüßung ausgiebig hinter dem Ohr. Dann schaute sie sich aufmerksam um und atmete tief ein. Endlich! Endlich war sie zu Hause!

Ellen beschloss, zuerst zu Isaac in die Schmiede zu gehen, und wollte gerade den Hof überqueren, als Rose und Marie aus dem Haus kamen. Ellen fiel auf, dass sich Mildreds Älteste in den fünf Monaten ihrer Abwesenheit zu einer jungen Frau entwickelt hatte. Sie würden sich bald auf die Suche nach einem geeigneten Mann für sie machen müssen! Marie schnatterte auf Rose ein und verstummte erst, als Rose sie anstieß.

»Ellenweore!« Rose strahlte vor Freude. »Isaac, William, Jean, Ellenweore ist zurück!«, rief sie laut in Richtung Haus, dann eilte sie auf Ellen zu.

Einen Moment überlegte Ellen, warum die Männer nicht in der Schmiede waren, es war helllichter Tag und die Mittagszeit längst vorbei. Dann lächelte sie. Vermutlich war Sonntag! Durch die lange Reise hatte sie ihr Zeitgefühl vollkommen verloren.

Rose flog in ihre Arme und drückte sie herzlich. »Wieso bist du alleine? Hast du keine Begleiter?« Rose sah sich besorgt um.

»Ich habe sie an der alten Linde zurückgeschickt. Wollte sie nicht dabei haben, wenn ich nach Hause komme. Ach Rose, es ist so viel passiert!«

»Thibault?«, fragte Rose bang.

Ellen nickte. »Aber es ist vorbei, endgültig.«

»Dann müssen wir keine Angst mehr haben?« Rose sah sie fragend an.

Ellen schüttelte beruhigend den Kopf. »Nein, er hat seine gerechte Strafe bekommen, der junge König hat ihn eigenhändig mit Runedur zur Hölle geschickt.«

Rose riss erschrocken die Augen auf, sagte aber nichts mehr dazu.

Inzwischen war auch Isaac aus dem Haus gekommen. Langsam, fast ein wenig abwartend, ganz so als fürchtete er, sie könne ihm noch immer zürnen, ging er auf Ellen zu.

William überholte ihn, lief auf seine Mutter zu und erreichte sie vor Isaac.

»Meine Güte, wie du gewachsen bist!«, stellte Ellen überrascht fest. Nachdem sie ihn an sich gedrückt hatte, fasste sie ihn bei den Schultern und schob ihn ein Stück von sich weg, um ihn mit den Augen messen zu können.

William strahlte sie an und nickte. »So viel höher als am Christfest ist die Kerbe jetzt.« Zwischen Daumen und Zeigefinger, die er ihr entgegenstreckte, war ein beachtlicher Abstand.

Isaac ließ ihn hin und wieder mit dem Rücken zur Stalltür stehen und kerbte mit seinem Messer Williams Größe in das Holz. Jedes Mal war die Markierung ein wenig höher, und William platzte fast vor Stolz.

Endlich trat auch Isaac an Ellen heran, und William räumte freiwillig das Feld.

An Isaacs fragendem Blick erkannte Ellen, wie besorgt er um sie war. »Es geht mir gut!«, sagte sie leise und schlang ihre Arme um seinen Hals. »Ich bin froh, wieder bei dir zu sein.« Sein vertrauter Geruch und sein geflüstertes »Du hast mir gefehlt« trieben ihr die Tränen in die Augen.

Isaac drückte sie fest, aber vorsichtig an sich.

Eine geraume Weile standen sie so in inniger Umarmung im Hof.

Dann meldete sich Jean zu Wort. »So, jetzt will ich auch mal!« Er grinste und drängte sich an Ellen heran. »Lass dich ansehen, ein ganz hübsches Bäuchlein trägst du da mit dir herum!«, sagte er augenzwinkernd. »Sieht aus, als würde es nicht mehr allzu lange dauern. Wie es scheint, hast du es gerade noch rechtzeitig nach Hause geschafft!«

Ellen nickte und lachte erleichtert. Immer wieder wanderte ihr Blick zu Isaac. Wie hatte sie nur einen Moment an ihm zweifeln können und glauben, er sei aus Neid und nicht aus Eifersucht, wie Jean betont hatte, böse auf sie gewesen, als sie mit Baudouin fortgegangen war? In Isaacs Augen sah sie Stolz und Liebe ebenso wie Wärme und Sorge um sie! Er ist so anders als Guillaume, dachte Ellen weich. Zum ersten Mal in ihrem Leben fühlte sie sich wirklich geborgen. Sie hatte alle Ziele erreicht und war glücklich, hier an Isaacs Seite zu sein.

St. Edmundsbury im Juli 1183

Ellens Bauch war schon bei ihrer Rückkehr so rund gewesen, dass sie nicht mehr am Amboss arbeiten konnte. Also musste sie sich damit begnügen, die beiden Lehrlinge zu beaufsichtigen. Ständig hatte sie etwas auszusetzen und schalt die eingeschüchterten Jungen.

»Du solltest dich ein wenig ausruhen!«, riet Isaac ihr sanft und küsste ihre unwillig gekrauste Stirn.

»Ich bin aber nicht müde!«, begehrte sie auf.

»Es muss bald so weit sein, schone dich ein wenig und uns auch!«, beharrte Isaac freundlich und strich ihr liebevoll über den Bauch.

»Meine Güte, bin ich froh, wenn das vorbei ist und ich endlich wieder arbeiten kann«, zeterte Ellen, machte sich aber aus der Werkstatt, ohne beleidigt zu sein. Gelangweilt schlenderte sie über den Hof. Wenn sie sich jetzt im Haus blicken ließ, würde sie bei den Essensvorbereitungen helfen müssen, aber dazu hatte sie wirklich keine Lust. Ellen war noch dabei zu überlegen, was sie tun sollte, als eine Schar Mönche in den Hof ritt.

Der Abt stieg persönlich von seinem herrlichen Rappen und kam mit ernster Miene auf sie zu.

Ellen bemerkte, wie sehr er sich bemühte, nicht auf ihren Bauch zu sehen.

»Furchtbar, es ist einfach furchtbar!«, jammerte er. »Unser junger König ist tot!«

Ein stechender Schmerz durchzuckte Ellens Unterleib, dann wurde sie ohnmächtig.

Die Mönche waren längst fort, und Ellen lag in ihrem Bett, als sie wieder zu sich kam.

»Du hast das Wasser verloren, das Kind kommt!«, sagte Rose liebevoll und wischte ihr mit einem feuchten Lappen über die Stirn.

»Der junge König!«, seufzte Ellen, dann nahm eine Wehe ihr die Kraft zu sprechen. »Thibault hat ihn verflucht! Der Fluch hat Henry getötet!«, flüsterte sie immer wieder.

»Sie glüht, der Schock vermutlich«, erklärte Rose leise, als Isaac die Kammer betrat.

Besorgt strich er Ellen die feuchten Haare aus der Stirn.

»Sei stark, Liebste! Bald hast du es geschafft!«

Ellen bemühte sich, ihm aufmunternd zuzulächeln. Isaacs Worte hatten geklungen, als wolle er sich selbst mindestens ebenso viel Mut machen wie ihr. »Ich hoffe, es ist der Sohn, den du dir so sehr wünschst!«, wisperte sie.

»Mach dir darum keine Sorgen. Wir haben doch schon einen Sohn! Hauptsache, dir geht es gut!« Isaac folgte Rose in die Küche. »Ich mache mir Sorgen«, raunte er.

»Ich weiß, Isaac, das mache ich auch, aber sie wird es schaffen, du wirst sehen.«

Ellen lag schon mehrere Stunden in den Wehen, als die Hebamme endlich kam. Nachdem diese sich gründlich die Hände gewaschen hatte, fasste sie unter Ellens Hemd.

»Ich kann das Köpfchen nicht fühlen.« Sie runzelte besorgt die Stirn. Dann schlug sie die Decke vollends zurück, um Ellens Bauch abzutasten.

Rose sah sie erschrocken an.

»Das Kind liegt quer!« Nervös rieb die Alte sich die Hände. »Wenn ich es nicht gedreht bekomme, wird sie sterben!« Dann legte sie ihre Rechte unten auf Ellens Bauch. Immer wieder drückte sie sanft wippend mit der flachen Hand dagegen und betete leise. Geübt glitten die Perlen des hölzernen Rosenkranzes durch ihre Finger. Es schien eine Ewigkeit zu dauern, aber dann schlingerte der ganze Bauch wie ein in Seenot geratenes Schiff.

Rose traute ihren Augen kaum. Das Kind hatte sich gedreht, und Ellens Bauch sah wieder aus wie der einer Gebärenden und nicht, als habe sie einen riesigen Laib Brot quer verschluckt.

»Der Herr ist mit Euch, mein Kind!«, freute sich die Hebamme, tätschelte Ellen die Wange und bekreuzigte sich mehrere Male.

Von diesem Moment an ging die Geburt schneller voran. Die Wehen wurden heftiger, und noch vor Einbruch der Dunkelheit brachte Ellen einen gesunden Jungen zur Welt.

»Sie wird sich eine Weile erholen müssen; schließlich ist sie keine sechzehn mehr!«, ermahnte die Hebamme Isaac.

»Sieh nur, er hat dunkle Haare wie du!«, flüsterte Ellen zärtlich in Isaacs Ohr, während die Hebamme den Winzling wusch und wickelte. Auch William, der inzwischen hellbraunes Haar hatte, hatte bei seiner Geburt ein fast schwarzes Büschel Haare auf dem Kopf gehabt, aber das verriet sie Isaac nicht. Sie genoss seinen Stolz über den Stammhalter zu sehr. »Er ist ganz dein Sohn!«, sagte sie liebevoll.

»Ich hatte solche Angst, dich zu verlieren«, gestand Isaac ihr leise.

Ellen wusste, dass er nicht nur die Gefahren der Geburt meinte, nahm seine Hand und drückte sie.

»Mein Platz ist hier, bei dir.«

»Was hältst du davon, wenn wir den Kleinen Henry nennen, nach dem jungen König?«, schlug Isaac leise vor.

Ellen nickte nur.

»Komm her und begrüße deinen Bruder!« Isaac winkte William zu sich, als der einen kurzen Blick in die Kammer warf.

Zögerlich kam William näher. »'n bisschen schrumplig«, befand er leise, und Isaac lachte.

»Wir werden es deiner Mutter nicht sagen, aber ein wenig hast du schon Recht«, pflichtete Isaac ihm verschwörerisch bei.

Ellen runzelte kurz die Stirn, dann lachte sie und sah Isaac mit blitzenden Augen an.

Williams Blick dagegen verfinsterte sich urplötzlich, dann stürzte er wortlos aus der Kammer.

Am nächsten Tag, als Ellen mit dem kleinen Henry auf dem Arm aus dem Haus kam, sah William noch immer unglücklich aus. Mit hängendem Kopf saß er lustlos im Hof. Ellen wollte gerade zu ihm hinübergehen, als Isaac freudig auf sie zueilte.

»Wolltet ihr zu mir?«, fragte er aufgekratzt und küsste ihre Stirn, dann wandte er sich seinem Sohn zu. »Sieh nur, wie fest er meinen Finger hält!« Entzückt blickte er seinen Stammhalter an und deutete stolz auf dessen kleine Faust.

William stand abrupt auf und stapfte wütend an ihnen vorbei. Aber Isaac fasste ihn am Arm und hielt ihn zurück. »Hey, mein Sohn, alles in Ordnung?«

»Er ist dein Sohn, nicht ich!«, fuhr William ihn mit einem Fingerzeig auf den kleinen Henry an, und in seinen Augen funkelten zornige Tränen.

»Auch wenn ich nicht dein Vater bin, bist du trotzdem mein Sohn, und niemals, hörst du, *niemals* darfst du glauben, ich hätte dich nicht genauso gern wie deinen Bruder. Hast du das verstanden?« Isaac hielt den Jungen noch immer am Arm fest und sah ihn eindringlich an.

William nickte. »Dann darf ich weiter Vater zu dir sagen?«, fragte er kleinlaut.

Isaac zerzauste ihm liebevoll das Haar. »Ich wäre sehr traurig, wenn du es nicht tun würdest!«

Ellen seufzte zufrieden. Isaac war der beste Ehemann, den sie sich wünschen konnte, und er würde nicht nur seinem eigenen Sohn, sondern auch William ein guter Vater sein!

»Sieh nur, der kleine Henry ist eingeschlafen!« Ellen wiegte den drei Wochen alten Jungen versonnen in ihren Armen, und plötzlich erwachte der alte Tatendrang in ihr. »Weißt du was, ich bringe ihn zu Rose und komme dann in die Schmiede. Ich war viel zu lange untätig.« Sie kehrte Isaac den Rücken und eilte davon.

»Die Schmiede werden begeistert sein, besonders Jean kann es kaum erwarten, wieder mit dir zu arbeiten«, rief er ihr nach und fügte leise hinzu: »Aber am meisten hast du *mir* gefehlt!«

»Wurde auch Zeit, dass du dich mal wieder in der Schmiede blicken lässt!«, begrüßte Jean sie mit gespieltem Vorwurf, als sie kurze Zeit später die Werkstatt betrat. Dann lachte er befreit. »Seit du fort warst, bist du gefragt wie nie! Das kupferne Zeichen ist in aller Munde, und die bedeutendsten Barone Englands hoffen auf ein Schwert von dir!«

Ellen schenkte ihm ein verlegenes Lächeln.

»Tut gut, wieder hier zu sein«, murmelte sie, atmete tief ein und genoss den vertrauten Duft von Eisen und Holzkohlenrauch. Erst jetzt wurde ihr klar, wie sehr ihr die Arbeit mit Jean und Isaac gefehlt hatte.

»Wie ihr wisst, habe ich immer davon geträumt, ein Schwert für den König zu fertigen«, hob sie an und wischte gewohnheitsmäßig mit der Rechten über den Amboss. »Nach Runedur war ich zufrieden. Doch der junge König ist tot, und sein Vater regiert weiter das Land.« Ellens Wangen glühten jetzt. Sie holte noch einmal kräftig Luft, als wolle sie sich Mut machen. »Noch habe ich keinen Auftrag, ein Schwert für König Henry II. zu schmieden, aber unser Ziel sollte sein, dem Abhilfe zu schaffen, denkt ihr nicht?«

»Das ist Ellen, wie sie leibt und lebt!«, jubelte Jean begeistert und rieb sich die Hände.

»Ich bin überzeugt, dass der König eines Tages auf uns zukommen wird«, fuhr sie ernst fort. »Und ich habe mehr Ideen denn je zuvor und will für diesen Tag gewappnet sein.« Sie blickte vom einen zum anderen. »Doch dazu brauche ich eure Hilfe!«

»Ich schätze zwar, du würdest auch ohne mich zurechtkommen, aber nichts könnte mich glücklicher machen«, erwiderte Jean ein wenig dramatisch.

»Das hätte ich nicht besser sagen können!« Isaac nickte zustimmend. »Ich habe übrigens kürzlich bei einem Händler aus Brabant neue, sehr feine Poliersteine entdeckt. Sündhaft teuer, aber der Glanz, den man damit erreichen kann, ist unübertrefflich!«, berichtete er voller Begeisterung.

»Das klingt großartig, Isaac!«. Ellen lachte befreit und war zuversichtlicher denn je. Sie strahlte die beiden Männer auffordernd an. »Worauf warten wir dann noch? Los, ihr zwei, ich bin ein wenig aus der Übung. Fangen wir mit der Arbeit an!«

HISTORISCHE ANMERKUNGEN

Mit dem vorliegenden Roman möchte ich den Blick des Lesers auf eine sehr spannende und wichtige Zeit des Mittelalters lenken: das 12. Jahrhundert. Es wird aufgrund vielfältiger, für die Zeit sehr fortschrittlicher Entwicklungen häufig als die Blüte des Hochmittelalters und die Wiege der Moderne angesehen.

Die Menschen dieser Epoche waren zwar gottesfürchtiger und schicksalsergebener als wir heute, aber sie waren weder prüde, noch hatten sie zu Sexualität und Nacktheit ein schlechtes Verhältnis. Sie wuschen sich und badeten gern, sie liebten und hassten von Herzen, sie feierten und reisten viel, kurzum, sie waren uns mit ihren Hoffnungen und Ängsten viel ähnlicher, als wir uns vielfach vorstellen. Gefürchtet hat man im Früh- und Hochmittelalter vor allem die Lepra, eine nicht sehr ansteckende Hautkrankheit, die als Aussatz bezeichnet wurde. Die Pest dagegen war noch gänzlich unbekannt. Sie wütete erst ab der Mitte des 14. Jahrhunderts in Europa und veränderte das tägliche Leben stark.

Das gute Klima des 12. Jahrhunderts und die neu eingeführte Dreifelderwirtschaft erhöhten die landwirtschaftlichen Erträge. Mit den so gewonnenen Überschüssen an Lebensmitteln wurde die Entwicklung der Städte ermöglicht. Der wachsende Fortschritt auf vielen, auch technischen Gebieten brachte Wohlstand. Juristische und verwaltungstechnische Neuerungen sorgten für politische Stabilität.

Was die Rolle der Frauen in dieser überaus jungen und dynamischen Gesellschaft angeht, schließe ich mich dem Historiker Robert Fossier an. Er zeigt detailliert auf, dass Frauen in verschiedensten Bereichen und sozialen Strukturen Einfluss hatten oder gar Macht ausübten, und vertritt die Meinung, dass sie vermutlich sogar weit mehr Rechte besaßen als ihre Geschlechtsgenossinnen des 17. und 18. Jahrhunderts.

Die Quellen des Mittelalters, Sagen und Heldenlieder, historische Berichte sowie Dokumente und Urkunden sind die Basis der historischen Forschung. Fälschungen aber waren an der Tagesordnung, sodass eindeutige Aussagen oft nicht möglich sind. Häufig sind sich Historiker (und Archäologen) in ihren Auswertungen uneinig, weil gleiche Quellen je nach Betrachtungswinkel unterschiedlich interpretiert werden können. Auch wenn ihre Auslegungen auf logischen Schlussfolgerungen beruhen, sind sie nur selten ganz eindeutig belegbar.

So blieb auch mir trotz gewissenhafter Recherche von unzähligen historischen und soziokulturellen Details ein gewisser Spielraum, den ich nach meinen eigenen Vorstellungen gestaltet habe.

Das heidnisch-römische Kalenderjahr sah den ersten Januar als Tag des Jahreswechsels vor, und als solcher galt er auch, bis sich im frühen Mittelalter die Kirche dagegen aussprach und den Jahresanfang zu Christi Geburt, also zum 25. Dezember, festlegte. Im 12. Jahrhundert wurde in England der Jahreswechsel zum 25. März eingeführt, ausgehend davon, dass das Leben Christi mit der Verkündigung begonnen habe. Einheitlich wurde dieser Jahreswechsel aber nicht eingehalten, und die neue Datierung setzte sich erst im 13. Jahrhundert weitgehend durch. Der erste Januar wurde in Frankreich 1563 und in England sogar erst 1753 wieder offizieller Neujahrstag. Im Volk aber galt der erste Januar noch lange als Jahresanfang. Um den Leser nicht zu verwirren, habe ich deshalb, so wie heute üblich, auch im Roman das Jahr mit dem 1. Januar beginnen lassen.

Die Schmiede umgibt seit der Eisenzeit (800 v. Chr.) der Mythos der Zauberkunde: Wer in der Lage war, aus krümeligen, schwarzen Brocken hartes, schimmerndes Metall herzustellen, musste besondere Fähigkeiten haben. Dass Schmiede trotz fehlender chemischer Kenntnisse schon in früher Zeit harten und gleichzeitig biegsamen Stahl herstellen konnten, ist eine Tatsache. Den Begriff Stahl gab es allerdings noch nicht, weshalb ich ihn auch im Roman nicht verwendet habe. Neuere Erkenntnisse des Archäologen Dr. Stefan Mäder haben gezeigt, dass hochmittelalterliche Schwerter mit japanischen Samuraischwertern der gleichen Zeit durchaus konkurrieren konnten! Mit einer Länge von ca. 90 cm und einem Gewicht von 0,9 bis 1,3 kg war das zweischneidige Ritterschwert keine brachiale Waffe aus einfachem Eisen, sondern eine leichte, gut handhabbare und sehr effektive Hiebwaffe aus Stahl.

Die im Roman geschilderte Feuervergoldung wurde im 12. Jahrhundert wie beschrieben durchgeführt, die Qualität dieser Technik ist noch heute unübertroffen, sie wurde aber wegen der gesundheitsschädlichen Wirkung von Quecksilber bis auf wenige Ausnahmen durch galvanische Verfahren abgelöst.

Zahnreißer, Chirurgen, Bader und Starstecher zogen von Markt zu Markt und waren neben den Kräuterfrauen, Nonnen und Mönchen die medizinische Versorgung des Volkes. Die Starstecher verweilten nie länger am selben Ort, weil die Mehrheit ihrer Patienten nach weniger als drei Monaten durch Infektionen erneut erblindete. Die Operationstechnik hat sich von den Anfängen in der Antike bis zum 18. Jahrhundert kaum verändert.

Alle genannten Orte existieren, wobei St. Edmundsbury heute besser bekannt ist als Bury St. Edmunds. Der Wohnturm von Orford ist sehr gut erhalten, eine Besichtigung lohnt sich!

Bis auf die Begegnung mit Ellen und dem daraus resultierenden Sohn sind die meisten Details aus Guillaume le Maréchals Leben authentisch, soweit sie überliefert sind. Guillaume wurde durch ein nach seinem Tod gedichtetes Heldenlied unsterblich und gilt als der wohl größte Ritter seiner Zeit. Er war ein begabter Soldat mit außerordentlich viel Glück und großem politischem Gespür. Der Höhepunkt seiner Karriere war seine Ernennung zum Regenten von England nach König Johns Tod.

DANKSAGUNGEN

Mein besonderer Dank für die Einführung in das Schmiedehandwerk und die Beantwortung unzähliger Fragen gebührt dem Schmied Arno Eckhardt, der auch heute noch vom Schwertschmieden lebt. Er hat Athanor nach den Beschreibungen im Buch gefertigt, sodass es bei meinen Lesungen bewundert werden kann.

Sehr wichtig für mich waren auch die Gespräche mit der Schmiedin Petra Schmalz, die selbst in einer Schmiede aufgewachsen ist und mir dadurch einzigartige Einblicke in Ellens Kindheit geben konnte. Des Weiteren danke ich dem Goldschmied Fritz Rottler für seine Hilfe.

Die Ermutigungen und Tipps von Tanja Reindel, Eva Baronsky und der von mir sehr geschätzten Rebecca Gablé haben mir geholfen, auch in schwierigen Momenten bei der Stange zu bleiben.

Meinem Agenten Bastian Schlück und meiner Lektorin Karin Schmidt danke ich für die konstruktive Zusammenarbeit und das Vertrauen, das sie von Anfang an in mich gesetzt haben.

Ein ganz besonderer Dank gebührt meiner Freundin Françoise Chateau-Dégat. Sie hat mir ungeheuer viele Verpflichtungen des Alltags abgenommen, meine Kinder liebevoll betreut und Tag und Nacht ein offenes Ohr für mich gehabt.

Ohne meine Eltern aber, die sich trotz anfänglicher Bedenken als überaus großzügige Mäzene erwiesen haben, wäre die Realisierung dieses Projektes wohl kaum möglich gewesen.